LE TRÔNE DE FEU

Rick Riordan

LE TRÔNE DE FEU

Traduit de l'anglais (américain)
par Nathalie Serval

Titre original :
Kane Chronicles Book Two : The Throne Of Fire
(Première publication : Hyperion Books for Children, New York, 2011)
© 2011, Rick Riordan
Cette édition a été publiée en accord avec The Nancy Gallt Literary Agency.
Tous droits réservés, y compris droits de reproduction totale ou partielle,
sous toutes ses formes.

© Éditions Albin Michel, 2012, pour la traduction française.
© Librairie Générale Française, 2014, pour la présente édition.

Pour Conner et Maggie,
La meilleure équipe frère/sœur de la famille Riordan.

AVERTISSEMENT

Ce qui suit est la transcription d'un enregistrement numérique. Le lecteur a fait la connaissance de Carter et Sadie Kane grâce à un précédent enregistrement, entré en ma possession l'année dernière, que j'ai retranscrit et intitulé La Pyramide rouge. Ce nouveau fichier audio m'est parvenu à mon domicile peu après la publication du premier. J'en ai déduit que ses auteurs m'accordaient leur confiance pour continuer à relater leur histoire. Si les événements rapportés dans ce document sont exacts, la situation a pris un tour alarmant. Pour la sécurité de Carter et Sadie, et pour le salut du monde, j'espère qu'il s'agit d'un récit de fiction. Sinon, nous avons toutes les raisons de trembler.

☥ CARTER

1. Pièce montée et combustion spontanée

Salut, c'est Carter.

On n'a pas de temps à perdre avec une longue introduction. Je dois me dépêcher de raconter mon histoire, sinon on va tous mourir.

Au cas où tu n'aurais pas écouté notre premier enregistrement, voici un bref résumé de la situation : les dieux de l'ancienne Égypte sont en cavale à notre époque, un groupe de magiciens, la Maison de vie, s'efforce de les arrêter, tout le monde nous déteste, Sadie et moi, tandis qu'un serpent géant s'apprête à avaler le soleil et détruire l'univers.

(Ouch ! Ça va pas, la tête ?)

Sadie vient de me donner un coup de poing. Elle dit que je vais seulement réussir à t'effrayer, que je devrais me calmer et reprendre depuis le début.

OK. Mais si tu veux mon avis, tu ferais bien d'avoir peur.

Cet enregistrement obéit à deux objectifs : t'informer de ce qui s'est passé et te dire comment on en est arrivés là. Beaucoup de gens vont te raconter des horreurs sur nous, mais tu dois savoir qu'on n'est pas responsables de toutes ces morts. Quant au serpent, là encore, ce n'était pas notre faute. Enfin, pas exactement. Il est important que tous les magiciens du monde s'unissent. C'est notre unique chance.

11

Écoute notre histoire. Ensuite, tu te feras ta propre opinion. Tout a commencé le jour où on a mis le feu à Brooklyn.

Sur le papier, notre plan paraissait simple. Il s'agissait de nous introduire dans le Brooklyn Museum, d'y emprunter un certain vestige égyptien et d'en ressortir sans nous faire prendre.

Je te rassure, on n'est pas des voleurs. On aurait fini par rendre ce qu'on aurait dérobé. Seulement, quatre ados en tenue de ninja noire qui cavalent sur le toit d'un musée, il y a de quoi éveiller les soupçons. J'oubliais de préciser qu'il y avait un babouin avec nous, lui aussi en tenue de ninja.

Pendant que nos deux apprentis, Jaz et Walt, ouvraient une fenêtre, Khéops, Sadie et moi, on a examiné l'immense dôme vitré au milieu du toit – notre supposée porte de sortie.

À vrai dire, notre sortie ne se présentait pas très bien.

Il faisait nuit depuis longtemps, et à cette heure-ci, le musée aurait dû être fermé. Pourtant, le dôme était entièrement illuminé. À l'intérieur, loin au-dessous de nous, des centaines de personnes en smoking et robe de soirée évoluaient sur une piste de danse aussi vaste qu'un hangar d'aéroport. Un orchestre jouait, mais les hurlements du vent et les claquements de mes dents m'empêchaient d'entendre la musique. Je grelottais dans mes vêtements en lin.

Les magiciens sont censés porter du lin parce que ça ne fait pas obstacle à la magie. C'est sûrement très confortable dans le désert égyptien, mais à Brooklyn en plein mois de mars…

Le froid ne semblait pas déranger ma sœur, Sadie. Elle fredonnait en défaisant les rivets qui fixaient le dôme. Franchement, qui irait cambrioler un musée avec les écouteurs de son iPod vissés sur les oreilles ?

Elle portait une tenue identique à la mienne mais avec des bottes militaires. Sa chevelure blonde était striée de mèches rouges – très indiqué, pour une opération exigeant une discrétion absolue. Avec ses yeux bleus et son teint clair, elle ne me ressemble pas du tout, mais ça m'arrange – comme ça, quand elle se conduit trop bizarrement, je peux toujours prétendre ne pas la connaître.

– T'avais dit que le musée serait vide, ai-je remarqué, mécontent.

Sadie n'avait pas entendu. Je lui ai arraché ses écouteurs avant de répéter.

– Normalement, il devrait l'être, a-t-elle répliqué.

Elle aurait préféré se faire tuer que l'admettre, mais en trois mois de présence sur le sol américain, elle avait commencé à perdre son accent anglais.

Elle a repris :

– Le site indique qu'il ferme à dix-sept heures. Je ne pouvais pas deviner qu'on l'avait loué pour une fête de mariage, précisément ce soir.

Une fête de mariage ? Sadie avait raison. Plusieurs des femmes qu'on apercevait à travers le dôme étaient vêtues de robes de demoiselles d'honneur couleur pêche, et une imposante pièce montée se dressait sur une table. Deux groupes d'invités transportaient les deux mariés, assis sur des chaises, à travers la salle tandis que leurs amis tournoyaient autour d'eux et frappaient dans leurs mains. S'ils continuaient à s'agiter comme ça, ça allait se terminer par une collision.

Khéops a frappé contre la vitre. Malgré ses vêtements noirs, sa fourrure dorée tranchait sur l'obscurité, sans parler de son museau et de son derrière multicolores.

– Agh ! a-t-il grogné.

En langage babouin, ça pouvait vouloir dire : « Eh ! Il y a plein de trucs à manger là en bas ! », ou : « Pas très propre, cette vitre », ou encore : « Visez-moi cette bande d'idiots. » Mais Sadie a interprété son intervention dans le sens qui l'arrangeait :

– Khéops a raison. Ça va pas être facile de traverser

discrètement la salle. On pourrait prétendre faire partie du personnel d'entretien...

– Ben voyons ! « Bonsoir, messieurs dames. On doit hisser une statue de trois tonnes sur le toit par magie. Veuillez excuser le dérangement. »

Avec un soupir exaspéré, Sadie a produit une baguette en ivoire coudée et gravée de figures monstrueuses qu'elle a pointée vers la base du dôme, faisant apparaître un hiéroglyphe doré. Le dernier rivet a sauté.

– Si on ne sort pas par là, a-t-elle dit, c'était bien la peine que je me donne autant de mal. On ne pourrait pas simplement repasser par la même fenêtre qu'à l'aller ?

– Avec la statue ?

– Dans ce cas, on n'a qu'à revenir demain soir...

J'ai secoué la tête.

– Demain soir, toutes les pièces de l'exposition se trouveront déjà dans des caisses, prêtes à être expédiées.

– Si tu nous avais dit plus tôt qu'il nous fallait cette statue...

Je voyais très bien où nous menait cette conversation, or je n'avais aucune envie de passer le reste de la nuit à me chamailler avec ma sœur sur ce toit. Elle avait raison, bien sûr. Il faut dire à ma décharge que mes sources n'étaient pas très fiables. Ça faisait plusieurs semaines que j'appelais à l'aide mon vieux copain Horus quand il avait consenti à s'adresser à moi en rêve : *Au fait, tu sais, l'artefact dont vous avez besoin pour sauver le monde ? Eh bien, ça fait plus de trente ans qu'il est exposé au Brooklyn Museum. L'ennui, c'est qu'il part demain pour l'Europe. Alors, vous avez intérêt à vous dépêcher. Après, vous aurez cinq jours pour découvrir comment l'utiliser. Si vous échouez, on est tous fichus. Bonne chance !*

J'aurais pu le traiter de tous les noms pour ne pas m'en avoir averti plus tôt, mais ça n'aurait servi à rien. Les dieux se manifestent quand ils sont prêts à le faire, et ils n'ont pas la même notion du temps que nous. Je sais tout ça parce que Horus a squatté mon esprit il y a quelques mois. J'en ai gardé quelques habitudes néfastes à ma vie sociale, comme celles de me jeter de temps en temps sur un rongeur ou de défier les gens en combat singulier.

– Mieux vaut nous en tenir à notre plan, a repris Sadie. On entre par la fenêtre, on trouve la statue et on la fait sortir par le dôme. Quant à la fête, on trouvera une solution le moment venu. On pourrait créer une diversion...

– Une diversion ? ai-je répété d'un air incrédule.

– Carter, ton problème, c'est que tu réfléchis trop. Tu as une meilleure idée ?

Malheureusement, je n'en avais pas.

Tu crois sans doute que la magie facilite l'existence. Eh bien, la plupart du temps, c'est tout le contraire. Un sort peut échouer pour un millier de raisons, ou se heurter à une magie plus puissante, comme celle qui protégeait le musée.

Peut-être un magicien se cachait-il dans l'organigramme du Brooklyn Museum. Ça n'aurait pas été un cas unique. Notre père lui-même avait souvent joué de sa qualité d'égyptologue pour accéder à certains artefacts. En plus, le Brooklyn Museum possède la plus importante collection de manuscrits égyptiens au monde. C'est pourquoi notre oncle avait établi son QG dans cette partie de New York. Beaucoup de magiciens avaient d'excellentes raisons de vouloir défendre ce trésor.

Quoi qu'il en soit, les portes et les fenêtres nous donnaient du fil à retordre. Impossible d'ouvrir un portail magique, ou d'envoyer nos ouchebtis – nos serviteurs en argile – chercher la statue à notre place.

On allait devoir s'introduire dans le musée et faire le sale boulot nous-mêmes. Et à la moindre erreur, qui sait ce qui allait nous tomber dessus : monstres, pestilence, incendie, ânes explosifs – ne rigole pas, c'est une vraie cochonnerie.

La seule issue exempte de piège était le dôme vitré au-dessus de la salle de bal. Apparemment, les gardiens du musée n'avaient pas imaginé que des voleurs puissent faire léviter une statue jusqu'à une sortie située à plus de dix mètres du sol. Ou alors, le dôme était protégé par un sort indécelable.

De toute manière, on n'avait pas le choix. Si on voulait voler – pardon, emprunter – cette fichue statue, c'était cette nuit ou jamais. Ensuite, on aurait cinq jours pour en découvrir le mode d'emploi. J'adore les ultimatums.

– Qu'est-ce qu'on fait, alors ? a insisté Sadie. On fonce et on improvise ?

J'ai jeté un coup d'œil aux mariés, m'excusant par avance de gâcher la plus belle soirée de leur vie, et j'ai répondu :

– Puisqu'il n'y a pas d'autre solution...

– Quel enthousiasme ! Khéops, tu restes ici pour faire le guet. Ouvre le dôme quand tu nous verras, d'accord ?

– Agh !

Un frisson m'a traversé. Quelque chose me disait que cette expédition ne serait pas une partie de plaisir.

– Allons voir comment Jaz et Walt se débrouillent, a ajouté Sadie.

On a sauté et atterri sur la corniche à l'extérieur du deuxième étage, celui des antiquités égyptiennes.

Jaz et Walt avaient fait du bon boulot. Ils avaient fixé des statuettes des quatre fils d'Horus aux quatre coins de la fenêtre avec du ruban adhésif et peint des hiéroglyphes sur les vitres pour neutraliser les sorts et le système d'alarme des mortels.

Sadie et moi les avons surpris en pleine conversation. Jaz tenait les mains de Walt. Sadie a poussé un couinement de souris écrasée.

(Si, c'est vrai ! Je l'ai entendu.)

Qu'est-ce qui la troublait à ce point ? Quand elle et moi avions utilisé notre amulette djed pour attirer des apprentis potentiels, Jaz et Walt avaient été les premiers à répondre à notre appel. Ils avaient déjà passé sept semaines à nos côtés, plus qu'aucun autre novice, de sorte qu'on commençait à bien les connaître.

Jaz vient de Nashville où elle était pom-pom girl. Son prénom complet est Jasmine, mais je te déconseille de l'appeler ainsi, à moins que tu ne veuilles qu'elle te transforme en rhododendron. C'est une jolie blonde, dans le genre pom-pom girl. Pas mon type, mais toujours prête à donner un coup de main et tellement gentille qu'on ne pouvait que l'aimer. Elle avait très vite montré des talents de guérisseuse, ce qui faisait d'elle une recrue précieuse quand une mission tournait mal, ce qui était le cas quatre-vingt-dix-neuf fois sur cent.

Ce soir-là, elle avait caché ses cheveux sous un bandana noir et portait à l'épaule sa sacoche de magie marquée du symbole de Sekhmet, la déesse-lionne.

– On trouvera une solution, disait-elle à Walt quand on a atterri près d'eux.

Walt a eu l'air gêné.

Comment décrire Walt ?

(Non, Sadie. Tu ne me feras pas dire qu'il est « canon ». Attends ton tour.)

Walt a quatorze ans, comme moi, mais, avec sa taille, il pourrait jouer en équipe junior de foot américain. En plus, il est bien bâti – à la fois mince et musclé – et il a des pieds immenses. Sa peau est un peu plus foncée que la mienne, et ses cheveux coupés ras ombrent à peine son crâne. En dépit du froid, il était tout juste vêtu d'un débardeur et d'un short noirs – pas la tenue standard du magicien, mais personne ne contrarie Walt. Il avait été notre première recrue. Il avait débarqué un jour de Seattle et avait manifesté un talent inné pour la fabrication des charmes. D'ailleurs, il portait autour du cou une collection d'amulettes de sa confection.

J'aurais mis ma main à couper que Sadie était jalouse de Jaz et que Walt lui plaisait, même si elle ne l'aurait jamais avoué. Ça faisait des mois qu'elle soupirait après un autre type – un dieu.

(C'est bon, Sadie, je laisse tomber... pour le moment. Mais je remarque que tu n'as pas nié.)

En nous voyant, Walt a brusquement lâché les mains de Jaz et s'est écarté d'elle. Sadie les a regardés tour à tour, s'efforçant de comprendre ce qui se passait.

– On s'est occupés de la fenêtre, a déclaré Walt précipitamment.

– Super, a grommelé Sadie. Ça veut dire quoi, « On trouvera une solution » ? a-t-elle ajouté à l'intention de Jaz.

Comme celle-ci restait bouche bée, Walt a répondu à sa place :

– C'était à propos de la statue... On se disait qu'on trouverait bien comment l'utiliser.

– C'est ça, a acquiescé Jaz.

Ils mentaient. D'un autre côté, s'ils se plaisaient, je n'allais pas en faire un drame. On avait des affaires plus urgentes à traiter.

– Passons aux choses sérieuses, d'accord ? ai-je dit avant que Sadie ne réclame des explications plus convaincantes.

La fenêtre s'est ouverte sans difficulté. Il n'y a eu ni explosion ni alarme. Avec un soupir de soulagement, je me suis introduit dans le département des antiquités égyptiennes. Qui sait ? On allait peut-être s'en tirer, en définitive.

La vue de tous ces vestiges égyptiens ravivait quantité de souvenirs. Encore quelques mois plus tôt, je passais ma vie à voyager autour du monde avec mon père, l'accompagnant de musée en musée. C'était avant que je n'apprenne qu'il était un magicien... Avant qu'il ne libère un groupe de dieux et que nos existences ne deviennent aussi compliquées.

À présent, je ne pouvais regarder une œuvre d'art égyptienne sans me sentir intimement lié à elle. J'ai frissonné en passant devant une statue d'Horus, le dieu à tête de faucon qui avait habité mon esprit quelques semaines plus tôt. La vision d'un sarcophage m'a rappelé le coffre doré dans lequel Seth, le dieu du mal, avait emprisonné notre père au British Museum. Plus tard, notre père avait sacrifié sa vie pour devenir l'hôte d'Osiris, le roi des dieux, et régner sur le monde des morts. Imagine-toi poser les yeux sur une peinture vieille de cinq mille ans représentant un dieu à la peau bleue et penser : *Salut, papa !*

De même, tous les objets exposés semblaient raconter l'histoire de notre famille : cette baguette, là, on aurait dit celle de Sadie. Et sur cette image, n'étaient-ce pas les léopards à têtes de serpent qui nous avaient attaqués chez notre oncle Amos ? Quant aux ouchebtis, les statuettes magiques censées s'animer quand on leur en donnait l'ordre, ils m'évoquaient douloureusement Zia Rashid, une fille dont j'étais amoureux et qui s'était révélée faite d'argile.

Un premier amour, ce n'est jamais simple, mais quand en plus la fille tombe en morceaux devant tes yeux, crois-moi, tu comprends le sens de l'expression « avoir le cœur brisé ».

On a traversé la première salle, dont le plafond était peint d'un immense zodiaque égyptien. J'entendais les échos de la fête qui se déroulait dans la salle de bal, sur notre droite. Les rires et la musique résonnaient dans tout le bâtiment.

Dans la salle suivante, on s'est arrêtés devant une frise monumentale. Un monstre sculpté dans la pierre piétinait des êtres humains.

– C'est un griffon ? a demandé Jaz.

J'ai acquiescé.

– La version égyptienne, oui.

La créature avait le corps d'un lion et la tête d'un faucon, mais, contrairement aux griffons que tu as pu voir, il n'avait pas des ailes d'oiseau. Les siennes, plus longues et parallèles à son dos, évoquaient des brosses en fer. En supposant que ce monstre ait réellement existé, j'imagine qu'elles se mouvaient comme des ailes de papillon. On distinguait encore des traces de peinture rouge et or sur le dos du griffon, mais même incolore, celui-ci avait l'air incroyablement vivant. Il semblait me suivre du regard.

– En Égypte, les griffons avaient un rôle protecteur, ai-je dit. Ils gardaient les trésors.

– Tu veux dire qu'ils attaquaient les voleurs qui s'introduisaient dans les musées pour y dérober des objets précieux ? a demandé Sadie. Génial !

– C'est juste une frise...

Je ne crois pas que cette remarque ait rassuré aucun de nous : la magie égyptienne opérait précisément en donnant une réalité aux mots et aux représentations.

– Regardez, a dit Walt en pointant l'index. C'est elle, non ?

Faisant un détour pour éviter le griffon, on s'est avancés vers la statue qui se dressait au centre de la salle.

D'une taille d'environ deux mètres cinquante, le dieu sculpté dans la pierre noire était vêtu à l'égyptienne – le torse nu, la taille ceinte d'un pagne et les pieds chaussés de sandales. Il avait une tête de bélier dont les cornes avaient un peu souffert au cours des siècles et était coiffé d'une couronne en forme de Frisbee – un disque solaire bordé de serpents. Devant lui se tenait une silhouette humaine beaucoup plus petite. Les mains du dieu reposaient sur la tête du bonhomme, comme s'il lui donnait sa bénédiction.

Sadie s'est penchée vers l'inscription à la base de la statue. Depuis qu'elle avait abrité l'essence d'Isis, la déesse de la magie, elle possédait un talent incroyable pour déchiffrer les hiéroglyphes.

– « KNM », a-t-elle lu. Je suppose que ça se prononce « Khnoum » et que ça rime avec « Atchoum ».

J'ai acquiescé.

– C'est bien notre statue. Horus m'a dit qu'elle nous mettrait sur la voie du *Livre de Rê*.

Malheureusement, il n'avait pas été plus précis. À mon tour, j'ai étudié les hiéroglyphes, espérant y trouver une sorte de mode d'emploi.

– C'est qui, le petit devant Khnoum ? a demandé Walt. Un gosse ?

Jaz a fait claquer ses doigts.

– Je sais ! D'après la légende, Khnoum modelait des hommes sur son tour de potier. Là, j'imagine qu'il est en train de donner forme humaine à un bloc d'argile.

Elle s'est tournée vers moi, attendant que je confirme. Pour être franc, j'avais oublié cette histoire. Jaz était censée suivre notre enseignement, pourtant, en plusieurs occasions, elle avait fait preuve d'une mémoire très supérieure à la mienne.

– C'est exactement ça, ai-je dit. Il façonne un homme.

– Il me rappelle Bullwinkle, a remarqué Sadie, considérant la tête du dieu. Vous savez, l'élan du dessin animé ?

– Ce n'est pas un élan, mais un bélier, ai-je protesté.

– Si on cherche *Le Livre de Rê*, sachant que Rê est le dieu du soleil, qu'est-ce qu'on a à faire d'un élan ?

Je ne sais pas si je te l'ai dit, mais, parfois, Sadie m'exaspère.

J'ai expliqué :

– Khnoum était un des aspects de Rê. Le dieu solaire avait trois personnalités distinctes : le matin, il était Khépri, le scarabée qui poussait le soleil devant lui. À midi, il devenait Rê, puis Khnoum au moment où le soleil s'enfonçait sous terre.

– C'est compliqué, a soupiré Jaz.

– Pas du tout ! a répliqué Sadie. Regarde Carter : lui aussi a des personnalités multiples. Le matin, au réveil, c'est un zombie, puis il se transforme en larve, puis...

– La ferme, Sadie !

Walt s'est gratté le menton avant de déclarer :

– Sadie a raison. On dirait un élan, pas un bélier.

Sadie exultait.

– Merci, Walt.

Walt lui a adressé un sourire gêné. Quelque chose semblait le préoccuper. J'ai remarqué que Jaz le regardait avec inquiétude. De quoi ces deux-là pouvaient-ils bien parler quand on les avait rejoints ?

– Assez perdu de temps, ai-je dit. Il faut rapporter cette statue à la maison. Elle contient une sorte d'indice...

Walt m'a interrompu :

– On fera comment pour le trouver ? Et tu ne nous as toujours pas dit en quoi ce *Livre de Rê* était tellement important.

J'ai hésité. Il y avait beaucoup de choses qu'on n'avait pas dites à nos apprentis, pas même à Jaz et Walt – par exemple, le fait que le monde risquait d'être détruit cinq jours plus tard. Ce genre d'info aurait pu les déconcentrer.

– Je vous expliquerai tout plus tard, ai-je promis. Pour le moment, demandons-nous plutôt comment déplacer cette statue.

Jaz a froncé les sourcils.

– Je ne crois pas qu'elle rentrera dans ma sacoche, a-t-elle dit.

Sadie a soupiré.

– C'est pourtant pas compliqué ! On la fait léviter jusqu'à la salle de bal, on crée une diversion, on...

– Une seconde !

Walt s'est approché de la statue afin de l'examiner. Le petit homme souriait, comme s'il trouvait très amusant de se faire pétrir la tête.

– Le bélier porte une amulette, a remarqué Walt. Un scarabée.

– Un symbole très commun, ai-je remarqué.

– Oui, mais le scarabée représente la renaissance de Rê, pas vrai ? Et Khnoum est en train de créer une nouvelle vie. On n'a peut-être pas besoin de toute la statue, mais seulement...

– Excellent ! s'est exclamée Sadie, dirigeant sa baguette vers la statue.

J'ai failli crier : « Sadie, non ! », mais ça n'aurait servi à rien. Elle ne m'écoute jamais.

Quand la pointe de la baguette est entrée en contact avec l'amulette, les mains de Khnoum se sont mises à briller. La tête du petit homme s'est ouverte tel un silo à missile, faisant apparaître un rouleau de papyrus jauni.

– Et voilà le travail ! a lancé Sadie, fière comme un pou.

Elle a glissé sa baguette dans sa sacoche en saisissant le papyrus.

– Fais gaffe ! ai-je protesté. Il est peut-être piégé.

Qu'est-ce que je disais ? Elle n'écoute jamais !

Au moment où elle ôtait le papyrus de sa cachette, les murs ont tremblé et les vitrines se sont fissurées.

Sadie a poussé un cri : le manuscrit venait de s'embraser dans sa main. Heureusement, les flammes d'un blanc spectral ne semblaient pas consumer le papyrus ni la brûler, mais quand elle a tenté de les éteindre en secouant le rouleau, elles se sont propagées au présentoir le plus proche puis à toute la salle, comme si quelqu'un avait répandu de l'essence autour de celle-ci. Quand elles atteignaient une fenêtre, des hiéroglyphes livides s'allumaient sur les vitres, déclenchant probablement tout un arsenal de sorts dissuasifs. Puis la frise à l'entrée de la salle a disparu derrière un rideau de feu. De là où je me trouvais, je ne pouvais voir les sculptures, mais j'ai entendu un cri rauque – on aurait dit un perroquet géant très en colère.

Walt a agrippé fermement son bâton tandis que Sadie continuait à secouer la main, hurlant :

– Débarrassez-moi de ce truc !

Jaz s'est immobilisée tandis qu'elle sortait sa baguette et elle a demandé :

– C'est quoi, ce bruit ?

Mon cœur s'est emballé.

– On dirait que Sadie va avoir sa diversion, ai-je dit.

CARTER

2. Un colibri de trois tonnes

Quelques mois plus tôt, Sadie n'aurait eu qu'à prononcer un mot pour causer une explosion nucléaire, et j'aurais pu appeler en renfort un guerrier faucon géant quasi invincible.

Mais, à l'époque, on avait fusionné avec des dieux – pour moi, Horus, et pour Sadie, Isis. Par la suite, on avait renoncé à cet honneur, le jugeant trop dangereux. Tant qu'on ne contrô-lerait pas mieux nos pouvoirs, la cohabitation avec une entité divine risquait de nous consumer ou de nous rendre fous.

À présent, on ne pouvait compter que sur notre propre magie, beaucoup moins efficace dans les situations graves – par exemple, quand un monstre sculpté prenait vie pour nous écraser.

Le griffon s'est avancé en pleine lumière. Il était deux fois plus grand qu'un lion, avec une fourrure rousse saupoudrée de poussière, une queue hérissée de plumes qui semblaient aussi tranchantes que des lames de rasoir. D'un coup de patte, il a brisé le bloc de pierre d'où il avait surgi. Ses ailes battaient si vite qu'elles étaient floues et produisaient un bourdonnement, comme celles d'un colibri géant particulièrement féroce.

Le griffon a posé un regard avide sur Sadie. Des flammes livides entouraient toujours sa main et le papyrus, et le monstre semblait considérer ça comme une offense personnelle. J'avais

25

déjà entendu des cris d'oiseau discordants – j'ai moi-même été un faucon – mais quand il a ouvert le bec, le son qui en est sorti a fait trembler les vitres et dresser les cheveux sur ma tête.

J'ai crié à Sadie :

– Lâche le papyrus !

– Impossible, il est collé à ma main ! Et au cas où tu ne l'aurais pas remarqué, je suis en train de brûler !

Un voile de feu spectral recouvrait à présent toutes les vitrines et les objets exposés. Le papyrus semblait avoir activé toute la magie contenue dans la salle, et ça n'annonçait rien de bon. Walt et Jaz paraissaient pétrifiés. Comment leur en vouloir ? C'était la première fois qu'ils affrontaient un monstre en vrai.

Quand le griffon s'est avancé vers ma sœur, j'ai fait le seul tour de magie que je maîtrisais vraiment : j'ai plongé la main dans la Douât et en ai sorti mon épée – un khépesh, un glaive égyptien à la lame recourbée et parfaitement affûtée.

Sadie était ridicule avec son rouleau de parchemin enflammé – on aurait dit la statue de la Liberté, version hystérique – mais, de sa main libre, elle a fait apparaître sa principale arme offensive, un long bâton gravé de hiéroglyphes.

– Un conseil pour affronter un griffon ? m'a-t-elle demandé.

– Euh... Évite de te faire couper en rondelles par ses ailes.

– Merci, ça m'aide beaucoup.

J'ai lancé un ordre à Walt :

– Regarde s'il y a moyen d'ouvrir les fenêtres.

– M-mais... Elles sont piégées !

– Je sais. Mais le griffon nous aura dévorés avant qu'on n'atteigne la salle de bal.

– D'accord, je vais voir ce que je peux faire.

– Jaz, file-lui un coup de main.

– Ces marques sur la vitre, a murmuré Jaz. Je les ai déjà vues...

– Dépêchez-vous !

Le griffon s'est rué vers nous. Ses ailes faisaient autant de bruit qu'une tronçonneuse. Sadie a lancé son bâton, qui s'est transformé en un tigre bondissant toutes griffes dehors.

Guère impressionné, le griffon a ouvert démesurément le bec, avalé le tigre et lâché un rot.

– Mon bâton préféré ! a gémi Sadie.

Le griffon s'est ensuite tourné vers moi.

J'ai serré fermement la poignée de mon épée, dont la lame s'est mise à briller. J'ai regretté de ne plus entendre la voix d'Horus dans ma tête : un dieu guerrier embarqué, ça motive pour commettre des actes de bravoure stupides.

– Walt ! Tu t'en sors, avec la fenêtre ?

– Je fais ce que je peux !

Jaz est intervenue :

– Une seconde ! Ce sont les symboles de Sekhmet. Walt, arrête !

Ensuite, il s'est passé beaucoup de choses en même temps. Pour commencer, Walt a ouvert la fenêtre, et une vague de flammes livides l'a projeté au sol.

Jaz s'est précipitée vers lui. En bon prédateur, le griffon s'est alors détourné de moi pour s'intéresser à une cible en mouvement : Jaz.

Je me suis élancé à sa suite. Mais au lieu de dévorer nos amis, le monstre a pris son essor et s'est jeté sur la fenêtre. On a vu Jaz éloigner Walt tandis que le griffon fou de rage luttait contre les flammes.

Son bec happait furieusement le vide. En se débattant, il a renversé une vitrine contenant des ouchebtis avant de pulvériser un sarcophage avec sa queue.

Je ne sais pas ce qui m'a pris, mais j'ai crié :

– Arrête !

Le griffon s'est immobilisé. Puis il s'est tourné vers moi et a poussé un croassement courroucé. Un rideau de flammes a couru sur le sol et s'est ramassé dans un angle de la salle. J'ai alors remarqué que d'autres foyers se regroupaient pour former des silhouettes vaguement humaines. L'une d'elles semblait m'observer avec une malveillance incontestable.

– Carter, continue à l'occuper !

Apparemment, Sadie n'avait pas décelé les silhouettes parmi les flammes. Le regard fixé sur le griffon, elle a tiré de sa poche un morceau de ficelle magique.

– Si j'arrive à m'approcher suffisamment...

– Sadie, attends !

Je m'efforçais d'analyser la situation. Étendu sur le dos, Walt frissonnait et le blanc de ses yeux brillait d'un éclat spectral, comme si le feu s'était introduit en lui. Agenouillée à ses côtés, Jaz récitait un sort de guérison.

– *KRAAAK !*

Le cri du griffon exprimait la frustration. Il paraissait me demander la permission d'attaquer.

Entre-temps, les silhouettes menaçantes avaient gagné en consistance, et il semblait leur pousser des bras et des jambes. J'en ai compté sept.

Sept silhouettes... Jaz avait évoqué les symboles de Sekhmet. L'horreur s'est insinuée en moi tandis que je commençais à entrevoir la nature de la magie qui protégeait le musée. La libération du griffon était purement accidentelle. Ce n'était pas lui le problème.

Sadie a jeté sa ficelle.

– Attends ! ai-je répété, trop tard.

La ficelle volait déjà en direction du griffon, s'étirant jusqu'à former une corde longue et solide.

Avec un cri indigné, le monstre s'est mis à pourchasser les créatures de feu à travers la salle, détruisant tout sur son passage. Le bruit de ses ailes est devenu assourdissant. Les vitrines volaient en éclats, déclenchant les hurlements des alarmes. Je lui ai ordonné d'arrêter, mais cette fois il n'a pas obéi.

Du coin de l'œil, j'ai vu Jaz s'affaisser. Sans doute le sort de guérison l'avait-il épuisée.

– Sadie ! ai-je crié. Aide-la !

Pendant que Sadie se précipitait vers Jaz, j'ai couru derrière le griffon. Je devais avoir l'air d'un parfait crétin avec mon pyjama noir et mon épée flamboyante, à trébucher sur des débris de statue et à lancer des ordres à un colibri géant.

Juste comme je me disais que les choses ne pouvaient pas aller plus mal, une douzaine de fêtards sont apparus sur le seuil de la salle, attirés par le vacarme. Ils sont restés bouche bée, puis une femme en robe rose pêche a commencé à pousser des piaillements aigus.

Les sept créatures de feu se sont ruées vers eux et les ont traversés. Les malheureux se sont écroulés. Les flammes ont continué sur leur lancée et tourné l'angle du couloir, se dirigeant vers la salle de bal. Le griffon a pris son envol afin de les poursuivre.

– Ils vont bien ? ai-je demandé à Sadie, penchée au-dessus de nos deux apprentis.

– Walt a repris connaissance, mais Jaz est toujours évanouie.

– Rejoins-moi dès que tu le pourras. Je crois que j'arrive à contrôler le griffon.

– Tu as perdu la tête ? Nos amis sont blessés, et j'ai toujours un papyrus enflammé à la main. Puisque la fenêtre est ouverte, aide-moi à sortir Jaz et Walt d'ici.

Elle n'avait pas tort. C'était peut-être notre unique chance de sauver nos amis. Mais j'avais découvert la nature des sept créatures de feu et, si je ne les arrêtais pas, des innocents risquaient d'être blessés, ou pire.

J'ai marmonné quelque chose en égyptien ancien – pas une formule magique, plutôt un chapelet de jurons – avant de courir vers la salle de bal.

Je l'ai trouvée plongée dans le chaos. Les invités de la noce couraient en tous sens, poussant des cris et renversant les tables. Un type en smoking qui s'était affalé sur la pièce montée rampait sur le sol, la figurine en plastique représentant les mariés piquée dans les fesses. Un musicien tentait de fuir, le pied coincé dans une caisse claire crevée.

À présent, on distinguait plus nettement les créatures de feu. Mi-animales, mi-humaines, dotées de bras interminables et de jambes difformes, elles brillaient d'un éclat aveuglant et décrivaient des cercles autour des colonnes qui entouraient la piste de danse. L'une d'elles a traversé une demoiselle d'honneur. Les yeux de la jeune femme sont devenus blancs, et elle s'est affaissée, frissonnant et toussant.

Moi aussi, j'aurais voulu me recroqueviller sur moi-même. J'ignorais comment combattre ces choses, et si elles me touchaient...

Soudain le griffon a fondu sur une des créatures, toujours suivi par la corde magique de Sadie, et l'a engloutie. De la fumée a jailli de ses narines, mais à part ça, le fait d'avoir avalé un bouquet de flammes livides ne semblait pas l'affecter.

– Hé ! ai-je crié pour attirer son attention.

J'ai compris trop tard mon erreur. Le griffon a fait volteface, ralentissant juste assez pour permettre à la corde d'entraver ses pattes arrière.

– *KRAAAK* !

Le monstre s'est écrasé sur la table du buffet. La corde s'est ensuite enroulée autour de son corps tandis que ses ailes déchiquetaient la table, le sol et les assiettes de sandwichs, tel un hachoir électrique dont le moteur se serait emballé.

Les invités qui le pouvaient fuyaient en direction des ascenseurs, mais plusieurs dizaines gisaient inconscients ou secoués de spasmes, les yeux révulsés. D'autres étaient coincés sous des débris. Les alarmes rugissaient, et les six créatures restantes étaient incontrôlables.

J'ai couru vers le griffon qui se roulait par terre, s'efforçant d'arracher la corde avec ses dents.

– Du calme, lui ai-je dit. Laisse-moi t'aider, idiot !

– *HIIIIII !*

La queue du monstre est passée au ras de ma tête, manquant de me décapiter.

J'ai pris une profonde inspiration. Ma spécialité, c'est la magie de combat. Je n'ai jamais été très doué pour les sorts faisant intervenir des hiéroglyphes, toutefois j'ai tendu mon épée vers le griffon et prononcé le mot *ha-tep*.

Le symbole signifiant « paix » s'est inscrit en vert dans l'espace, juste à la pointe de mon épée.

Le griffon a cessé de se débattre. Le vrombissement de ses ailes s'est tu. La confusion régnait toujours dans la salle. Luttant pour garder mon sang-froid, je me suis approché du monstre.

– Tu me reconnais, pas vrai ?

J'ai tendu une main ouverte devant moi, et un autre symbole est apparu au-dessus de ma paume – le seul que je pouvais invoquer à volonté, l'Œil d'Horus.

– Tu es un des animaux sacrés d'Horus. C'est pour ça que tu m'obéis.

Le regard fixé sur le signe du dieu guerrier, le griffon a hérissé les plumes de son cou et poussé un cri plaintif. La corde continuait à s'enrouler autour de lui.

– Je sais, ma sœur est un boulet. Tiens bon, je vais te détacher.

Derrière moi, Sadie a hurlé mon nom.

Je me suis retourné. Walt et elle s'avançaient vers moi en titubant, portant à moitié Jaz. Sadie avait toujours le papyrus enflammé à la main. Walt tenait plus ou moins sur ses jambes, et ses yeux n'étaient plus blancs. Jaz, en revanche, était aussi inerte qu'une poupée de chiffon.

Ils ont traversé la salle, évitant un esprit du feu et plusieurs invités paniqués, pour parvenir jusqu'à moi.

– Tu as fait comment pour le calmer ? m'a demandé Walt, considérant le griffon.

– Les griffons sont les serviteurs d'Horus. Ils tiraient son char sur le champ de bataille. Il a dû sentir que j'étais lié à son maître.

Le griffon impatient a renversé une colonne d'un coup de queue.

– Moi, je ne trouve pas qu'il soit si calme que ça, a objecté Sadie.

Elle a levé les yeux vers la coupole, à travers laquelle la minuscule silhouette de Khéops nous adressait de grands signes, et a ajouté :

– Il faut qu'on sorte Jaz d'ici, et vite.

– Je vais bien, a murmuré notre amie.

– C'est faux, a répliqué Walt. Elle a chassé l'esprit qui me possédait, mais ça a failli la tuer. Ce démon est une sorte de maladie...

– Un *bau*, ai-je dit. Un esprit malfaisant. Ces sept-là s'appellent...

– Les flèches de Sekhmet, a achevé Jaz, confirmant mes craintes. Ils proviennent de la déesse. Je peux les arrêter.

– Tu dois te reposer, a objecté Sadie.

– C'est juste, ai-je acquiescé. Sadie, enlève cette corde...

Jaz m'a interrompu :

– Trop tard.

En effet, les bau avaient encore grandi, et leur éclat s'était accentué. Ils sillonnaient la pièce sans rencontrer d'opposition, terrassant toujours davantage d'invités.

– Ces gens vont mourir si je n'arrête pas les bau, a plaidé Jaz. En canalisant la puissance de Sekhmet, je peux les renvoyer dans la Douât. J'ai été formée pour ça.

J'ai hésité. Jaz n'avait jamais tenté un sort de cette ampleur et elle n'avait pas encore récupéré ses forces. Mais elle avait bien été formée pour ça : Sekhmet étant la déesse de la destruction, de la maladie et de la famine, il semblait logique que les guérisseurs apprennent à maîtriser son pouvoir et ses armes, notamment les bau.

En plus, je n'étais pas certain à cent pour cent de pouvoir contrôler le griffon. Dans sa fureur, il risquait de nous avaler tout crus au lieu de combattre les esprits.

Dehors, le bruit des sirènes de police se rapprochait. Le temps nous était compté.

Jaz a insisté :

– On n'a pas le choix.

Elle a saisi sa baguette et embrassé Walt sur la joue – tu aurais vu la tête de ma sœur !

– Tout va bien se passer, Walt. Ne renonce pas.

Elle a ensuite sorti une figurine en cire de sa sacoche et l'a glissée dans la main de Sadie – sa main libre.

– Tu en auras bientôt besoin, a-t-elle dit. Désolée de ne pouvoir t'aider davantage, mais tu sauras quoi en faire le moment venu.

Je crois que c'était la première fois que je voyais Sadie muette de stupeur.

Jaz a couru vers le centre de la salle et dirigé sa baguette vers le sol, traçant un cercle protecteur autour d'elle. Puis elle a pris dans son sac une statuette de Sekhmet, sa déesse tutélaire, et l'a brandie en entonnant une incantation. Un halo de lumière rouge l'a enveloppée. Des traits d'énergie ont jailli du cercle et se sont déployés à travers la salle, telles les branches d'un arbre, avant d'amorcer un mouvement circulaire, de plus en plus rapide. Irrésistiblement attirés vers le centre, les bau hurlaient et se débattaient. Jaz chancelait, mais elle a poursuivi son incantation, le visage ruisselant de sueur.

– On peut faire quelque chose pour l'aider ? a demandé Walt.

– KRAAAK ! a crié le griffon, ce qui devait vouloir dire : « Hé ho ! Je suis toujours là ! »

À présent on aurait dit que les sirènes retentissaient juste à l'extérieur du musée. Au bout du couloir, près des ascenseurs, quelqu'un criait dans un mégaphone, ordonnant aux derniers invités de quitter le bâtiment – comme s'ils avaient eu besoin d'encouragements ! Si la police nous arrêtait, on aurait du mal à expliquer la situation.

– Sadie, ai-je dit, prépare-toi à faire disparaître cette corde. Walt, tu as toujours ton bateau amulette ?

– Mon... Oui, mais il n'y a pas d'eau.

– Invoque le bateau, vite !

J'ai fouillé dans mes poches à la recherche de mon propre morceau de ficelle. L'ayant trouvé, j'ai prononcé la formule et je me suis retrouvé avec une corde de cinq mètres à la main. J'y ai fait un nœud coulant et je me suis lentement approché du griffon.

– N'aie pas peur, lui ai-je dit. Je veux seulement passer ce truc autour de ton cou.

– KRAAAK !

Il aurait pu me couper en deux d'un seul coup de bec, pourtant il m'a laissé faire.

Soudain le temps a paru ralentir. Les volutes écarlates invoquées par Jaz semblaient se mouvoir dans de la mélasse. Les cris et les hurlements des sirènes formaient un brouhaha lointain.

Tu n'y arriveras pas, a fait une voix sifflante près de mon oreille.

Je me suis retourné et me suis trouvé face à un bau.

Son visage livide, aux traits presque nets, flottait à quelques centimètres du mien. On aurait dit qu'il souriait, et j'aurais juré l'avoir déjà vu.

Le chaos est trop puissant, a-t-il ajouté. *Le monde échappe à ton contrôle. Renonce à ta quête !*

– Tais-toi, ai-je murmuré, le cœur battant.

Mais l'esprit a continué à me narguer :

Tu ne la trouveras jamais. Elle dort parmi les sables rouges, et elle mourra si tu poursuis ta quête absurde.

J'ai eu l'impression qu'une tarentule courait le long de mon dos. L'esprit parlait de Zia Rashid – la véritable Zia, que je cherchais depuis des semaines.

J'ai répliqué :

– Tu tentes de m'abuser, démon...

Tu sais qui je suis, mon garçon. Nous nous sommes déjà rencontrés.

– Silence !

J'ai invoqué l'Œil d'Horus. Le temps a retrouvé son cours normal. Les volutes rouges se sont enroulées autour du bau et l'ont précipité dans le vortex.

À part moi, personne ne semblait avoir remarqué quoi que ce soit d'anormal.

Sadie tentait d'éloigner les esprits qui l'approchaient en les frappant avec son papyrus enflammé. Walt a posé son bateau amulette sur le sol et prononcé quelques mots. L'amulette s'est transformée en une barque de roseau grandeur nature, échouée sur les débris de la table du buffet.

Avec des mains tremblantes, j'ai noué une des extrémités de la corde que j'avais passée au cou du griffon à la proue du bateau et l'autre à la poupe.

– Carter, regarde ! a fait la voix de Sadie.

En me retournant, j'ai aperçu un éclair rouge aveuglant, puis le vortex a aspiré les bau à l'intérieur du cercle tracé par Jaz. Celle-ci a perdu connaissance, sa baguette et la statuette de Sekhmet se sont émiettées dans ses mains.

On a couru vers elle. Ses vêtements fumaient. Je n'aurais su dire si elle respirait encore.

– Montez-la à bord, ai-je ordonné. Il faut partir d'ici.

Un grognement a retenti au-dessus de nous. Khéops avait ouvert le dôme. Il nous faisait de grands signes tandis que des projecteurs balayaient le ciel derrière lui. Le musée devait être cerné par la police.

Tout autour de la salle, les invités évanouis revenaient à eux. Jaz les avait sauvés, mais à quel prix ? On l'a portée jusqu'au bateau et hissée à bord.

– Accrochez-vous, ai-je dit à mes compagnons. Ça risque de secouer.

– Hé ! a fait une voix d'homme derrière nous. Vous êtes qui ? Hé, arrêtez !

– Sadie, la corde !

Ma sœur a claqué des doigts, et la corde qui entravait le griffon s'est dissoute.

J'ai hurlé :

– ENVOLE-TOI !

Le griffon a agité les ailes. Le bateau a fait un bond et oscillé dangereusement avant de s'élancer vers le plafond béant. La charge supplémentaire ne paraissait pas gêner le griffon. Il filait tellement vite que Khéops a tout juste eu le temps de sauter à bord. Cramponnés les uns aux autres, nous luttions contre le mal de l'air.

– Agh ! a gémi Khéops.

J'ai acquiescé.

– Je sais. Et moi qui pensais que ça allait être facile...

J'aurais pourtant dû le savoir : avec les Kane, tout est toujours compliqué. Pourtant, avec le recul, cette expédition au musée nous apparaîtrait plus tard comme une promenade de santé.

Avec un cri de triomphe, notre griffon a jailli dans la nuit froide et pluvieuse. Étrangement, je n'ai pas eu besoin de le diriger. Plus on s'approchait de la maison et plus les flammes qui entouraient le papyrus de Sadie brillaient d'un éclat vif. Quand je regardais les toits de Brooklyn, ils m'apparaissaient baignés d'une clarté spectrale.

Je commençais à me demander si on avait volé le bon objet, ou si le papyrus ne ferait qu'aggraver nos ennuis. Dans un cas comme dans l'autre, j'avais la sensation que, cette fois, on avait poussé le bouchon un peu loin.

SADIE

3. Le marchand de glaces maléfique

C'est marrant, mais on s'habitue à tout – même à une main en feu.

Oh ! Salut, c'est Sadie. Tu ne croyais pas que j'allais laisser mon frère te soûler avec son blabla ? Personne ne mérite une punition pareille !

Sitôt arrivés à la maison, les garçons ont commencé à s'agiter autour de moi sous prétexte que j'avais un papyrus enflammé collé dans la main.

Je me tuais à leur répéter :

– C'est bon, je vais bien. Occupez-vous plutôt de Jaz.

Franchement, j'apprécie qu'on m'accorde un minimum d'attention, mais pour une fois, je n'étais pas la principale attraction.

Le bateau s'était posé sur le toit de notre « manoir » – un cube de pierre et d'acier de quatre étages, mi-temple égyptien mi-musée d'art moderne, perché sur un entrepôt abandonné au bord de l'East River et invisible aux yeux des mortels.

Au-dessous de nous, tout Brooklyn était en feu. Ce fichu papyrus avait tracé à travers la ville un sillage de flammes spectrales. Si les bâtiments ne brûlaient pas vraiment, la panique n'en était pas moins réelle. La nuit retentissait de hurlements de sirènes, les gens se pressaient dans les rues, levant des regards effarés vers les toits embrasés. Des hélicoptères équipés de projecteurs décrivaient des cercles dans le ciel.

Au cas où tu trouverais que ça manquait d'animation, je te rappelle que mon frère s'était improvisé dompteur de griffon. Pour l'heure, il s'efforçait de dételer le monstre et de l'empêcher de dévorer nos apprentis.

Mais notre véritable cause d'inquiétude, c'était Jaz. Si elle respirait toujours, elle semblait plongée dans une sorte de coma, et ses yeux étaient entièrement blancs.

Pendant le trajet en bateau, Khéops avait eu recours à la célèbre magie des babouins pour la soigner. Il lui avait palpé le front en faisant des bruits grossiers et avait tenté de glisser des bonbons dans sa bouche. Je ne doute pas qu'il ait fait de son mieux, mais on ne peut pas dire que ça ait beaucoup amélioré l'état de notre amie.

Walt l'a prise dans ses bras et l'a déposée sur une civière, l'enveloppant dans des couvertures et lui caressant les cheveux tandis que les autres novices faisaient cercle autour d'eux. Il paraissait encore plus beau au clair de lune. Je m'efforçais de ne pas penser à ses épaules musclées, si bien mises en valeur par son débardeur, ni au fait qu'on les avait surpris, Jaz et lui, en train de se tenir les mains...

Pardon, je m'égare.

Je me suis laissée tomber sur le sol à l'autre extrémité de la terrasse, épuisée. Ma main droite me démangeait à force de serrer le papyrus enflammé. J'ai sorti de ma poche gauche la figurine en cire que Jaz m'avait donnée. C'était une statuette de guérison, destinée à chasser la maladie ou le mauvais œil. En général, ces figurines ne ressemblent à personne en particulier, mais Jaz s'était appliquée en façonnant celle-ci. À l'évidence, elle l'avait conçue pour une personne précise, ce qui augmentait son efficacité et la réservait à un danger mortel. Ses cheveux bouclés, les traits de son visage, l'épée qu'elle serrait dans ses mains désignaient clairement son modèle, surtout que Jaz avait gravé le nom de celui-ci en hiéroglyphes sur sa poitrine : CARTER.

« Tu en auras bientôt besoin », m'avait-elle dit.

Qu'entendait-elle par là ? À ma connaissance, Jaz n'avait pas le don de voir l'avenir. Et comment saurais-je à quel moment utiliser la figurine ? Alors que je contemplais le mini-Carter, j'ai eu la sensation atroce que le sort de mon frère se trouvait réellement entre mes mains.

– Ça va ? a demandé une voix de femme.

Je me suis dépêchée de ranger la figurine.

Ma vieille copine Bastet se tenait devant moi. Son demi-sourire et ses yeux jaunes étincelants auraient aussi bien pu exprimer l'inquiétude que l'amusement. Il n'est pas toujours facile de déchiffrer les humeurs d'une déesse-chatte. Avec sa combinaison de gymnaste léopard, elle donnait l'impression de s'apprêter à exécuter un double salto arrière – c'était peut-être le cas. Comme je l'ai dit, avec les chats, on n'est jamais sûr de rien.

– Oui, ça va, ai-je menti. C'est juste que...

J'ai levé ma main enflammée.

Bastet a paru mal à l'aise en voyant le papyrus.

– Hum, je vais voir ce que je peux faire...

Ça me faisait bizarre de voir mon ex-minette prononcer une incantation, accroupie près de moi. Pendant des années, Bastet avait vécu à mes côtés sous l'apparence de ma chatte, Muffin. À l'époque, j'étais loin d'imaginer que la boule de poils qui ronronnait la nuit sur mon oreiller était en réalité une déesse. Elle s'était révélée à nous après que notre père eut libéré toute une ribambelle de divinités au British Museum.

Ça faisait six ans qu'elle veillait sur moi, nous avait-elle expliqué, depuis que nos parents l'avaient délivrée de la Douât et de la cellule dans laquelle Rê l'avait enfermée afin qu'elle

40

combatte le serpent Apophis pour l'éternité. Ma mère avait prédit qu'Apophis finirait par s'échapper de sa prison et alors, ce serait ni plus ni moins l'Apocalypse. Si Bastet avait continué à le combattre seule, elle aurait été détruite. En revanche, maman était persuadée qu'une fois que Bastet serait libre, elle aurait un rôle important à jouer lors de la bataille finale contre le chaos. Elle était morte en refermant la prison d'Apophis après en avoir extrait la déesse-chatte. Celle-ci avait donc une dette envers nos parents, c'est pourquoi elle était devenue mon ange gardien.

Quand Carter et moi devions voyager, elle nous servait de chaperon. Également, elle s'improvisait parfois chef cuisinier pour tout le manoir. (Un conseil : si elle te propose un suprême de Friskies comme plat du jour, refuse.)

Je dois t'avouer que Muffin me manquait toujours. Parfois, j'étais tentée de gratter Bastet entre les oreilles et de lui donner des friandises à croquer, même si j'appréciais qu'elle ne dorme plus sur mon oreiller la nuit.

Juste comme elle achevait son incantation, les flammes qui enveloppaient le papyrus se sont éteintes. J'ai desserré les doigts. Le manuscrit est tombé sur mes genoux.

– Merci, mon Dieu ! ai-je soupiré.

Bastet m'a corrigée :

– Non, ma déesse. Mais tu n'as pas à me remercier... Je ne pouvais pas laisser le pouvoir de Rê consumer la ville.

J'ai jeté un coup d'œil en direction de Brooklyn. La situation était redevenue normale, à part le ballet des voitures de police et les mortels hurlants qui se massaient dans les rues – en réalité, rien de tout ça n'était inhabituel.

– Le pouvoir de Rê ? ai-je demandé. Je croyais que le papyrus n'était qu'un indice. Tu veux dire que c'est l'authentique *Livre de Rê* ?

La queue-de-cheval de Bastet a subitement triplé de volume. J'avais fini par comprendre qu'elle attachait ses cheveux pour éviter de se retrouver coiffée comme la fiancée de Frankenstein à la moindre émotion.

– Il fait partie du livre, a-t-elle répondu. Et ne dis pas que je ne vous ai pas prévenus : le pouvoir de Rê est presque impossible à maîtriser. Si vous persistez à vouloir le réveiller, la prochaine fois, vous pourriez allumer un incendie autrement plus destructeur.

– Je croyais que Rê était ton pharaon. Son retour devrait te réjouir.

En la voyant baisser les yeux, j'ai réalisé que j'avais dit une bêtise. En effet, Rê était le seigneur et maître de Bastet. Il l'avait choisie comme championne il y avait de ça des millénaires. Mais c'était également lui qui l'avait condamnée à affronter éternellement Apophis avant de partir en retraite – un bel égoïste, si tu veux mon avis. Pas étonnant que l'idée de voir resurgir son ex-patron lui ait inspiré des sentiments mitigés.

– On reparlera de tout ça demain, a-t-elle déclaré. Pour le moment, tu as besoin de repos. Et ce papyrus ne doit être ouvert qu'à la lumière du jour. Il est alors plus facile de contrôler le pouvoir de Rê.

J'ai regardé le manuscrit, qui fumait toujours.

– Je ne risque pas de me transformer de nouveau en torche humaine ?

– Tu peux le toucher sans danger. Les millénaires qu'il a passés dans l'obscurité l'avaient rendu hypersensible – à la magie, aux émotions humaines, à toute forme d'énergie. J'ai abaissé son seuil de sensibilité pour éviter qu'il ne s'enflamme encore.

J'ai pris le papyrus. Il ne s'est pas collé à ma main et n'a pas illuminé toute la ville.

Bastet m'a aidée à me relever.

– Tu devrais aller te coucher, m'a-t-elle conseillé. Je dirai à Carter que tu vas bien. Et puis, a-t-elle ajouté avec un sourire, une longue journée t'attend demain.

C'était vrai, et il fallait que ce soit ma chatte qui me le rappelle !

J'ai jeté un coup d'œil vers Carter, qui bataillait toujours avec le griffon. Le monstre serrait les lacets de mon frère dans son bec et ne donnait pas l'impression de vouloir lâcher prise.

La plupart des apprentis s'affairaient autour de Jaz, essayant de la réveiller. Walt n'avait pas quitté son chevet. Il m'a lancé un regard gêné avant de reporter son attention sur elle.

– Tu as raison, ai-je dit à Bastet. On n'a plus besoin de moi ici.

Ma chambre était l'endroit idéal pour bouder. J'ai dormi six ans dans une pièce mansardée, chez mes grands-parents. Mon ancienne vie me manquait, de même que mes copines, Liz et Emma, et presque tout ce qui fait l'Angleterre, mais je dois avouer que ma nouvelle chambre était beaucoup plus classe.

Son balcon donnait sur l'East River. J'y jouissais d'un lit immense et confortable, d'une salle de bains privée, d'une penderie remplie de vêtements neufs qui apparaissaient par magie et se lavaient d'eux-mêmes en cas de besoin. La commode comportait un réfrigérateur encastré contenant des canettes de Ribena – mon soda préféré, directement importé d'Angleterre – et des chocolats – il faut bien s'accorder des petits plaisirs, pas vrai ? La chaîne stéréo déchirait grave, et la pièce étant insonorisée, je pouvais écouter de la musique aussi fort que je le voulais sans craindre de déranger mon rabat-joie de frère, dans la chambre voisine. Sur la commode était exposé un des seuls objets que j'avais apportés de Londres : un magnétophone à cassettes que mes grands-parents m'avaient offert quand j'étais petite, complètement dépassé, mais que je conservais pour des raisons sentimentales. Après tout, c'était lui qui nous avait permis, à Carter et moi, d'enregistrer le récit de nos précédentes aventures.

J'ai allumé mon iPod et sélectionné la playlist intitulée « Déprime », qui convenait le mieux à mon humeur.

Les premières notes de *Best for Last*, d'Adele, ont retenti dans les écouteurs. Bon sang, je n'avais pas écouté cette chanson depuis... J'ai fondu en larmes. La dernière fois que je l'avais écoutée, c'était le soir de Noël, quand Carter et papa étaient venus me chercher pour m'amener au British Museum. Cette nuit avait marqué le début de notre nouvelle vie.

Adele chantait comme si on lui arrachait le cœur. Elle parlait au garçon pour qui elle craquait, lui demandant ce qu'elle devait faire pour qu'il l'aime vraiment, et j'y voyais un rapport avec ma propre situation. Mais à Noël, cette chanson m'évoquait d'abord notre famille : ma mère, morte quand j'avais six ans, mon père et Carter, qui m'avaient abandonnée à Londres pour parcourir le monde ensemble et semblaient très heureux sans moi.

Bien sûr, c'était plus compliqué. J'avais été confiée à nos grands-parents au terme d'une impitoyable bataille juridique, marquée, entre autres, par une agression sauvage avec une spatule, et notre père avait pris la décision de nous séparer, mon frère et moi, pour éviter que nos pouvoirs ne s'éveillent avant qu'on soit en âge de les maîtriser. Depuis, on s'était tous rapprochés. Mon père était un peu plus présent dans ma vie, même en tant que souverain du monde souterrain. Quant à ma mère... Eh bien, j'avais rencontré son fantôme. C'est mieux que rien, non ?

Pourtant, la chanson avait fait resurgir toute la colère et la douleur dont je me croyais débarrassée. Apparemment, je m'étais trompée.

Mon doigt s'est approché de la commande « Avance rapide », mais j'ai préféré écouter le morceau jusqu'au bout. J'ai jeté mes affaires sur la commode – papyrus, mini-Carter en cire, sacoche, baguette... Puis j'ai cherché mon bâton du regard avant de me rappeler que le griffon l'avait mangé.

Fichue cervelle de piaf !

J'ai entrepris de me changer avant de me mettre au lit. J'avais recouvert l'intérieur des portes de ma penderie de photos. Sur la plupart, j'étais avec mes copines Liz et Emma. Sur l'une d'elles, prise dans un Photomaton de Piccadilly, on faisait des grimaces. On avait l'air bêtes, mais tellement jeunes...

Le lendemain, j'allais revoir Liz et Emma, pour la première fois depuis mon départ de Londres. Papy et mamie m'avaient invitée chez eux, et j'avais prévu une virée entre filles. Mais ça, c'était avant que Carter ne lâche une nouvelle bombe sur le mode « Vous avez cinq jours pour sauver le monde ».

Seules deux des photos qui tapissaient l'intérieur des portes ne concernaient pas Liz et Emma. Sur l'une, on me voyait avec Carter et oncle Amos, juste avant que ce dernier ne parte achever sa convalescence en Égypte – si toutefois on peut parler de « convalescence » après avoir été possédé par un dieu maléfique.

La seconde photo, format affiche, était une reproduction d'une fresque montrant Anubis – tu sais, le type avec une tête de chacal, le dieu de la mort, des enterrements, tout ça. On le voit partout dans les peintures égyptiennes, accueillant les défunts dans la salle du jugement, pesant leur cœur, agenouillé devant la balance contenant la plume de Maât, etc.

Tu te demandes pourquoi j'avais le portrait du dieu de la mort dans mon placard ?

(C'est bon, Carter, je vais le dire, ne serait-ce que pour te faire taire.)

Je l'avoue, j'avais un peu craqué sur Anubis. Je sais que ça paraît ridicule – une fille de notre époque soupirant après un garçon à tête de chien vieux de cinq mille ans –, mais ce n'était pas ce que je voyais quand je contemplais sa photo. Je me rappelais Anubis tel qu'il m'était apparu dans ce cimetière de La Nouvelle-Orléans : un beau gosse dans les seize ans, en jean et cuir noirs, les cheveux en désordre, avec de sublimes yeux bruns au regard triste. Et je précise qu'il n'avait pas une tête de chien alors.

Ça n'en est pas moins ridicule, je sais. Il était un dieu, et on n'avait rien en commun. En plus, ça faisait des mois que je n'avais pas eu de ses nouvelles. Ça n'aurait pas dû m'étonner, même s'il m'avait donné l'impression de s'intéresser à moi. Il m'avait même laissé entendre que... Mais non, c'était encore mon imagination qui m'avait joué des tours.

Quand Walt Stone avait débarqué au manoir, j'avais espéré pouvoir oublier Anubis. Walt était mon élève, je n'avais pas le droit de penser à lui comme ça, pourtant, au premier regard qu'on avait échangé, j'aurais juré qu'il s'était passé un truc entre nous. Mais depuis, Walt s'était éloigné de moi pour se rapprocher de Jaz, et chaque fois que je posais les yeux sur lui, il prenait un air gêné.

Ma vie était un vrai foutoir.

J'ai enfilé mon pyjama tout en écoutant Adele. On aurait dit que toutes ses chansons parlaient d'une fille qui cherche à attirer l'attention d'un garçon. Ça a fini par me soûler, et j'ai éteint mon iPod avant de m'écrouler sur mon lit.

Malheureusement, ce n'était pas cette nuit-là que j'allais connaître le repos ni le soulagement.

Chez nous, on dort entourés de gadgets pour éloigner les rêves néfastes et les esprits envahissants. J'ai même un repose-nuque magique censé éviter que mon âme – mon bâ, comme l'appelaient les anciens Égyptiens – ne parte en vadrouille pendant mon sommeil.

Mais ce système défensif comporte des failles. Parfois, une force extérieure frappe à la porte de mon esprit, demandant à entrer, ou mon âme me fait savoir qu'elle a un truc à me montrer et qu'elle doit m'emmener quelque part pour ça.

C'est ce qui est arrivé ce soir-là, juste comme je venais de m'endormir. Imagine-toi un appel entrant que ton cerveau aurait la liberté d'accepter ou de rejeter. La plupart du temps, mieux vaut le rejeter, surtout quand il provient d'un numéro masqué.

Mais certains appels sont vraiment importants. Et comme le lendemain, c'était mon anniversaire, j'ai pensé que mes parents tentaient de me joindre du royaume des morts. Je me les représentais dans la salle du jugement, mon père assis sur son trône sous l'aspect d'Osiris, le dieu à la peau bleue, ma mère en robe blanche vaporeuse. Peut-être même qu'ils auraient des chapeaux en papier et qu'ils me crieraient : « Joyeux anniversaire » pendant qu'Ammout, leur monstre nain, ferait des bonds autour d'eux en jappant.

Ou bien – qui sait ? – c'était Anubis : « Tu fais quoi, samedi soir ? Ça te dirait d'aller à un enterrement avec moi ? »

Donc, j'ai accepté l'appel. J'ai laissé mon bâ sortir de mon corps et aller là où il le souhaitait.

Si tu n'as jamais volé avec la compagnie Bâ Airlines, je te la déconseille – à moins que tu n'aies envie de te transformer en dinde fantôme et d'être secoué par les turbulences à l'intérieur de la Douât.

En général, le bâ est invisible pour les mortels. Ça vaut mieux, sachant qu'il ressemble à un oiseau géant coiffé d'une tête humaine. Autrefois, j'arrivais à arranger un peu le mien, mais j'ai perdu cette faculté quand Isis est sortie de ma tête. À présent, au moment du décollage, je passe en mode dinde par défaut.

Les portes du balcon se sont ouvertes, et une brise magique m'a emportée à travers la nuit. Puis les lumières de New York se sont estompées, et je me suis retrouvée dans la salle des temps du siège de la Maison de vie, sous la ville du Caire.

Cette salle est tellement grande qu'on pourrait y courir le marathon. Un tapis bleu scintillant en parcourt le milieu sur toute sa longueur, telle une rivière. Entre les colonnes qui la bordent des deux côtés, sur des sortes d'écrans chatoyants, des images holographiques rejouent des épisodes de la longue histoire de l'Égypte. La lumière change de couleur quand on passe d'une ère à l'autre, depuis la clarté dorée de l'âge des dieux jusqu'au rouge de l'époque moderne.

L'immense espace compris sous le plafond – encore plus haut que celui de la salle de bal du Brooklyn Museum – est éclairé par des boules d'énergie et des hiéroglyphes voletant dans les airs. Comme si on avait fait exploser plusieurs kilos de céréales pour le petit déjeuner, et que leurs débris colorés tournoyaient en apesanteur et s'entrechoquaient au ralenti.

J'ai flotté jusqu'au fond de la salle et me suis immobilisée au-dessus du trône du pharaon. Celui-ci est vide depuis la chute de l'Empire égyptien, mais assis sur ses marches se trouvait le chef lecteur de la Maison de vie, le maître du Premier Nome et notre ennemi juré, le magicien Michel Desjardins.

Je n'avais pas revu Monsieur Bonne Humeur depuis qu'on avait donné l'assaut à la pyramide rouge de Seth, et j'ai été étonnée de voir combien il avait vieilli. Ses cheveux noirs et lisses, sa barbe fourchue étaient à présent striés de gris. Il s'appuyait lourdement sur son bâton, comme si la cape en léopard qui couvrait ses épaules était doublée de plomb.

Je n'irai pas jusqu'à dire qu'il me faisait de la peine. On ne s'était pas quittés dans les meilleurs termes. Si on avait plus ou moins uni nos forces pour vaincre Seth, il nous considérait toujours, Carter et moi, comme de dangereux rebelles. Il nous avait avertis qu'il nous détruirait si on persistait à vouloir étudier la voie des dieux, ce qu'on avait fait. Bizarrement, ça ne nous avait pas donné envie de l'inviter à prendre le thé.

Ses yeux brillaient d'un éclat dément dans son visage décharné. Il scrutait les images mouvantes sur les écrans de la section rouge, comme s'il guettait quelque chose.

Soudain il a prononcé une question en français. J'ai hésité entre « Il est parti ? » et « Filet garni ? » mais d'après le contexte et mes souvenirs de lycée, la première solution paraissait la plus probable.

Pendant une seconde, j'ai eu peur qu'il ne se soit adressé à moi, puis une voix râpeuse s'est élevée derrière le trône :

– Oui, maître.

Un homme a surgi de l'ombre, entièrement vêtu de blanc. Même les verres réfléchissants de ses lunettes étaient blancs. J'ai pensé : *Argh ! Un marchand de glaces maléfique...*

Il avait un sourire aimable, et un visage poupin encadré de boucles argentées. J'aurais pu le croire inoffensif, voire bienveillant, jusqu'à ce qu'il enlève ses lunettes.

Je l'avoue, quand il s'agit des yeux, je deviens facilement impressionnable. La télé diffuse un reportage sur une opération de la rétine ? Je quitte la pièce en courant. La simple idée de porter des lentilles de contact me fait grincer des dents.

Mais les yeux de l'homme en blanc semblaient avoir été brûlés à l'acide avant que des chats en furie ne s'acharnent sur eux avec leurs griffes. Ses paupières n'étaient qu'une masse de tissus cicatriciels. Ses sourcils avaient brûlé et des sillons profonds marquaient leur emplacement. La peau au-dessus de ses pommettes était rosâtre et boursouflée. Ses yeux mêmes offraient le spectacle répugnant d'un mélange de rouge sang et de blanc laiteux. Je me suis demandé comment il pouvait voir quelque chose.

Il a pris une inspiration, faisant entendre un râle caverneux qui m'a serré le cœur. Une amulette en argent représentant un serpent étincelait sur sa poitrine.

– Il vient d'emprunter le portail, maître, a-t-il dit. Enfin.

Sa voix était aussi horrible que ses blessures. Si celles-ci avaient bien été causées par de l'acide, il en avait probablement inhalé une partie. Pourtant il souriait et semblait parfaitement détendu dans son costume blanc impeccable. On l'aurait dit impatient de vendre de délicieuses glaces aux enfants sages.

Il s'est approché de Desjardins, qui fixait toujours les images. En suivant son regard, j'ai compris ce qui captivait ainsi le chef lecteur. Au niveau de la dernière colonne, la plus proche du trône, le rouge écarlate de l'époque moderne virait peu à peu au violet pourpre. Lors de ma première visite à la salle des temps, j'avais appris que celle-ci s'allongeait au fil des ans. C'est ce qui était en train de se produire. Le sol et les murs semblaient onduler, et la mince bande de violet s'élargissait lentement.

– Ah ! a fait le marchand de glaces. Tout s'éclaire.

– Le début d'une nouvelle ère, a murmuré Desjardins. Le monde va connaître des temps sombres. La lumière n'avait pas changé de couleur depuis plus de mille ans, Vladimir.

Un marchand de glaces maléfique prénommé Vladimir ? Pourquoi pas ?

– C'est à cause des Kane, bien sûr, a dit Vladimir. Vous auriez dû tuer le plus âgé tant qu'il était en votre pouvoir.

Mon bâ a hérissé ses plumes, comprenant qu'il parlait d'oncle Amos.

– Impossible, à répliqué Desjardins. Il s'était placé sous notre protection. Nous avons le devoir d'accueillir quiconque cherche la guérison, même s'il s'agit d'un Kane.

Vladimir a pris une nouvelle inspiration. Cette fois, on aurait dit un aspirateur bouché.

– Mais maintenant qu'il est parti, nous devons agir. Vous avez entendu les nouvelles provenant de Brooklyn, maître. Les enfants ont trouvé le premier rouleau de papyrus. S'ils découvrent les deux autres...

– Je sais, Vladimir.

– Ils ont humilié la Maison de vie en Arizona. Au lieu de détruire Seth, ils ont passé un accord avec lui. Et à présent, ils cherchent *Le Livre de Rê*. Si vous m'autorisiez à leur régler leur compte...

Des flammes pourpres ont jailli de l'extrémité du bâton de Desjardins.

– Dis-moi, qui est le chef lecteur ? a-t-il demandé.

Le sourire de Vladimir s'est effacé.

– C'est vous, maître.

– Et je m'occuperai moi-même des Kane, en temps voulu. D'ici là, nous devons employer toutes nos forces à combattre Apophis. Le serpent est notre priorité. S'il existe la moindre chance pour que les Kane nous aident à restaurer l'ordre...

Vladimir l'a interrompu.

– Mais, maître, a-t-il plaidé avec une conviction quasi magique, les Kane font partie du problème. En réveillant les dieux, ils ont affaibli Maât. Ils enseignent des pratiques interdites. Ils projettent de rétablir Rê sur le trône, alors qu'il n'a pas régné depuis la naissance de l'Égypte ! Leurs tentatives ne peuvent aboutir qu'au chaos et à la confusion.

Desjardins a paru troublé.

– Tu as peut-être raison. Je... je dois y réfléchir.

Vladimir s'est incliné devant lui.

– Comme il vous plaira, maître. Je vais rassembler nos troupes et attendre que vous donniez l'ordre de détruire le repaire des Kane.

– Détruire le... C'est ça, attends mes ordres. Je déciderai du moment de l'assaut.

– Très bien, maître. Et si les enfants Kane se lançaient à la recherche des deux autres papyrus ? Bien sûr, l'un d'eux est hors de portée, mais l'autre...

– Je te confie le soin de le protéger. Agis à ta guise.

Une lueur mauvaise a brillé dans les yeux mutilés de Vladimir, les rendant encore plus hideux. On aurait dit le petit déjeuner préféré de papy : deux œufs mollets arrosés de Tabasco.

(Pardon si je te donne envie de vomir, Carter. Aussi, quelle idée de manger pendant que je raconte !)

– Sage décision, maître, a-t-il dit d'un ton mielleux. Croyez-moi, ils vont les chercher. Ils n'ont pas le choix. S'il quittent leur forteresse pour se risquer sur mon territoire...

– Je viens de te donner carte blanche. Laisse-moi, maintenant.

Vladimir s'est renfoncé dans l'ombre. Pour un homme vêtu de blanc, j'ai trouvé qu'il disparaissait bien rapidement.

Desjardins a ensuite reporté son attention sur les images mouvantes.

– Une nouvelle ère, a-t-il répété d'un air songeur. Des temps sombres...

Un courant tourbillonnant a emporté mon bâ à travers la Douât, le ramenant à l'intérieur de mon corps endormi.

Une voix a prononcé mon prénom :

– Sadie ?

Je me suis dressée, le cœur battant. La clarté grise de l'aube emplissait ma chambre, et quelqu'un était assis au pied de mon lit.

– Amos ?

Notre oncle m'a souri.

– Bon anniversaire, ma chérie. Pardon si je t'ai effrayée, mais tu n'as pas répondu quand j'ai frappé. Ça m'a inquiété.

Il paraissait complètement rétabli et aussi élégant qu'avant son départ : des lunettes rondes aux verres teintés, un chapeau mou, un costume italien en laine noire qui le faisait paraître plus grand et mince... Des éclats de pierre noire – de l'obsidienne ? – décoraient ses fines tresses. Il avait l'allure d'un musicien de jazz (ce qu'il était) ou d'un Al Capone afro-américain (ce qu'il n'était pas).

J'allais le presser de questions quand les détails de ma vision me sont revenus à la mémoire.

– Tout va bien, a dit Amos d'un ton rassurant. Je viens de rentrer d'Égypte.

J'ai tenté de déglutir. Je respirais presque aussi mal que l'horrible Vladimir.

– Moi aussi, oncle Amos. Et non, tout ne va pas bien. La Maison de vie a l'intention de nous détruire.

SADIE

4. Un anniversaire apocalyptique

Après avoir raconté ma vision à Amos, la seule chose qui pouvait me réconforter était un solide petit déjeuner.

Notre oncle paraissait secoué, mais il a insisté pour qu'on en discute devant le Nome Vingt et un – c'est ainsi qu'on appelait notre branche de la Maison de vie – au complet. Il a promis de me retrouver sur la terrasse vingt minutes plus tard.

Après son départ, j'ai pris une douche et choisi les vêtements que j'allais mettre. Normalement, le lundi, je donnais un cours de magie affinitaire qui exigeait que je porte du lin. Toutefois, en raison de mon anniversaire, je devais être en congé ce jour-là.

Compte tenu des circonstances, je doutais que Carter, Amos et Bastet me laissent aller à Londres, mais j'étais résolue à rester positive. J'ai donc enfilé un jean déchiré, un débardeur, mes bottes militaires et ma veste en cuir – une tenue antimagique au possible –, mais je me sentais d'humeur rebelle.

J'ai fourré ma baguette et le mini-Carter en cire dans ma sacoche, puis je me suis dit : *Non, pas question de trimballer tout ça le jour de mon anniversaire.*

Je me suis concentrée afin de créer une ouverture dans la Douât. J'ai honte de l'avouer, mais je suis nulle pour ça. Quand Carter fait surgir les objets les plus divers d'un simple claquement de doigts, il me faut entre cinq et dix minutes pour parvenir au même résultat – et encore, l'effort me file la nausée. Aussi, la plupart du temps, je trouve plus simple de porter ma sacoche à l'épaule. Mais je ne voulais pas m'en encombrer pendant que je me baladerais avec mes copines, et je ne voulais pas non plus la laisser derrière moi.

La Douât a fini par se plier à ma volonté. J'ai jeté ma sacoche dans le vide qui venait d'apparaître devant moi, et elle a disparu. Excellent – à condition de pouvoir la récupérer en cas de besoin.

J'ai attrapé le rouleau de papyrus qu'on avait fauché la veille à Bullwinkle et me suis dirigée vers l'escalier.

Un silence étrange régnait dans la vaste maison. D'habitude, à cette heure, elle était pleine de bruit et d'activité, mais je me rappelais combien elle m'avait paru déserte quand je l'avais découverte, le jour de Noël.

La grande salle avait conservé ses principaux éléments de décor : la statue de Thot au centre, les collections d'armes et d'instruments de musique d'Amos le long du mur, le tapis en peau de serpent devant l'immense cheminée. Mais on voyait qu'une vingtaine de jeunes magiciens vivaient là à présent. La table basse disparaissait sous un assortiment de télécommandes, baguettes en ivoire, iPad, ouchebtis et emballages de friandises vides. Une paire de baskets boueuses traînait au bas des marches – celles de Julian, au vu de leur pointure –, et un vandale avait transformé la cheminée en réplique de l'Antarctique, avec banquise et manchot vivant. J'ai supposé que c'était Felix, parce qu'il adore les manchots.

Des balais et des serpillières s'affairaient autour de la pièce, s'efforçant d'y remettre un peu d'ordre. J'ai fait un détour pour éviter de subir un dépoussiérage en règle. J'ignore pourquoi, mais les plumeaux ont l'air de considérer mes cheveux comme un chantier prioritaire.

(Garde tes commentaires pour toi, Carter.)

Comme je m'y attendais, tout le monde était rassemblé sur la terrasse, qui servait de salle à manger et de domicile à notre crocodile albinos, Philippe de Macédoine. Celui-ci s'ébattait gaiement dans la piscine, sautant parfois hors de l'eau pour attraper au vol les morceaux de bacon que lui lançaient les apprentis. La matinée était fraîche et humide, mais les braseros magiques assuraient une température agréable.

J'ai pris un pain au chocolat et une tasse de thé sur la table avant de m'asseoir. Au moment d'attaquer mon déjeuner, j'ai constaté que personne ne mangeait. Tous avaient les yeux fixés sur moi.

Au bout de la table, Amos et Bastet faisaient des têtes d'enterrement. En face de moi, Carter n'avait pas touché à ses gaufres, ce qui ne lui ressemblait pas. À ma droite, la chaise de Jaz était vide – Amos m'avait dit qu'elle se trouvait toujours à l'infirmerie. À ma gauche, Walt était aussi craquant que d'habitude, mais je faisais mon possible pour l'ignorer.

Les autres apprentis avaient tous l'air plus ou moins anéantis. Ils formaient une assemblée hétéroclite, d'âges et d'origines divers. Quelques-uns étaient plus vieux que Carter et moi, ce qui permettait de leur confier les plus petits mais me gênait un peu quand je devais me comporter en professeur avec eux. La plupart avaient entre dix et quinze ans. Felix, le plus jeune, en avait à peine neuf. Julian venait de Boston, Alyssa de Caroline du Nord, Sean de Dublin, Cléo de Rio de Janeiro. La seule chose qu'ils avaient en commun, c'était le sang des pharaons qui coulait dans leurs veines. Cette ascendance royale leur conférait des aptitudes innées pour la magie et les prédisposait à devenir des hôtes divins.

Seul Khéops ne semblait pas gagné par la morosité ambiante. Pour des raisons mystérieuses, notre babouin ne mange que des aliments dont le nom se termine par le son « o ». Quelques semaines plus tôt, il avait découvert ces desserts à la gélatine typiquement américains, les Jell-O. Depuis, il les considérait comme une sorte de manne céleste et en consommait avec n'importe quoi, fruits, insectes, petits animaux. Il faut croire que tout passe mieux avec un « O » majuscule. Pour le moment, il avait le museau plongé dans une montagne rougeâtre et tremblotante qu'il aspirait avec des bruits obscènes.

Tous me regardaient comme s'ils attendaient des explications.

J'ai marmonné :

– Salut ! Belle journée, pas vrai ? Je ne sais pas si vous avez vu, mais il y a un manchot dans la cheminée...

– Sadie, a dit Amos d'un ton très doux, répète-leur ce que tu m'as raconté.

J'ai bu une gorgée de thé pour me donner du courage, puis j'ai entamé le récit de ma visite à la salle des temps, m'efforçant de cacher combien j'étais terrifiée.

Quand je me suis tue, on n'entendait aucun bruit, hormis le crépitement des flammes des braseros et les ébats de Philippe de Macédoine dans la piscine.

Puis le petit Felix a posé la question qui était sur toutes les lèvres :

– Alors, on va tous mourir ?

– Mais non, voyons ! s'est récrié Amos. Je viens d'arriver, j'ai à peine eu le temps de vous rencontrer, mais je vous promets que nous ferons tout pour vous protéger. Cette maison est truffée de systèmes de sécurité magiques. Nous avons une déesse majeure dans notre camp – il a désigné Bastet, occupée à ouvrir une boîte de suprême au thon avec les ongles – et puis, nous sommes la famille Kane ! Carter et Sadie sont beaucoup plus puissants que vous ne l'imaginez sans doute, et quant à moi, j'ai déjà vaincu Michel Desjardins. Je n'aurai aucun mal à le vaincre à nouveau, si nécessaire.

L'optimisme d'Amos paraissait un brin forcé, mais les apprentis ont eu l'air rassurés.

– Si nécessaire ? a répété Alyssa. Il ne fait aucun doute qu'ils vont nous attaquer !

– Peut-être, a repris Amos. Mais ce qui m'inquiète, c'est que Desjardins ait donné son consentement à une opération aussi absurde. Le véritable ennemi de la Maison est Apophis, et il le sait. Il devrait comprendre qu'il aura besoin de toute l'aide possible pour l'affronter. À moins que...

Il n'a pas achevé sa phrase, mais son expression troublée était assez éloquente.

– Ce qui est certain, c'est qu'il n'agira pas à la légère. Il sait que cette maison ne tombera pas facilement. Il lui faudra plusieurs jours pour élaborer un plan et rassembler ses forces – un temps qu'il ferait mieux d'employer à combattre Apophis.

Walt a demandé la parole. Je ne sais pas comment il fait, mais il possède une sorte de gravité naturelle qui force l'attention. Même Khéops a levé le nez de son Jell-O.

– Si Desjardins décide d'attaquer, a-t-il dit, il le fera avec des magiciens beaucoup plus expérimentés que nous. Est-ce qu'il ne risque pas de percer nos défenses ?

Amos a dirigé son regard vers les portes-fenêtres coulissantes. Peut-être pensait-il à la dernière fois où nos ennemis avaient percé nos défenses, et aux conséquences de cette intrusion.

– Nous allons prendre toutes les précautions nécessaires pour que ça n'arrive pas, a-t-il assuré. Desjardins sait ce que nous projetons de faire. Il sait aussi que nous n'avons que cinq jours pour y parvenir – plus que quatre, en vérité. La vision de

Sadie nous a appris qu'il avait l'intention de nous en empêcher, dans la conviction erronée que nous agirions dans l'intérêt du chaos. Mais si nous réussissons, nous nous trouverons dans une position de force par rapport à Desjardins.

Cléo a levé la main :

– Euh, on a quatre jours pour faire quoi ? On ne nous a rien dit...

Amos s'est tourné vers Carter, lui cédant la parole. C'était bien volontiers que je la lui laissais. En toute franchise, je trouvais ce plan un peu cinglé.

Carter s'est redressé. Au cours des derniers mois, et c'était tout à son honneur, il avait fait de gros efforts pour ressembler à un ado normal. Les six années qu'il avait passées à voyager avec papa, sans jamais aller à l'école, l'avaient déconnecté du monde réel. Il portait alors des pantalons kaki et des chemises blanches à col boutonné, comme un prof. Depuis, heureusement, il avait adopté le jean, le tee-shirt, et osait même parfois un sweat à capuche. Il avait, entre autres, laissé pousser ses cheveux bouclés, ce qui lui allait beaucoup mieux. S'il continuait sur cette voie, il finirait peut-être par se dégoter une copine.

(Eh ! C'était un compliment, je te signale.)

– On va réveiller Rê, a-t-il annoncé, comme si c'était aussi simple que d'aller chercher un sandwich dans le frigo.

Les novices ont échangé des regards furtifs. Carter n'était pas réputé pour son sens de l'humour, mais ils devaient croire à une plaisanterie.

– Le dieu du soleil ? a demandé Felix. L'ancien roi des dieux ?

Carter a acquiescé.

– Vous connaissez tous l'histoire. Il y a plusieurs milliers d'années, Rê, devenu sénile, s'est retiré dans le ciel, laissant son trône à Osiris. Ensuite, Seth a renversé Osiris, puis Horus a vaincu Seth, puis...

J'ai toussé.

– Tu pourrais nous la faire courte ?

Carter m'a jeté un regard agacé.

– Bref, Rê était le premier et le plus puissant des rois des dieux. On pense qu'il est toujours vivant, et qu'il dort quelque part dans la Douât. Si on parvenait à le réveiller...

– Mais s'il a pris sa retraite parce qu'il était sénile, a objecté Walt, il doit l'être encore plus maintenant, non ?

J'avais fait la même remarque quand Carter m'avait exposé son projet. On n'avait surtout pas besoin d'un vieillard tout puissant qui sentirait la naphtaline, baverait dans son sommeil et ne se rappellerait même pas son nom. Et d'abord, comment une entité immortelle pouvait-elle devenir gâteuse ? Évidemment, personne n'avait pu me fournir une réponse convaincante.

Amos et Carter se sont tournés vers Bastet. Logique : elle était la seule divinité égyptienne présente.

Elle a regardé avec regret le suprême de thon auquel elle n'avait pas touché.

– Dans les temps anciens, a-t-elle commencé, Rê vieillissait au fil de la journée, puis il voyageait chaque nuit à travers la Douât à bord de sa barque pour renaître à chaque lever de soleil.

Je suis intervenue :

– Sauf que le soleil ne renaît pas vraiment chaque jour. C'est la rotation de la Terre qui...

– Sadie, je t'en prie, a soupiré Bastet.

Je sais, je sais : le mythe et la science ont tous les deux raison. Ils reflètent deux aspects de la réalité, blablabla... Je connaissais la leçon par cœur.

Bastet a désigné le papyrus posé près de ma tasse.

– En renonçant à son voyage nocturne, Rê a rompu le cycle. Depuis, il vit dans un crépuscule perpétuel – c'est du moins ce que nous croyons. Si nous parvenions à le retrouver – je dis bien, si – nous pourrions peut-être le ramener de la Douât et le ressusciter grâce à la magie. *Le Livre de Rê* indique la procédure. Ses auteurs, les prêtres de Rê, ont gardé son existence secrète et l'ont divisé en trois parties, censées ne servir que lorsque le monde toucherait à sa fin.

– Lorsque le monde..., a répété Cléo. Ça veut dire qu'Apophis va avaler le soleil pour de bon ?

– Tu crois que c'est possible ? m'a demandé Walt. Tu nous as dit qu'Apophis avait soufflé à Seth l'idée de détruire le continent nord-américain. Il comptait profiter du chaos qui en aurait résulté pour s'évader de sa prison.

J'ai frissonné, me rappelant le serpent géant qui était apparu dans le ciel de Washington après l'explosion de la pyramide rouge.

– C'est Apophis le problème numéro un, ai-je acquiescé. On l'a arrêté une fois, mais sa prison ne tiendra plus très longtemps. S'il s'en échappe...

– Il le fera, a affirmé Carter. Dans quatre jours... À moins que nous ne réussissions à l'en empêcher. Sinon, il réduira à néant tout ce que l'humanité a créé depuis l'aube des temps.

Ça a jeté un froid.

Carter et moi avions évoqué cette sinistre perspective ensemble. Horus et Isis en avaient discuté avec nous. Mais à l'époque, il s'agissait d'une éventualité encore lointaine. À présent, mon frère exprimait une certitude qui me donnait à penser qu'il avait eu une vision durant la nuit – une vision pire que la mienne. *Pas ici*, semblait me dire son regard. *On en parlera plus tard.*

Bastet avait planté ses griffes dans la table. Apparemment, Carter l'avait déjà mise dans la confidence.

À l'autre extrémité de la table, Felix comptait sur ses doigts.

– Pourquoi quatre jours ? a-t-il demandé. Qu'est-ce que la date du... 21 mars a de spécial ?

– C'est l'équinoxe de printemps, a expliqué Bastet. Quand le jour et la nuit ont la même durée, il est plus facile de faire pencher la balance du côté de Maât ou du côté du chaos. C'est le jour idéal pour pratiquer la magie... et pour réveiller Rê. Si nous laissons passer cette occasion, elle ne se représentera qu'à l'équinoxe d'automne, dans six mois. Nous ne pouvons pas attendre aussi longtemps.

– Car malheureusement, a enchaîné Amos, c'est aussi ce jour-là qu'Apophis a les meilleures chances de réaliser ses projets d'évasion et d'invasion du monde mortel. Vous pouvez être sûrs que ses serviteurs agissent déjà dans l'ombre. À en croire nos sources divines, toutes les conditions sont réunies pour assurer le succès d'Apophis. C'est pourquoi nous devons le prendre de court en réveillant Rê.

Je connaissais déjà ces arguments, mais les entendre exposés devant nos apprentis, et voir les expressions accablées de ceux-ci, accentuait la réalité de la menace.

J'ai repris la parole :

– Une fois libre, Apophis cherchera à détruire Maât, l'équilibre de l'univers. Il avalera le soleil, plongeant le monde dans les ténèbres éternelles, et nous fera passer à tous une très mauvaise journée.

– Voilà pourquoi nous avons besoin de Rê.

Amos avait parlé d'un ton calme, destiné à rassurer les novices. Sa force de conviction était telle que même moi, je me sentais un peu moins terrifiée. Je me suis demandé si la magie y était pour quelque chose, ou s'il était juste plus doué que moi pour expliquer l'Apocalypse.

– Rê était l'ennemi juré d'Apophis, a-t-il poursuivi. Il était le maître de l'ordre, et le serpent celui du chaos. Depuis l'aube des temps, ces deux forces se livrent un combat sans merci. Si

Apophis revient, nous devrons nous assurer le concours de Rê. C'est notre seule chance de le vaincre.

Walt a aussitôt réagi :

– À condition de retrouver Rê et de le réveiller avant que la Maison de vie ne nous pulvérise.

– Mais si nous parvenons à réveiller Rê, a rétorqué Amos, Desjardins y réfléchira à deux fois avant de nous attaquer. Aucun magicien n'a jamais accompli un tel exploit. Même si le chef lecteur semble avoir l'esprit un peu embrouillé, il n'est pas idiot. Il est conscient du danger que représente Apophis. Nous devons le convaincre que nous sommes de son côté, que la voie des dieux est la seule susceptible de vaincre Apophis. J'aimerais mieux m'allier à lui que le combattre.

Pour ma part, j'aurais adoré casser la figure à Desjardins et mettre le feu à sa barbe, mais Amos n'avait pas tort.

Le teint de la pauvre Cléo avait viré au vert. Elle avait quitté son Brésil natal pour étudier la voie de Thot à Brooklyn – Carter et moi envisagions de lui confier la bibliothèque de la maison. Mais à l'idée d'affronter des dangers bien réels, son estomac se soulevait. Tout ce que j'espérais, c'est qu'elle aurait le temps d'atteindre le bord de la terrasse.

– Le… le manuscrit, a-t-elle bredouillé. Vous disiez qu'il comportait deux autres parties ?

J'ai pris le papyrus. À la lumière du jour il paraissait fragile – jaunâtre et prêt à s'effriter. Mes doigts tremblaient. Je ressentais la magie qui le parcourait comme un courant électrique et mourais d'envie de l'ouvrir.

Quand j'ai commencé à le dérouler, Carter et Amos se sont crispés. Sans doute s'attendaient-ils à voir Brooklyn à nouveau en flammes, mais non. En étalant le papyrus, j'ai constaté qu'il n'était pas rédigé en hiéroglyphes, ni dans aucune langue que je pouvais déchiffrer. Il présentait un bord irrégulier, comme s'il avait été déchiré.

– Je suppose qu'on ne peut le lire qu'après avoir réuni les trois parties, ai-je dit.

Carter a eu l'air impressionné. Quand même, j'ai appris quelques trucs. Au cours de nos précédentes aventures, j'avais lu un manuscrit destiné à bannir Seth qui fonctionnait un peu selon le même principe.

– Agh !

Khéops a posé sur la table trois haricots qu'il venait d'extraire de sa montagne de Jell-O.

– Très juste, a acquiescé Bastet. Comme vient de le dire Khéops, les trois parties du papyrus représentent les différents aspects de Rê – matin, midi et nuit. Celui-ci contient la formule destinée à Khnoum. À présent, il nous faut trouver les deux autres.

J'ignorais comment Khéops pouvait exprimer autant de choses d'un seul grognement, mais si j'avais eu des babouins pour professeurs au collège, j'aurais déjà passé le bac à l'heure qu'il est.

J'ai pris la parole :

– Les deux autres haricots – pardon, papyrus... Si j'en crois ma vision de la nuit dernière, ils ne vont pas être faciles à retrouver.

– La première partie était réputée perdue depuis des siècles, a repris Amos. La Maison de vie possède la deuxième. Elle a été déplacée à plusieurs reprises et se trouve sous bonne garde. En me basant sur ta vision, Sadie, je dirais qu'elle est actuellement entre les mains de Vladimir Menchikov.

– Le marchand de glaces ? Qui est-ce ?

Amos a tracé un symbole sur la table – un hiéroglyphe protecteur ? – avant d'expliquer :

– Le troisième magicien le plus puissant au monde, et l'un des principaux soutiens de Desjardins. Il dirige le Nome Dix-huit, la Russie.

Bastet a poussé une sorte de feulement – en tant que chatte, elle le fait très bien.

– Vlad l'inhalateur... Il a une sale réputation.

– Qu'est-ce qui est arrivé à son visage ?

Bastet allait me répondre quand Amos l'a interrompue :

– Sachez seulement qu'il est très dangereux. Vlad n'a pas son pareil pour faire taire les magiciens rebelles.

– Un assassin ? Génial ! Et Desjardins lui a donné la permission de nous traquer, Carter et moi, si on quittait Brooklyn.

– Ce que vous allez devoir faire, a remarqué Bastet, pour retrouver les parties manquantes du *Livre de Rê*. Vous avez quatre jours pour y parvenir.

– Merci de nous le rappeler. Tu nous accompagneras, dis ?

Bastet a baissé les yeux vers son suprême de thon.

– J'en ai déjà discuté avec Carter, et... Il faut que quelqu'un surveille Apophis, pour s'assurer que sa prison résiste toujours, et voir s'il existe un moyen de la consolider. Et pour ça, il est nécessaire de l'approcher...

Je n'en croyais pas mes oreilles.

– Tu comptes retourner là-bas, après tout ce que nos parents ont fait pour te libérer ?

– Je resterai à l'extérieur, promis. Et je serai prudente. La discrétion est mon point fort, ne l'oublie pas. En plus, je suis la seule à savoir où se trouve la prison du serpent, et nul mortel ne peut survivre dans cette partie de la Douât. Je... Nous n'avons pas le choix.

Sa voix tremblait. Elle nous avait avoué un jour que les chats ne brillaient pas par leur courage, pourtant ce qu'elle s'apprêtait à faire me semblait follement téméraire.

– Je ne vous laisserai pas sans protection, a-t-elle ajouté. J'ai demandé à un... ami de veiller sur vous. Il devrait arriver de la Douât demain.

– Un « ami » ? ai-je demandé.

– Euh, en quelque sorte, a bredouillé Bastet, gênée.

Pas franchement rassurant.

J'avais un goût de bile dans la bouche. Carter et moi devions accomplir une mission, et il y avait de fortes chances pour qu'on n'en sorte pas vivants. Une fois de plus, on me demandait d'assumer une responsabilité trop lourde pour moi et de me sacrifier au nom de l'intérêt général. Joyeux anniversaire, Sadie !

Khéops a roté et repoussé son assiette vide, l'air de dire : « Voilà une bonne chose de faite ! »

– Je vais me préparer, a annoncé Carter. Ce serait bien qu'on parte d'ici une heure.

– Non.

Je ne sais pas qui, de mon frère ou de moi, a été le plus surpris par ma réaction.

– Non ?

– C'est mon anniversaire, ai-je dit.

Sur le moment, je me fichais pas mal de passer pour une gamine capricieuse. L'étonnement s'est peint sur les visages des apprentis. Quelques-uns m'ont félicitée à mi-voix. Khéops m'a offert son bol de Jell-O vide. Felix a entonné « Joyeux anniversaire » d'une voix hésitante, mais comme personne ne se joignait à lui, il s'est aussitôt tu.

J'ai repris :

– Bastet a dit que son « ami » n'arriverait que demain, et Amos, que Desjardins avait besoin de temps pour préparer son offensive. En plus, ça fait des semaines que j'ai prévu ce voyage à Londres. J'ai quand même droit à une journée de détente avant la fin du monde, non ?

Tous les regards étaient fixés sur moi. Étais-je égoïste ? Assurément. Irresponsable ? Sans doute. Alors, pourquoi insistais-je autant ?

Je vais peut-être t'étonner, mais j'ai horreur qu'on essaie de me contrôler. Carter voulait me dicter ma conduite, mais comme d'habitude, il m'avait caché des choses. Apparemment, il s'était entendu dans mon dos avec Amos et Bastet. À eux trois, ils avaient élaboré un plan sans me demander mon avis. Ma fidèle Bastet m'abandonnait pour une mission suicide, et j'allais devoir me coltiner mon frère pour rechercher un papyrus magique qui risquait de me transformer en torche humaine, ou pire... Tout ça le jour de mon anniversaire !

Pardon, mais si je devais mourir de toute manière, eh bien, ça pouvait attendre vingt-quatre heures.

L'expression de Carter reflétait la colère et l'incrédulité. En général, on s'efforce de montrer un front uni devant nos élèves, mais ma rébellion le mettait dans l'embarras. Lui qui me reprochait toujours de foncer tête baissée... La veille, je l'avais énervé en m'emparant du papyrus sans réfléchir, et je le soupçonnais de me tenir pour responsable de l'état de Jaz.

Je m'attendais à ce qu'il me tombe dessus, mais Amos est intervenu pour calmer le jeu :

– Sadie, compte tenu des circonstances, un déplacement à Londres paraît dangereux...

Il a levé la main, coupant court à mes protestations, et pris une profonde inspiration, comme s'il lui en coûtait de poursuivre :

– ... Mais si tu tiens vraiment à y aller, alors promets-moi d'être prudente. Je ne pense pas que Vlad Menchikov soit prêt à agir. Si tu n'utilises pas la magie et ne fais rien qui puisse attirer son attention...

– Amos ! s'est écrié Carter, indigné.

Notre oncle l'a fait taire d'un simple regard.

– Nous allons peaufiner notre plan pendant que Sadie sera à Londres. Vous commencerez vos recherches demain matin.

En votre absence, j'assurerai la formation des novices et la défense de la maison.

Je lisais dans son regard qu'il répugnait à me laisser partir. Mon attitude était stupide, risquée et déraisonnable – en d'autres termes, typique de moi. En même temps, je percevais de la compassion chez lui. La tentative de Seth pour s'emparer de son corps et de son esprit l'avait laissé très affaibli. Je savais qu'il avait culpabilisé de nous laisser seuls pour aller se soigner au Premier Nome, mais cette décision lui avait évité de sombrer dans la folie. Amos était le mieux à même de comprendre mon besoin de m'éloigner. Si je ne m'accordais pas un peu de répit avant de me lancer dans une nouvelle quête, j'allais exploser.

En plus, ça me rassurait de savoir les apprentis en de bonnes mains en notre absence. Je l'avoue, comme prof, je suis catastrophique. Pas assez patiente, sans doute.

(C'est bon, Carter. Ne te sens pas obligé d'acquiescer.)

– Merci, Amos, ai-je réussi à articuler.

Il s'est levé, mettant fin à la réunion.

– Assez discuté, a-t-il dit. Maintenant, tout ce qui importe, c'est que vous vous entraîniez et que vous gardiez l'espoir. Vous aurez besoin d'être en forme pour défendre cette maison. Avec l'aide des dieux, nous vaincrons, et l'ordre l'emportera sur le chaos, comme il l'a toujours fait.

Les apprentis ne semblaient pas partager son assurance, toutefois ils se sont levés et ont entrepris de débarrasser la table. Carter m'a lancé un regard furieux avant de rentrer précipitamment.

Tant pis s'il n'était pas content, mais je n'allais pas laisser la culpabilité gâcher mon anniversaire. Pourtant, quand j'ai baissé les yeux vers la tasse de thé à présent refroidi et le pain au chocolat intact, je me suis fait la réflexion affreuse que c'était peut-être la dernière fois que je m'asseyais à cette table.

Une heure plus tard, j'étais prête à partir.

J'avais choisi un nouveau bâton dans la réserve et l'avais entreposé dans la Douât avec le reste de mon matériel. Après avoir confié le papyrus à Carter, qui ne m'a même pas dit un mot, j'ai rendu visite à Jaz à l'infirmerie. Je l'ai trouvée inconsciente. Un gant de toilette enchanté rafraîchissait son front, des hiéroglyphes guérisseurs flottaient autour d'elle, mais elle semblait toujours fragile. Sans le sourire qui éclairait en permanence son visage, on avait du mal à la reconnaître.

Je me suis assise à son chevet et lui ai pris la main, le cœur lourd. Elle avait risqué sa vie pour nous protéger en affrontant seule un groupe de bau. Après quelques semaines à peine de formation, elle avait tenté de canaliser l'énergie de sa déesse tutélaire, Sekhmet, et cet effort avait failli la tuer.

Et moi, je venais de piquer une crise parce que je refusais qu'on me prive de mon anniversaire...

– Pardon, Jaz, ai-je murmuré d'une voix tremblante, même si elle ne pouvait pas m'entendre. Mais je vais devenir folle si je reste ici. Tu comprends, on a déjà sauvé le monde une fois, et il va falloir recommencer...

J'imaginais ce que Jaz aurait répondu. Quelque chose du genre : « Ce n'est pas ta faute, Sadie. Tu as bien mérité de faire une pause. » Je ne m'en sentais que plus minable. Ma mère est morte en refermant la cellule d'Apophis, consumée par une magie trop puissante pour elle. Pourtant, j'avais laissé Jaz, une simple novice, s'exposer à un danger comparable pour nous sauver.

Je te l'ai dit, je suis nulle comme prof.

J'ai pressé une dernière fois la main de Jaz avant de quitter l'infirmerie. Puis je suis montée sur le toit, où un sphinx de pierre arraché aux ruines d'Héliopolis nous permet d'ouvrir des portails magiques.

Je me suis crispée en apercevant Carter à l'extrémité du toit. Depuis la veille, il avait construit un vaste abri pour le griffon, qu'il était en train de nourrir avec une dizaine de dindes rôties. J'en ai déduit qu'il avait l'intention de le garder. Au moins, sa présence éloignerait les pigeons.

J'espérais un peu que Carter m'ignorerait, car je n'étais pas d'humeur à discuter. Mais quand il m'a vue, il a essuyé ses mains graisseuses et s'est approché.

Je m'attendais à ce qu'il me passe un savon, mais il s'est contenté de marmonner :

– Sois prudente. J'ai un cadeau pour toi, mais je te le donnerai à ton retour...

Il m'a semblé qu'il avait failli ajouter « Si tu reviens. »

– Carter...

– Va-t'en. Il vaut mieux qu'on ne se dispute pas.

Il n'avait pas tort : le jour de mon sixième anniversaire, lui et moi, on s'était battus, libérant une telle quantité de magie que le gâteau avait proprement explosé. Ce précédent aurait dû m'inciter à la prudence, mais je ne pouvais pas partir comme ça.

– Je te demande pardon, ai-je lâché. Je sais que tu m'en veux pour le papyrus et pour ce qui est arrivé à Jaz, mais j'ai l'impression que ma vie fiche le camp...

– T'es pas la seule.

Ma gorge s'est nouée. J'avais tellement peur que Carter ne soit fâché que je n'avais pas vraiment prêté attention à sa propre détresse.

– Qu'est-ce qui se passe ?

Il a frotté ses mains sur son pantalon.

– La nuit dernière, au musée... Un des esprits s'est adressé à moi.

Il m'a raconté comment le temps lui avait paru ralentir, et sa rencontre avec le bau qui lui avait prédit l'échec de nos tentatives pour sauver le monde.

– Il m'a dit que Zia dormait « parmi les sables rouges », a-t-il ajouté d'une voix brisée, et qu'elle mourrait si je ne renonçais pas à la secourir.

– Il l'a explicitement nommée ?

– En fait, non...

– Il parlait peut-être de quelqu'un d'autre ?

– Non. Je suis certain qu'il s'agissait de Zia.

J'ai essayé de tenir ma langue – si, je te le jure – mais mon frère était devenu obsédé par Zia Rashid, et je trouvais ça malsain.

– Carter, surtout ne le prends pas mal, mais ça fait des mois que tu vois Zia partout. Il y a quinze jours, tu étais persuadé d'avoir lu un message d'elle dans ton assiette !

– Il y avait un « Z » tracé dans la purée !

– OK, pas la peine de t'énerver. Raconte-moi plutôt ton rêve de la nuit dernière.

– Comment...

– Ce matin, tu as annoncé qu'Apophis allait s'évader le jour de l'équinoxe. Tu semblais sûr de toi, comme si tu avais assisté à la scène. En plus, tu avais déjà demandé à Bastet de surveiller sa prison. Quoi que tu aies vu, ça devait être grave.

– Je... je ne sais pas ce que j'ai vu au juste.

J'ai senti l'impatience me gagner. Cette tête de mule ne voulait rien me dire ? Eh bien, tant pis pour lui !

– On en reparlera ce soir, ai-je dit. À plus tard.

– Tu ne me crois pas, à propos de Zia.

– Et toi, tu n'as pas confiance en moi. On est quittes.

On est restés un moment face à face, à se défier du regard, puis Carter m'a tourné le dos et s'est dirigé vers le griffon.

J'ai failli le rappeler. Je n'avais pas voulu le blesser. D'un autre côté, les excuses n'ont jamais été mon point fort, et il était vraiment impossible.

Je me suis approchée du sphinx et j'ai invoqué un portail. Sans vouloir me vanter, j'étais devenue assez douée à ce jeu-là. Presque aussitôt, un vortex de sable s'est ouvert devant moi, et j'ai sauté à l'intérieur.

Le temps de compter jusqu'à trois, j'ai atterri au pied de l'aiguille de Cléopâtre, au bord de la Tamise. Pas mon monument égyptien préféré – c'est là que ma mère est morte il y a six ans – mais le plus proche de la maison de mes grands-parents.

Par chance, il faisait un temps pourri, aussi l'endroit était-il désert. J'ai brossé le sable de mes vêtements en me dirigeant vers la station de métro.

Une demi-heure plus tard, j'étais arrivée à destination. Ça me faisait drôle de revenir... chez moi ? Rien de moins sûr. Depuis mon départ, Londres m'avait terriblement manqué – ses rues familières, mes boutiques préférées, mes copines, ma chambre, et même le temps de cochon. Mais à présent, tout me semblait différent, presque étranger.

Un peu nerveuse, j'ai frappé à la porte.

Pas de réponse. Pourtant, mes grands-parents attendaient ma visite. J'ai frappé de nouveau.

Peut-être s'étaient-ils cachés pour me faire une surprise. Je les imaginais accroupis derrière le canapé avec Liz et Emma, attendant que je passe le seuil du salon pour en surgir en poussant des cris de joie...

Papy et mamie jouant à cache-cache et faisant des bonds de cabri ? Hautement improbable.

J'ai pris ma clé dans ma poche et ouvert la porte.

Le salon était vide et plongé dans l'obscurité, de même que l'escalier. Ça, mamie ne l'aurait jamais permis : elle avait une peur mortelle de manquer une marche et de tomber. La télé était également éteinte. De plus en plus étrange. D'habitude, elle diffusait des matchs de rugby en permanence, que papy la regarde ou non.

J'ai reniflé. Il était cinq heures du soir, heure locale, et pourtant aucune odeur de brûlé ne provenait de la cuisine. Normalement, mamie aurait déjà dû carboniser au moins une fournée de biscuits. C'était une tradition.

J'ai pris mon portable pour appeler Liz et Emma, mais la batterie était déchargée. J'étais certaine de l'avoir chargée à bloc avant mon départ.

Je commençais à me dire que j'étais peut-être en danger quand la porte d'entrée s'est refermée en claquant derrière moi. J'ai fait volte-face, cherchant instinctivement ma baguette, que j'avais laissée dans la Douât.

Au-dessus de moi, dans l'escalier obscur, une voix qui n'avait rien d'humain a chuchoté :

– Sois la bienvenue, Sadie Kane.

☥ CARTER

5. Pourquoi je déteste les scarabées

Merci, Sadie. Sympa de me filer le micro juste quand ça devient intéressant.

Donc, ma sœur était partie fêter son anniversaire à Londres. Le monde n'avait plus que quatre jours à vivre, on avait une mission à accomplir, et la priorité de mademoiselle, c'était de s'amuser avec ses copines. Amer, moi ? Penses-tu !

Le bon côté de la chose, c'est que la maison était étonnamment calme sans elle... Enfin, jusqu'à ce que le serpent à trois têtes débarque.

Mais d'abord, il faut que je te raconte ma vision.

Sadie était persuadée que je lui avais caché quelque chose. Elle n'avait pas tort. Mais ce que j'avais vu cette nuit-là m'avait tellement effrayé que je n'avais pas envie d'en parler, surtout le jour de son anniversaire. Dieu sait si j'ai vécu des trucs étranges depuis mes débuts dans la magie, mais là, j'avais carrément remporté la palme du bizarre.

Après notre expédition au Brooklyn Museum, j'avais eu du mal à trouver le sommeil. Mais alors que je venais de m'endormir, je m'étais réveillé dans un autre corps que le mien.

Il ne s'agissait ni d'un rêve ni d'un voyage astral. J'étais Horus le vengeur.

J'avais déjà cohabité avec le dieu-faucon. Il avait occupé

mon esprit pendant presque une semaine, me prodiguant ses conseils, ramenant sa science à tout bout de champ. Durant le combat qui avait abouti à la destruction de la pyramide de Seth, nos essences avaient fusionné, et j'étais devenu l'« œil » du dieu, comme disaient les anciens Égyptiens : je disposais de tous ses pouvoirs, partageais ses souvenirs, et nous agissions en parfaite harmonie. Mais à aucun moment, je n'avais été dépossédé de mon corps.

Cette fois, c'était moi qui m'invitais dans celui d'Horus. Debout à la proue d'un bateau glissant à la surface de la rivière magique qui traverse la Douât, j'apercevais sous l'eau des formes monstrueuses, pourvues d'écailles et de nageoires. Mon regard perçant distinguait à travers le brouillard les défunts qui erraient sur les berges. Loin au-dessus de moi, le plafond de la caverne, d'un rouge très vif, me donnait l'impression de progresser le long de la gorge d'une créature vivante.

Mes bras musclés, à la peau cuivrée, étaient cerclés d'or et de lapis-lazuli. Vêtu d'une armure en cuir, je tenais un javelot dans une main et un khépesh dans l'autre. Je me sentais fort et puissant comme... disons, comme un dieu.

Bonjour, Carter, a dit Horus.

C'était étrange de me parler à moi-même.

– C'est quoi, ce délire ?

Je n'ai pas dit à Horus combien cette intrusion dans mon sommeil m'irritait. C'était inutile, mes pensées n'avaient aucun secret pour lui.

J'ai répondu à tes questions, a repris Horus. *Je t'ai indiqué où trouver le premier papyrus. À présent, j'ai un service à te demander. Mais d'abord, je dois te montrer quelque chose.*

Le bateau a fait un bond en avant, m'obligeant à me cramponner au garde-corps. En me retournant, j'ai vu que je me trouvais à bord d'une barque d'environ quinze mètres, présentant la silhouette d'un canoë massif. Au centre, un dais en lambeaux

75

surmontait une estrade vide, laquelle avait dû être occupée par un trône. Le mât unique portait une voile rectangulaire déchirée aux couleurs fanées. Deux rangées de rames brisées pendaient le long de la coque à bâbord et à tribord.

Le bateau paraissait abandonné depuis plusieurs siècles. Les toiles d'araignées avaient envahi le gréement, les cordages étaient pourris, des craquements et des grincements s'échappaient de la coque tandis que nous prenions de la vitesse.

Cette barque est aussi vieille que Rê, a dit Horus. *Es-tu sûr de vouloir la remettre en service ? Je vais te montrer ce que tu risques...*

Le courant nous emportait à vive allure. J'avais déjà navigué sur la rivière de la Nuit, mais celle-ci semblait située plus profond dans la Douât. Le vent était plus froid, les rapides plus agités. À un moment, le bateau s'est élancé dans le vide en franchissant une cataracte. À peine était-il retombé que des monstres l'ont attaqué – un dragon aux yeux félins, un crocodile hérissé de piquants, un serpent à tête de momie humaine... Chaque fois que l'un d'eux crevait la surface, je le transperçais de mon épée ou tentais de l'éloigner avec mon javelot, mais il en arrivait sans cesse de nouveaux. Si je n'avais pas été Horus le vengeur, mais simplement Carter Kane, je serais devenu fou, ces horreurs auraient eu ma peau, ou les deux.

Toutes les nuits, c'était la même chose, a expliqué Horus. *Rê n'affrontait pas lui-même les créatures du chaos. C'était à nous d'assurer sa sécurité en combattant les serviteurs d'Apophis.*

Le bateau a franchi une nouvelle cascade avant d'être happé par un tourbillon. Par miracle, il n'a pas chaviré et s'est arraché au maelström pour gagner la berge.

Celle-ci était couverte de cailloux noirs et brillants – du moins, c'est ce que j'ai cru d'abord. Mais en approchant, j'ai réalisé qu'il s'agissait de carapaces de scarabées vides. Il y en avait des millions, qui s'étendaient à perte de vue dans la pénombre. Quelques insectes vivants rampaient paresseusement parmi leurs frères morts, donnant l'illusion d'une masse grouillante. Je n'essaierai même pas de te décrire l'odeur qui se dégageait de cet immense cimetière à ciel ouvert.

La prison du serpent, a annoncé Horus.

J'ai cherché du regard un bâtiment, des chaînes, une fosse, en vain.

– Où ça ?

Je te la montre sous une forme que tu puisses comprendre. Si tu te trouvais ici en personne, tu ne serais déjà plus qu'un tas de cendres. Si tu voyais cet endroit sous son véritable aspect, il consumerait tes sens humains.

– C'est tentant, mais non merci.

La coque a raclé le fond de la rivière, provoquant la fuite de quelques scarabées. Toute la berge donnait l'impression de se tordre et se convulser.

Autrefois, tous ces scarabées étaient vivants. Ils symbolisaient la renaissance quotidienne de Rê. À présent, il n'en reste qu'une poignée. Le serpent les dévore, cheminant lentement vers la liberté.

– Tu veux dire que...

Devant mes yeux, le rivage semblait se soulever, comme si une énorme créature s'agitait sous la surface.

J'ai frissonné, même si je possédais la force et le courage d'Horus. Les craquements des carapaces brisées accompagnaient la progression du monstre. On distinguait à présent un vaste cercle rouge sous la couche de plus en plus mince de scarabées – l'œil d'un serpent géant, brûlant de haine et de colère. Soudain la puissance du chaos m'a traversé tel un rayon mortel, dévorant tout sur son passage, pénétrant au plus profond de mon âme. Horus avait dit vrai : si je m'étais trouvé là en personne, j'aurais été réduit en cendres.

La panique m'a envahi.

– Il va sortir !

Bientôt, oui...

Horus guidant mon bras, j'ai brandi mon javelot et l'ai lancé dans l'œil du serpent. Apophis a hurlé de rage. Le sol a tremblé. Puis la créature a disparu sous les carapaces et la clarté rougeâtre s'est éteinte.

Mais pas aujourd'hui, a remarqué Horus. Le jour de l'équinoxe, les liens qui retiennent Apophis se relâcheront suffisamment pour qu'il se libère. Avec ton aide, Carter, je pourrais mener les dieux au combat. Ensemble, nous serions assez puissants pour arrêter Apophis. Si tu réveilles Rê et le rétablis sur le trône, aura-t-il la force de régner ? Crois-tu que cette barque résistera aux courants de la Douât ?

– Si tu ne veux pas que je réveille Rê, pourquoi m'avoir aidé à trouver le papyrus ?

Le choix t'appartient. J'ai foi en toi, Carter Kane. Quoi que tu décides, tu auras mon soutien. Mais les autres dieux ne partagent pas tous ma confiance. Beaucoup pensent qu'ils auraient de meilleures chances de vaincre Apophis sous ma conduite. Ils jugent ton projet dangereux et stupide. Jusqu'ici, j'ai fait mon possible pour les empêcher de se dresser contre toi, mais je crains de ne pouvoir les retenir très longtemps.

– De nouveaux ennemis... On avait bien besoin de ça !

Nous ne sommes pas obligés d'en arriver là. À présent que tu as vu l'adversaire, dis-moi, qui est le plus apte à vaincre le maître du chaos : Rê ou Horus ?

La barque s'est éloignée de la berge. Horus a libéré mon bâ, et celui-ci a regagné le monde mortel en flottant à travers le néant tel un ballon gonflé à l'hélium. J'ai passé le reste de la nuit à rêver d'une immensité couverte de scarabées morts et d'un œil rouge qui me scrutait d'une prison sur le point de céder.

Tu comprends maintenant pourquoi j'étais un peu secoué à mon réveil.

Pourquoi Horus m'avait-il montré ça ? La réponse paraissait évidente : à présent qu'il régnait sur les dieux, il n'avait pas envie que Rê remette son autorité en question. Les dieux sont volontiers égoïstes. Même quand ils prétendent vouloir t'aider, ils poursuivent en réalité leurs propres desseins. C'est pourquoi on ne doit pas leur accorder aveuglément sa confiance.

D'un autre côté, il n'avait pas tort. Rê était déjà un vieillard il y a cinq mille ans. Même si on parvenait à le réveiller, rien ne garantissait qu'il se montrerait coopératif. Et s'il était dans le même état que sa barque, je le voyais mal affronter Apophis.

Horus m'avait demandé qui avait les meilleures chances face au maître du chaos. Après avoir sondé mon cœur, j'étais parvenu à une conclusion terrifiante : ni les dieux ni les magiciens n'étaient de taille à vaincre le serpent, même s'ils s'unissaient. Horus désirait conduire les dieux à la bataille, mais il n'avait jamais combattu un adversaire aussi puissant. Apophis était aussi ancien que l'univers, et le seul ennemi qu'il redoutait était Rê.

Rien ne permettait d'affirmer que le réveil de Rê nous conduirait à la victoire, mais mon instinct me soufflait qu'il n'existait pas d'autre solution. Et pour être franc, le fait que tout le monde – Bastet, Horus et même Sadie – me répète que c'était une mauvaise idée me confortait dans ma certitude. Moi aussi, je peux être têtu.

Comme le disait souvent mon père, « La décision juste est rarement la plus facile. »

Papa avait défié la Maison de vie, il s'était sacrifié pour libérer les dieux, persuadé que c'était le seul moyen de sauver le monde. À présent, c'était à moi de prendre une décision difficile.

Je te passe le petit déjeuner et ma dispute avec Sadie. Après l'avoir vue disparaître à travers le portail, je me suis attardé sur le toit en compagnie de mon nouvel ami, le griffon psychopathe.

En m'inspirant de son cri, je l'avais baptisé Crack. Ça lui allait bien, parce qu'il était aussi excité que s'il avait pris de la cocaïne. Je m'attendais à ce qu'il s'enfuie ou regagne la Douât, mais sa cabane semblait lui plaire. Je l'avais garnie avec une pile de journaux du matin. Tous consacraient leurs gros titres à la remontée accidentelle de gaz d'égout qui avait envahi Brooklyn la nuit précédente. Selon les articles, la combustion du gaz avait entraîné d'étranges phénomènes lumineux et causé d'importants dégâts à l'intérieur du musée, où des témoins avaient été pris de nausées, de vertiges et d'hallucinations – certains prétendaient avoir vu un colibri de la taille d'un rhinocéros. Fichus gaz d'égout !

Je balançais une nouvelle fournée de dindes rôties à Crack – il avait un appétit d'ogre – quand Bastet est apparue à mes côtés.

– En principe, j'aime les oiseaux, a-t-elle dit. Mais cette... chose est vraiment horrible.

– KRAAAK ! a protesté le griffon.

Bastet et lui se sont regardés. Chacun paraissait se demander si l'autre ferait un bon déjeuner.

La déesse-chatte a repris d'un air pincé :

– Rassure-moi, tu n'as pas l'intention de le garder ?

– Il est libre de partir. Mais je crois qu'il se plaît ici.

– Merveilleux ! Encore un truc qui risque de te tuer en mon absence.

Il me semblait plutôt que Crack m'appréciait, mais rien de ce que j'aurais pu dire n'aurait tranquillisé Bastet.

Elle portait sur sa combinaison léopard un long manteau noir brodé de hiéroglyphes protecteurs – son costume de voyage. L'étoffe chatoyait quand elle bougeait, donnant l'illusion qu'elle disparaissait.

– Sois prudente, lui ai-je dit.

Elle a souri.

– Je suis assez grande pour me débrouiller, Carter. Je m'inquiète davantage pour ta sœur et toi. Si ta vision est exacte et qu'Apophis s'évade de sa prison... Je reviendrai le plus vite possible.

Si ma vision était exacte, aurais-je pu ajouter, on aurait tous de gros ennuis.

Bastet a repris :

– Je risque d'être injoignable pendant quelques jours. Mon ami devrait arriver avant que Sadie et toi ne partiez en mission. Il veillera à ce que vous restiez en vie.

– Tu pourrais au moins me dire son nom ?

Elle m'a lancé un regard à la fois amusé et troublé.

– C'est un peu compliqué. Je préfère le laisser se présenter.

Puis elle a plaqué un baiser sur mon front.

– Fais attention à toi, chaton.

J'étais trop abasourdi pour répondre. Au départ, Bastet était censée protéger Sadie, et je représentais pour elle un surcroît de travail. Mais sa voix exprimait une telle tendresse qu'il me semble avoir rougi.

Elle a couru jusqu'à l'extrémité du toit et a sauté dans le vide. Je ne me faisais pas de souci pour elle : un chat retombe toujours sur ses pattes.

Afin de ne pas modifier les habitudes des apprentis, j'ai tenu à assurer mon cours matinal. L'intitulé exact était « Introduction à la résolution de problèmes par la magie », mais mes élèves l'avaient surnommé « Débrouille & Système D ».

Le déroulement en était simple : je leur soumettais un problème, et ils étaient libres de sortir dès qu'ils l'avaient résolu.

J'imagine que ça les changeait des écoles qu'ils avaient fréquentées jusque-là, où ils devaient rester en classe jusqu'à la fin des cours, quitte à faire parfois semblant de travailler. Mais je te rappelle que je n'ai jamais été à l'école. Mon père m'a laissé apprendre à mon propre rythme. Avec lui, ma journée s'achevait dès qu'il était satisfait du travail que j'avais fourni. Ce système a bien fonctionné pour moi, et les apprentis paraissaient l'apprécier.

Je pense que Zia Rashid aurait approuvé ma façon de faire. La première fois où elle nous avait entraînés, Sadie et moi, elle nous avait dit qu'on n'apprenait pas la magie dans les manuels, mais en la pratiquant. C'est pourquoi mon cours occasionnait pas mal de casse.

Ce matin-là, j'avais quatre élèves. Le reste des novices devaient poursuivre leurs propres recherches, pratiquer des enchantements, ou étudier sous la supervision de leurs camarades plus âgés. En tant qu'adulte référent – rôle qu'elle avait tenu en l'absence d'Amos – Bastet avait insisté pour qu'on généralise l'enseignement des matières classiques – maths, grammaire – auxquelles elle avait rajouté des options telles que « Toilette de chat » ou « Sieste ». Cette dernière matière avait remporté un tel succès qu'il avait fallu créer une liste d'attente.

La salle d'entraînement occupait presque tout le troisième étage. Elle avait les dimensions approximatives d'un terrain de basket, ce qu'elle devenait d'ailleurs après la fin des cours. Elle possédait un parquet et un plafond voûté sur lequel on voyait des anciens Égyptiens marcher de profil, comme ils le font toujours. À chaque extrémité du terrain, on avait fixé, à trois mètres du sol et perpendiculaire à celui-ci, une statue de Rê dont on avait évidé le disque solaire pour qu'il serve de panier. C'était probablement blasphématoire, mais si Rê n'avait pas le sens de l'humour, c'était son problème.

Walt m'attendait, ainsi que Julian, Felix et Alyssa. Jaz assistait presque toujours à ce cours, mais, bien sûr, elle se trouvait dans le coma... Et c'était là un problème qu'aucun de nous n'était capable de résoudre, magie ou pas.

J'ai plaqué sur mon visage une expression confiante, très professorale.

– Aujourd'hui, je vous propose d'aborder les simulations de combat. On va commencer par quelque chose de simple.

J'ai sorti de ma sacoche quatre statuettes – des ouchebtis – que j'ai disposées aux quatre coins de la salle. J'ai demandé à chacun des élèves de se placer devant l'une d'elles avant de prononcer un ordre. Aussitôt, les statuettes se sont transformées en guerriers grandeur nature, armés d'épées et équipés de boucliers. Ils manquaient de réalisme – leur peau avait gardé l'aspect vernissé des statuettes, et leurs mouvements étaient un peu trop lents – mais ils convenaient à des débutants.

J'ai lancé un avertissement à Felix :

– Je ne veux voir aucun manchot.

– Pfff... C'est pas drôle !

Felix était persuadé qu'on pouvait résoudre tous les problèmes avec des manchots. Mais outre le fait que ce n'était pas très sympa pour les pauvres bêtes, j'en avais assez de devoir les renvoyer chez eux à l'issue de chaque cours. Si tu vas un jour en Antarctique, ne sois pas étonné d'y trouver une colonie de manchots Adélie en train de suivre une thérapie de groupe.

– C'est parti ! ai-je crié.

Julian, qui, à treize ans, avait déjà choisi la voie d'Horus, s'est rué sur son adversaire. S'il ne maîtrisait pas encore tout à fait la technique du combat par avatar interposé, il avait entouré son poing d'un gant d'énergie dorée qui lui donnait la force d'un boulet de démolition. Projeté contre le mur, l'ouchebti a volé en éclats. Et d'un !

Alyssa suivait quant à elle la voie de Geb, le dieu de la terre. Il n'y avait aucun expert en magie tellurique parmi nous, mais Alyssa avait rarement besoin d'aide. Issue d'une famille de potiers de Caroline du Nord, elle avait appris toute petite à façonner l'argile.

Ayant esquivé le coup que tentait maladroitement de lui porter l'ouchebti, elle a touché le dos de celui-ci, faisant apparaître un hiéroglyphe sur son armure :

Le guerrier a fait volte-face, brandissant son épée. Alyssa n'a pas bougé. J'allais lui crier de se baisser, mais la lame a manqué sa cible de plusieurs centimètres pour s'abattre sur le sol. Le guerrier est revenu à la charge, portant à son adversaire une demi-douzaine de coups tout aussi approximatifs. Désorienté, il a titubé jusqu'à l'angle de la salle où il s'est violemment cogné la tête contre le mur avant de s'immobiliser.

Alyssa m'a souri.

– *Sa-per* : c'est le mot égyptien qui veut dire « raté », a-t-elle expliqué.

– Bien joué !

Entre-temps, Felix était venu à bout de son adversaire sans l'aide d'aucun manchot. J'ignorais quelle serait sa future spécialité, mais cette fois, il avait fait simple et brutal. Ayant attrapé un ballon de basket sur un banc, il avait attendu que l'ouchebti s'avance vers lui pour le lui lancer au visage. Déséquilibré, le guerrier en argile était tombé sur son bras droit, qui s'était cassé. Felix l'avait ensuite longuement piétiné, ne laissant qu'un tas de débris.

Il s'est tourné vers moi et a déclaré d'un air satisfait :

– Tu n'as pas dit qu'on était obligés d'utiliser la magie.

– En effet, ai-je acquiescé, me promettant intérieurement de ne jamais défier Felix sur un terrain de basket.

Walt était le plus intéressant à observer. En tant que *sau* – fabricant de charmes – il utilisait de préférence les objets magiques qu'il avait sous la main, et le résultat était généralement surprenant.

Walt n'avait pas encore choisi de divinité tutélaire. Il manifestait des aptitudes pour la recherche, comme Thot. Maniant les potions et les papyrus presque aussi bien que Sadie, il aurait également pu opter pour la voie d'Isis, ou celle d'Osiris, car il était naturellement doué pour donner vie aux objets inanimés.

Ce matin-là, il prenait son temps et jouait avec ses amulettes en élaborant un plan. Chaque fois que l'ouchebti faisait un pas dans sa direction, il reculait. Si je devais reprocher quelque chose à Walt, ce serait un excès de prudence. Il réfléchit toujours longuement avant d'agir – tout le contraire de ma sœur, en d'autres termes.

(Tu peux me frapper autant que tu veux, Sadie, c'est la pure vérité.)

Julian l'a encouragé :

– Vas-y, Walt ! Fais-lui sa fête !

Walt a voulu saisir une de ses amulettes, mais au même moment, en reculant, il a trébuché sur les débris de l'adversaire de Felix.

J'ai crié :

– Attention !

Walt est tombé de tout son long. Le voyant à terre, l'ouchebti s'est jeté sur lui.

Je me suis précipité pour lui porter secours, mais je me trouvais trop loin. Walt a instinctivement levé la main pour se protéger de l'épée de son adversaire. La lame en terre cuite était presque aussi perçante que du métal. Elle aurait pu le blesser gravement, mais quand ses doigts se sont refermés sur elle, l'ouchebti s'est figé. Puis la lame a viré au gris et a commencé à se craqueler. Le fin réseau de fissures s'est étendu au guerrier entier, qui est alors tombé en poussière.

Walt semblait abasourdi. Il a examiné sa main, qui n'avait rien.

– Cool ! a commenté Felix. Tu t'es servi de quelle amulette ?

Au regard que m'a lancé Walt, j'ai compris qu'il n'en avait utilisé aucune et qu'il ignorait ce qui avait détruit l'ouchebti.

Ce mystère aurait suffi à alimenter nos spéculations pour la journée, mais on n'était pas au bout de nos surprises.

Soudain le sol s'est mis à vibrer. J'ai cru que la magie de Walt se propageait au bâtiment, ce qui aurait eu des conséquences désastreuses. Ou alors, quelqu'un s'amusait avec des ânes explosifs à l'étage inférieur.

– Hum, les garçons..., a fait Alyssa d'une toute petite voix.

Elle indiquait la statue de Rê au-dessus de nos têtes. Notre panier de basket divin était en train de se décomposer. Mais au lieu de tomber en poussière, comme l'ouchebti, il se brisait en morceaux. Mon estomac s'est soulevé. Ce n'étaient pas des éclats de pierre qui pleuvaient sur le sol, mais des carapaces de scarabées.

La statue a achevé de se désagréger, le tas de carapaces a paru s'animer, et trois têtes de serpents en ont jailli.

Je n'ai pas honte de le dire, j'ai paniqué, croyant que ma vision s'était accomplie. En reculant précipitamment, j'ai bousculé Alyssa. Si je n'ai pas fui la salle en courant, c'est uniquement parce que mes quatre élèves tournaient vers moi des regards affolés, attendant que je les rassure.

Ça ne peut pas être Apophis, me suis-je dit enfin.

Un examen plus attentif m'a révélé que les trois têtes appartenaient à un seul et même animal – un cobra au corps massif, aussi épais que ma cuisse. Plus étrange encore, la créature possédait des ailes de faucon. Une fois dressée, elle s'est révélée aussi grande que moi. Pourtant, rien de comparable à Apophis. Elle n'avait pas des yeux couleur de rubis, mais verts et glaçants, comme le sont les yeux des serpents. Toutefois, je ne peux pas dire que je me sentais très à l'aise face à ces trois têtes qui me fixaient du regard.

– Carter ? a dit Felix d'un ton hésitant. Ça fait partie de la leçon ?

Les trois têtes ont sifflé en harmonie. La voix du monstre

résonnait dans ma tête, et elle ressemblait beaucoup à celle du bau qui m'avait menacé au Brooklyn Museum.

Dernier avertissement, Carter Kane. Donne-moi le papyrus.

Le papyrus... Sadie me l'avait confié avant son départ. J'aurais dû le mettre à l'abri dans la bibliothèque, mais il se trouvait toujours dans la sacoche qui pendait de mon épaule. Quel idiot !

J'ai interrogé le serpent :

Tu es quoi ?

– On attaque ? a demandé Julian, dégainant son épée.

Apparemment, les apprentis n'avaient entendu ni le monstre ni ma question.

Alyssa a tendu les bras comme pour attraper une balle, Walt s'est placé entre le serpent et Felix tandis que ce dernier se penchait de manière à voir tout autour de lui.

Donne-moi le papyrus !

Le serpent s'est enroulé sur lui-même, faisant craquer son tapis de carapaces, et a déployé ses ailes. Elles étaient si grandes qu'elles auraient pu nous envelopper tous les cinq.

Renonce à ta quête, ou je détruirai la fille que tu recherches comme j'ai détruit son village !

J'ai voulu saisir mon épée, mais mes bras ne m'obéissaient plus, à croire que les trois paires d'yeux qui me fixaient m'avaient hypnotisé.

Ce monstre avait détruit le village de Zia !

Les serpents sont incapables de rire, pourtant les sifflements de la créature exprimaient l'amusement.

Tu vas devoir choisir, Carter Kane : la fille ou le dieu. Renonce à cette quête imbécile, ou bientôt, tu seras aussi mort que les scarabées de Rê !

La colère m'a sauvé. Surmontant ma paralysie, j'ai crié : « Tuez-le ! » juste comme le serpent ouvrait ses trois gueules pour vomir un torrent de flammes.

J'ai fait apparaître un bouclier d'énergie pour dévier les flammes. Julian a lancé son épée comme une hache. Sur un geste d'Alyssa, trois des statues qui bordaient la salle ont sauté de leur piédestal pour se ruer vers le serpent. Walt a fait jaillir un éclair gris de sa baguette. Et Felix a ôté sa chaussure gauche pour la jeter sur le monstre.

À cet instant, je n'aurais pas aimé être à la place de celui-ci. L'épée de Julian a tranché une de ses têtes tandis que la chaussure de Felix rebondissait sur une autre et que l'éclair réduisait la troisième en cendres. Pour finir, les statues réveillées par Alyssa se sont jetées sur lui, l'écrasant sous une tonne de pierre.

Les restes du serpent se sont transformés en sable.

Le silence s'est abattu sur la salle. Les quatre apprentis ne me quittaient pas des yeux. Je me suis baissé afin de ramasser une carapace vide.

Felix a pris la parole :

– Carter, dis-moi que ça faisait partie de la leçon...

J'ai repensé à la voix du serpent – semblable à celle du bau – et ai compris pourquoi elle m'avait paru familière. Je l'avais déjà entendue durant la bataille de la pyramide rouge.

– Carter ?

Felix semblait au bord des larmes. Il prenait tellement de place qu'il m'arrivait d'oublier qu'il n'avait que neuf ans.

– C'était un test, ai-je prétendu.

Puis j'ai échangé un regard avec Walt, et nous avons passé un accord tacite. Nous reparlerions de tout ça plus tard, mais en attendant, je devais en toucher un mot à quelqu'un.

– Le cours est terminé, ai-je annoncé avant de me précipiter chez Amos.

CARTER

6. Une vision (presque) fatale

– Un serpent à trois têtes ? a répété Amos en retournant la carapace vide entre ses doigts.

J'avais un peu honte de lui refiler le bébé, après tout ce qu'il avait subi depuis Noël. À peine était-il guéri et rentré qu'un monstre s'invitait dans notre salle d'entraînement ! D'un autre côté, je n'avais personne d'autre à qui me confier. Pour un peu, j'aurais regretté l'absence de ma sœur.

(J'ai dit « pour un peu », Sadie.)

– C'est ça, ai-je acquiescé. Avec des ailes, et qui crachait des flammes. Tu as déjà vu un truc pareil ?

Amos a posé la carapace sur la table et l'a poussée du doigt, comme s'il espérait la voir prendre vie. Pour une fois, on avait la bibliothèque pour nous seuls. La plupart du temps, la vaste salle circulaire était remplie d'apprentis qui parcouraient les rangées d'alvéoles, cherchant un papyrus, ou expédiaient les ouchebtis aux quatre coins du monde pour qu'ils leur rapportent un objet, un livre ou une pizza. L'image de Geb, le dieu de la terre au corps semé d'arbres et sillonné de rivières, s'étalait sur le sol tandis que la déesse du ciel, Nout à la peau étoilée, se déployait au plafond. Habituellement, je me sentais en sécurité entre ces deux divinités qui avaient fait preuve de bienveillance à notre égard. Mais ce jour-là, je n'arrêtais pas de jeter des regards inquiets aux ouchebtis qui nous entouraient, immobiles, m'attendant à les voir se décomposer en un tas de scarabées morts avant de nous attaquer.

Amos a lancé un ordre :

– *A'max* !

Un hiéroglyphe flamboyant s'est inscrit sur la carapace :

Le scarabée s'est enflammé, ne laissant qu'un minuscule tas de cendres.

– J'ai vu quelque chose de ce genre dans la tombe de Thoutmôsis III, a repris Amos. L'image peinte d'un serpent ailé à trois têtes. Quant à sa signification... Pour les anciens Égyptiens, le serpent est aussi bien bénéfique que maléfique. Il peut être l'ennemi de Rê, ou son allié.

– Celui-ci n'était pas un allié. Il voulait le papyrus.

– Pourtant, ses trois têtes pourraient symboliser les trois aspects du dieu solaire. Et il a surgi des débris de sa statue.

– Pourquoi Rê voudrait-il nous empêcher de le trouver ? ai-je objecté. En plus, j'ai reconnu sa voix. C'était celle du lieutenant de Seth, le démon que possédait Apophis.

Le regard d'Amos s'est perdu dans le vague.

– Face de Cauchemar, a-t-il murmuré. Tu penses qu'Apophis s'est adressé à toi à travers ce serpent ?

– Je crois également que c'est lui qui nous a piégés au Brooklyn Museum et qui m'a parlé à travers le bau. S'il est assez puissant pour déjouer les défenses de cette maison...

– Même si tu as raison, Apophis n'était pas présent en personne. Son évasion aurait causé dans la Douât des remous si puissants que tous les magiciens les auraient perçus. En revanche, il lui est facile d'envoyer des messagers même dans des endroits protégés. Je ne pense pas que ce serpent t'aurait fait beaucoup de mal. L'effort qu'il a dû fournir pour percer nos défenses avait dû l'affaiblir. Il était principalement destiné à t'avertir, et à t'effrayer.

– Eh bien, c'est réussi !

Je n'ai pas osé demander à Amos comment il savait autant de choses sur le chaos. Sans doute avait-il suivi une formation accélérée pendant qu'il était possédé par Seth, le dieu du mal. S'il avait l'air normal à présent, je savais d'expérience qu'on n'était plus vraiment le même après avoir cohabité avec un dieu, volontairement ou non. On conservait une partie de ses souvenirs et même de ses pouvoirs. Je n'avais pu m'empêcher de remarquer que la couleur de la magie d'Amos avait changé. Les hiéroglyphes qu'il faisait apparaître n'étaient plus bleus mais rouges – la couleur de Seth.

– Je vais renforcer les défenses de la maison pour que les messagers d'Apophis ne puissent plus les traverser, m'a-t-il promis.

J'ai acquiescé, pas vraiment rassuré.

Le lendemain, si Sadie revenait indemne – j'ai bien dit, si – on se mettrait en quête des deux autres papyrus qui formaient *Le Livre de Rê*. Certes, on avait survécu à notre combat contre Seth, mais Apophis ne jouait pas dans la même catégorie, et Isis et Horus n'étaient plus là, dans nos têtes, pour nous prêter main-forte. On était deux ados presque ordinaires, en lutte contre des magiciens dévoyés, des démons, des monstres, des esprits et le maître éternel du chaos. Quand je faisais la liste de mes points forts, je trouvais ma sœur foldingue, mon épée, un babouin et un griffon caractériel. La partie s'annonçait serrée.

– Et si on se trompait ? ai-je demandé. Imagine qu'on réveille Rê et que ça ne marche pas...

Il y avait longtemps que je n'avais pas vu Amos sourire. Il ne ressemblait pas beaucoup à notre père, mais quand il souriait, il avait les mêmes rides aux coins des yeux.

– Carter, pense à tout ce que vous avez déjà fait, ta sœur et toi. Vous avez redécouvert une forme de magie qui n'était plus pratiquée depuis des millénaires. En deux mois, vous avez amené vos élèves à un niveau que la plupart des initiés du Premier Nome n'atteignent pas en deux années. Vous avez combattu des dieux. Vous avez accompli davantage que n'importe quel magicien vivant – même moi, même Michel Desjardins. Fie-toi à ton instinct. Si j'étais joueur, je miserais tout mon argent sur vous deux.

Ma gorge s'est serrée. Personne ne m'avait encouragé ainsi depuis la mort de mon père, et je n'avais pas réalisé à quel point ça m'avait manqué.

Malheureusement, l'allusion à Desjardins m'avait rappelé qu'Apophis n'était pas notre unique problème. Dès que nous aurions entamé nos recherches, un marchand de glaces russe surnommé Vlad l'inhalateur tenterait de nous assassiner. Et si Vlad était le troisième magicien le plus puissant au monde…

– Qui est le deuxième ?

Amos m'a lancé un regard interloqué.

– Comment ça ?

– Tu as dit que le Russe, Vlad Menchikov, occupait la troisième place dans le classement des magiciens les plus puissants. Alors, qui est le numéro deux ? Si on a un autre ennemi à surveiller, je préférerais savoir qui il est.

Notre oncle a paru amusé.

– Ne t'inquiète pas pour ça. Malgré vos démêlés avec Desjardins, au fond, il n'est pas votre ennemi.

– C'est à lui qu'il faut le dire !

– C'est ce que j'ai fait, Carter. Je me suis entretenu avec lui à plusieurs reprises pendant mon séjour au Premier Nome. Je crois que votre victoire sur Seth l'a sérieusement ébranlé dans ses certitudes. Il sait qu'il n'aurait jamais eu le dessus sans vous. Si nous avions plus de temps, je pense que je finirais par le convaincre.

Autant imaginer Apophis et Rê amis sur Facebook... Toutefois, j'ai gardé mes réflexions pour moi.

Amos a passé une main au-dessus de la table en prononçant une formule. Un hologramme rouge de Rê a surgi du néant – la réplique miniature de la statue de la salle d'entraînement. Le dieu du soleil avait une tête de faucon, comme Horus, mais la sienne était coiffée du disque solaire, et il portait les deux insignes du pharaon, la crosse et le fléau. Vêtu d'une robe et non d'une armure, il était assis sur son trône dans une attitude à la fois royale et sereine, comme s'il regardait ses serviteurs combattre à sa place. Ça faisait bizarre de voir le dieu auréolé d'une clarté rougeâtre, la couleur du chaos.

– Je ne dis pas ça pour te décourager, a repris Amos, mais sache que si *Le Livre de Rê* a été divisé en trois parties, c'était dans l'intention d'en compliquer la recherche. Ainsi, seuls les plus valeureux sont susceptibles de le retrouver. Attends-toi à rencontrer des obstacles durant ta quête. Les deux autres papyrus sont aussi bien protégés que le premier, sinon mieux. Et pose-toi la question : que se passera-t-il si vous réveillez un dieu qui ne souhaitait pas l'être ?

Les portes de la bibliothèque se sont brusquement ouvertes, me faisant sursauter. Cléo et trois autres filles sont entrées en riant et bavardant, les bras chargés de manuscrits.

D'un geste vif, Amos a fait disparaître l'hologramme.

– C'est l'heure de mon cours de recherche documentaire, a-t-il annoncé. Nous reparlerons de tout ça après déjeuner.

J'ai acquiescé, mais je soupçonnais que cette conversation n'aurait pas de suite. Avant de franchir les portes de la bibliothèque, je me suis retourné et j'ai vu Amos accueillir ses élèves, balayant négligemment les cendres du scarabée de la table.

J'ai regagné ma chambre où j'ai trouvé Khéops affalé sur mon lit, zappant d'une chaîne sportive à l'autre. Il portait son habituel maillot des Lakers et avait calé un bol plein de chips au fromage – des Cheetos – sur son estomac. La grande salle étant devenue trop bruyante pour y regarder la télé en paix, Khéops avait décidé de s'installer chez moi. Si j'appréciais cette marque de confiance à sa juste valeur, la cohabitation avec un babouin n'est pas toujours simple. Tu te plains que ton chien ou ton chat perd ses poils ? Crois-moi, ce n'est rien à côté d'un singe !

– Quoi de neuf ? ai-je demandé.

– Agh !

C'était à peu près tout ce qu'il savait dire.

– Super. Je vais sur le balcon.

Il pleuvait toujours dehors, et le vent qui soufflait de l'East River aurait fait grelotter même les manchots de Felix, mais ça m'était égal. C'était la première fois que je me retrouvais seul depuis mon lever.

Depuis l'arrivée des apprentis, j'avais l'impression d'être toujours en représentation. Même dévoré par le doute, je devais montrer un visage confiant. Je n'avais plus le droit de m'énerver – sauf contre Sadie, de temps en temps – ni de me plaindre trop fort quand ça allait mal. Certains de ces gosses avaient parcouru de longues distances pour se former auprès de nous. Beaucoup avaient dû affronter des monstres et des magiciens en chemin. Pas question de leur avouer que je n'avais pas la moindre idée de ce que j'étais en train de faire, ni de m'interroger à voix haute sur nos chances de survie, ni encore moins de leur dire : « À la réflexion, je me demande si c'était une bonne idée de vouloir rouvrir la voie des dieux. »

Pourtant, j'étais souvent en proie à l'incertitude, et avec Khéops comme coloc, le balcon était le seul endroit où je pouvais déprimer tout mon soûl.

J'ai dirigé mon regard vers Manhattan, au-delà de la rivière. Le spectacle était magnifique. En nous accueillant chez lui, à

Brooklyn, Amos nous avait dit, à Sadie et moi, que les magiciens évitaient Manhattan, car l'île avait « d'autres problèmes ». Parfois, quand je regardais dans cette direction, il me semblait voir des choses. Sadie se moquait de moi, mais je jurerais avoir aperçu un jour un cheval volant. Sans doute était-ce la barrière magique autour de la maison qui provoquait des illusions d'optique, mais quand même.

Je me suis tourné vers l'unique objet présent sur le balcon, mon bol de divination. Il évoquait un peu une baignoire pour oiseaux – une coupe en bronze sur un piédestal en pierre –, mais c'était mon gadget préféré parmi toute ma panoplie magique. Walt l'avait fabriqué pour moi après m'avoir entendu dire que j'aurais bien voulu savoir ce qui se passait dans les autres nomes. Les bols que j'avais vus au Premier Nome m'avaient paru d'une utilisation ardue, mais Walt était un expert dans son art. Si le bol qu'il avait fait pour moi avait été une voiture, ç'aurait été une Cadillac avec direction assistée, boîte de vitesses automatique et cousin chauffant. Tout ce que j'avais à faire, c'était le remplir d'huile d'olive vierge et lancer un ordre. Le bol me montrait alors l'endroit que je désirais, du moment que je pouvais le visualiser et qu'il n'était pas protégé par la magie. Les lieux que je n'avais jamais visités m'étaient d'un accès difficile, contrairement à ceux que j'avais vus en personne ou qui revêtaient une importance particulière pour moi.

J'avais cherché Zia une centaine de fois, sans succès. Je savais seulement que son mentor, Iskandar, l'avait plongée dans un sommeil artificiel et mise à l'abri – où ça ? – avant de lui substituer un ouchebti.

J'ai passé ma main au-dessus du bol et tenté une nouvelle fois d'imaginer l'endroit où elle dormait « parmi les sables rouges », mais je n'ai vu que mon reflet à la surface de l'huile. Normal : je n'avais jamais vu cet endroit, j'ignorais même à quoi il ressemblait, sinon qu'il était rouge et sablonneux.

N'arrivant pas à localiser Zia, je me suis concentré sur son refuge secret à l'intérieur du Premier Nome. Je ne l'avais vu qu'une fois, mais je me le rappelais dans les moindres détails. La surface de l'huile s'est ridée, et des images se sont formées comme sur un écran.

Rien n'avait changé. Des bougies magiques brûlaient toujours sur une table. Les murs étaient couverts de photos montrant Zia toute petite, son village natal, ses parents.

Elle m'avait raconté comment son père avait exhumé une relique du passé et libéré accidentellement un monstre. Des magiciens avaient vaincu celui-ci, mais après qu'il eut détruit le village. Seule Zia avait survécu, parce que ses parents avaient eu le réflexe de la cacher. Iskandar, le chef lecteur de l'époque, l'avait emmenée au Premier Nome et formée tout en lui tenant lieu de père.

Puis, à Noël dernier, les dieux avaient été libérés à l'intérieur du British Museum. L'une d'eux – Nephtys – avait choisi Zia comme hôte. Ce « délit » était passible de mort au Premier Nome, que l'hôte soit consentant ou non. Iskandar avait alors pris la décision de cacher Zia en attendant de trouver une solution, mais il était mort avant d'avoir pu la ramener.

La Zia que j'avais côtoyée n'était donc qu'un ouchebti, mais je me raccrochais à l'espoir que l'originale partageait les pensées et les sentiments de sa réplique. Où qu'elle soit, la véritable Zia me reconnaîtrait à son réveil, et celui-ci marquerait le début d'une longue et belle histoire. L'idée que j'étais tombé amoureux d'une vulgaire poterie m'était insupportable, et je ne pouvais me résigner non plus à mon impuissance.

En me concentrant, j'ai « zoomé » sur une photo de la petite Zia sur les épaules de son père. Malgré son jeune âge, on devinait en elle une future beauté. Ses yeux d'ambre brillaient sous un casque de cheveux noirs et lustrés. Surprise en plein éclat de rire, elle tentait de cacher les yeux de son père derrière ses mains. Son sourire exprimait la joie et l'espièglerie.

Je détruirai la fille que tu recherches, avait dit le serpent à trois têtes, *comme j'ai détruit son village.*

Si cette destruction n'était pas le fait du hasard mais avait été organisée par Apophis, pourquoi ? Cette interrogation renforçait mon désir de retrouver Zia, au-delà des sentiments qu'elle m'inspirait. J'ignorais comment, mais son sort paraissait lié à l'issue de notre prochain combat contre Apophis. Mais si je devais choisir entre elle et *Le Livre de Rê* ? J'avais déjà perdu ma mère, mon père et tout ce qui faisait ma vie. Il n'était pas question que je la perde aussi.

Je me demandais comment Sadie aurait réagi si elle avait pu lire dans mes pensées – très mal, sans doute – quand on a frappé à la vitre derrière moi. En me retournant, j'ai vu Walt sur le seuil du balcon. Il tenait Khéops par la main.

– Hum, j'espère que je ne te dérange pas. Khéops m'a ouvert la porte...

– Agh ! a acquiescé le babouin avant de sauter sur la rambarde, indifférent au gouffre de trente mètres qui s'ouvrait devant lui.

– Pas de problème, ai-je assuré.

Je n'avais pas vraiment le choix. Khéops avait un faible pour Walt, sans doute parce qu'il jouait mieux que moi au basket.

– Ça marche ? s'est enquis Walt en désignant le bol.

L'image de la pièce secrète de Zia tremblait toujours à la surface. J'ai passé la main au-dessus, et comme je venais de penser à Sadie, je l'ai remplacée par une vision du salon de nos grands-parents, à Londres.

– Super, ai-je répondu. Et toi, tu te sens comment ?

Bizarrement, il s'est raidi et m'a regardé comme s'il soupçonnait un piège.

– Pourquoi tu me demandes ça ?

– À cause de l'incident à l'entraînement. Le serpent à trois têtes. Tu pensais à quoi ?

Je l'ai vu se détendre.

– Pardon, la matinée a été mouvementée. Amos a une explication ?

Qu'avais-je dit pour le troubler à ce point ? Au lieu de m'appesantir sur cette question, je lui ai résumé ma conversation avec mon oncle. Habituellement, Walt était l'auditoire rêvé, calme et attentif. Mais ce jour-là, je le sentais à cran.

Il m'a laissé parler, puis il s'est approché de la rambarde sur laquelle Khéops était toujours perché.

– Tu crois qu'Apophis nous a envoyé cette chose ? Que serait-il arrivé si on ne l'avait pas arrêtée ?

– Selon Amos, ce serpent ne représentait pas un véritable danger. Il était là pour délivrer un message et nous effrayer.

Walt a secoué la tête d'un air consterné.

– Maintenant, Apophis connaît nos talents et nos faiblesses. Il sait que Felix est un champion du lancer de godasse.

Je n'ai pu m'empêcher de sourire.

– Je ne pensais pas forcément à ce talent-ci. L'éclair gris que tu as lancé sur le serpent, et la manière dont tu as réduit l'ouchebti en poussière...

– Tu te demandes comment j'ai fait ? Franchement, Carter, je n'en sais rien. Je n'arrête pas d'y repenser. Au début, j'ai cru que l'ouchebti s'était autodétruit.

– Ça n'expliquerait pas ce qui est arrivé au serpent...

– C'est vrai.

Cet incident semblait le perturber encore plus que moi. Quand Khéops a commencé à lui chercher les poux, il n'a même pas essayé de l'en empêcher.

J'ai hésité à poursuivre, ne voulant pas donner l'impression de le harceler :

– Cette aptitude nouvelle... Ça a un rapport avec, tu sais, ce que tu as dit à Jaz la nuit dernière, au musée ?

De nouveau ce regard d'animal pris au piège...

Je me suis dépêché d'ajouter :

– Ce ne sont pas mes affaires, je sais, mais ces derniers temps, quelque chose semble te tracasser. Si je peux faire quoi que ce soit...

Walt s'est mis à contempler la rivière. Il avait l'air tellement déprimé que Khéops lui a tapé sur l'épaule avec un grognement compatissant.

– Parfois, a-t-il dit, je me demande ce que je fais là.

– Tu veux rire ? Tu es un élève formidable. Un des meilleurs, même ! Ton avenir est ici.

Walt a sorti un objet de sa poche – une carapace récupérée dans la salle d'entraînement.

– Merci, Carter, mais cet incident tombait vraiment mal. C'est un peu compliqué pour moi, en ce moment. Quant à l'avenir... Je n'y pense même pas.

J'ai eu l'impression qu'il ne faisait pas simplement allusion aux quatre jours qu'il nous restait pour sauver le monde.

– Si c'est à propos de notre enseignement, à Sadie et moi...

– Pas du tout ! Tu as été génial. Et Sadie...

– Elle t'aime beaucoup. Je sais qu'elle peut être pénible. Si tu veux qu'elle se calme...

(Je te l'accorde, Sadie, je n'aurais peut-être pas dû dire ça. Mais quand un type te plaît, reconnais que tu es parfois lourde.)

Walt a éclaté de rire.

– Non, ça n'a rien à voir avec Sadie. Moi aussi, je l'aime bien. Seulement...

– Agh !

Le cri de Khéops m'a fait sursauter. Il montrait les dents. En me retournant, j'ai constaté qu'il aboyait en direction du bol.

Celui-ci montrait toujours le salon de nos grands-parents. En regardant plus attentivement, j'ai compris qu'il s'y passait quelque chose d'anormal. La télévision et toutes les lumières étaient éteintes, le canapé renversé.

Un goût de bile a envahi ma bouche.

En scrutant l'image tremblante, j'ai fini par apercevoir la porte d'entrée. Elle avait été enfoncée.

Walt s'est approché.

– Qu'est-ce qui se passe ?

– Sadie...

Je me suis concentré sur ma sœur. Je la connaissais tellement bien que, d'habitude, je n'avais aucun mal à la localiser. Mais cette fois, j'ai ressenti une violente douleur derrière les yeux. L'huile est devenue noire avant de s'enflammer.

Walt m'a brusquement tiré en arrière pour m'éviter d'être brûlé. Avec un cri apeuré, Khéops a saisi le bol et l'a lancé dans le vide.

– C'était quoi, ce truc ? a demandé Walt. C'est la première fois que je vois un bol...

– Un portail pour Londres, vite !

Je toussais, et l'odeur d'huile brûlée m'irritait les narines.

Walt s'est aussitôt ressaisi.

– Le nôtre est en train de refroidir, a-t-il dit d'un air résolu. Il va falloir retourner au Brooklyn Museum.

– Le griffon !

– Je t'accompagne.

Je me suis ensuite adressé à Khéops :

– Dis à Amos qu'on part. Sadie a des ennuis. Pas le temps de lui expliquer.

Khéops a sauté par-dessus la rambarde, empruntant l'ascenseur direct pour les appartements de notre oncle, tandis que Walt et moi traversions ma chambre en courant et montions deux à deux l'escalier menant au toit.

SADIE

7. *Le cadeau du garçon à tête de chien*

Assez parlé, mon cher frère.

Pendant que tu jacassais, tout le monde m'imaginait probablement figée sur le seuil de la maison de papy et mamie, hurlant sans fin : « AAAHHH ! »

Sans parler de votre empressement, à Walt et toi, à voler à mon secours. J'te jure, les hommes...

D'accord, j'avais besoin d'un coup de main. Mais là n'est pas le problème.

Je reprends : donc, j'entends une voix flippante chuchoter « Sois la bienvenue, Sadie Kane » du haut de l'escalier.

Évidemment, ça n'annonçait rien de bon. Mes mains fourmillaient comme si j'avais collé mes doigts dans une prise électrique. J'ai tenté d'invoquer ma baguette et mon bâton, mais, comme je l'ai dit, je suis nulle pour faire surgir des objets de la Douât à l'improviste. Je me suis traitée de tous les noms pour être venue les mains dans les poches. D'un autre côté, je ne pouvais pas me pointer à ma fête d'anniversaire en pyjama, et trimballant tout un arsenal magique dans un sac.

J'ai eu la tentation de fuir, mais papy et mamie étaient peut-être en danger. Pas question de partir avant de m'être assurée qu'ils allaient bien.

L'escalier craquait sous des pas inconnus. J'ai d'abord aperçu le bas d'une robe noire et des pieds pas tout à fait humains chaussés de sandales. Leurs orteils noueux étaient prolongés par des ongles démesurés qui évoquaient les serres d'un oiseau de proie. Puis la créature m'est apparue tout entière, et j'ai étouffé un gémissement apeuré.

Je me trouvais face à une vieille bossue qui paraissait avoir au moins cent ans. La peau rosâtre de son visage et de son cou, les lobes de ses oreilles, flasques et ridés, donnaient l'impression d'avoir fondu à la chaleur d'une lampe à bronzer. Son nez était recourbé comme un bec, ses yeux très enfoncés luisaient dans la pénombre. Son crâne presque chauve était hérissé de quelques épis noirs et graisseux qui faisaient penser à des touffes d'herbe.

Son vêtement somptueux formait un contraste frappant avec son apparence : fait d'une matière légère d'un noir profond, il l'enveloppait tel un manteau de fourrure beaucoup trop large. Quand la femme s'est avancée vers moi, le bruissement soyeux de sa robe m'a appris que celle-ci était formée de plumes.

Un index crochu m'a fait signe d'approcher. La sorcière a souri, révélant des dents aussi acérées que des tessons de verre. Et je ne te parle pas de son odeur... Elle sentait non seulement le vieux, mais le cadavre vieux.

– Je t'attendais, a-t-elle dit. Heureusement, je suis très patiente...

J'ai fait le geste de saisir ma baguette – sans succès, comme tu t'en doutes. Sans Isis, je ne maîtrisais plus le pouvoir des mots divins. J'avais besoin de mon matériel. Je devais absolument gagner du temps et me concentrer de manière à accéder à la Douât.

– Qui es-tu ? ai-je demandé. Où sont mes grands-parents ?

La sorcière se trouvait à présent à deux mètres de moi. J'ai alors remarqué que sa robe de plumes était couverte de... de morceaux de viande ? Berk !

– Tu ne me reconnais pas, chérie ?

L'image de la vieille harpie s'est brouillée. Son vêtement de plumes est devenu une robe de chambre à fleurs, ses sandales des pantoufles en peluche verte. Des cheveux gris et frisés, des yeux bleus larmoyants, l'expression d'un lapin effrayé : ma grand-mère.

– Sadie ? a-t-elle dit d'une voix hésitante.

– Mamie !

Elle s'est aussitôt retransformée en vieille sorcière, et son visage hideux s'est fendu dans un sourire cruel.

– Eh oui, chérie. Ta famille est issue des pharaons, ce qui fait de vous des hôtes parfaits. Toutefois, évite de me fatiguer : ta grand-mère n'a plus vingt ans, et son cœur non plus...

Le sang des pharaons s'est glacé dans mes veines. J'avais déjà été témoin d'une possession, et ce n'était pas beau à voir. Mais l'idée que ce monstre s'était emparé de ma grand-mère me plongeait dans l'épouvante.

– Laisse-la tranquille !

J'avais voulu crier, mais seul un couinement pathétique avait franchi mes lèvres.

– Pas question, a ricané la sorcière. Vois-tu, Sadie Kane, certains d'entre nous ont émis des doutes sur ta puissance...

– Qui ça, « nous » ? Les dieux ?

Les traits de son visage se sont altérés, me laissant entrevoir une affreuse tête d'oiseau d'un rose écailleux, dotée d'un long bec pointu. Puis la vieille sorcière ricanante est réapparue.

– Je n'ai rien contre les puissants, a-t-elle repris. Dans le temps, il m'est arrivé de protéger le pharaon quand il s'en montrait digne. Mais les faibles... Une fois que l'ombre de mes ailes s'est étendue sur eux, je ne les lâche plus. J'attends qu'ils meurent pour me repaître de leur chair. Et quelque chose me dit, mon petit, que tu seras mon prochain repas.

J'ai appuyé mon dos contre la porte du salon.

– Je sais qui tu es, ai-je prétendu, repassant en esprit la liste des dieux égyptiens.

Je n'avais pas la même facilité que mon frère pour mémoriser tous ces noms bizarres – ça n'a rien d'un compliment, Carter. Ça signifie juste que tu es aussi bizarre qu'eux –, mais à force de les répéter à mes élèves, j'avais fait des progrès. Si je parvenais à découvrir celui de mon adversaire, il me donnerait un pouvoir sur elle. Un oiseau noir à l'allure sinistre, qui se nourrissait de cadavres...

À mon grand étonnement, ça a marché.

– Tu es la déesse-vautour ! Nugget...

– Nekhbet ! a craché la vieille sorcière.

Je n'étais pas tombée loin.

– Mais tu es censée être une déesse bénéfique ! ai-je protesté.

La déesse a écarté ses bras, qui se sont transformés en ailes – deux ailes noires au plumage poissé de sang, d'où s'élevaient une odeur de charogne et un nuage de mouches bourdonnantes.

– Les vautours sont bénéfiques, Sadie Kane. Nous nettoyons la surface de la terre des individus faibles et malades. Nous volons en cercle au-dessus d'eux, attendant qu'ils meurent, puis nous dévorons leur carcasse. Toi, à l'inverse, tu projettes de rétablir sur le trône un vieillard flétri et débile. C'est contre nature ! Seuls les forts ont le droit de vivre. Les faibles ne sont bons qu'à servir de nourriture.

Son haleine aurait assommé un bœuf. Je ne connais pas d'animal plus répugnant, plus méprisable que le vautour. Je ne nie pas qu'il soit utile, mais pourquoi faut-il qu'il soit aussi hideux ? Pourquoi la nature n'a-t-elle pas confié le soin de faire le ménage à de mignons petits lapins ?

– Pour commencer, lui ai-je rétorqué, tu vas me faire le plaisir de sortir du corps de ma grand-mère. Ensuite, si tu es un gentil vautour, je t'achèterai des pastilles à la menthe.

Apparemment, Nekhbet était susceptible. Elle a tenté de se jeter sur moi. J'ai fait un bond de côté pour l'éviter, renversant le canapé. Une de ses ailes a balayé la collection de porcelaines de mamie sur le dessus du buffet.

– Tu vas mourir, Sadie Kane ! a-t-elle grondé. Quand j'aurai nettoyé ton squelette, les autres dieux constateront que tu n'étais pas digne de vivre !

Je me préparais à esquiver une nouvelle attaque, mais elle s'est contentée de me lancer un regard féroce par-dessus le canapé. Il m'est alors revenu que les vautours ne tuaient par leur proie ; ils attendaient qu'elle meure.

Les ailes de Nekhbet emplissaient la pièce. Son ombre s'est abattue sur moi, m'enveloppant de ténèbres. Je me suis alors sentie prise au piège, aussi impuissante qu'un petit animal malade.

Si je n'avais pas déjà mesuré ma volonté à celle d'une divinité, je n'aurais peut-être pas reconnu l'action de la magie derrière la voix lancinante qui a brusquement envahi mon esprit, m'incitant à céder au désespoir. Mais je n'avais pas vaincu une armée de créatures démoniaques pour céder aux ruses d'un vieil épouvantail déplumé.

– Bien essayé, ai-je dit. Mais si tu crois que je vais me laisser mourir, tu te trompes.

Les yeux de Nekhbet ont étincelé.

– Je te l'ai dit, je suis patiente. Et si tu refuses de succomber, tes amies humaines seront bientôt là – Liz et Emma, je crois ?

– Laisse-les en dehors de ça !

– Elles feront de délicieux amuse-gueules. Mais j'y pense, tu n'as pas encore dit bonjour à ton cher papy…

Le sang battait à mes tempes.

– Où est-il ?

Nekhbet a levé les yeux vers le plafond.

– Oh ! Il ne devrait plus tarder. Nous autres, vautours, aimons suivre un grand prédateur et attendre qu'il tue une proie à notre place.

Un fracas a éclaté à l'étage, comme si on avait jeté un meuble par une fenêtre.

– Non ! Nooon ! a fait la voix de papy.

Puis son cri s'est mué en un rugissement de bête sauvage :

– NOOOOOAAAAA !

J'ai senti mon courage m'abandonner. Si je l'avais pu, je me serais recroquevillée à l'intérieur de mes bottes.

– Baba est réveillé, a constaté Nekhbet.

– B-baba ? Comme un baba au rhum ?

– Tu es idiote ou tu le fais exprès ?

Le plafond s'est fissuré tandis que des pas pesants retentissaient au-dessus de nos têtes. Quelque chose se dirigeait vers l'escalier.

– Baba va bien s'occuper de toi, m'a promis Nekhbet. Et les restes seront pour moi.

– Non merci !

Je me suis ruée vers la porte d'entrée. Nekhbet n'a pas tenté de m'arrêter.

– Une course-poursuite ? l'ai-je entendue dire. Excellent !

J'atteignais le trottoir opposé quand la porte de la maison a volé en éclats. J'ai jeté un coup d'œil derrière moi et aperçu à travers un nuage de poussière une forme sombre et velue, beaucoup plus massive que mon grand-père.

Je n'ai pas jugé utile de l'attendre.

Je tournais le coin de South Colonnade quand je me suis heurtée à Liz et Emma.

Liz a poussé un cri de surprise et lâché le cadeau qu'elle tenait à la main.

– Sadie ? Qu'est-ce qui...

– Pas le temps d'expliquer ! Venez !

– Tu pourrais quand même dire bonjour, a marmonné Emma. Où est-ce que tu cours comme ça ?

Un rugissement assourdissant s'est élevé derrière nous. La créature approchait.

– Suivez-moi ! ai-je insisté. Vite, si vous ne voulez pas qu'un dieu appelé Baba vous réduise en bouillie !

Avec le recul, je peux dire que j'ai eu un anniversaire pourri. Mais sur le moment, j'étais trop terrifiée pour m'apitoyer sur mon sort.

On a fui le long de South Colonnade, les protestations de mes copines couvrant les grondements de notre poursuivant.

– C'est encore une de tes blagues ? m'a demandé Emma.

Elle avait un peu grandi mais, sinon, elle n'avait pas changé. Elle avait toujours d'énormes lunettes incrustées de strass et des cheveux courts coiffés en piques. Ce jour-là, elle portait une minijupe en cuir noir, un pull rose en angora et de ridicules chaussures à semelles compensées, façon rock star des années 1970, qui lui permettaient à peine de marcher et encore moins de courir. Si Elton John avait une fille indienne, elle ressemblerait à Emma.

– C'est pas une blague, ai-je répliqué. Pour l'amour du ciel, vire-moi ces chaussures !

Emma m'a lancé un regard horrifié :

– Tu sais ce qu'elles m'ont coûté ?

Liz est intervenue :

– Sadie, tu vas nous dire où tu nous emmènes ?

107

Sa tenue était plus pratique que celle d'Emma – pantalon et veste en jean, tee-shirt et baskets – mais elle avait l'air aussi essoufflée. Le cadeau qu'elle serrait sous son bras semblait un peu écrasé. Liz a le visage constellé de taches de rousseur qui s'effacent quand elle rougit, sous l'effet de la gêne ou d'un effort intense. En temps normal, Emma et moi, on n'aurait pas manqué de la charrier à ce sujet.

Un nouveau rugissement a retenti derrière nous. Je me suis retournée. Erreur : ce faisant, j'ai ralenti et mes copines me sont rentrées dedans.

Pendant une seconde, j'ai pensé : *Pas possible ! Khéops !*

Mais Khéops n'avait pas la taille d'un grizzly, ni des crocs pareils à des cimeterres, et je n'avais jamais vu une telle furie meurtrière dans son regard. Quelque chose me disait que le babouin à la fourrure argentée qui était en train de ravager Canary Wharf ne se limitait pas aux aliments dont le nom se terminait par « o », et qu'il n'aurait eu aucun mal à m'arracher les bras et les jambes.

La bonne nouvelle, c'est que l'activité qui régnait dans la rue l'avait momentanément distrait. Les voitures faisaient des embardées pour éviter ce monstre, les piétons fuyaient en hurlant. Le babouin s'est mis à retourner les taxis et à briser les vitrines, provoquant un sauve-qui-peut général. Quand il s'est approché, j'ai remarqué des lambeaux de lainage rouge accrochés dans sa fourrure – les restes du cardigan préféré de papy – et une paire de lunettes remontées sur son front.

Il m'a semblé que le sol s'ouvrait sous mes pieds. Jusque-là, je n'avais pas vraiment pris conscience que cette... *chose* était mon grand-père, un homme qui n'avait jamais employé la magie ni fait quoi que ce soit de nature à mécontenter les dieux égyptiens !

Par le passé, il m'était arrivé de détester mes grands-parents, notamment quand ils disaient du mal de mon père, qu'ils ignoraient Carter, ou encore le jour où ils avaient laissé Amos m'emmener sans protester. Mais ils avaient pris soin de moi pendant six ans. Quand j'étais petite, papy m'asseyait sur ses genoux pour me lire de vieux livres d'Enid Blyton qui sentaient la poussière. Il m'avait accompagnée au zoo ou au jardin public un nombre incalculable de fois. Il m'achetait des bonbons en cachette de mamie et, malgré son mauvais caractère, la plupart du temps, il se comportait en retraité à peu près inoffensif. Il n'avait pas mérité de se faire voler son corps.

Le babouin a arraché la porte d'un pub et flairé l'intérieur. Les clients affolés ont brisé une vitre pour s'enfuir dans la rue, leur pinte de bière à la main. Un policier a accouru, alerté par le bruit. À la vue du babouin, il a pris ses jambes à son cou en criant dans son transmetteur radio pour appeler des renforts.

Confronté à la magie, le nerf optique des mortels subit une sorte de court-circuit et transmet au cerveau uniquement des images qu'il peut comprendre. J'ignore ce que ces malheureux croyaient voir – un fauve échappé du zoo, peut-être, ou un forcené armé jusqu'aux dents – mais tous déguerpissaient. J'étais curieuse de savoir quelles traces les caméras de sécurité garderaient de l'incident.

– Sadie ? a fait Liz d'une toute petite voix. C'est quoi ?

– Baba, ai-je répondu. Le dieu-babouin. Il s'est emparé de mon grand-père, et il a l'intention de nous tuer.

– Excuse-moi, est intervenue Emma. Tu as bien dit qu'un dieu-babouin voulait nous tuer ?

Au même moment, le babouin a poussé un nouveau rugissement, puis il a cligné les yeux et a paru hésiter, comme s'il avait oublié ce qu'il s'apprêtait à faire. Peut-être avait-il hérité de la myopie et de la distraction de papy. Peut-être ne savait-il pas que ses lunettes se trouvaient sur son front. Après avoir reniflé le sol, il a fracassé la vitrine d'une boulangerie avec un grognement mécontent.

Je me demandais si la chance n'avait pas tourné en notre faveur quand l'ombre de deux immenses ailes s'est abattue sur nous.

– Ici ! Ici ! a fait une voix stridente.

Le babouin bénéficiait d'un appui aérien.

– En fait, ils sont deux à vouloir nous tuer, ai-je dit à mes amies. Maintenant, si vous n'avez plus de questions, courez !

Cette fois, Emma et Liz n'ont pas eu besoin d'encouragements supplémentaires. La première s'est débarrassée de ses chaussures et la seconde a lâché mon cadeau – dommage – avant de filer comme une flèche.

On a couru à travers un dédale d'allées, rasant les murs chaque fois que l'ombre de la déesse-vautour se profilait au-dessus de nous. Les rugissements de Baba parvenaient toujours à nos oreilles – apparemment, il continuait à dévaster le voisinage et à gâcher la journée des gens qu'il croisait –, mais, pour l'instant du moins, il semblait avoir perdu notre trace.

À un moment, on a atteint un embranchement. Devant nous se dressait une petite église comme on en voit beaucoup à Londres – un morceau de Moyen Âge coincé entre un Caffè Nero et une pharmacie dont l'enseigne au néon proposait trois produits capillaires pour une livre. L'église possédait un minuscule cimetière, mais je n'y aurais pas prêté attention si quelqu'un n'avait pas murmuré mon prénom à travers la grille rouillée :

– Sadie...

C'est un miracle si mon cœur n'a pas explosé. En me retournant, je me suis trouvée face à Anubis sous sa forme humaine – un garçon aux cheveux ébouriffés par le vent et aux yeux d'un brun profond, vêtu d'un tee-shirt du groupe de rock The Dead Weather et d'un jean noir qui le mettait très en valeur.

Quand mes copines voient un beau gosse, elles perdent toute dignité. On dirait que leur cerveau cesse brusquement de fonctionner.

Liz a commencé à s'exprimer par monosyllabes avec une respiration saccadée, comme si elle s'entraînait à l'accouchement sans douleur :

– Oh... Ah... Hi... Qui... Que...

Les jambes d'Emma l'ont lâchée et elle s'est affalée sur moi. Je les ai fusillées du regard avant de m'adresser à Anubis :

– Enfin un visage amical ! Pas trop tôt... Il y a un babouin et un vautour qui essaient de nous tuer. Si c'est pas trop demander, tu voudrais bien nous en débarrasser ?

À l'expression d'Anubis, j'ai compris qu'il n'apportait pas de bonnes nouvelles.

– Entrez dans mon territoire, a-t-il dit en ouvrant la grille du cimetière. Il faut qu'on parle, et on n'a pas beaucoup de temps.

– Ton... territoire ? a bredouillé Emma.

– Qui... Ah ? a fait Liz en écho.

– Chut ! leur ai-je dit en m'efforçant de paraître impassible, comme si j'avais l'habitude des rencards dans les cimetières avec des types canon.

J'ai jeté un coup d'œil vers l'extrémité de la rue. Aucun signe de Baba ni de Nekhbet, mais on entendait toujours le babouin rugir et le vautour crier : « Par ici ! Par ici ! » avec la voix de ma grand-mère – si toutefois ma grand-mère avait bouffé du gravier et pris des stéroïdes.

– Attendez-moi, ai-je ajouté avant de franchir la grille.

La température s'est aussitôt abaissée. Les pierres tombales paraissaient trembler dans la brume qui s'élevait du sol détrempé, et tout semblait flou au-delà de la grille. Ce n'était pas Anubis qui me faisait cet effet – quoique – mais le cimetière

111

existait simultanément sur deux plans, le mien et le sien, la Douât.

Il m'a guidée jusqu'à un sarcophage de pierre effrité devant lequel il s'est incliné :

– Vous permettez, Beatrice ?

L'inscription sur le sarcophage était effacée depuis des siècles, mais j'ai supposé que la morte qui reposait à l'intérieur se prénommait Beatrice.

– Merci, a dit Anubis en s'asseyant. Elle n'y voit pas d'inconvénient, a-t-il ajouté, me faisant signe de le rejoindre.

Je me suis assise à mon tour, avec un brin d'appréhension.

– Le Nome Dix-huit, a repris Anubis.

– Pardon ?

– C'est là que tu dois te rendre. Vlad Menchikov conserve la deuxième partie du papyrus dans le premier tiroir de son bureau, dans son quartier général de Saint-Pétersbourg. C'est un piège, bien sûr. Il espère vous appâter par ce moyen, ton frère et toi. Mais vous n'avez pas le choix. Je vous conseille d'y aller dès ce soir, avant qu'il ait fini de renforcer son système de défense. Et, Sadie... Si les autres dieux apprenaient que je t'ai dit tout ça, j'aurais de gros ennuis.

Je l'ai regardé. Parfois, il se comportait tellement comme un ado que j'en oubliais qu'il était âgé de plusieurs milliers d'années. C'est sans doute parce qu'il menait une existence retirée parmi les morts, indifférent au passage du temps. Il aurait eu intérêt à sortir plus souvent.

– Tu aurais des ennuis ? Anubis, je te suis très reconnaissante, mais sans vouloir te vexer, je risque davantage que toi. Mes grands-parents sont possédés par deux divinités hostiles. Un coup de main serait le bienvenu.

Il a écarté les bras dans un aveu de faiblesse.

– Je regrette, mais je ne peux pas intervenir. Je te l'ai déjà dit, le corps que tu vois n'a pas de réalité physique.

– Dommage, ai-je marmonné.

– Quoi ?

– Rien. Continue.

– Je peux me manifester dans des endroits dédiés à la mort, comme ce cimetière, mais en dehors de mon territoire, je suis presque impuissant. Si tu étais morte et que tu souhaitais un bel enterrement, je pourrais te donner satisfaction, sinon...

– Merci quand même !

Le rugissement du dieu-babouin a retenti tout près. Il y a eu un bruit de verre brisé suivi d'une chute de pierre. Emma et Liz m'appelaient, mais leurs cris me parvenaient assourdis et déformés, comme si elles se trouvaient sous l'eau.

– Si je repars sans mes amies, ai-je demandé à Anubis, est-ce que les dieux les laisseront tranquilles ?

Il a secoué la tête.

– Nekhbet traque les faibles. Elle cherchera à t'atteindre à travers elles. C'est également pour ça qu'elle s'en est prise à tes grands-parents. Le seul moyen de l'arrêter est de l'affronter. Quant à Baba, il réunit les pires attributs de votre ordre, les primates : la rage meurtrière, la force incontrôlable...

– « Notre » ordre ? Je rêve ou tu viens de me traiter de babouin ?

Anubis m'a jeté un regard où j'ai lu de l'étonnement et aussi de l'admiration.

– J'avais oublié à quel point tu étais agaçante, a-t-il soupiré. Ce que je voulais dire, c'est qu'il te tuera pour le seul plaisir de le faire.

– Et bien sûr, tu ne peux rien pour moi.

Ses magnifiques yeux bruns se sont emplis de regret.

– Je t'ai déjà parlé de Saint-Pétersbourg.

Bon sang, comment peut-on être à la fois aussi séduisant et exaspérant ?

– Avec ça, je suis bien avancée ! Autre chose, avant que je retourne me faire massacrer ?

Il a ouvert la main, et une sorte de couteau en pierre noire s'est matérialisé sur sa paume. On aurait dit le rasoir de Sweeney Todd, long, incurvé, et redoutablement tranchant.

– Prends ça, m'a-t-il dit. Ça te sera utile.

– Tu as vu la taille du bestiau ? Tu crois qu'il va me laisser le raser gratis ?

– Cela n'est pas destiné à Baba ni à Nekhbet. Tu en auras bientôt besoin pour quelque chose de plus important. C'est un netjery. On l'utilise pour un rituel dont je t'ai déjà parlé : l'ouverture de la bouche...

– Merci. Si je survis, je te promets de m'en servir pour ouvrir la bouche de quelqu'un.

Soudain Liz a hurlé :

– Sadie !

À travers la brume, j'ai aperçu Baba qui se dirigeait d'un pas lourd vers l'église. Il nous avait retrouvées.

– Prenez le métro, a suggéré Anubis en m'aidant à me relever. Il y a une station à une centaine de mètres vers le sud. Ils risquent moins de vous repérer sous terre. Le fait de traverser l'eau affaiblit également les créatures de la Douât. Si tu dois combattre ces deux-là, fais en sorte que ça se passe sur un pont. Oh ! et j'ai demandé à ton chauffeur de venir te chercher.

– Mon chauffeur ?

– Oui. Il avait prévu de n'arriver que demain, mais...

Une boîte rouge de la Royal Mail a volé à travers les airs pour s'écraser sur le bâtiment voisin de l'église. Emma et Liz m'ont crié de me dépêcher.

– Va, maintenant, m'a dit Anubis. Je ne peux rien faire de plus. Une dernière chose : bon anniversaire, Sadie.

Il s'est penché vers moi et a déposé un baiser sur mes lèvres avant de s'évanouir dans la brume. Le cimetière a retrouvé son aspect normal, immuable, du moins dans ce monde-ci.

J'aurais dû être furieuse contre Anubis. M'embrasser par surprise... Quel culot ! Mais je suis restée paralysée devant le sarcophage de Beatrice jusqu'à ce qu'Emma m'appelle :

– Sadie, viens vite !

Chacune de mes amies m'a saisie par un bras, et j'ai enfin retrouvé l'usage de mes jambes.

On a couru jusqu'à la station de Canary Wharf, poursuivies par le babouin qui pulvérisait tout sur son passage. Nekhbet l'exhortait de sa voix stridente :

– Viiiiite ! Elles s'enfuient ! Tue-les !

– C'était qui, ce garçon beau comme un dieu ? a demandé Emma au moment de plonger à l'intérieur de la station.

– Euh, un dieu, justement...

J'ai glissé le couteau noir dans ma poche et dévalé l'Escalator, les lèvres encore brûlantes de mon premier baiser.

Et si je fredonnais « Joyeux anniversaire » avec un sourire idiot en fuyant devant la mort, ça ne regardait que moi, d'accord ?

SADIE

8. « En raison de la présence d'un babouin géant, les trains au départ de la gare de Waterloo accusent tous un retard important. »

Le métro londonien bénéficie d'une acoustique excellente. Tandis que nous nous enfoncions dans ses profondeurs, j'entendais les rames filer à vive allure le long des voies, les instruments des musiciens qui faisaient la manche... et les rugissements du dieu-babouin assoiffé de sang qui pulvérisait les portiques derrière nous.

Dans un climat de menaces terroristes et de sécurité renforcée, on aurait pu s'attendre à croiser quelques policiers, mais la station n'était pas assez importante pour ça. Des sirènes hurlaient dans la rue au-dessus de nos têtes, mais le temps que les secours arrivent, nous serions loin ou déjà mortes. Et si les flics tiraient sur Baba pendant qu'il possédait mon grand-père... J'ai fermement repoussé cette idée.

Anubis m'avait conseillé de me déplacer sous terre et de me rapprocher d'un pont pour le cas où j'aurais à combattre nos deux adversaires. Je devais m'en tenir à ce plan.

La station de Canary Wharf n'offrait pas beaucoup de choix en matière de lignes. On a déboulé sur le quai de la Jubilee line et sauté dans la dernière voiture de la rame tandis que les portes se refermaient, avant de nous écrouler sur une banquette.

Je me suis retournée pendant que la rame s'engageait dans le tunnel obscur. Aucune trace de Baba ni de Nekhbet sur le quai.

– Tu vas enfin nous dire ce qui se passe ? a demandé Emma, essoufflée.

Les pauvres chéries... Jamais encore je ne leur avais causé autant d'ennuis, même pas quand on s'était retrouvées enfermées dans le vestiaire des garçons. (C'est une longue histoire. Peut-être que je te la raconterai un jour. Pour le moment, sache seulement qu'il était question d'un pari, du short de Dylan Quinn et d'un écureuil.)

Les pieds nus d'Emma étaient écorchés et couverts d'ampoules, son pull rose avait l'aspect miteux d'un vieux caniche et la monture de ses lunettes avait perdu quelques strass. Liz, aussi rouge qu'une pivoine, avait enlevé sa veste, ce qu'elle ne faisait jamais car elle avait toujours froid. Son débardeur blanc était trempé de sueur. Les taches de rousseur sur ses bras nus m'évoquaient les constellations qui parsemaient le corps de Nout, la déesse du ciel.

Des deux, c'était Emma qui paraissait la plus fâchée et la plus impatiente d'entendre mes éclaircissements. Liz, elle, remuait les lèvres, l'air hagard, comme si elle voulait dire quelque chose mais avait perdu sa langue. Je m'attendais à des questions sur les dieux sanguinaires qui nous pourchassaient, mais quand elle a enfin retrouvé sa voix, elle s'est exclamée :

– Ce garçon... Il t'a embrassée !

C'est ce qui s'appelle avoir le sens des priorités.

– Je vous expliquerai tout, promis. Vous avez le droit de me détester pour vous avoir entraînées dans cette galère, mais je vous en supplie, accordez-moi quelques minutes. J'ai besoin de me concentrer.

– Te concentrer sur quoi ? m'a interrogée Emma.

– Chut ! a fait Liz. Elle nous a dit de ne pas la déranger.

J'ai fermé les yeux et tenté de me calmer. Pas évident, surtout en public. Mais sans mon matériel, j'étais trop vulnérable, et c'était sans doute ma dernière chance de le récupérer. *Tu peux le faire*, me suis-je répété. *Il suffit d'ouvrir une brèche dans la réalité. C'est pas si compliqué...*

J'ai tendu le bras comme pour attraper un objet, sans succès. J'ai réessayé. Cette fois, ma main a disparu à l'intérieur de la Douât. Liz a poussé un cri strident. Heureusement, je n'ai perdu ni mon sang-froid ni ma main. Mes doigts se sont refermés sur la bandoulière de ma sacoche, et je l'ai tirée vers moi.

Emma a ouvert de grands yeux.

– Génial ! Comment tu as fait ça ?

En fait, je me posais la même question. Compte tenu des circonstances, je m'étonnais d'avoir réussi à ma seconde tentative.

– Euh... C'est de la magie.

Les deux filles m'ont regardée avec un mélange de crainte et de stupeur, et, soudain, j'ai pris la mesure de la pagaille qu'était devenue mon existence. Encore quelques mois plus tôt, elles et moi, on aurait pris le métro pour nous rendre dans une salle d'arcade ou au ciné. On aurait rigolé en écoutant les sonneries du portable de Liz ou en commentant les photos des filles qu'on détestait retouchées par Emma. Les seuls dangers que je devais affronter à l'époque étaient les gâteaux de mamie et les coups de sang de papy quand il découvrait mon bulletin trimestriel.

À présent, mon grand-père était un babouin géant, ma grand-mère, un vautour maléfique, et mes copines me regardaient comme si j'étais une extraterrestre, ce en quoi elles n'avaient pas tout à fait tort.

Même ayant récupéré mon matériel, je n'avais aucune idée de ce que j'allais faire. Je ne disposais plus du pouvoir d'Isis. Si j'affrontais Baba et Nekhbet, je risquais de blesser mes grands-parents et d'être tuée. Mais si je ne les arrêtais pas, qui le ferait ? Les dieux finissaient par consumer leurs hôtes humains. Oncle Amos, un magicien expérimenté, y avait échappé de peu. Papy et mamie étaient vieux, fragiles, et ne connaissaient rien à la magie. Ils ne survivraient pas long-temps.

Un désespoir plus sombre que les ailes de vautour de Nekhbet s'est abattu sur moi.

C'est seulement quand Liz a posé une main sur mon épaule que j'ai pris conscience que je pleurais.

– Pardon, ma chérie, m'a-t-elle dit. Mais comprends-nous : tout ça est un peu... étrange. Dis-nous ce qui se passe, et ce qu'on peut faire pour t'aider.

J'ai pris une inspiration, tremblante. J'avais toujours trouvé mes copines bizarres, mais à cet instant, elles me paraissaient merveilleusement normales – comme le monde auquel elles appartenaient, et dont les portes m'étaient à présent fermées. Elles faisaient de gros efforts pour paraître courageuses, même si, à l'intérieur, elles étaient terrifiées. J'aurais voulu pouvoir les cacher, les soustraire à toute cette folie, mais les paroles de Nekhbet résonnaient encore dans ma mémoire : « Elles feront de délicieux amuse-gueules. » Et Anubis me l'avait dit, la déesse-vautour s'en prendrait à mes amies uniquement pour me faire du mal. Au moins, tant qu'elles resteraient à mes côtés, je pourrais essayer de les protéger. Je n'avais aucune envie de bouleverser leurs existences comme la mienne l'avait été, mais je leur devais la vérité.

– Je vous préviens, c'est une histoire de ouf...

Après cet avertissement, je leur ai résumé mes aventures récentes en un minimum de mots : ma fuite de Londres, l'irruption des dieux égyptiens dans notre monde, la révéla-tion que j'étais issue d'une lignée de magiciens... Je leur ai également raconté notre combat contre Seth, l'évasion immi-nente d'Apophis et notre projet absurde de réveiller le dieu-soleil, Rê.

La rame a dépassé deux stations pendant que je parlais. Le soulagement de pouvoir me confier à mes amies m'avait fait perdre la notion du temps.

Dans le silence qui a suivi mon récit, j'ai surpris un regard entre Emma et Liz. Sans doute se demandaient-elles comment m'annoncer avec ménagement que j'avais pété un boulon.

J'ai pris les devants :

– Ça paraît dingue, je sais. Pourtant...

– Sadie, je te crois, a déclaré Emma.

– Ah oui ?

– Moi aussi, a renchéri Liz.

Elle était aussi rouge que si elle avait fait plusieurs tours de montagnes russes à la suite.

– Je ne t'avais encore jamais entendue parler aussi sérieusement, a-t-elle remarqué. Tu... tu as changé.

– C'est parce que maintenant, je suis une magicienne, et... Je sais, dit comme ça, ça paraît idiot.

– Il n'y a pas que ça, a dit Emma en scrutant mon visage comme si j'étais en train de me transformer en une créature effrayante. Tu as l'air plus âgée. Plus mûre.

Sa voix s'était teintée de tristesse. En l'écoutant, j'ai eu la certitude déprimante qu'un abîme s'était creusé entre mes copines et moi, et qu'il s'élargissait de minute en minute. Déjà, il était trop large pour que je puisse le franchir d'un bond et les rejoindre.

– Ton petit ami est top, a lancé Liz, croyant sans doute me remonter le moral.

– C'est pas mon...

Je me suis tue. Les sentiments que m'inspirait cette sale bête d'Anubis étaient tellement embrouillés que Liz n'aurait eu aucun mal à me mettre en difficulté.

La rame a ralenti.

– Oh non ! ai-je gémi, déchiffrant le nom de la station sur un panneau. On est à Waterloo. Je voulais descendre à London Bridge. Il faut que je trouve un pont !

– On n'a qu'à repartir dans la direction opposée, a suggéré Liz.

Elle avait à peine parlé qu'un rugissement a jailli du tunnel derrière nous. En me retournant, j'ai distingué une forme imposante vêtue de fourrure argentée qui marchait sur la voie. À un moment, le pied du dieu-babouin a touché le rail du milieu, provoquant des étincelles, mais il a poursuivi comme si de rien n'était. La rame a freiné avant de s'immobiliser, permettant à Baba de réduire la distance entre nous.

– Trop tard, ai-je répondu à Liz. On va devoir rejoindre le pont de Waterloo à pied.

– Mais il y a bien huit cents mètres à marcher à partir de la gare ! a protesté Liz. Qu'est-ce qui va se passer s'il nous rattrape ?

J'ai sorti mon nouveau bâton de ma sacoche. Il s'est immédiatement allongé, et son extrémité sculptée en forme de tête de lion s'est éclairée.

– Je suppose qu'il faudra se battre.

Tu veux que je te décrive la gare de Waterloo avant ou après qu'on l'ait dévastée ?

L'immense gare principale abritait un tas de boutiques, elle avait un sol en marbre poli et un plafond en verre tellement haut qu'un hélicoptère aurait pu y voler à son aise.

Un flot ininterrompu de voyageurs entraient et sortaient, se mélangeaient, se séparaient, se bousculaient parfois, empruntant les différents Escalator pour gagner leur quai.

Quand j'étais petite, cette gare me terrifiait. J'avais peur que l'horloge géante ne se décroche du plafond et ne m'écrase, je trouvais les voix qui sortaient des haut-parleurs assourdissantes

– je déteste tout ce qui fait plus de bruit que moi –, et les banlieusards au visage hagard qui attendaient leurs trains, massés sous les tableaux des départs, m'évoquaient une foule de zombies – je te l'accorde, une gamine de quatre ans ne devrait même pas savoir ce qu'est un zombie, mais j'ai toujours été précoce.

Bref... Mes copines et moi, on courait vers la sortie la plus proche quand un escalier a explosé derrière nous. Puis Baba a émergé des décombres au milieu de la cohue. Des hommes d'affaires ont lâché leur attaché-case pour prendre leurs jambes à leur cou. Les filles et moi, on s'est plaquées contre le kiosque de la papeterie Paperchase pour éviter d'être renversées par un groupe de touristes italiens affolés.

La fourrure de Baba était noire de suie après sa course le long des tunnels du métro. Le cardigan de papy était en lambeaux, mais, par miracle, il n'avait pas perdu ses lunettes.

Il a reniflé autour de lui, cherchant probablement à me repérer. Puis une ombre noire est passée au-dessus de nous.

– Où vas-tu, Sadie Kane ? a fait la voix criarde de Nekhbet.

Elle s'est élevée dans les airs avant de piquer sur la foule paniquée.

– C'est comme ça que tu te bats, en prenant la fuite ? Tu n'es pas digne de vivre !

Une voix posée a retenti sous la verrière :

« Le train de huit heures deux en provenance de Basingstoke va entrer en gare, quai numéro trois. »

Avec un rugissement tonitruant, Baba a renversé la statue en bronze d'un illustre inconnu et lui a arraché la tête. Un policier a accouru, armé d'un pistolet, et a fait feu sur le babouin. Liz et Emma ont hurlé d'une seule voix. La balle a ricoché sur la fourrure de Baba comme sur une armure en titane et fracassé l'enseigne d'un McDonald's. Le flic est tombé dans les pommes.

Je n'avais encore jamais vu autant de monde évacuer aussi rapidement une gare. J'ai envisagé de suivre le mouvement avant de me raviser : trop dangereux. Les deux cinglés qui nous poursuivaient n'hésiteraient pas à massacrer des centaines d'innocents s'ils m'apercevaient au milieu de la foule, et on risquait d'être piétinées et écrasées dans la bousculade.

– Sadie, regarde ! s'est exclamée Liz, indiquant le plafond.

Emma a poussé un gémissement.

Perchée sur une poutre avec les pigeons, Nekhbet pointait un index crochu dans notre direction.

– Elle est là ! a-t-elle crié à Baba. Là !

– Tu vas la fermer, oui ? ai-je marmonné.

– Isis est idiote de t'avoir choisie ! a poursuivi Nekhbet. Je vais me repaître de tes entrailles !

– RHHHHÂÂÂÂ ! a rugi Baba comme pour acquiescer.

Une annonce a jailli des haut-parleurs :

« Le train de huit heures quatorze en provenance de Brighton est en retard. Nous vous prions d'excuser la gêne occasionnée. »

Baba nous avait repérées à présent. Si son regard brûlait d'une fureur primitive, son visage avait conservé certaines expressions de mon grand-père : son froncement de sourcils, la mâchoire crispée, me rappelaient papy quand il s'énervait devant un match de rugby et traitait l'arbitre de noms d'oiseau. Mon courage vacillait devant cette ressemblance.

Mais il n'était pas question que je meure dans cette gare, ni que je laisse ces deux monstres faire du mal à mes amies ou consumer mes grands-parents.

Baba s'est avancé vers nous d'un pas pesant. Maintenant qu'il nous avait trouvées, il ne semblait pas pressé de nous tuer. Il a aboyé en tournant la tête vers la gauche puis vers la droite, comme s'il invitait des copains à partager son repas. Emma s'est cramponnée à mon bras tandis que Liz gémissait.

La gare était presque vide à présent, et il n'y avait pas d'autres policiers en vue. Sans doute avaient-ils fui, ou alors ils étaient tous rassemblés à Canary Wharf, ignorant que le responsable des dégâts s'était déplacé.

– On va s'en sortir, ai-je promis à mes amies. Emma, tiens mon bâton.

– Ton... Oh ! D'accord.

Devant ses gestes prudents, on aurait dit que je lui avais tendu un bazooka et non un bâton – même si celui-ci aurait pu se transformer en celui-là.

– Liz, ai-je ordonné, surveille le babouin.

– T'inquiète pas, je risque pas de le perdre de vue !

J'ai procédé à un rapide inventaire de mon matériel : baguette – utile pour se défendre, mais insuffisante contre deux adversaires ; fils d'Horus ; craie magique – ce n'était pas le lieu pour tracer un cercle protecteur. Je devais à tout prix gagner du temps afin de quitter la gare et rejoindre le pont.

– Sadie, a soufflé Liz.

Baba venait de sauter sur le toit du magasin Body Shop. Il a poussé un cri, et une multitude de babouins plus petits ont accouru à son appel, venant de toutes les directions, escaladant les voyageurs qui fuyaient, se laissant tomber du plafond, surgissant des escaliers et des boutiques. Tous portaient un maillot de basket – le sport universel des babouins, apparemment – noir et argent.

Jusque-là, j'aimais beaucoup les babouins. Ceux que j'avais rencontrés, tels Khéops et ses compagnons, m'avaient paru sages et sociables, comme il convient à l'animal sacré de Thot, le dieu de la connaissance. Toutefois, je soupçonnais les copains de Baba d'être moins amicaux. Leur fourrure était d'un rouge agressif, une lueur féroce brillait dans leurs yeux, et leurs crocs n'avaient rien à envier à ceux d'un tigre à dents de sabre.

Ils ont formé un cercle autour de nous et se sont rapprochés en grondant, prêts à bondir.

J'ai sorti successivement de ma sacoche un bloc de cire – pas le temps de façonner un ouchebti –, deux amulettes en forme de tyet, le nœud d'Isis – ah ! enfin quelque chose d'utile – puis une fiole en verre fermée par un bouchon en liège dont j'avais presque oublié l'existence. Elle contenait une substance boueuse d'un vert malsain, fruit de ma première tentative pour fabriquer une potion. Si elle traînait toujours au fond de mon sac, c'était uniquement parce que je ne m'étais pas trouvée jusque-là dans une situation assez désespérée pour envisager de la tester.

J'ai secoué la fiole, agitant le magma verdâtre, avant de la déboucher. La potion sentait encore plus mauvais que Nekhbet.

Liz a grimacé.

– Berk ! C'est quoi, ce truc ?

– Une formule d'animation macérée dans l'huile, dans l'eau et dans quelques ingrédients secrets. Je crains qu'elle n'ait fait des grumeaux en se décomposant.

Emma est intervenue :

– Une formule d'animation ? Tu vas invoquer des personnages de dessins animés ?

– Ce serait génial mais non. Je vais faire quelque chose de beaucoup plus dangereux. Si ça se passe bien, j'ingérerai une énorme quantité de magie sans me consumer.

– Et si ça se passe mal ? a demandé Liz.

J'ai tendu une amulette à chacune.

– Prenez ceci. À mon signal, courez vers la sortie et sautez dans le premier taxi libre. Surtout, ne vous arrêtez pas.

– Sadie, qu'est-ce que...

J'ai avalé la potion avant de pouvoir me raviser.

– Rends-toi ! a jacassé Nekhbet au-dessus de nos têtes. Tu ne peux pas nous vaincre !

L'ombre de ses ailes semblait s'étendre sur toute la gare, provoquant des réactions apeurées chez les voyageurs restants. L'angoisse m'a de nouveau envahie. J'avais beau savoir qu'il s'agissait d'un sortilège, la tentation d'accepter une mort rapide était presque irrésistible.

Attirés par les odeurs de nourriture, plusieurs babouins avaient entrepris de piller le McDonald's. Quelques autres poursuivaient un conducteur de train et le frappaient avec des magazines roulés. Malheureusement, les autres, les plus nombreux, nous surveillaient toujours. Ils formaient un vague cercle autour du kiosque du haut duquel Baba paraissait les diriger.

Soudain la potion a commencé à faire effet. La magie a parcouru mon corps telle une décharge électrique. J'avais un goût de crapaud mort dans la bouche, mais malgré ça, j'ai compris pourquoi les anciens magiciens appréciaient tant les potions.

La formule d'animation dont la rédaction m'avait coûté plusieurs jours et que j'aurais mis au moins une heure à déchiffrer coulait à présent dans mes veines, et je ressentais sa puissance jusque dans mes doigts. La difficulté, c'était de canaliser cette magie pour éviter qu'elle ne me réduise en cendres.

J'ai fait appel au pouvoir d'Isis pour donner forme au sortilège. J'ai visualisé ce que je souhaitais, et le mot *n'dah* – « protéger » – a surgi dans mon esprit. Je l'ai libéré, et un hiéroglyphe doré s'est inscrit devant mes yeux.

Une vague de lumière a balayé l'espace. Les babouins ont marqué une hésitation. Déséquilibré, Baba a failli tomber du toit du kiosque. Nekhbet elle-même a vacillé sur sa poutre.

Tout autour de nous, les objets inanimés ont commencé à bouger. Les sacs à dos et les mallettes abandonnés se sont mis à voler. Les présentoirs à journaux, les paquets de bonbons, les canettes de soda ont fusé des boutiques, bombardant les babouins. La tête en bronze de la statue décapitée s'est jetée sur Baba, l'atteignant en pleine poitrine et le précipitant dans le vide. Une tornade formée d'exemplaires du *Financial Times* a englouti Nekhbet. Avec un cri perçant, la déesse-vautour est tombée de son perchoir dans un tourbillon rose et noir.

J'ai hurlé :

– Maintenant !

On a couru vers la sortie, faisant des détours afin d'éviter les babouins, trop occupés pour nous arrêter. L'un d'eux était aux prises avec une demi-douzaine de bouteilles d'eau gazeuse. Un autre s'efforçait de parer les coups d'un attaché-case et d'une volée de BlackBerry kamikazes.

S'étant relevé, Baba a dû affronter un feu roulant de flacons de lotion, d'éponges en loofa, de bouteilles de shampoing qui tentaient de lui faire subir un relookage complet. Je doutais que mon sortilège ait le pouvoir d'infliger des dommages permanents à nos deux adversaires, mais avec un peu de chance, il les retarderait.

Liz, Emma et moi avons franchi les grandes portes de la gare. Comme je m'y attendais, aucun taxi n'était garé le long du trottoir. Nous allions devoir courir jusqu'au pont de Waterloo, alors qu'Emma était pieds nus et que la potion me donnait des haut-le-cœur.

– Regardez ! s'est exclamée Liz.

– Bien joué, Sadie ! a ajouté Emma.

– Quoi ? Qu'est-ce que j'ai fait ?

C'est alors que j'ai remarqué le petit homme à l'allure débraillée, vêtu d'un uniforme noir de chauffeur, qui tenait une pancarte sur laquelle on pouvait lire KANE.

Mes amies semblaient croire que je venais de le faire apparaître par magie. Avant que j'aie pu les détromper, elles ont couru vers lui, ne me laissant pas d'autre choix que de les suivre. Anubis avait demandé à mon « chauffeur » de venir me chercher, avait-il dit. Sans doute parlait-il de cet homme, mais plus je me rapprochais de celui-ci et moins j'avais envie de faire sa connaissance.

Il devait m'arriver à la poitrine, paraissait plus corpulent qu'Amos, et son visage, d'une laideur inimaginable, rappelait celui d'un homme de Neandertal. Enfouis sous des sourcils broussailleux, ses yeux n'étaient pas de la même taille et sa barbe semblait avoir servi à récurer des casseroles graisseuses. Ses joues grêlées présentaient des traces de couperose et ses cheveux faisaient penser à un nid d'oiseau qu'on aurait enflammé avant de le piétiner sauvagement.

Il s'est renfrogné en me voyant, ce qui ne m'encourageait pas à l'aborder.

– Pas trop tôt ! a-t-il grommelé avec un accent américain.

Il a lâché un rot parfumé au curry derrière sa main, et j'ai failli tomber à la renverse.

– T'es l'amie de Bastet ? Sadie Kane ?

– Euh, ça se peut, ai-je répondu, me disant que Bastet aurait dû choisir ses relations avec davantage de soin. Dis, sans vouloir te mettre la pression, il y a deux dieux qui essaient de nous tuer...

Le petit homme n'a pas eu l'air impressionné.

– Dans ce cas, je suppose que tu as besoin d'un pont.

Il s'est retourné et a crié :

– BOUH !

Une limousine Mercedes noire a surgi du néant, comme si elle s'était matérialisée sous l'effet de la peur.

– On y va ? a demandé le chauffeur en levant les sourcils.

C'était la première fois que je voyageais à bord d'une limousine, mais j'espère que la plupart sont mieux entretenues que ne l'était la nôtre. La banquette arrière était jonchée de barquettes vides de plats indiens à emporter, d'emballages de *fish and chips* et de chaussettes sales. Toutefois, mes copines et moi nous sommes casées tant bien que mal dessus, aucune de nous n'osant prendre place à l'avant.

Je sais ce que tu penses : j'étais folle de monter dans une voiture conduite par un type aussi bizarre. Tu n'as pas tort. Mais Bastet m'avait promis de l'aide. Que l'aide en question ait pris la forme d'un nain à l'hygiène douteuse et d'une limousine magique ne m'étonnait pas outre mesure. J'avais vu des choses bien plus étranges.

Et puis, je n'avais pas vraiment le choix. L'effet de la potion s'était dissipé et les efforts que je venais d'accomplir m'avaient épuisée. Je ne crois pas que j'aurais pu marcher jusqu'au pont de Waterloo.

Le nain a démarré le pied au plancher. La police avait établi un périmètre de sécurité autour de la gare, mais la Mercedes louvoyait entre les barrières. On a dépassé plusieurs camions de la BBC et une foule de badauds sans que personne nous prête attention.

Notre chauffeur s'est mis à siffler un air qui me rappelait la chanson des sept nains de Blanche-Neige. Sa tête atteignait à peine le repose-nuque. Tout ce que j'apercevais de lui, c'était une tignasse crasseuse et deux mains velues posées sur le volant.

Coincée dans le pare-soleil, j'ai soudain remarqué une carte plastifiée illustrée de sa photo, si l'on peut dire : on ne voyait qu'un nez flou et une bouche hideuse qui semblait vouloir engloutir l'appareil. « Votre chauffeur s'appelle BÈS », pouvait-on lire en dessous.

J'ai demandé :

– C'est toi, Bès ?

– Oui, princesse !

– Quel souk dans cette caisse, a murmuré Liz.

– Si l'un de vous parle encore en vers, je vais vomir, a averti Emma.

J'ai fouillé ma mémoire. J'aurais mis ma tête à couper que le panthéon égyptien ne comportait aucun dieu chauffeur de limousine.

– Quel titre faut-il te donner ? ai-je repris. Monsieur Bès ? Seigneur Bès ? Bès le court sur pattes ?

– Juste Bès, avec un seul « s ». Et non, c'est pas un nom de fille. La première qui m'appelle Bessie aura de mes nouvelles. Quant à ma taille... Je suis un dieu nain, alors tu t'attendais à quoi ? Au fait, si vous avez soif, il y a de l'eau derrière.

J'ai baissé les yeux. Deux bouteilles à moitié pleines roulaient sur le sol à mes pieds. Le bouchon de l'une d'elles était taché de rouge à lèvres, l'autre semblait avoir été mâchouillé.

– Merci, ça ira, ai-je dit.

Liz et Emma ont acquiescé. Je m'étonnais qu'elles trouvent encore la force de réagir après toutes ces émotions. D'un autre côté, ce n'était pas pour rien qu'elles étaient mes copines. Tu m'imagines traînant deux boulets derrière moi ? Même avant que je ne découvre la magie, il fallait une forte constitution et une certaine souplesse pour être mon amie. (Pas de commentaires, Carter.)

Des voitures de police bloquaient l'entrée du pont. Bès est monté sur le trottoir pour les éviter et s'y engager. Les flics n'ont même pas levé le petit doigt.

– On est invisibles ? ai-je supposé.

Bès a roté avant de répondre :

– Pour la plupart des mortels, oui. Ils sont pas très malins... Cela dit sans vouloir vous offenser, mesdemoiselles.

Liz est intervenue :

– Vous êtes un vrai dieu ?

– Ouais, et drôlement puissant, encore !

– Un dieu nain très puissant, a murmuré Emma d'un air songeur. Quand vous parlez de « nain », vous voulez dire, comme dans Blanche-Neige, ou bien...

– Toutes les sortes de nains.

Bès faisait de grands gestes en parlant, ce qui m'inquiétait un peu parce qu'il lâchait alors complètement le volant.

– Les Égyptiens étaient intelligents. Ils honoraient tout ce qui sortait de l'ordinaire. En particulier, ils prêtaient d'importants pouvoirs magiques aux nains. Donc, oui, on peut dire que je suis le dieu de tous les nains.

Liz a toussé avant de reprendre :

– Il n'y a pas une manière plus polie de désigner les gens comme vous ? Du genre, « personne de petite taille » ou « à verticalité contrariée » ?

Bès a émis un grognement méprisant.

– Tu me vois me présenter comme le dieu des personnes à verticalité contrariée ? Je suis un nain, bon sang ! Ah ! On est arrivés.

La voiture a fait un tête-à-queue avant de s'immobiliser au milieu du pont. Je me suis retournée et mon estomac s'est soulevé. Une forme sombre décrivait des cercles au-dessus de la berge. À l'autre extrémité du pont, Baba forçait le barrage en balançant les véhicules de police dans la Tamise. Des hommes en uniforme couraient en tous sens et tiraient dans sa direction, mais leurs balles ne parvenaient pas à traverser la fourrure du dieu-babouin.

– Pourquoi on s'arrête ? a demandé Emma.

Bès s'est redressé sur son siège et a étiré ses bras sans toucher le plafond.

– On est au-dessus d'une rivière, a-t-il expliqué. L'endroit parfait pour combattre des dieux : avec la force naturelle qui s'écoule sous nos pieds, c'est pas facile de rester ancré dans le monde mortel.

En le regardant plus attentivement, j'ai compris ce qu'il voulait dire. Les traits de son visage se brouillaient et tremblaient comme un mirage.

Un nœud s'est formé dans ma gorge. C'était l'instant de vérité. La potion et l'angoisse me donnaient des nausées, et je n'étais pas certaine d'avoir la force de combattre deux adversaires divins. Mais je n'avais pas le choix.

Je me suis adressée à mes amies :

– Les filles, on descend.

– Qu... quoi ? a bredouillé Liz.

– T'es sûre que... ? a gémi Emma en écho.

– Je sais que vous avez peur, mais faites exactement ce que je vous dirai.

Elles ont acquiescé d'un air hésitant avant d'ouvrir les portières. Une fois de plus, j'ai regretté de les avoir entraînées dans cette galère. Mais après avoir vu mes grands-parents possédés, je n'aurais pas supporté de les quitter des yeux ne serait-ce qu'un instant.

Bès a étouffé un bâillement.

– Besoin d'un coup de main ?

– Eh bien...

Baba s'avançait vers nous. Nekhbet volait en cercles au-dessus de lui, l'encourageant de ses cris. Si la proximité du fleuve les affectait, ils n'en montraient aucun signe.

Je voyais mal un nain venir à bout de ces deux-là, toutefois j'ai répondu :

– Ce serait pas de refus.

Bès a fait craquer les jointures de ses doigts.

– Alors, sortez.

– Pardon ?

– Je vais pas me changer devant vous, quand même ! Il faut que je passe mon costume de « super pas beau ».

– Ton...

– Ouste ! Je vous rejoins dans une minute.

On est descendues sans demander notre reste, aucune de nous ne souhaitant assister au déshabillage de Bès. Un déclic m'a appris que notre « chauffeur » avait verrouillé les portières, et les vitres teintées nous empêchaient de voir l'intérieur de la voiture. Si ça se trouvait, Bès comptait se relaxer et écouter de la musique tandis qu'on se ferait massacrer. De toute manière, il aurait fallu plus qu'un changement de costume pour vaincre Baba et Nekhbet.

Je me suis tournée vers mes copines terrifiées :

– Les filles, c'est ici qu'on va former notre dernier carré.

– Notre dernier carré ? a gémi Liz. J'aime pas beaucoup ça...

J'ai sorti de ma sacoche les fils d'Horus ainsi qu'un morceau de craie.

– Liz, place ces statuettes aux quatre points cardinaux – nord, sud, etc. Emma, prends cette craie et trace un cercle reliant les statuettes entre elles. On n'a que quelques secondes.

Tandis que je lui prenais mon bâton des mains, j'ai eu une impression de déjà-vu. Je venais de m'adresser à mes amies du même ton autoritaire que Zia Rashid la première fois où on avait dû affronter une divinité ensemble. Je ne voulais pas ressembler à Zia. D'un autre côté, je mesurais à présent le sang-froid qu'elle avait manifesté en combattant Serket tout en protégeant deux parfaits novices. Même s'il m'en coûte de le dire, je ne l'en respectais que davantage. J'aurais bien voulu posséder son courage.

Baguette et bâton bien en main, j'ai fait de mon mieux pour me concentrer. Aussitôt le temps a paru ralentir et j'ai pris conscience de tout ce qui m'entourait : le crissement de la craie sur le sol, les battements affolés du cœur de Liz, le bruit des pas de Baba se ruant dans notre direction, celui de la Tamise s'écoulant sous le pont, et les courants de la Douât, aussi puissants que le fleuve, qui circulaient autour de moi.

Bastet m'avait un jour dépeint la Douât comme un océan de magie qui s'étendait sous la surface du monde mortel. Si l'on avait voulu filer la métaphore, on aurait pu décrire le pont où nous nous trouvions comme un courant marin assez puissant pour noyer les nageurs imprudents. Les dieux eux-mêmes risquaient d'être emportés.

J'ai cherché un point d'ancrage dans le paysage qui m'environnait. Londres était ma ville. Du pont, j'apercevais le palais de Westminster, la grande roue du millénaire, et même l'aiguille de Cléopâtre, sur l'Embankment. Si j'échouais maintenant, à deux pas de l'endroit où ma mère était morte... Non. Ça n'arriverait pas.

Baba n'était plus qu'à un mètre quand Emma a achevé de tracer le cercle. J'ai touché celui-ci de la pointe de mon bâton, et il s'est illuminé.

Le babouin s'est écrasé contre le champ de force tandis que Nekhbet l'évitait à la dernière seconde et le contournait avec un cri de rage.

Malheureusement, le cercle a commencé à clignoter. Ma mère me l'avait appris toute petite : toute action entraîne une réaction égale et opposée. Cette règle se vérifiait également en magie. La violence de l'attaque de Baba m'avait étourdie. Des mouches dansaient devant mes yeux. S'il revenait à la charge, je n'étais pas certaine de pouvoir maintenir le cercle. Mais si je lui transmettais toute l'énergie qui me restait avant d'en sortir, peut-être me survivrait-il un moment. Au moins, mes amies auraient la vie sauve.

Zia avait dû se faire la même réflexion quelques mois plus tôt, quand elle était sortie d'un cercle semblable afin de nous protéger, Carter et moi. Décidément, son courage avait quelque chose d'exaspérant.

– Quoi qu'il arrive, restez à l'intérieur du cercle, ai-je dit aux deux filles.

– Je n'aime pas t'entendre parler comme ça, a dit Emma. Quoi que tu aies en tête, je t'en prie, ne le fais pas !

– Ne nous laisse pas, a supplié Liz.

Puis elle s'est tournée vers Baba et a crié d'une voix suraiguë :

– Fiche le camp, sale singe plein de mousse ! Ma copine n'a pas envie de te tuer, mais... mais s'il le faut, elle n'hésitera pas !

Baba a grogné. En effet, il était plein de mousse, grâce à l'escadrille des produits Body Shop, et il sentait également très bon. On distinguait pas moins de sept variétés de shampoings et de gels douche de couleurs différentes sur sa fourrure argentée.

Nekhbet avait eu moins de chance. Perchée au sommet d'un lampadaire, elle semblait s'être bagarrée contre le contenu entier d'une boutique de restauration rapide. Des débris de jambon, de fromage et de pommes de terre constellaient son plumage noir, témoignant du sacrifice de la brigade de tourtes à la viande qui avaient bravement donné leur brève existence pour la retarder. Des fourchettes en plastique, des serviettes en papier et des lambeaux de journaux roses décoraient ses cheveux. J'ai lu dans son regard qu'elle brûlait de me tailler en pièces.

Apparemment, les serviteurs de Baba ne nous avaient pas suivis, et c'était une bonne nouvelle. J'ai eu la vision soudaine d'une troupe de babouins couverts de détritus, menottés et embarqués de force dans des fourgons de police, et mon moral a remonté en flèche.

La vieille harpie s'est adressée à moi d'une voix grinçante :

– Tu as réussi à nous surprendre, Sadie Kane. J'admets que c'était bien joué de ta part, comme le fait de nous avoir attirés ici, sur un pont. Mais nous ne sommes pas aussi faibles que tu sembles le croire. Toi, en revanche, tu es à bout de forces. Si tu es incapable de nous vaincre, comment pourrais-tu réveiller Rê ?

– Vous feriez mieux de m'aider, au lieu de chercher à m'en empêcher !

– T'aider ? Les forts n'ont pas besoin d'aide. Mais les faibles... Les faibles sont juste bons à se faire tuer et dévorer. Et toi, mon petit, es-tu forte ou faible ? Franchement.

Franchement ? Je tenais à peine debout. J'avais l'impression que le sol tanguait. Des sirènes hurlaient des deux côtés du pont, des policiers étaient massés derrière les barricades mais ils ne donnaient pas l'impression de vouloir intervenir.

Baba a montré les crocs. Il était si proche que je sentais le shampoing sur sa fourrure et son haleine fétide. Puis j'ai aperçu les lunettes de papy sur son front, et toute ma colère a resurgi.

– Je suis la voie d'Isis, ai-je affirmé. Osez me défier, et je vous détruirai !

J'ai réussi à allumer l'extrémité de mon bâton. Baba a reculé tandis que Nekhbet s'agitait sur son lampadaire. Durant quelques secondes, leur image s'est troublée. La proximité du fleuve créait des interférences entre eux et le monde mortel, mais ça ne suffisait pas.

Nekhbet a dû lire le désespoir sur mon visage. En tant que vautour, elle savait reconnaître l'approche de la fin chez ses proies.

– Tu t'es bien défendue, a-t-elle dit, presque admirative. Mais c'est terminé pour toi. Baba, attaque !

Le babouin s'est dressé de toute sa taille. J'ai rassemblé mes dernières forces, résolue à puiser dans mes propres ressources vitales afin de pulvériser ces deux monstres. Mon unique souci était d'assurer la survie de mes amies.

Au même moment, une portière de la limousine s'est ouverte dans mon dos, et Bès a annoncé :

– Personne n'attaque personne... Sauf moi, bien sûr !

Nekhbet a poussé un cri apeuré. Intriguée, je me suis retournée et l'ai aussitôt regretté. Si je l'avais pu, je me serais arraché les yeux.

– Non, pas ça..., a gémi Liz, livide.

– Agh ! s'est écriée Emma, imitant à la perfection un babouin. Sadie, dis-lui de se rhabiller !

J'ai compris soudain ce que Bès entendait par « costume de super pas beau ». Debout sur le toit de la voiture, jambes écartées, poings sur les hanches, on aurait dit Superman, mais un Superman nain sans cape ni collant.

Pour ne pas choquer les âmes sensibles, je tairai les détails. Sache seulement que Bès portait en tout et pour tout un slip moulant bleu qui ne laissait rien ignorer de son physique repoussant : gros bide, jambes poilues, pieds griffus, chairs flasques et pendantes... Imagine le type le plus hideux que tu aies jamais vu sur une plage – le genre auquel on devrait interdire de s'exhiber en maillot de bain. Eh bien, le nain était encore plus terrifiant.

Devant ce spectacle, la seule phrase qui m'est venue à l'esprit était :

– Enfile au moins un pantalon !

Bès a éclaté d'un rire satisfait, du style « Ha, ha, je suis génial ».

– Quand ces deux-là auront fichu le camp, a-t-il rétorqué. Sinon, je leur collerai une telle frousse qu'ils fileront ventre à terre jusqu'à la Douât.

– Ne te mêle pas de ça ! a grincé Nekhbet, évitant soigneusement de le regarder.

– Ces gamines sont sous ma protection, a affirmé Bès.

– Je ne te connais pas, ai-je objecté. Je ne t'avais jamais vu avant aujourd'hui !

– Dis pas de bêtises. Tu as demandé mon aide.

– La tienne, oui. Pas celle de Captain Slibard !

Bès a sauté du toit de la voiture pour atterrir juste à l'extérieur du cercle, entre Baba et moi. Son dos était tellement velu qu'on aurait dit qu'il portait un manteau en vison. À l'arrière de son slip, on pouvait lire : PETIT MAIS COSTAUD.

Le nain et le babouin ont commencé à se tourner autour en s'observant, comme deux catcheurs. Puis Baba a tenté une attaque, mais Bès était agile. En s'agrippant à sa fourrure, il a escaladé le torse de son adversaire et lui a filé un coup de tête dans le nez. Baba a chancelé tandis que le nain continuait à le pilonner, utilisant son crâne comme une arme de destruction massive.

– Ne le blesse pas ! lui ai-je crié. C'est mon grand-père, quand même !

Baba s'est affaissé contre la rambarde du pont. Il clignait des yeux, cherchant à reprendre ses esprits, quand Bès lui a soufflé son haleine en plein visage, lui portant le coup de grâce. Ses traits se sont brouillés, son corps a rétréci, et quelques secondes plus tard, il ne restait du babouin géant qu'un retraité aux cheveux gris, vêtu d'un cardigan rouge en lambeaux, recroquevillé sur l'asphalte.

– Papy !

J'ai quitté le cercle protecteur pour me précipiter vers lui.

– Il s'en remettra, a affirmé Bès avant de se tourner vers la déesse-vautour. À ton tour, Nekhbet !

– Ce corps est à moi ! a-t-elle pleurniché. Je m'y sens bien !

– Bon, tu l'auras voulu...

Bès s'est frotté les mains et a pris une profonde inspiration

138

avant de faire une chose que je ne pourrai jamais effacer de ma mémoire.

Si je te dis qu'il a fait une grimace et crié « BOUH ! », ce sera techniquement correct mais ça ne te donnera qu'une idée très approximative de l'horreur de cette vision.

Son crâne s'est mis à enfler, sa mâchoire s'est décrochée, lui permettant d'ouvrir une bouche quatre fois trop grande, ses yeux ont semblé vouloir jaillir de leurs orbites, et ses cheveux se sont dressés comme ceux de Bastet. Il a secoué la tête, agité sa langue gluante et verdâtre et lancé un « BOUH ! » sonore qui s'est propagé à la surface du fleuve tel un coup de canon. L'onde de choc a hérissé les plumes de Nekhbet et ôté ses couleurs à son visage. L'essence de la déesse s'est déchirée tel un mouchoir en papier dans la tempête, laissant place à une vieille femme à l'air effaré en robe de chambre à fleurs.

– Mon Dieu..., a murmuré mamie avant de perdre connaissance.

Bès l'a rattrapée juste avant qu'elle ne tombe à l'eau. Le visage du nain a ensuite retrouvé son aspect normal – si l'on peut dire –, et il a déposé mamie sur le sol auprès de papy.

– Merci, lui ai-je dit. Euh... Tu veux bien te rhabiller, maintenant ?

Il m'a adressé un sourire dont je me serais passée.

– Je comprends pourquoi Bastet t'apprécie tant, Sadie Kane.

– Sadie ? a gémi mon grand-père en tentant d'ouvrir les yeux.

Je lui ai caressé le front.

– Je suis là, papy. Comment tu te sens ?

– C'est bizarre, mais j'ai envie d'une mangue... ou d'un criquet, peut-être. Tu... tu nous as sauvés ?

– Pas moi, mon ami.

Bès m'a coupé la parole :

– L'écoutez pas, c'est bien elle qui vous a sauvés. Vous pouvez être fiers. Votre petite-fille, c'est une sacrée magicienne !

Papy a fixé son regard sur Bès et a grommelé :

– Un fichu dieu égyptien avec un slip de bain indécent...
C'est pour ça qu'on ne pratique pas la magie.

J'ai poussé un soupir de soulagement. Si papy râlait, ça
signifiait qu'il était tiré d'affaire. Mamie n'avait pas repris
connaissance, mais sa respiration était régulière et ses joues
avaient retrouvé un peu de couleur.

– On ferait mieux de filer, a dit Bès. Les mortels vont
prendre le pont d'assaut.

En effet, des unités d'intervention prenaient position aux
deux extrémités du pont – des types en gilet pare-balles, armés
de fusils, de lance-grenades et sans doute d'autres jouets susceptibles de nous tuer.

Je me suis tournée vers mes copines :

– Liz, Emma, j'ai besoin de vous.

Elles ont accouru. Elles m'aidaient à relever papy quand Bès
a ajouté :

– Ni tes amies ni tes grands-parents ne peuvent venir avec
nous.

– Quoi ? Mais tu viens de dire...

– Ce sont des mortels. Ta quête ne les concerne pas. Si tu
veux reprendre le deuxième papyrus à Vlad Menchikov, il faut
partir maintenant.

– Comment es-tu au courant de...

Je me suis alors rappelé qu'il avait parlé à Anubis.

– De toute manière, a repris Bès, ils seront plus en sécurité
ici. La police les interrogera, mais personne ne se méfiera d'un
couple de vieux et de deux gamines.

– On n'est pas des gamines, a protesté Emma.

– Vautour..., a marmonné mamie, toujours inconsciente.
Tourtes...

Papy est intervenu :

– Le nabot a raison, Sadie. Allez-vous-en. D'ici quelques minutes, je serai en pleine forme, même si je regrette que le babouin ne m'ait pas laissé un peu de son pouvoir. Je ne m'étais pas senti aussi fort depuis des lustres.

J'ai regardé mes amies et mes grands-parents dépenaillés, et mon cœur s'est fendu comme le visage de Bès. Celui-ci avait dit vrai : ils courraient moins de risques à affronter la police qu'à nous accompagner, et ma quête ne les concernait pas. Mes grands-parents avaient choisi de tourner le dos à la tradition familiale, et mes copines étaient de simples mortelles – foldingues, courageuses, merveilleuses, mais mortelles. Leur place n'était pas à mes côtés.

Emma a redressé ses lunettes cassées et esquissé un sourire.

– T'inquiète pas, Sadie. On se débrouillera. Et puis, embrouiller les flics, ça nous connaît, pas vrai ?

– On prendra soin de tes grands-parents, a promis Liz.

– Pas la peine, a protesté papy avant de s'interrompre, secoué par une quinte de toux. Pars, ma chérie. Ce dieu-babouin était dans ma tête, alors je sais qu'il a l'intention de te détruire. Achève ta quête avant qu'il puisse revenir à la charge. J'ai été incapable de l'arrêter. Je...

Il a jeté un regard de reproche à ses vieilles mains tremblantes avant d'achever :

– S'il t'était arrivé quelque chose, je ne me le serais jamais pardonné. Maintenant, pars !

– Je suis désolée, leur ai-je dit à tous. Je ne voulais pas...

– Désolée ? a réagi Emma. Sadie, c'était l'anniversaire le plus dingue auquel j'aie jamais assisté ! Allez, file !

Liz et elle m'ont serrée dans leurs bras, et Bès m'a entraînée vers la limousine avant que j'éclate en sanglots.

La Mercedes a remonté le pont vers le nord, en direction de l'Embankment. Elle avait presque atteint la barricade quand Bès a ralenti.

– Qu'est-ce qu'il y a ? ai-je demandé. On ne peut pas passer sans être vus ?

– Ce ne sont pas les mortels qui m'inquiètent, a répondu Bès en pointant un doigt devant lui.

Tous les policiers, journalistes et curieux qui se pressaient autour de la barricade étaient plongés dans un profond sommeil. Plusieurs militaires dormaient à même le sol, serrant leur fusil contre leur gilet pare-balles tel un ours en peluche.

Deux jeunes garçons nous barraient la route. J'ai reconnu Carter et Walt. Ils paraissaient hors d'haleine, comme s'ils avaient couru depuis Brooklyn, et brandissaient leurs baguettes, prêts à attaquer. Carter a pointé son épée vers le pare-brise de notre voiture.

– Laisse-la partir, a-t-il crié à Bès, ou tu vas mourir !

Bès s'est tourné vers moi :

– Tu veux que je lui fasse peur ?

– Surtout pas ! me suis-je écriée – pour rien au monde je n'aurais voulu revoir sa grimace. Je m'en occupe !

Je suis descendue de voiture.

– Salut, les gars. Désolée, mais on ne vous a pas attendus.

– Tu n'es pas en danger ? a demandé Walt, décontenancé.

– Plus maintenant.

Carter a baissé son épée à contrecœur.

– Ce type affreux...

– C'est l'ami de Bastet, et notre chauffeur.

L'expression de Carter à cet instant – un mélange de dépit, d'embarras et d'incompréhension – était mon plus beau cadeau d'anniversaire.

– Un chauffeur ? a-t-il dit. Pour quoi faire ?

– Pour nous conduire en Russie, tiens ! lui ai-je rétorqué. Allez, en voiture !

☥ CARTER

9. Bons « Bèsers » de Russie

Comme d'habitude, Sadie a laissé de côté des détails importants. Par exemple, le fait que Walt et moi ayons failli nous faire tuer en la recherchant.

Déjà, le trajet jusqu'au Brooklyn Museum n'avait pas été une partie de plaisir. Suspendus à une corde sous le ventre du griffon, tel Tarzan, on avait échappé de justesse à une horde de policiers, de secouristes et de fonctionnaires municipaux, auxquels s'étaient jointes plusieurs vieilles dames armées de parapluie, qui nous poursuivaient en criant : « À mort, le colibri géant ! »

J'avais l'intention d'emmener Crack, mais une fois le portail ouvert, il avait pris peur devant le vortex de sable, et j'avais dû me résoudre à le laisser derrière nous.

À notre arrivée à Londres, les téléviseurs exposés dans la vitrine d'un grand magasin diffusaient des images de la gare de Waterloo. Apparemment, des témoins avaient signalé à l'intérieur de celle-ci une invasion d'animaux sauvages accompagnée d'étranges phénomènes météorologiques. *Ça alors,* avais-je pensé, *je me demande bien qui est derrière tout ça...* Walt avait utilisé une de ses amulettes pour invoquer le dieu de l'air, Shou, et une bourrasque de vent nous avait transportés jusqu'au pont de Waterloo. Évidemment, on avait atterri au beau milieu d'une brigade antiémeutes armée jusqu'aux dents. Encore heureux que je me sois souvenu de la formule d'endormissement immédiat.

Et au moment où on allait enfin sauver Sadie, elle arrive à bord d'une limousine conduite par un nain en slip de bain et nous accuse d'être en retard !

Tout ça pour t'expliquer que lorsqu'elle nous a annoncé que le nain allait nous emmener en Russie, j'ai pensé : *Et zut !* avant de monter en voiture.

Pendant que la limousine traversait le centre de Londres, Sadie nous a raconté ses aventures. Après l'avoir écoutée, je me suis dit que, finalement, je n'avais pas à me plaindre de ma journée. Rêver d'Apophis, affronter un serpent à trois têtes, c'était quand même moins flippant que de voir des dieux hostiles s'emparer de nos grands-parents. Je n'ai jamais beaucoup apprécié papy et mamie, mais quand même...

En plus, je n'en revenais pas d'avoir Bès pour chauffeur. Avec papa, on avait plus d'une fois rigolé devant ses représentations dans les musées – les yeux exorbités, la langue frétillante, la quasi-nudité... La légende lui prêtait le pouvoir d'effrayer aussi bien les esprits que les démons et même les dieux, ce qui expliquait en partie sa popularité parmi le peuple égyptien. Bès était l'ami et le protecteur des petits, sans vouloir être sarcastique. Le plus étonnant, c'était qu'il ressemblait trait pour trait à ses portraits, l'odeur en plus.

– À charge de revanche, lui ai-je dit. Comme ça, t'es un ami de Bastet ?

Ses oreilles sont devenues rouges.

– Ouais... De temps en temps, elle me demande un service. Je fais de mon mieux pour l'aider.

Ho-ho... On aurait dit qu'il y avait anguille sous roche.

J'ai repris :

– Horus m'avait averti que certains dieux tenteraient de nous empêcher de réveiller Rê. Maintenant, au moins, on sait de qui il s'agit.

Sadie a soupiré.

– Si notre plan ne leur plaisait pas, ils n'avaient qu'à nous envoyer un SMS pour nous le dire. Ces deux cinglés ont failli me tailler en pièces !

Elle avait le teint cireux, ses bottes étaient couvertes de boue et de shampoing, et sa veste en cuir présentait sur l'épaule une tache qui ressemblait fort à de la fiente de vautour. Toutefois, j'étais impressionné par sa résistance. Il est encore plus délicat d'utiliser une potion que de la préparer. On ne puise pas à une source de magie aussi puissante sans en payer le prix.

– Tu as été formidable, lui ai-je dit.

Elle a jeté un regard plein de reproche au couteau noir qui reposait sur ses genoux – la lame rituelle qu'Anubis lui avait offerte.

– Sans Bès, je serais morte à l'heure qu'il est.

– Mais non, a protesté le nain. Enfin, si... Mais tu serais partie en beauté.

Elle a retourné l'étrange couteau comme si elle s'attendait à y trouver des instructions gravées.

– Un netjery, ai-je dit. Une lame serpent. Les prêtres l'utilisaient pour...

– L'ouverture de la bouche, je sais. Mais à quoi peut-il nous servir ?

– Je l'ignore. Une idée, Bès ?

– Moi, j'essaie d'éviter tout ce qui a trait à la mort.

Je me suis alors tourné vers Walt. Les objets magiques, c'était sa spécialité, mais il semblait distrait. Depuis que Sadie avait évoqué sa rencontre avec Anubis, il n'avait pas prononcé un mot et tripotait machinalement ses amulettes, assis à côté d'elle.

– Tu te sens bien ? lui ai-je demandé.

– Hum, oui. Je pensais à... au netjery, a-t-il achevé avec un regard furtif en direction de Sadie.

Ma sœur s'est cachée derrière ses cheveux. La tension entre eux deux était palpable et tellement forte que même une lame magique n'aurait pu l'entamer.

– Quel sale égoïste, cet Anubis, a-t-elle marmonné. J'aurais pu mourir, ça lui était bien égal.

On a roulé un moment en silence, puis Bès a emprunté le pont de Westminster pour retraverser la Tamise.

Sadie a immédiatement réagi :

– Où est-ce que tu nous emmènes ? On a besoin d'un portail, et tous les artefacts égyptiens se trouvent au British Museum.

– Je sais, a répliqué Bès. Et les autres magiciens le savent aussi.

– Les autres magiciens ? ai-je répété.

– La Maison de vie a des succursales dans le monde entier. Londres correspond au Nome Neuf. En faisant son numéro sur le pont de Waterloo, mam'zelle Sadie a signalé sa présence aux copains de Desjardins : « Salut, les gars ! C'est moi ! » Vous pouvez être sûrs qu'ils surveillent le Museum, au cas où vous chercheriez à fuir par là. Heureusement, je connais un autre endroit où on peut ouvrir un portail.

Je me suis traité intérieurement d'idiot. Le nain avait raison, bien sûr. La Maison de vie avait des yeux et des oreilles partout. En dehors de notre repaire de Brooklyn, nous n'étions nulle part en sécurité.

La voiture traversait à présent le sud de Londres. De part et d'autre de Camberwell Road s'alignaient des maisons en briques crasseuses et des boutiques minables. Une vieille femme qui attendait à un arrêt de bus nous a jeté un regard haineux. Deux types à l'allure de racaille qui traînaient devant une épicerie ont reluqué notre Mercedes comme s'ils avaient l'intention de la voler. Je me suis demandé s'ils n'étaient pas des dieux ou des magiciens déguisés, car la plupart des gens nous ignoraient purement et simplement.

Je n'avais pas la moindre idée de l'endroit où Bès nous conduisait. Il paraissait peu probable que ce quartier abrite des antiquités égyptiennes.

Enfin, j'ai aperçu un immense parc sur notre gauche : de vastes prairies d'un vert nébuleux, des allées bordées d'arbres, des ruines évoquant des aqueducs couverts de vigne vierge… Le terrain s'élevait jusqu'au sommet d'une colline sur laquelle se dressait un pylône de radio.

Bès a quitté la chaussée pour rouler sur l'herbe, renversant un panneau « PELOUSE INTERDITE ». Le crépuscule gris et pluvieux avait vidé le parc de ses visiteurs. Un couple de joggeurs n'a même pas tourné la tête à notre passage, comme s'ils avaient l'habitude de voir une limousine se prendre pour un 4 × 4.

J'ai interrogé notre chauffeur :

– Où est-ce qu'on va ?

– Patience, gamin.

Ça m'a un peu agacé de m'entendre traiter de « gamin » par un type plus petit que moi, mais j'ai tenu ma langue. La Mercedes a escaladé la colline. Presque au sommet de celle-ci, un escalier en pierre large d'une dizaine de mètres semblait ne mener nulle part. Bès a donné un brusque coup de frein, et la voiture a fait une embardée avant de s'immobiliser. La colline était plus haute que je ne l'aurais cru. Tout Londres s'étalait à nos pieds.

En regardant l'escalier avec attention, j'ai constaté que deux sphinx en pierre érodée par le temps l'encadraient et sur-veillaient la ville. Deux sphinx classiques – corps de lion, tête de pharaon –, d'une taille d'environ trois mètres, mais totalement incongrus dans un parc londonien.

– Ce ne sont pas des vrais, ai-je affirmé.

– Bien sûr que si ! a protesté Bès.

– Je veux dire qu'ils ne remontent pas à l'Égypte ancienne. Ils sont trop neufs.

– Tu vas pas chipoter ! L'escalier que vous voyez faisait partie du palais de Cristal, un immense pavillon d'exposition en métal et en verre qui se dressait autrefois sur cette colline.

– J'en ai entendu parler au collège, est intervenue Sadie. La reine Victoria y a donné une garden-party, non ?

– Une « garden-party » ? C'était la Grande Exposition de 1851, vitrine de l'Empire colonial britannique, et blablabla. On y vendait des pommes d'amour délicieuses.

– Quoi, tu étais présent ?

Bès a esquivé ma question.

– Il a brûlé dans les années 1930 – à cause de ces abrutis de magiciens, mais c'est une autre histoire. Cet escalier et ces sphinx sont tout ce qu'il en reste.

– Un escalier qui ne mène nulle part, ai-je remarqué.

– Pas « nulle part », m'a corrigé Bès. Il va nous conduire à Saint-Pétersbourg.

La découverte des statues semblait avoir tiré Walt de son abattement.

– Si les sphinx ne sont pas authentiques, comment peuvent-ils ouvrir un portail ? a-t-il demandé.

Bès a grimacé un sourire.

– Ça dépend de ce que tu entends par « authentique », mon gars. Tous les grands empires cherchent à copier l'Égypte. Leurs dirigeants aiment s'entourer de machins de style égyptien, pour se donner de l'importance. C'est pourquoi on trouve des artefacts « néo-égyptiens » à Rome, Paris, Londres... Comme cet obélisque, à Washington.

– Je t'en prie, a gémi Sadie. Pas lui...

– Bref, anciens ou pas, ces sphinx sont bel et bien égyptiens. On les a construits pour faire ressortir les liens entre les Empires britannique et égyptien. Et à ce titre, ils ont des pouvoirs magiques – surtout si c'est moi qui conduis. Quant à toi, a poursuivi Bès en se tournant vers Walt, je pense que tu vas devoir descendre.

Pris au dépourvu, je suis resté muet, mais Walt a baissé les yeux comme s'il s'attendait à ce qui lui arrivait.

Sadie a aussitôt réagi :

– Pourquoi Walt ne viendrait pas avec nous ? C'est un magicien, on a besoin de son aide.

Bès est subitement devenu très sérieux :

– Walt, tu ne leur as rien dit ?

– Nous dire quoi ?

Walt a refermé le poing sur ses amulettes, comme s'il espérait en trouver une qui l'aiderait à éluder l'explication.

– Rien. C'est juste... On va sans doute avoir besoin de moi à Brooklyn. Et Jaz pensait que...

Il s'est tu, devinant probablement qu'il avait eu tort de prononcer ce prénom.

– Jaz ? a répété Sadie avec un calme qui n'annonçait rien de bon. Au fait, comment va-t-elle ?

– Elle... elle est toujours dans le coma. Amos affirme qu'elle s'en sortira, mais ce n'est pas ce que...

– Bien, a repris Sadie. Tu m'en vois heureuse. Mais si tu dois repartir, autant le faire sans tarder, tu ne crois pas ? Anubis a dit qu'il n'y avait pas de temps à perdre.

Ce n'était pas très délicat de sa part de balancer le nom d'Anubis. Walt a accusé le coup.

Lors de la conversation que j'avais eue avec lui à Brooklyn, Walt m'avait avoué qu'il appréciait beaucoup Sadie. Si quelque chose le tracassait, ça n'avait rien à voir avec ses sentiments pour Jaz. Mais si j'avais pris son parti, ma sœur m'aurait envoyé balader, et mon intervention aurait probablement aggravé le malentendu.

Il a maladroitement tenté de se justifier :

– Ce n'est pas que j'aie envie de partir...

– Mais tu ne peux pas nous accompagner, lui a rétorqué Bès d'un ton ferme, même s'il m'a semblé percevoir de la pitié dans sa voix. Allez, va, mon gars.

Walt a sorti quelque chose de sa poche.

– Désolé de t'offrir ton cadeau aussi tard, Sadie. Ce n'est pas un couteau magique, mais je l'ai fabriqué moi-même.

Il a déposé dans la main de ma sœur un collier en or décoré d'un symbole égyptien.

– Hé ! c'est le panier de basket sur la tête de Rê, me suis-je exclamé.

L'ambiance n'était déjà pas franchement romantique, mais ma sortie n'a rien arrangé.

– Je veux dire, c'est l'anneau qui entoure la couronne solaire de Rê. Le symbole de l'éternité, je crois ?

Sadie a eu un hoquet, comme si la potion faisait des bulles dans son estomac.

– L'éternité ?

Walt m'a lancé un coup d'œil qui signifiait « C'est sympa de vouloir aider, mais laisse-moi faire, OK ? »

– Hum, oui, a-t-il acquiescé. Le shen. Comme vous allez chercher Rê, je me suis dit... Et puis, les choses qui comptent dans la vie devraient durer éternellement. J'espère qu'il te portera bonheur. Je voulais te le donner ce matin, mais... je me suis dégonflé.

Sadie contemplait le talisman qui étincelait sur sa paume.

– Walt, je ne sais pas quoi... Merci.

– Rappelle-toi que ce n'est pas moi qui ai choisi de me retirer. Si tu as besoin d'aide, tu peux compter sur moi... Toi aussi, Carter, bien sûr.

– Mais pour le moment, a insisté Bès, tu vas me faire le plaisir de filer.

– Bon anniversaire, Sadie, a placé Walt avant de sortir. Et bonne chance.

On l'a regardé descendre la colline jusqu'à ce que sa silhouette se fonde dans le crépuscule.

– Deux cadeaux d'adieu offerts par deux garçons canon, a soupiré Sadie. Ma vie est nulle.

Elle a attaché le collier autour de son cou et caressé l'anneau.

Bès n'avait pas quitté des yeux les arbres derrière lesquels avait disparu Walt.

– Pauvre gars, a-t-il grommelé. C'est pas juste d'être né différent.

– Comment ça ? ai-je demandé. Et d'abord, pourquoi tenais-tu tellement à le voir partir ?

Le nain a frotté sa barbe rêche.

– Ça, c'est pas à moi de l'expliquer. Et puis, on a du pain sur la planche. Plus on laissera de temps à Menchikov pour défendre son repaire, plus on aura de mal à y entrer.

Je m'apprêtais à revenir à la charge quand l'expression butée de Bès m'a convaincu que je ne tirerais rien de plus de lui. Il n'y a pas plus tête de mule qu'un nain.

– En route pour la Russie, donc, ai-je dit. Tu espères faire monter l'escalier à cette voiture ?

– Tout juste !

Bès a accéléré à fond. Les roues de la Mercedes ont patiné dans l'herbe et la boue avant d'attaquer les marches. Je m'attendais à ce qu'un des essieux se brise au sommet, mais à la dernière seconde, un tunnel de sable s'est ouvert devant nous, et la longue limousine noire a plongé au cœur du vortex.

La Mercedes a atterri violemment de l'autre côté, dispersant un groupe d'ados.

Sadie a gémi :

– Pourquoi est-ce qu'on ne traverse jamais en douceur ?

Bès a actionné les essuie-glaces pour chasser le sable du pare-brise. Dehors, il faisait nuit. Des bâtiments en pierre du XVIIIe siècle bordaient une rivière gelée, éclairée par des réverbères. Au-delà de celle-ci s'étendait un paysage de conte de fées : églises aux dômes dorés, palais blanchis par la neige, façades ornées peintes en bleu et vert. On aurait pu imaginer qu'on avait fait un bond de trois siècles dans le passé, sans les voitures, l'éclairage électrique... et les jeunes percés de partout tout en cuir noir qui nous invectivaient en russe et martelaient à coups de poing le capot de notre limousine parce qu'on avait failli les renverser.

– Ils nous voient ? s'est étonnée Sadie.

– Ils sont russes, a répondu Bès avec une pointe d'admiration. Des gens superstitieux, très doués pour flairer la magie. Va falloir être prudents.

– T'es déjà venu ici ? ai-je demandé.

Il m'a lancé un regard apitoyé avant de m'indiquer l'extérieur de la voiture. Celle-ci était posée entre deux sphinx en pierre identiques à tous ceux que j'avais pu voir, sauf qu'ils étaient couverts de neige.

– Ils sont authentiques ?

– Les vestiges égyptiens les plus au nord du monde. Volés à Thèbes pour décorer la nouvelle capitale impériale russe, Saint-Pétersbourg. Je vous l'ai dit, tous les empires veulent un morceau de l'Égypte !

Dehors, les ados continuaient à brailler et frapper notre voiture. L'un d'eux a brisé une bouteille sur notre pare-brise.

– On ferait bien d'y aller, non ? a suggéré Sadie.

– Ça fait des siècles que les gamins de la ville se réunissent au pied des sphinx. C'est une tradition locale.

– Mais il doit pas être loin de minuit ! me suis-je exclamé. En plus, il neige.

– Et alors ? C'est des Russes, je te rappelle. Mais t'inquiète pas, je vais m'en occuper.

Il a ouvert la portière, laissant entrer le froid glacial, et est descendu, vêtu de son seul slip de bain. Les ados ont reculé – comment le leur reprocher ? Bès leur a crié quelque chose en russe et a rugi comme un lion. Les gamins ont fui, épouvantés.

La silhouette de Bès s'est brouillée, et quand il est remonté en voiture, il portait un épais manteau, un chapeau bordé de fourrure et des mitaines.

– Qu'est-ce que je vous disais ? Le Russe est superstitieux. Quand il voit un dieu, il file ventre à terre.

– Surtout un dieu nain et velu comme un singe en slip, a commenté Sadie. On fait quoi, maintenant ?

Bès a indiqué un palais à la façade ornée de dorures au-delà de la rivière.

– L'Ermitage, a-t-il annoncé.

– Ce truc est habité par des moines ? a demandé Sadie.

– Mais non, ai-je dit. C'est l'ancien palais impérial, reconverti en musée. Il abrite la plus belle collection d'antiquités égyptiennes de toute la Russie.

– Je suppose que tu l'as visité avec papa ?

Je pensais qu'elle avait surmonté sa jalousie, mais ses vieux réflexes resurgissaient parfois.

– Pas du tout ! ai-je répondu, m'efforçant de ne pas paraître trop sur la défensive. On l'a invité un jour à y donner une conférence, mais il a refusé.

– Pas bête ! a ricané Bès. Les magiciens russes voient les intrus d'un mauvais œil. Ils défendent férocement leur territoire.

– Quoi, le quartier général du Nome Dix-huit se trouve *à l'intérieur* du musée ? s'est écriée Sadie.

– Ouais. L'entrée en est bien cachée. Je l'ai jamais trouvée. Ce que vous voyez là, c'est le palais d'Hiver, l'ancienne résidence des tsars. Il forme un ensemble avec les bâtiments voisins. J'ai entendu dire qu'il faudrait onze jours pour voir toutes les collections de l'Ermitage.

– Mais à moins qu'on ne réveille Rê, le monde n'a plus que quatre jours à vivre, ai-je observé.

– Trois, a rectifié Sadie. Il est plus de minuit, non ?

– Merci de me le rappeler.

– C'est pourquoi je vous conseille d'écourter la visite, a repris Bès. Commencez par la section égyptienne. Rez-de-chaussée, bâtiment principal.

– Tu ne nous accompagnes pas ?

– Il ne peut pas, a répondu Sadie à la place du nain. Pour les mêmes raisons que Bastet ne pouvait pas entrer chez Desjardins, à Paris. Les repaires de magiciens sont protégés contre les dieux. J'ai raison ?

Bès a grimacé, devenant encore plus affreux.

– Je vais vous accompagner jusqu'au pont, mais j'irai pas plus loin. Si je m'approche trop de l'Ermitage, je risque de déclencher toutes sortes d'alarmes. Il va falloir entrer discrètement...

– Ben voyons ! a marmonné Sadie. Pénétrer dans un musée par effraction en pleine nuit, ça nous connaît.

– ... trouver le QG du Nome Dix-huit et, surtout, éviter de vous faire capturer vivants.

– Il vaut mieux qu'on se fasse capturer morts ?

Bès m'a lancé un regard sinistre.

– Crois-moi, t'aimerais pas tomber entre les mains de Vlad Menchikov.

D'un claquement de doigts, il nous a entièrement rhabillés, Sadie et moi : parkas en polaire, fuseaux de ski, bottes fourrées.

– En route, *malichi*[1]. Je vous accompagne jusqu'au pont Dvortsovy.

Il n'y avait que quelques centaines de mètres jusqu'au pont en question, mais le chemin m'a paru beaucoup plus long. À Saint-Pétersbourg, en mars, le printemps était encore loin. Avec le ciel sombre, le vent, la neige, on se serait cru en Alaska en plein mois de janvier. Malgré les vêtements chauds que Bès avait fait surgir du néant, je claquais des dents et avais l'impression que mon nez allait se détacher.

Bès ne paraissait pas pressé. Tous les dix pas, il faisait une halte pour jouer les guides touristiques. Nous nous trouvions, nous a-t-il appris, sur l'île Vassilievski, séparée du centre historique par la Neva. Il nous montrait du doigt les différents monuments et églises, et dans son enthousiasme, il passait souvent de l'anglais au russe.

– Tu as vécu longtemps dans cette ville, ai-je remarqué.

Il a marché quelques minutes en silence avant de répondre :

– Ça remonte à loin. C'était...

Il s'est arrêté si brusquement que je l'ai heurté et ai failli tomber. Il regardait fixement un palais à la façade jaune canari, aux fenêtres brillamment éclairées, qui se dressait au milieu des tourbillons de neige, en apparence aussi peu réel que les images fluctuantes de la salle des temps.

– Le palais Menchikov, a murmuré Bès.

_____

1. « Les enfants » en russe (NdT).

155

Sa voix exprimait une telle haine que j'ai cru qu'il allait crier « BOUH ! » en direction du vaste bâtiment, mais il a serré les dents.

Sadie m'a lancé un regard interrogateur, mais contrairement à ce qu'elle semble croire, je ne suis pas une encyclopédie vivante. Je connais des tas de trucs sur l'Égypte, c'est vrai. Sur la Russie, beaucoup moins.

– Menchikov, comme Vlad l'inhalateur ?

– Son ancêtre.

Avec une grimace de dégoût, Bès a proféré un mot russe qui sonnait comme une insulte particulièrement grossière, puis il a repris :

– Dans les années mille sept cent, le prince Menchikov a organisé une grande fête pour le tsar Pierre le Grand – l'homme qui a construit cette ville. Pierre aimait les nains. En cela, il ressemblait beaucoup aux Égyptiens. Il considérait qu'on lui portait chance, c'est pourquoi il entretenait toujours quelques-uns d'entre nous à sa cour. Pour divertir son souverain, Menchikov a trouvé drôle de mettre en scène un faux mariage de nains. Il les a – il *nous* a – déguisés et obligés à danser et jouer la comédie. Les grands rigolaient et se moquaient...

Sa voix s'est éteinte. À l'écouter, on aurait pu croire que cette scène avait eu lieu la veille. J'avais failli l'oublier, mais ce petit homme bizarre était un dieu âgé de plusieurs millénaires.

Sadie a posé une main sur son épaule :

– Désolée, Bès. Ça a dû être horrible.

– Les magiciens russes... Leur plus grand plaisir, c'est de capturer un dieu et de l'humilier. Il me semble entendre encore la musique, et le rire du tsar...

– Comment leur as-tu échappé ?

Bès m'a fusillé du regard. Apparemment, j'avais posé la question qu'il ne fallait pas.

– Assez perdu de temps, a-t-il marmonné en relevant le col de son manteau.

Il s'est remis en route, mais j'ai eu l'impression qu'il n'arrivait pas à se détacher complètement du palais Menchikov. Soudain, les murs jaune vif et les lumières de celui-ci m'ont paru sinistres.

On a marché encore une centaine de mètres face au vent cinglant avant d'atteindre le pont. De l'autre côté de la rivière, le palais d'Hiver scintillait dans la nuit.

– Je vais rouler jusqu'au pont suivant et contourner l'Ermitage par le sud, a expliqué Bès. Comme ça, les magiciens risquent moins de détecter ma présence.

Je comprenais à présent pourquoi il craignait tellement de déclencher les alarmes du musée. Des magiciens l'avaient déjà piégé une fois à Saint-Pétersbourg. Les recommandations qu'il nous avait faites dans la voiture me sont brusquement revenues en mémoire : « Évitez de vous faire capturer vivants. »

– Si on réussit, comment fera-t-on pour te retrouver ? a demandé Sadie.

Bès l'a aussitôt corrigée :

– Pas « si », mais « quand » vous aurez réussi. Si vous voulez sauver le monde, il va falloir rester positifs.

– Tu as raison, a acquiescé Sadie, frissonnant malgré sa parka. Restons positifs.

– Je vous attendrai dans la perspective Nevski, la grande avenue commerçante, derrière l'Ermitage. Au musée du Chocolat.

– Le musée du...

– Enfin, c'est pas vraiment un musée, plutôt une boutique. Normalement, à cette heure, elle est fermée, mais le proprio m'ouvre toujours sa porte. Il vend des jeux d'échecs, des lions, de tout, mais en chocolat. Même la tête de Lénine !

– Le communiste ? ai-je dit.

– Bravo, génie ! La tête du communiste, comme tu dis, tout en chocolat.

Sadie est intervenue :

– En résumé, on va devoir s'introduire dans un musée gardé par une armée de magiciens, découvrir l'entrée de leur QG, y dérober un dangereux manuscrit et ressortir pendant que toi, tu te gaveras de chocolat ?

Bès a acquiescé d'un air solennel.

– C'est un bon plan. Il a des chances de réussir. Au cas où il arriverait quelque chose et qu'on ne puisse pas se retrouver au musée du Chocolat, notre porte de sortie est le pont égyptien, sur la rivière Fontanka. Vous n'aurez qu'à tourner à...

Sadie lui a coupé la parole :

– Pas la peine. Quoi qu'il arrive, rendez-vous au musée du Chocolat. Et dis bien à ton ami que je veux des échantillons gratuits. Maintenant, file !

Bès lui a adressé un sourire tordu.

– À vos ordres, princesse !

Puis il a rebroussé chemin afin de regagner la voiture.

Je me suis retourné vers la rivière en partie gelée et le palais d'Hiver. Étrangement, Londres ne me paraissait plus aussi déprimante ni dangereuse.

– Je me trompe ou on est dans un sacré pétrin ? ai-je dit.

– À mon avis, « pétrin » est encore trop faible. Bon, qu'est-ce qu'on attend pour s'inviter chez le tsar ?

CARTER

10. Seth joue les potiches

Ça a été un jeu d'enfant de pénétrer dans le musée de l'Ermitage.

Même les systèmes d'alarme dernier cri ne peuvent rien contre la magie. Sadie et moi avons dû unir nos forces pour franchir le périmètre de sécurité, mais avec un peu de concentration, d'encre et de papyrus – et en faisant appel au pouvoir de nos amis Isis et Horus –, on a réussi à emprunter un raccourci à travers la Douât.

Soudain tout est devenu gris et nébuleux autour de nous. J'ai eu l'impression que mon estomac tombait en chute libre, puis je me suis senti déphasé par rapport au monde mortel et j'ai traversé une grille et un mur en pierre pour me retrouver dans le musée.

La section égyptienne était au rez-de-chaussée, comme nous l'avait dit Bès. On a repris pied dans ce monde-ci au milieu d'une salle remplie de sarcophages protégés par des vitrines, de papyrus couverts de hiéroglyphes, de statues représentant des pharaons et des divinités. Les pièces exposées ne différaient pas beaucoup de toutes celles que j'avais pu voir, mais le cadre lui-même était impressionnant : un magnifique plafond voûté se déployait au-dessus de nous, le sol en marbre poli était constitué de losanges noirs et gris qui donnaient la sensation de se déplacer à l'intérieur d'une illusion d'optique. Si le palais comprenait autant de salles que l'avait laissé entendre Bès, il fallait souhaiter que l'entrée du Nome Dix-huit se trouve dans celle-ci. Nous n'avions pas onze jours devant nous. Dans moins de soixante-douze heures, Apophis serait libre. Je ne pouvais me rappeler sans trembler l'énorme œil flamboyant que j'avais aperçu sous les scarabées morts – une source de chaos trop intense pour les pauvres sens humains. Et cette force destructrice menaçait de se répandre bientôt dans notre monde.

Sadie a fait apparaître son bâton et l'a dirigé vers la caméra de surveillance la plus proche. L'objectif s'est fendu avec un bruit sec. Même dans des circonstances normales, la technologie et la magie font mauvais ménage. Il n'y a rien de plus facile que d'endommager un circuit électronique. Il me suffit de regarder un téléphone portable avec insistance pour le faire exploser, et je ne te parle pas des ordinateurs. L'impulsion magique créée par Sadie s'était probablement propagée dans tout le système, court-circuitant chaque caméra et chaque capteur.

Toutefois, il subsistait d'autres outils de surveillance, ceux-ci magiques. J'ai sorti un morceau d'étoffe noire et une paire de figurines en cire grossières de ma sacoche. J'ai enveloppé les deux ouchebtis dans le tissu et prononcé le mot *i'mun*.

Le hiéroglyphe signifiant « cacher » a scintillé sur le tissu durant quelques secondes, puis une masse de ténèbres semblable à un nuage d'encre s'est échappée du paquet pour nous enfermer, Sadie et moi, dans une bulle d'obscurité vaporeuse. Si nous pouvions voir à travers, nous étions invisibles aux regards extérieurs – du moins fallait-il l'espérer.

– Ma parole, tu t'es entraîné ! s'est exclamée Sadie. Tu l'as parfaitement réussi.

J'ai dû rougir. Ce sort d'invisibilité m'avait obsédé pendant des mois, depuis que j'avais vu Zia l'employer.

– En fait, je...

Une étincelle a jailli du nuage telle une fusée miniature.

– Je ne le maîtrise pas encore.

Sadie a soupiré.

– En tout cas, tu as progressé. La dernière fois, ton nuage ressemblait à une lampe à lave. Et celui d'avant sentait l'œuf pourri...

Je l'ai interrompue :

– On ferait bien de se mettre au travail. On commence par où ?

Soudain ma sœur a fixé du regard une des vitrines et s'est dirigée vers celle-ci dans une sorte de transe.

– Sadie ?

À mon tour, je me suis approché. La vitrine contenait une pierre tombale rectangulaire. L'explication qui l'accompagnait était rédigée en russe et en anglais.

J'ai lu à voix haute :

– « Stèle du scribe royal Îpi, employé à la cour de Toutan-khamon. » Qu'est-ce qu'elle a de si intéressant ? Oh ! je vois...

Quel idiot j'étais ! La pierre tombale représentait le scribe défunt en train d'honorer Anubis. Après son entrevue avec le dieu de la mort, ma sœur devait trouver étrange de le voir sur une stèle vieille de trois mille ans, surtout en pagne et avec une tête de chacal.

– Walt t'aime beaucoup.

Honnêtement, je ne sais pas ce qui m'a pris. Ce n'était ni le lieu ni le moment de parler de ça, et je n'étais pas certain de servir les intérêts de Walt en prenant ouvertement son parti. Mais je me sentais fautif envers lui depuis que Bès l'avait éjecté

161

de la limousine. Le pauvre gars avait accouru à Londres pour m'aider à sauver Sadie et, pour le remercier, on l'avait débarqué dans un parc comme un auto-stoppeur encombrant.

J'en voulais un peu à Sadie de le snober et d'avoir craqué pour Anubis, qui avait cinq mille ans de plus qu'elle et n'était même pas humain. En plus, son attitude à l'égard de Walt me rappelait désagréablement la manière dont Zia m'avait traité au début. Et pour être franc, je n'avais pas non plus digéré qu'elle se soit tirée d'affaire toute seule à Londres. Ça peut paraître égoïste, je sais. En tout cas, c'est fou ce qu'une petite sœur fait preuve d'invention quand il s'agit de te pourrir la vie.

– Tu dis n'importe quoi, a répliqué Sadie sans quitter la stèle du regard.

J'ai insisté :

– Laisse-lui au moins une chance. D'accord, il est un peu bizarre en ce moment, mais ça n'a rien à voir avec toi.

– Merci de me rassurer.

– Et puis, je te rappelle qu'Anubis est un dieu. Tu ne t'imagines pas que...

– Carter !

Mon sort de dissimulation devait réagir aux émotions, car une nouvelle étincelle a fusé de notre nuage presque invisible avec un sifflement aigu.

– Si je m'intéresse à cette pierre, a repris Sadie, ce n'est pas à cause d'Anubis.

– Ah bon ?

– Non. Et n'espère pas m'entraîner dans une dispute à propos de Walt. Contrairement à ce que tu as l'air de croire, je ne passe pas mes journées à penser aux garçons.

– Seulement tes nuits, alors ?

Elle a levé les yeux au ciel.

– Regarde la pierre, abruti. Il y a un cadre autour du dessin, comme une fenêtre ou...

– Une porte. On en trouve sur beaucoup de stèles. Une ouverture symbolique, destinée à faciliter la circulation de l'âme du défunt.

Sadie a tracé les contours de la stèle avec sa baguette.

– Ce type, Îpi... C'était un scribe, autrement dit, un magicien. Si ça se trouve, il était des nôtres.

– Quoi ?

– Ça expliquerait le rayonnement de la pierre. Cette porte n'est peut-être pas un simple symbole.

J'ai regardé la stèle plus attentivement, sans voir le rayonnement dont parlait Sadie. Ça devait être la fatigue, ou la potion, qui lui donnait des hallucinations. Puis elle a touché le centre du dessin avec sa baguette et prononcé le mot *sahad* – « ouvrir ».

Un hiéroglyphe doré s'est gravé dans la pierre :

Un cône de lumière a jailli de la pierre tombale comme d'un projecteur, et une porte grandeur nature s'est découpée devant nous, ouverte sur l'image vaporeuse d'une pièce inconnue.

J'ai jeté un regard étonné à Sadie.

– Qu'est-ce qui t'arrive ? Tu n'aurais jamais pu faire ça avant.

Elle a haussé les épaules.

– J'ai treize ans, maintenant. Ça doit être pour ça.

– Mais moi, j'en ai quatorze, et je suis incapable d'un truc pareil !

– Tu sais ce qu'on raconte : les filles sont plus mûres que les garçons.

Je me suis tu, furieux. Mon anniversaire tombant en juin,

tous les ans, pendant trois mois, Sadie prétendait que nous n'avions qu'un an de différence et me traitait avec condescendance, comme si elle allait finir par me rattraper, voire me dépasser. Un vrai cauchemar.

Elle m'a indiqué la porte :

– Après vous, cher frère... Je devrais dire, cher nuage de paillettes.

J'ai franchi le seuil avant de m'énerver.

J'ai failli me casser le nez sur un miroir accroché à un mètre cinquante du sol. J'avais pris pied sur un manteau de cheminée. Sadie a traversé à son tour, et je l'ai rattrapée juste avant qu'elle ne tombe dans le vide.

– Pfff ! Il y en a qui ont trop lu *De l'autre côté du miroir*, a-t-elle remarqué.

La salle égyptienne que j'avais trouvée si impressionnante n'était rien comparée à celle-ci. Des formes géométriques cuivrées étincelaient au plafond. Des colonnes vert sombre et des portes dorées se succédaient le long des murs. Des incrustations de marbre et d'or dessinaient un vaste motif octogonal au sol. À la lumière de l'immense lustre, les couleurs et les dorures brillaient d'un éclat éblouissant.

J'ai soudain compris que cette clarté presque aveuglante provenait en partie d'un magicien en action à une extrémité de la pièce. Il nous tournait le dos, mais j'ai deviné qu'il s'agissait de Vlad Menchikov. L'homme était tel que l'avait décrit Sadie, petit, replet, avec des cheveux gris bouclés et un costume blanc. Debout dans un cercle incandescent vert émeraude, il brandissait un bâton dont la pointe crachait des flammes – on aurait dit un chalumeau. À sa droite, hors du cercle, était posé un vase vert aussi haut qu'un homme. À sa gauche, un démon enchaîné se tordait de rage et de désespoir.

Son corps velu, à la peau violacée, était vaguement humain, mais un tire-bouchon géant lui tenait lieu de tête.

– Pitié ! a-t-il hurlé d'une voix qui résonnait étrangement.

Ne me demande pas comment un démon à tête de tire-bouchon peut émettre des sons articulés. Tout ce que je sais, c'est que la tige métallique dressée entre ses épaules vibrait comme un diapason.

Vlad Menchikov a continué à psalmodier. La lumière tremblotait à travers les flancs du vase vert.

Sadie m'a poussé du coude :

– Tu as vu ?

– Ouais. Un rituel d'invocation.

– Je te parle pas de ça. Regarde à droite !

Dans l'angle de la pièce, à environ cinq mètres de la cheminée, se trouvait un bureau en acajou de style ancien.

Anubis avait dit à ma sœur que Menchikov conservait la deuxième partie du *Livre de Rê* dans un tiroir de son bureau. Pouvait-il s'agir de celui-ci ? Ça paraissait trop facile. Une fois descendus de la cheminée, Sadie et moi nous sommes glissés le long du mur en nous efforçant de ne pas faire de bruit et en priant pour que notre nuage n'émette pas d'étincelles.

On avait parcouru la moitié de la distance qui nous séparait du bureau quand Menchikov s'est tu. Il a frappé le sol de son bâton qui est resté dressé, sa pointe dégageant une chaleur intense. Puis il a légèrement tourné la tête, et les verres de ses lunettes ont réfléchi la lumière. Il s'est mis à fouiller dans ses poches tandis que le démon hurlait et se débattait.

– Du calme, Tchin-Tchin, a dit Menchikov avec la voix d'un gros fumeur parlant à travers les pales d'un ventilateur. Je n'ai rien contre toi, mais comme tu le sais, il faut procéder à un sacrifice avant d'invoquer un dieu majeur.

Sadie m'a lancé un regard interrogateur. La Maison de vie interdisait aux mortels d'invoquer les dieux. De quel droit

Menchikov – le meilleur copain de Desjardins, à ce qu'il paraissait – enfreignait-il cette règle capitale ?

– Ça fait mal, a gémi le démon. Pitié, maître... Je vous ai servi loyalement pendant cinquante ans !

– Je sais, a repris Menchikov sans la moindre trace de compassion. Mais je n'ai pas le choix. Seule l'exécration, la méthode de bannissement la plus douloureuse, produit suffisamment d'énergie.

Tout en parlant, Menchikov avait sorti de sa poche un véritable tire-bouchon et un éclat de poterie couvert de hiéroglyphes rouges. Brandissant l'un et l'autre, il a scandé :

– Je te nomme Tchin-Tchin, serviteur de Vladimir, Qui s'enfonce dans la nuit...

À l'énoncé de son nom, les chaînes magiques qui entravaient le démon se sont resserrées. Menchikov a exposé le tire-bouchon à la flamme de son bâton. Le métal a lentement viré au rouge tandis que de la fumée se dégageait des chaînes et du corps du démon martyrisé.

Pétrifié d'horreur, je ne pouvais détacher mon regard de ce spectacle. La magie affinitaire fonctionne selon le même principe que les poupées vaudoues : un objet de petite taille exerce une action sur un autre de grande taille grâce au lien magique qui les unit. Plus les deux objets se ressemblent – comme le tire-bouchon et le démon –, plus on les lie facilement. Mais l'exécration, c'est le niveau au-dessus. Il s'agit de détruire complètement une créature, d'effacer sa forme physique et jusqu'à son nom de la surface de la terre. La moindre erreur risque d'être fatale au magicien qui a recours à ce sort. Mais s'il l'exécute correctement, sa cible, qu'elle soit simple mortel, spectre ou même démon, n'a aucune chance. Si l'exécration n'a pas le pouvoir d'anéantir un dieu, elle a sur lui l'effet d'une explosion nucléaire et l'expédie si profondément dans la Douât qu'il n'est pas assuré d'en revenir.

À voir l'aisance dont il faisait preuve, on aurait dit que Vlad Menchikov s'adonnait quotidiennement à cet exercice. Pendant qu'il récitait la formule, le tire-bouchon s'est mis à fondre, de même que le démon. Pour finir, il a laissé tomber le morceau de poterie récapitulant les différents noms de sa victime et l'a broyé sous son talon. Tchin-Tchin s'est désintégré, chaînes comprises.

Je n'ai pas pour habitude de m'apitoyer sur les entités infernales, toutefois mon cœur s'est serré. Avec quelle désinvolture Menchikov avait sacrifié un de ses serviteurs !

Le démon disparu, le bâton de Menchikov s'est aussitôt éteint. Les hiéroglyphes entourant le cercle protecteur ont flamboyé, l'énorme vase a tremblé tandis qu'une voix caverneuse s'en échappait :

– Bonsoir, Vladimir. Il y avait longtemps.

Sadie a respiré bruyamment. J'ai plaqué une main sur sa bouche pour l'empêcher de crier. Elle et moi ne connaissions que trop bien cette voix.

– Seth, il faut qu'on parle.

Menchikov n'accusait aucune fatigue après l'effort qu'il venait de fournir, et il manifestait un aplomb terrifiant face au dieu du mal.

– Il a perdu la tête ? a murmuré Sadie, écartant ma main.

– Bureau, papyrus, lui ai-je répondu, et salut la compagnie !

Pour une fois, elle n'a pas discuté et a entrepris de déballer son matériel.

Le vase vert a vacillé comme si Seth s'efforçait de le renverser.

– De la malachite ? a dit le dieu avec une pointe de déception. Et moi qui te prenais pour un ami, Vladimir !

Le rire de Menchikov évoquait les râles d'agonie d'un chat étranglé.

– Très efficace pour arrêter les esprits malfaisants, a-t-il gloussé. Aucun endroit au monde ne contient autant de malachite que cette pièce. L'impératrice Alexandra a été bien avisée d'en faire son salon.

– Mais ça sent la ferraille là-dedans, et il y fait beaucoup trop froid ! As-tu déjà été enfermé dans un vase en malachite, Vlad ? Je ne suis pas un génie. Crois-moi, je me montrerais beaucoup plus loquace si nous bavardions en tête à tête, autour d'une tasse de thé.

– Je crains que ce ne soit pas possible. Maintenant, tu vas me faire le plaisir de répondre à quelques questions...

– À ta guise. Je vois le Brésil gagner la prochaine Coupe du monde de football, je te conseille d'investir dans le platine et les petites entreprises, et tes numéros porte-bonheur sont le 2, le 13...

– Pas ce genre de questions !

Entre-temps, Sadie avait sorti un bloc de cire de sa sacoche et s'appliquait à façonner une forme vaguement animale. J'ai deviné qu'elle s'apprêtait à évaluer les défenses du bureau. Elle était meilleure que moi pour ce genre de choses, toutefois je me demandais comment elle comptait procéder. En magie égyptienne, il existe mille manières différentes d'accomplir une tâche. Le truc, c'est d'être créatif avec le matériel dont on dispose et de ne pas se faire tuer.

– Tu vas me dire ce que j'ai besoin de savoir, a ordonné Menchikov, ou ce vase va bientôt devenir encore plus inconfortable.

– Cher Vladimir, lui a rétorqué Seth avec une joie maligne, ce que tu as besoin de savoir n'est pas nécessairement ce que tu désires entendre. Ton accident ne t'a pas enseigné cela ?

Menchikov a porté la main à ses lunettes, comme pour s'assurer qu'elles n'étaient pas tombées.

– Tu vas me dire comment libérer Apophis, a-t-il repris d'un ton glacial, puis comment neutraliser les défenses de la maison Kane, à Brooklyn. Tu connais son système de sécurité mieux que quiconque. Une fois Amos Kane éliminé, plus personne ne se dressera sur ma route.

Il m'a fallu quelques secondes pour saisir le sens de ses paroles. Alors, une vague de fureur m'a submergé, et, cette fois, c'est Sadie qui a dû mettre une main sur ma bouche.

– Calme-toi, m'a-t-elle murmuré, ou tu vas encore provoquer des étincelles !

J'ai protesté :

– Mais il a l'intention de libérer Apophis !

– Je sais.

– Et il va s'en prendre à Amos...

– J'ai entendu. C'est pourquoi tu vas m'aider à récupérer ce fichu papyrus avant de filer d'ici.

Elle a posé la figurine en cire – j'ai cru reconnaître un chien – sur le bureau et tracé des hiéroglyphes sur son dos à l'aide d'un calame.

J'ai pris une inspiration tremblante. Sadie avait raison, et pourtant... Menchikov s'apprêtait à passer un marché avec Seth. Aucun magicien n'aurait fait une chose pareille. Sauf nous deux, mais c'était différent.

Le rire de Seth a résonné à l'intérieur du vase.

– C'est tout ce que tu veux savoir, Vladimir ? Je me demande comment réagirait ton maître, Desjardins, s'il apprenait ton véritable projet et le genre d'amitiés que tu cultives.

Menchikov a saisi son bâton d'un geste vif. De nouveau, la tête de serpent sculptée a craché des flammes.

– Tu oses me menacer, Jour Funeste ?

Le vase a tremblé, de même que les vitrines tout autour de la salle. Le lustre s'est mis à cliqueter tel un carillon à vent de trois tonnes.

J'ai jeté un regard paniqué à Sadie, toujours occupée à graver des hiéroglyphes dans la cire.

– Je rêve ou il vient de prononcer...

– Le nom secret de Seth, oui.

– Mais comment...

– J'en sais rien, Carter. Maintenant, chut !

Il est pratiquement impossible de découvrir le nom secret d'un dieu. Pour pouvoir s'en servir contre lui, il faut l'entendre de sa bouche même, ou de la personne la plus proche de lui. Sadie avait appris celui de Seth lors de notre précédente aventure, quelques mois plus tôt, mais comment Menchikov le connaissait-il ?

– Je déteste ce nom, a grondé Seth. J'aurais pu m'appeler Jour de Gloire, ou Masque de la Mort Rouge... Ça sonne bien, non ? Ce n'était déjà pas drôle quand tu étais le seul à le connaître, Vlad, mais maintenant, j'ai aussi la gamine Kane sur le dos.

– Range-toi dans notre camp, et tu n'auras plus rien à craindre des Kane. Tu deviendras le lieutenant d'Apophis. Tu pourras construire un nouveau temple, encore plus somptueux que ta pyramide rouge.

– Au cas où tu ne l'aurais pas remarqué, je n'aime pas beaucoup jouer les seconds rôles. Quant à Apophis, il n'est pas du genre à partager la vedette.

– Avec ou sans toi, Apophis retrouvera la liberté au plus tard le jour de l'équinoxe. Mais si tu nous aides à accélérer le processus, tu seras récompensé. Ton seul autre choix est l'exécration. Oh, je me doute que ça ne suffira pas à te détruire. Mais ton nom secret me donne le pouvoir de te précipiter dans l'abîme pour plusieurs millénaires. Crois-moi, c'est extrêmement douloureux. Tu as trente secondes pour te décider.

– Grouille-toi, ai-je soufflé à Sadie.

Elle a donné une tape sur la tête du chien en cire, qui s'est mis à renifler le bureau.

Seth a soupiré.

– Comment décliner une offre aussi généreuse ? Tu veux savoir comment libérer Apophis ? J'étais présent le jour où Rê l'a enfermé dans sa prison de scarabées. Je devrais pouvoir retrouver les ingrédients qu'il a employés. Quel souvenir ! Il me semble que j'étais vêtu de rouge, et pour célébrer sa victoire, Rê nous a fait servir de succulentes sauterelles au miel...

– Il te reste dix secondes.

– C'est bon, j'accepte de coopérer ! J'espère que tu as du papier et un stylo sous la main. La liste des ingrédients est longue. Voyons, quelle était la base de la formule, déjà ? Des crottes de chauve-souris ? Il y avait aussi des crapauds séchés, bien sûr, et...

Le chien en cire reniflait toujours le bureau. Pour finir, il s'est couché sur le buvard et s'est aussitôt endormi.

Sadie m'a lancé un regard perplexe.

– Aucun piège, a-t-elle dit.

– Trop facile...

Elle a ouvert le tiroir du haut. Il contenait un rouleau de papyrus identique à celui qu'on avait récupéré au musée de Brooklyn. Sadie l'a glissé dans sa sacoche.

On a rebroussé chemin en direction de la cheminée tandis que Seth continuait à énumérer les ingrédients :

– ... Des mues de serpent. Trois, avec un soupçon de sauce piquante...

Soudain il s'est tu, comme s'il avait eu une révélation, puis il a repris d'une voix plus forte :

– Et une victime à sacrifier... Un gamin idiot, incapable d'exécuter correctement un sort d'invisibilité, tel Carter Kane ici présent !

Je me suis figé. Quand Vlad Menchikov s'est retourné, j'ai paniqué. Une demi-douzaine d'étincelles ont jailli du nuage, qui s'est dissipé.

– Comme c'est aimable à vous de vous être jetés dans la gueule du loup ! a exulté Menchikov. Bien joué, Seth.

– Ah ? a fait celui-ci d'un ton innocent. Nous avons des visiteurs ?

– Seth ! a grondé Sadie. Tu as intérêt à m'aider, si tu ne veux pas que je te botte le bâ !

– Sadie Kane ? En voilà une surprise ! Quel dommage que je sois coincé à l'intérieur de ce vase...

La ficelle était un peu grosse. Il ne croyait quand même pas qu'on allait le libérer alors qu'il venait de nous trahir ?

Sadie s'est tournée vers Menchikov, brandissant sa baguette et son bâton.

– Vous travaillez pour Apophis, donc vous êtes dans le mauvais camp.

Menchikov a retiré ses lunettes, révélant deux cratères bordés de cicatrices boursouflées au fond desquels luisaient deux globes laiteux – pardon pour la description. Et encore, je te passe les détails les plus atroces.

– Le mauvais camp ? Mon petit, tu n'as aucune idée des puissances en jeu. Il y a cinq mille ans, des prêtres égyptiens ont prédit qu'Apophis engloutirait Rê quand il serait vieux et fatigué, plongeant le monde dans les ténèbres. Ce temps est venu. Le seul choix qui s'offre à toi, c'est d'être détruite ou de t'incliner devant le pouvoir infini du chaos.

– Bien dit, a approuvé Seth. Si *quelqu'un* voulait bien me laisser sortir de ce maudit vase, je pourrais choisir mon camp, moi aussi...

– Silence ! a aboyé Menchikov. Personne ici n'est assez stupide pour te faire confiance, Seth. Quant à vous deux, à l'évidence, vous êtes moins dangereux que je ne l'imaginais...

– C'est vrai, ai-je approuvé. On peut partir, alors ?

Menchikov a éclaté de rire.

– Si vous alliez trouver Desjardins pour lui répéter ce que vous avez entendu, il ne vous croirait pas. Il vous jugerait et vous ferait exécuter. Je vais vous épargner cette honte en vous tuant moi-même.

– Chic ! s'est écrié Seth. J'aimerais bien voir ça. Malheureusement, je suis coincé ici...

J'ai tenté de réfléchir. Menchikov se trouvait toujours à l'intérieur du cercle, ce qui lui procurait un énorme avantage défensif. Je n'étais pas certain que mon avatar guerrier puisse traverser son champ de protection, et le temps que j'invoque celui-ci, il aurait tout loisir d'expérimenter différentes manières de nous détruire – nous faire exploser, par exemple, ou nous changer en insectes.

Soudain il a jeté son bâton par terre. En d'autres circonstances, ce geste aurait pu passer pour un aveu de défaite. Mais en magie égyptienne, il voulait dire : « Je vais faire apparaître un truc très moche et très féroce qui va vous mettre en pièces pendant que je rigolerai doucement, bien tranquille dans mon cercle. »

Le bâton s'est allongé et a commencé à onduler sur le sol.

Génial, ai-je pensé. *Encore un serpent.*

Mais la créature, de la taille approximative d'un cheval de trait, était dotée d'une tête de crotale à chaque extrémité. Je pensais que la chance avait tourné, et que Menchikov avait invoqué un monstre affligé d'une anomalie génétique rare, quand il lui a poussé quatre pattes de dragon. Son corps en forme de U était couvert d'écailles rouges et vertes. Il me rappelait Pousse-moi, Tire-moi, le lama à deux têtes dans *L'Extravagant Docteur Dolittle*. Sauf que le bon docteur n'aurait jamais adressé la parole à cette horreur, et même s'il l'avait fait, elle lui aurait probablement répondu : « Salut, je vais te manger. »

Les deux têtes ont pivoté vers nous en sifflant.

– J'ai eu mon quota de serpents pour la semaine, ai-je soupiré.

Menchikov a souri.

– Malheureusement, les serpents sont ma spécialité, Carter Kane.

Il a porté la main au pendentif en forme de reptile qui reposait sur sa cravate.

– Et cette créature, le tjesu heru, est ma préférée. D'un côté, deux bouches affamées à nourrir, et de l'autre, deux gamins insupportables... Parfait !

Sadie et moi avons échangé un regard. Dans des moments semblables, chacun pouvait lire en l'autre comme dans un livre ouvert. Elle et moi savions que nous ne pourrions pas vaincre Menchikov. Il nous laisserait user nos forces contre Pousse-moi, Tire-moi, et si ça ne suffisait pas, il trouverait autre chose. Il finirait de toute manière par nous tuer ou nous capturer, et Bès nous avait recommandé de ne pas nous faire prendre vivants. Je considérais ses avertissements d'autant plus sérieusement depuis que j'avais assisté à la mort de Tchin-Tchin.

Si nous voulions survivre, nous allions devoir commettre un acte fou, suicidaire, qui prendrait Menchikov complètement au dépourvu.

– Tu crois que..., a commencé Sadie.

– Vas-y.

Le tjesu heru a dévoilé ses crocs dégoulinants de venin avant de foncer têtes baissées vers nous, tel un fer à cheval géant.

J'ai brandi mon épée, mais Sadie a été plus rapide. Pointant son bâton vers le vase en malachite, elle a crié « *Ha-di* ! » – « détruire », son mot égyptien préféré.

J'ai eu peur que ça ne marche pas – elle n'avait pas tenté ce sort depuis qu'elle s'était séparée d'Isis – mais juste comme le monstre allait se jeter sur moi, le vase a volé en éclats.

– *Niet* ! a hurlé Menchikov.

Un souffle brûlant nous a plaqués contre la cheminée tandis qu'un mur de sable rouge projetait le tjesu heru contre une colonne. Expulsé de son cercle protecteur, Vlad Menchikov s'est assommé contre une table avant d'être enseveli sous le sable.

Quand la tempête s'est apaisée, un homme vêtu d'un costume en soie rouge se tenait devant nous. Avec sa peau écarlate, son crâne rasé, son bouc noir, ses yeux étincelants bordés de khôl, on aurait dit un démon égyptien venu s'encanailler en ville.

Il a esquissé un sourire ironique et salué comme un comédien au moment des rappels.

– Ah ! j'aime mieux ça. Merci, Sadie Kane.

Le tjesu heru s'agitait furieusement, tentant de se relever, et le tas de sable rouge qui recouvrait Vlad Menchikov s'est mis à bouger.

– Fais quelque chose, Jour Funeste ! a ordonné Sadie.

Seth a grimacé.

– Je t'en prie, ne sois pas grossière. Tu sais que j'ai horreur de ce nom...

– Tu préférerais qu'on t'appelle Masque de la Mort Rouge ? ai-je répliqué.

– Et pourquoi pas ? Ça le fait, non ?

Entre-temps, le tjesu heru s'était remis sur pied. Il a fixé ses quatre yeux sur nous, ignorant Seth, qui l'avait pourtant balancé contre une colonne.

– Un magnifique spécimen, a commenté le dieu du mal. Vous avez vu ces couleurs ?

– Contente-toi de le tuer ! ai-je hurlé.

Seth a paru choqué.

– Impossible ! J'aime trop les serpents pour ça. Et puis, le SISTEM ne me le pardonnerait pas.

– Quel système ?

– Le Syndicat des immortels sensibles au traitement éthique des monstres.

– Tu viens de l'inventer !

Seth a souri.

– Je crains que vous ne deviez vous débrouiller seuls avec notre ami à deux têtes.

Le monstre a émis un sifflement approbateur tandis que je levais mon épée pour le tenir à distance.

Soudain un visage à l'expression ahurie a émergé du sable : Menchikov était revenu à lui. D'un claquement de doigts, Seth a fait apparaître un grand pot en terre cuite qui s'est fracassé sur son crâne. Menchikov est retombé.

– Je vais rester ici et occuper Vladimir, a annoncé le seigneur rouge.

– Tu ne pourrais pas l'exécrer, ou un truc dans le genre ? a demandé Sadie.

– Hélas ! Je ne peux pas grand-chose contre un magicien qui connaît mon nom secret... surtout s'il m'a expressément défendu de le tuer, a-t-il ajouté en lançant un regard accusateur à Sadie. Je devrais pouvoir le retarder quelques minutes, mais il va être furieux quand il se réveillera. Aussi, à votre place, je ne traînerais pas dans les parages. Bonne chance à tous les deux ! Et bon appétit à toi, tjesu heru.

J'aurais voulu l'étrangler, mais on avait un problème plus urgent. Comme s'il n'avait attendu que les encouragements de Seth, le monstre s'est rué sur nous, et on a couru vers la porte la plus proche.

L'écho du rire de Seth a accompagné notre fuite le long des couloirs du palais d'Hiver.

SADIE

11. *Carter se conduit comme un idiot (ce qui n'étonnera personne)*

Crois-moi, Carter, je comprends.

Pas étonnant que tu me laisses raconter ce qui suit : ça n'était déjà pas drôle pour moi, mais pour toi... À ta place, je ne voudrais pas non plus en parler.

Donc, imagine-nous en train de courir sur des sols en marbre polis pas prévus pour ça. Derrière nous, le monstre à deux têtes faisait des glissades et se cognait au mur chaque fois qu'il devait changer de direction, un peu comme Muffin quand mamie passait la serpillière. C'est uniquement pour ça qu'il ne nous a pas rattrapés tout de suite.

Comme on s'était téléportés jusqu'au salon de malachite, j'ignorais où se trouvait l'issue la plus proche. Je n'étais même pas certaine que le QG de Menchikov fût bien à l'intérieur du palais d'Hiver et non d'un fac-similé n'existant que dans la Douât. Je commençais à penser qu'on n'en sortirait jamais quand, après avoir tourné le coin d'un mur, on a vu au pied d'un escalier des portes en verre et en métal donnant sur la place du palais.

Le tjesu heru a dévalé l'escalier derrière nous, brisant la statue en plâtre de quelque infortuné tsar.

On n'était plus qu'à une dizaine de mètres des portes quand j'ai aperçu les chaînes qui les fermaient.

– Carter..., ai-je gémi, désignant le cadenas d'un geste impuissant.

Je peux bien te l'avouer, j'étais épuisée. J'avais employé mes dernières forces à délivrer Seth, ce qui prouve, s'il en était besoin, qu'on ne peut résoudre tous ses problèmes avec la magie. Prononcer le mot divin qui m'avait permis de briser le vase avait exigé une telle dépense d'énergie que j'avais l'impression d'avoir creusé un tunnel jusqu'au noyau du Soleil. Il aurait été moins fatigant de lui jeter une pierre. Je me suis promis de glisser quelques cailloux dans ma sacoche, si toutefois je survivais.

À trois mètres de la porte, Carter a brusquement lancé le bras en avant comme pour lui décocher un coup de poing. L'Œil d'Horus s'est gravé sur le cadenas, et les portes se sont ouvertes. Je n'avais pas vu mon frère aussi en forme depuis notre combat contre Seth, au sommet de la pyramide rouge, mais je n'avais pas le temps de m'extasier. On a débouché sur la place battue par le vent, le tjesu heru sur nos talons.

Crois-le ou non, mais ma première pensée a été : *Trop facile !*

Malgré le monstre et la trahison de Seth – celui-là, un jour, je lui ferai sa fête ! –, je m'étonnais qu'on n'ait pas rencontré plus de difficultés pour s'introduire dans le sanctuaire de Menchikov et y dérober le papyrus. Pas les moindres pièges, alarmes ou bourricots explosifs. À se demander si on avait volé le bon manuscrit... Pourtant, j'avais ressenti des picotements dans les doigts quand je l'avais saisi, comme avec le premier – mais cette fois, heureusement, il n'y avait pas eu de flammes. S'il était authentique, pourquoi n'était-il pas mieux protégé ?

J'étais tellement fatiguée que j'ai laissé Carter me distancer. C'est sans doute ce qui m'a sauvé la vie. Soudain j'ai perçu au-dessus de moi la présence d'une ombre qui a fait resurgir le souvenir des ailes de Nekhbet. En levant les yeux, j'ai vu le tjesu heru bondir au-dessus de ma tête. Apparemment, il avait calculé son élan de manière à atterrir...

J'ai hurlé :

– Carter, stop !

Pas évident de s'arrêter sur des pavés verglacés. J'ai fait une glissade avant de m'immobiliser, mais Carter allait trop vite. Il est tombé sur les fesses, lâchant son épée qui a ricoché sur le sol.

Le tjesu heru est retombé sur lui, heureusement sans l'écraser. Son corps en forme de U s'incurvait autour de mon frère, ses deux têtes au regard féroce penchées au-dessus de lui.

Comment une créature de cette taille pouvait-elle se montrer aussi agile ? Trop tard, je me suis rendu compte que nous aurions dû rester à l'intérieur, où le monstre était gêné dans ses déplacements. Dehors, nous n'avions aucune chance de lui échapper.

– Surtout, ne bouge pas ! ai-je dit à Carter.

De la vapeur s'élevait des pavés glacés, là où s'égouttait le venin du monstre.

Ne trouvant pas de pierre, j'ai ramassé un bloc de glace et l'ai lancé vers le tjesu heru. Naturellement, il a atteint le dos de Carter. Mais le monstre a tourné vers moi ses têtes jumelles aux langues frétillantes. Au moins, j'avais réussi à attirer son attention, ce qui constituait la première étape de mon plan.

Étape deux : trouver un moyen de l'éloigner de Carter, ce qui était nettement moins facile.

J'avais employé mon unique potion et perdu une grande partie de mon matériel de magie. Dans mon état d'épuisement, ni mon bâton ni ma baguette ne me seraient très utiles. Alors ? Le couteau d'Anubis ? Je doutais que le moment soit venu d'ouvrir la bouche de quelqu'un. L'amulette de Walt ? J'ignorais comment m'en servir.

Pour la millième fois au moins, j'ai regretté de m'être séparée d'Isis. Dans de telles circonstances, tout l'arsenal magique d'une déesse n'aurait pas été de trop. Seulement, cette puissance provoquait une ivresse qui pouvait entraîner une dangereuse accoutumance, et même la mort. C'était pour cette raison que j'y avais renoncé.

Mais peut-être pouvais-je rétablir un lien partiel avec elle ? Dans le salon de malachite, j'avais exécuté un sort de destruction avec succès, pour la première fois depuis des mois. Cela m'avait coûté une partie de mes forces, certes, mais j'y étais arrivée.

Isis ? J'aurais besoin...

La voix de la déesse a aussitôt retenti dans mon esprit, me causant un choc :

Arrête de penser, Sadie ! La magie divine doit être aussi naturelle et instinctive que la respiration.

Arrêter de penser... Ça ne devait pas être trop difficile. J'ai levé mon bâton, et un nœud d'Isis doré d'un mètre de haut a surgi du vide, illuminant la place tel un sapin de Noël.

Avec un grondement sourd, le tjesu heru a fixé le tyet de ses yeux jaunes.

– Le symbole d'Isis, espèce d'affreux, lui ai-je dit. T'aimes pas ça, hein ? Alors, laisse mon frère tranquille !

Je bluffais, bien sûr. Je doutais que le tyet scintillant puisse faire beaucoup de mal au monstre, mais j'espérais que celui-ci fût trop bête pour le savoir.

Lentement, Carter a reculé. Il a jeté un coup d'œil à son épée, mais elle se trouvait à une dizaine de mètres, hors d'atteinte.

Sans quitter le monstre des yeux, j'ai entrepris de tracer avec mon bâton un cercle dans la neige autour de moi. Il n'offrirait qu'une faible protection, mais c'était toujours mieux que rien.

– Carter, quand je te le dirai, tu viendras me rejoindre ici.

– Cette chose est trop rapide !

– Je vais tenter de l'aveugler en faisant exploser le tyet.

Je maintiens que mon plan aurait fonctionné. Malheureusement, je n'ai pas eu l'occasion de le mettre en pratique. Un bruit de pas s'est élevé sur ma gauche – de lourdes bottes qui faisaient craquer la glace – puis un jeune type est apparu dans la lumière du tyet. Coiffé d'un bonnet portant un insigne policier, il paraissait à peine plus âgé que moi et flottait dans son épais manteau en laine. Ses yeux se sont agrandis à la vue du monstre, et il a failli lâcher son arme.

Il m'a crié quelque chose en russe – « Pourquoi ce truc a-t-il une seconde tête à la place de l'arrière-train ? », je suppose – tandis que le tjesu heru dardait une langue frétillante vers chacun de nous.

– C'est un monstre, ai-je expliqué au jeune flic, même s'il y avait peu de chances pour qu'il me comprenne. Surtout, restez calme et ne tirez pas. J'essaie de sauver mon frère.

Le jeune type a dégluti. Il avait de grandes oreilles qui retenaient son bonnet. Son regard est passé du monstre à Carter au tyet qui brillait au-dessus de moi, puis il a fait quelque chose de complètement inattendu : il a prononcé un mot en égyptien ancien – *Heqat* –, et son fusil s'est transformé en un bâton en chêne de deux mètres coiffé d'une tête de faucon sculptée.

Génial, ai-je pensé. *Un magicien camouflé en garde !*

Il m'a adressé ce qui avait tout l'air d'un avertissement en russe. J'ai capté le nom de Menchikov au vol.

– Laisse-moi deviner, ai-je soupiré : tu veux me conduire à ton chef.

Le tjesu heru a fait claquer ses mâchoires. La crainte que lui inspirait le tyet commençait à s'estomper, et Carter était encore trop près de lui pour tenter de fuir.

– Écoute, ai-je dit au jeune magicien, ton boss, Menchikov, est un traître. Il a voulu nous éliminer pour nous empêcher de révéler ses projets d'alliance avec Apophis. *Apophis*, tu piges ? Serpent méchant. Très méchant ! Maintenant, soit tu m'aides à tuer ce monstre, soit tu restes en dehors !

Le jeune type a hésité.

– Kane, a-t-il dit en pointant un doigt vers moi.

– C'est ça, ai-je acquiescé. Kane.

La crainte, l'incrédulité, peut-être l'admiration, se sont peintes sur le visage du garçon. J'ignore ce qu'il avait entendu à notre sujet, mais avant qu'il ait pu prendre une décision, la situation est devenue incontrôlable.

Le tjesu heru s'est élancé. Au lieu de fuir, mon frère – l'abruti ! – a noué ses bras autour du cou d'une des têtes du monstre et tenté de grimper sur son dos.

Qu'est-ce qu'il voulait prouver, hein ? Qu'il était un champion de rodéo ? Ou alors, il essayait juste de gagner quelques secondes pour me laisser le temps de préparer un sort. Si tu lui poses la question, je te parie qu'il prétendra n'avoir aucun souvenir de cet épisode. Mais si tu veux mon avis, cette tête de mule avait l'intention de se sacrifier pour me sauver. Quel culot !

(Tiens donc ! Je croyais que t'avais tout oublié. Maintenant, tais-toi et laisse-moi raconter.)

La seconde tête du tjesu heru a fondu sur Carter, et le temps a paru ralentir. Je me rappelle avoir abattu mon bâton sur le monstre en hurlant. Le jeune magicien a crié quelque chose en russe. Les crocs de la créature se sont enfoncés dans l'épaule gauche de Carter, qui s'est effondré.

Oubliant le cercle protecteur, je courais vers lui quand mon bâton s'est brusquement éclairé. Je ne sais pas où j'avais puisé l'énergie nécessaire. J'avais juste arrêté de penser, comme me l'avait soufflé Isis, et concentré toute ma colère dans le bâton. J'avais vu mes grands-parents possédés, mes amies menacées, et on m'avait pourri mon anniversaire. Mais personne n'avait le droit de toucher à mon frère.

J'ai décoché au tjesu heru un éclair doré qui l'a pulvérisé, ne laissant sur la neige qu'une traînée de sable et les débris du bâton de Menchikov.

182

Je me suis précipitée vers Carter. Il grelottait, les yeux révulsés, et de la fumée s'échappait des trous que les crocs du monstre avaient laissés dans son manteau.

– Kane, a murmuré le jeune Russe avec une note de respect.

– C'est ton boss qui a fait ça, ai-je dit en lui montrant un éclat de bois que je venais de ramasser. Il travaille pour Apophis. Menchikov, Apophis. Maintenant, laisse-nous !

Il ne comprenait peut-être pas mes paroles, mais il a saisi le message. Il a tourné les talons et a filé sans demander son reste.

J'ai soulevé avec précaution la tête de Carter. Je ne pouvais pas le porter seule, et pourtant, il fallait que je l'emmène. On était en territoire ennemi, et je devais retrouver Bès.

Je tentais de le relever quand quelqu'un a attrapé son autre bras et m'a aidée à le mettre debout. Seth m'a adressé un sourire radieux. Son ridicule costume rouge était saupoudré de poussière de malachite, et il portait les lunettes cassées de Menchikov sur son front.

– Toi ! ai-je craché, trop furieuse pour articuler des menaces.

– Eh oui ! a-t-il acquiescé d'un ton joyeux. Je suggère que nous ne traînions pas. Vladimir est de très mauvaise humeur.

En d'autres circonstances, j'aurais adoré faire du lèche-vitrines sur la perspective Nevski, mais pas au petit matin, en pleine tempête de neige, avec mon frère comateux sur les bras. Les trottoirs larges, bordés d'un nombre étourdissant de boutiques de luxe, cafés, églises et hôtels particuliers, incitaient à flâner. Toutes les enseignes étant en russe, je me demandais comment j'allais trouver le musée du Chocolat. La Mercedes de Bès n'était nulle part en vue.

Seth avait proposé de porter Carter, mais comme il n'était pas question de le lui confier, nous le traînions entre nous. Le dieu du mal bavardait sans relâche, se complaisant dans la description des effets du venin du tjesu heru – « Garanti incurable ! La mort survient au bout de douze heures » –, de son empoignade avec Menchikov – « Je lui ai cassé six vases sur la tête. On peut dire qu'il a le crâne solide ! » – et spéculant sur mes chances de survie – « Tu es fichue, mon petit ! Une douzaine de magiciens chevronnés accouraient pour secourir leur maître quand j'ai opéré une retraite stratégique. Il ne leur faudra pas longtemps pour te retrouver. J'aurais pu les tuer, bien sûr, mais je ne voulais pas prendre le risque que Vladimir utilise de nouveau mon nom secret. Avec un peu de chance, les coups l'auront rendu amnésique. Et si en plus tu meurs, tous mes problèmes seront résolus. Pardon d'être aussi brutal. Allons, pressons le pas ! »

La tête de Carter ballottait, et sa respiration sifflait presque autant que celle de Vlad l'inhalateur.

Je te rassure, je n'avais pas oublié la figurine en cire que m'avait donnée Jaz – je ne suis pas complètement idiote. J'ignore comment elle avait su que mon frère aurait besoin de soins, mais je n'allais pas m'en plaindre. Il se pouvait que la figurine combatte le venin, en dépit des affirmations de Seth. Qu'est-ce que le dieu du mal connaissait à l'art des guérisseurs, d'abord ?

Le problème, c'est que j'étais à peu près aussi ignare que lui. Il allait me falloir du temps pour découvrir comment utiliser la figurine, et comme je n'en avais qu'une, je ne pouvais me permettre la moindre erreur. Pour ne rien arranger, j'avais les sbires de Menchikov à mes trousses et je répugnais à baisser ma garde tant que Seth serait dans les parages. Son soudain empressement à m'aider me paraissait suspect, et il me tardait d'être débarrassée de lui. Tout ce que je voulais, c'était retrouver Bès et gagner un endroit sûr, si toutefois il en existait.

Seth évoquait avec gourmandise toutes les manières dont les magiciens de Menchikov pourraient me tuer une fois qu'ils m'auraient capturée quand j'ai aperçu la Mercedes noire, garée au milieu d'un pont enjambant un canal gelé. Appuyé au capot, Bès grignotait les pièces d'un jeu d'échecs en chocolat. Un grand sac en plastique était posé près de lui – mes échantillons, sans doute.

Je l'ai appelé, mais il était tellement concentré sur sa dégustation – je pouvais le comprendre – qu'il ne m'a pas entendue. On n'était plus qu'à quelques mètres quand il a relevé la tête et aperçu Seth.

– Ce n'est pas ce que tu..., ai-je commencé.

Trop tard. Les mécanismes de défense du nain s'étaient automatiquement activés, comme chez le putois. Ses yeux ont paru jaillir de leurs orbites, il a ouvert une bouche démesurée et crié « BOUH ! » d'une voix si puissante que mes cheveux se sont envolés et que des glaçons se sont détachés des réverbères du pont.

Seth n'a pas semblé le moins du monde impressionné.

– Salut, Bès, a-t-il dit. Tu es beaucoup moins effrayant, la bouche barbouillée de chocolat.

Bès m'a lancé un regard furieux.

– Qu'est-ce qu'il fiche là ?

– C'est pas moi qui l'ai invoqué ! me suis-je défendue.

Je lui ai fait le récit abrégé de notre rencontre avec Menchikov.

– Et c'est comme ça que Carter s'est fait mordre, ai-je conclu. Il faut l'évacuer sans tarder.

– Mais d'abord, j'ai une question, est intervenu Seth en désignant le sac du musée du Chocolat. Il y a quoi, là-dedans ? Un cadeau ? Pour moi ?

– Sadie m'a demandé de lui rapporter un souvenir, a répondu Bès. Je lui ai pris la tête de Lénine.

Seth s'est donné une claque sur la cuisse.

– Bès, quelle idée macabre ! Tout n'est pas perdu pour toi.

– Pas la vraie, a précisé le nain. Celle-ci est en chocolat.

– Oh ! Dommage. Dis, je pourrais avoir un peu de ton jeu d'échecs ? Les pièces ont l'air succulentes.

– Tu vas me faire le plaisir de ficher le camp, oui !

– Comme tu voudras. Mais puisque nous attendons de la visite, je vous propose un marché.

D'un claquement de doigts, Seth a fait apparaître un globe de lumière rouge renfermant une image holographique : douze hommes en uniforme s'entassaient dans deux voitures de sport blanches. Les phares s'allumaient, dissipant les derniers lambeaux de nuit, les véhicules exécutaient un demi-tour sur un parking avant de traverser un mur comme s'il était fait de fumée.

– Ils seront ici dans deux minutes, a indiqué Seth tandis que le globe s'effaçait. Tu n'as pas oublié les larbins de Menchikov, Bès. Es-tu sûr d'avoir envie de les revoir ?

Le visage sombre, le dieu nain a broyé dans son poing une des pièces du jeu d'échecs.

– Sale traître, a-t-il grondé. Menteur, assassin...

– Assez ! ai-je crié.

Carter a gémi, toujours inconscient. Soit il était devenu plus lourd, soit j'étais fatiguée de le soutenir.

J'ai repris :

– On n'a pas le temps de se disputer. Tu proposes quoi, Seth ? D'arrêter les magiciens ?

Il a éclaté de rire.

– Non, surtout pas. J'espère encore qu'il vont te tuer. Mais je peux te dire où se trouve la dernière partie du *Livre de Rê*. C'est bien ce que tu cherches, non ?

J'étais certaine qu'il mentait, comme toujours. Mais s'il parlait sérieusement...

Je me suis tournée vers Bès :

– C'est possible qu'il sache ça ?

– Sans aucun doute. C'est à lui que les prêtres de Rê ont confié le papyrus pour le mettre à l'abri.

– Mais pourquoi ?

Seth a pris un air modeste.

– N'oublie pas que j'étais le loyal lieutenant de Rê, Sadie. Mets-toi à sa place : pour éviter d'être importuné par n'importe quel magicien à la noix venu te tirer du lit, à qui aurais-tu laissé la clé de ton refuge, sinon au plus redoutable de tes serviteurs ?

Pas faux.

– Alors, où est le papyrus ?

– Holà ! Pas si vite ! Je te le dirai si tu me rends mon nom secret.

– Dans tes rêves !

– C'est simple. Tu n'as qu'à dire « Je te rends ton nom », et tu oublieras aussitôt comment le prononcer.

– C'est ça, et ensuite, tu vas me tuer.

– Tu as ma parole que je n'en ferai rien.

– Ben voyons ! Et si je me servais plutôt de ton nom secret pour t'obliger à m'indiquer où se trouve le papyrus ?

– C'est une option. Mais il te faudrait plusieurs jours pour rechercher le sort adéquat. Malheureusement – il a mis une main derrière son oreille. On entendait des crissements de pneus au loin, deux voitures lancées à pleine vitesse qui se rapprochaient –, tu ne disposes pas d'autant de temps.

Bès a lâché un juron égyptien.

– N'accepte pas, Sadie. On ne peut pas lui faire confiance.

– Mais a-t-on une chance de retrouver le papyrus sans lui ?

– Euh... Peut-être. En fait, non.

Les phares des deux voitures ont tourné l'angle de la perspective Nevski, à moins d'un kilomètre. Il fallait quitter les lieux au plus vite, mais si Seth représentait notre unique chance de retrouver le papyrus, je ne pouvais pas le laisser partir comme ça.

– D'accord, lui ai-je dit. Mais avant, je vais te donner un dernier ordre.

– Je veux pas voir ça, a soupiré Bès. Donne-moi ton frère, que je l'installe dans la voiture.

Le nain a emmené Carter et l'a balancé sur la banquette arrière de la Mercedes.

Je n'avais pas quitté Seth des yeux, cherchant la moins mauvaise manière de formuler l'ordre que je m'apprêtais à lui donner. Je ne pouvais pas simplement lui demander de ne jamais attaquer ma famille. Un pacte magique doit mentionner des limites ainsi qu'une date d'expiration.

– Jour Funeste, ai-je commencé, tu ne feras aucun mal à la famille Kane au moins jusqu'à... jusqu'au réveil de Rê.

– Tu veux dire, jusqu'à ce que vous échouiez à le réveiller ? a demandé Seth d'un air faussement innocent.

– Pourquoi pas ? Si nous échouons, ce sera la fin du monde. Concernant ton nom, je ferai ce que tu voudras. En échange, tu me révéleras l'emplacement de la dernière partie du *Livre de Rê*, sans mensonge ni tromperie. Ensuite, tu te retireras dans la Douât.

Seth a considéré mon offre. Les deux voitures blanches se rapprochaient.

– Marché conclu, a enfin déclaré le dieu du mal. Tu trouveras le manuscrit que tu cherches à Al-Bahariya. Bès connaît.

– L'endroit est aussi bien protégé qu'une banque, a marmonné le nain, visiblement mécontent. En plus, on va devoir emprunter le portail d'Alexandrie.

Seth a souri.

– Vous n'allez pas vous ennuyer. Combien de temps peux-tu retenir ta respiration, Sadie Kane ?

– Pourquoi cette question ?

– Oh ! pour rien. Maintenant, tu n'aurais pas un truc à me dire, hum ?

J'ai prononcé la formule rituelle :

– Je te rends ton nom.

Immédiatement, j'ai senti la magie me fuir. Si je me rappelais toujours le nom secret de Seth, j'avais oublié comment le prononcer et comment il opérait. Ces souvenirs-là s'étaient effacés.

Je craignais un peu que Seth ne me tue malgré sa promesse, mais il s'est contenté de me lancer les lunettes de Vlad Menchikov.

– Finalement, j'espère que tu vivras, Sadie Kane. Je m'amuse bien avec toi. Mais si tu te fais tuer, je te souhaite de profiter pleinement de l'expérience.

– Euh... merci.

– Et pour te prouver que je t'aime bien, je vais te confier un secret pour ton frère : le village de Zia Rashid s'appelait Al-Hamrah Makan.

– Pourquoi...

– Sur ce, je te souhaite un bon voyage !

Seth s'est fondu dans un nuage de brume rouge sang. Les deux voitures blanches n'étaient plus qu'à une cinquantaine de mètres. Un des magiciens a sorti la tête par le toit ouvrant de la première et pointé son bâton vers nous.

– Il est temps de partir, a dit Bès. Monte vite !

Je dois dire au crédit de Bès qu'il conduisait comme un fou furieux – et dans ma bouche, c'est un compliment. Le verglas ne le ralentissait pas plus que les feux de circulation, les trottoirs et les canaux – il en a franchi deux sans se soucier de trouver un pont. Heureusement, les rues étaient désertes à cette heure matinale, sinon on aurait provoqué une hécatombe.

On a sillonné le centre de Saint-Pétersbourg, poursuivis par les voitures blanches. Je retenais Carter, affalé près de moi sur la banquette, pour l'empêcher de tomber. Ses paupières entrouvertes laissaient deviner des cornées d'une affreuse nuance de vert. Malgré le froid, il brûlait de fièvre. Je l'ai dépouillé de son manteau. Sa chemise était trempée de sueur. Les marques de morsure sur son épaule suintaient comme... Il vaut mieux que j'arrête là.

J'ai jeté un coup d'œil derrière nous. Le magicien qui avait sorti la tête de la première voiture nous visait avec son bâton – pas facile, compte tenu de leur vitesse. Un dard d'un blanc aveuglant a fondu sur nous tel un missile autoguidé.

– Baisse-toi ! ai-je crié à Bès, plaquant Carter contre la banquette.

Le dard a brisé la vitre arrière de la Mercedes pour ressortir par le pare-brise. Si Bès avait été d'une taille normale, il aurait eu un piercing gratuit.

– Je suis un nain, m'a-t-il rétorqué d'un ton revêche. Je ne me baisse JAMAIS !

La Mercedes a fait une embardée vers la droite. Une vitrine a explosé derrière nous. En me retournant, j'ai vu un mur entier se dissoudre dans une masse grouillante de serpents vivants.

J'ai hurlé :

– Bès, sors-nous d'ici !

– Je fais de mon mieux ! Le pont égyptien n'est plus très loin. L'ouvrage d'origine date des années mille huit cent, mais...

– Je m'en fiche ! Contente-toi de conduire !

Je ne sais pas ce qui était le plus étonnant, la quantité de petits morceaux d'Égypte disséminés à travers Saint-Pétersbourg ou l'indifférence qu'ils m'inspiraient. Crois-moi, le fait d'être poursuivie par une troupe de magiciens maléfiques qui lancent des dards et des serpents explosifs ne t'aide pas à définir tes priorités.

Tout ce que je peux te dire, c'est qu'il existe bien un pont égyptien au-dessus de la Fontanka. Pour quelle raison ? Je n'en ai pas la moindre idée, et je m'en moque. Tandis que la Mercedes fonçait vers lui, j'ai vu se rapprocher les deux sphinx femelles en pierre noire, coiffées de couronnes dorées, qui se dressent de part et d'autre de l'entrée. Tout ce qui m'importait à cet instant, c'était qu'elles fassent apparaître un portail.

Bès a crié quelque chose en égyptien. Un éclair bleu a illuminé le sommet du pont, et un tunnel de sable tourbillonnant s'est ouvert dans l'espace.

– Seth m'a demandé combien de temps je pouvais retenir ma respiration, me suis-je brusquement rappelé. Pourquoi ?

– J'espère que ça ira vite, a répondu Bès. On ne sera qu'à trente pieds.

– Trente pieds sous l'eau ? !

Soudain la Mercedes s'est inclinée sur le côté. Plus tard, j'ai compris qu'un dard magique avait dû crever un de ses pneus. Elle a dérapé sur la glace et s'est renversée avant de basculer dans le vortex.

Ma tête a heurté le plafond avec violence. J'ai brièvement fermé les yeux. Quand je les ai rouverts, j'ai cru que j'étais devenue aveugle. L'obscurité était totale. De l'eau s'engouffrait par la lunette arrière cassée et j'ai entendu le toit de la voiture se plier comme une canette de soda vide.

J'ai pensé : *J'ai à peine treize ans et je vais me noyer.*

Puis j'ai perdu connaissance.

SADIE

12. *Conversation avec un ren*

Crois-moi, c'est très déstabilisant de se réveiller sous la forme d'une dinde.

Mon bâ flottait dans l'eau sombre. J'agitais mes ailes étincelantes, m'efforçant de déterminer dans quelle direction était le haut. J'ai supposé que mon corps se trouvait toujours sur la banquette arrière de la Mercedes, peut-être déjà mort, mais j'ignorais comment le rejoindre.

Quelle mouche avait piqué Bès pour qu'il précipite la limousine à travers un portail subaquatique ? Tout ce que j'espérais, c'était que Carter ait survécu, et que Bès ait réussi à l'extraire de la voiture. D'un autre côté, si c'était pour mourir des suites de la morsure du tjesu heru...

Soudain un courant m'a entraînée et projetée dans la Douât. L'eau a cédé la place à un brouillard glacé. L'obscurité résonnait de cris et de plaintes. Puis le brouillard s'est dissipé, et je me suis retrouvée devant la porte de l'infirmerie de notre repaire, à Brooklyn. Anubis et Walt Stone étaient assis côte à côte sur un banc, tels de vieux amis. Ils paraissaient redouter une mauvaise nouvelle. Walt se tenait voûté, les mains jointes sur les genoux. Il avait changé de débardeur et de short, mais il ne semblait pas avoir dormi depuis son retour de Londres.

Anubis lui parlait d'un ton apaisant, comme s'il tentait de

soulager sa peine. C'était la première fois que je le voyais en costume égyptien traditionnel : torse nu, la poitrine barrée d'un large collier en or et rubis, la taille ceinte d'un pagne noir. La plupart des garçons auraient eu l'air de bouffons dans cette tenue, mais lui s'en tirait plutôt bien. Je m'étais toujours imaginé qu'il était un peu trop maigre pour tomber la chemise – non pas que j'y aie pensé tous les jours – mais il n'y avait rien à redire. Il faut croire qu'ils ont de super salles de sport dans le monde souterrain, avec des tombes aménagées en bancs de muscu.

Bref... Passé l'étonnement de voir ces deux-là ensemble, j'ai pensé qu'il était arrivé quelque chose de grave à Jaz.

– Qu'est-ce qu'il y a ? ai-je demandé, ignorant s'ils pouvaient m'entendre.

Walt n'a pas réagi, mais Anubis a relevé la tête. Comme toujours, mon cœur a esquissé un pas de danse contre mon gré. Devant son regard ensorcelant, mon cerveau se liquéfiait.

J'ai bredouillé :

– Euh...

Je sais, Liz aurait été fière de moi.

– Sadie ? a dit Anubis. Tu ne devrais pas être ici. Carter est en train de mourir.

Ce rappel m'a fait l'effet d'une douche glacée.

– Je le sais, figure-toi ! J'ai pas demandé à... Qu'est-ce que je fiche ici, d'abord ?

Anubis a désigné la porte de l'infirmerie.

– Je suppose que l'esprit de Jaz t'a appelée.

– Elle est morte ? Ou c'est moi ?

– Ni elle ni toi. Mais vous vous trouvez l'une et l'autre au seuil de la mort, ce qui facilite le contact entre vos âmes. Ne t'attarde pas.

Walt ne semblait toujours pas me voir. Je l'ai entendu murmurer :

– Je n'ai pas pu le lui dire. Pourquoi ?

Il a ouvert les mains, révélant une amulette – un shen en or – identique à celle qu'il m'avait donnée.

Je me suis tournée vers Anubis :

– Qu'est-ce qu'il a ? Il ne peut pas m'entendre ?

Anubis a posé une main sur l'épaule de Walt.

– Il ne voit aucun de nous deux, même si je crois qu'il sent ma présence. Il m'a demandé de l'aider. C'est pourquoi je me trouve ici.

– L'aider, toi ?

Je n'avais pas voulu me montrer brutale, mais de tous les dieux que Walt aurait pu invoquer, Anubis était le choix le moins évident.

Anubis a posé sur moi un regard encore plus mélancolique que d'habitude.

– Il est temps pour toi d'y aller, Sadie, m'a-t-il dit. Je te promets de faire mon possible pour apaiser la douleur de Walt.

– Sa douleur ? Attends une sec...

Mais la porte de l'infirmerie s'est ouverte à la volée, et les courants de la Douât m'ont attirée à l'intérieur.

L'infirmerie était l'établissement médical le plus accueillant que j'avais jamais connu. Je dois t'avouer que j'ai horreur des hôpitaux. Pour plaisanter, mon père racontait que j'étais née en hurlant et que je n'avais arrêté qu'une fois sortie de la maternité. J'ai une peur panique des aiguilles, des médicaments, et je redoute par-dessus tout l'odeur des malades. Les morts, les cimetières ne me font ni chaud ni froid. Mais la maladie... C'est au-dessus de mes forces.

Ma première visite à Jaz avait exigé un immense effort de ma part, et la seconde, même sous forme immatérielle, était tout aussi difficile.

194

L'infirmerie avait à peu près les mêmes dimensions que ma chambre, avec des murs de pierre nue et de grandes fenêtres éclairées par le halo lumineux de New York. Remèdes, produits de premiers secours, charmes et potions s'alignaient sur les étagères de plusieurs cabinets en bois de cèdre. Dans un angle de la salle se dressait une fontaine avec une statue grandeur nature de Sekhmet, la déesse des guérisseurs. J'avais entendu dire que l'eau qui s'écoulait de ses mains guérissait instantanément un rhume ou une grippe et fournissait à l'organisme sa dose quotidienne de fer et de vitamines, mais je n'avais jamais eu le courage d'y goûter.

Le glouglou de la fontaine avait quelque chose d'apaisant, et le parfum des bougies magiques à la vanille remplaçait avantageusement l'odeur d'antiseptique sans toutefois atténuer ma nervosité.

Les bougies surveillaient les signes vitaux des patients et changeaient de couleur en cas de problème. À mon entrée, elles flottaient autour du seul lit occupé – celui de Jaz – et leurs flammes étaient orange foncé.

Les mains croisées sur la poitrine, ses cheveux blonds étalés sur l'oreiller, Jaz souriait faiblement, comme si elle faisait un rêve agréable.

Quelqu'un était assis au pied du lit : Jaz... ou plutôt, la forme chatoyante de mon amie. Elle était entièrement humaine, donc il ne s'agissait pas de son bâ. Je me suis demandé si Jaz était morte, et si je me trouvais face à un fantôme.

La culpabilité m'a submergée. Tous les problèmes qu'on avait dû affronter au cours des dernières quarante-huit heures résultaient du sacrifice de Jaz, et elle s'était sacrifiée à cause de moi.

– Jaz, lui ai-je dit. Est-ce que tu es...

– Morte ? Non, Sadie. Ce que tu vois, c'est mon *ren*.

La silhouette transparente s'est troublée. En regardant plus attentivement, j'ai constaté qu'elle était formée d'une mosaïque d'images récapitulant toute l'existence de mon amie : Jaz bébé, assise sur une chaise haute, la bouche barbouillée de compote ; Jaz à douze ans, faisant la roue sur le tapis d'un gymnase ; Jaz plus âgée, découvrant un djed étincelant dans son casier de lycée – notre carte de visite magique, qui l'avait conduite jusqu'à Brooklyn.

– Ton *ren* ?

La silhouette chatoyante a acquiescé.

– Pour les anciens Égyptiens, l'âme humaine était composée de cinq parties : le bâ – la personnalité –, puis le ren...

– Le nom, me suis-je rappelé. Cette... chose représente ton nom ?

– Mon identité, la somme de mes expériences. Tant que quelqu'un se souviendra de mon nom, je vivrai, même si je dois mourir. Tu comprends ?

J'arrivais à cerner cette notion – enfin, plus ou moins. Mais ce que je voyais surtout, c'était que Jaz risquait de mourir par ma faute.

– Je te demande pardon, ai-je dit, refoulant mes larmes. Si je ne m'étais pas jetée bêtement sur ce fichu papyrus...

– Sadie, tu n'as pas à t'excuser. Rien n'arrive sans raison, même les mauvaises choses.

– C'est faux !

Comment pouvait-elle se montrer aussi calme et résignée alors qu'elle était dans le coma ? Chaque fois que quelqu'un invoque un soi-disant « dessein supérieur » pour tenter d'expliquer les pires malheurs, ça me rend folle de rage. J'ai perdu ma mère, mon père, mon existence a été bouleversée et je ne compte plus les fois où j'ai failli mourir. En fait, alors même que je m'entretenais avec le ren de Jaz, j'étais déjà morte ou mourante, mon frère en train de se noyer ou de succomber à un empoisonnement, et je ne pouvais rien pour lui.

J'ai repris :

– Rien ne peut justifier de telles horreurs. La vie est injuste, cruelle, et...

Le sourire de Jaz s'est teinté de malice.

– Oh ! ai-je dit. Tu cherchais à me mettre en rogne, pas vrai ?

– Ça, c'est la Sadie qu'on aime ! Chez toi, le chagrin est contre-productif. La colère te rend plus efficace.

Elle avait probablement raison, mais je n'allais pas lui faire le plaisir de l'admettre.

– Maintenant, tu vas me dire pourquoi tu m'as fait venir ?

– Pour deux choses. D'abord, tu n'es pas morte. À ton réveil, tu n'auras que quelques minutes pour sauver Carter.

– Avec la figurine en cire. Ça, je l'avais deviné. Seulement, j'ignore comment m'en servir. Je suis nulle, comme guérisseuse.

– Pour qu'elle agisse, tu n'as besoin que d'un ingrédient, et tu sais lequel.

– Pas du tout !

Jaz m'a regardée comme si j'y mettais de la mauvaise volonté.

– Sadie, la réponse se trouve en toi. Pense à Isis, à la manière dont tu as utilisé son pouvoir à Saint-Pétersbourg, et tu comprendras.

– Mais...

– La seconde chose que je voulais te dire, c'est que tu auras besoin de l'aide de Walt. Je sais que c'est dangereux, et que Bès désapprouverait. Sers-toi de l'amulette pour le rappeler. C'est ce qu'il souhaite, et le risque en vaut la peine, même s'il entraîne la perte d'une vie.

– Quelle vie ? Celle de Walt ?

Le décor de l'infirmerie s'est brouillé devant mes yeux, comme si on avait délayé ses couleurs dans de l'eau.

– Pense à Isis, a répété Jaz. Et, Sadie... Il y a une raison à tout ceci. C'est toi qui nous l'as enseigné. Nous avons choisi de croire en Maât. Nous créons de l'ordre à partir du chaos, du sens et de la beauté à partir de l'entropie hideuse. C'est ce que l'Égypte a apporté au monde. C'est pour ça que son nom – son ren – s'est perpétué jusqu'à nous. Ne désespère pas. Sinon, le chaos aura gagné.

Je me rappelais avoir dit un truc de ce style en cours, mais même alors, je n'en croyais pas un mot.

– Je vais te confier un secret, ai-je dit à Jaz. Je suis nulle, comme prof.

La silhouette de Jaz et l'ensemble de ses souvenirs se sont lentement décomposés.

– Moi aussi, j'ai un secret à te confier, a-t-elle dit tandis que sa voix s'estompait. Tu as été un formidable professeur. Maintenant, va trouver Isis, et vois comment tout a commencé.

Soudain je me suis retrouvée à bord d'une barque royale voguant au fil du Nil. Le soleil brillait fort. Au-delà des papyrus et des palmiers qui bordaient les berges du fleuve, le désert s'étendait à perte de vue – une succession de collines rouges tellement arides qu'on se serait cru sur la planète Mars.

Le bateau ressemblait à celui que Carter avait visité dans sa dernière vision, mais en meilleur état. Sa voile d'un blanc impeccable était décorée d'un disque solaire aux couleurs – rouge et or – éclatantes. Des sphères lumineuses s'activaient sur le pont, maniant les rames, tirant les cordages. Comment pouvaient-elles faire tout ça sans mains ? Je l'ignore, mais ce n'était pas la première fois que je voyais un équipage de ce genre en action.

La coque était incrustée de métaux précieux – des motifs en or, cuivre et argent représentant le voyage de la barque à travers la Douât, et des hiéroglyphes célébrant la puissance du soleil.

Au centre du bateau, un dais bleu et or abritait le trône de Rê, sans doute le plus imposant et le moins confortable en apparence que j'avais jamais vu. J'ai d'abord cru qu'il était fait d'or fondu, puis j'ai pris conscience qu'il s'agissait de feu vivant – des flammes orangées dessinant la forme d'un trône. Gravés dans les pieds et les accoudoirs, des hiéroglyphes incandescents brillaient d'un éclat aveuglant.

Le dieu lui-même était beaucoup moins impressionnant que son trône : un vieillard cassé en deux, au crâne chauve constellé de taches de vieillesse, au visage ridé et flasque, aussi inexpressif qu'un masque. Seuls ses yeux bordés de khôl, à l'expression lasse et douloureuse, indiquaient qu'il était vivant. Il portait un pagne et un collier, un costume qui lui allait nettement moins bien qu'à Anubis. Jusque-là, la personne la plus âgée que j'avais vue était Iskandar, l'ancien chef lecteur, qui avait mille ans. Mais même à la veille de sa mort, Iskandar avait meilleure mine que Rê. Pour ne rien arranger, la jambe gauche du dieu, entourée de bandages, était tellement enflée qu'elle avait doublé de volume.

Avec un gémissement, le vieillard a calé sa jambe malade sur une pile de coussins. Au niveau du mollet, deux marques de morsure identiques à celles de Carter suintaient à travers les pansements. Rê a massé son genou, accentuant la circulation du venin verdâtre dans les veines de sa cuisse. Devant ce spectacle répugnant, les plumes de mon bâ se sont hérissées.

Rê a regardé le ciel, et ses yeux ont pris la couleur des flammes qui constituaient son trône.

– Isis ! a-t-il appelé. C'est bon, j'accepte.

Une femme s'est matérialisée à ses côtés. Je l'ai aussitôt reconnue. Ses longs cheveux noirs étaient coupés au carré avec une frange à la Cléopâtre, sa robe blanche d'une légèreté arachnéenne mettait en valeur sa silhouette élancée. Ses ailes irisées chatoyaient comme une aurore boréale.

Elle s'est agenouillée au pied du trône, la tête courbée, les mains levées dans un geste de supplication : l'image même de l'humilité, mais je la connaissais trop pour ne pas deviner son plaisir et le sourire qu'elle s'efforçait de réprimer.

– Seigneur Rê, a-t-elle dit, je ne vis que pour te servir.

– Tu mens ! lui a rétorqué Rê. Tu ne vis que pour le pouvoir. C'est toi qui as créé le serpent qui m'a mordu. Ça explique que nul n'ait trouvé d'antidote à son venin. Tu désires mon trône pour ton époux, Osiris, cet ambitieux...

Isis a tenté de protester :

– Seigneur...

– Assez ! Si j'étais plus jeune...

Rê a alors commis l'erreur de bouger sa jambe. Il a poussé un cri de douleur, et le venin s'est répandu un peu plus dans ses veines.

– Qu'importe, a-t-il soupiré. Je suis fatigué de ce monde, des complots et des tromperies. Tout ce que je souhaite, c'est que tu me guérisses.

– Avec joie, seigneur. Mais pour ça, j'ai besoin de...

– Mon nom secret, je sais. Jure de me guérir, et tu obtiendras tout ce que tu veux... et encore au-delà.

La voix de Rê s'était teintée de menace, mais Isis ne semblait pas l'avoir remarqué, ou bien elle s'en moquait.

– Je jure de te guérir, a-t-elle dit.

– Alors, approche.

Isis s'est exécutée. Je m'attendais à ce que Rê lui murmure son nom à l'oreille, mais il a attrapé la main de la déesse et l'a plaquée sur son front ridé. De la fumée s'est échappée de sous ses doigts, elle a tenté de se dégager, mais Rê la tenait fermement par le poignet. Le corps du dieu était devenu l'écran resplendissant sur lequel défilaient les souvenirs de sa longue existence : le premier lever de soleil sur la terre d'Égypte émergeant des eaux, la création des autres dieux et des hommes, son combat interminable contre Apophis, nuit après nuit, afin de maintenir le chaos à distance. Le rythme était trop rapide – il s'écoulait plusieurs siècles entre deux battements de cœur – pour que je puisse tout saisir. Le nom secret de Rê était la somme de ses expériences, et même dans des temps aussi anciens, le dieu-soleil était déjà incroyablement âgé. Son aura flamboyante s'est diffusée à la main d'Isis, à son bras, jusqu'à englober son corps entier. Transformée en torche vivante, Isis a poussé un hurlement. Puis les flammes se sont éteintes. Isis s'est effondrée. Des volutes de fumée s'élevaient de sa robe.

– Tu as survécu, a constaté Rê.

Je n'aurais su dire s'il en éprouvait de la déception ou s'il admirait malgré lui sa résistance.

Isis s'est relevée avec difficulté. Elle semblait aussi traumatisée que si elle avait traversé une zone de combat. Elle a ouvert la main. Un hiéroglyphe flamboyant était gravé dans sa paume : le nom secret de Rê, concentré dans un unique mot d'une puissance inimaginable.

La main posée sur la jambe malade de Rê, elle a récité une formule. Le venin a reflué, le gonflement s'est résorbé en même temps que les marques de crocs se refermaient.

– Enfin..., a soupiré Rê. Je n'ai plus mal.

– Mon seigneur a besoin de repos, a suggéré Isis. Un long repos...

Rê a rouvert les yeux – des yeux laiteux de vieillard, dans lesquels ne brûlait aucune flamme – puis il a appelé :

– Bastet !

La déesse-chatte est apparue à ses côtés, vêtue d'une armure en cuir et métal. Elle paraissait plus jeune, sans doute parce qu'elle n'avait pas encore subi des siècles d'emprisonnement dans les profondeurs de l'abîme à combattre Apophis. J'ai voulu l'avertir de ce qui l'attendait, mais aucun son n'a franchi mes lèvres.

Bastet a lancé un regard méfiant à Isis.

– Maître, cette... femelle t'importune ?

Rê a secoué la tête.

– Bientôt plus rien ne pourra m'importuner, ma fidèle Bastet. Viens. Nous devons parler de choses importantes avant mon départ.

– Tu nous quittes, maître ?

– En effet. Je pars en retraite forcée, a précisé Rê avec un regard haineux en direction d'Isis. C'est bien ce que tu souhaites, déesse de la magie ?

Isis s'est inclinée.

– Seigneur, non !

Bastet a fait jaillir ses couteaux et s'est avancée vers Isis, mais Rê l'a arrêtée du geste.

– Suffit. Réserve-toi pour un autre combat, autrement plus crucial. Quant à toi, Isis, tu aurais tort de te réjouir. Osiris deviendra pharaon, mais il connaîtra un règne bref et malheureux. Son trône ne sera qu'un pâle reflet du mien. Ce bateau ne naviguera plus à travers la Douât. L'équilibre entre Maât et le chaos va subir une lente dégradation. L'Égypte elle-même sombrera, le souvenir de ses dieux s'estompera, et un jour, le monde se trouvera au bord de la destruction. Tu m'appelleras à l'aide, mais je ne serai plus là. Lorsque ce jour viendra, tu maudiras ton ambition.

Isis s'est de nouveau inclinée avec respect, mais je savais qu'elle ne voyait pas aussi loin. Ivre de son triomphe, elle pensait qu'Osiris gouvernerait éternellement l'Égypte et que Rê n'était qu'un vieil imbécile. Elle ignorait que sa victoire conduirait rapidement à une tragédie. Son époux serait tué par son propre frère, Seth. Et avec le temps, les autres prédictions du dieu-soleil se réaliseraient toutes.

– Allons-nous-en, Bastet, a repris Rê. Nous ne sommes plus les bienvenus ici.

Une colonne de flammes s'est brusquement dressée à la place du trône, consumant le dais bleu et or. Puis une boule de feu s'est élevée vers le ciel, et son éclat a fini par se confondre avec celui de l'astre solaire.

Quand la fumée s'est dissipée, Isis se trouvait seule à bord.

– J'ai réussi ! s'est-elle écriée dans un immense éclat de rire. Je maîtrise le nom secret de Rê ! Osiris, tu seras roi !

J'aurais voulu lui dire qu'elle ne maîtrisait rien, mais ça m'était impossible. Alors, je l'ai regardée danser sur le pont. Dans son bonheur, elle n'a pas remarqué que les sphères magiques s'éteignaient l'une après l'autre. Les rames sont retombées. La voile s'est mise à pendre mollement et la barque à dériver au fil de l'eau, faute d'équipage.

Ma vision s'est brouillée, et j'ai glissé dans les ténèbres.

Je suis revenue à moi sur un lit moelleux. Pendant quelques secondes, j'ai cru que je me trouvais dans ma chambre à Brooklyn, et je m'en suis réjouie. Une fois levée, je retrouverais mes amis ainsi qu'Amos, Khéops, Philippe de Macédoine pour déjeuner, puis je passerais la journée à enseigner aux novices comment se transformer mutuellement en reptiles.

Mais bien sûr, je n'étais pas à Brooklyn. Je me suis assise, et ma tête s'est mise à tourner. J'étais couchée dans un grand lit garni de draps en coton souple et d'oreillers de plume. La chambre, très chic, était entièrement blanche, ce qui n'arrangeait pas mon vertige. Il me semblait qu'elle risquait de se dissoudre d'un instant à l'autre, comme l'appartement en plein ciel de la déesse Nout.

Malgré la raideur de mes jambes, j'ai réussi à me lever. J'étais enveloppée dans un immense peignoir duveteux, le genre que les palaces mettent à la disposition de leurs clients. Là-dedans, je ressemblais à un Muppet albinos. En titubant, je me suis dirigée vers la porte. Elle donnait sur un ravissant

203

salon, lui aussi entièrement blanc. Des portes-fenêtres coulissantes ouvraient sur une véranda dominant la mer d'une hauteur d'environ cinquante mètres. Le ciel et l'eau étaient d'un bleu éblouissant.

Il a fallu quelques secondes à mes yeux pour s'habituer à la lumière. J'ai alors aperçu mes affaires et celles de Carter, disposées avec soin sur une table : vêtements froissés, sacoches, ainsi que les deux premiers papyrus du *Livre de Rê* et le sac en plastique du musée du Chocolat.

Enroulé dans un peignoir identique au mien, Carter reposait sur un canapé, les yeux clos. Tout son corps était secoué de frissons. Assis près de lui, Bès lui tamponnait le front avec un linge humide.

– Co... comment va-t-il ? suis-je parvenue à articuler.

Bès a relevé la tête. Il portait la panoplie complète du parfait touriste américain, taille XXS : chemise hawaïenne d'un rouge criard, bermuda kaki et tongs.

– Pas trop tôt, a-t-il dit. Je commençais à me demander si tu te réveillerais un jour.

J'ai fait un pas dans sa direction, et la pièce s'est mise à tanguer.

Bès s'est précipité vers moi et m'a soutenue.

– Fais gaffe ! Tu as pris un méchant coup sur la carafe.

– Je dois m'occuper de Carter, ai-je marmonné.

– Sadie, il va mal. Je sais pas si...

– Je peux le soigner. Ma baguette, et la figurine en cire...

– OK. Je vais les chercher.

Avec l'aide de Bès, j'ai pu m'approcher de Carter. J'ai tâté son front pendant que le dieu nain allait chercher mes affaires. La fièvre avait augmenté. Les veines de son cou avaient viré au vert sous l'effet du venin, comme celles de Rê dans ma vision.

– J'ai dormi combien de temps ? ai-je demandé à Bès, occupé à disposer mon matériel de magie au pied du canapé.

– Voyons... Il est presque midi, et on est mardi. T'es restée près de douze heures dans le cirage.

– Douze heures ? Bès, Seth a dit que Carter ne survivrait pas au-delà de douze heures. Pourquoi tu ne m'as pas réveillée ?

Bès est devenu aussi rouge que sa chemise.

– J'ai essayé, figure-toi ! Après vous avoir tirés de la flotte et conduits à l'hôtel, j'ai tenté sur toi tous les sorts de réveil que je connais. Et toi, tu n'arrêtais pas de parler dans ton sommeil – de Walt, d'Anubis, des noms secrets...

– C'est bon, c'est bon. Aide-moi, d'accord ?

Au même moment, on a sonné à la porte.

Bès m'a fait signe de ne pas bouger, puis il a prononcé quelques mots – en arabe, m'a-t-il semblé –, et un garçon d'étage a ouvert la porte. Il s'est incliné devant Bès comme il l'aurait fait devant un sultan avant de pousser à l'intérieur de la chambre un chariot chargé de jus de fruits, de petits pains et de bouteilles de soda.

– Je reviens, m'a dit Bès.

– Tu nous fais perdre du temps !

Bien sûr, il m'a ignorée. Il a pris sur la table le sac du musée du Chocolat et en a sorti la tête de Lénine qu'il a déposée au centre du chariot devant le garçon d'étage stupéfait. Apparemment satisfait, le nain a ensuite tendu quelques pièces en or au jeune employé qui l'a salué avec une expression terrifiée avant de sortir à reculons.

– On est où, au juste ? ai-je demandé à Bès après son départ. Et pourquoi ce garçon te traitait-il comme un nabab ?

– À Alexandrie. Pardon pour l'arrivée brutale, mais c'est pas facile de s'y téléporter. Alexandrie était la capitale de Cléopâtre, vois-tu. C'est ici que l'Empire égyptien s'est désagrégé, et ça crée des perturbations dans la magie. Les seuls portails actifs se trouvent dans la cité antique, par trente pieds de fond.

– Et cet endroit ? Un hôtel de luxe, à l'évidence. Comment as-tu...

– La suite penthouse du Four Seasons Hotel Alexandria, a répondu Bès, gêné. Les Égyptiens n'ont pas oublié les dieux de l'ancien temps, même s'ils refusent de l'avouer. J'étais sacrément populaire alors. Aujourd'hui encore, ça me vaut quelques faveurs. Désolé : si j'avais eu plus de temps, je nous aurais dégoté une villa privée.

– Comment, tu oses nous faire descendre dans un vulgaire cinq étoiles ? Pouah ! Veille à ce qu'on ne nous dérange plus pendant que je soignerai Carter.

Je me suis agenouillée près de mon frère, serrant dans ma main la figurine en cire que m'avait confiée Jaz. Elle s'était un peu déformée dans ma sacoche, néanmoins elle était en meilleur état que son modèle. Il fallait espérer que le lien magique ne s'était pas rompu.

– Je vais te guérir, ai-je dit à Carter. Mais tu vas devoir m'aider.

J'ai posé ma main libre sur son front brûlant. Je savais à présent pourquoi Jaz m'était apparue sous la forme de son ren, la partie de son âme que représentait son nom, et pourquoi elle m'avait fait voir Rê et Isis.

« La réponse se trouve en toi », m'avait-elle dit, et cette réponse avait surgi d'elle-même : le ren, c'est la même chose que le nom secret. Davantage qu'un mot, aussi spécial soit-il, ton nom secret exprime tes pensées les moins avouables, tes humiliations les plus cuisantes, tes plus grands espoirs, tes pires craintes, bref, la somme de tes expériences, même celles que tu n'aurais jamais partagées. Ton nom secret fait de toi ce que tu es. C'est ce qui lui confère son pouvoir. C'est aussi pour ça qu'il ne suffit pas de l'entendre prononcer pour pouvoir s'en servir. Pour ça, il faut connaître celui qu'il désigne, car mieux on le comprend, plus son nom est puissant. Voilà pourquoi il faut

206

l'apprendre de sa propre bouche, ou de celle de la personne qui l'aime le plus.

Et la personne qui aimait le plus Carter, c'était moi.

J'ai pensé : *Carter, quel est ton nom secret ?*

Malgré la souffrance, son esprit a résisté. On ne révèle pas son nom secret comme ça. Chaque être humain, chaque dieu en a un. Mais la plupart des hommes l'ignorent toute leur vie, incapables qu'ils sont de mettre des mots sur leur essence intime. Ça se comprend. Essaie de résumer ton existence entière en cinq mots maximum. Pas facile, hein ?

– Tu peux le faire, ai-je murmuré. Tu es mon frère, et je t'aime. Tes défauts les plus exaspérants, tes secrets les plus honteux – et il y en a beaucoup, j'imagine –, je prends tout. N'importe quelle fille – n'importe quelle Zia – partirait en courant si elle savait, mais pas moi. Alors, dis-moi ton nom, espèce d'idiot, pour que je puisse te sauver !

Un fourmillement a parcouru ma main au contact du front de Carter, et j'ai senti toute sa vie circuler en moi – les souvenirs lointains de notre enfance à Los Angeles, auprès de nos parents ; mon sixième anniversaire et l'explosion du gâteau ; notre mère nous lisant des extraits d'un manuel de sciences le soir, avant de nous coucher ; notre père écoutant du jazz et me faisant tournoyer dans ses bras pendant que Carter, les mains plaquées sur les oreilles, criait : « Moins fort, papa ! » J'ai vu aussi des moments que nous n'avions pas partagés : Carter et papa à Paris, au cœur d'une manifestation qui dégénérait ; Carter et Zia discutant à la lueur des bougies au Premier Nome ; Carter dans notre bibliothèque de Brooklyn, regardant l'amulette d'Horus et luttant contre l'envie de rappeler le dieu... Cette dernière vision m'a rassurée. Je croyais être la seule à avoir éprouvé cette tentation.

Carter s'est peu à peu détendu. Le poison augmentait son emprise sur son cœur, affaiblissant sa résistance. Ses plus grandes frayeurs, ses secrets les plus honteux m'ont à leur tour traversée. Alors, dans un ultime sursaut de volonté, il m'a révélé son nom.

(Ne compte pas sur moi pour te le divulguer. L'ayant appris d'un enregistrement, tu ne pourrais pas en faire usage, mais je préfère ne prendre aucun risque.)

Levant la figurine en cire devant mon visage, j'ai prononcé le nom secret de mon frère. Le venin a immédiatement reflué. La figurine est devenue verte et a fondu dans ma main. La fièvre de Carter est tombée, et il a ouvert les yeux.

– J'espère que ça t'a servi de leçon, ai-je dit d'un ton sévère, et que tu n'essaieras plus jamais de faire du rodéo sur un serpent géant.

– Désolé, a-t-il répondu d'une voix rauque. C'est toi qui...

– Ouais.

– Avec mon nom secret...

– Ouais.

– Et maintenant, tu sais tout de moi...

– Ouais.

Il a gémi et a caché son visage derrière ses mains. J'imagine qu'il aurait bien voulu retomber dans le coma, pourtant je n'avais pas l'intention de le chambrer. J'aimais bien le remettre à sa place quand il le méritait, mais je ne suis pas méchante. En plus, cette plongée dans les recoins les plus sombres de son âme m'avait rendue un peu honteuse, voire admirative. Franchement, je n'avais pas vu grand-chose dont il aurait pu rougir. À côté de moi, de mes terreurs et mes pensées les plus inavouables, Carter était un petit saint. J'espérais simplement ne jamais me retrouver en situation de lui révéler mon propre nom secret.

Bès est revenu vers nous, tenant dans le creux de son bras la tête de Lénine à laquelle il avait fait subir une lobotomie frontale.

– Bien joué, Sadie !

Il a brisé le nez de Lénine et l'a tendu à Carter, disant :

– Tiens ! Tu l'as mérité.

– Le chocolat a des propriétés magico-curatives ? a demandé mon frère d'un air circonspect.

– Si c'était vrai, j'aurais une santé de fer ! En tout cas, c'est rudement bon.

– Et tu as besoin de reprendre des forces, ai-je ajouté. Il va falloir qu'on discute.

Malgré l'urgence – deux jours à peine nous séparaient de l'équinoxe et de la fin du monde –, Bès a insisté pour qu'on se repose jusqu'au lendemain. Carter était encore fragile, a-t-il plaidé, et l'effort physique ou l'usage de la magie risquaient de le tuer.

Ce contretemps m'exaspérait, mais après tout le mal que je m'étais donné pour ramener mon frère à la vie, je n'avais pas envie de le perdre à nouveau. Et pour être franche, je n'allais pas beaucoup mieux que lui. Dans l'état d'épuisement où je me trouvais, je ne crois pas que j'aurais dépassé la véranda.

Bès a appelé la réception et donné des instructions pour qu'on nous livre des vêtements neufs. J'ignore comment on dit « bottes militaires » en arabe, mais l'employée chargée du shopping a réussi à m'en dégoter une paire. Instinctivement, elle les a tendues à Carter et a paru horrifiée quand Bès a pointé l'index vers moi. Elle m'avait également apporté de la teinture capillaire, un jean confortable, un débardeur en coton imprimé camouflage, et un foulard qui faisait probablement fureur chez les Égyptiennes mais que j'ai mis de côté parce qu'il aurait juré avec mes futures mèches violettes.

Le lot de Carter comprenait un jean, une paire de bottes et un tee-shirt portant la mention UNIVERSITÉ D'ALEXANDRIE avec sa transcription en arabe – intello un jour, intello toujours.

L'employée nous avait également déniché de quoi reconstituer notre kit de magie – blocs de cire, pelotes de ficelle, encres et même papyrus – mais je doute que Bès lui ait expliqué à quoi on les destinait.

Après son départ, on a commandé de quoi se restaurer au service d'étage, puis on a pris place sur la terrasse pour regarder s'écouler l'après-midi. Une brise agréable soufflait de la Méditerranée. À gauche s'étendait la ville moderne, bizarre mélange de tours étincelantes, de bâtiments miteux et de vestiges antiques. La route côtière, parsemée de palmiers, était encombrée par une variété infinie de véhicules, depuis l'âne jusqu'à la BMW. De notre penthouse, tout ceci semblait un peu irréel – l'énergie brute de la ville, l'agitation et les embouteillages, et nous, assis en plein ciel, qui mangions des fruits et les débris ramollis de la tête de Lénine.

Je me suis demandé si les dieux avaient la même impression, quand ils observaient notre monde de la Douât.

J'avais déposé sur la table basse les deux rouleaux de papyrus du *Livre de Rê*. Ils avaient l'air inoffensifs, et pourtant, on avait failli perdre la vie pour les obtenir. Quand on aurait récupéré le dernier, les choses sérieuses commenceraient. Il faudrait alors trouver le moyen de réveiller Rê. On n'avait que quarante-huit heures pour y parvenir, mais on restait là à parler, au repos forcé. Tout ça parce que Carter avait voulu jouer les héros... Et c'est moi qu'on traite de tête brûlée ! Pendant ce temps, à Brooklyn, Amos et nos apprentis se préparaient à affronter Vlad Menchikov, un magicien tellement impitoyable que le dieu du mal lui-même rampait à ses pieds.

J'ai raconté à Carter comment j'avais rendu à Seth son nom secret en échange de l'emplacement du dernier papyrus – un endroit appelé Al-Bahariya –, ma vision d'Anubis et Walt, ma conversation avec le ren de Jaz et mon voyage dans le temps à bord de la barque de Rê. La seule chose que j'ai omis de lui dire, c'était que Seth avait nommé le village de Zia : Al-Hamrah Makan. C'était malhonnête, j'en suis consciente. Mais pour avoir visité son esprit, je savais combien Zia comptait pour lui. La moindre information à son sujet l'aurait bouleversé.

Assis dans un fauteuil, il m'écoutait avec attention. Son visage avait retrouvé ses couleurs et son regard, sa vivacité. À le voir ainsi, on avait du mal à imaginer qu'il se trouvait au seuil de la mort quelques heures plus tôt. J'étais tentée d'attribuer tout le mérite de ce rétablissement spectaculaire à mes dons de guérisseuse, mais je soupçonnais le repos, les bouteilles de soda et le cheeseburger frites qu'il avait engloutis d'y être également pour quelque chose.

– Al-Bahariya, a-t-il répété d'un ton songeur, se tournant vers Bès. J'ai déjà entendu ce nom, mais où ?

Le dieu nain s'est gratté le menton d'un air renfrogné. Il était resté silencieux pendant tout le récit de notre conversation avec Seth.

– C'est une oasis, a-t-il dit. En plein désert. Les momies enterrées là-bas avaient la paix jusqu'à ce qu'un imbécile d'âne passe une patte à travers un trou dans le sol et enfonce le toit d'une tombe, en 1996.

– C'est ça ! s'est exclamé Carter, souriant jusqu'aux oreilles. On l'appelle aussi la « vallée des momies en or ».

Cette précision a achevé de me rassurer : quand mon frère étalait sa science, ça voulait dire qu'il allait bien.

– J'aime bien l'or, ai-je dit. Les momies, beaucoup moins.

– C'est parce que tu les connais mal, m'a rétorqué Bès.

Je n'aurais su dire s'il plaisantait, et j'ai préféré ne pas lui poser la question.

– Donc, la dernière partie du *Livre de Rê* est cachée là-bas ?

Bès a haussé les épaules.

– Logique : une oasis isolée, encore protégée par des sorts puissants qui empêchent d'y ouvrir un portail... Les archéologues n'ont exploré qu'une infime partie des tombes, mais il reste un vaste réseau de tunnels et de chambres funéraires où personne n'a pénétré depuis des milliers d'années. Tout ça, ça représente beaucoup de momies.

Soudain j'ai eu la vision, tout droit sortie d'un film d'horreur, d'une foule de momies perdant leurs bandelettes qui poursuivaient des starlettes terrifiées, les bras tendus devant elles, et étranglaient des archéologues.

– « Beaucoup » ? Tu pourrais être plus précis ?

– On en a découvert quelques centaines sur un total d'environ dix mille.

– Dix mille ?

J'ai jeté un regard interloqué à Carter, qui ne paraissait pas particulièrement impressionné.

– T'inquiète, m'a-t-il dit. Elles ne vont pas se réveiller et venir te tirer les pieds.

– Bien sûr que non ! a ajouté Bès. Enfin... Y a peu de chances que ça arrive.

– Merci, les garçons. Je me sens beaucoup mieux.

(Je sais, j'ai dit plus haut que les morts et les cimetières ne me dérangeaient pas. Mais dix mille momies ? Faut pas pousser, quand même !)

– En fait, a précisé Bès, la plupart datent de l'occupation romaine. Ce sont pas de vrais Égyptiens, juste des Latins parvenus qui espéraient squatter notre au-delà, le trouvant plus cool que le leur. Mais les plus anciennes... Bah, on verra bien. Les deux premiers papyrus devraient t'aider à localiser le troisième une fois sur place.

– Comment ?

– Eh bien, les différentes parties d'un objet magique fonctionnent comme des aimants. Plus on les rapproche, plus elles s'attirent.

Pas très rassurant, tout ça. Je me suis vue courir le long d'un tunnel, un papyrus enflammé collé dans chaque main.

– Pour résumer, ai-je repris, on n'aura qu'à parcourir un vaste réseau de tombes occupées par quelque dix mille momies qui, avec un peu de chance, ne se réveilleront pas et ne viendront pas nous tirer les pieds.

– En gros, oui, a acquiescé Bès. Mais tu sais, elles sont pas vraiment en or. C'est juste de la peinture.

– Ah ! ça change tout.

– C'est décidé, a dit Carter d'un ton enthousiaste, on part demain matin. Il y a loin d'ici à Al-Bahariya ?

– Un peu plus de trois cents kilomètres, mais les routes sont peu sûres. Quant aux portails, comme je l'ai dit, l'oasis est protégée par des sorts puissants. Et même si elle ne l'était pas, nous nous trouvons dans le Premier Nome. Mieux vaut utiliser le moins possible la magie. Si Desjardins vous découvrait sur son territoire...

Il n'a pas eu besoin d'achever sa phrase.

J'ai promené mon regard sur la ville qui décrivait une courbe le long de la Méditerranée scintillante, tentant d'imaginer à quoi elle ressemblait avant Cléopâtre, la dernière souveraine d'Égypte, qui avait perdu la vie et son royaume pour avoir choisi le mauvais camp dans une guerre opposant des Romains à d'autres Romains. L'ancienne Égypte était morte ici. On pouvait rêver mieux comme point de départ d'une quête.

Malheureusement, je n'avais pas le choix. J'allais devoir parcourir trois cents kilomètres à travers le désert dans l'espoir de découvrir une aiguille de papyrus dans une botte de dix mille momies, le tout en moins de quarante-huit heures.

Pire, je n'avais toujours pas répété à Carter ce que j'avais appris au sujet du village de Zia. Garder le silence constituait la solution la plus égoïste, et peut-être aussi la plus raisonnable : j'avais besoin de son aide, je ne pouvais me permettre

213

de le déconcentrer. D'un autre côté, j'avais envahi son esprit et lui avais arraché son nom secret. La moindre des choses était de me montrer honnête envers lui.

– Carter... J'ai un truc à te dire. Seth tenait à ce que tu le saches. Le village de Zia s'appelait Al-Hamrah Makan.

Son teint a de nouveau viré au vert.

– Et tu comptais m'en parler à quel moment ?

– Seth ment comme il respire, ne l'oublie pas. En disant ça, il ne cherchait pas à nous aider, mais à nous diviser.

Et en effet, j'ai senti que j'étais en train de perdre mon frère. Ça faisait des mois qu'il n'avait qu'une idée en tête : sauver Zia. C'était ça qui le portait. À présent que j'avais lu en lui, je savais qu'il n'aurait de repos et ne pourrait en avoir avant de l'avoir retrouvée. Ça allait au-delà de l'amour. Il s'était persuadé que cette fille faisait partie de son destin.

Tu veux que je te révèle un de ses secrets les mieux enfouis ? Eh bien, tout au fond de lui, Carter en voulait toujours à notre père de ne pas avoir réussi à sauver notre mère, même si elle s'était sacrifiée en toute connaissance de cause. Il s'était promis de ne pas laisser tomber Zia, quel que soit le prix à payer. Il avait besoin que quelqu'un croie en lui, et il était convaincu d'avoir trouvé cette personne en Zia. Sa petite sœur ne faisait pas le poids à côté.

À mon avis, il se trompait. J'en avais mal pour lui, mais discuter n'aurait fait que l'éloigner un peu plus.

– Al-Hamrah Makan, a-t-il répété. Je ne connais pas bien l'arabe, mais il me semble que *makan* veut dire « rouge ».

– Ouais, a acquiescé Bès. Et *al-hamrah*, ce sont « les sables ».

– Les sables rouges ! Au Brooklyn Museum, un des bau m'a parlé. Il m'a dit que Zia dormait « parmi les sables rouges ». Les ruines de son village, Sadie... C'est là qu'Iskandar l'a cachée. Il faut qu'on la retrouve.

Il me regardait d'un air suppliant. Oubliés, la fin du monde, *Le Livre de Rê*... Tout ce qui comptait, c'était de retrouver Zia.

J'aurais pu argumenter : il accordait beaucoup trop de crédit à un esprit malin qui tenait probablement ses instructions d'Apophis. Et si celui-ci savait où se cachait Zia, pourquoi nous l'avoir dit, sinon pour nous retarder et nous détourner de notre quête ? D'un autre côté, c'était Seth qui nous avait indiqué le nom du village. Or, Seth agissait *toujours* par intérêt, et dans le cas présent, son intérêt consistait à nous diviser. Et même s'il n'avait pas menti, comment retrouver un endroit rayé de la carte dix ans plus tôt ?

Mais à regarder Carter, il était évident que rien ni personne ne pourraient lui faire entendre raison. Tout ce qui lui importait, c'était de sauver Zia, et il ne laisserait passer aucune chance d'y parvenir, aussi mince soit-elle.

Alors je me suis contentée de dire :

– Je ne crois pas que ce soit une bonne idée.

Ça me faisait bizarre de devoir jouer la grande sœur responsable.

Carter s'est tourné vers Bès :

– Tu pourrais localiser ce village ?

– Peut-être, mais ça prendrait du temps, et on n'en a pas beaucoup. L'équinoxe commencera après-demain, au coucher du soleil. Il faut compter une journée entière pour se rendre à l'oasis, et au moins autant pour localiser les ruines de ton village. Et une fois que vous aurez trouvé la dernière partie du *Livre de Rê*, il vous faudra bien une journée supplémentaire pour découvrir comment l'utiliser. Pour réveiller Rê, vous devrez sans doute faire un tour dans la Douât, où le temps est imprévisible, et le ramener le jour de l'équinoxe, au lever du soleil...

– Autrement dit, ai-je résumé, on n'aura jamais le temps de tout faire. Il va falloir choisir entre Zia et *Le Livre de Rê*.

D'accord, je n'aurais jamais dû mettre Carter au pied du mur, surtout sachant quel serait son choix.

– Je n'ai pas le droit de l'abandonner, a-t-il dit, regardant le soleil qui plongeait vers l'horizon. Elle a un rôle à jouer dans cette histoire, Sadie. J'ignore lequel, mais elle est importante pour nous.

J'ai attendu. La conclusion était évidente, mais Carter n'aurait jamais eu le cran de l'exprimer tout haut. Alors je l'ai fait pour lui :

– On va se séparer. Bès et toi, vous chercherez Zia pendant que je m'occuperai du manuscrit.

– Hum ! a fait Bès. Si ça c'est pas une idée pourrie...

Carter évitait mon regard. Il n'avait pas envie de me perdre, je le savais, pourtant je le sentais soulagé. Il voulait être déchargé de toute responsabilité afin de poursuivre sa quête personnelle.

– Tu viens de me sauver la vie, a-t-il dit. Je ne te laisserai pas seule dans le désert.

J'ai détaché de mon cou le collier avec l'anneau shen.

– Je n'irai pas seule. Walt m'aidera.

– Impossible ! a protesté Bès.

– Tu ne m'as toujours pas dit pourquoi.

– Je... Écoute, j'ai promis à Bastet de prendre soin de vous.

– Et je compte sur toi pour veiller sur Carter. Il aura besoin de toi pour retrouver ce village. Walt et moi, on se débrouillera très bien tout seuls.

– Mais...

– Quel que soit son secret, quel que soit le danger dont tu essaies de le protéger, il souffre de se sentir inutile.

Bès m'a considérée, tentant sans doute d'évaluer ses chances de me faire changer d'avis en criant « BOUH ». Comprenant que j'étais trop têtue, il a poussé un soupir résigné.

– Deux ados, un garçon et une fille, voyageant seuls, ça va paraître bizarre.

– Je dirai que Walt est mon frère.

Carter a accusé le coup. Avec le recul, je regrette de m'être montrée aussi brutale, mais j'étais terrifiée et furieuse contre lui. Il me mettait dans une situation impossible.

– Pars, ai-je dit d'un ton ferme. Va sauver Zia.

Voyant qu'il tentait de déchiffrer mes sentiments sur mon visage, j'ai détourné la tête. Le moment était mal choisi pour une de nos conversations muettes. En réalité, il n'avait pas envie de connaître le fond de ma pensée.

– Comment fera-t-on pour se retrouver ? a-t-il demandé.

– Donnons-nous rendez-vous ici même, ai-je proposé. Accordons-nous vingt-quatre heures, pas une de plus, moi pour trouver le papyrus, et toi le village de Zia, avant de regagner Alexandrie.

Bès a fait entendre un grognement dubitatif.

– À supposer que tout fonctionne comme sur des roulettes, ça ne vous laissera que douze heures pour reconstituer *Le Livre de Rê* et vous en servir.

Il avait raison. C'était carrément mission impossible.

– On n'aura pas d'autre chance, a objecté Carter. On doit au moins essayer.

Il a levé vers moi un regard plein d'espoir, mais je savais déjà qu'on ne se retrouverait pas à Alexandrie. Chez les Kane, rien ne fonctionne jamais comme sur des roulettes.

– D'accord, ai-je dit. Maintenant, si vous voulez bien m'excuser, il faut que je prépare mes affaires.

Je suis rentrée avant qu'ils me voient pleurer.

☥ CARTER

13. Je bois la tasse (avec un démon dedans)

Au point où j'en suis, je ferais aussi bien de changer mon nom secret pour « Humilié à mort par sa sœur », qui résume parfaitement mon existence.

Je t'épargne nos préparatifs de voyage. Sadie a invoqué Walt et lui a résumé la situation. Le lendemain à l'aube, Bès et moi leur avons fait nos adieux. Mon compagnon avait loué à des relations « dignes de confiance » une voiture qui nous a lâchés entre Alexandrie et Le Caire.

Je t'épargnerai également le récit de notre périple à l'arrière d'un pick-up conduit par des bédouins, le long d'une route poussiéreuse, à la recherche d'un village qui n'existait plus.

L'après-midi touchait à sa fin, et je commençais à penser que Bès avait fait preuve d'un optimisme excessif en estimant qu'il nous faudrait une journée pour retrouver Al-Hamrah Makan. Mon malaise n'avait fait que croître au fil des heures. J'avais pris d'énormes risques pour Zia. J'avais abandonné Amos et les apprentis face à la menace d'un magicien hautement maléfique. J'avais laissé ma sœur poursuivre seule notre quête du dernier papyrus. Je n'avais pas le droit d'échouer.

Voyager avec des nomades professionnels présente des avantages. Pour commencer, les bédouins connaissaient les moindres villages, fermes et chemins du désert égyptien, et ils ne rechignaient pas à faire halte pour interroger les gens du coin. Ensuite, ils vénéraient Bès et le traitaient comme un porte-bonheur vivant. Quand on s'était arrêtés pour déjeuner – la préparation du repas avait duré pas moins de deux heures –, ils nous avaient servi le meilleur morceau de la chèvre – ou le pire, suivant les goûts –, mais ils nous l'ont présenté comme un immense honneur.

L'inconvénient de voyager avec des nomades, c'est qu'ils ne sont pas pressés. Il nous a fallu une journée entière pour descendre la vallée du Nil sous un soleil de plomb. À l'arrière du pick-up, je ne pouvais pas parler à Bès sans avaler du sable, aussi avais-je tout le loisir de réfléchir.

Sadie a parfaitement décrit mon obsession. Elle n'avait pas plus tôt prononcé le nom du village de Zia que tout le reste avait cessé d'exister. Je soupçonnais bien une ruse d'Apophis, destinée à nous diviser et à nous empêcher de mener à bien notre quête, mais j'étais également persuadé qu'il avait dit la vérité, pour la simple raison que celle-ci était plus à même de me bouleverser qu'un mensonge. Il avait détruit le village de Zia alors qu'elle était encore enfant. Pourquoi ? Je n'en avais pas la moindre idée. C'était là qu'elle dormait à présent, et à moins que je ne la sauve, il la tuerait.

Pourquoi ne l'avait-il pas fait plus tôt s'il savait où elle se cachait ? Ça, je l'ignorais, et ça me tracassait. Peut-être n'en avait-il pas encore le pouvoir, à moins qu'il n'ait eu d'autres projets pour elle. Après tout, s'il avait l'intention de m'attirer dans un piège, elle lui était plus utile vivante comme appât. Quoi qu'il en soit, Sadie avait raison : ma décision de sauver Zia ne relevait pas de la raison, mais d'une nécessité vitale.

Malgré ça, je me sentais minable. Déjà, j'avais laissé Sadie partir pour Londres malgré le danger. À présent, je l'envoyais arracher un manuscrit à une nécropole pleine de momies. Certes, elle pouvait compter sur l'aide de Walt, et elle n'était pas complètement sans défense, mais un frère digne de ce nom serait demeuré à ses côtés. Sadie m'avait arraché à la mort, et comment l'en avais-je remerciée ? En lui disant : « Salut et à plus ! Amuse-toi bien avec les momies. »

(Et elle : « Je dirai que Walt est mon frère. » Touché !)

Pour être tout à fait franc, ce n'était pas uniquement à cause de Zia que j'avais hâte de m'éloigner d'Alexandrie. J'avais du mal à digérer que Sadie ait découvert mon nom secret. À présent, elle me connaissait mieux que n'importe qui. Il me semblait qu'elle m'avait ouvert sur une table d'opération et avait regardé l'intérieur de mon corps avant de me recoudre. Quand je l'avais su, mon premier réflexe avait été de mettre le plus de distance possible entre nous. Je m'étais même demandé si Rê avait éprouvé une humiliation comparable après qu'Isis lui eut arraché son nom secret, et si c'était là la véritable raison de son exil volontaire. J'avais également besoin de temps pour intégrer ce que Sadie avait accompli. Ça faisait des mois qu'elle et moi, on s'efforçait de comprendre comment les anciens magiciens parvenaient à se servir des dieux sans que ceux-ci les possèdent ou les détruisent. Apparemment, Sadie avait trouvé la clé du mystère : mieux on comprend un dieu, plus on s'approche de son nom secret et plus on devient apte à canaliser son pouvoir. La voie des dieux reposait donc sur le même postulat que la magie affinitaire, la capacité à découvrir une analogie entre deux objets – un tire-bouchon ordinaire et un démon à tête de tire-bouchon, par exemple – et à l'utiliser pour créer un lien magique entre eux. Sauf que dans ce cas précis, il s'agissait de lier un magicien et un dieu.

Cette théorie expliquait que j'aie pu invoquer le Poing d'Horus sans que nous ayons fusionné : lui et moi détestions la sensation d'enfermement. C'était ce simple trait commun qui m'avait permis d'ouvrir les portes du musée de l'Ermitage.

Si j'arrivais à reproduire ce processus à volonté, il nous serait très utile au cours des batailles à venir.

Les kilomètres se succédaient à bord du camion des bédouins. Le Nil serpentait à travers les champs vert et brun à notre gauche. Pour étancher notre soif, nous n'avions qu'un peu d'eau dans un bidon en plastique qui lui communiquait un goût de vaseline. La chèvre me pesait sur l'estomac, et quand je repensais au venin qui avait infecté mon sang, la morsure du tjesu heru me lançait de nouveau.

Vers six heures de l'après-midi, nos efforts ont enfin porté leurs fruits. Un vieux fellah qui vendait des dattes sur le bord de la route avait affirmé connaître le village que nous cherchions. En entendant le nom d'Al-Hamrah Makan, il avait fait un signe pour se protéger du mauvais œil, mais quand Bès lui-même l'avait interrogé, il lui avait dit tout ce qu'il savait.

Selon lui, le village était un endroit maudit où plus personne n'osait se rendre, mais il l'avait connu avant sa destruction. Il était situé à dix kilomètres au sud, dans une courbe de la rivière où le sable présentait une teinte rouge caractéristique.

Les bédouins ont alors décidé d'établir leur campement pour la nuit. Ils nous ont informés qu'ils n'iraient pas plus loin en notre compagnie, mais qu'ils seraient très honorés de nous prêter leur camion.

Nous avons repris la route quelques minutes plus tard. Bès s'était coiffé d'un chapeau qui lui tombait sur les yeux, presque aussi hideux que sa chemise. Je me demandais comment il pouvait conduire avec, surtout que le sommet de sa tête atteignait tout juste le tableau de bord.

Les babioles accrochées au rétroviseur – un disque en métal gravé de caractères arabes, un désodorisant en forme de sapin, des dents enfilées sur un lacet en cuir et, plus étonnant, un portrait miniature d'Elvis Presley – tintaient au moindre cahot.

Le camion n'avait pas de suspensions et les fauteuils étaient à peine rembourrés, de sorte que j'avais l'impression de chevaucher un taureau mécanique. Mais si mon cœur faisait des bonds, ce n'était pas dû uniquement au mauvais état de la route. Après tous ces mois d'enquête et d'espoir, j'avais du mal à croire que je touchais enfin au but.

– Tu fais peur à voir, a remarqué Bès.

– Je te remercie.

– D'un point de vue magique, je veux dire. T'es pas en état de combattre. Or tu te doutes qu'on va pas nous dérouler le tapis rouge.

Sous son chapeau, sa mâchoire crispée indiquait qu'il se préparait à une discussion orageuse.

– Tu penses que je commets une erreur, ai-je dit, et que j'aurais dû rester aux côtés de Sadie.

– Ce que je pense, c'est que si t'avais pris la peine d'y réfléchir, t'aurais vu que cette affaire sentait le piège à plein nez. L'ancien chef lecteur, Iskandar, jamais il aurait caché ta petite amie...

– C'est pas ma petite amie.

– ... sans un minimum de protection. Apparemment, Seth et Apophis tiennent beaucoup tous les deux à ce que tu trouves cet endroit. Ça annonce rien de bon. En plus d'avoir abandonné ta sœur et Walt à leur sort, on est en train de se balader sous le nez de Desjardins, et après votre petit numéro à Saint-Pétersbourg, Menchikov va tout mettre en œuvre pour vous retrouver. Alors, oui, je pense qu'on s'apprête à commettre une grosse boulette.

Je n'ai pas répondu. J'aurais voulu être en colère contre Bès, mais une partie de moi craignait qu'il n'ait raison. Ça faisait des mois que je rêvais des retrouvailles avec Zia. En réalité, il y avait peu de chances que je survive jusqu'au lendemain.

– Peut-être que Menchikov n'est pas encore remis de ses blessures, ai-je avancé sans trop y croire.

Bès a ricané.

– Crois-moi, à l'heure qu'il est, Vlad te suit déjà à la trace. Il n'oublie jamais un affront.

Sa voix tremblait de rage contenue, comme à Saint-Pétersbourg, quand il nous avait raconté le mariage de nains. Quelles autres humiliations lui avait-on fait subir pour que la plaie ne soit pas encore refermée au bout de trois siècles ?

– C'est lui qui t'a capturé ? ai-je demandé.

Cette hypothèse n'avait rien d'invraisemblable – j'avais rencontré des magiciens âgés de plusieurs siècles –, mais Bès a secoué la tête.

– Son grand-père, le prince Alexandre Menchikov, a-t-il répondu, et dans sa bouche, le nom sonnait comme une insulte. Il dirigeait secrètement le Nome Dix-huit. Un homme puissant, et cruel. Son petit-fils lui ressemble beaucoup. Je n'avais encore jamais connu de magiciens comme lui. C'était la première fois que l'un d'eux me capturait.

– Je croyais que les magiciens avaient emprisonné les dieux à l'intérieur de la Douât après la chute de l'empire d'Égypte ?

– La plupart, mais pas tous. Certains ont dormi pendant deux mille ans, jusqu'à ce que ton père les libère. D'autres sont parvenus à s'évader, comme Sekhmet, en 1918 – tu sais, l'épidémie de grippe espagnole ? – mais la Maison de vie les a rattrapés. Quelques-uns, dont moi, ont réussi à se maintenir dans le monde mortel. Dans l'ancien temps, j'étais réputé pour chasser les esprits mauvais. Les gens m'aimaient bien. C'est pourquoi les Romains m'ont adopté comme dieu après les Égyptiens. Par la suite, au Moyen Âge, les chrétiens ont sculpté des gargouilles à mon image afin de protéger leurs cathédrales. Et tout le folklore autour des gnomes, des nains, des lutins s'inspire de ma personne.

– Toi, un lutin ?

– Tu me crois pas ? Figure-toi que je porte très bien les collants verts.

– Je préfère ne pas imaginer.

– Bref, je faisais profil bas, et la Maison de vie me laissait tranquille, jusqu'au jour où je me suis fait prendre, en Russie. J'y serais probablement encore sans...

Il s'est brusquement tu, comme s'il en avait trop dit, et a quitté la route. Le camion a poursuivi en direction du fleuve, bringuebalant sur le sable compact et les cailloux.

– Bastet ? ai-je hasardé. Elle t'a aidé à fuir ?

Le cou du nain avait viré au rouge brique.

– Non, pas Bastet. Elle était coincée dans la Douât, à combattre Apophis.

– Alors...

– Tout ce que tu as besoin de savoir, c'est qu'une fois libre je me suis vengé. J'ai apporté la preuve que Menchikov était corrompu. Le tsar l'a déchu de ses titres, privé de ses richesses, et exilé en Sibérie avec toute sa famille. Ça a été le plus beau jour de ma vie. Malheureusement, son petit-fils, Vladimir, a fini par revenir à Saint-Pétersbourg, où il a reconstruit sa fortune et pris la tête du Nome Dix-huit. S'il parvenait à mettre la main sur moi...

Bès s'est trémoussé sur son siège comme si les ressorts lui piquaient les fesses.

– Je sais pas pourquoi je te raconte tout ça. Sans doute parce que je t'aime bien. Quand tu m'as défié sur le pont de Waterloo, prêt à voler au secours de ta sœur, je te jure, ça m'a pris aux tripes. Et ta tentative pour monter le tjesu heru... C'était gonflé. Stupide mais gonflé.

– Euh... Merci.

– Tu me fais penser à moi quand j'étais un jeune nain : têtu comme une bourrique, et trop nul avec les filles.

Je m'étais imaginé que personne ne pourrait jamais m'humilier davantage que Sadie quand elle avait découvert mon nom secret, mais, apparemment, j'avais tort.

– Zia et moi, c'est pas ce que tu crois...

Bès m'a regardé comme si j'étais un pauvre chiot égaré.

– Tu veux sauver ta copine. Ça, je peux le comprendre. Tu veux aussi qu'elle t'aime. Mais sauver qui on aime, ça complique tout. Comme de soupirer après une fille que tu peux pas avoir, au risque d'en ignorer une autre, qui elle en vaut vraiment la peine. Je... je voudrais pas que tu fasses les mêmes erreurs que moi.

Sa voix exprimait la douleur. Il essayait de m'aider, je sais, mais ça me faisait bizarre de recevoir les conseils d'un dieu d'un mètre vingt coiffé d'un chapeau hideux.

– La personne qui t'a libéré, ai-je dit. C'était une déesse, pas vrai ? Pas Bastet, mais une autre, avec qui t'avais une relation.

Ses doigts sont devenus blancs sur le volant.

– Gamin ?

– Ouais ?

– J'suis content qu'on ait eu cette conversation. Maintenant, si tu tiens à tes dents...

– Je ferais bien de me taire.

– Très juste. De toute manière, a-t-il ajouté en freinant d'un coup sec, on est arrivés.

Le soleil descendait sur l'horizon derrière nous, baignant le paysage – le sable, le Nil, les collines dans le lointain – d'une clarté pourpre. Même les palmiers paraissaient teintés de sang. Seth aurait adoré ce spectacle.

On n'apercevait aucun signe de vie, hormis quelques hérons gris volant au ras de l'eau. De temps en temps, un poisson ou un crocodile crevait la surface du fleuve. Le paysage ne devait pas avoir beaucoup changé depuis l'époque des pharaons.

– Prends ton barda, m'a dit Bès.

Il s'est éloigné sans m'attendre. Quand je l'ai rejoint, au bord de l'eau, il faisait glisser du sable entre ses doigts. J'ai remarqué :

– C'est pas la lumière. Le sable est vraiment rouge.

– Tu sais pourquoi ?

Ma mère aurait répondu : à cause de l'oxyde de fer, ou quelque chose du même style. Elle expliquait tout par la science. Mais quelque chose me disait que ce n'était pas la réponse qu'attendait Bès.

– Le rouge est la couleur du chaos. De la destruction.

Bès s'est frotté les mains.

– C'était pas une bonne idée de construire un village ici, a-t-il lâché.

J'ai promené mon regard autour de moi, cherchant des traces d'occupation humaine. Le sable rouge s'étendait sur une centaine de mètres dans toutes les directions. Des saules et de l'herbe drue bordaient cette zone de désert complet. Le scintillement du sable, la façon dont il bougeait sous mes pieds me rappelaient les scarabées morts dans la Douât. J'ai tenté de chasser cette image de mon esprit.

– Il n'y a rien ici, ai-je dit. Pas même des ruines.

– Regarde mieux.

Bès a tendu l'index vers le fleuve, indiquant un espace de la taille d'un terrain de football planté de roseaux morts. Soudain je me suis rendu compte que ce n'étaient pas des roseaux mais des planches pourries, des piquets en bois, vestiges d'habitations sommaires. Je me suis approché. À cet endroit, l'eau était peu profonde et assez transparente pour laisser apercevoir une ligne de briques en boue, la base d'un mur qui se désagrégeait lentement dans la vase.

– Le village a été englouti ?

– Le Nil s'est efforcé de laver le mal survenu ici.

J'ai frissonné, et la douleur de la morsure du tjesu heru s'est brusquement réveillée.

– Si cet endroit est maudit, pourquoi Iskandar y a-t-il caché Zia ?

– Bonne question. Pour y répondre, tu vas devoir te mouiller.

J'ai été tenté de regagner le camion en courant. La dernière fois que j'étais entré dans un fleuve – le Rio Grande, à El Paso –, on avait combattu le dieu-rocodile, Sobek, et il s'en était fallu de peu qu'on n'y laisse la vie. Je n'osais imaginer quel genre de dieux et de monstres fréquentaient les eaux du Nil.

Je me suis tourné vers Bès :

– Tu viens ?

– L'eau en mouvement ne vaut rien aux dieux. Ça desserre nos liens avec la Douât.

Je devais avoir l'air sacrément désespéré, car il a soupiré :

– OK, je te suis.

Avant de pouvoir me raviser, j'ai plongé un pied dans l'eau. Ma botte s'est enfoncée dans le limon jusqu'à la cheville. Avec une grimace de dégoût, j'ai fait quelques pas accompagnés de bruits de succion.

Un peu tard, j'ai compris à quel point j'étais mal préparé à ce qui m'attendait. J'avais perdu mon épée à Saint-Pétersbourg et malgré mes efforts, elle n'avait pas réapparu depuis. J'en avais déduit que les magiciens de Menchikov l'avaient détruite. J'avais toujours ma baguette, mais celle-ci avait surtout une utilité défensive. Si je devais passer à l'offensive, je serais sérieusement désavantagé.

J'ai arraché un piquet à la vase pour explorer le fond devant moi. On avançait difficilement. En retournant des briques du bout du pied, on a exhumé quelques sections de mur intactes ainsi que des débris de poterie. Zia m'avait raconté comment son père avait accidentellement libéré un démon emprisonné dans une statue et causé ainsi la destruction du village. Peut-être ces débris provenaient-ils de la statue en question.

Les seules attaques auxquelles on devait faire face étaient celles des moustiques. De même, on ne rencontrait aucun piège, mais le moindre bruit me faisait craindre l'apparition d'un crocodile – pas un gentil albinos, comme notre Philippe – ou d'un de ces poissons-tigres pleins de dents que Zia m'avait montrés au Premier Nome. Je les imaginais nageant en cercle autour de moi, se demandant laquelle de mes jambes était la plus goûteuse.

À une ou deux reprises, j'ai aperçu du coin de l'œil des remous qui semblaient indiquer qu'on me suivait, mais mon bâton n'a rencontré que le vide quand je l'ai piqué dans l'eau.

On a continué nos recherches pendant presque une heure. À la fin, le soleil était presque couché. On avait rendez-vous avec Sadie à Alexandrie le lendemain matin, ce qui ne nous laissait guère de temps pour retrouver Zia, et le prochain coucher de soleil marquerait le début de l'équinoxe. Jusque-là, on n'avait rien repêché de plus intéressant qu'un ballon de foot dégonflé et un dentier. (Oui, Sadie. Comme celui de papy.) Je venais d'écraser un moustique sur mon cou quand j'ai vu Bès sortir un poisson frétillant de l'eau, ou une grenouille, et le fourrer dans sa bouche.

J'ai protesté :

– C'est dégoûtant !

– Quoi ? a-t-il dit sans cesser de mastiquer. C'est l'heure de dîner.

Écœuré, je lui ai tourné le dos et planté mon bâton dans l'eau. La pointe a heurté une surface dure – plus dure qu'une brique en boue ou un morceau de bois.

J'ai tenté d'en tracer le contour avec mon bâton. Ce n'était pas un rocher mais une rangée de pierres taillées, prolongée par une autre située environ trente centimètres plus bas : les marches d'un escalier s'enfonçant dans le lit du fleuve.

J'ai appelé Bès, qui m'a rejoint. Il avait de l'eau jusqu'à la poitrine, et sa silhouette tremblait comme s'il allait disparaître d'une minute à l'autre.

Il a plongé sous la surface pour réapparaître presque aussitôt, le visage boueux, la barbe pleine d'algues.

– Ce sont bien des marches, a-t-il affirmé. On dirait l'entrée d'une tombe.

– Une tombe ? En plein village ?

Un plouf a retenti à ma gauche. Bès s'est subitement renfrogné.

– Tu as vu ?

– Oui, ai-je répondu, et c'était pas le premier.

Le nain a trempé un doigt dans l'eau comme pour en tester la température.

– On ferait bien de se presser, a-t-il alors dit.

– Pourquoi ?

– Rien de grave, a prétendu Bès – il mentait aussi mal que mon père. Jetons un coup d'œil à cette tombe. Écarte les eaux, tu veux ?

À l'entendre, on aurait pu croire à une requête parfaitement normale comme « Passe-moi le sel, tu veux ? »

– Je ne sais pas faire ça, ai-je rétorqué. Je suis un magicien guerrier.

– Oh ! je t'en prie, un gosse y arriverait. Sous le règne de Khéops, j'ai connu un magicien qui a écarté les eaux du Nil juste pour récupérer un collier perdu. Puis il y a eu cet Israélite, Mickey...

– Moïse ?

– C'est ça. Bon, tu t'y colles ? On n'a pas toute la nuit, je te rappelle.

– Si c'est si facile, pourquoi tu ne le fais pas ?

229

– Regardez-moi ce jeune coq ! Je te l'ai dit, l'eau en mouvement interfère avec les pouvoirs des dieux. C'est sans doute pour ça qu'Iskandar a choisi cet endroit pour planquer ta copine, si elle est bien là. Allez, tu peux le faire. Tu n'as qu'à...

Il s'est brusquement raidi.

– Regagne la berge.

– Mais tu disais...

– Vite !

Avant que j'aie pu bouger, le fleuve s'est soulevé. Trois geysers en ont jailli, et Bès a disparu, entraîné sous la surface.

J'ai voulu courir mais la vase semblait aspirer mes pieds. Soudain les geysers ont pris forme humaine, avec une tête, des épaules et des bras formés de remous tourbillonnants. On aurait dit que le Nil avait accouché de momies.

Bès a refait surface environ cinq mètres plus loin.

– Des démons des eaux ! a-t-il bredouillé. Chasse-les !

– Comment ?

Deux des démons se sont jetés sur lui dans un bouillonnement d'écume.

– Fais quelque chose ! a-t-il hurlé. De mon temps, le premier berger venu savait comment éloigner les démons des eaux !

– Trouve-moi un berger, alors !

Bès a poussé son cri – « BOUH ! » –, et le premier démon s'est évaporé. Il s'est alors tourné vers le deuxième, qui lui a explosé au visage. Le dieu nain a chancelé, recrachant l'eau par les narines. Puis le démon est retombé sur lui, le submergeant de nouveau.

Le troisième démon s'est rué sur moi. J'ai levé ma baguette, et il s'est écrasé contre un bouclier de lumière bleue tandis que je tombais à la renverse.

Sa bouche et ses yeux tournoyaient tels des vortex miniatures. Mon regard a plongé à l'intérieur, et j'y ai lu une faim jamais assouvie, ainsi qu'une haine farouche de l'humanité. Cette créature rêvait de briser chaque digue, dévorer chaque ville, noyer le monde sous un océan de chaos. Et elle allait commencer par me tuer.

La chose s'est jetée sur moi, brisant mon bouclier et m'entraînant sous l'eau.

Ça t'est déjà arrivé de boire la tasse ? Oui, sans doute. Mais imagine une vague entière s'engouffrant dans tes narines – une vague intelligente qui sait parfaitement comment t'asphyxier. J'ai lâché ma baguette. Mes poumons se sont emplis de liquide. La panique m'a envahi, effaçant toute pensée rationnelle.

Je me suis débattu furieusement, sachant qu'il y avait à peine un mètre d'eau, sans toutefois parvenir à me relever. Enfin, ma tête a émergé, et j'ai aperçu comme dans un brouillard Bès chevauchant un geyser.

– J'ai dit « BOUH ! » criait-il. Tu devrais être mort de trouille !

Puis j'ai replongé sous la surface, et mes doigts se sont enfoncés dans la vase.

Mon cœur battait à tout rompre. Ma vision s'est troublée. Aucun sort ne me venait à l'esprit, et de toute manière, j'aurais été incapable de le formuler. Si encore j'avais eu les pouvoirs d'un dieu aquatique... Mais ce n'était pas le genre d'Horus.

J'allais perdre conscience quand une main a saisi la mienne. Mon bras s'est instinctivement détendu, et mon poing est entré en contact avec un menton hérissé d'une barbe rêche.

J'ai refait surface, cherchant désespérément ma respiration. Bès, à moitié noyé, braillait à mes côtés :

– Idiot – *gloub gloub* – j'essayais de te sauver – *gloub gloub*...

Le démon m'a de nouveau attiré sous l'eau, mais cette fois, je n'ai pas cédé à la panique. La gorgée d'oxygène que je venais de prendre m'avait remis les idées en place, à moins que ce ne soit le coup de poing que j'avais donné à Bès. Je me suis rappelé qu'Horus s'était déjà trouvé dans cette situation, le jour où Seth avait tenté de le noyer dans le Nil.

Je me suis raccroché à ce souvenir jusqu'à me l'approprier. Soudain j'ai senti le pouvoir du dieu de la guerre circuler dans mes veines, et sa colère bouillonner en moi. Je n'allais pas laisser une stupide momie liquide me noyer dans un mètre d'eau !

Tout est devenu rouge devant mes yeux. J'ai hurlé, expulsant l'eau de mes poumons avec une force surhumaine. Une explosion a soufflé le Nil, et je me suis effondré sur un lit de vase, secoué par une violente quinte de toux.

Je me suis relevé péniblement et j'ai constaté que le fleuve contournait à présent les ruines du village. Des briques, des planches, des vêtements, une aile de voiture, des ossements animaux ou humains reposaient sur une couche de boue rougeâtre à l'aspect verni. Quelques poissons sautillaient mollement, se demandant où était passé l'eau. Les démons avaient disparu. Le nez en sang, enfoncé dans la vase jusqu'à la taille, Bès a levé vers moi un regard plein de reproche.

– J'ai vu écrit nulle part qu'on devait casser la figure à un nain pour écarter les eaux, a-t-il marmonné, furieux. Retire-moi de là.

J'ai réussi à l'extraire de la vase, provoquant un bruit de succion tellement impressionnant que j'ai regretté de ne pas pouvoir l'enregistrer. (Non, Sadie. Je n'essaierai pas de le reproduire devant le micro.)

– Pardon, ai-je dit, honteux. Je ne voulais pas...

Il a écarté mes excuses d'un geste.

– Tu t'es occupé des démons, c'est tout ce qui compte. Maintenant, voyons comment tu te débrouilles avec ça.

Je me suis retourné et j'ai découvert l'entrée de la tombe, délimitée par des blocs de pierre. Les marches conduisaient à une porte également en pierre, gravée de hiéroglyphes parmi lesquels j'ai reconnu le symbole de la Maison de vie.

– Les démons gardaient la tombe, a repris Bès. On risque de trouver pire à l'intérieur.

J'ai déchiffré une ligne de signes phonétiques sous le symbole :

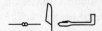

– Z-I-A. Zia est bien ici.

– Dans notre jargon magique, on appelle ça un piège grossier, m'a rétorqué Bès. Tu peux encore changer d'avis, gamin.

Mais je ne l'écoutais déjà plus. Zia était là, tout près. Même si j'avais su ce qui allait arriver, je ne crois pas que j'aurais renoncé. J'ai descendu les marches et poussé la porte.

☥ CARTER

14. *La tombe de Zia Rashid*

Le sarcophage était entièrement liquide.

Imagine une silhouette humaine plus grande que nature, avec un large visage souriant, comme tous les sarcophages que tu as pu voir dans les musées, mais sculpté dans une eau transparente et scintillante. Il reposait sur un piédestal au centre d'une salle carrée. Les murs étaient décorés dans le style égyptien, mais j'avoue ne pas y avoir beaucoup prêté attention.

Zia Rashid flottait à l'intérieur du sarcophage dans une longue robe blanche, les bras croisés sur la poitrine, sa baguette et son bâton à ses côtés. Elle serrait dans ses mains la crosse et le fléau, les attributs du pharaon. Ses cheveux noirs et courts se déployaient autour de son visage, aussi beau que dans mon souvenir. Elle me faisait penser au célèbre buste de Néfertiti : des sourcils arqués, des pommettes marquées, un nez gracieux, des lèvres carmin au dessin parfait.

(Sadie trouve que j'exagère, mais je te promets que non. C'est pas pour rien que certains considèrent Néfertiti comme la plus belle femme du monde.)

Tandis que j'approchais du sarcophage, des reflets miroitants ont parcouru ses flancs, y traçant encore et encore le même symbole :

Bès a poussé un grognement sourd.

– Tu m'avais pas dit que ta petite amie était un hôte, m'a-t-il lancé d'un ton accusateur.

Je n'avais pas jugé utile de le préciser, mais c'était pour cette raison qu'Iskandar avait caché Zia. Quand notre père avait libéré les dieux, au British Museum, Nephtys, la déesse des eaux, avait choisi Zia comme hôte.

– C'est le symbole de Nephtys ? ai-je supposé.

Bès a acquiescé.

– La spécialité de ta copine, c'est pas la magie du feu ?

– Si.

– Hum ! Pas étonnant que le chef lecteur l'ait placée en animation suspendue. En s'affrontant, l'eau et le feu en elle risquaient de la tuer. À moins que... Hé ! pas bête, ça.

– Quoi donc ?

– À moins que l'eau ne masque les pouvoirs de Zia. Si Iskandar voulait la soustraire à Apophis...

Ses yeux se sont agrandis.

– Par notre mère Nout ! C'est bien la crosse et le fléau ?

– En effet, ai-je répondu, étonné par sa réaction. Beaucoup de gens importants se faisaient enterrer avec, non ?

– Tu comprends pas : il s'agit pas de copies. Ce sont les vrais attributs de Rê !

Je ne crois pas que j'aurais été davantage étonné s'il m'avait dit : « Au fait, t'es adossé à une bombe à hydrogène. » La crosse et le fléau étaient les symboles les plus puissants du plus puissant des dieux égyptiens. Pourtant, dans les mains de Zia, ils paraissaient ordinaires. La crosse évoquait un sucre d'orge bleu et or géant. Le fléau était une simple baguette en bois prolongée par trois chaînes à pointes. Ils ne brillaient pas, et il n'y avait pas PROPRIÉTÉ DE RÊ écrit dessus.

– Qu'est-ce qu'ils font là ? ai-je demandé.

– J'en sais rien, mais c'est bien eux. Aux dernières nouvelles, ils se trouvaient dans la salle des coffres du Premier Nome. Seul le chef lecteur peut y accéder. C'est sûrement Iskandar qui les a enterrés là avec ta copine.

– Pour la défendre ?

– Autant relier l'alarme de ta maison à un missile nucléaire. Je comprends pourquoi Apophis ne pouvait pas l'atteindre.

– Que se passera-t-il si je la réveille ?

– Les sorts qui la protègent seront rompus. C'est peut-être pour ça qu'Apophis t'a conduit ici. Une fois sortie du sarcophage, Zia fera une cible facile. Quant à dire pourquoi Apophis la voudrait morte, ou pourquoi Iskandar s'est donné autant de mal pour la cacher, j'en sais pas plus que toi.

Je ne pouvais détacher mes yeux du visage de Zia. Ça faisait trois mois que j'espérais cet instant, mais, à présent, j'avais peur de la réveiller. En levant le sort qui la maintenait inconsciente, je risquais de la blesser, voire de l'exposer aux attaques d'Apophis. Et même si je réussissais, qui sait si elle n'allait pas me détester ? Je m'étais convaincu qu'elle avait partagé les souvenirs de son ouchebti et qu'elle se rappellerait les moments qu'on avait vécus ensemble. Mais si ce n'était pas le cas, et si elle me rejetait...

Mes doigts ont effleuré le sarcophage.

– Sois prudent, gamin, m'a dit Bès.

Une onde de magie m'a traversé. C'était une sensation subtile, comme lorsque j'avais plongé mon regard dans celui du démon des eaux, mais j'ai perçu les pensées de Zia. Prisonnière d'un cauchemar dans lequel elle se noyait, elle tentait de se raccrocher à la dernière vision qu'elle avait eue : l'expression bienveillante d'Iskandar quand il avait placé la crosse et le fléau dans ses mains. *Prends ceci, ma chère enfant. Tu en auras besoin. Et n'aie pas peur. Aucun mauvais rêve ne viendra te tourmenter.*

Iskandar s'était trompé. Le sommeil de Zia était peuplé de cauchemars. La voix sifflante d'Apophis lui murmurait dans les ténèbres : *J'ai tué les tiens, et bientôt ce sera ton tour.* Elle revivait la destruction de son village, encore et encore, et l'essence de Nephtys s'agitait en elle, aggravant son malaise. Iskandar avait également plongé la déesse dans un sommeil magique. C'était elle qui avait demandé au Nil de recouvrir l'entrée de la tombe afin de les dissimuler toutes deux au serpent, mais elle ne pouvait rien contre le rêve chaotique qui hantait son hôte depuis des mois, sapant peu à peu sa raison.

– Il faut que je la sorte de là, ai-je dit. Elle est en partie consciente.

– Ça me paraît impossible, m'a rétorqué Bès. Mais si elle l'est...

– Elle court un grand danger.

J'ai enfoncé un peu plus ma main dans le sarcophage, faisant appel à la magie qui m'avait permis d'écarter les eaux du Nil, mais à une moindre échelle. La coque liquide s'est lentement déformée, tel un glaçon en train de fondre. J'ai rattrapé Zia avant qu'elle ne tombe du piédestal. Elle a lâché la crosse et le fléau, qui se sont écrasés par terre avec sa baguette et son bâton.

Pendant que les derniers restes du sarcophage ruisselaient sur le sol, les paupières de Zia se sont soulevées. Elle a pris une inspiration et a paru s'étouffer.

Je me suis tourné vers Bès :

– Qu'est-ce qui lui arrive ?

– Son corps rejette l'essence de Nephtys ! Emmène-la jusqu'au Nil, vite !

Le visage de Zia devenait bleu. J'ai remonté les marches glissantes deux à deux, la portant dans mes bras. Elle se débattait et me donnait des coups, toutefois j'ai réussi à ne pas tomber et l'ai déposée sur la berge.

Ses mains ont agrippé sa gorge, ses yeux exprimaient la terreur, mais au contact du fleuve, un halo bleuté l'a enveloppée tout entière, et son visage a retrouvé sa couleur naturelle. L'eau jaillissait de sa bouche comme d'une fontaine. Avec le recul, je me dis que j'aurais dû trouver ça dégoûtant, mais sur le moment, le soulagement l'a emporté.

La forme ondoyante d'une femme vêtue de bleu s'est brusquement dressée au-dessus de l'eau. L'élément liquide affaiblissait les dieux, mais pas Nephtys, à l'évidence. Elle respirait la puissance. Une couronne d'argent coiffait ses longs cheveux noirs. Son visage noble rappelait celui d'Isis, mais son regard était plus tendre, son sourire plus doux.

– Bonjour, Bès.

Sa voix évoquait le bruissement du vent dans les roseaux.

– Salut, Nephtys. Ça faisait un bail.

La déesse des eaux a baissé les yeux vers Zia, qui frissonnait dans mes bras et cherchait toujours sa respiration.

– Je regrette de m'être servie d'elle, a-t-elle dit. C'était un choix malheureux, qui a failli nous détruire toutes les deux. Prends bien soin d'elle, Carter Kane. Elle a bon cœur et est promise à un grand destin.

– Quel destin ? Et comment puis-je la protéger ?

Nephtys n'a pas répondu mais sa silhouette s'est dissoute dans le courant du fleuve.

– Le Nil est son vrai corps, a commenté Bès. C'est bien qu'elle l'ait retrouvé.

Zia s'est brusquement pliée en deux, secouée par une quinte de toux.

– Elle n'arrive pas à respirer ! ai-je crié.

Dans mon affolement, j'ai tenté le premier truc qui m'est venu à l'esprit : le bouche-à-bouche.

Je sais à quoi tu penses, mais tu te trompes.

(Sadie, arrête de rigoler.)

Franchement, je cherchais juste à l'aider, pas à profiter de la situation. Mais Zia ne l'a pas compris comme ça. Elle m'a filé un coup de poing en pleine poitrine, m'arrachant un couinement ridicule. Puis elle a eu un haut-le-cœur. J'ignorais que j'avais aussi mauvaise haleine. Quand son regard s'est de nouveau fixé sur moi, il brûlait de colère. Comme au bon vieux temps.

– Je t'interdis de m'embrasser ! a-t-elle craché.

– Je ne...

– Où est Iskandar ? J'ai rêvé qu'il... Par l'Égypte éternelle, ne me dis pas qu'il est... Non !

La voyant trembler, j'ai voulu poser une main sur son épaule mais elle m'a violemment repoussé. Le visage tourné vers le fleuve, elle a éclaté en sanglots, les ongles plantés dans la vase.

Ça me faisait mal de la voir aussi malheureuse. J'aurais voulu la consoler, mais Bès a porté une main à son nez ensanglanté en me regardant, comme pour m'avertir de ce qui m'attendait.

– Zia, il faut qu'on parle, ai-je dit, m'efforçant de cacher la peine que me causait son attitude hostile. Mais d'abord, éloignons-nous du fleuve.

Elle s'est assise sur les marches de sa propre tombe et a croisé les bras pour se réchauffer. Ses vêtements et ses cheveux étaient presque secs, mais malgré la douceur de la nuit et le vent aride du désert, elle frissonnait toujours.

J'ai demandé à Bès de lui apporter sa baguette et son bâton ainsi que la crosse et le fléau. Il s'est exécuté à contrecœur, tenant les attributs divins à bout de bras, comme s'il s'agissait de matières toxiques.

Je me suis lancé dans un long récit à l'intention de Zia – son ouchebti, la mort d'Iskandar, l'accession de Desjardins au titre de chef lecteur, les événements qui avaient suivi la destruction de la pyramide de Seth –, mais je ne crois pas qu'elle en ait entendu grand-chose. Elle n'arrêtait pas de secouer la tête, les mains plaquées sur les oreilles.

– Iskandar n'est pas mort, a-t-elle dit d'une voix tremblante. Et puis, il ne m'aurait jamais fait une chose pareille.

– Il tentait de te protéger. Il ne savait pas que tu aurais ces cauchemars. Je t'ai cherchée...

– Pourquoi ? Qu'est-ce que tu attends de moi ? Je t'ai à peine aperçu à Londres, mais depuis...

– J'ai rencontré ton ouchebti à New York. Il... tu nous as emmenés au Premier Nome, ma sœur et moi. Tu as commencé à nous former. Puis on s'est retrouvés au Nouveau-Mexique, et tu nous as aidés à vaincre Seth...

– Non. Ce n'était pas moi.

– Mais tu peux accéder aux souvenirs de l'ouchebti. Tu n'as qu'à...

– Tu es un Kane ! Un hors-la-loi. Et tu es accompagné de... ça, a-t-elle achevé en indiquant Bès.

– « Ça » porte un nom, figure-toi, lui a rétorqué celui-ci. Tu me fais regretter d'avoir traversé la moitié de l'Égypte pour te réveiller.

– Tu es un dieu ! lui a lancé Zia, puis elle s'est tournée vers moi : Si c'est toi qui l'as invoqué, tu le paieras de ta vie !

– Je te rappelle que tu abritais l'essence de Nephtys, est intervenu Bès. Alors, si quelqu'un doit mourir...

Zia a saisi son bâton. Heureusement, elle n'avait pas récupéré toutes ses forces. Un maigre bouquet de flammes a jailli en direction de Bès, qui les a écartées de la main.

– Zia, stop ! ai-je crié, empoignant l'extrémité du bâton. Ne te trompe pas d'ennemi.

– Tu permets que je lui file mon poing dans la figure ? m'a demandé Bès. Tu m'as bien filé le tien... Ce ne serait que justice, non ?

– Je ne veux voir ni coup de poing ni jet de flammes. Zia, on est dans le même camp. L'équinoxe commence demain, au coucher du soleil. Au même moment, Apophis s'évadera de sa prison. Il a l'intention de te détruire. On est venus te protéger.

En entendant le nom d'Apophis, Zia était devenue livide. Elle semblait avoir du mal à respirer, comme si ses poumons étaient à nouveau pleins d'eau.

– Non, c'est impossible... Pourquoi te croirais-je ?

– Eh bien...

Que pouvais-je lui répondre ? Parce qu'on est tombés amoureux il y a trois mois ? Parce qu'on s'est mutuellement sauvé la vie ? Ces souvenirs n'étaient pas les siens. Elle les avait vécus de l'extérieur, comme un film dans lequel une actrice aurait joué son rôle et fait des choses qu'elle n'aurait jamais faites.

– Tu ne me connais pas, a-t-elle constaté d'un ton amer. Maintenant, pars avant que je ne sois obligée de te combattre. Je me débrouillerai pour regagner le Premier Nome.

– Elle a raison, gamin, a dit Bès. On ferait bien d'y aller. Avec toute la magie que vous avez libérée ici, on a déjà dû nous repérer.

J'ai serré les poings. Mes pires craintes s'étaient concrétisées. Zia ne m'aimait pas. Tout ce qui avait existé entre nous était tombé en poussière en même temps que sa réplique en argile. Mais comme je l'ai déjà mentionné, je peux me montrer très têtu quand on me refuse une chose.

– Je ne te laisserai pas ! ai-je affirmé. C'est Apophis qui a détruit ce village – ton village. Il ne s'agissait pas d'un accident, et ton père n'y était pour rien. C'était toi la cible du serpent.

Iskandar t'a élevée parce qu'il avait senti que tu étais promise à un grand destin. Et il a enterré la crosse et le fléau avec toi, pas parce que tu abritais une déesse, mais parce qu'il se savait mourant et avait peur de ne plus pouvoir te protéger. Je ne sais pas ce que tu dois accomplir, mais...

– Tais-toi !

L'extrémité du bâton de Zia s'est rallumée, et cette fois, elle brillait d'un éclat plus soutenu.

– Tu m'embrouilles l'esprit, a-t-elle repris. Comme ces cauchemars...

– Tu sais que c'est faux !

J'aurais probablement dû me taire, mais je restais persuadé que Zia ne me réduirait pas en cendres.

– Avant de mourir, Iskandar a compris qu'il s'était trompé, que les dieux et les magiciens devaient coopérer. C'est pour ça qu'il nous a laissé la vie sauve, à ma sœur et moi. Ton ouchebti aussi en a pris conscience, durant notre combat contre Seth.

– Faudrait vraiment qu'on y aille, a insisté Bès.

– Viens avec nous, ai-je dit à Zia. Je sais qu'Iskandar représentait beaucoup pour toi, mais je suis ton ami. Nous te protégerons...

– Je n'ai pas besoin qu'on me protège ! Je suis une scribe de la Maison de vie !

Zia s'est relevée d'un bond, et des flammes ont jailli de son bâton. J'ai fait le geste de saisir ma baguette, avant de me rappeler que je l'avais perdue dans l'eau. Mes mains se sont refermées sur la crosse et le fléau. Je les ai instinctivement croisés afin de me protéger, et le bâton enflammé a volé en éclats.

Zia a été projetée en arrière. De la fumée s'échappait de ses mains.

– Tu oses utiliser les symboles de Rê ? m'a-t-elle lancé, stupéfaite.

Je devais avoir l'air aussi effaré qu'elle.

– Je... je ne l'ai pas fait exprès. Je voulais juste qu'on parle. Tu dois mourir de faim. On a de l'eau et des vivres dans notre camion...

Bès m'a interrompu :

– Carter ! Il se passe un truc pas normal...

Il a fait volte-face, trop tard. Une explosion de lumière blanche l'a avalé. Quand les taches noires qui dansaient devant mes yeux ont fini par se dissiper, mon ami était figé à l'intérieur d'une cage aux barreaux fluorescents. Debout près de celle-ci se tenaient les deux hommes que j'avais le moins envie de voir : Michel Desjardins et Vlad l'inhalateur.

Desjardins paraissait encore plus âgé que dans ma vision. Ses cheveux grisonnants et trop longs, sa barbe emmêlée lui donnaient une allure négligée. Il flottait dans sa robe, et sa cape en léopard avait glissé sur son épaule gauche.

Vlad Menchikov, à l'inverse, semblait en pleine forme pour se livrer à son sport favori, la torture. Il avait un costume propre et un nouveau bâton. Son serpent amulette étincelait sur sa cravate. Il s'était coiffé d'un chapeau blanc, sans doute pour dissimuler les blessures que Seth lui avait infligées. Il souriait comme s'il était heureux de me voir. J'aurais presque pu y croire, s'il avait eu ses lunettes. Mais au centre de leur réseau de cicatrices, ses yeux mutilés exprimaient une haine brûlante.

– Je vous l'avais dit, chef lecteur, a-t-il déclaré de sa voix râpeuse. Le jeune Kane allait rechercher cette malheureuse enfant et tenter de fuir avec elle.

Je me suis adressé à Desjardins :

– Menchikov est un traître ! Il a invoqué Seth, et il projette de libérer Apophis...

Menchikov m'a coupé la parole :

– Vous voyez ? Il m'accuse des crimes qu'il a lui-même commis. Je l'avais prédit !

– Quoi ? C'est faux !

Le Russe s'est tourné vers Bès, toujours figé dans sa cage.

– Tu oses te prétendre innocent, Carter Kane, alors que nous t'avons surpris en compagnie d'un dieu ? Voyons un peu qui nous avons là... Le nain Bès ! C'est une chance que mon grand-père m'ait appris comment le maîtriser. Il m'a également légué quelques techniques de torture magiques qui ont démontré leur efficacité sur cette créature. J'ai toujours rêvé de les expérimenter.

Desjardins a grimacé de dégoût, mais je n'aurais su dire si c'était à cause de moi ou de Menchikov.

– Carter Kane, a-t-il dit, je savais que tu convoitais le trône des pharaons et que tu complotais avec Horus afin de l'obtenir. Et voici que je te découvre en train de brandir les attributs de Rê, qui ont récemment disparu de nos coffres. Une telle impudence dépasse les bornes de l'entendement, même venant de toi.

J'ai baissé les yeux vers la crosse et le fléau que je tenais toujours.

– Ce n'est pas ce que vous croyez. Je les ai trouvés...

Je me suis tu. Je ne pouvais pas lui dire que les symboles de Rê avaient été enterrés auprès de Zia, au risque d'attirer des ennuis à celle-ci.

Desjardins a acquiescé, comme si mon silence signifiait un aveu. À mon grand étonnement, il paraissait un peu déçu.

– C'est ce que je pensais, a-t-il repris. Amos m'avait assuré que tu étais un loyal serviteur de Maât. Mais en plus de frayer avec les dieux, tu es un voleur.

Je me suis tourné vers Zia :

– Je t'en prie, écoute-moi. Tu es en danger. Menchikov travaille pour Apophis. Il te tuera.

Menchikov jouait l'indignation avec beaucoup de conviction.

– Ridicule ! Pourquoi voudrais-je du mal à cette enfant ? Je ne perçois plus la présence de Nephtys en elle. Ce n'est pas sa faute si la déesse l'a possédée. Je me réjouis de te voir saine et sauve, a-t-il ajouté en tendant une main secourable à Zia. Tu n'es pas responsable des errements d'Iskandar – sa décision de te cacher ici, son indulgence envers les Kane, ces criminels – à la fin de sa vie. Éloigne-toi de ce traître. Viens avec nous.

Zia a hésité.

– J'ai... j'ai fait des rêves étranges.

– Tu es encore confuse, lui a dit Desjardins d'un ton plein de douceur. C'est bien normal. Ton ouchebti te transmettait ses souvenirs. Ainsi, tu as vu Carter Kane et sa sœur conclure un pacte avec Seth sur les ruines de sa pyramide. Au lieu de le détruire, ils l'ont laissé s'enfuir.

– Rappelle-toi pourquoi nous l'avons fait, ai-je supplié tandis que Zia me dévisageait avec méfiance. Le chaos est en marche. Dans moins de vingt-quatre heures, Apophis aura retrouvé la liberté. Zia, je...

Ma voix s'est brisée. J'étais sur le point de lui avouer mes sentiments, mais ses yeux sont devenus aussi durs que deux pierres d'ambre.

– Je ne te connais pas, a-t-elle murmuré. Désolée.

Menchikov a souri.

– Très juste, mon enfant. Tu n'as rien à voir avec ce traître. Maintenant, avec la permission du chef lecteur, nous allons ramener ce jeune hérétique au Premier Nome, où il sera jugé, puis exécuté, a achevé Menchikov avec une lueur de triomphe dans son regard mort.

SADIE

15. *Les dromadaires, ça craint...*

Je sais, Carter. Ton combat contre les démons des eaux, ça a dû être horrible. Mais ne compte pas sur moi pour te plaindre parce que 1) Tu t'es fourré toi-même dans le pétrin, 2) Pendant que tu volais au secours de ta chère Zia, moi je me coltinais des dromadaires.

Au cas où tu l'ignorerais, le dromadaire est un animal répugnant.

Je sais ce que tu penses : *Enfin, Sadie, c'étaient des dromadaires magiques, invoqués par Walt – quel génie, ce Walt ! – au moyen d'une amulette... Rien à voir avec les vrais.*

Eh bien, tu as tout faux. Je te garantis que les dromadaires magiques crachent, bavent, mordent, font des crottes et, pire encore, sentent aussi mauvais que les vrais. On dirait même que la magie accentue ce qu'il y a de plus dégoûtant chez eux, si possible.

Bien sûr, on n'a pas fait toute la route à dos de dromadaire. Avant, on a connu une succession de modes de transport de plus en plus horribles. On a d'abord pris un car jusqu'à une petite ville à l'ouest d'Alexandrie – un car pas climatisé, rempli de types qui ignoraient les bienfaits du déodorant. Ensuite on a engagé un chauffeur pour nous conduire à Al-Bahariya – un chauffeur qui bouffait des oignons crus, nous a soûlés en passant en boucle une compilation des plus grands succès d'ABBA et qui, une fois dans le désert – surprise ! –, nous a présenté ses copains, des bandits enthousiastes à l'idée de dépouiller de jeunes Américains sans défense. Je me suis fait un plaisir de leur montrer comment mon bâton pouvait se transformer en un lion géant affamé. J'imagine qu'ils courent toujours à l'heure qu'il est, de même que notre chauffeur. Malheureusement, le moteur de la voiture avait calé, et même la magie n'a pas réussi à le faire redémarrer.

C'est à ce moment qu'on a décidé d'éviter les secteurs les plus fréquentés. Je pouvais m'accommoder des regards hostiles ou simplement appuyés : une ado anglo-américaine avec des mèches violettes, voyageant seule avec un garçon qui n'a pas l'air d'être son frère, forcément, ça attire l'attention, mais j'ai l'habitude d'être un objet de curiosité. Mais l'incident avec les voleurs de grands chemins nous a fait réaliser qu'en plus de nous observer les indigènes nous considéraient comme des cibles potentielles. Pour éviter de futures confrontations avec d'autres bandits, la police égyptienne ou, pire, des magiciens infiltrés dans la population, on a alors invoqué les dromadaires magiques et enchanté une poignée de sable pour qu'elle nous indique la direction d'Al-Bahariya.

Maintenant, tu vas me demander : *Dis, Sadie, c'est comment, le désert ?*

Eh bien, c'est... désertique. Immense, en plus. Il me semble que quelques centaines de mètres de sable brûlant suffiraient à transmettre au visiteur le concept de « désertitude », puis elles céderaient la place à un paysage digne de ce nom – une prairie verdoyante traversée par une rivière, ou une avenue bordée de boutiques. Mais non, ce désert-là paraissait infini. Tandis qu'on progressait péniblement, franchissant une dune après l'autre, j'imaginais Seth en train de se payer notre tête.

Si le désert est sa maison, je peux te dire qu'il n'a aucun talent pour la déco.

J'avais appelé mon dromadaire – une femelle – Katrina, parce que c'était une vraie catastrophe naturelle. Elle bavait et semblait confondre mes mèches violettes avec une variété de fruits exotiques : elle était littéralement obsédée par mes cheveux, au point de vouloir les manger. Quant à celui de Walt, je l'avais baptisé Hindenburg, parce qu'il était presque aussi énorme et gonflé de gaz qu'un dirigeable.

On cheminait côte à côte. Perdu dans ses pensées, Walt scrutait sans relâche l'horizon. À Alexandrie, il avait accouru à mon appel. Comme je le soupçonnais, nos deux anneaux étaient reliés l'un à l'autre. En me concentrant, j'avais pu envoyer à Walt un message mental l'informant de ma situation. Au prix d'un effort supplémentaire, j'avais réussi à l'amener jusqu'à moi à travers la Douât. La magie, c'est simple comme un coup de fil : « SOS Beau Gosse, à votre service ! »

Depuis son arrivée, il s'était peu à peu enfermé dans un silence gêné. Il était vêtu comme un ado américain normal en excursion – un débardeur noir qui mettait ses muscles en valeur, un pantalon de trekking, une paire de bottes – mais si on regardait bien, on remarquait qu'il était venu équipé de tous les objets magiques qu'il avait jamais fabriqués. Il trimballait un véritable zoo autour du cou, trois bagues à chaque main et, autour de la taille, une ceinture tressée que je ne connaissais pas, laquelle, j'ai supposé, recelait également des pouvoirs. Il portait aussi un sac à dos, probablement rempli de gadgets. Malgré cet arsenal, il avait l'air affreusement nerveux.

– Beau temps, pas vrai ? ai-je lâché, histoire d'engager la conversation.

Il a secoué la tête, comme si je l'avais tiré d'une sorte de torpeur.

– Pardon. Je... je réfléchissais.

– Tu sais, parfois, ça fait du bien de parler. Imagine que j'aie un problème grave – un problème qui ferait peser une menace sur ma vie, que j'aurais confié uniquement à Jaz, que Bès connaîtrait mais qu'il refuserait de dévoiler – eh bien, si je devais traverser le désert avec une bonne copine, sans rien d'autre à faire pour tuer le temps que bavarder, il me semble que je lui en toucherais un mot. C'est juste une hypothèse, note bien.

– Je note.

– Maintenant, imagine que la copine en question soit la seule au monde à ignorer mon secret, et qu'elle se soucie vraiment de moi... Je pense qu'elle trouverait ça très frustrant, et qu'elle aurait du mal à se retenir de t'étrangler – je veux dire, de m'étrangler. Mais encore une fois, ce n'est qu'une hypothèse.

Walt a réussi à esquisser un sourire. S'il ne me faisait pas fondre autant qu'Anubis, je le trouvais pourtant séduisant. On ne pouvait pas dire qu'il ressemblait à mon père, mais il possédait la même beauté brute, une sorte de gravité sereine qui me rassurait. Avec lui, je me sentais plus fermement ancrée dans le sol.

– C'est difficile d'en parler, a-t-il dit enfin. Mais je n'avais pas l'intention de te cacher quoi que ce soit.

– Heureusement, il n'est pas trop tard.

Katrina a alors tenté d'embrasser Hindenburg, ou de le mordre. L'autre a réagi en lâchant un pet. Une illustration déprimante, mais réaliste, des rapports entre les sexes.

Walt a repris :

– Mon « secret » a quelque chose à voir avec le sang des pharaons. Vous, les Kane, êtes issus de deux puissantes lignées royales. Celles de Narmer et Ramsès le Grand, je crois ?

– C'est ce qu'on m'a dit, oui. Sadie la Grande... Ça sonne bien, non ?

Walt n'a pas répondu. Peut-être m'imaginait-il sous les traits d'un pharaon – terrifiant, je te l'accorde.

– Qu'est-ce que tu sais sur Akhénaton ? m'a-t-il brusquement demandé.

– Comme ça, sans réfléchir, je dirais que c'était un pharaon. Égyptien, sans doute.

Walt a ri, ce qui était bon signe. Si je parvenais à le distraire de ses idées noires, peut-être se confierait-il plus facilement.

– Excellente réponse, élève Sadie ! Akhénaton est le pharaon qui a décidé d'abolir le culte des anciens dieux.

– Oh ! Je vois.

En effet, cette histoire m'évoquait vaguement quelque chose. Ça m'a inquiétée : je ne voudrais pas devenir aussi rasoir que Carter.

– C'est pas lui qui a déplacé la capitale ?

Walt a acquiescé.

– Il a construit une ville entièrement nouvelle, à Amarna. Un drôle de type, mais il a été le premier à émettre l'idée que les anciens dieux pouvaient être mauvais. Il a essayé d'interdire leur culte, de fermer leurs temples. Il voulait n'adorer qu'un seul dieu, le soleil. Pas Rê, mais le disque solaire lui-même, Aton. Les magiciens et les prêtres, surtout ceux d'Amon-Rê...

– Un autre nom pour Rê ?

– Plus ou moins. Comme je le disais, les prêtres d'Amon-Rê n'aimaient pas trop Akhénaton. À sa mort, ils ont défiguré ses statues et tenté d'effacer son nom de tous les monuments. Amarna a été désertée. L'Égypte a renoué avec ses anciens dieux.

Ainsi, plusieurs milliers d'années avant qu'Iskandar ait édicté une loi bannissant les dieux, un pharaon avait eu la même idée. Je me suis imprégnée de cette révélation avant de demander :

– Et Akhénaton était ton arrière-arrière-arrière... ?

– Mon ancêtre, oui, a répondu Walt, enroulant les guides de son dromadaire autour de son poignet. La nôtre présente les mêmes aptitudes pour la magie que les autres lignées royales, seulement... Comme tu t'en doutes, les dieux n'aimaient pas trop Akhénaton. Son fils, Toutankhamon...

– Tu descends de Toutankhamon ?

– Hélas. Il a été le premier à souffrir de la malédiction. La maladie l'a emporté à l'âge de dix-neuf ans. Et encore, comparé à d'autres, il a eu de la chance.

– C'est quoi, cette histoire de malédiction ?

Au même moment, Katrina a crissé et s'est immobilisée. Je sais ce que tu penses : *Voyons, Sadie, les dromadaires ne crissent pas !* Erreur : juste comme elle atteignait le sommet d'une dune massive, elle a émis un cri aussi aigu qu'un crissement de pneus. Hindenburg, lui, a pétaradé avant de s'arrêter.

Devant nous, en plein désert, s'étalait une mosaïque verdoyante de champs et de palmeraies à peu près aussi vaste que le cœur de Londres. Des oiseaux sillonnaient le ciel. Des étangs miroitaient au soleil de l'après-midi. De la fumée s'élevait de quelques habitations éparses. Après tous ces kilomètres de sable blanc, une telle profusion de couleurs faisait mal aux yeux, comme la lumière du jour à la sortie d'une salle de cinéma obscure.

J'ai compris ce que ressentaient les voyageurs des siècles passés lorsqu'ils découvraient une oasis après des jours et des jours de désert. Pour ma part, j'avais l'impression de me trouver aux portes du jardin d'Éden.

Comme tu t'en doutes, les dromadaires ne s'étaient pas arrêtés pour admirer le paysage. Une piste de minuscules empreintes serpentait sur le sable entre la lisière de l'oasis et notre dune. Escaladant celle-ci, un chat à l'air mécontent venait dans notre direction.

– Pas trop tôt ! a dit le chat.

J'ai mis pied à terre et l'ai regardé avec stupéfaction, non parce qu'il venait de parler – j'avais déjà vu des choses plus étranges – mais parce que je connaissais cette voix.

– Bastet ? Qu'est-ce que tu fiches à l'intérieur de... T'es quoi, au juste ?

Le chat s'est dressé sur deux pattes et a écarté les autres comme pour saluer.

– Un mau égyptien, qu'est-ce que tu crois ? Cette belle robe argentée, délicatement tachée de noir...

– Pardon, mais on dirait que t'es passée au mixer.

Ne crois pas que j'exagérais : la fourrure du pauvre animal était arrachée à plusieurs endroits, ce qu'il en restait paraissait sale et emmêlé, et ses paupières enflées présentaient des balafres presque aussi affreuses que celles de Vlad Menchikov. Peut-être avait-il été beau autrefois, quoique j'aurais parié qu'il avait toujours vécu à l'état sauvage.

Le chat, ou plutôt Bastet, est retombé sur ses quatre pattes.

– Sadie, a-t-elle repris d'un air pincé, il me semble t'avoir déjà expliqué que les cicatrices d'un chat sont ses médailles. Ce vieux matou est un fier guerrier.

Un fier guerrier qui collectionne les dérouillées, ai-je pensé, mais j'ai préféré me taire.

À son tour, Walt s'est laissé glisser à terre.

– Bastet ? a-t-il dit. Comment... Où es-tu en ce moment ?

– Toujours dans les profondeurs de la Douât, a soupiré la déesse. Il va me falloir au moins un jour de plus pour en trouver la sortie. Ici, c'est un peu... le chaos.

– Tu vas bien ? me suis-je inquiétée.

– Oui. Il faut juste que je sois prudente. L'abîme grouille d'ennemis. Toutes les voies de circulation et les rivières sont gardées. Je vais devoir faire un grand détour pour rentrer en toute sécurité, et vu que l'équinoxe commence demain au coucher du soleil, le timing va être serré. C'est pourquoi j'ai préféré t'adresser un message.

Walt a froncé les sourcils, perplexe.

– Ce n'est pas un vrai chat, alors ?

– Bien sûr que si ! Mais je le contrôle avec une infime partie de mon bâ. Je n'ai aucun mal à parler à travers un chat, du moins pendant quelques minutes. Ne me dis pas que tu ne t'en étais jamais aperçu, Sadie ? Pas possible ! Tu devrais fréquenter davantage les chats. Au fait, ce brave mau aura mérité une récompense après mon départ. Un beau poisson, ou un peu de lait...

Je l'ai interrompue :

– T'avais un message, tu disais ?

– Exact. Apophis est en train de se réveiller.

– Ça, on le savait déjà.

– C'est pire que ce qu'on pensait. Il a une légion de démons qui s'activent autour de sa prison, et il projette de faire coïncider sa sortie avec le réveil de Rê. En réalité, il compte sur vous pour le libérer ! Ça fait partie de son plan.

J'ai eu l'impression que ma tête était devenue un tas de gelée, mais il faut dire que Katrina était en train de suçoter mes cheveux.

– Apophis veut qu'on libère son ennemi mortel ? Ça n'a aucun sens !

– Je ne me l'explique pas non plus, mais en m'approchant de sa prison, j'ai réussi à capter ses pensées. J'imagine que le fait de nous être combattus pendant des siècles a créé un lien entre nous. Bref, l'équinoxe commence demain soir. Apophis a l'intention d'émerger de la Douât le lendemain, soit le 21 mars, au lever du jour. Puis il avalera le soleil et détruira le monde. Et il est persuadé que vous allez lui faciliter la tâche en réveillant Rê.

– Si Apophis veut qu'on réussisse, est intervenu Walt, pourquoi nous met-il des bâtons dans les roues ?

– Ça, ça reste à prouver.

Une dizaine de détails qui m'avaient tracassée au cours des deux derniers jours me sont revenus en mémoire : pourquoi Apophis s'était-il contenté d'effrayer Carter au Brooklyn Museum, alors que les flèches de Sekhmet auraient pu le tuer ? Comment se faisait-il qu'on n'ait pas rencontré plus de difficultés pour fuir Saint-Pétersbourg ? Sans parler de l'empressement de Seth à nous révéler l'emplacement du troisième papyrus...

J'ai poursuivi :

– Apophis souhaite le chaos. Il cherche à semer la discorde parmi ses ennemis. Le retour de Rê pourrait déclencher une guerre civile. Déjà, les magiciens sont divisés. Les dieux se dresseraient les uns contre les autres. L'autorité des chefs serait remise en cause. Et si Rê renaît aussi vieux et faible qu'il l'était dans ma vision...

– Donc, il ne faut pas le réveiller ? a demandé Walt.

– Ce n'est pas non plus la solution.

– Là, je ne te suis plus, a avoué Bastet.

Katrina mâchait toujours mes cheveux, qui n'étaient plus qu'une masse visqueuse, mais j'y prêtais à peine attention.

– Il faut s'en tenir à notre plan, ai-je affirmé. Maât et le chaos doivent s'équilibrer, pas vrai ? Si Apophis gagne en puissance, Rê doit en faire autant.

– Mais si Apophis pense que son réveil va l'aider à détruire le monde...

– Alors, nous devons nous convaincre qu'il se trompe.

« Nous avons choisi de croire en Maât », m'avait dit le ren de Jaz. Confortée par ce souvenir, j'ai repris :

– Apophis part du principe que personne n'est capable de réaliser l'union des dieux et des magiciens. Il pense que le retour de Rê ne fera que nous affaiblir un peu plus. Nous allons lui prouver le contraire. Nous ferons surgir l'ordre du chaos, comme l'a fait l'Égypte tout au long de son histoire. C'est risqué, même très risqué, mais si nous renonçons de peur d'échouer, alors nous ferons le jeu d'Apophis.

Pas évident de haranguer ses troupes pendant qu'un dromadaire vous lèche la tête, pourtant Walt a acquiescé vigoureusement. Le chat avait l'air moins enthousiaste, mais tu connais les chats... De vrais rabat-joie.

– Ne sous-estime pas Apophis, a dit Bastet. Tu ne l'as jamais combattu. Moi si.

– C'est pour ça qu'on a besoin de toi ici.

Je lui ai rapporté la conversation entre Seth et Vlad Menchikov, et le projet de celui-ci de détruire notre maison de Brooklyn.

– Nos amis courent un grave danger, Bastet. Je crains que Menchikov ne soit encore plus fou qu'Amos ne l'imagine. Retourne à Brooklyn le plus vite possible. Quelque chose me dit que c'est là que va se jouer l'issue de la bataille. Nous deux, on se charge du dernier papyrus et de Rê.

– Au fait, où sont Carter et Bès ? Ne me dis pas que tu les as...

Le chat a jeté un regard soupçonneux aux deux dromadaires.

– Non, mais tu me donnes des idées.

Après l'avoir rassurée, je lui ai expliqué en deux mots quelle folie s'apprêtait à commettre Carter.

Le chat a fait entendre un grondement furieux.

– Quelle perte de temps ! Ce fichu nain aura de mes nouvelles pour t'avoir laissée seule.

– Et moi, alors ? a protesté Walt. Je suis l'homme invisible ?

– Pardon, chaton. Je ne voulais pas...

Le chat a eu un haut-le-cœur, comme s'il tentait de recracher une pelote de poils.

– Nous allons être coupés. Bonne chance, Sadie. L'accès le plus pratique aux tombes se trouve au sud-est, à l'intérieur d'une petite palmeraie. Cherche un château d'eau noir. Et méfie-toi des Romains. Ils sont très...

Le chat s'est hérissé, puis il a cligné plusieurs fois les yeux.

– Quels Romains ? ai-je demandé. Et pourquoi faut-il s'en méfier ?

– Mâou !

Le chat a levé vers moi un regard qui voulait dire : « T'es qui, toi ? Et quand est-ce qu'on mange ? »

J'ai donné une tape sur le nez de Katrina pour l'éloigner de mes cheveux, puis j'ai soupiré :

– En route. Ne faisons pas attendre les momies.

On a prélevé un peu d'eau et de bœuf séché sur nos provisions pour les donner au chat. Ça ne valait pas un bon poisson et du lait, mais il a eu l'air d'apprécier. Comme l'oasis était proche et qu'il semblait connaître son chemin mieux que nous, on l'a laissé finir son repas tout seul. Walt a retransformé les dromadaires en amulettes – ouf ! – et on a pénétré dans l'oasis à pied.

On n'a pas eu trop de difficultés à trouver la palmeraie dont avait parlé Bastet. Le château d'eau noir qui se dressait en bordure était la construction la plus élevée des environs. On s'est dirigés vers lui à travers les rangées de palmiers qui nous abritaient un peu du soleil. On voyait une ferme en briques d'argile au loin, mais aucun être humain. À cette heure de l'après-midi, tout le monde devait se terrer dans l'ombre des maisons. Pas fous, les Égyptiens !

Le château d'eau – quatre poteaux en acier rouillés supportant une citerne de la taille d'un garage, à environ quinze mètres du sol – paraissait très ancien. La citerne fuyait. Toutes les dix secondes, une goutte tombait du ciel et s'écrasait sur le sable tassé. Il n'y avait pas grand-chose à voir autour, à part des palmiers, quelques outils agricoles et une pancarte en contre-plaqué posée par terre, qui témoignait d'une tentative du fermier pour vendre sa production au marché. L'inscription, peinte à la bombe, était rédigée en arabe avec la traduction dessous : DATTES PAS CHÈRES. BEBSI FRAIS.

– « Bebsi » ? ai-je lu.

– Pepsi. La lettre « p » n'existe pas en arabe.

– Alors, les gens d'ici boivent un Bebsi avec leur bizza ?

– Brobablement.

J'ai regardé autour de moi.

– C'est pas un peu calme, pour un site archéologique célèbre ? Où sont les visiteurs, les guichets, les vendeurs de souvenirs ?

– Bastet nous a peut-être dirigés vers une entrée secrète, a suggéré Walt. Comme ça, on n'aura pas à déjouer la surveillance des gardiens.

Une entrée secrète... Fascinant. Mais je ne voyais pas où pouvait se cacher cette entrée providentielle, sauf si le château d'eau était en réalité un appareil de téléportation, ou si l'un des palmiers dissimulait une porte. J'ai donné un coup de pied dans la pancarte. Il n'y avait rien dessous, à part du sable que le goutte-à-goutte de la citerne transformait peu à peu en boue.

Je me suis agenouillée près de la tache humide. L'eau se rassemblait dans un minuscule canal, comme si le sable s'écoulait dans une fissure du sol. Celle-ci, longue d'un mètre et pas plus large qu'un crayon, paraissait trop rectiligne pour être naturelle. J'ai entrepris de creuser à cet endroit. Presque aussitôt, mes ongles ont rencontré une surface dure.

– Aide-moi, ai-je dit à Walt.

Il nous a fallu moins d'une minute pour dégager une dalle d'environ un mètre carré. J'ai tenté de la soulever, mais elle était lourde et mes doigts ne trouvaient pas de prise sur ses bords mouillés.

– Il nous faudrait un levier, a affirmé Walt.

– J'ai mieux que ça. Recule.

Il s'apprêtait à protester mais quand j'ai sorti mon bâton, il s'est prudemment écarté. Afin d'établir un lien avec Isis, j'ai évoqué la fois où elle avait découvert le cercueil de son époux, pris dans le tronc d'un cyprès, et fait exploser l'arbre. M'étant approprié ses émotions – colère, désespoir –, j'ai pointé mon bâton vers la dalle et prononcé le mot *ha-di*.

La bonne nouvelle, c'est que le sort a fonctionné encore mieux qu'à Saint-Pétersbourg. Le hiéroglyphe a brillé à l'extrémité de mon bâton, et la dalle a volé en éclats, révélant un trou obscur.

La mauvaise, c'est que je n'avais pas seulement détruit la dalle. Le sol a commencé à s'effriter tout autour. Avec Walt, on a bondi en arrière tandis que d'autres pierres tombaient dans le trou béant. J'ai alors compris que je venais de détruire le toit d'une salle souterraine. Le trou a continué à s'élargir, atteignant bientôt les supports de la citerne. Le château d'eau a vacillé avec des grincements sinistres.

– Cours ! m'a crié Walt.

On ne s'est arrêtés que trente mètres plus loin. Cachés derrière le tronc d'un palmier, on a vu la citerne osciller tel un ivrogne puis basculer dans notre direction et s'écraser au sol. Un véritable torrent s'est répandu parmi les palmiers, nous trempant de la tête aux pieds.

Le bruit avait dû retentir à travers toute l'oasis.

– Oups ! ai-je dit.

Walt m'a regardée comme s'il me croyait folle. Je l'admets, j'y étais allée un peu fort. Mais c'est tellement tentant de faire exploser des trucs...

On s'est approchés du cratère lunaire Sadie Kane, qui avait à présent la taille d'une piscine. Cinq mètres plus bas, sous une pile de gravats et de sable, reposaient plusieurs rangées de momies enveloppées de lambeaux de tissu. Elles paraissaient un peu écrasées, mais on distinguait toujours les couleurs vives – rouge, bleu et or – dont elles étaient peintes.

– Les momies en or, a murmuré Walt d'un air horrifié. Apparemment, cette partie de la nécropole était encore inexplorée. Tu as détruit...

– Je le répète : oups ! Maintenant, aide-moi à descendre avant que le propriétaire du château d'eau ne rapplique avec son fusil.

SADIE

16. ... mais moins que les Romains

Je dois dire pour ma défense que les momies contenues dans cette salle étaient déjà très abîmées, à cause des moisissures résultant de la fuite de la citerne. Et crois-moi, une momie mouillée, ça sent atrocement mauvais.

On a escaladé un tas de gravats et découvert un corridor qui s'enfonçait plus profondément dans le sol. Je n'aurais su dire s'il avait été créé par l'homme ou par la nature, mais il serpentait à travers la roche pendant une quarantaine de mètres avant de déboucher sur une nouvelle chambre, celle-ci étant parfaitement préservée. Étendues sur des dalles ou dans des niches murales, des momies peintes étincelaient faiblement à la lueur des lampes torches que Walt avait pensé à apporter. Il y en avait au moins une centaine rien que dans cette salle, d'où partaient d'autres corridors.

Walt a éclairé trois momies côte à côte sur un lit de pierre au centre de la salle. Entièrement entourées de bandelettes, elles évoquaient des quilles géantes. Le défunt était peint sur le tissu avec un grand luxe de détails – mains croisées sur la poitrine, bijoux, pagne, sandales – de même qu'une foule de divinités et de symboles protecteurs. Le style typiquement égyptien des illustrations tranchait avec le réalisme des visages, qui paraissaient plaqués sur les momies. Celle de gauche était un homme aux traits fins, avec une barbe et des yeux noirs pleins de tristesse. Celle de droite, une belle femme aux cheveux acajou bouclés. Mais celle du milieu m'a brisé le cœur. Sa petite taille indiquait un enfant. Le portrait représentait un garçon de six ou sept ans. Il avait les yeux de l'homme et les cheveux de la femme.

– Une famille, a supposé Walt. Enterrés ensemble.

Un objet était glissé sous le bras droit de l'enfant, un petit cheval de bois, sans doute son jouet préféré. Ces gens vivaient il y a des milliers d'années, pourtant mes yeux se sont embués.

– De quoi sont-ils morts ? ai-je demandé.

– D'une maladie de langueur.

La voix provenait du corridor qui s'ouvrait devant nous, et son écho se répercutait à travers la salle.

J'ai instinctivement saisi mon bâton tandis que Walt braquait sa lampe vers l'entrée du corridor. Un fantôme est apparu – enfin, j'ai présumé qu'il s'agissait d'un fantôme parce qu'il était transparent. Un homme âgé et corpulent, aux cheveux blancs coupés court, avec une tête de bouledogue. Il était vêtu à la romaine et avait les yeux soulignés de khôl. On aurait dit Winston Churchill, le défunt Premier ministre britannique, à une soirée péplum.

Il nous a considérés d'un air méfiant.

– Ça faisait longtemps qu'on n'avait pas accueilli des nouveaux. Où sont vos corps ?

Avec Walt, on a échangé un regard.

– Eh bien, ai-je répondu, on les occupe.

Le fantôme a haussé les sourcils.

– Vous êtes vivants ?

– Jusqu'ici, oui, a acquiescé Walt.

Le gros homme s'est frotté les mains.

– Dans ce cas, vous avez certainement apporté des offrandes. *On* nous avait annoncé votre venue, mais nous vous avons attendu si longtemps... Qu'est-ce que vous fabriquiez ?

Apparemment, il nous prenait pour d'autres. Ça m'ennuyait de le détromper, surtout qu'il s'était mis à briller d'un éclat plus vif, ce qui, en magie, annonce souvent une explosion.

– On devrait peut-être se présenter. Je m'appelle Sadie Kane, et voici...

– Je comprends ! Vous avez besoin de mon nom pour le sort.

Le fantôme s'est éclairci la voix avant d'annoncer :

– Je suis Appius Claudius Iratus.

J'ai eu le sentiment que c'était censé m'impressionner.

– Euh... C'est pas un nom égyptien, ça. Si ?

– C'est romain, m'a rétorqué le fantôme d'un air froissé. Si on a tous fini ici, c'est à cause des Égyptiens et de leurs fichues coutumes. Déjà que ça ne m'amusait pas d'être en garnison dans cette oasis perdue – comme s'il y avait besoin d'une légion entière pour garder quelques palmiers ! –, il a encore fallu que je tombe malade. Sur mon lit de mort, j'ai dit à mon épouse : « Lobelia, je veux un enterrement à l'ancienne. Par pitié, épargne-moi cette absurde mode locale. » Croyez-vous qu'elle m'ait écouté ? Elle m'a fait embaumer et, par sa faute, mon bâ est coincé ici pour l'éternité. Les femmes, je vous jure... Après ça, j'imagine qu'elle est retournée à Rome pour y mourir dans les règles.

– Lobelia ? ai-je répété, abasourdie.

Comment des parents pouvaient-ils avoir la cruauté d'appeler leur fille Lobelia ?

Vexé, le fantôme a croisé les bras.

– Je vois bien que je vous ennuie avec mes bavardages. Vous pouvez m'appeler Claude le furieux. C'est la traduction de mon nom dans votre langue.

Je me suis soudain demandé comment un fantôme romain pouvait s'exprimer en anglais – ou alors, il communiquait avec nous par télépathie. Quoi qu'il en soit, cette révélation ne me rassurait pas vraiment.

Walt a levé la main, demandant la parole :

– « Le furieux » ? Vous avez fait quoi pour mériter ce surnom ?

– Peu importe, a répondu Claude. Bon, et ces offrandes, alors ? Je vois là des baguettes, des amulettes. J'en déduis que vous êtes des prêtres de la Maison de vie locale ? Bien ! Vous saurez donc quoi faire.

– Quoi faire... ? Hum ! Oui, oui, bien sûr, ai-je acquiescé.

Claude a plissé les yeux.

– Par Jupiter ! Vous êtes des novices, c'est ça ? Est-ce qu'au moins le temple vous a exposé le problème ?

– Euh...

D'un pas rageur, Claude s'est dirigé vers la famille de momies qui avait attiré notre attention.

– Voici Lucius, Flavia et le petit Purpens. Comme je vous l'ai dit, un mal de langueur les a emportés. Je suis ici depuis tellement longtemps que je pourrais vous raconter l'histoire de tout le monde, ou presque !

– Quoi, ils... ils vous parlent ?

Je me suis écartée des trois momies. Soudain le petit Purpens me paraissait beaucoup moins mignon.

Claude le furieux a agité la main d'un air impatient.

– Parfois, oui. Mais moins souvent qu'autrefois. Leur esprit sommeille la plupart du temps. Le problème, c'est moins la façon dont ces gens sont morts que ce qu'ils ont souffert depuis. Nous autres, Romains installés en Égypte, avons été nombreux à nous faire momifier et inhumer suivant les rites locaux, par des prêtres du cru, etc. En jouant sur les deux tableaux – et les deux religions –, nous pensions nous assurer une éternité de tout repos. Seulement, vos idiots de prêtres n'avaient aucune idée de ce qu'ils faisaient ! Quand nous nous sommes implantés chez vous, votre magie était en pleine décadence. Vous auriez quand même pu nous avertir ! Mais non, vous avez salopé le travail et empoché notre argent.

Je me suis écartée un peu plus de Claude le furieux, qui brillait maintenant dangereusement.

– Je suis certaine que la Maison de vie a mis en place un numéro pour les réclamations...

– Les rituels égyptiens ne souffrent pas l'à-peu-près. C'est comme ça que notre âme éternelle s'est retrouvée enchaînée à notre corps momifié. Personne n'avait pris le soin de dire des prières pour notre passage dans l'autre vie, ni d'apporter des offrandes pour nourrir notre bâ. Vous n'imaginez pas à quel point j'ai faim !

– On a du bœuf séché, si vous en voulez, a proposé Walt.

– Impossible de gagner le royaume de Pluton, comme d'honnêtes Romains, car notre corps avait été préparé pour un au-delà différent. Impossible également de rejoindre la Douât, parce que les rituels égyptiens n'avaient pas été exécutés correctement. Nos âmes étaient coincées ici, avec nos corps. À mourir une deuxième fois d'ennui !

– Si vous êtes un bâ, comment se fait-il que vous n'ayez pas un corps d'oiseau ? ai-je demandé.

– Je te l'ai dit ! Nous ne sommes ni des fantômes romains ni de vrais bâ. Crois-moi, si j'avais des ailes, il y a longtemps que je me serais enfui de cet endroit ! Au fait, quelle année est-on ? Et qui est l'empereur actuel ?

– Eh bien, il s'appelle...

Walt a toussé avant d'enchaîner :

– Ne vous inquiétez pas, Claude. On va régler votre problème.

– Ah oui ? ai-je fait, décontenancée. Oh ! je vois...

– Mais pour ça, a repris Walt, on doit d'abord retrouver quelque chose.

– Un papyrus, ai-je complété. Une partie du *Livre de Rê*.

Claude a gratté ses bajoues impressionnantes.

– Et ce papyrus vous permettra d'envoyer nos âmes dans l'au-delà ?

– Eh bien...

– Oui, a affirmé Walt.

– C'est possible, ai-je nuancé. Mais ça, on ne le saura qu'après l'avoir retrouvé. Il est censé réveiller Rê, ce qui devrait augmenter vos chances de passer dans l'au-delà. En plus, je suis en très bons termes avec les dieux égyptiens. Ils viennent boire le thé à la maison de temps en temps. Si vous nous aidez, je leur glisserai un mot en votre faveur.

Comme tu t'en doutes, j'improvisais. Ça va peut-être t'étonner, mais j'ai tendance à parler à tort et à travers sous l'effet du stress.

(C'est pas drôle, Carter.)

L'expression de Claude s'est alors teintée de ruse, et il s'est mis à nous étudier comme s'il tentait d'évaluer le montant de nos comptes en banque. J'ignore s'il existait des vendeurs de chars d'occasion sous l'Empire romain, mais j'imaginais bien notre fantôme dans une pub d'époque, en toge et sandales : « Un deuxième char offert pour un denier de plus ? Il est fou furieux, Claude... Fou furieux ! »

– Glisser un mot en ma faveur, hein ? a-t-il répété d'un ton pensif.

Il s'est ensuite tourné vers Walt, avec dans le regard une lueur avide qui m'a filé la chair de poule.

– Si le papyrus que vous cherchez est tellement vieux, il se trouve dans la partie la plus ancienne des catacombes. Les Égyptiens qui y reposent sont morts bien avant l'arrivée des

Romains. Eux n'ont eu aucun mal à passer dans la Douât. Leurs sépultures sont intactes, avec toutes leurs reliques.

– Vous voulez bien nous montrer le chemin ? a demandé Walt avec un entrain dont j'aurais été incapable.

Claude le furieux nous a adressé son plus beau sourire de vendeur de chars d'occase.

– Avec plaisir ! On discutera de ma rétribution plus tard, d'accord ? Par ici, les amis.

Note : la prochaine fois qu'un fantôme surnommé « le furieux » se proposera pour te guider dans les profondeurs d'une nécropole, refuse.

Claude nous a conduits à travers un dédale de salles et de couloirs, nous soûlant de commentaires sur les différentes momies. Caligula, le négociant en dattes : « Quel nom horrible ! Mais quand vos parents vous ont donné le nom d'un empereur, même dément, on n'échappe pas à son destin. Il est mort après avoir parié qu'il était capable d'embrasser un scorpion. » Varens, le marchand d'esclaves : « Un homme répugnant. Il voulait s'implanter sur le marché des gladiateurs. Mais quand on donne une épée à un esclave… Vous devinez la suite. » Octavia, la femme du commandant de la légion : « Celle-là, elle avait fini par se prendre pour une indigène ! Elle avait fait embaumer son chat et s'imaginait qu'elle descendait d'un pharaon. Elle s'était mis en tête d'invoquer l'esprit d'Isis. Elle a eu une mort douloureuse, inutile de le préciser. »

Il m'a souri, comme s'il venait de raconter une bonne blague. J'ai fait de mon mieux pour dissimuler ma répulsion.

Plus encore que leur nombre, c'était la diversité des momies qui m'impressionnait. Certaines, enroulées dans des bandelettes dorées, étaient peintes avec un tel réalisme qu'elles semblaient nous suivre du regard. Elles reposaient sur des tables en marbre, entourées de bijoux, de vases et d'ouchebtis. D'autres donnaient l'impression d'avoir été fabriquées par des gosses de maternelle : grossièrement enveloppées, peintes de hiéroglyphes tremblants et de divinités rudimentaires. Quant à leurs visages... Même moi, j'aurais fait mieux ! Elles s'empilaient dans des niches, parfois sur trois épaisseurs, ou à même le sol dans les angles des salles.

Quand je l'ai questionné à leur sujet, Claude s'est montré évasif :

– Des prétentieux qui voulaient paraître ce qu'ils n'étaient pas. Comme ils n'avaient pas de quoi payer des artistes, ils ont fait avec les moyens du bord.

J'ai considéré la momie la plus proche, dont le visage avait été peint avec les doigts, et je me suis demandé si c'était là l'ultime hommage d'un enfant à sa mère défunte. Il n'avait ni argent ni talent, mais il avait fait de son mieux, et je trouvais ça attendrissant. Je me suis promis d'en toucher un mot à Anubis la prochaine fois que je le verrais. Cette femme avait mérité le bonheur éternel, même si elle était pauvre. Le snobisme faisait déjà assez de ravages dans cette vie-ci sans qu'on l'exporte dans la prochaine.

Walt restait silencieux. Il fermait la marche et braquait sa lampe torche sur l'une ou l'autre momie, comme s'il s'interrogeait sur sa destinée. Après avoir parcouru plusieurs autres tunnels et salles surpeuplées, on a pénétré dans une chambre apparemment beaucoup plus ancienne. Les peintures murales presque effacées semblaient plus authentiques, avec des personnages qui marchaient de biais et des hiéroglyphes qui n'étaient pas purement décoratifs mais formaient des mots. Ici, pas de portraits réalistes, mais des visages souriants, aux yeux immenses, qui m'évoquaient les masques funéraires égyptiens que j'avais pu voir. Quelques momies étaient tombées en poussière tandis que les autres avaient traversé les siècles dans leurs sarcophages en pierre.

– De riches Égyptiens, a confirmé Claude, morts bien avant l'arrivée des Romains. Ce que vous recherchez devrait se trouver dans les parages.

J'ai promené mon regard autour de la salle. La seule autre issue était bloquée par des éboulis. Pendant que Walt commençait à chercher, j'ai sorti les deux premiers papyrus de ma sacoche. J'espérais qu'ils m'indiqueraient une direction – Bès m'avait dit qu'ils m'aideraient à trouver le dernier –, comme la baguette d'un sourcier, mais non.

– Qu'est-ce que c'est que ça ? a demandé Walt.

Il se tenait à l'autre extrémité de la salle, devant une niche abritant la statue d'un homme enveloppé dans une sorte de linceul. Sa silhouette taillée dans le bois était décorée de pierres et de métaux précieux. Le drap avait des reflets nacrés dans la lumière de la lampe. L'homme tenait un bâton doré couronné d'un djed en argent. Plusieurs rongeurs en or – des rats, aurait-on dit – se pressaient à ses pieds. Son visage bleu turquoise resplendissait.

– Mon père, ai-je supposé. Enfin, Osiris...

Claude le furieux a haussé les sourcils.

– Ton père ?

Walt m'a évité une longue explication en enchaînant :

– Je ne crois pas, non. Regarde sa barbe.

Une barbe remarquable, en effet : deux minces traits noirs qui suivaient le contour de la mâchoire et se rejoignaient à la naissance d'une barbiche parfaitement droite – comme si quelqu'un l'avait tracée avec un crayon gras et avait planté celui-ci dans le menton de la statue.

– Et cette espèce de pompon accroché à son collier, a poursuivi Walt. On ne voit pas ça chez Osiris. Quant aux bestioles à ses pieds... Des rats, non ?

– C'est Ptah, bien sûr, a grommelé Claude. Je croyais que vous étiez prêtres ?

J'en avais entendu, des noms égyptiens bizarres, mais celui-ci méritait le premier prix.

– Ptah, fils de Ptoui ? Le dieu des crachats ?

Claude m'a lancé un regard courroucé.

– Tu es toujours aussi irrévérencieuse ?

– Là, encore, je me retiens...

– Novice *et* hérétique... C'est bien ma chance ! Je ne devrais pas avoir à te l'apprendre, mais Ptah est le dieu des artisans, l'équivalent de notre Vulcain.

– Qu'est-ce qu'il fiche dans une tombe, alors ? s'est interrogé Walt.

Claude s'est gratté le menton.

– En vérité, je l'ignore. Il est rare qu'il intervienne dans les cérémonies funèbres.

Walt m'a indiqué le bâton de la statue. J'ai alors remarqué son extrémité incurvée, à l'aspect étrangement familier.

– Le symbole *was*, a expliqué Walt. Il signifie « pouvoir ». Beaucoup de dieux ont un bâton semblable, mais je n'avais encore jamais réalisé à quel point il rappelait...

– ... le couteau destiné au rituel de l'ouverture de la bouche, a achevé Claude d'un ton impatient. Et ça se prétend prêtre... Pas étonnant que notre peuple ait conquis aussi facilement le vôtre.

Instinctivement, j'ai plongé la main dans ma sacoche et en ai sorti le netjery noir qu'Anubis m'avait donné.

Les yeux de Claude le furieux ont étincelé.

– On dirait que vous n'êtes pas aussi incompétents que ça, en définitive. Avec ce couteau et le sort adéquat, vous devriez pouvoir m'envoyer dans la Douât.

– Il n'y a pas que vous dans cette histoire, lui ai-je rétorqué. Le couteau, *Le Livre de Rê*, cette statue... Je crois que tout est lié, mais comment ?

Le visage de Walt s'est éclairé.

– Ptah n'est pas seulement le protecteur des artisans, a-t-il dit. Il me semble qu'on l'appelait le dieu de l'ouverture, non ?

– Euh... Ça se peut.

– C'est toi-même qui nous l'as appris. Toi ou Carter.

– Les trucs rasoir, c'est plutôt le domaine de mon frère.

– C'est important, a insisté Walt. Certaines légendes prétendent que Ptah a créé les âmes des hommes à l'aide d'un seul mot. Il est capable de ressusciter n'importe quel défunt et d'ouvrir n'importe quelle porte.

Mon regard s'est posé sur les éboulis qui bloquaient la seule autre issue.

– Ah ouais ?

Tenant le netjery d'une main et les deux papyrus de l'autre, je me suis approchée de l'entrée du tunnel effondré. Les papyrus sont devenus brûlants.

– La dernière partie du *Livre de Rê* se trouve au-delà des gravats, ai-je annoncé.

J'ai prononcé le mot *sahad* – « ouvrir ». Voyant qu'il ne se passait rien, j'ai recommencé, face à la statue de Ptah, sans plus de succès.

– Hou hou ! ai-je dit à la statue. Pardon d'avoir fait des plaisanteries sur ton nom, mais on essaie de récupérer la troisième partie du *Livre de Rê*, derrière ce tas de cailloux. J'imagine qu'on t'a placé ici pour ouvrir un passage. Alors, si ça ne t'ennuie pas...

Toujours rien.

Claude le furieux pétrissait le bord de sa toge comme s'il se retenait de nous étrangler.

– Je ne vois pas pourquoi vous avez besoin de ce papyrus pour nous délivrer, puisque vous avez déjà le couteau, mais vous devriez tenter une offrande. Les dieux en raffolent.

Après avoir fourragé dans son sac, Walt a placé un berlingot de jus de fruit et un peu de bœuf séché au pied de la statue, qui n'a pas bronché. Même les rats dorés ont boudé nos offrandes.

Dépitée, je me suis laissée tomber sur le sol, dans la poussière. J'avais une momie de chaque côté, mais je m'en moquais. Dire qu'on avait combattu des dieux, des démons, des tueurs russes, pour échouer devant un vulgaire tas de pierres !

Walt a suggéré :

– Ça me fait mal de te demander ça, mais tu pourrais employer ton sort explosif ?

– Pour que le plafond nous tombe dessus ?

– Vous mourriez tous les deux, a ajouté Claude. Croyez-moi, ça n'a rien de plaisant.

– Il doit bien exister une solution...

Walt s'est agenouillé à mes côtés et a entrepris de passer ses amulettes en revue tandis que Claude faisait les cent pas, répétant :

– Je ne comprends pas. Vous êtes prêtres. Vous avez le couteau rituel. Qu'est-ce qui vous empêche de nous délivrer ?

– Le couteau n'est pas pour vous, mais pour Rê.

Walt et Claude se sont figés et m'ont regardée. À peine avais-je parlé que j'ai compris que c'était la pure vérité.

J'ai repris :

– Désolée, mais je vais avoir besoin du couteau pour réveiller Rê. C'est pour ça qu'Anubis me l'a donné.

Claude a battu des mains, l'air ravi.

– Tu connais Anubis ? Il a le pouvoir de tous nous délivrer !
Et toi, a-t-il ajouté en désignant Walt, tu es un de ses élus, pas
vrai ? Tu nous procureras d'autres couteaux s'il y en a besoin.
J'ai senti la présence du dieu autour de toi dès que je t'ai vu.
Tu es entré à son service quand tu as su que tu allais mourir ?

J'ai sursauté :

– Hein ?

Walt a détourné le regard.

– Je ne suis pas un prêtre d'Anubis, a-t-il répondu.

– Mais... tu vas mourir ? ai-je demandé d'une voix étranglée.

– Quoi, tu ne le savais pas ? a dit Claude d'un ton incrédule.
La malédiction du pharaon est sur lui. Elle ne se manifestait
plus beaucoup à mon époque, mais de temps en temps, elle
touche un descendant des anciennes familles royales égyptiennes...

– Vous, fermez-la, ai-je lancé à Claude. Et toi, Walt,
explique-toi !

Dans la pénombre, il paraissait plus âgé et fragile. Son
ombre difforme, projetée sur le mur derrière lui, avait un
aspect menaçant.

Il a pris la parole :

– La malédiction d'Akhénaton court dans ma famille, un
peu comme une maladie génétique. Tout le monde n'est pas
touché, et il arrive qu'elle saute plusieurs générations, mais
quand elle frappe, ça fait mal. Toutankhamon est mort à dix-
neuf ans. La plupart des autres n'ont pas dépassé treize ans. J'en
ai seize à présent. Mon père... Il avait à peine dix-huit ans. Je ne
l'ai pas connu.

– Dix-huit ans ?

Cette indication soulevait tout un tas de questions, mais ce
n'était pas le moment de m'éparpiller.

– Et il n'existe aucun remède ? Oh ! C'est de ça que vous parliez, Jaz et toi, quand je vous ai surpris, au musée. Tu la consultais en tant que guérisseuse.

La culpabilité m'a envahie, et je me suis sentie ridicule.

Walt a acquiescé d'un air sombre.

– Je me disais qu'elle connaissait peut-être des sorts que ma famille ignorerait. Depuis que je suis né, ma mère n'a pas cessé de rechercher un traitement. Les médecins de Seattle n'ont rien trouvé...

– Les médecins ! a répété Claude avec une grimace de dégoût. Celui de la légion s'obstinait à vouloir me poser des sangsues. Ça ne faisait qu'aggraver mon état. Pour en revenir à tes liens avec Anubis, et au couteau...

Walt a secoué la tête.

– Claude, on fera notre possible pour vous aider, mais pas avec le couteau. J'ai la conviction qu'il ne peut servir qu'une fois, et nous ne sommes pas en mesure d'en fabriquer un autre. Si Sadie en a besoin pour réveiller Rê, elle ne peut pas prendre le risque de l'utiliser avant.

– Des excuses, toujours des excuses !

J'ai réagi au quart de tour :

– Si vous ne la bouclez pas immédiatement, je jure de retrouver votre momie et de lui dessiner une moustache !

Claude est devenu aussi pâle qu'un... euh... qu'un fantôme.

– Tu n'oserais pas !

– Est-ce que Jaz a pu t'aider ? ai-je demandé à Walt, tentant d'ignorer le Romain.

– Elle a fait de son mieux. Malheureusement, cette malédiction tient les guérisseurs en échec depuis trois mille ans. Les médecins actuels penchent pour une forme de drépanocytose, mais ils ne sont sûrs de rien. Ça fait des dizaines d'années qu'ils s'affrontent sur les causes de la mort de Toutankhamon. Certains avancent la thèse d'un empoisonnement, d'autres d'une affection génétique. La véritable raison, c'est la malédiction. Mais bien sûr, ils ne peuvent pas le dire.

– Il existe peut-être un moyen. Je pourrais tenter de te guérir comme Isis a guéri Rê. Si je connaissais ton nom secret...

– Sadie, j'y ai pensé. Crois-moi, j'ai envisagé toutes les solutions. Il est impossible de vaincre la malédiction. On peut seulement en retarder les effets en évitant de pratiquer la magie. C'est pour ça que j'ai choisi de me spécialiser dans les talismans et les amulettes. Parce qu'ils stockent la magie, ils exigent moins de leurs utilisateurs. Mais le mal progresse, quoi que je fasse. Certains jours, je ne vais pas trop mal. D'autres, tout mon corps me fait souffrir. Et si je me sers de la magie, ça empire.

– Et plus tu l'utilises...

– Plus j'accélère le processus, oui.

Mon poing l'a atteint en pleine poitrine. Il était parti tout seul. Mon chagrin, mes remords s'étaient brusquement mués en colère.

– Espèce d'idiot ! Qu'est-ce que tu fiches ici ? Il fallait m'envoyer promener ! Bès t'avait dit de rester à Brooklyn. Pourquoi tu ne l'as pas écouté ?

Il me semble avoir dit plus haut que je ne fondais pas devant Walt. Eh bien, je le retire. Quand il a levé les yeux vers moi dans cette tombe pleine de poussière, son regard était aussi sombre, triste et tendre que celui d'Anubis, et j'en ai eu le cœur brisé.

– Je vais mourir de toute manière, Sadie. Alors, autant donner un sens à mon existence. Et puis, quel que soit le temps qu'il me reste à vivre, je veux en passer le plus possible avec toi.

Ça faisait mal, beaucoup plus mal qu'un coup de poing en pleine poitrine. À cet instant, je n'aurais su dire si j'avais envie de l'embrasser ou de le gifler.

Je dois dire que Claude n'a pas montré beaucoup de compassion.

– Tout ça est très touchant, mais vous m'avez promis une rétribution. Regagnons la partie romaine, et libérez mon âme de mon corps. Quand vous aurez délivré tous les autres, vous ferez ce qu'il vous plaira.

– Tous les autres ? me suis-je écriée. C'est de la folie furieuse !

Il m'a fusillée du regard.

– C'était déplacé, ai-je admis. Mais il y a des milliers de momies, et on a un seul couteau.

– Mais vous l'aviez promis !

– C'est faux. On avait dit qu'on discuterait de votre rétribution *après* avoir retrouvé le papyrus. Mais pour le moment, on est dans une impasse.

Le fantôme a poussé un grognement qui évoquait davantage un loup qu'un être humain.

– Si vous ne venez pas à nous, a-t-il lancé, c'est nous qui viendrons à vous.

Sur ces paroles, il s'est évanoui dans un éclair.

J'ai jeté un regard inquiet vers Walt.

– Qu'est-ce qu'il a voulu dire ?

– Je n'en sais rien. Mais on ferait bien de trouver le moyen de franchir ce tas de cailloux afin de se tirer rapidement d'ici.

Malgré tous nos efforts, les résultats se sont fait attendre. Impossible de déplacer les gravats à la main – certains blocs de roche étaient trop volumineux –, de les contourner, de les franchir par-dessus ou par-dessous. Je n'osais pas tenter un sort explosif ni utiliser le potentiel magique du netjery, et Walt ne disposait d'aucune amulette susceptible de nous aider. Franchement, j'étais à court d'idées. La statue de Ptah nous souriait sans rien proposer ni manifester le moindre intérêt pour nos offrandes.

Couverte de poussière, trempée de sueur, j'ai fini par me laisser tomber sur un sarcophage de pierre et ai examiné mes doigts couverts d'ampoules.

Walt s'est assis à mes côtés.

– Ne te décourage pas, a-t-il dit. Il doit bien y avoir une solution...

– Ah oui ? lui ai-je rétorqué, pleine de rancœur. De même qu'il existe un remède à ta maladie ? Imagine que tu te trompes, et qu'il n'y ait pas de solution. Imagine...

Ma voix s'est brisée. Walt a détourné son visage afin qu'il reste dans l'ombre.

Je me suis excusée :

– Pardon. C'était stupide de ma part. Mais s'il t'arrivait quelque chose...

Je me suis tue, ne sachant comment poursuivre. Des sentiments contradictoires s'agitaient en moi. Ma seule certitude, c'était que je ne voulais pas perdre Walt.

J'ai repris :

– Quand tu disais que tu voulais passer le plus de temps possible avec... Tu sais. Tu le pensais ?

– C'est évident, non ?

Comme s'il y avait quoi que ce soit d'évident chez les garçons ! Pour des créatures aussi primitives, ils peuvent se montrer terriblement déroutants.

Me sentant rougir, j'ai détourné la conversation :

– Claude a dit qu'il percevait la présence d'Anubis autour de toi. Tu t'es beaucoup confié à lui ?

– Je pensais qu'il pourrait peut-être m'aider, a répondu Walt en tripotant ses bagues. M'accorder un sursis avant... Je voulais vous aider à vaincre Apophis. J'aurais eu alors l'impression d'avoir vécu pour quelque chose. Je voulais aussi lui parler de... mes nouveaux pouvoirs.

– Quels pouvoirs ?

À son tour, Walt a détourné la conversation. Il a regardé ses mains comme s'il s'agissait d'armes dangereuses avant de poursuivre :

– Tu sais, j'ai bien failli ne pas venir à Brooklyn après avoir trouvé le djed – votre « carton d'invitation ». Ma mère refusait de me laisser partir. Elle savait qu'une pratique intensive de la magie ne ferait qu'aggraver mon mal. Moi, j'étais partagé entre la peur et la colère. Quelle ironie ! On me proposait de faire de moi un vrai magicien, mais si j'acceptais, je n'avais plus qu'un an ou deux à vivre.

– Un an ou deux ?

Jusque-là, j'avais toujours trouvé qu'un an, c'était incroyablement long. Au collège, les trimestres me semblaient durer une éternité, et j'avais attendu avec impatience d'avoir treize ans. Mais en réalité, deux ans, c'était affreusement court. Dans deux ans, j'aurais à peine quinze ans – pas encore l'âge de conduire. J'ignore comment j'aurais réagi si on m'avait annoncé qu'il me restait deux ans à vivre, et peut-être moins si je continuais à faire ce pour quoi j'étais née, pratiquer la magie.

– Pourquoi tu es venu, alors ?

– Parce qu'il le fallait. J'ai vécu trop longtemps dans l'attente de la mort, auprès d'une mère qui faisait une montagne de tout. Mais à Brooklyn, j'ai trouvé un sens à mon existence. La malédiction n'en paraissait que plus cruelle, pourtant ça en valait la peine.

– C'est trop injuste...

Walt m'a regardée, et je me suis rendu compte qu'il souriait.

– Eh ! s'est-il exclamé. Tu m'as piqué ma réplique. C'est ce que je me suis répété pendant des années. Mais depuis deux mois, j'ai enfin l'impression de vivre. Et le fait de t'avoir rencontrée...

C'est fou ce que le trac le rendait sexy. Il s'est éclairci la voix avant de poursuivre :

– Maintenant, je fais attention à mon apparence, à bien me brosser les dents. Tu te rends compte ? Je vais mourir et je me préoccupe de mes dents !

– Elles sont parfaites, tes dents.

Il a éclaté de rire.

– Et voilà ! Un compliment de toi, et je me sens tout de suite mieux. Les plus petits détails ont pris de l'importance. Je ne pense plus à la mort. Je suis heureux !

Moi, en revanche, j'étais affreusement malheureuse. Pendant des semaines, j'avais rêvé que Walt m'avoue ses sentiments, mais pas comme ça – pas sur le mode « Je peux bien me déclarer puisque, de toute manière, je vais mourir ».

Toutefois, une phrase qu'il avait prononcée résonnait étrangement dans mon esprit.

– « Les plus petits détails ont pris de l'importance », ai-je répété. Ça ne peut pas être aussi simple...

Je me suis tournée vers le minuscule tas de gravats qu'on avait dégagés du passage obstrué.

– Quoi donc ? m'a interrogée Walt.

– Les cailloux...

– Je viens de t'ouvrir mon âme, et toi tu me parles de cailloux ?

– La magie affinitaire. Tu crois que...

Il m'a regardée, bouche bée.

– Sadie Kane, tu es géniale !

– Je sais. Mais est-ce que ça va marcher ?

On a entrepris de rassembler d'autres cailloux ainsi que des éclats de roche pour former une réplique miniature du tas qui bloquait le passage. Mon plan, tu t'en doutes, consistait à créer entre les deux tas un lien de même nature que celui qui avait uni Carter à son double de cire, à Alexandrie. Le fait que les cailloux qui composaient notre réplique provenaient de la pile d'origine aurait dû nous faciliter la tâche, mais il est toujours délicat de déplacer un objet volumineux en même temps qu'un autre beaucoup plus petit. La moindre fausse manœuvre risquait de détruire la salle entière. J'ignorais à quelle profondeur nous nous trouvions, mais il y avait sans doute assez de pierres et de terre au-dessus de nos têtes pour nous ensevelir à jamais.

J'ai demandé à Walt :

– Prêt ?

Il a acquiescé et sorti sa baguette.

– Pas de ça, Walt le maudit. Contente-toi de me couvrir. Si le plafond s'effondre, tu nous abriteras. Mais je te défends d'utiliser la magie sauf en cas d'absolue nécessité. Je me charge de dégager le passage.

– Je ne suis pas en sucre, a protesté Walt. Je n'ai pas besoin qu'on me protège.

– Arrête ton baratin. Tous les garçons aiment qu'on les materne.

– Ce que tu peux être pénible !

– Je croyais que tu voulais passer le plus de temps possible avec moi ? ai-je dit avec un sourire suave.

Avant qu'il ait pu répliquer, j'ai levé ma baguette et imaginé que les deux tas, le petit et le grand, n'en formaient qu'un seul dans la Douât. Puis j'ai prononcé le mot *hi-nehm* « lier ».

Un symbole est apparu au-dessus du tas miniature, l'éclairant faiblement.

Avec des gestes lents et prudents, j'ai retiré quelques cailloux sur le dessus. Une rumeur sourde s'est élevée de l'autre pile.

– Ça marche ! s'est écrié Walt.

Je suis restée concentrée sur ma tâche, déplaçant les pierres une à une, fragmentant la pile en plusieurs tas de moindre taille. C'était presque aussi éprouvant que de soulever des blocs de roche. Quand Walt a posé une main sur mon épaule, je n'aurais su dire combien de temps s'était écoulé ainsi. J'étais tellement épuisée que ma vision se brouillait.

– C'est terminé, m'a-t-il dit. Tu as réussi.

En effet, l'entrée du tunnel était parfaitement dégagée, et les gravats, répartis en plusieurs piles, occupaient à présent les angles de la salle.

– Beau travail, Sadie.

Walt s'est alors penché vers moi et m'a embrassée. Sans doute cherchait-il seulement à exprimer sa joie, mais ma tête s'est mise à tourner de plus belle.

– Euh..., ai-je bredouillé avec mon à-propos habituel.

Walt m'a aidée à me relever et on s'est enfoncés dans le corridor conduisant à la salle suivante. À première vue, celle-ci ne méritait pas tous les efforts qu'elle nous avait coûtés. Elle était entièrement vide, hormis une boîte rouge laquée sur un socle en granit. Toutefois, la boîte en question possédait sur le dessus une poignée en bois représentant une sorte de lévrier démoniaque aux longues oreilles : l'animal de Seth.

– Ho ho ! a fait Walt. Ça n'annonce rien de bon.

J'ai soulevé le couvercle de la boîte et récupéré le papyrus qu'elle contenait.

– Sadie, non ! a hurlé Walt.

– Ben quoi ? Cette boîte appartient à Seth. S'il avait eu l'intention de me tuer, il aurait pu le faire à Saint-Pétersbourg. Au contraire, il souhaitait que je retrouve ce papyrus. J'imagine qu'il se réjouit de me voir causer ma propre mort en tentant de réveiller Rê. J'ai pas raison, Seth ? ai-je crié en direction du plafond.

L'écho de ma voix s'est répercuté à travers les catacombes. Si je n'avais plus le pouvoir d'invoquer le nom secret de Seth, j'avais néanmoins réussi à attirer son attention : le sol s'est mis à vibrer, comme secoué par un immense éclat de rire souterrain.

Walt a soupiré :

– À l'avenir, évite de me faire des émotions pareilles.

– Je croyais que tu voulais passer le temps qu'il te restait avec moi ?

– Je retire ce que j'ai dit. Mademoiselle Kane, continuez à risquer votre vie si ça vous chante.

– Merci.

J'ai contemplé les trois rouleaux de papyrus : *Le Livre de Rê* était de nouveau complet. La dernière fois qu'il l'avait été, Claude le furieux portait probablement encore des couches. J'avais accompli l'impossible et réussi au-delà de toute attente. Mais mes efforts n'auraient servi à rien si on ne parvenait pas à réveiller Rê avant qu'Apophis ne s'échappe de sa prison.

– Il n'y a pas une minute à perdre, ai-je dit à Walt. Dépêchons-nous de...

Soudain des plaintes sinistres ont retenti à l'intérieur des tunnels, comme si une foule invisible s'était levée du pied gauche.

– ... de filer d'ici, a achevé Walt. Excellente idée !

Tandis qu'on retraversait la salle précédente en courant, j'ai été tentée de reprendre nos offrandes à la statue de Ptah mais j'y ai renoncé, pour ne pas paraître mesquine.

J'imagine que c'est pas ta faute, ai-je pensé. *Ça doit pas être tous les jours drôle de s'appeler Ptah. Alors, régale-toi... même si j'aurais apprécié un coup de main.*

Ça n'était pas simple de se repérer à l'intérieur de ce labyrinthe. On a dû faire demi-tour à deux reprises avant de retrouver la salle abritant la famille de momies, où on avait rencontré Claude le furieux.

Je m'apprêtais à foncer tête baissée quand Walt m'a retenue, me sauvant probablement la vie. Il a dirigé le faisceau de sa lampe vers le corridor menant à la sortie, puis vers les deux qui s'ouvraient de part et d'autre de la salle.

– Non, ai-je gémi. Non non non...

Aussi loin que portait le regard, chacun des trois couloirs était obstrué par une foule compacte de silhouettes humaines. Certaines, étroitement emmaillotées, se déplaçaient en sautillant – on aurait dit des cocons géants disputant une course en sac. D'autres clopinaient sur des jambes décharnées en tirant sur leurs bandelettes avec des doigts semblables à des rameaux desséchés. D'autres encore avaient conservé leur masque mortuaire, et ces simulacres de visages, souriant paisiblement au-dessus d'un assemblage grotesque d'os et d'étoffes peintes, ajoutaient à l'horreur du spectacle.

– Je déteste les momies, ai-je pleurniché.

– On pourrait leur lancer un sort incendiaire, a proposé Walt. Elles doivent s'enflammer facilement, non ?

– Elles sont trop proches. On brûlerait avec elles !

– Tu as une meilleure idée ?

J'en aurais pleuré de rage. Être si près de la liberté et se retrouver pris au piège par une horde de momies, juste comme je le craignais ! En plus, ces momies-ci étaient pires que celles qu'on voyait dans les films – des résidus d'humanité, silencieux et d'une lenteur pathétique.

Une de celles qui étaient étendues sur le sol a saisi ma cheville. Avant que j'aie pu hurler, Walt lui a donné une tape sur le poignet, et elle est tombée en poussière.

Je me suis tournée vers lui, stupéfaite.

– C'est ça les pouvoirs qui t'inquiétaient tant ? C'est génial, oui ! Refais-le !

À peine avais-je parlé que je me suis sentie minable. Walt grimaçait de douleur.

– Je ne peux pas recommencer trop souvent, a-t-il dit, et elles sont des milliers !

Au même moment, au centre de la salle, la famille de momies a commencé à s'agiter.

Je ne te mentirai pas : quand le petit Purpens s'est brusquement redressé, on a frôlé l'incident fatal pour mon jean neuf. Si mon bâ avait pu s'arracher à mon corps et fuir à tire-d'aile, il l'aurait fait sans hésiter !

J'ai agrippé le bras de Walt : le fantôme de Claude le furieux venait d'apparaître à l'autre extrémité de la salle. Quand il s'est avancé vers nous, les autres momies se sont également mises en mouvement.

– Vous pouvez être fiers de vous, nous a-t-il dit avec un sourire dément. Seule une émotion violente pouvait ramener leur bâ à l'intérieur de ces pauvres carcasses flétries. Nous ne vous laisserons pas partir tant que vous ne nous aurez pas ouvert les portes de l'autre vie. Servez-vous du couteau, expédiez vos simagrées, et vous serez libres.

– Vous êtes trop nombreux ! ai-je protesté.

– Dommage. Si c'est ainsi, nous allons prendre le couteau et nous délivrer nous-mêmes. Si cet endroit accueille deux corps de plus, personne ne verra la différence.

Il a alors prononcé quelques mots de latin, et les momies se sont ruées sur nous, qui traînant la patte, qui trébuchant, qui roulant sur le sol. Certaines tombaient en morceaux et étaient piétinées par leurs congénères, mais il en venait toujours davantage.

Walt et moi avons battu en retraite à l'intérieur du corridor. Je tenais toujours mon bâton d'une main – l'autre serrait celle de mon compagnon. Je n'ai jamais été très douée pour jouer avec le feu, pourtant j'ai réussi à l'embraser.

– Finalement, je me range à ton avis, ai-je dit à Walt. On nettoie tout au lance-flammes et on se tire !

Ce n'était pas une bonne idée, je le savais. La chaleur, la fumée risquaient de nous tuer, et si on s'enfonçait dans les catacombes, on se perdrait et on tomberait sur d'autres momies.

Walt a enflammé son propre bâton.

– À trois, on y va, ai-je indiqué.

Avec un frisson d'effroi, j'ai vu la momie de l'enfant courir vers nous – la réplique d'un petit garçon de sept ans qui me souriait par-delà la mort.

– Un, deux...

Les momies ne se trouvaient plus qu'à un mètre, mais un nouveau bruit venait de s'élever derrière nous. On aurait dit de l'eau qui s'écoulait, ou, plutôt, qui rebondissait sur des rochers. Une masse vivante avançant dans notre direction, des milliers et des milliers de minuscules pattes grattant le sol...

– Trois ! a lancé Walt d'une voix blanche. On les fait cramer, oui ou non ?

– Écarte-toi ! lui ai-je crié.

J'ignorais ce qui venait, mais je ne voulais surtout pas me retrouver sur son chemin. J'ai poussé Walt contre le mur et me suis aplatie à ses côtés, le visage pressé contre la pierre, juste avant qu'une vague de fourrure et de griffes ne déferle sur nous – une armée de rongeurs qui couraient sur le sol, se chevauchant les uns les autres, et même sur les murs, défiant les lois de la gravité.

Des rats. Des milliers de rats qui nous passaient sur le corps en fuyant, certains nous égratignant au passage. Je sais ce que tu penses : *Bah ! Ça aurait pu être pire...* On voit que tu n'as jamais servi de tapis de course à une armée de rats. Crois-moi, tu n'aimerais pas.

Les sales bêtes se sont jetées sur les momies avec des couinements aigus, les déchiquetant de leurs dents et de leurs griffes. Les momies tentaient de se défendre, mais elles n'avaient aucune chance. La fourrure grise et les bandelettes se mêlaient dans un tourbillon confus. On aurait dit un nuage de termites s'abattant sur un morceau de bois et n'en laissant que de la poussière.

– Nooon ! a hurlé Claude le furieux.

Il était le seul à pouvoir crier. Les momies, elles, se décomposaient en silence sous les assauts des rats.

– Vous me le paierez ! a grondé Claude.

Ses contours se sont brouillés et il a disparu.

Les rats se sont scindés en trois colonnes, chacune s'engouffrant dans un couloir différent et massacrant d'autres momies dans leur fuite. Puis le silence est retombé. Une couche de poussière, d'ossements et de lambeaux de tissu recouvrait à présent le sol de la salle.

Je me suis laissée aller contre Walt. C'était si bon de serrer un être vivant dans mes bras que je crois avoir pleuré de soulagement. Il m'a caressé les cheveux. Ça aussi, c'était bon.

– Tout va bien, a-t-il dit d'une voix tremblante. Les rats... C'était comme dans la légende.

– Quelle légende ?

– On raconte qu'ils ont sauvé Memphis. La ville était assiégée, et ses habitants ont prié pour obtenir de l'aide. Leur dieu tutélaire leur a alors envoyé une harde de rongeurs. Ils se sont jetés sur les soldats ennemis, dévorant les cordes de leurs arcs, leurs sandales, tout ce qui leur tombait sous la dent, jusqu'à les mettre en déroute.

– Le dieu en question, c'était...

– C'était moi.

Un paysan égyptien a surgi du couloir face à nous. Vêtu d'une djellaba crasseuse, chaussé de sandales, il avait la tête entourée d'un foulard et portait un fusil. Il souriait, et quand il s'est approché, j'ai remarqué qu'on ne voyait que le blanc de ses yeux. Son visage présentait également une nuance bleuâtre, comme s'il était en train de s'asphyxier et trouvait ça très amusant.

– Navré de ne pas avoir répondu plus tôt à votre appel, a-t-il dit. Je suis Ptah. Eh non, Sadie Kane : je ne suis pas le dieu des crachats.

– Je vous en prie, asseyez-vous, nous a dit le dieu. Désolé pour le désordre, mais vous savez comment sont les Romains : on ne peut pas compter sur eux pour ranger.

On a préféré rester debout. Un dieu souriant armé d'un fusil, ça ne met pas vraiment en confiance.

– Oh ! je vois, a repris Ptah. Vous êtes pressés.

– Excusez ma curiosité, ai-je dit, mais vous êtes un agriculteur ?

– J'ai emprunté le corps de ce pauvre homme pour quelques minutes, a répondu Ptah. J'ai pensé que vous n'y verriez pas d'inconvénient, sachant qu'il avait l'intention de vous tuer pour avoir détruit son château d'eau.

– Je vous en prie, prenez votre temps. Mais, les momies... Que vont devenir leurs bâ ?

Ptah a éclaté de rire.

– Privés de leurs dépouilles, j'imagine qu'ils vont gagner l'au-delà des Romains, comme ils auraient dû le faire depuis longtemps.

Il a mis une main devant sa bouche pour masquer un rot. Un nuage blanchâtre s'est déployé devant son visage et a pris la forme d'un bâ scintillant qui s'est engouffré dans le couloir.

Walt a indiqué l'oiseau qui s'éloignait.

– Je rêve, ou vous venez de...

Ptah a soupiré.

– Je fais des efforts, mais il ne m'est pas toujours facile de me contrôler. C'est ainsi que je crée. Parfois, ça m'attire des ennuis. Un jour, pour rire, j'ai inventé le mot « ornithorynque », et...

Aussitôt, un animal étrange au corps couvert de poils, doté d'un bec de canard, s'est matérialisé à ses pieds et s'est mis à gratter le sol autour de lui, affolé.

– Oh ! non, a gémi Ptah. Ça recommence... C'était involontaire, je vous assure. Une créature pareille ne peut provenir que d'un lapsus.

Il a agité la main, et l'ornithorynque s'est évanoui.

– Je dois me montrer prudent, c'est pourquoi je serai bref. Je me réjouis que vous ayez trouvé le papyrus. Rê est un chic type. J'aurais voulu répondre plus tôt à votre appel, mais il m'a fallu du temps pour arriver jusqu'à vous depuis la Douât. En plus, je ne peux ouvrir qu'une porte par solliciteur. J'ai jugé que vous n'aviez pas besoin de moi pour déblayer le corridor. En revanche...

– Oui ?

– Ton frère. Il a de gros ennuis.

Dans l'état où je me trouvais – épuisée, déguenillée, couverte de griffures –, cette nouvelle m'a mis les nerfs à fleur de peau. Carter était en danger. J'allais une fois de plus devoir sauver sa fichue carcasse.

Je me suis adressée à Ptah :

– Vous pouvez nous envoyer auprès de lui ?

– Il suffit de demander !

Toujours souriant, le dieu a pointé l'index vers le mur le plus proche, faisant apparaître un vortex de sable. Puis il a fixé ses yeux laiteux sur moi et m'a dit :

– Une dernière chose, mon enfant : courage. Confiance. Esprit de sacrifice.

J'ignorais s'il avait décelé ces qualités en moi, s'il cherchait à me motiver ou s'il était en train de créer les traits de caractère dont j'avais besoin, de même qu'il avait fait surgir du néant le bâ et l'ornithorynque. Toujours est-il qu'une douce chaleur m'a envahie, ranimant mes forces.

– Tu commences à comprendre, a-t-il ajouté. Les mots sont la source de tout pouvoir. Et les noms représentent davantage qu'une simple suite de lettres. Bravo, Sadie. Tu es en bonne voie de succès.

Je me suis tournée vers le portail tourbillonnant.

– Que va-t-on trouver de l'autre côté ?

– Des ennemis et des amis. Mais qui est qui ? Ça, je ne saurais le dire. Si vous survivez, rendez-vous au sommet de la Grande Pyramide – un excellent point d'entrée pour la Douât. Quand tu liras *Le Livre de Rê*...

Il a paru s'étrangler et s'est plié en deux, lâchant son fusil.

– Je dois vous laisser, a-t-il dit, faisant de gros efforts pour se redresser. Cet hôte n'en peut plus. Walt... Merci pour le jus de fruit et le bœuf séché. Et sache qu'il y a une solution à ton problème. Ce n'est peut-être pas celle que tu aurais souhaité, mais il n'en existe pas de meilleure.

– Une solution ? a demandé Walt. Laquelle ?

Le paysan a fermé les yeux. Quand il les a ouverts, ils avaient retrouvé leur aspect normal. Passé le premier instant d'étonnement, il a hurlé quelque chose en arabe et a brandi son fusil.

J'ai saisi la main de Walt et on a plongé dans le tunnel de sable.

CARTER

17. Menchikov et ses « spécialistes »

Je considère qu'on est quittes, Sadie. Walt et moi, on s'est précipités à Londres pour te sauver. Ensuite, c'est vous qui êtes venus à mon secours. Pauvre Walt, trimballé à travers le monde pour tirer d'affaire l'un ou l'autre Kane... Mais je dois avouer que vous tombiez à pic.

Pour résumer, Bès était prisonnier d'une cage fluorescente, Zia me considérait comme son ennemi, j'avais perdu mes armes, on m'accusait de vol et, pour couronner le tout, Desjardins et Vlad l'inhalateur s'apprêtaient à m'arrêter, me juger et m'exécuter, pas nécessairement dans cet ordre.

J'ai reculé vers la tombe de Zia, mais je ne pouvais ni fuir ni me cacher. Une vaste étendue de boue rougeâtre d'où émergeaient des débris divers et des poissons crevés s'étendait tout autour de moi. J'avais le choix entre me rendre ou me battre.

– Surtout, ne te prive pas de résister, m'a lancé Menchikov avec une lueur sinistre dans le regard. Ma tâche n'en sera que plus facile.

– Ça suffit, Vladimir, a dit Desjardins d'un ton las. Carter, sois raisonnable. Rends-toi.

Trois mois plus tôt, le chef lecteur aurait été ravi de me faire exploser. À présent il paraissait fatigué et presque désolé, comme si mon exécution représentait une corvée nécessaire.

289

Debout à ses côtés, Zia a jeté un regard méfiant à Menchikov. Avait-elle perçu le mal en lui ? Si oui, je pouvais peut-être utiliser ses soupçons à mon avantage.

Je me suis adressé à Menchikov :

– C'est quoi, votre plan ? Vous nous avez laissés filer de Saint-Pétersbourg, à croire que vous vouliez qu'on retrouve le dernier papyrus.

Le Russe a éclaté de rire.

– Moi ? Tu oublies que je t'ai traqué à travers le monde pour t'en empêcher !

Il feignait le dédain, pourtant un sourire presque complice étirait ses lèvres.

– Vous mentez, ai-je rétorqué. Je crois que vous avez besoin qu'on réveille Rê pour libérer Apophis.

– Assez, Carter.

Desjardins avait parlé d'une voix monocorde. On aurait dit un futur opéré comptant les secondes qui le séparaient du sommeil sur la table d'opération. J'ignorais les raisons de son apathie, mais Menchikov était furieux pour deux. Son expression haineuse m'a confirmé que j'avais touché un point sensible.

J'en ai remis une couche :

– C'est donc ça... Maât et le chaos étant liés, vous ne pouvez libérer Apophis que si Rê se réveille. Mais vous devez vous assurer qu'il reviendra à lui aussi vieux et faible qu'il l'était avant de s'endormir.

Le bâton tout neuf de Menchikov s'est brusquement enflammé.

– Fais attention à ce que tu dis, mon garçon, a-t-il grondé.

– À Saint-Pétersbourg, Seth vous a chambré à propos d'une erreur passée. Vous avez déjà tenté de réveiller Rê, pas vrai ? À l'aide du seul papyrus que vous possédiez. C'est comme ça que vous avez été défiguré...

Desjardins m'a interrompu :

290

– Silence, Carter ! Vlad Menchikov est un héros. Il a été blessé en voulant détruire ce papyrus, pour éviter que quelqu'un ne l'utilise.

Je suis resté quelques secondes muet de stupeur.

– C'est... c'est impossible.

Les yeux morts de Vlad se sont fixés sur moi.

– Tu devrais réviser l'histoire de la magie, mon garçon. Les Menchikov descendent des prêtres d'Amon-Rê.

J'ai fouillé dans mes souvenirs. Amon-Rê était un des noms de Rê, le dieu du soleil. Et ses prêtres...

– Lesquels ont contrôlé l'Égyte pendant des siècles, ai-je répliqué. Ils se sont dressés contre Akhénaton quand il a voulu bannir le culte des anciens dieux. On raconte même qu'ils l'ont assassiné !

– En effet, mes ancêtres étaient dévoués aux dieux. Ce sont eux qui ont créé *Le Livre de Rê* et caché ses trois parties, dans l'espoir qu'un jour, un magicien se révélerait digne de réveiller le dieu-soleil.

Je n'avais aucun mal à imaginer Vlad Menchikov en grand prêtre sanguinaire. Toutefois, un détail me chiffonnait.

– Si vous descendez des prêtres de Rê, pourquoi...

– Pourquoi me suis-je opposé aux dieux ?

Menchikov a adressé un regard entendu au chef lecteur. *Vous voyez*, semblait-il lui dire. *Il faut vraiment qu'il soit idiot pour poser des questions pareilles !*

Puis il a repris :

– Parce qu'ils ont détruit notre civilisation. Quand maître Iskandar a interdit l'étude de la voie des dieux, ma famille elle-même avait reconnu son erreur. C'est vrai, j'ai tenté de détruire le papyrus afin de racheter les fautes de mes aïeux. Quiconque invoque les dieux doit être éliminé sans pitié.

– Je vous ai vu invoquer Seth, ai-je lancé d'un ton accusateur. Je vous ai entendu dire que vous alliez libérer Apophis.

Desjardins, Zia, cet homme vous ment. Il a l'intention de vous tuer tous les deux !

Desjardins m'a considéré d'un air hébété. Amos prétendait qu'il était intelligent. Comment pouvait-il ignorer la menace qui pesait sur lui ?

– Je n'écouterai pas un mot de plus, a-t-il déclaré. Suis-nous de ton plein gré, Carter Kane, ou tu mourras.

J'ai jeté un regard suppliant à Zia. Je pouvais lire le doute dans ses yeux, mais elle n'était pas en état de m'aider. Elle venait d'émerger d'un long cauchemar de trois mois. Elle se raccrochait à l'idée que Menchikov et Desjardins étaient les gentils. Elle ne voulait plus entendre parler d'Apophis.

J'ai brandi la crosse et le fléau.

– Je ne vous suivrai pas !

Menchikov a eu un sourire satisfait.

– Alors, prépare-toi à mourir.

Il a pointé son bâton vers moi. Instinctivement, j'ai fait le geste de le frapper avec le fléau. Il était trop loin pour que je puisse l'atteindre, mais une force invisible lui a arraché son bâton des mains et l'a jeté dans le fleuve. Il a tenté de saisir sa baguette. J'ai de nouveau agité le fléau, et Menchikov est tombé à la renverse dans la boue.

Desjardins s'est placé devant Zia tandis que son propre bâton s'éclairait.

– Tu oses utiliser les armes de Rê ? a-t-il grondé.

J'ai regardé mes mains avec stupéfaction. Je n'avais encore jamais éprouvé une telle sensation de puissance, surtout aussi naturellement – comme si j'étais destiné à être roi. *C'est là ta vraie nature*, a fait la voix d'Horus en moi. *Ton droit de naissance.*

– Vous allez me tuer de toute façon, ai-je répondu à Desjardins.

Soudain je me suis vu entouré d'un halo lumineux. Mes pieds ont décollé du sol. Enfin, j'avais retrouvé mon avatar de guerrier géant à tête de faucon. Il serrait dans ses poings énormes des répliques holographiques de la crosse et du fléau. Je n'avais pas vraiment prêté attention à ce dernier jusque-là, mais il constituait une arme redoutable avec ses trois chaînes terminées chacune par une boule de métal hérissée de pointes. Imitant mon geste, l'avatar l'a abattu sur les marches de la tombe, les pulvérisant.

Desjardins a fait apparaître un bouclier pour dévier les éclats qui volaient dans sa direction. Les yeux de Zia se sont agrandis. Ma réaction la confortait dans l'idée que c'était moi le méchant, mais j'avais le devoir de la protéger. Je ne pouvais pas laisser Menchikov l'emmener.

– La magie de combat, a lâché Desjardins d'un ton méprisant. Voilà de quoi était fait le quotidien de la Maison de vie quand elle suivait encore la voie des dieux, Carter Kane : une succession de duels et de trahisons entre factions rivales. C'est ça que tu veux, le retour de ces pratiques ?

– Ce n'est pas une fatalité, lui ai-je rétorqué. Je n'ai rien contre vous, Desjardins, mais Menchikov est un traître. Allez-vous-en. Laissez-moi lui régler son compte.

Menchikov s'est alors relevé. Il souriait, à croire que ça lui plaisait d'être couvert de boue.

– Me régler mon compte ? Quelle arrogance ! Autorisez-le à tenter sa chance, chef lecteur. Je promets de laisser place nette quand j'en aurai terminé avec lui.

– Vladimir, non, a protesté Desjardins. Ce n'est pas ton rôle de...

Mais Menchikov ne l'écoutait déjà plus. Il a frappé le sol du talon. La boue a durci et blanchi tout autour de lui. Deux lignes jumelles de terre séchée ont serpenté dans ma direction en s'entrecroisant tels des brins d'ADN. Si j'ignorais ce qu'elles pouvaient me faire, je n'avais aucune envie qu'elles me touchent. J'ai voulu m'écarter de leur trajectoire. Malheureusement mon avatar n'était pas assez rapide.

Les deux lignes se sont enroulées autour des jambes du guerrier géant, l'immobilisant jusqu'à la taille. Tandis qu'elles resserraient leur étreinte, me vidant de mon énergie, la voix de Menchikov s'est insinuée dans mon esprit : *Tu es un serpent, une créature rampante...*

J'ai senti la terreur m'envahir. Une fois, déjà, on m'avait transformé en animal contre mon gré, et ça avait été une des pires expériences de ma vie. Mon avatar luttait pour conserver sa forme, mais la magie de Menchikov était puissante. Les deux lianes blanches entouraient à présent ma poitrine.

J'ai agité la crosse en direction de Menchikov, faisant le geste de l'attraper par le cou. La même force invisible l'a soulevé de terre.

– Vas-y ! a-t-il dit dans un râle. Montre-moi... ton pouvoir.

J'ai levé le fléau. Je n'avais qu'à l'abattre sur Vlad Menchikov pour l'écraser comme une punaise.

– Tu seras quand même vaincu, a-t-il ajouté. Montre-nous... que tu es... un meurtrier !

Je me suis tourné vers Zia et ai lu la terreur sur son visage. Cette seconde d'hésitation m'a été fatale. Les lianes blanches se sont enroulées autour de mes bras. Mon avatar de combat est tombé à genoux, libérant Menchikov.

La douleur a explosé dans tout mon corps. Les membres de mon avatar se sont atrophiés, sa tête de faucon s'est lentement transformée pour revêtir une apparence reptilienne. Mon cœur s'est mis à battre au ralenti tandis que ma vision s'assombrissait. Un goût de venin a empli ma bouche.

– Assez ! a crié Zia. Ça suffit !

– Il mérite pire encore, lui a rétorqué Menchikov, frottant sa gorge meurtrie. Chef lecteur, ce garçon vous a menacé. Il convoite le trône du pharaon. Il faut l'éliminer.

Zia a fait mine de courir vers moi, mais Desjardins l'a retenue.

– Lève le sort, Vladimir, a-t-il ordonné. Il existe des moyens moins inhumains de maîtriser ce garçon.

– C'est lui qui est inhumain ! a protesté Menchikov.

Les deux hommes se sont toisés. Je me demande comment aurait tourné cette confrontation si au même moment, un portail n'était apparu sous la cage de Bès.

Je dois dire que j'ai vu quantité de portails, mais aucun comme celui-ci. Un vortex s'est ouvert dans le sable rouge, aspirant des poissons crevés, des débris de bois, des éclats de poterie et une cage fluorescente contenant un dieu nain. Au contact du portail, celle-ci s'est dématérialisée. Libéré de sa paralysie, enfoui dans le sable jusqu'à la taille, Bès a poussé une suite de jurons très imagés. Ma sœur et Walt ont alors surgi du néant, comme s'ils montaient à l'assaut du ciel, puis ils sont retombés en agitant les bras. Le portail les aurait probablement avalés si Bès ne les avait rattrapés et éloignés du tourbillon.

Ayant déposé Walt et Sadie sur la terre ferme, le nain a fait volte-face vers Menchikov et arraché ses vêtements, le regard brûlant de colère. PETIT MAIS COSTAUD, pouvait-on lire sur son slip – une découverte dont je me serais bien passé.

Menchikov a ouvert la bouche, mais le nain ne lui a pas laissé le temps d'en placer une.

– BOUH !

Son cri avait la puissance dévastatrice d'une bombe A comme « Affreux ». La terre a tremblé. La surface du fleuve s'est ridée. Le sort de Menchikov s'est dissipé en même temps que mon avatar. Si le goût de venin a persisté dans ma bouche, le poids qui m'empêchait de respirer a disparu. Sadie et Walt étaient étendus sur le sol, Zia avait eu la présence d'esprit de reculer, tandis que Menchikov et Desjardins avaient été frappés de plein fouet par une véritable vague de laideur extrême.

La stupeur s'est peinte sur leurs traits, et ils se sont désintégrés.

– Vous les avez tués ! s'est exclamée Zia, choquée.

Bès s'est frotté les mains.

– Meuh non... Je leur ai juste fichu la trouille. Ça se peut qu'ils restent inconscients quelques heures, le temps de se remettre de la vision de mon physique avantageux, mais ils survivront. Quant à vous deux, a-t-il ajouté en lançant un regard noir à Sadie et Walt, vous ne manquez pas de culot d'avoir ancré un portail sur moi. Vous trouvez que j'ai l'air d'une relique ?

Sadie et Walt ont eu la sagesse de ne pas se prononcer. Ils se sont relevés et ont brossé le sable de leurs vêtements.

– C'est pas nous qui en avons eu l'idée, a seulement objecté Sadie. Ptah nous a expédiés ici pour vous aider.

– Le dieu Ptah ? lui ai-je demandé.

– Non, le fermier Ptah. Je te raconterai.

– Qu'est-ce qui est arrivé à tes cheveux ? On dirait qu'un dromadaire les a broutés.

– Boucle-la, Carter.

Soudain Sadie a aperçu Zia.

– Pas possible ! s'est-elle écriée. C'est la vraie ?

– N'approche pas !

Zia a levé son bâton dans un geste défensif, mais elle n'a pu produire que quelques flammèches aussitôt éteintes.

– On ne te fera pas de mal, a promis Sadie.

Zia s'est mise à trembler de tous ses membres, puis elle a eu une réaction logique pour quelqu'un qui venait de connaître autant d'émotions après trois mois de coma : elle s'est évanouie.

– Solide, la petite, a commenté Bès. Elle a essuyé sans broncher un « BOUH » de catégorie 4. On ferait bien de la ramasser et de ficher le camp. Desjardins va finir par revenir.

Je me suis tourné vers Sadie :

– Au fait, tu as la dernière partie du *Livre de Rê* ?

Elle a sorti les trois papyrus de sa sacoche. J'ai ressenti un soulagement mêlé d'appréhension.

– Maintenant, on doit se rendre à la Grande Pyramide, a-t-elle annoncé. Par pitié, dites-moi que vous avez un véhicule !

On avait non seulement un véhicule, mais aussi toute une troupe de bédouins. Il faisait nuit depuis un moment quand on leur a rendu leur camion, pourtant ils ont paru contents de nous revoir, même si on leur amenait trois personnes supplémentaires, dont une inconsciente. J'ignore comment, mais Bès les a convaincus de nous conduire au Caire. Après avoir discuté quelques minutes, il est ressorti de leur tente vêtu d'une djellaba. Les bédouins ont noué les lambeaux de sa chemise hawaïenne autour de leurs poignets, de leur rétroviseur et de l'antenne de leur émetteur radio afin qu'ils leur portent chance.

On s'est entassés à l'arrière du camion. Comme le bruit empêchait les conversations, Bès nous a dit de nous reposer pendant qu'il monterait la garde, et il a promis d'être gentil avec Zia si elle se réveillait.

Sadie et Walt se sont immédiatement endormis, mais moi, je suis resté un long moment à contempler les étoiles. Je ressentais douloureusement la présence de Zia – la vraie Zia – à mes côtés, et des armes de Rê, la crosse et le fléau, cachées dans ma sacoche. Tout mon corps vibrait encore de l'excitation du combat. Si le sort de Menchikov avait été levé, il me semblait toujours entendre sa voix m'ordonner de me transformer en un reptile au sang aussi froid que le sien.

J'ai fini par fermer les yeux. À peine m'étais-je endormi que mon bâ a quitté mon corps.

Je me suis retrouvé dans la salle des temps, au pied du trône du pharaon. Des images en relief chatoyaient entre les colonnes de part et d'autre. Comme l'avait indiqué Sadie, le bord du rideau magique était en train de virer du rouge au violet, annonçant le début d'une nouvelle ère. Ces images-ci étaient trop sombres pour qu'on en distingue les détails, mais j'ai aperçu deux silhouettes humaines luttant devant un fauteuil en flammes.

– L'heure de la bataille approche, a fait la voix d'Horus.

Il est apparu dans un scintillement de lumières, sur les marches où Iskandar avait l'habitude de s'asseoir – un jeune type musclé, à la peau cuivrée, au crâne rasé. Des pierres précieuses étincelaient sur sa cuirasse, et son khépesh pendait le long de sa cuisse. Ses yeux couleur d'or et d'argent brillaient dans la pénombre.

J'ai demandé :

– Comment es-tu entré ? Cet endroit n'est pas protégé contre les dieux ?

– Je ne me trouve pas ici, mais toi, oui. Une partie de moi demeure dans ton esprit, tel un écho.

– Je ne comprends pas...

– Contente-toi d'écouter. La situation a évolué. Tu es au seuil d'un destin grandiose.

Il a pointé le doigt vers ma poitrine. En baissant les yeux, j'ai constaté que mon bâ n'avait pas son aspect habituel. J'avais un corps humain, non d'oiseau, vêtu d'une armure semblable à celle d'Horus, et je tenais les attributs de Rê, la crosse et le fléau, dans mes mains.

Je me suis défendu :

– Ils ne sont pas à moi ! Je les ai trouvés dans la tombe de Zia.

– Ils pourraient t'appartenir. Ils possèdent les mêmes pouvoirs que la baguette et le bâton d'un magicien, mais cent fois plus puissants. Même sans entraînement, tu as réussi à combattre avec eux. Pense à ce que nous pourrions accomplir ensemble. Nous pourrions réunifier la Maison de vie et écraser nos ennemis.

Je dois l'avouer, une partie de moi trouvait la proposition tentante. Quelques mois plus tôt, la perspective de devenir roi me terrifiait, mais la situation avait changé. J'avais approfondi ma connaissance de la magie, enseigné à des novices, je comprenais mieux la menace à laquelle on était confrontés et j'avais appris à utiliser le pouvoir d'Horus sans qu'il me broie. Peut-être celui-ci avait-il raison, et étais-je destiné à conduire les dieux et les magiciens au combat contre Apophis. En plus, l'idée d'écraser nos ennemis, de faire payer aux forces du chaos les bouleversements survenus dans nos vies me plaisait assez.

Puis j'ai revu l'expression horrifiée de Zia quand je m'apprêtais à tuer Vlad Menchikov, et je me suis rappelé les propos de Desjardins sur l'époque maudite où les magiciens s'entredéchireraient. Si une partie d'Horus subsistait en moi, peut-être étais-je affecté par son désir de régner. Je commençais à le connaître. Par de nombreux aspects, c'était un type bien – juste, honnête, courageux. Mais il était aussi jaloux, ambitieux et prêt à tout pour parvenir à ses fins. Et son plus grand désir était de régner sur les dieux.

– La crosse et le fléau appartiennent à Rê, ai-je déclaré. Nous devons le réveiller.

– Même s'il est sénile, et que son retour servira les desseins d'Apophis ? Je t'avais prévenu, les dieux sont divisés. Tu as vu comment Nekhbet et Baba ont tenté de prendre l'avantage. La discorde va encore empirer. Le chaos se nourrit des désaccords et des faiblesses des chefs. C'est ce que recherche Vlad Menchikov.

La salle des temps a tremblé. Le long de chaque mur, l'écran de lumière violette s'est agrandi, et avec lui les dernières images. J'ai alors constaté que ce que j'avais pris pour un fauteuil était en réalité un trône flamboyant, semblable à celui que Sadie avait vu à bord de la barque de Rê. Les deux adversaires luttaient toujours, étroitement enlacés, mais je n'aurais su dire si chacun tentait de pousser l'autre vers le trône ou s'il cherchait au contraire à l'en éloigner.

– Menchikov a vraiment essayé de détruire *Le Livre de Rê* ? ai-je demandé.

L'œil d'argent d'Horus a étincelé. Il brillait toujours d'un éclat plus vif que l'autre, ce que je trouvais assez déstabilisant, comme si l'univers avait penché un peu de côté.

– C'est en partie vrai, comme tout ce qu'il dit. Mais à une époque, il a cru pouvoir ramener Rê et restaurer l'équilibre du monde, comme toi. Il s'est imaginé en grand prêtre d'un nouveau culte, plus puissant encore que ne l'étaient ses ancêtres. Dans son orgueil, il pensait reconstituer *Le Livre de Rê* à partir de l'unique papyrus en sa possession. Erreur : Rê avait pris ses précautions pour qu'on ne le tire pas de son sommeil. Les sortilèges qui protégeaient le papyrus ont brûlé les yeux de Menchikov. Le feu du soleil a desséché sa gorge pour le punir d'avoir prononcé la formule sacrée. Cet accident l'a rendu amer. Dans un premier temps, il a projeté de détruire le livre, mais il n'en avait pas le pouvoir. Il a alors décidé de réveiller Rê, pour se venger de lui. Cela faisait des années qu'il attendait l'occasion de réaliser son plan. C'est pourquoi il souhaitait que vous réunissiez les trois papyrus. Il veut voir Apophis avaler le dieu-soleil, et le monde plonger dans les ténèbres et le chaos. Il est complètement fou.

– Oh !

(Je sais, je sais : j'aurais pu trouver mieux. Mais qu'est-ce que tu veux ajouter après une histoire pareille ?)

À côté d'Horus, le trône vide miroitait dans la lumière violette. Je l'avais toujours trouvé intimidant. Les pharaons qui l'avaient occupé étaient les hommes les plus puissants de leur époque. Ils contrôlaient un empire dont l'histoire s'étendait sur une période vingt fois plus longue que celle de mon pays, les États-Unis. Je me sentais indigne de leur succéder.

– Tu peux régner dès maintenant, Carter, a insisté Horus. Pourquoi prendre le risque de réveiller Rê ? Pour ça, ta sœur va devoir lire le livre. Tu as vu ce qu'un seul papyrus a fait à Menchikov. Alors, imagine qu'une puissance trois fois supérieure se déchaîne contre Sadie...

Mon sang s'est glacé. Déjà, j'avais honte d'avoir laissé Sadie rechercher le dernier papyrus sans moi. Alors, je ne permettrais pas qu'elle soit défigurée, comme Vlad l'inhalateur, ou pire.

Horus a repris :

– Fais valoir tes droits sur le trône, approprie-toi la crosse et le fléau. Ensemble, nous vaincrons Apophis. Nous protégerons tes amis et ta maison, à Brooklyn.

Ma maison... Il était tentant d'accepter, surtout que mes amis couraient un grave danger. Je savais de quoi Menchikov était capable. Je ne l'imaginais que trop bien transformant Felix ou la timide Cléo en serpents. Je n'étais même pas certain qu'Amos puisse faire le poids face à lui. Tandis qu'avec les armes de Rê, j'aurais pu protéger efficacement notre repaire de Brooklyn.

Puis mon regard s'est posé sur les deux silhouettes qui s'affrontaient au pied du trône de feu. Notre succès ne dépendait pas de moi, ni même d'Horus, mais de Rê, le premier roi des dieux égyptiens. Auprès de son trône, celui du pharaon donnait l'impression de venir de chez Ikea.

– On n'y arrivera pas tout seuls, ai-je dit à Horus. On a besoin de Rê.

Ses yeux d'or et d'argent m'ont scruté comme si j'avais été une minuscule proie et qu'il s'était demandé si ça valait la peine de plonger du haut du ciel pour m'avaler tout rond.

— Je crois que tu ne mesures pas bien le danger, a-t-il déclaré enfin. Reste, Carter, et écoute nos ennemis comploter notre perte.

Sur ces paroles, il a disparu.

J'ai entendu des bruits de pas derrière le trône, puis une respiration sifflante, reconnaissable entre toutes. J'ai espéré de toutes mes forces que mon bâ soit invisible. Vladimir Menchikov s'est avancé dans la lumière, soutenant Desjardins.

— Nous y sommes presque, maître, a-t-il dit.

Le Russe avait l'air reposé dans son costume impeccable. Aucune trace de notre récent combat n'apparaissait sur lui, à part le pansement qui entourait son cou meurtri par la crosse. Desjardins, en revanche, semblait avoir vieilli de dix ans. Il avait de grandes difficultés à marcher, son visage s'était encore creusé et ses cheveux avaient blanchi. Difficile de croire que c'était la seule vision de Bès en slip qui l'avait à ce point affaibli.

Menchikov a voulu l'installer sur le trône du pharaon, mais il a protesté :

— Non, Vladimir. Sur les marches...

— Maître, dans votre état, vous devriez...

— Jamais !

Desjardins s'est péniblement assis sur les marches au pied du trône. Puis il a ouvert la main, et un mince filet de hiéroglyphes s'est élevé vers le plafond.

— Maât décline, a-t-il soupiré. Longtemps, son pouvoir m'a permis de subsister, Vladimir. À présent, on dirait qu'il mine mes forces. C'est là tout ce dont je suis capable...

— Ne craignez rien, maître. Tout rentrera dans l'ordre une fois que nous nous serons occupés des Kane.

— Vraiment ?

Desjardins a relevé la tête, et durant une seconde, ses yeux ont brillé de colère, comme au bon vieux temps.

– Il ne t'arrive jamais de douter, Vladimir ?

– Jamais, maître. J'ai consacré ma vie à combattre les dieux, et j'entends bien poursuivre. Si je puis me permettre, vous n'auriez pas dû recevoir Amos Kane. Ses paroles sont aussi nocives qu'un poison.

Desjardins a attrapé un hiéroglyphe et l'a examiné tandis qu'il tournoyait lentement au-dessus de sa paume. Je n'ai pas reconnu le symbole, mais il m'évoquait un bonhomme debout à côté d'un feu de signalisation.

– *Menhed*, a-t-il murmuré. La palette du scribe.

À y bien regarder, le symbole présentait une certaine ressemblance avec le matériel d'écriture que je transportais dans ma sacoche : une palette rectangulaire avec deux cupules pour les encres rouge et noire, et un calame relié à la première par une ficelle.

– En effet, maître, a dit Menchikov. C'est très... intéressant.

– Le symbole préféré de mon grand-père, a repris Desjardins d'un ton rêveur. Tu sais, Jean-François Champollion, le premier étranger à la Maison de vie à avoir déchiffré les hiéroglyphes au moyen de la pierre de Rosette.

– Je sais, maître. J'ai déjà entendu cette histoire.

L'expression de Menchikov à cet instant suggérait qu'il l'avait même entendue un millier de fois.

Desjardins a poursuivi :

– Parti de rien, il est devenu un grand scientifique ET un grand magicien, respecté tant par ses pairs que par les mortels.

– Et vous voici chef lecteur, a dit Menchikov avec un sourire crispé, comme s'il s'adressait à un enfant qui commençait à l'agacer. Il serait fier de vous.

– Crois-tu ? Quand il a accueilli ma famille dans la Maison de vie, Iskandar s'est réjoui de voir arriver des idées et du sang neufs. Mais nous n'avons rien changé, rien remis en question. La Maison a poursuivi son déclin. Les initiés se font plus rares d'année en année.

– Détrompez-vous, maître ! Nous ne sommes pas faibles. Notre force d'attaque est en ordre.

Menchikov a frappé dans ses mains, et les immenses portes de bronze à l'extrémité de la salle se sont ouvertes. D'abord je n'en ai pas cru mes yeux, mais quand la petite troupe s'est avancée vers nous, j'ai senti l'angoisse me gagner.

La douzaine de magiciens des deux sexes, vêtus de la robe en lin traditionnelle, n'étaient pas les plus effrayants. La plupart avaient les yeux fardés de khôl, le visage et les mains tatoués de hiéroglyphes. Certains trimballaient davantage d'amulettes que Walt. Les hommes avaient le crâne rasé, les femmes les cheveux courts ou attachés en queue-de-cheval. Tous affichaient l'air féroce d'une foule de paysans s'apprêtant à brûler la créature de Frankenstein, sauf qu'au lieu de fourches ils étaient armés de bâtons et de baguettes. Quelques-uns portaient également une épée.

Leur colonne était encadrée par une vingtaine de démons, différents de tous ceux que j'avais affrontés jusqu'alors. Ils se déplaçaient avec davantage d'assurance, comme s'ils partageaient un dessein commun. Le mal irradiait d'eux comme d'une lampe à UV, au point que mon bâ a craint d'attraper un coup de soleil. La couleur de leur peau allait du vert au noir, en passant par le violet. Certains étaient vêtus d'une armure, d'autres d'une peau de bête. L'un avait une tronçonneuse en guise de tête, un autre une guillotine. Un troisième avait un pied qui lui poussait entre les omoplates.

Encore plus terrifiants que les démons étaient les serpents ailés. Je sais ce que tu vas dire : *Non, pas encore !* Crois-moi, après avoir failli mourir de la morsure d'un tjesu heru, leur présence ne m'enchantait pas plus que toi. Ceux-là n'avaient pas deux têtes, et ils n'étaient pas plus gros que des serpents ordinaires, néanmoins ils fichaient la trouille. Imagine un cobra possédant les ailes d'un aigle et vomissant des torrents de flammes. Une demi-douzaine de ces monstres décrivaient des cercles au-dessus de l'escouade de Menchikov en crachant le feu. C'est un miracle qu'aucun des magiciens n'ait été brûlé.

À leur approche, Desjardins s'est relevé avec difficulté. Les magiciens et les démons se sont agenouillés devant lui. Comme un des serpents ailés passait à sa portée, le chef lecteur l'a saisi au vol avec une rapidité étonnante. Le serpent s'est débattu mais n'a pas tenté de l'attaquer.

– Un *uræus* ? s'est-il exclamé. Vladimir, c'est dangereux ! Ces créatures appartiennent à Rê.

– Elles servaient autrefois le temple d'Amon-Rê, c'est vrai. Mais ne vous inquiétez pas, maître. Mes ancêtres m'ont légué le pouvoir de les contrôler. J'ai trouvé pertinent d'utiliser ces serviteurs du dieu-soleil pour détruire ceux qui entendent le réveiller.

Desjardins a relâché le serpent, qui s'est envolé en soufflant un jet de flammes.

– Et les démons ? a repris Desjardins. Depuis quand avons-nous recours aux créatures du chaos ?

– Ils sont également sous contrôle, maître, a répliqué Menchikov avec une note d'impatience dans la voix. Ces mages sont entraînés à les maîtriser. Je les ai moi-même choisis pour leur talent, au sein des nomes du monde entier.

Le regard du chef lecteur s'est posé sur un homme de type asiatique, vêtu d'une robe bleue.

– Tu es Kwai, c'est ça ?

L'homme a acquiescé.

– Si je me rappelle bien, a poursuivi Desjardins, on t'a exilé du Nome Trois cent, en Corée du Nord, pour avoir assassiné un de tes pairs. Et toi, Sarah Jacobi – il désignait une femme en robe blanche, aux cheveux bruns coiffés en brosse –, on t'a envoyée en Antarctique pour avoir provoqué un tsunami dans l'océan Indien.

– Maître, a plaidé Menchikov, il est vrai que beaucoup de ces magiciens ont eu des démêlés avec la Maison par le passé, mais...

– Ce sont des voleurs et des meurtriers impitoyables, a affirmé Desjardins. La honte de notre ordre !

– ... ils se réjouissent de pouvoir faire la preuve de leur loyauté.

Menchikov a souri à ses sbires, comme pour les encourager à afficher leur bonheur, mais ils sont restés de marbre.

Il a vivement enchaîné :

– Et si nous voulons détruire la maison Kane, nous devrons nous montrer impitoyables, dans l'intérêt de Maât.

– « Nous » ? Tu as l'intention de diriger l'offensive sur Brooklyn, Vladimir ?

– Non, maître. J'ai confiance en cette équipe de... spécialistes pour s'acquitter au mieux de cette mission. Ils attaqueront au coucher du soleil. Quant à moi, je traquerai les Kane à l'intérieur de la Douât et les affronterai en personne. Je suggère que vous restiez ici afin de vous reposer, maître. Je vous ferai livrer dans vos appartements un bol divinatoire qui vous permettra d'observer le déroulement des opérations.

– Soit, a acquiescé Desjardins d'un ton amer. Je vais donc rester, et observer.

Menchikov s'est incliné devant lui.

– Nous sauverons la Maison de vie, je vous en fais la promesse. Les Kane seront détruits, les dieux renvoyés dans la Douât, et Maât régnera de nouveau sur le monde.

J'espérais un peu que Desjardins reprendrait ses esprits et annulerait l'attaque sur Brooklyn, mais il a seulement tourné le dos à Menchikov afin de contempler le trône vide.

– Va, a-t-il dit d'une voix lasse. Et emmène ces créatures loin de ma vue.

Le sourire de Menchikov s'est accentué.

– Bien, maître.

Il a descendu les marches et traversé la salle dans toute sa longueur, entraînant son armée personnelle dans son sillage.

Resté seul, Desjardins a tendu la main devant lui. Une sphère lumineuse est descendue du plafond pour se poser sur sa paume.

– Apporte-moi *L'Art de vaincre Apophis*, a dit Desjardins. J'ai besoin de le consulter.

La sphère magique a paru s'incliner avant de filer comme une flèche.

Desjardins s'est alors tourné vers le rideau de lumière violette et l'image des deux combattants au pied du trône de feu.

– Tu peux compter sur moi pour « observer », a-t-il murmuré. Mais pas question de me « reposer ».

La vision s'est brouillée, et mon bâ a regagné mon corps.

☥ CARTER

18. Sadie joue et gagne... une paire de lunettes

Pour la deuxième fois de la semaine, je me suis réveillé sur le canapé d'une chambre d'hôtel sans comprendre comment j'étais arrivé là.

Cette chambre-ci était beaucoup moins classe que la suite penthouse du Four Seasons Hotel Alexandria. Les murs se fissuraient, les poutres apparentes s'affaissaient. Un ventilateur ronronnait sur la table basse, pourtant la pièce était une vraie fournaise. Les fenêtres ouvertes laissaient entrer la lumière du jour ainsi que le bruit des klaxons et les cris des vendeurs de rue. Ça sentait les ordures, le crottin, et le tabac à chicha parfumé à la pomme. Aucun doute, je me trouvais au Caire.

Assis autour d'une table près de la fenêtre, Sadie, Bès, Walt et Zia semblaient jouer au backgammon, comme de vieux amis. Ce spectacle était tellement incongru que j'ai cru que je rêvais encore.

Soudain Sadie a vu que j'étais réveillé.

– Enfin ! Carter, la prochaine fois que ton bâ prendra un congé prolongé, merci de nous prévenir. Ça n'a pas été de la tarte de monter trois étages en te portant.

– J'ai dormi combien de temps ? ai-je demandé en me massant les tempes.

– Plus longtemps que moi, a répondu Zia.

Calme, reposée, elle était particulièrement belle. Elle avait glissé ses cheveux lavés de frais derrière ses oreilles, et sa robe blanche sans manches soulignait l'éclat de sa peau cuivrée. Comme mon regard s'attardait sur elle, elle a rougi et baissé les yeux.

– Il est trois heures de l'après-midi, a-t-elle précisé. Je me suis réveillée vers dix heures.

– Tu as l'air...

– En forme ? a-t-elle achevé, haussant les sourcils comme si elle me mettait au défi de la contredire. Et encore, tu as manqué le meilleur. J'ai tenté de m'enfuir. C'est la troisième chambre que nous occupons.

– La première a entièrement brûlé, a indiqué Bès.

– Et la deuxième a été soufflée par une explosion, a ajouté Walt.

– Je me suis excusée, d'accord ? Quoi qu'il en soit, ta sœur a fini par me calmer.

Sadie est intervenue :

– Ça m'a demandé plusieurs heures, et une bonne dose de diplomatie.

– T'es diplomate, toi ?

Sadie a levé les yeux au ciel.

– Il faut bien, pour te supporter.

Zia a repris :

– Ta sœur m'a convaincue de réserver mon jugement jusqu'à ce que tu sois réveillé et que nous puissions discuter de vos intentions. Elle s'est montrée très persuasive.

– Merci, a dit Sadie, pleine de suffisance.

Mon regard est allé de l'une à l'autre, et j'ai été saisi d'effroi.

– Quoi, vous êtes d'accord ? Impossible ! Avant, vous ne pouviez pas vous sentir !

– Ce n'était pas moi, mais un ouchebti, a objecté Zia, de plus en plus rouge. Je trouve Sadie... admirable.

– T'entends ça, Carter ? Je suis admirable.

– Dites-moi que je fais un cauchemar !

En me redressant, j'ai fait glisser ma couverture et me suis alors aperçu que je portais un pyjama Pokémon.

– Sadie, je vais te tuer...

Ma sœur a battu des cils d'un air innocent.

– Le vendeur nous a fait un prix. Et Walt a assuré qu'il t'irait bien.

Walt a levé les mains dans un geste défensif.

– J'y suis pour rien, vieux ! Crois-moi, j'ai tenté de t'éviter ça !

Bès a ricané avant de se livrer à une imitation très convaincante de Walt :

– « Au moins, prends la taille L... Celui avec Pikachu. » Carter, tes affaires sont dans la salle de bains. Bon, on la joue, cette partie de senet, oui ou non ?

J'ai titubé jusqu'à la salle de bains, où j'ai été soulagé de découvrir des vêtements normaux – caleçon, jean, tee-shirt sans Pikachu, le tout neuf. La douche a fait un bruit qui évoquait le cri d'agonie d'un éléphant quand j'ai tenté de l'actionner, mais j'ai réussi à faire couler un filet d'eau couleur de rouille dans le lavabo, ce qui m'a permis de me laver sommairement.

Quand je suis ressorti, à défaut d'être propre, je ne sentais plus la chèvre ni le poisson pourri.

Mes quatre compagnons avaient repris leur partie de senet. J'avais entendu parler de ce jeu – un des plus anciens connus – mais c'était la première fois que j'en voyais un en vrai. Le plateau rectangulaire comprenait trois rangées de dix cases. Les jetons étaient bleus et blancs. Au lieu de dés, on lançait des sortes d'osselets en ivoire avec une face vierge et l'autre gravée de hiéroglyphes.

– Je croyais que les règles étaient perdues, ai-je dit.

– Pour les mortels, peut-être, a répondu Bès. Les dieux ne les ont jamais oubliées.

– C'est simple, a ajouté Sadie. On déplace les pions en décrivant un « S » sur le plateau. L'équipe qui en a ramassé le plus à la fin de la partie a gagné.

– En réalité, c'est beaucoup plus compliqué que ça, a nuancé Bès. Il faut des années pour maîtriser toutes les subtilités du jeu.

– Ah oui ?

Zia a lancé les quatre osselets, qui sont retombés faces visibles.

– Qu'est-ce que vous dites de ça ?

Sadie et elle se sont tapées dans la main. Apparemment, elles faisaient équipe. Sadie a déplacé un jeton bleu et renvoyé un blanc à la case départ.

Bès a adressé un regard de reproche à Walt :

– Je t'avais dit de pas jouer ce pion.

– C'est pas ma faute !

– Les filles contre les garçons, m'a expliqué Sadie avec un grand sourire. Là, on joue les lunettes de Vlad Menchikov.

Elle a agité les lunettes cassées que Seth lui avait offertes à Saint-Pétersbourg.

– La fin du monde approche, ai-je dit, et vous, vous jouez une paire de lunettes de soleil ?

– T'inquiète, on est multitâches, a affirmé Walt. Ça fait au moins six heures qu'on discute, mais on t'attendait pour prendre des décisions.

– Et puis, a ajouté Sadie, Bès prétend qu'on ne peut pas jouer au senet sans miser, sous peine d'ébranler les fondements de Maât.

– C'est la pure vérité, a acquiescé Bès. À ton tour, Walt.

Celui-ci a lancé les osselets. Trois sur quatre sont retombés faces cachées.

– Bons dieux ! s'est exclamé Bès. Je t'avais pourtant dit qu'il nous fallait un deux pour quitter la Maison de Rê-Atoum.

– Désolé !

Histoire de me donner une contenance, je me suis assis sur une chaise.

La vue depuis la fenêtre était plus intéressante que je ne l'aurais cru. À moins de deux kilomètres, les pyramides de Gizeh avaient des reflets rouges sous le soleil de l'après-midi. Nous devions nous trouver dans la banlieue sud-ouest du Caire. J'étais déjà venu là en une dizaine d'occasions avec mon père, mais je trouvais la proximité des pyramides toujours aussi dépaysante.

Un million de questions me brûlaient les lèvres, et il fallait que j'informe mes compagnons de ma vision. Mais avant que j'aie pu ouvrir la bouche, Sadie s'est lancée dans le récit interminable de leurs moindres faits et gestes pendant que j'étais inconscient. Elle a lourdement insisté sur la tête que je faisais dans mon sommeil, et sur les « couinements » que je poussais pendant qu'ils m'évacuaient des deux chambres en flammes. Elle m'a longuement décrit les fines galettes moelleuses, les falafels et les boulettes de bœuf épicées qu'on leur avait servis au déjeuner – « Pardon, mais on ne t'en a pas gardé » – ainsi que les nombreuses affaires qu'ils avaient faites au souk.

– Vous avez fait du shopping ? me suis-je exclamé. Je rêve !

– Et pourquoi pas ? De toute manière, on ne peut pas agir avant le coucher du soleil. C'est Bès qui le dit.

– Pourquoi ?

Bès a jeté les osselets et déplacé un de ses pions avant de me répondre.

– À cause de l'équinoxe, gamin. À cette période de l'année, les portails restent fermés partout dans le monde. Sauf au lever et au coucher du soleil, quand le jour et la nuit s'équilibrent parfaitement.

312

– Pour retrouver Rê, a enchaîné Sadie, on va devoir accomplir le même voyage que lui, ce qui implique d'entrer dans la Douât au coucher du soleil et d'en ressortir le lendemain à l'aube.

– Comment tu sais ça ?

Elle a sorti de sa sacoche un rouleau de papyrus beaucoup plus épais que les trois qu'on avait récupérés et dont les extrémités avaient l'éclat du feu.

– *Le Livre de Rê*, a-t-elle annoncé. C'est moi qui l'ai reconstitué. Surtout, ne me remercie pas.

J'ai été pris de vertige, me rappelant les révélations d'Horus sur les circonstances de l'accident qui avait défiguré Menchikov.

– Tu... tu l'as lu, et il ne t'est rien arrivé ?

– Seulement l'introduction, l'avertissement, le mode d'emploi, tout le blabla. Je ne lirai le sort lui-même qu'une fois en présence de Rê. Mais au moins, je sais un peu mieux où on va.

– Si on décide d'y aller, ai-je nuancé.

Tous m'ont regardé.

– Comment ça, « si » ? a demandé Zia. D'après Sadie, tu étais déterminé.

Elle était douloureusement proche, et en même temps, je devinais ses efforts pour me maintenir à distance à la tension dans ses épaules, au soin qu'elle mettait à s'écarter de moi.

– Je l'étais, ai-je répondu. Jusqu'à ce que je découvre le plan de Menchikov.

Je leur ai alors raconté ma vision : l'attaque programmée contre notre repaire de Brooklyn, le projet de Menchikov de nous traquer à l'intérieur de la Douât, les mises en garde d'Horus et le fait qu'il m'ait encouragé à tirer parti de la crosse et du fléau plutôt que de réveiller Rê.

– Mais ce sont les attributs de Rê ! a protesté Zia.

– Et aussi de tout pharaon qui s'en montre digne. Si nous n'aidons pas Amos à défendre Brooklyn...

– Vous pourrez dire adieu à votre oncle et à vos amis, a achevé Bès. D'après ta description, Menchikov a rassemblé une belle bande de tueurs, sans parler des *uræi*, les serpents cracheurs de feu. Ça sent pas bon. Même si Bastet revient à temps pour nous filer un coup de main...

– Il faudrait avertir Amos, a suggéré Walt.

– Tu as un bol divinatoire ? ai-je demandé.

– J'ai mieux, a-t-il répondu en produisant un téléphone portable. Je lui dis quoi ? Qu'on arrive ?

J'ai hésité. L'idée de laisser Amos et les novices seuls face à l'armée de Menchikov me répugnait. En même temps, une partie de moi brûlait de m'approprier les armes du pharaon pour écraser nos ennemis, et la voix d'Horus, toujours présente dans mon esprit, m'exhortait à agir dans ce sens.

– Carter, tu ne peux pas retourner à Brooklyn, a déclaré Zia.

J'ai plongé mon regard dans le sien et y ai lu ses sentiments à mon égard. Elle s'efforçait de réprimer la terreur que je lui inspirais, mais celle-ci était toujours là, enfouie en elle. Mon cœur s'est brisé.

– Ce qui s'est passé dans le désert, a-t-elle repris. C'était horrible. Je ne veux pas le revoir.

– Pour l'avatar, la crosse, je regrette. Je ne voulais pas te faire peur. Je...

– Ce n'est pas toi qui m'as fait peur, Carter, mais Vlad Menchikov.

– Oh !

Elle a pris une inspiration tremblante avant de poursuivre :

– Cet homme ne m'a jamais inspiré confiance. Au terme de mon apprentissage, il a voulu me recruter pour son nome. Heureusement, Iskandar a décliné sa proposition.

– Pourquoi je ne pourrais pas retourner à Brooklyn ?

Zia s'est mise à scruter le plateau de senet comme s'il s'agissait d'une carte d'état-major.

– Je crois que tu dis vrai, et que Menchikov est un traître. D'après ce que tu as vu, je crois également que ce n'est pas le déclin de Maât qui sape les forces de Desjardins...

– C'est Menchikov, a supposé Sadie.

– Je pense que oui, et aussi qu'Iskandar a bien fait en sorte que j'entende la voix d'Apophis dans mes rêves. Ce n'était pas une erreur de sa part, mais une sorte d'avertissement – son ultime leçon... J'ignore pourquoi il a caché la crosse et le fléau dans ma tombe, mais peut-être savait-il que tu les trouverais. Quoi qu'il en soit, il faut arrêter Menchikov.

– Mais tu as dit que je ne devais pas retourner à Brooklyn !

– En effet. Tu ne peux pas renoncer à ta quête. Ma conviction est qu'Iskandar souhaitait une alliance entre les dieux et la Maison de vie, et je me fie à son jugement. Tu dois réveiller Rê.

Je n'en croyais pas mes oreilles. Pour la première fois, notre quête me paraissait réelle. Essentielle. Et complètement folle. Également, j'entrevoyais une lueur d'espoir. Peut-être que Zia ne me détestait pas, après tout.

– Voilà une affaire réglée, a dit Sadie en ramassant les osselets. Au coucher du soleil, on ouvrira un portail au sommet de la Grande Pyramide. Après, on n'aura plus qu'à suivre la course de la barque solaire le long de la rivière de la Nuit, trouver Rê, le réveiller, et le faire sortir de la Douât à l'aube. Et, si possible, s'arrêter quelque part en route pour dîner. Je meurs de faim.

– Ça va être dur, a grogné Bès. Dangereux. On a toutes les chances d'y rester.

– Une journée ordinaire, quoi, ai-je résumé.

– Qu'est-ce que je dis à Amos, alors ? a insisté Walt, son téléphone toujours à la main. Qu'il doit se débrouiller tout seul ?

– Certainement pas, a répondu Zia. J'irai à Brooklyn.

J'ai failli m'étrangler.

– *Toi* ?

Elle m'a lancé un regard furieux.

– Je ne suis plus une novice, Carter.

– Ce n'est pas ce que je voulais dire. Mais...

– Je veux parler à Amos. Quand les envoyés de la Maison de vie arriveront, j'essaierai de gagner du temps. J'ai de l'influence sur les autres magiciens. En tout cas, j'en avais quand Iskandar était encore en vie. Peut-être réussirai-je à en raisonner certains, surtout que leur chef ne sera pas là pour les exciter.

J'ai revu les visages fermés des sbires de Menchikov. Je doutais fort que quiconque parvienne à les « raisonner ».

Walt semblait partager mes réticences.

– Si tu te téléportes au coucher du soleil, a-t-il dit, tu arriveras en même temps qu'eux. Dans la confusion qui régnera alors, ça m'étonnerait que tu puisses leur parler. Imagine que tu doives te battre...

– Espérons qu'on n'en arrivera pas là.

La réponse de Zia n'était pas faite pour me rassurer, mais avant que j'aie pu protester, Walt a déclaré :

– Je t'accompagne.

Sadie en a laissé tomber les osselets.

– Walt, non ! Dans ton état...

Elle a plaqué une main sur sa bouche.

– Quel état ? ai-je demandé.

Si Walt avait possédé une amulette pour jeter le mauvais œil, je crois qu'il l'aurait utilisée contre ma sœur.

Il a expliqué :

– C'est à propos de ma famille. Ça devait rester secret, a-t-il ajouté en regardant Sadie.

Il nous a alors parlé – à contrecœur, visiblement – de la malédiction qui pesait sur les descendants d'Akhénaton, et de ce qu'elle signifiait pour lui.

J'étais abasourdi. L'attitude réservée de Walt, ses changements d'humeur, ses conversations privées avec Jaz, tout prenait sens. En comparaison, mes propres problèmes me paraissaient insignifiants.

– Bon sang, ai-je murmuré. Walt, mon vieux...

Il m'a arrêté :

– Quoi que tu aies l'intention de dire, Carter, sache que je t'en remercie. Mais ça fait des années et des années que je vis avec cette maladie. Je ne veux ni pitié ni traitement de faveur. Tout ce que je souhaite, c'est vous donner un coup de main. Je vais accompagner Zia à Brooklyn. Ainsi, Amos comprendra qu'elle vient en paix. On tâchera de tenir l'ennemi à distance jusqu'au lever du jour, pour vous laisser le temps de revenir avec Rê. De toute manière, si vous échouez, on sera tous morts demain.

J'ai tenté de plaisanter :

– C'est ce que j'appelle voir la vie du bon côté...

Une idée a surgi dans mon esprit.

– Une seconde ! Menchikov a dit qu'il descendait des prêtres d'Amon-Rê.

– Ceux-là, j'ai jamais pu les sacquer, a grommelé Bès avec une grimace de dégoût. Trop imbus d'eux-mêmes. Mais quel rapport ?

– Ce sont eux qui ont combattu Akhénaton et maudit les ancêtres de Walt, non ? Menchikov sait peut-être comment lever...

– Stop !

La violence de la réaction de Walt m'a étonné. Ses mains tremblaient de colère.

– Carter, je me suis résigné à mon sort. J'en ai assez des faux espoirs. Menchikov est notre ennemi. Même s'il a le pouvoir de me sauver, il ne le fera pas. Si vos routes se croisent, n'essaie pas de discuter ni de négocier avec lui. Fais ce que tu as à faire.

J'ai jeté un coup d'œil à Sadie. Son regard étincelait, comme si elle était fière de moi – enfin !

– Compris, ai-je dit à Walt. Je n'en parlerai plus.

Mais l'échange de regards s'est poursuivi entre Sadie et moi, et j'ai lu dans le sien que, pour une fois, on était d'accord sur toute la ligne. Dans la Douât, on s'arrangerait pour mettre la main sur Menchikov et on le cuisinerait pour qu'il nous indique comment guérir Walt. Décidément, je la sentais de mieux en mieux, cette quête.

– Donc, a récapitulé Zia, on se mettra tous en route au coucher du soleil : Walt et moi pour Brooklyn, Sadie et toi pour la Douât. La question est réglée.

– Pas encore, a grondé Bès en contemplant d'un air furieux les osselets que Sadie avait laissés tomber. C'est impossible d'avoir autant de veine.

Sadie a baissé les yeux vers le sol, et un sourire s'est peint sur son visage. Par hasard, elle avait obtenu un trois – juste le nombre dont elle avait besoin pour remporter la partie.

Après avoir déplacé un dernier pion, elle a ramassé les lunettes de Menchikov sur la table et les a essayées. Je n'ai pu retenir un frisson en songeant aux cicatrices de Menchikov, à sa voix d'asthmatique, et au danger qui menaçait ma sœur si elle tentait de déchiffrer *Le Livre de Rê*.

– L'impossible est ma spécialité, a-t-elle affirmé. Petit frère, il est temps de se préparer. La Grande Pyramide nous attend.

Au cas où tu aurais l'intention de visiter les pyramides, sache qu'il vaut mieux les admirer de loin, sur la ligne d'horizon. Je vais peut-être te choquer, mais plus tu t'en approcheras, plus tu seras déçu.

Pour commencer, de près, elles vont te paraître plus petites que tu ne les imaginais. Tous les gens qui les ont vues le disent. Elles étaient les constructions les plus hautes de leur époque, d'accord, mais comparées aux gratte-ciel modernes, elles ne sont pas si imposantes que ça. En plus, les pillards les ont dépouillées des blocs de calcaire qui les recouvraient et des pyramidions dorés qui les mettaient en valeur. Elles sont toujours belles – surtout éclairées par le soleil couchant – mais crois-moi, tu les apprécieras mieux de loin, à l'écart de la foule. L'autre problème, c'est ça : les touristes et les vendeurs ambulants. J'ignore où tu as l'habitude de passer tes vacances, mais que ce soit à Times Square, à Piccadilly Circus ou à Rome, aux abords du Colisée, tu trouveras toujours des marchands pour essayer de te fourguer des babioles et des tee-shirts bon marché, et des hordes de touristes en sueur qui râlent et piétinent en essayant de s'approcher pour prendre des photos. C'est pareil autour des pyramides, sauf que la foule est encore plus dense et les vendeurs beaucoup, beaucoup plus insistants. Quelle que soit la langue dans laquelle tu t'adresses à eux, ils ont du mal à comprendre le mot « non ».

Pendant qu'on se frayait un chemin à travers la cohue, on a dû refuser trois excursions à dos de dromadaire, une douzaine de tee-shirts, davantage d'amulettes que Walt n'en a jamais fabriqué – « Magie, très bon prix ! » – et onze doigts de momies soi-disant authentiques, probablement fabriqués en Chine.

J'ai demandé à Bès s'il ne pouvait pas se déshabiller pour disperser la foule, mais il a ri.

– Ça n'en vaut pas la peine, gamin. Les touristes occupent cet endroit depuis presque aussi longtemps que les pyramides. Je m'arrangerai pour qu'ils ne nous remarquent pas. Dépêchons-nous de grimper là-haut.

Des gardes patrouillaient au pied de la Grande Pyramide, mais ils n'ont pas tenté de nous arrêter. Peut-être Bès nous avait-il rendus invisibles, à moins qu'ils n'aient fermé les yeux parce que nous étions accompagnés du dieu nain. En tout cas, j'ai vite compris pourquoi il est interdit de monter sur les pyramides : c'est difficile et dangereux. Celle de Khéops est haute de cent trente-sept mètres et n'a pas été conçue pour l'escalade. J'ai failli tomber à deux reprises durant l'ascension, et Walt s'est tordu la cheville. Certaines pierres étaient descellées ou s'effritaient sous les doigts. Les « marches » mesuraient dans les deux mètres de haut, et nous devions nous faire la courte échelle pour les gravir. Au bout de vingt minutes d'efforts, on a fini par atteindre le sommet, épuisés et en sueur. Le smog qui plane en permanence au-dessus du Caire brouillait la vue à l'est, mais à l'ouest, on voyait très nettement le soleil descendre sur l'horizon, teintant le désert en rouge.

Je me suis demandé si le paysage était le même cinq mille ans plus tôt, au moment où la pyramide avait été achevée. Le pharaon était-il monté au sommet de son futur tombeau pour contempler son empire ? Sans doute que non. Il était trop malin pour risquer sa vie.

– Bien ! s'est exclamée Sadie en laissant tomber sa sacoche. Bès, tu ouvres l'œil. Walt, tu veux bien m'aider à faire apparaître le portail ?

J'ai sursauté quand Zia m'a touché le bras.

– On pourrait parler ? m'a-t-elle murmuré.

Elle est descendue d'un niveau, cherchant à s'éloigner. J'ai réussi à la suivre sans trébucher ni me ridiculiser.

Zia a promené son regard sur le désert. Le soleil couchant illuminait son visage.

– Carter, je ne veux pas de malentendu entre nous. Je te suis reconnaissante de m'avoir réveillée. Je sais que tu n'as fait qu'écouter ton cœur...

Je n'avais pas vraiment le choix, car ses battements résonnaient sous mon crâne.

– On dirait qu'il y a un « mais », ai-je remarqué.

– Il faut me laisser du temps. Tout ça est nouveau pour moi. Peut-être qu'un jour, on pourra être... proches. Mais pour le moment...

– Je dois te laisser du temps, ai-je dit d'une voix étranglée. Si on n'est pas tous morts demain.

Ses yeux avaient des reflets dorés. Le moustique prisonnier d'une goutte d'ambre pensait-il comme moi – « Ouah ! Magnifique ! » – au moment d'être figé pour l'éternité ?

Elle a repris :

– Je ferai mon possible pour protéger ta maison. Promets-moi, si tu es confronté à un choix, d'agir selon ton cœur, et non selon la volonté des dieux.

– Je te le promets.

Pourtant, la voix d'Horus m'exhortait toujours à réclamer le trône et les armes du pharaon. J'aurais voulu ajouter quelque chose, lui avouer mes sentiments, mais j'ai seulement pu bredouiller :

– Ah ! Hum...

Zia a esquissé un sourire.

– Sadie a raison, a-t-elle déclaré. Tu es... Comment a-t-elle dit ? « touchant de maladresse ».

– Euh... Merci.

Un éclair a éclaté au-dessus de nous, et un portail s'est ouvert au sommet de la pyramide. Cette fois, je n'ai pas vu de sable, mais un puits de lumière pourpre plongeant au cœur de la Douât.

Sadie s'est tournée vers moi.

– Tu viens, Carter ?

– Sois prudent, m'a soufflé Zia.

– La prudence n'est pas mon point fort, ai-je répondu. Mais j'essaierai.

Tandis que je me hissais péniblement vers le sommet, Sadie a attiré Walt vers elle et lui a glissé quelque chose à l'oreille.

– Je le ferai, a-t-il promis d'un air grave.

Avant que j'aie pu leur demander des éclaircissements, Sadie s'est adressée à Bès :

– Prêt ?

– Je vous rejoins dès que j'aurai aidé Zia et Walt à traverser. Rendez-vous à la quatrième maison, sur la rivière de la Nuit.

– C'est quoi, cette maison ? l'ai-je interrogé.

– Tu verras bien. Filez, maintenant !

J'ai lancé un dernier regard à Zia, me demandant si je la reverrais, avant de sauter dans le puits de lumière tourbillonnant.

La Douât est un endroit vraiment étrange.

(Je sais, Sadie. C'est pas une découverte. Quand même, je tenais à le dire.)

Les courants qui traversent le monde des esprits modèlent nos perceptions en fonction de notre expérience. C'est pourquoi on a atterri sur un quai en tous points identique à celui qui longeait la Tamise, au pied de la maison de nos grands-parents.

– Ça, c'est vache ! a protesté Sadie.

Évidemment, il lui était pénible de se retrouver à cet endroit après sa tragique échappée à Londres, le jour de son anniversaire. C'était également là qu'on avait embarqué pour la première fois à bord du bateau magique d'Amos. J'étais alors accablé par la mort de notre père, choqué que nos grands-parents aient pu nous confier sans discuter à un quasi-étranger, et terrifié à l'idée de sauter dans l'inconnu. Ces sentiments ont brusquement resurgi avec la même douloureuse intensité.

Un épais voile de brume s'étendait sur la rivière. On ne distinguait pas d'autre lumière que la clarté diffuse du ciel. Les bâtiments autour de nous bougeaient sans cesse, s'élevaient et s'abaissaient tour à tour comme s'ils cherchaient une position confortable.

Au-dessous de nous, le brouillard s'éloignait lentement du quai.

– Regarde, ai-je dit à Sadie.

Il y avait un bateau amarré au bas des marches, mais ce n'était pas celui d'Amos. J'ai reconnu la barque du dieu-soleil telle que je l'avais vue en rêve, avec une tente au centre du pont et des bancs pouvant accueillir une vingtaine de rameurs. Toutefois, elle se trouvait maintenant dans un état de décrépitude avancé. La voile était en lambeaux, les rames brisées, les cordages tendus de toiles d'araignées.

Debout sur les marches, papy et mamie nous barraient le passage.

– Encore eux, a grommelé Sadie. Viens !

Elle a descendu l'escalier d'un pas décidé.

– Poussez-vous de là, a-t-elle ordonné aux silhouettes scintillantes de nos grands-parents.

Une lueur féroce a brillé dans le regard de mamie.

– En voilà une façon de parler à sa grand-mère !

– Oh ! pardon, a repris Sadie. C'est là que je suis censée dire : « Comme tu as de grandes dents » ? T'es pas ma grand-mère, Nekhbet. Dégage !

L'image de mamie s'est brouillée. Sa robe de chambre à fleurs a cédé la place à un plumage noir et crasseux. Un masque flasque et flétri s'est superposé à son visage tandis que son crâne se dégarnissait. Sur l'échelle de Richter des affreux, je l'aurais située à 9, à égalité avec Bès.

– Tu ferais bien de nous montrer un peu plus de respect, mon chou, a-t-elle roucoulé. Nous sommes là pour vous délivrer un avertissement amical. Vous vous apprêtez à franchir le point de non-retour. Une fois que vous aurez posé un pied sur ce bateau, vous n'en descendrez plus avant d'avoir traversé les douze maisons de la nuit, ou d'être morts.

– Aghh ! a aboyé papy.

Il s'est gratté sous les aisselles, indiquant qu'il était toujours possédé par le dieu-babouin Baba, ou pas : un tel comportement n'avait rien d'inhabituel chez notre grand-père.

– Écoutez Baba, a insisté Nekhbet. Vous n'avez aucune idée de ce qui vous attend sur la rivière. Sadie, tu as eu le plus grand mal à nous vaincre à Londres. Eh bien, dis-toi que les armées du chaos sont mille fois pires !

Je me suis avancé, brandissant la crosse et le fléau.

– Mais cette fois, elle n'est pas seule. Laissez-nous passer !

Baba a poussé un grondement sourd et reculé.

– Tu oses porter les armes du pharaon ? a remarqué Nekhbet avec une pointe d'admiration. C'est téméraire, mon garçon, mais ça ne vous sauvera pas.

– Vous n'avez rien compris, ai-je répliqué. Ce n'est pas seulement nous que nous voulons sauver d'Apophis, mais également vous tous. Quand nous reviendrons avec Rê, vous nous offrirez votre aide et vous persuaderez les autres dieux d'en faire autant.

– Ridicule ! a croassé Nekhbet.

J'ai levé la crosse – à l'origine, un simple bâton de berger, signifiant qu'un roi doit guider son peuple comme un pasteur son troupeau – et senti sa puissance m'envahir. J'ai exercé ma volonté sur nos adversaires, qui sont tombés à genoux.

Papy et mamie ont disparu, révélant la forme véritable des deux divinités : pour Nekhbet, un énorme vautour coiffé d'une couronne dorée et portant un collier précieux autour du cou. Ses ailes noires étincelaient comme si on les avait saupoudrées d'or. Baba, lui, était un babouin géant aux yeux flamboyants, avec des crocs semblables à des sabres et des bras aussi épais que des troncs d'arbre.

Tous deux levaient vers moi un regard plein de haine, n'attendant qu'une seconde d'inattention de ma part pour me tailler en pièces.

– Jurez-moi foi et loyauté, leur ai-je ordonné. Jurez-moi que vous vous soumettrez à Rê quand nous l'aurons ramené.

– Vous ne le ramènerez pas, a affirmé Nekhbet.

– Dans ce cas, un serment ne vous engage pas à grand-chose. Jurez !

Me voyant brandir le fléau, le vautour et le babouin se sont tassés un peu plus.

– Agh ! a pleurniché Baba.

– Nous le jurons ! s'est écriée Nekhbet. Mais c'est une promesse creuse. Vous courez droit à la mort.

J'ai balancé la crosse, et les deux affreux se sont fondus dans la brume.

Sadie a pris une profonde inspiration.

– Bien joué. T'avais l'air sûr de toi.

– Je bluffais.

– Je sais. Maintenant, passons aux choses sérieuses : retrouver Rê, le réveiller, et si possible, dîner quelque part en chemin. Le tout sans se faire tuer.

Mon regard s'est posé sur la barque solaire. Thot, le dieu de la connaissance, nous avait dit un jour qu'étant de sang royal, nous avions le pouvoir d'invoquer un bateau en cas de besoin. Mais je n'aurais jamais imaginé que c'était ce bateau-ci qui allait apparaître, ni qu'il serait aussi abîmé. Deux ados dérivant à bord d'une épave, seuls face aux forces du chaos...

– En route, ai-je dit à Sadie.

SADIE

19. Bullwinkle, le retour

Faut que je t'avoue un truc : Carter était en jupe.

(Lâche ce micro ! C'est mon tour.)

En effet, il a « oublié » de te signaler qu'à peine entrés dans la Douât, on s'était retrouvés vêtus à l'égyptienne.

Je dois dire que j'étais plutôt gâtée. Ma robe en soie blanche chatoyait, mes bras et mes mains disparaissaient presque sous les bagues et les bracelets. D'accord, le collier incrusté de pierres précieuses était un peu lourd – autant que le tablier de plomb qu'on te passe avant une radio chez le dentiste – et j'avais assez de laque dans les cheveux pour pétrifier un dieu majeur. Mais à part ça, je crois que j'en jetais un max.

Carter, en revanche, ne portait qu'une espèce de jupe en lin et une ceinture d'où pendaient la crosse et le fléau. Un collier en or pareil au mien couvrait le haut de sa poitrine, il avait les yeux fardés et pas de chaussures.

Les anciens Égyptiens l'auraient sans doute considéré comme un beau spécimen de virilité guerrière (tu vois ? J'ai réussi à le dire sans éclater de rire), et il y a certainement plus moche que Carter torse nu. N'empêche que je n'avais aucune envie de m'exhiber dans l'autre monde aux côtés d'un frangin tout juste vêtu d'un drap de bain.

En montant à bord, ça n'a pas manqué, il s'est planté une écharde dans le pied.

– Comment ça se fait que t'aies pas de sandales ? ai-je demandé.

– On m'a pas laissé le choix !

En grimaçant, il a ôté un éclat de bois aussi long qu'un cure-dents d'entre ses orteils.

– Ce doit être parce que les guerriers antiques combattaient pieds nus, pour éviter de glisser à cause de la sueur, du sang, tout ça.

– Et la jupe ?

– Si on y allait, au lieu de discuter ?

C'était plus facile à dire qu'à faire.

La barque s'est éloignée du quai, mais à peine avait-elle parcouru quelques mètres qu'elle s'est trouvée prise dans un remous et a commencé à tourner en rond.

– Juste une question, ai-je dit. Tu connais quelque chose aux bateaux ?

– Rien du tout, a avoué Carter.

La voile déchirée n'avait aucune utilité, les rames étaient cassées ou pendaient mollement le long de la coque. De toute manière, je ne vois pas comment on aurait pu manœuvrer à deux un bateau prévu pour vingt rameurs, même sur une rivière tranquille. Or notre précédent voyage dans la Douât s'était révélé plus proche des montagnes russes que d'une croisière en eaux calmes.

– Et les sphères lumineuses ? ai-je demandé. Tu sais, celles qui composaient l'équipage de *La Reine d'Égypte* ?

– Tu pourrais en invoquer ?

J'ai soupiré :

– Ben voyons ! À moi le sale boulot.

J'ai regardé autour de moi, espérant apercevoir un bouton indiquant MATELOTS MAGIQUES, mais ç'aurait été trop simple. Je savais que la barque du dieu-soleil possédait autrefois un équipage de ce genre, pour l'avoir vu en rêve. Mais comment le faire apparaître ?

La tente au milieu du pont était vide, le trône de feu avait disparu, le plus grand silence régnait à bord, à peine troublé par le gargouillis de l'eau s'écoulant à travers les brèches dans la coque. En plus, les rotations du bateau me donnaient le tournis.

Soudain mon sang s'est glacé d'effroi. Une dizaine de voix ténues murmuraient à la base de mon crâne : *Isis... Intrigante... Empoisonneuse... Traîtresse...*

Mon malaise ne provenait pas uniquement des remous. Les planches sous mes pieds, le garde-corps, les rames et les cordages, toute la barque du dieu-soleil me rejetait et m'assaillait de pensées malveillantes.

– Carter, le bateau ne m'aime pas.

– Il a bon goût, alors.

– Ha, ha ! Il perçoit la présence d'Isis en moi. Après tout, c'est elle qui a forcé Rê à s'exiler. Il ne l'a pas oublié.

– Tu n'as qu'à t'excuser...

– Hum, salut, bateau, ai-je commencé, me sentant ridicule. Pour le poison, je regrette. Mais vois-tu, je ne suis pas Isis. Je suis Sadie Kane...

Traîtresse...

– Je comprends ton erreur, ai-je concédé. J'imagine que tu sens son parfum sur moi, ou du moins celui de sa magie. Mais je te promets qu'elle n'habite plus ici. Je l'ai fichue à la porte. Mon frère et moi, on est venus pour ramener Rê.

Un frémissement a parcouru le bateau de la proue à la poupe, et les petites voix se sont tues. C'était sans doute la première fois de leur longue, longue existence qu'on leur coupait ainsi le sifflet – mais elles ne me connaissaient pas encore, pas vrai ?

J'ai enchaîné :

– Ce serait cool, non ? Le retour de Rê, la vie à bord, comme au bon vieux temps. Mais avant d'en arriver là, on va devoir traverser chacune des maisons de la nuit. Aussi, si vous vouliez bien coopérer...

Une douzaine de sphères ont brusquement surgi du néant pour former un cercle autour de moi, tel un essaim furieux de balles de tennis enflammées. Elles dégageaient une chaleur si intense que j'ai craint que ma belle robe ne prenne feu.

– Elles n'ont pas l'air contentes, a remarqué Carter.

Je ne sais pas si tu es au courant, mais mon frère a l'art de balancer des évidences.

Je me suis efforcée de garder mon calme.

– Si vous voulez revoir votre roi, ai-je dit d'un ton sévère, je vous conseille de retourner à vos postes.

Je me voyais déjà rôtir comme un poulet, pourtant je n'ai pas bronché. En même temps, étant encerclée, je n'avais pas vraiment le choix. J'ai tenté la magie pour plier les sphères à ma volonté.

Vous allez obéir, leur ai-je ordonné, *et vous mettre immédiatement au travail.*

Un sifflement assourdissant a envahi mon crâne, ce qui voulait dire que je venais de péter un joint de culasse, ou que les boules de feu avaient enfin cédé.

En effet, elles se sont dispersées et ont entrepris de tirer les cordages, raccommoder la voile, réparer les rames cassées et manœuvrer la barre.

Dans un concert de grincements, le bateau a pivoté sur lui-même pour se replacer dans le sens du courant.

Carter a soupiré.

– Bien joué, Sadie. Ça va ?

J'ai acquiescé, même si la tête me tournait toujours. J'ignorais si j'avais convaincu les sphères ou si elles attendaient simplement une occasion de se venger. Dans le doute, je n'étais pas franchement ravie de leur confier nos vies.

Le décor londonien s'est peu à peu fondu dans la nuit. J'ai éprouvé une sensation familière de chute tandis qu'on s'enfonçait dans la Douât.

– On vient d'entrer dans la deuxième maison, ai-je supposé.

Carter se cramponnait au mât pour ne pas tomber.

– Tu veux parler des maisons de la nuit ? m'a-t-il demandé. Celles que Bès a mentionnées ? C'est quoi, au juste ?

J'ai d'abord cru qu'il se moquait de moi – d'habitude, il était incollable sur la mythologie égyptienne – mais il avait l'air sincère.

– Il en est question dans *Le Livre de Rê*, ai-je expliqué. Chacune des douze « maisons » correspond à une heure de la nuit et à une section de la rivière.

Carter a repris, scrutant les ténèbres devant nous :

– Donc, si on se trouve dans la deuxième maison, ça signifie qu'une heure est déjà passée. Je n'ai pas eu cette impression.

Il avait raison, mais d'un autre côté, j'ignorais à quel rythme s'écoulait le temps dans la Douât. Peut-être une maison ne valait-elle pas tout à fait une heure dans notre monde. Anubis m'avait dit un jour qu'il avait vécu cinq mille ans au pays des morts, pourtant il paraissait à peine plus âgé que Carter. J'ai frissonné. Et si, au terme de notre voyage, nous découvrions que plusieurs siècles avaient passé depuis notre départ ? Je venais juste d'avoir treize ans, je ne me sentais pas prête à en déclarer treize cents.

J'ai rapidement regretté d'avoir pensé à Anubis. J'ai porté la main à mon anneau shen. Après tout ce que Walt et moi avions partagé, la perspective de revoir le dieu de la mort me procurait une excitation mêlée de culpabilité. Peut-être allait-il nous aider durant notre voyage. Peut-être même allait-il m'enlever pour un tête-à-tête romantique dans un cimetière ou dans un café gothique, autour d'un Bloody Mary...

Je me suis immédiatement ressaisie. *Assez rêvassé*, me suis-je dit. *Concentre-toi, ma vieille.*

J'ai sorti *Le Livre de Rê* de ma sacoche afin de réviser les instructions. Je les avais déjà lues plusieurs fois, mais les termes en étaient aussi énigmatiques à mes yeux que ceux d'un problème de maths. Le texte était farci d'expressions telles que « premier issu du chaos », « souffle sur l'argile », « troupeau de la nuit », « renaître dans les flammes », « arpents du soleil » ou « dernier scarabée » dont la plupart étaient du chinois pour moi.

Ce que j'ai compris, c'est qu'au cours de notre voyage, j'étais censée lire les trois parties du livre à des moments précis, sans doute pour réveiller les différents aspects du dieu-soleil, et que chacun de ces trois aspects nous ferait subir une épreuve. Je savais aussi qu'à la moindre erreur de ma part – si je trébuchais simplement sur un mot – il m'arriverait pire encore qu'à Vlad Menchikov. Cette idée me terrifiait, mais je ne pouvais me permettre d'envisager un échec. Tout ce qu'il me restait à espérer, c'était que ce charabia s'éclairerait le moment venu.

Le courant s'est brusquement accéléré. Le bateau prenait de plus en plus l'eau. Carter a fait une nouvelle fois la preuve de ses aptitudes pour la magie guerrière en invoquant un seau et en écopant tandis que je concentrais mes efforts sur l'équipage. Plus on s'enfonçait dans la Douât et moins les sphères de feu semblaient vouloir m'obéir. Je les sentais regimber et leur désir de m'incinérer devenait plus flagrant de minute en minute.

Crois-moi, ça n'a rien de reposant de naviguer sur une rivière magique pendant que des voix te soufflent à l'oreille des amabilités telles que *Meurs, traîtresse, meurs.* J'avais également l'impression qu'on nous suivait. À plusieurs reprises, en me retournant, il m'a semblé apercevoir une forme livide qui se détachait sur le noir de la nuit, mais j'ai décidé que je l'avais imaginée. Encore plus troublant était le mur de ténèbres qui se dressait devant nous. On ne distinguait même pas la berge, et l'équipage aurait pu nous jeter contre un rocher ou dans la gueule d'un monstre sans qu'on ne voie rien venir. On avançait à travers un néant obscur et sans limites.

– Pourquoi tout est tellement... désert ? ai-je murmuré.

Carter a vidé son seau par-dessus bord. C'était bizarre de le voir écoper en costume de pharaon, avec la crosse et le fléau qui se balançaient à sa ceinture.

– Peut-être que les maisons de la nuit suivent la structure du sommeil chez l'homme, a-t-il suggéré.

– La quoi ?

– La structure du sommeil. Maman nous en parlait quand on était petits, avant de nous coucher.

Je l'avais oublié. Il faut dire que j'avais à peine six ans à la mort de notre mère. Au lieu de nous lire des histoires pour nous endormir, elle nous racontait les lois de Newton ou la table de Mendeleïev. La plupart du temps, ses explications me passaient au-dessus de la tête, mais j'aurais tant voulu me rappeler... En plus, ça m'agaçait de savoir que Carter gardait de notre mère un souvenir tellement plus précis que le mien.

Il a enchaîné :

– Le sommeil comprend plusieurs phases. Les premières heures, le cerveau se trouve plongé dans un sommeil profond, proche du coma et presque dépourvu de rêves. Ça explique peut-être que cette partie de la rivière soit si sombre et déserte. Puis le dormeur entre dans une phase de sommeil paradoxal : l'activité du cerveau augmente, les cycles se succèdent plus rapidement, et les rêves surviennent. On dirait bien que les maisons de la nuit obéissent au même schéma.

Sa théorie me paraissait un peu tirée par les cheveux, quoique maman nous ait toujours dit que la magie et la science ne s'excluaient pas mutuellement. Selon Bastet, la rivière qui parcourait la Douât possédait des millions d'affluents et se transformait en fonction des pensées de ceux qui y naviguaient. Si son cours était également influencé par les rêves de tous les dormeurs du monde, on pouvait s'attendre à une croisière riche en émotions.

Le lit de la rivière s'est peu à peu resserré, et on a fini par distinguer de part et d'autre deux bandes de sable noir qui scintillaient à la lumière de notre équipage fantôme. Il faisait plus frais à présent. La coque frottait sur des récifs qui agrandissaient les brèches. Renonçant à écoper, Carter a sorti un bloc de cire de sa sacoche. Je l'ai aidé à boucher les voies d'eau en prononçant des formules destinées à consolider le bateau. Si j'avais eu des chewing-gums sous la main, j'en aurais probablement fait du mastic.

On n'avait dépassé aucun panneau – TROISIÈME MAISON. PROCHAINE SORTIE : AIRE DE REPOS – mais il n'y en avait pas besoin pour comprendre qu'on avait changé de zone. Le temps s'écoulait avec une rapidité alarmante, et on n'avait encore rien fait.

J'ai émis une hypothèse :

– La première épreuve dont parle le livre consiste peut-être à éviter de mourir d'ennui ? Dis, quand est-ce qu'il va se passer quelque chose ?

Une fois de plus, j'aurais mieux fait de me taire. Une silhouette massive a brusquement surgi des ténèbres, puis un énorme pied s'est abattu devant la proue du bateau, le stoppant net. Un pied incontestablement masculin et plutôt moche. Ses orteils étaient couverts de boue, ses ongles trop longs, jaunes et fissurés. Du lichen et des bernacles s'accrochaient aux lanières de sa sandale. Pour résumer, ce pied donnait l'impression – impression d'ailleurs confirmée par son odeur – d'avoir passé plusieurs milliers d'années sur un rocher au milieu de la rivière, chaussé de la même sandale.

Malheureusement, il était relié à une jambe, elle-même rattachée à un corps. Le géant s'est penché vers nous pour nous examiner.

– Vous vous ennuyez ? a-t-il tonné sans méchanceté. Je peux vous tuer, si vous voulez.

Il portait un pagne comme celui de Carter, sauf qu'on aurait pu tailler dix voiles de bateau dans le sien. Son corps musclé était couvert d'une abondante pilosité, de celles qui me donnent immanquablement envie d'ouvrir un salon d'épilation gratuit pour les velus nécessiteux. Il avait une tête de bélier, avec un anneau dans les narines et de longues cornes recourbées auxquelles étaient accrochées des dizaines de clochettes en cuivre. Ses yeux très écartés avaient des iris d'un rouge lumineux et des pupilles verticales. Je sais que je t'en brosse un portrait terrifiant, pourtant l'homme-bélier n'avait pas l'air hostile. En fait, il avait même quelque chose d'étrangement familier. Il paraissait plus mélancolique que menaçant, comme s'il avait passé tellement de temps sur son rocher qu'il en avait oublié la raison.

(« Sadie, la fille qui murmure à l'oreille des béliers », ricane Carter. Tu te crois drôle ?)

Pour être franche, ce pauvre monstre me faisait de la peine. Son regard exprimait une telle solitude que je ne pouvais l'imaginer nous faisant du mal... Jusqu'au moment où il a décroché de sa ceinture deux immenses couteaux aux lames aussi recourbées que ses cornes.

– Vous ne dites rien, a-t-il remarqué. C'est donc que vous voulez que je vous tue ?

– Non merci ! me suis-je dépêchée de répondre, m'efforçant de montrer de la gratitude. J'ai deux trucs à te dire, un mot et une question. Le mot est « pédicure ». Et maintenant, la question : Tu es qui ?

Il a poussé un rire bêlant :

– Ah ! ah ! aaaaaah ! Si tu connaissais mon nom, je devrais vous laisser passer. Malheureusement, personne ne le connaît. Je vois que vous avez trouvé *Le Livre de Rê*. Vous avez rappelé son équipage et amené sa barque jusqu'aux portes de la quatrième maison. Personne n'était allé aussi loin avant vous. Je regrette beaucoup de devoir vous découper en morceaux.

Il a soupesé ses couteaux tandis que nos matelots tournoyaient autour de moi, aussi excités que des guêpes, l'encourageant : *Vas-y ! Découpe-la !*

– Une minute ! me suis-je écriée. Si on te nomme, on pourra passer ?

– Naturellement. Mais nul n'y est jamais parvenu.

Ce n'était pas la première fois qu'un gardien interrompait notre descente de la rivière de la Nuit pour nous mettre au défi de le nommer sous peine de mort. Apparemment, ça faisait partie du protocole d'accueil des âmes défuntes et des magiciens en visite. Mais cette fois, ça semblait trop facile : j'étais certaine d'avoir reconnu le dieu-bélier dont j'avais vu la statue au Brooklyn Museum.

– Je me trompe, ou c'est le type qui ressemble à Bullwinkle ? ai-je murmuré à Carter.

– Je t'en prie, ne l'appelle pas comme ça ! m'a soufflé Carter.

Il a repris, levant la tête pour regarder le géant :

– Tu es Khnoum, pas vrai ?

Un grondement sourd a jailli de la gorge de l'homme-bélier, qui a passé la lame d'un de ses couteaux sur le garde-corps du bateau.

– C'est une question ? a-t-il dit. Ou c'est votre dernier mot ?

Carter a hésité.

– Eh bien...

– Ce n'est pas notre dernier mot ! me suis-je empressée de répondre, comprenant qu'on avait failli tomber dans un piège. Khnoum est ton nom d'usage, en quelque sorte. Ce que tu veux entendre, c'est ton véritable nom, ton ren.

Khnoum a penché la tête de côté, faisant tinter ses clochettes.

– J'aimerais bien, oui. Hélas, personne ne le connaît. Même moi, je l'ai oublié.

– Comment peut-on oublier son propre nom ? s'est interrogé Carter. Et, oui, c'est une question.

– Je fais partie de Rê, a expliqué le dieu-bélier. Je suis l'aspect de lui qui vit dans le monde souterrain. Quand il a renoncé à accomplir son voyage quotidien, il a cessé d'avoir besoin de moi. Alors il m'a laissé ici, à l'entrée de la quatrième maison, comme on se débarrasse d'un vieux vêtement. Depuis, je garde les portes. C'est là ma seule raison d'exister. Si je parvenais à me rappeler mon nom, je ferais allégeance à celui ou celle qui m'aurait délivré et me rendrait mon unité. D'ici là, je n'ai pas le droit de quitter cet endroit.

Il avait l'air terriblement triste, tel un agneau égaré – un agneau de dix mètres de haut, armé de deux couteaux géants. J'aspirais de tout cœur à l'aider et, surtout, à éviter de me faire débiter en tranches.

J'ai demandé :

– Si tu as oublié ton ren, qu'est-ce qui nous empêche de te donner le premier nom qui nous passera par la tête ? Comment sauras-tu si on a réussi l'épreuve ?

– Je n'y avais pas réfléchi, a avoué Khnoum.

Carter m'a lancé un regard furieux. *Tu pouvais pas te taire ?* semblait-il dire.

Le dieu-bélier a poursuivi :

– Je pense que je reconnaîtrais mon ren en l'entendant prononcer, mais je n'en suis pas sûr. N'étant qu'un aspect de Rê,
j'ai perdu une grande partie de mes souvenirs, mes pouvoirs
et mon identité. Je ne suis plus que l'ombre de moi-même.

– Tu devais être drôlement costaud, avant, ai-je plaisanté.

Il m'a semblé que le bélier géant esquissait un sourire.

– Je regrette que tu ne connaisses pas mon ren, a-t-il soupiré. Tu es une jeune fille remarquable, la première à être allée
aussi loin. Bon, je propose qu'on en finisse...

Mon esprit s'est emballé. « La *première* à être allée aussi
loin », avait dit Khnoum...

J'ai crié à celui-ci :

– Attends ! Je connais ton nom !

– Quoi ? a couiné Carter. Dépêche-toi de le dire, alors !

Une expression lue dans *Le Livre de Rê* m'était brusquement
revenue en mémoire : « Premier issu du chaos ». J'ai puisé dans
les souvenirs d'Isis, la seule à avoir connu le nom secret de Rê,
et ai commencé à entrevoir la vraie nature du dieu-soleil.

– Rê a été le premier à émerger du chaos, ai-je déclaré.

– C'est ça, mon nom ? a demandé Khnoum d'un air perplexe.

– Tais-toi, et écoute. Tu as dit que sans lui, tu n'étais que
l'ombre de toi-même. C'est vrai de tous les dieux. Rê est le plus
ancien, le plus puissant, la source originelle de Maât, la...

– La pierre angulaire du panthéon égyptien ? a avancé Carter.

– Si tu veux, même si je ne sais pas de quoi tu parles. Ça
fait des millénaires que les autres dieux déclinent à cause de
son absence. Même s'ils refusent de l'admettre, ils dépendent
étroitement de lui. Jusqu'ici, on s'est demandé si ça valait vraiment la peine de le ramener. Maintenant, je sais à quel point
c'est important.

Carter m'avait écoutée avec un enthousiasme de plus en
plus manifeste.

– Rê est au centre de Maât, a-t-il renchéri. Il faut qu'il revienne pour assurer la victoire des dieux !

J'ai repris, poussant plus loin mon raisonnement :

– C'est pour ça qu'Apophis souhaite son retour. Maât et le chaos, les deux sont liés. Si le serpent parvenait à avaler le dieu-soleil...

– Les autres dieux mourraient, a achevé Carter. Et le monde sombrerait dans le chaos.

Khnoum a tourné la tête de manière à m'observer de son œil rouge.

– Tout ça est très intéressant, a-t-il dit, mais je n'ai toujours pas entendu mon nom secret. Si vous voulez réveiller Rê, vous allez devoir me nommer d'abord.

J'ai ouvert *Le Livre de Rê* et pris une profonde inspiration avant d'attaquer la première partie du sort. Je devine ce que tu penses : *Quoi, c'était ça l'épreuve, réciter quelques formules tirées d'un vieux grimoire ? Pas de quoi en faire un plat !* J'aurais aimé t'y voir... Imagine que tu doives lire à voix haute, devant une salle remplie de profs qui n'attendent que l'occasion de te sacquer, un texte qui t'apparaît inversé dans un miroir et dont il faut remettre les phrases dans l'ordre, que la moindre hésitation ou erreur de prononciation soit punie de mort, et tu auras une idée de la difficulté de la chose.

Malgré tout, j'étais étrangement confiante. Soudain le texte prenait tout son sens.

J'ai lu :

– « Je te nomme Premier Issu du Chaos. Khnoum, également Rê, soleil du soir, je t'enjoins de réveiller le Grand Roi, car je suis... »

Là, j'ai failli commettre une erreur fatale. Le papyrus comportait une formule du style « Veuillez insérer ici votre nom », et emportée par mon élan, il s'en est fallu de peu que je ne la ressorte telle quelle.

Je me suis rattrapée à la dernière seconde :

– ... « Sadie Kane, et j'entends restaurer la puissance du trône de feu. Je te nomme Souffle sur l'Argile, Bélier du Troupeau de la Nuit, Divin... »

Là encore, j'ai failli tout gâcher. Il m'a semblé lire « Divin Péteur », mais ça ne pouvait être ça, à moins que Khnoum n'ait eu des talents que j'aurais préféré ignorer. Heureusement, j'ai alors repensé à la statue exposée au Brooklyn Museum et rectifié le tir :

– ... « Divin Potier. Je te nomme Khnoum, gardien de la quatrième porte. Je te restitue ton nom afin que ton essence retourne à Rê. »

Les immenses pupilles du dieu-bélier se sont dilatées, ses narines ont frémi, et il a rengainé ses couteaux.

– Bien joué, jeune fille, a-t-il dit. Tu peux entrer dans la quatrième maison. Mais méfie-toi des feux, et prépare-toi à affronter la deuxième forme de Rê. Elle pourrait t'être moins reconnaissante de ton aide...

Avant que j'aie pu lui demander des éclaircissements, le dieu-bélier s'est évanoui en fumée, et *Le Livre de Rê* l'a absorbé avant de se refermer. Il ne restait rien de Khnoum ni de son rocher. Le bateau s'est engagé dans un couloir étroit.

– Sadie, tu as été géniale, a brusquement déclaré Carter.

En temps normal, je me serais pavanée, mais là, mon cœur battait à toute allure, j'avais les mains moites et envie de vomir. Pour couronner le tout, notre équipage magique s'était ressaisi et criait sa déception : *Pas découpée... Pas découpée...*

Vous, leur ai-je rétorqué, *mêlez-vous de vos affaires. Maintenant, en avant toute !*

– Euh... Sadie ? a repris Carter. Pourquoi t'es toute rouge ?

J'ai cru qu'il insinuait que je piquais un fard quand je me suis aperçue qu'il était également rouge. Tout le bateau baignait dans une lumière rubis. J'ai scruté la rivière devant nous et un son qui évoquait le bêlement de Khnoum a jailli de ma gorge :

– Non... Pas encore !

Une centaine de mètres plus loin, le couloir débouchait sur un immense cratère bouillonnant. J'ai reconnu le lac de feu, même si, lors de notre première visite, je l'avais vu sous un angle différent.

Le bateau avait pris de la vitesse et fonçait droit vers une succession de rapides menant à un Niagara de flammes qui se déversait dans le lac, environ huit cents mètres plus bas. Rien ne semblait pouvoir arrêter sa course folle vers le précipice.

En avant toute ! répétait l'équipage avec une joie maligne.

Le temps semblait s'être arrêté. S'il passe toujours trop vite quand on s'amuse, à l'approche de la mort, on dirait qu'il traîne les pieds.

– Il faut faire demi-tour ! a crié Carter. On ne survivra pas à la chute, sans même parler du feu !

Il s'est mis à hurler des ordres aux sphères lumineuses :

– Demi-tour ! Souquez ferme ! Alerte rouge !

Elles l'ont superbement ignoré.

J'ai dirigé mon regard vers l'abîme vertigineux et le lac de feu. Malgré les vagues de chaleur qui nous submergeaient telle l'haleine d'un dragon, j'avais froid. J'ai alors compris ce qui devait arriver.

– « Renaître dans les flammes », ai-je cité.

– Quoi ?

– C'est écrit dans *Le Livre de Rê*. On ne peut pas reculer. On doit plonger dans le lac.

– T'es folle ? On va mourir !

– Le bateau doit traverser le feu, ai-je ajouté en fourrageant dans ma sacoche. C'est une étape du cycle de renaissance du soleil.

– Rê n'était pas combustible, lui !

Une vingtaine de mètres à peine nous séparaient du préci-pice. Mes mains tremblaient pendant que je versais de l'encre sur ma palette de scribe. Je ne sais pas si tu as déjà utilisé du matériel de calligraphie sur le pont d'un bateau, mais ce n'est pas facile.

– Qu'est-ce que tu fabriques ? a demandé Carter. Tu rédiges ton testament ?

Après une profonde inspiration, j'ai trempé mon calame dans l'encre noire et visualisé les hiéroglyphes dont j'avais besoin. Zia me manquait. Pas seulement parce qu'on s'était rapprochées au Caire (fais pas cette tête, Carter. J'y peux rien si elle a compris que de nous deux, c'était moi le génie), mais aussi parce que sa maîtrise du feu nous aurait été bien utile.

– Relève tes cheveux, ai-je dit à Carter. Je dois te peindre le front.

– Il n'est pas question que je plonge vers la mort avec LOSER écrit sur la figure !

– J'essaie de te sauver, là. Grouille-toi !

Il s'est exécuté, et j'ai peint sur son front les hiéroglyphes « feu » et « bouclier ». À peine avais-je terminé qu'il s'est trans-formé en torche vivante.

C'était à la fois comme un rêve et un cauchemar. Il s'est mis à courir en tous sens en poussant des jurons très inventifs avant de s'apercevoir que les flammes, au lieu de le brûler, for-maient un cocon protecteur autour de lui.

– Qu'est-ce que...

Ses yeux se sont agrandis, et il a crié :

– Cramponne-toi !

Le bateau s'est incliné dangereusement. Je me suis dépê-chée de tracer les symboles sur le dos de ma main. Hélas, la calligraphie manquait de précision. Des flammèches ont jailli tout autour de moi, mais je n'avais plus le temps d'améliorer ma protection. J'ai agrippé le garde-corps juste avant que nous ne basculions dans le vide.

C'est marrant, les trucs qui te passent par la tête pendant que tu plonges vers une mort certaine. Vu d'en haut, le lac de feu offrait un spectacle magnifique – on aurait dit la surface du soleil. Je me suis demandé si j'aurais mal au moment de l'impact, ou si j'allais simplement m'évaporer. À travers la cendre et la fumée, il m'a semblé apercevoir l'île et le temple noir qui abritait la salle du jugement. Peut-être Anubis allait-il venir à mon secours ? L'idée de lâcher le garde-corps afin de ralentir ma chute et d'augmenter ainsi mes chances de survivre m'a effleurée, mais je l'ai repoussée et me suis cramponnée de plus belle. Je transpirais abondamment sous mon manteau de flammes, et il me semblait avoir laissé mes poumons au sommet de la cascade avec la plupart de mes organes internes.

On a fini par heurter la surface du lac avec un bruit étonnamment discret.

Comment te décrire la sensation de s'enfoncer dans une masse de feu liquide ? Il y avait la brûlure, certes, mais aussi une étrange impression de moiteur. Au bout de quelques secondes, je me suis enhardie à ouvrir les yeux. Je me trouvais au cœur d'un tourbillon de flammes jaunes et rouges. J'ai alors pris conscience de deux choses : je n'étais pas morte, et le bateau avançait toujours.

Contre toute attente, le sort protecteur avait fonctionné. Tandis que le courant nous emportait, les voix des sphères magiques ont retenti dans mon esprit. Elles n'exprimaient plus la colère, mais l'allégresse :

Nouvelle vie ! disaient-elles. *Nouvelle lumière !*

À côté de ça, la situation comportait des aspects moins plaisants. Pour commencer, je ne pouvais toujours pas respirer. Or mon corps avait besoin d'oxygène. Ensuite, il faisait de plus en plus chaud. Le symbole tracé sur le dos de ma main me brûlait, signe que son effet se dissipait. En tâtonnant autour de moi, j'ai trouvé un bras – celui de Carter, je suppose. Sa main a serré la mienne, et même si je ne pouvais le voir, sa simple présence me réconfortait. Peut-être l'ai-je imaginé, mais il m'a semblé que la température s'abaissait.

Amos nous avait dit un jour que nos pouvoirs magiques se renforçaient mutuellement. Je me raccrochais à cette idée alors que je tentais d'établir un lien mental avec mon frère pour qu'il m'aide à maintenir le sort protecteur.

Au bout d'un moment, j'ai eu l'impression que le bateau remontait, mais je n'aurais pu en jurer. Ma vision s'est obscurcie. J'avais les poumons en feu. *Si j'en sors vivante*, me suis-je demandé, *est-ce que j'aurai la voix de Vlad Menchikov ?*

Juste comme j'allais perdre connaissance, le bateau a crevé la surface du lac.

J'ai pris une longue inspiration en regardant autour de moi. On avait accosté au pied d'une porte monumentale qui rappelait l'entrée du temple de Louxor. Carter tenait toujours ma main. Apparemment, on était tous les deux indemnes.

Notre bateau, lui, était mieux qu'indemne : il avait subi un lifting complet. Le symbole du soleil se détachait en or sur sa voile d'un blanc éblouissant, ses rames avaient été réparées et vernies, le pont repeint en noir, vert et or. La coque ne prenait plus l'eau et la cabine en toile avait l'aspect du neuf. Malgré l'absence de Rê et de son trône, l'équipage brillait d'un éclat plus vif et s'affairait joyeusement à fixer les amarres.

J'ai serré Carter dans mes bras avec un sanglot.

– Tu vas bien ?

Il s'est dégagé, gêné. L'encre était presque effacée sur son front.

– Oui, grâce à toi, a-t-il répondu. Où sommes...

– Bienvenue aux Arpents du Soleil ! s'est exclamée une voix familière.

Bès descendait les marches menant au quai. Comme il portait en tout et pour tout une chemise hawaïenne neuve, encore plus bariolée que la précédente, et son fameux slip bleu, je ne prétendrai pas que c'était un plaisir de le revoir. En tout cas, la Douât lui était bénéfique : il irradiait la puissance et paraissait quelques décennies de moins.

– Bès ! me suis-je écriée. Il t'en a fallu, du temps ! Est-ce que Zia et Walt...

– Ils vont bien. Et je vous avais donné rendez-vous à la quatrième maison, non ? Avant, on l'appelait « La Maison du Repos », a-t-il ajouté en montrant du doigt une inscription au-dessus de la porte. Apparemment, on l'a rebaptisée.

Le nouveau nom de la maison était écrit en hiéroglyphes, toutefois je n'ai eu aucun mal à le déchiffrer.

– « Résidence médicalisée Les Arpents du Soleil », ai-je lu. « Anciennement, La Maison du Repos. Changement de direction. » Qu'est-ce que ça signifie ?

– On ferait bien d'entrer avant que votre poursuivant n'arrive, a repris Bès.

– Notre poursuivant ?

Bès indiquait le sommet de la cascade de feu, loin au-dessus de nous. D'abord je n'ai rien vu, puis il m'a semblé apercevoir une tache claire au milieu des flammes, comme si un type en costume blanc s'était jeté dans le lac. Je ne m'étais donc pas trompée en soupçonnant qu'on nous suivait.

J'ai murmuré :

– Menchikov. C'est...

– Une mauvaise nouvelle, a achevé Bès. Venez, il faut trouver le dieu du soleil.

SADIE

20. Une infirmière de poids

Hôpitaux. Salles de classe... À présent, je peux ajouter un autre nom à la liste des endroits que je déteste le plus : les maisons de vieux.

Ça t'étonnera peut-être, sachant que j'ai longtemps vécu chez mes grands-parents. Mais je veux parler des institutions – les maisons de retraite, quoi. Dedans, ça sent la cantine, les produits nettoyants, et l'odeur des pensionnaires. Ceux-ci ont toujours l'air tristes, alors que ces établissements portent des noms d'un optimisme ridicule. Les Arpents du Soleil, tu parles !

La porte monumentale ouvrait sur une vaste salle commune. Des rangées de colonnes peintes de couleurs vives supportaient des torches enflammées. Des palmiers et des hibiscus en pots tentaient vainement d'apporter une touche de gaieté. D'immenses baies vitrées donnaient sur le lac de feu – un paysage de rêve pour les amateurs d'apocalypse. Les murs étaient décorés de représentations de l'au-delà égyptien et de slogans enjoués, rédigés en hiéroglyphes, du genre IMMORTALITÉ RIME AVEC SÉCURITÉ ou LA VIE COMMENCE À 3 000 ANS.

Des sphères lumineuses et des ouchebtis en blouse blanche s'affairaient, portant des plateaux chargés de médicaments ou poussant des chaises roulantes. Leurs patients étaient loin de déployer la même activité. Assis dans des fauteuils, une douzaine de vieillards ratatinés, flottant dans des robes de chambre d'hôpital, regardaient dans le vide. D'autres déambulaient d'un air absent, poussant des potences à perfusion. Tous portaient des bracelets avec leur nom inscrit en hiéroglyphes.

Si quelques-uns étaient complètement humains, beaucoup étaient à moitié animaux. Un vieil homme à tête de grue se balançait d'avant en arrière sur une chaise métallique et décochait des coups de bec à un jeu de senet posé sur une table basse devant lui. Une vieille demi-lionne grisonnante décrivait des cercles en fauteuil roulant, marmonnant « Miaou ! Miaou ! » Un homme à la peau bleue parcheminée, à peine plus grand que Bès, sanglotait doucement en serrant une colonne dans ses bras, comme s'il redoutait qu'elle ne l'abandonne.

En d'autres termes, le spectacle était déprimant.

– C'est quoi, cet endroit ? me suis-je interrogée. Ces gens sont tous des dieux ?

Si Carter semblait aussi déconcerté que moi, Bès paraissait bouleversé.

– C'est la première fois que j'entre ici, a-t-il fini par répondre. J'avais entendu des rumeurs, mais... Venez, adressons-nous à l'accueil.

On s'est dirigés vers un comptoir en granit semi-circulaire sur lequel on pouvait voir une rangée de téléphones – je me demande bien qui ils pouvaient appeler de la Douât –, un ordinateur, une pile de dossiers et un disque de pierre de la taille d'un grand plat muni d'une sorte d'aileron : un cadran solaire. Bizarre, à l'intérieur d'un bâtiment.

Derrière le comptoir, une femme corpulente étudiait un tableau blanc indiquant les heures des prises de médicaments des différents pensionnaires. Ses cheveux noirs tressés s'étalaient dans son dos telle une queue de castor géante, et sa coiffe d'infirmière paraissait trop petite pour sa tête.

Bès s'est immobilisé à quelques mètres du comptoir.

– Pas possible ! a-t-il marmonné. Elle !

– Qui ça ? s'est enquis Carter.

– J'aurais dû m'en douter, a ajouté le nain, aussi pâle qu'un mort. Quelle poisse ! Allez-y sans moi.

J'ai regardé avec attention l'infirmière, toujours de dos. C'est vrai qu'elle était imposante, avec des bras aussi épais que des jambons, un cou de taureau et une peau qui tirait étrangement sur le mauve, pourtant je ne m'expliquais pas la réaction de Bès.

Je me suis tournée vers le nain afin de le questionner, mais il s'était glissé derrière la plante la plus proche. Celle-ci n'était pas assez large pour le cacher, ni lui ni sa chemise hawaïenne.

– Bès, tu es ridicule ! ai-je grondé.

– Chut ! Elle ne peut pas me voir.

Carter a soupiré.

– On n'a pas le temps de jouer. Viens, Sadie.

Il s'est approché du comptoir et a lancé :

– Excusez-moi ?

La femme s'est alors retournée, et j'ai eu le plus grand mal à me retenir de hurler : l'infirmière était un hippopotame.

Crois-moi, il ne s'agit pas d'une image. Elle avait un museau long et arrondi, de petits yeux noirs, de grandes narines, des moustaches de chat et deux puissantes canines à la mâchoire inférieure. Son mufle animal détonnait avec sa chevelure luxuriante, mais pas autant que le reste de sa personne. Sa blouse ouverte laissait apercevoir un maillot de bain deux pièces qui, pour dire les choses délicatement, contenait un maximum de chair dans un minimum de tissu. Son ventre était aussi bombé que celui d'une femme en fin de grossesse.

– Que puis-je pour vous ? a-t-elle demandé.

Elle avait une voix étonnamment agréable et chaleureuse pour un hippopotame – quoiqu'en réalité, j'ignore à quoi peut ressembler la voix d'un hippopotame.

– Hum, hippo... Je veux dire, hello ! ai-je bredouillé. Mon frère et moi, on voudrait...

J'ai cherché de l'aide du côté de Carter, qui regardait obstinément ses pieds.

– Carter !

– Hein ? Quoi ? Oh ! pardon... Euh, vous ne seriez pas Taouret, par hasard ?

La bouche de l'infirmière s'est fendue en un sourire qui dévoilait ses défenses impressionnantes.

– Ça alors, tu m'as reconnue ? En effet, c'est moi. Vous cherchez quelqu'un ? Un parent ? Vous aussi, vous êtes des dieux ?

Un bruissement de feuillage s'est élevé derrière nous. Bès avait soulevé le pot de l'hibiscus afin de l'apporter derrière une colonne.

Les yeux de Taouret se sont agrandis.

– Je ne rêve pas ? s'est-elle exclamée. Bès ?

Le nain s'est brusquement redressé et a brossé la terre de sa chemise. Son visage était aussi rouge que celui de Seth.

– Ça va, cette plante a bien été arrosée, a-t-il marmonné. Je vais m'assurer que les autres n'ont pas soif.

Il allait s'éloigner quand Taouret l'a rappelé :

– Hé ! Bès. C'est moi, Taouret. Par ici !

Bès s'est figé comme s'il avait reçu une balle dans le dos, puis il s'est retourné avec un sourire crispé.

– Taouret... Quelle surprise !

L'infirmière s'est extraite de derrière le comptoir, perchée sur des talons beaucoup trop hauts pour un mammifère aquatique femelle en état de grossesse avancée, et a ouvert les bras alors que Bès lui tendait froidement la main. En les voyant se livrer à une sorte de pantomime empruntée, j'ai eu une révélation.

– Vous êtes sortis ensemble ? ai-je demandé.

Bès m'a fusillée du regard tandis que Taouret s'empourprait. C'était bien la première fois que je faisais rougir un hippopotame.

– Il y a longtemps, a-t-elle murmuré.

Puis elle s'est tournée vers Bès :

– Comment vas-tu ? Après cette affreuse mésaventure, au palais, j'avais peur que...

Le nain l'a grossièrement interrompue :

– Je vais bien, merci. Toi aussi ? Tant mieux. C'est une affaire importante qui nous amène, ainsi que Sadie s'apprêtait à te l'expliquer.

Disant cela, il aurait pu se dispenser de me filer un coup de pied dans le tibia.

– Hum, oui, ai-je acquiescé. On cherche Rê, pour le réveiller.

Si Bès escomptait détourner l'attention de Taouret, son plan avait parfaitement fonctionné. La bouche de l'infirmière s'est ouverte sur un cri silencieux, comme si je venais de suggérer une chasse à l'hippopotame.

– Réveiller Rê ? a-t-elle fini par articuler. Ma foi, c'est... regrettable. Tu participes à cette entreprise, Bès ?

– Ouais, a avoué le nain, mal à l'aise. En fait...

– Bès nous fait une faveur, ai-je repris. Notre amie Bastet l'a chargé de veiller sur nous.

– Je vois, a dit Taouret d'un ton glacial. Bastet, hein ?

Consciente d'avoir gaffé, j'ai tenté maladroitement de rattraper le coup.

– Je vous en prie, c'est très important. Le sort du monde est en jeu.

Taouret a croisé les bras d'un air dubitatif.

– Mon petit, ça fait des millénaires que le monde se passe de Rê. Le réveiller maintenant pourrait avoir des conséquences graves.

– Dis-lui tout, m'a lancé Bès en reculant insensiblement, comme s'il avait l'intention de plonger dans le pot de l'hibiscus. Y a pas plus digne de confiance que Taouret.

Celle-ci s'est aussitôt radoucie.

– Tu le penses vraiment ? a-t-elle roucoulé en battant des cils.

Bès m'a suppliée du regard.

J'ai donc montré *Le Livre de Rê* à Taouret. Je lui ai exposé les raisons de notre quête – la montée en puissance d'Apophis, la menace de chaos et de destruction massive, le monde qui allait s'achever au lever du soleil, etc. Les expressions faciales hippopotamiennes (je t'assure, Carter, ça se dit) ne sont pas faciles à déchiffrer, mais l'infirmière tortillait nerveusement ses tresses en m'écoutant.

– Ce n'est pas bon, tout ça, a-t-elle soupiré. Pas bon du tout.

Elle a jeté un coup d'œil au cadran derrière elle. Malgré l'absence de soleil, l'ombre de l'aiguille montrait précisément le chiffre cinq en hiéroglyphes.

– Il ne vous reste plus beaucoup de temps, a-t-elle constaté.

– Ce n'est pas la quatrième maison, ici ? s'est étonné Carter.

– On lui donne parfois d'autres noms – Les Arpents du Soleil, La Maison du Repos –, mais oui, c'est bien elle.

– Alors comment se fait-il que le cadran solaire indique le cinq ? Je pensais que le temps serait bloqué sur la quatrième heure.

– Ça marche pas comme ça, gamin, a expliqué Bès. Le temps continue de s'écouler dans le monde mortel. Mais si vous voulez refaire le voyage du dieu-soleil, vous devez être synchro avec lui.

J'étais disposée à me complaire dans mon ignorance pour éviter une prise de tête, mais il a fallu que Carter la ramène.

– Que se passera-t-il si on prend trop de retard sur lui ?

Taouret a de nouveau regardé le cadran, où l'ombre de l'aiguille franchissait lentement le cinq, avant de répondre :

– Chaque maison est liée à un moment de la nuit. Vous êtes libres d'y séjourner aussi longtemps que vous le souhaitez. En revanche, vous ne pouvez y entrer ou en sortir que pendant le laps de temps qu'elle représente.

Je me suis frotté les tempes.

– Ouch ! Vous n'auriez pas de l'aspirine derrière votre comptoir ?

– Ce n'est pas compliqué, a affirmé Carter, rien que pour me faire honte. Imagine-toi une porte-tambour : pour entrer ou sortir, il faut attendre une ouverture et se faufiler à l'intérieur.

– En gros, c'est ça, a repris Taouret. Il existe une marge de manœuvre plus ou moins grande suivant les maisons. Par exemple, on peut quitter la nôtre à peu près n'importe quand. Mais d'autres sont accessibles seulement dans des intervalles précis : on ne peut entrer dans la première maison qu'au coucher du soleil et sortir de la douzième qu'à l'aube. De même, les portes de la huitième maison, celle des Épreuves, ne restent ouvertes que pendant la huitième heure.

– La maison des Épreuves ? ai-je répété. Je sens qu'elle va me plaire !

– Avec Bès, tu n'as rien à craindre, a assuré Taouret en coulant un regard langoureux vers le nain. Il surmontera toutes les difficultés.

Bès s'est tourné vers moi avec une expression paniquée.

– Mais si vous tardez trop, a poursuivi Taouret, vous trouverez les portes closes et resterez enfermés dans la Douât jusqu'à demain soir.

– Si on n'arrête pas Apophis, ai-je objecté, il n'y aura pas de demain soir. Ça, au moins, c'est clair.

– Alors, vous voulez bien nous aider ? a demandé Carter à la déesse. Où est Rê ?

Taouret tripotait ses cheveux de ses doigts boudinés aux ongles cornés, moitié humains et moitié hippo.

– C'est bien là le problème, a-t-elle soupiré. J'ignore où il se trouve. La quatrième maison est très étendue, avec une infinité de salles et de portes. Nous avons tellement de patients...

– Vous ne tenez pas de registre ? a insisté Carter. Il doit bien exister un plan de cet endroit...

Taouret a secoué tristement la tête.

– Je fais de mon mieux, mais à part moi, il n'y a ici que des ouchebtis, des serviteurs de feu... et des milliers de dieux âgés.

Des *milliers* ? J'avais déjà du mal à mémoriser les noms des principaux dieux égyptiens, et ils n'étaient qu'une dizaine ! Rien que dans la salle où nous nous trouvions, j'avais dénombré une douzaine de pensionnaires, six couloirs partant dans des directions différentes, deux escaliers et trois ascenseurs. C'était peut-être un effet de mon imagination, mais il me semblait que les couloirs étaient apparus depuis notre arrivée.

J'ai demandé :

– Tous ces gens sont des dieux ?

– D'anciennes divinités mineures, pour la plupart. Les magiciens ont jugé que ça ne valait pas la peine de les emprisonner. Négligés de tous, ils se sont lentement affaiblis. À présent, ils attendent.

– Ils attendent quoi ? La mort ?

– Si seulement je le savais, a répondu Taouret, les yeux dans le vague. Parfois ils disparaissent. Je ne sais pas s'ils errent dans les couloirs, s'ils se cachent ou s'ils s'évaporent. La triste vérité, c'est que cela revient au même. Les hommes les ont oubliés. À quoi bon vivre, si plus personne ne prononce votre nom ?

En disant ça, elle regardait Bès, comme si elle tentait de lui faire passer un message.

Le nain a détourné la tête.

– C'est pas Menhit, là-bas ? a-t-il demandé en désignant la vieille femme à tête de lionne qui décrivait des cercles dans son fauteuil. Elle avait un temple près d'Abydos, je crois. Une déesse-lionne mineure. Les gens la confondaient toujours avec Sekhmet.

Menhit avait rugi faiblement en entendant le nom de Sekhmet. Puis elle avait repris son manège en marmonnant « Miaou, Miaou ».

Taouret a acquiescé.

– Une bien triste histoire. Elle est arrivée ici avec son mari, Onuris. Ils formaient un couple célèbre dans l'ancien temps, très romantique. Il est allé jusqu'en Nubie pour la sauver, puis ils se sont mariés. Tout le monde a cru à un happy end, mais non. On a fini par les oublier. Ils étaient là depuis un moment quand Onuris a disparu. Depuis, Menhit n'a cessé de décliner. Maintenant, elle passe ses journées à faire rouler son fauteuil, et on a beau le lui répéter, elle ne se rappelle plus son propre nom.

J'ai repensé à la tristesse de Khnoum, incapable de se rappeler son nom secret. Puis j'ai regardé Menhit qui tournoyait et miaulait sans relâche, sans aucun souvenir de sa gloire passée, et j'ai tenté de m'imaginer veillant sur des milliers de vieillards divins dont l'état ne s'améliorait jamais mais qui ne pouvaient pas mourir.

– Comment faites-vous pour supporter ça ? ai-je demandé à Taouret. Et d'abord, pourquoi travaillez-vous ici ?

La déesse-hippopotame a redressé sa coiffe d'un geste timide.

– C'est une longue histoire, mon petit, et nous manquons de temps. Je n'ai pas toujours vécu dans cet endroit. À une époque, on m'invoquait pour effrayer les démons, même si je n'étais pas aussi douée que Bès pour ça...

– Au contraire, a protesté Bès. T'étais terrifiante !

Taouret lui a lancé un regard rempli d'adoration.

– Comme c'est chou de ta part ! Je protégeais aussi les futures mères.

– Parce que vous êtes enceinte, je suppose, a dit Carter, indiquant son ventre énorme.

– Pas du tout ! a répliqué Taouret, étonnée. Qu'est-ce qui te fait croire que je le suis ?

– Eh bien...

J'ai volé au secours de mon frère :

– Vous nous racontiez comment vous en étiez venue à vous occuper d'une armée de dieux séniles.

Taouret a jeté un coup d'œil au cadran solaire, et j'ai constaté avec horreur que l'ombre de l'aiguille progressait vers le six.

– J'ai toujours aimé aider les gens, a-t-elle expliqué, mais dans le monde du dessus... Disons qu'on n'avait plus besoin de moi là-haut.

Bès a rougi de plus belle.

Taouret a enchaîné :

– Il fallait que quelqu'un s'occupe de ces malheureux, et j'étais sans doute la mieux à même de les comprendre. Je sais ce qu'est l'attente...

Bès a toussé.

– L'heure tourne, dites donc ! a-t-il remarqué. Pour en revenir à Rê, tu l'as vu depuis que tu bosses ici ?

Taouret a réfléchi avant de répondre :

– Ça se pourrait. J'ai aperçu un dieu à tête de faucon dans une salle de l'aile sud-ouest, il y a des siècles de ça. J'ai cru que c'était Nemty, mais je sais que Rê affectionnait cette forme autrefois.

J'ai réagi au quart de tour :

– Quelle direction ? Si on parvient à s'approcher, *Le Livre de Rê* devrait ensuite nous guider jusqu'à lui.

Taouret s'est tournée vers Bès :

– Tu me demandes ça parce que tu penses sincèrement que c'est important, ou parce que Bastet t'a dit de le faire ?

Bès a poussé un soupir exaspéré.

– Non... Je veux dire, oui ! Oui, c'est important. Et oui, j'ai besoin de ton aide.

Taouret a cueilli une torche sur la plus proche colonne.

– Dans ce cas, suivez-moi.

Parcourir le dédale des couloirs et des salles d'une maison de retraite divine à la suite d'une infirmière hippopotame, quoi de plus banal pour les Kane ?

Très vite, j'ai perdu le compte des portes qu'on dépassait. La plupart étaient fermées, mais quelques-unes laissaient entrevoir de frêles vieillards baignant dans la lumière bleutée et vacillante de leur téléviseur, assis dans leur lit, ou qui sanglotaient doucement, étendus dans le noir. À la vingtième ou la trentième chambre, j'ai cessé de regarder. C'était trop déprimant.

Je serrais *Le Livre de Rê* dans mes mains, espérant qu'il se réchaufferait à l'approche du dieu-soleil, mais non. Taouret hésitait à chaque intersection. Visiblement, elle ne savait pas très bien elle-même où elle nous conduisait.

Au bout d'un moment, devant l'absence de réaction du livre, j'ai commencé à paniquer.

– T'en fais pas, m'a soufflé Carter. On va le retrouver.

J'ai repensé à la rapidité avec laquelle l'ombre se déplaçait sur le cadran solaire, puis à Vlad Menchikov. J'ai tenté de me persuader que son plongeon dans le lac de feu l'avait transformé en beignet à la russe, mais ça n'a pas marché. S'il avait survécu, ce qui était probable, il avait dû combler son retard sur nous.

Soudain Taouret s'est figée.

– Oh ! non, s'est-elle exclamée.

Une vieille femme faisait des bonds au milieu du couloir – des bonds de trois mètres. Entre deux sauts, elle se jetait contre un mur, auquel elle restait collée quelques secondes, avant de s'élancer vers le mur opposé. Son corps, vêtu d'une robe de chambre verte, était humain, mais elle avait la tête d'un batracien, brune, luisante et semée de verrues. Ses yeux globuleux jetaient des regards affolés autour d'elle, et ses coassements trahissaient un profond désarroi.

– Heket s'est encore perdue, a expliqué Taouret. Excusez-moi une minute.

Tandis qu'elle se dirigeait vers la femme-grenouille, Bès a tiré un mouchoir de la poche de sa chemise et s'est épongé le front d'un air inquiet.

– Heket..., a-t-il soupiré. Je me demandais ce qu'elle était devenue. C'est la déesse des grenouilles, vous savez.

– Sans blague ? a ironisé Carter.

Cependant, Taouret s'efforçait de calmer la vieille déesse. Elle lui parlait d'un ton apaisant, lui promettant de l'aider à regagner sa chambre si elle cessait de bondir de mur en mur.

– Elle est géniale, ai-je dit. Taouret.

– Ouais, a admis Bès. Elle est sympa.

356

– Sympa ? Elle t'aime, ça crève les yeux. Pourquoi es-tu aussi...

Soudain la vérité m'a sauté au visage, et je me suis sentie presque aussi idiote que Carter.

– Elle a évoqué une « affreuse mésaventure au palais ». C'est elle qui t'a libéré, en Russie. Je me trompe ?

Bès s'est essuyé le cou avec son mouchoir. Il transpirait vraiment beaucoup.

– Qu'est-ce... qu'est-ce qui te fait dire ça ?

– Enfin, t'es horriblement gêné devant elle ! Comme si...

J'allais dire « Comme si elle t'avait vu en sous-vêtements », mais je doute que Captain Slibard aurait saisi l'allusion.

– Comme si elle t'avait vu dans une situation humiliante, et que tu t'étais efforcé de l'oublier.

Bès a regardé Taouret avec la même expression douloureuse que le palais Menchikov, à Saint-Pétersbourg.

– C'est toujours elle qui vient à mon secours, a-t-il déclaré d'un ton amer. Toujours aimable, serviable, parfaite... Dans l'ancien temps, déjà, les gens trouvaient qu'on formait un couple « bien assorti » : deux inclassables, deux chasseurs de démons... On est sortis un peu ensemble, c'est vrai, mais Taouret était trop... gentille. Et j'étais complètement obsédé par une autre.

– Bastet, a lâché Carter.

Le nain a baissé la tête, penaud.

– Ouais, Bastet. Elle était très populaire parmi le peuple, et moi aussi, si bien qu'on se voyait à toutes les fêtes. Elle était tellement... belle.

Ah ! les hommes... Le physique, c'est tout ce qui compte pour eux. Toutefois, j'ai gardé mes réflexions pour moi.

Bès a poursuivi :

– Bastet, elle, me traitait comme son petit frère. Ça n'a pas changé, d'ailleurs. Il m'a fallu du temps pour comprendre que

357

je ne l'intéressais pas, et même après, j'ai continué à mal me conduire avec Taouret.

J'ai dit :

– Pourtant, elle t'a sauvé, en Russie.

Bès a acquiescé.

– J'avais envoyé des signaux de détresse, pensant que Bastet, ou quelqu'un d'autre, volerait à mon secours. J'ignorais ce qu'ils étaient tous devenus, mais dans le temps, j'avais plein d'amis. Seule Taouret est venue. Elle a risqué sa vie pour s'introduire dans le palais. Elle a assisté à mon humiliation, à la parodie de mariage devant la foule des grands hilares. Plus tard, pendant la nuit, elle a brisé ma cage et m'a permis de m'évader. Je lui dois tout. Mais sitôt libre, j'ai pris la fuite. J'avais trop honte pour la regarder en face. Depuis, chaque fois que je pense à elle, j'ai l'impression de revivre cette nuit et d'entendre les rires des grands.

– Ce n'est pas sa faute, Bès. Elle t'aime.

– C'est trop tard pour réparer le mal que je lui ai fait. Si j'avais le pouvoir de remonter le temps...

Il s'est tu car Taouret revenait vers nous, tenant Heket par le bras.

– Venez, disait-elle à la déesse-grenouille. On va vous raccompagner à votre chambre.

– Côa, côa, côa, a scandé Heket comme en écho – pas facile à dire, cette phrase. Mon temple n'est pas loin. Il se trouvait à Qûs, une ville charmante.

– Certes. Mais il n'existe plus. Maintenant, vous avez une jolie chambre...

– C'est faux, a protesté Heket. Les prêtres me font toujours des sacrifices. Je dois...

Ses gros yeux jaunes se sont posés sur moi, et j'ai su ce que ressent un moucheron juste avant qu'une grenouille ne l'attrape avec sa langue.

– Ma prêtresse ! s'est exclamée la vieille déesse. Elle est venue me rendre visite !

– Vous vous trompez, mon cœur. Cette jeune fille s'appelle Sadie Kane, et...

– Ma prêtresse, a répété Heket en abattant une main palmée et visqueuse sur mon épaule.

J'ai réprimé une grimace de dégoût.

La vieille grenouille a repris, s'adressant à moi :

– Dis au sacrificateur de commencer sans moi, et que je vous rejoindrai plus tard. Tu le lui diras ?

– Hum, oui... maîtresse.

– Bien, bien.

Soudain le regard de la vieille déesse est devenu vague.

– J'ai sommeil, a-t-elle pleurniché. C'est fatigant, de se souvenir...

– Je sais, mon chou, a dit Taouret. Et si vous vous reposiez un moment ici ?

Elle a entraîné Heket vers une chambre inoccupée tandis que Bès la suivait des yeux avec un air de chien battu.

– Je suis une sale crapule de nain, a-t-il marmonné.

J'aurais peut-être dû le rassurer, mais les paroles de la femme-grenouille résonnaient étrangement dans mon esprit : « Dis-lui de commencer sans moi, et que je vous rejoindrai plus tard... »

Un cri étranglé a jailli de ma gorge.

– Sadie, tu te sens bien ? s'est inquiété Carter.

– J'ai compris pourquoi le livre ne nous guidait pas ! Pour qu'il le fasse, je dois lire la deuxième partie du sort.

– Mais on n'a pas encore trouvé Rê !

– Et on ne le trouvera pas à moins que je ne lise la formule.

– Que se passe-t-il ?

Taouret venait de surgir aux côtés de Bès, qui est passé par toutes les couleurs de sa chemise.

– J'ai décidé de sauter à l'étape suivante, ai-je expliqué.

Carter a réagi :

– « Sauter », hein ? Tu te prends pour une grenouille, toi aussi ?

– C'est notre seule chance de retrouver Rê, espèce d'idiot !

Bès est intervenu :

– Sadie, si on le découvre pas avant que t'aies fini de lire...

– Je sais, je sais. Gare au retour de flamme.

Ce n'était pas qu'une image : si le sort n'atteignait pas sa cible, le livre risquait de m'exploser au visage.

J'ai insisté :

– C'est le seul moyen. On n'a pas le temps de visiter toutes les chambres, et Rê n'apparaîtra que si on l'invoque. On doit prendre ce risque pour faire nos preuves. Vous allez devoir me guider. Je n'ai pas droit à la moindre erreur.

– Tu es très courageuse, ma chérie, a dit Taouret en levant sa torche. Ne t'inquiète pas, je suis là. Fais ce que tu dois faire.

J'ai déroulé le papyrus et cherché le début de la deuxième partie. Le texte qui me paraissait jusque-là confus et embrouillé prenait tout son sens à présent.

J'ai commencé à lire :

– « J'invoque le nom de Rê, le roi endormi, maître du soleil de midi, assis sur le trône de feu... »

Tu vois le genre... Tandis que je rappelais comment Rê avait surgi de l'océan du chaos, et comment sa lumière s'était répandue sur l'Égypte des origines, donnant naissance au Nil, une sensation de chaleur m'a envahie.

– Sadie, s'est écrié Carter, on dirait que tu brûles !

Difficile de garder son sang-froid dans ces circonstances, mais il avait raison. Je dégageais une fumée grise qui dérivait le long du couloir.

– Je rêve ou elle nous indique une direction ? a demandé Carter. Ouch !

Ça, c'était parce que je venais de lui écraser le pied, ce que je pouvais très bien faire sans me déconcentrer. Il a saisi le message : « Tais-toi et avance. »

Taouret m'a prise par le bras afin de me guider. Bès et Carter nous encadraient comme l'auraient fait des gardes du corps. On a parcouru deux corridors et monté un escalier à la suite du nuage. *Le Livre de Rê* était si chaud à présent que j'avais du mal à le tenir, et la fumée qui s'échappait de mon corps voilait ma vue.

– Tu te débrouilles bien, m'a assuré Taouret. Cette salle me dit quelque chose.

À mes yeux, elles se ressemblaient toutes, mais bon... Je suis restée concentrée sur le texte. Celui-ci évoquait la course de la barque solaire à travers le ciel, la sagesse royale de Rê et ses victoires contre Apophis.

Un filet de sueur coulait le long de ma joue, et j'avais les yeux en feu – pas littéralement, du moins je l'espérais.

Juste comme je venais de prononcer les mots, « Rê, soleil à son zénith », j'ai pris conscience qu'on était arrêtés devant une porte.

Rien ne la distinguait de toutes celles qu'on avait passées jusque-là, toutefois je l'ai ouverte et en ai franchi le seuil sans interrompre ma lecture. J'avais presque atteint le bas de la page.

La pièce dans laquelle je venais d'entrer était plongée dans l'obscurité. À la lumière tremblante de la torche, j'ai aperçu un homme, le plus vieux que j'avais jamais vu, endormi dans un lit. Il avait un visage parcheminé, des bras décharnés, une peau si translucide qu'on distinguait la moindre veine à travers. Certaines momies d'Al-Bahariya avaient l'air plus vivantes.

– « Que la lumière de Rê jaillisse de nouveau », ai-je récité, indiquant les fenêtres de la tête.

Bès et Carter ont écarté les rideaux épais, et la clarté sanglante du lac de feu s'est répandue dans la chambre. Le vieillard n'a pas réagi. Ses lèvres minces donnaient l'impression d'avoir été cousues.

Je me suis approchée du lit. La suite du texte décrivait le réveil de Rê à l'aube, assis sur son trône, l'ascension de sa barque dans le ciel, les plantes qui tendaient leurs feuilles vers la chaleur bienfaisante du soleil.

– Ça marche pas, a murmuré Bès.

La panique m'a envahie. Il ne me restait plus que deux lignes à lire, mon corps était déjà en surchauffe, et la fumée qui s'en échappait toujours sentait de plus en plus le barbecue. Il était urgent que je réveille Rê, ou j'allais brûler vive.

Mon regard s'est de nouveau posé sur la bouche du dieu. Mais bien sûr !

J'ai placé le livre sur le lit. Le maintenant ouvert d'une main, j'ai tendu l'autre vers mon frère.

– « Je chante les louanges du dieu-soleil », ai-je déclamé en claquant des doigts.

Par bonheur, Carter a saisi.

Il a fouillé dans ma sacoche et en a sorti le couteau en obsidienne que m'avait donné Anubis. C'était le moment ou jamais de m'en servir.

Appliquant la lame sur les lèvres du vieillard, j'ai prononcé la dernière phrase de l'incantation :

– « Réveille-toi, mon roi, avec le jour nouveau. »

Le vieil homme a eu une sorte de hoquet. La fumée s'est engouffrée dans sa bouche, comme s'il l'avait aspirée. Ma température corporelle est aussitôt retombée. Dans mon soulagement, j'ai failli m'écrouler.

Les paupières de Rê se sont soulevées. Avec un mélange d'horreur et de fascination, j'ai regardé le sang recommencer à circuler dans ses veines.

Il a posé sur moi ses yeux vagues, recouverts d'un voile laiteux.

– Il a toujours l'air aussi vieux, a remarqué Carter d'un ton anxieux. Il n'était pas censé rajeunir ?

Taouret a exécuté une profonde révérence devant le dieu-soleil – si tu es une femelle hippopotame enceinte perchée sur des talons hauts, je te déconseille vivement d'essayer – avant de lui toucher le front.

– Il n'est pas encore tout à fait lui-même, a-t-elle annoncé. Vous allez devoir achever son périple nocturne.

– Et lire la dernière partie du livre, j'imagine, a ajouté Carter. Le troisième aspect de Rê, c'est bien le scarabée ?

Bès a acquiescé sans grand enthousiasme.

– Ouais, Khépri.

– Veux zinnia ! a subitement déclaré le vieillard avec un sourire édenté.

Je me suis demandé si j'avais bien entendu.

– Pardon, vous avez dit « zinnia » ? C'est pas le nom d'une fleur ?

Rê m'a souri comme un gosse qui vient de faire une découverte merveilleuse.

– Wombat, malade.

– D'accoooord, a fait Carter. C'est mieux comme ça ?

Il a décroché la crosse et le fléau de sa ceinture et les a tendus à Rê. Le vieillard a porté l'extrémité de la crosse à sa bouche et s'est mis à la sucer comme une tétine.

J'ai senti un malaise me gagner, et pas seulement à cause du comportement de Rê. Combien de temps s'était-il écoulé, et où était passé Vlad Menchikov ?

J'ai pris une décision :

– Emmenons-le au bateau. Bès, tu veux bien...

– Ouais. Pardon, seigneur Rê, mais je vais devoir vous porter.

Le nain a cueilli le dieu-soleil dans son lit, et on a vite quitté la chambre. Rê ne devait pas peser très lourd, car Bès n'avait aucun mal à nous suivre malgré ses petites jambes. Tandis qu'on parcourait le couloir à l'envers, Rê poussait des cris ravis : « Ouiiiii... Ouiiiii... »

S'il prenait du bon temps, j'étais proprement mortifiée. Quoi, on s'était donné tout ce mal pour *ça* ? Carter paraissait aussi dépité que moi.

On a dépassé d'autres divinités séniles qui nous montraient du doigt, l'air excitées. Un vieillard à tête de chacal s'est mis à taper en rythme sur le mât de sa potence, criant : « Le soleil s'en vient, le soleil s'en va ! »

Au moment où on débouchait dans le hall, Rê s'est exclamé :

– Par terre ! Par terre !

J'ai d'abord cru qu'il demandait à ce qu'on le pose, puis j'ai aperçu quelque chose sur le sol, près de mon pied : une chaîne en argent à laquelle était accrochée une amulette en forme de serpent.

Alors qu'il me sortait de la fumée par les oreilles quelques minutes plus tôt, mon sang s'est brusquement glacé dans mes veines.

– Menchikov ! me suis-je écriée. Il est venu ici.

Carter a empoigné sa baguette et promené son regard autour de la salle.

– Où est-il passé ? a-t-il demandé. Il n'est quand même pas reparti après avoir laissé son collier en évidence ?

– Si. Il a fait ça pour nous narguer.

J'imaginais Menchikov poursuivant son voyage le long de la rivière et riant du bon tour qu'il nous avait joué.

J'ai ajouté :

– Rejoignons vite le bateau, avant que...

– Sadie...

Bès tendait le doigt vers le comptoir avec une expression sinistre.

– Oh non, a murmuré Taouret. Non, non, non...

L'aiguille du cadran solaire indiquait le huit. Même si on quittait sans tarder la quatrième maison et traversait les trois suivantes sans encombre, ça ne servirait à rien. On trouverait les portes de la huitième maison closes.

Pas étonnant que Menchikov soit reparti sans prendre la peine de nous combattre : on avait déjà perdu.

CARTER

21. Comment gagner du temps

Après avoir fait mes adieux à Zia, au sommet de la Grande Pyramide, j'avais cru que mon moral ne pourrait jamais tomber plus bas. Eh bien, je m'étais trompé.

Quand on a atteint le quai où nous attendait la barque de Rê, j'étais à deux doigts de me jeter dans le lac de feu.

C'était trop injuste. Avoir entrepris un tel voyage, affronté autant d'épreuves, et finir par échouer pour une question de délai. *Game over...* Dans ces conditions, personne n'avait la moindre chance de parvenir à ramener Rê. C'était tout simplement impossible !

Carter, il ne s'agit pas d'un jeu, m'a soufflé Horus. *Et nul n'a jamais prétendu que c'était possible. Tu ne dois pas te décourager pour si peu.*

Il en avait de bonnes ! Les portes de la huitième maison étaient déjà closes, et Menchikov nous avait distancés.

Si ça se trouvait, il avait tout prévu depuis le début. Il nous avait permis de retrouver Rê, sachant qu'il se réveillerait vieux et sénile, et qu'on resterait ensuite coincés dans la Douât pendant qu'il libérerait Apophis. Quand la nuit s'achèverait, on n'assisterait pas au retour du soleil, mais à celui du serpent et à la destruction de toute civilisation. Nos amis auraient défendu notre repaire de Brooklyn en vain. Au bout de vingt-quatre

366

heures, quand on pourrait enfin quitter la Douât, on émerge-
rait dans un champ de ruines obscur et glacé où régnerait le
chaos. Tout ce qui avait de l'importance pour nous aurait disparu. Puis Apophis avalerait Rê, et sa victoire serait complète.

Comment garder courage alors que la bataille était perdue ?

*Un bon général ne désespère jamais, a repris Horus. Il insuffle la
confiance à ses troupes et leur montre toujours le chemin, même si celui-
ci mène à la mort.*

*Merci, ça me remonte le moral. Et d'abord, qui t'a invité à squatter
mon cerveau ?*

Horus était parfois exaspérant, mais il n'avait pas tort. Sadie
nous avait exhortés à garder l'espoir et à nous persuader qu'on
avait le pouvoir de faire surgir Maât du chaos, même si ça semblait impossible. Peut-être n'y avait-il rien d'autre à faire
qu'espérer, et continuer à croire qu'on pouvait sauver quelque
chose du désastre.

Amos, Zia, Walt, Jaz, Bastet, nos jeunes élèves... Tant que
l'un d'eux vivrait, je n'aurais pas le droit de renoncer. Je leur
devais bien ça.

– Bès, je suis désolée, a dit Taouret pendant que deux
ouchebtis transportaient Rê à bord. Je voudrais pouvoir faire
davantage...

Dans un geste spontané, Bès a serré la main de la déesse-
hippopotame entre les siennes.

– C'est pas ta faute, Taouret... Ça l'a jamais été.

– Oh ! Bès...

– Ouiiiii ! s'est exclamé Rê au même moment. Zinnia !
Ouiiiii !

Bès s'est éclairci la gorge, et Taouret a éloigné sa main.

– Vous feriez bien d'y aller, a-t-elle poursuivi. Peut-être
Aaru vous apportera-t-elle une solution.

J'ai demandé :

– Qui est Aaru ?

Taouret n'a pas vraiment souri, mais son regard s'est teinté de tendresse.

– Ce n'est pas quelqu'un, mais un des noms de la septième maison. Tu donneras le bonjour à ton père.

– Quoi, papa sera là-bas ?

– Bonne chance, Carter et Sadie.

Taouret nous a embrassés sur la joue. J'ai eu l'impression d'être frôlé par un dirigeable moite, amical et couvert de poils rêches.

La déesse s'est ensuite tournée vers Bès, et j'ai cru qu'elle allait fondre en larmes. Mais elle a fait volte-face et s'est dépêchée de remonter les marches, suivie par ses ouchebtis.

Rê a déclaré d'un ton pensif :

– Wombat, malade.

Sur cette parole profonde, on est tous montés à bord. L'équipage a manœuvré les rames, et la barque s'est éloignée du quai.

Rê a entrepris de mâchouiller un cordage.

– Manger !

– Lâche ça, espèce de vieux gâteux ! l'a houspillé ma sœur.

– Hum ! a glissé Bès. À ta place, j'éviterais de traiter le dieu-soleil de « vieux gâteux ».

– C'est ce qu'il est, non ? a rétorqué Sadie. Par ici, Rê. Viens sous la tente, j'ai un truc à te montrer.

– Pas tente, a marmonné le vieillard. Zinnia.

Sadie a voulu l'attraper par le bras, mais il l'a esquivée et lui a tiré la langue. Elle a alors décroché la crosse de ma ceinture – sans me demander la permission, évidemment – et l'a agitée devant le visage de Rê, comme un os devant un chien.

– Miam ! La belle crosse bien juteuse... Tu la veux ?

Rê a tendu une main tremblante vers elle. En reculant pas à pas, Sadie a réussi à l'attirer vers le pavillon. Au moment où il l'atteignait, une explosion de lumière m'a aveuglé.

– Carter, regarde ! a hurlé Sadie.

– Je voudrais bien ! ai-je répondu.

Quand les taches jaunes qui dansaient devant mes yeux ont fini par se dissiper, j'ai aperçu, posé sur une estrade, un trône de feu gravé de hiéroglyphes incandescents, en tous points semblable à la description que m'en avait fait Sadie. Mais il était infiniment plus magnifique et terrifiant en réalité. Les sphères lumineuses tournoyaient autour, bourdonnant tel un essaim de guêpes excitées.

Rê ne semblait pas avoir remarqué le trône, ou bien il s'en fichait. Au lieu d'une robe de chambre d'hôpital, il portait à présent des vêtements de pharaon et un collier en or, mais il était toujours aussi vieux.

– Je t'en prie, assieds-toi, lui a dit Sadie.

– Veux pas m'asseoir, a marmonné Rê.

J'ai remarqué :

– Il a presque prononcé une phrase complète. C'est bon signe, non ?

– Zinnia !

Le vieillard a arraché la crosse des mains de Sadie et a fui vers la proue en boitillant.

– Ouiiiii... Ouiiiii...

– Seigneur Rê, attention ! a crié Bès.

J'ai hésité à me jeter sur le vieillard pour le plaquer au sol avant qu'il ne tombe par-dessus bord, mais je craignais la réaction de l'équipage. Rê m'a tiré d'embarras en fonçant dans le mât et en s'affalant sur le pont.

On s'est tous précipités vers lui, mais apparemment, il était juste étourdi. Il n'a pas cessé de baver et marmonner pendant qu'on le traînait et l'installait sur son trône. Ça n'a pas été simple : le trône émettait une chaleur proprement infernale, et je ne tenais pas à prendre feu – pas encore – mais Rê ne semblait pas incommodé.

On a reculé et contemplé le roi des dieux qui ronflait, avachi sur son trône, serrant sa crosse comme s'il s'agissait d'un ours en peluche. J'ai posé le fléau sur ses genoux, espérant que ça ferait une différence, mais non.

– Wombat, malade, a murmuré le vieillard dans son sommeil.

– Prosternez-vous devant la puissance de Rê, a dit Sadie d'un ton amer.

Bès lui a décoché un regard agacé.

– C'est ça, rigole. Nous autres, les dieux, on adore que les mortels se paient notre tête.

Sadie s'est subitement radoucie.

– Pardon, Bès. Je ne voulais pas...

– C'est bon, a grommelé le nain avant de se diriger vers la proue.

Sadie s'est tournée vers moi avec une expression suppliante.

– Je n'avais pas l'intention de...

J'ai tenté de la rassurer :

– Il est sur les nerfs, comme nous tous. T'inquiète, tout va bien se passer.

Elle a essuyé une larme sur sa joue.

– Comment tu peux dire ça, alors qu'on est coincés dans la Douât et que le monde va être détruit ?

– On va voir papa, ai-je répondu, songeant aux paroles d'Horus : *Un bon général ne désespère jamais*. Il nous aidera.

Au bout d'un moment, les berges du lac se sont resserrées, et l'eau a remplacé le magma incandescent. Tandis que le rougeoiement du lac s'estompait peu à peu, le courant s'est accéléré, et j'ai compris qu'on venait d'entrer dans la cinquième maison.

J'ai alors pensé à notre père. Avait-il vraiment le pouvoir de nous aider ? Depuis quelques mois, il était étrangement silencieux. Ça n'était pas très étonnant, dans la mesure où il régnait à présent sur le monde souterrain. J'imagine que les portables passent mal là-bas. Toutefois, l'idée de le revoir alors que je venais de connaître mon pire échec me rendait nerveux.

Le trône brillait d'un éclat presque insoutenable. Son rayonnement se propageait jusqu'aux berges.

De part et d'autre de la rivière, des villages fantômes surgissaient de l'obscurité. Des âmes perdues accouraient à notre passage. Après des millénaires de ténèbres, elles paraissaient stupéfaites de voir le dieu-soleil. Beaucoup tentaient de crier leur joie mais aucun son ne franchissait leurs lèvres. D'autres tendaient les bras vers Rê. Au contact de ses rayons, leurs silhouettes semblaient gagner en substance, leurs visages et leurs vêtements retrouvaient leurs couleurs. Quand la nuit se refermait sur elles, le souvenir de leurs sourires heureux allégeait un peu ma peine. Au moins, je leur avais permis de saluer une dernière fois le soleil avant que le chaos ne détruise le monde.

Je me suis demandé si Amos et nos amis avaient survécu à l'attaque de notre QG par l'escadron de la mort de Menchikov, et s'ils nous attendaient toujours. J'aurais tant voulu revoir Zia, ne serait-ce que pour m'excuser d'avoir échoué à la protéger.

Il m'a semblé qu'on laissait rapidement derrière nous les cinquième et sixième maisons. Ensuite, on a aperçu d'autres villages fantômes, des plages faites d'ossements, d'immenses cavernes peuplées de bâ qui volaient de manière désordonnée, se cognaient aux parois et tournoyaient autour de notre barque tels des insectes attirés par la lumière d'un lampadaire. On a franchi des rapides impétueux, même si la maîtrise dont faisait preuve notre équipage pouvait faire croire que c'était un jeu d'enfant. À plusieurs reprises, des monstres à l'allure de dragon ont jailli de la rivière, mais Bès leur a crié : « BOUH ! » et ils ont vite replongé. Rê, toujours endormi sur son trône, poussait par moments un ronflement sonore.

Enfin, le courant s'est ralenti, le lit de la rivière s'est élargi, sa surface devenant aussi lisse que du chocolat fondu. La barque a pénétré dans une nouvelle caverne. Le plafond étincelait de cristaux bleutés qui reflétaient la lumière de Rê, créant l'illusion d'un soleil sillonnant un ciel d'azur éblouissant. Au-delà de la berge bordée de roseaux et de palmiers, on apercevait des collines verdoyantes semées de maisons blanches. Un troupeau d'oies nous a survolés. L'air embaumait le jasmin et le pain chaud. Mon corps entier s'est détendu, comme lorsque tu rentres chez toi après un long voyage et t'écroules sur ton lit.

– Aaru, a annoncé Bès, qui paraissait moins grognon à présent. La septième maison. L'équivalent de votre paradis.

– Je ne vais pas m'en plaindre, a affirmé Sadie. C'est beaucoup mieux que Les Arpents du Soleil, et apparemment, on y trouve de quoi se restaurer. Mais si on est là, ça veut dire qu'on est morts ?

Bès a secoué la tête.

– C'était une étape quotidienne pour Rê – un point de ravitaillement, si tu veux. Il y passait un moment en compagnie de son hôte, à manger, boire et reprendre des forces avant d'entamer la dernière partie de son voyage, la plus dangereuse.

J'avais ma petite idée sur l'identité de l'hôte dont parlait Bès.

La barque a accosté un quai sur lequel un homme et une femme nous attendaient. Papa portait son habituel costume marron, et sa peau avait une teinte bleutée. Maman était une silhouette chatoyante d'un blanc spectral, et ses pieds ne touchaient pas le sol.

– Bienvenue chez Osiris, a dit Bès.

Papa nous a pressés tous les deux contre sa poitrine, comme lorsqu'on était petits, mais ni ma sœur ni moi n'avons protesté.

Il avait l'air tellement solide, tellement lui-même, que j'ai dû faire appel à toute ma volonté pour ne pas fondre en larmes. Sa barbe était taillée avec soin, son crâne rasé avait un aspect poli, et il sentait la même eau de toilette ambrée que de son vivant.

Il a reculé d'un pas afin de nous examiner, le regard brillant. En me concentrant, je distinguais une image floue qui semblait se superposer à la sienne : un homme à la peau bleue, vêtu d'une robe blanche et coiffé de la couronne des pharaons, portant autour du cou le symbole d'Osiris, le djed.

– Papa, on a échoué, ai-je annoncé.

– Chut... Ce n'est pas le moment de parler de ça, mais de vous reposer et reconstituer vos forces.

Maman nous a souri.

– Nous avons observé vos progrès, a-t-elle dit. Vous avez été très courageux.

Il m'était encore plus douloureux de la voir que notre père. Comme elle n'avait pas de substance physique, je ne pouvais pas la toucher, et quand elle m'a caressé la joue, je n'ai senti qu'un souffle d'air tiède. Avec ses cheveux blonds flottant sur ses épaules, ses yeux bleus si pleins de vie, elle était telle que dans mes souvenirs – et pourtant, elle n'était qu'un spectre. Sa robe blanche semblait tissée de brume, et quand je la regardais en face, elle paraissait se dissoudre dans la lumière de la barque solaire.

– Comme je suis fière de vous ! a-t-elle ajouté. Venez, nous avons préparé un festin en votre honneur.

J'ai suivi nos parents, complètement hébété. Bès portait le dieu-soleil, qui avait l'air d'excellente humeur. Apparemment, sa sieste avait effacé le souvenir de sa rencontre avec le mât.

– Festin ? a-t-il répété avec un grand sourire édenté. Zinnia ?

Des serviteurs fantômes vêtus à la mode égyptienne nous ont guidés vers un pavillon bordé de statues de divinités grandeur nature. On a franchi un fossé dans lequel s'ébattaient plusieurs crocodiles albinos qui m'ont fait penser à Philippe de Macédoine et à la bataille en cours à Brooklyn.

J'ai pénétré dans le pavillon et suis resté bouche bée.

Une multitude de mets étaient disposés sur une longue table en acajou – celle-là même qui se trouvait dans notre salle à manger, à Los Angeles. J'ai même aperçu l'entaille que j'avais faite dans le bois avec mon premier couteau suisse – c'était la seule fois où mon père s'était vraiment fâché contre moi. Les chaises étaient en acier et cuir, comme dans mes souvenirs. Quand je regardais à l'extérieur, les vertes collines et le ciel d'azur du paradis se superposaient aux murs blancs et aux larges baies vitrées de notre ancienne maison.

– Oh ! a fait Sadie d'une voix minuscule.

Au centre de la table, au milieu des pizzas, des bols de fraises au sucre et de toutes sortes de nourritures succulentes trônait un gâteau bleu et blanc identique à celui qui avait explosé sous nos yeux, le jour du sixième anniversaire de ma sœur.

– Je trouvais dommage que vous n'ayez pas pu y goûter, a expliqué notre mère. Bon anniversaire, ma chérie.

– Je vous en prie, asseyez-vous, a dit notre père. Bès, mon vieil ami, tu veux bien installer le seigneur Rê au bout de la table ?

J'ai voulu m'asseoir à la place la plus éloignée de Rê, craignant qu'il ne postillonne en mangeant, mais maman m'a dit :

– Non, chéri. Viens à côté de moi. Cette chaise est destinée à... un autre invité.

Il m'a semblé qu'elle grimaçait en prononçant ces derniers mots.

J'ai demandé :

– On attend qui ?

– Anubis ? a soufflé Sadie, pleine d'espoir.

Papa a ri.

– Non, pas Anubis... Mais s'il le pouvait, je suis sûr qu'il nous rejoindrait.

Ma sœur a donné l'impression de se liquéfier. (Si, Sadie, je t'assure.)

– Il est où, alors ? a-t-elle balbutié.

Papa a hésité une demi-seconde avant de répondre :

– Ailleurs. Et si nous passions à table ?

Je me suis assis, et un serviteur m'a offert une part de gâteau d'anniversaire. On pourrait croire que l'échec de notre quête et l'imminence de la fin du monde m'auraient coupé l'appétit – sans parler du fait que j'étais attablé au pays des morts, entre le fantôme de ma mère et mon père aussi bleu qu'un Schtroumpf – mais non. Mon estomac me rappelait que j'étais toujours vivant et que j'avais besoin de me nourrir. Le gâteau, parfum chocolat et crème glacée à la vanille, était parfait. Après avoir englouti ma part, j'ai rempli mon assiette de pizza pepperoni. Derrière nous, les statues d'Horus, Isis, Thot et Sobek semblaient veiller sur notre repas. À l'extérieur, les collines et les prairies où paissaient des vaches bien grasses, les champs de blé et de palmiers dattiers s'étendaient à perte de vue, comme si la caverne qui les abritait n'avait pas de limites. Des ruisseaux divisaient les marais en un patchwork d'îles semées de villages de cartes postales, comme dans le delta du Nil, et des bateaux à voile sillonnaient la rivière.

– Ça, c'est le paradis tel que le conçoivent les anciens Égyptiens, a dit mon père, à croire qu'il avait lu dans mes pensées. Mais chacun a sa propre vision d'Aaru.

– Notre maison de Los Angeles, par exemple ? Avec notre famille réunie autour d'une table... Est-ce qu'au moins c'est réel ?

Le regard de papa s'est teinté de tristesse, comme autrefois, quand je l'interrogeais sur la mort de maman.

– Ce gâteau est excellent, a-t-il déclaré. Dire que ma petite fille a treize ans ! C'est incroyable comme...

Sadie a balayé son assiette de la main, la faisant tomber sur le sol où elle s'est brisée.

– Qu'est-ce que ça peut faire ? a-t-elle crié. Ce fichu cadran solaire, ces saletés de portes... On a échoué !

Elle a enfoui son visage dans ses mains et éclaté en sanglots.

Maman a flotté jusqu'à elle tel un nuage consolateur.

– Sadie...

– Gâteau de lune, a commenté Rê, les lèvres saupoudrées de sucre.

Il a glissé de sa chaise, mais Bès l'a rattrapé.

– Sadie a raison, ai-je dit. Rê est plus mal en point qu'on ne le croyait. Même si on parvenait à le ramener dans notre monde, il n'aurait aucune chance de vaincre Apophis, à moins de le faire mourir de rire.

Papa s'est rembruni.

– Un peu de respect, Carter. Tu parles de Rê, le pharaon des dieux.

– Aime pas bulles ! a pleurniché le vieillard, tentant de chasser une boule de feu qui voulait lui essuyer la bouche.

Papa s'est adressé à lui :

– Seigneur Rê, vous vous souvenez de moi ? Je suis Osiris. Autrefois, vous dîniez chaque nuit à ma table avant de poursuivre votre voyage vers l'aube. Vous vous rappelez ?

– Veux wombat, a marmonné Rê.

Sadie a abattu son poing sur la table.

– Quelqu'un peut m'expliquer ce qu'il raconte ?

Bès a fourré dans sa bouche une poignée de trucs enrobés de chocolat – des sauterelles, je le crains –, puis il a remarqué :

– On n'a pas terminé *Le Livre de Rê*. On doit encore trouver Khépri.

– Le dieu-scarabée, a approuvé notre père en caressant sa barbe. Si vous le trouvez, peut-être Rê renaîtra-t-il dans son intégrité. Mais pour ça, vous allez devoir franchir les portes de la huitième maison.

– Lesquelles sont fermées, lui ai-je rappelé. Donc, à moins de renverser le cours du temps...

Bès a cessé de mastiquer ses sauterelles et dirigé vers notre père un regard incrédule.

– C'est pas vrai, a-t-il grommelé. Vous l'avez invité ?

– Qui ça ? ai-je demandé.

Mon père a détourné les yeux sans répondre.

Je suis revenu à la charge :

– Papa, de quoi s'agit-il ? Tu peux nous téléporter au-delà des portes ?

– Je le voudrais, Carter. Mais vous devez vivre chacune des étapes du voyage de Rê. Ça fait partie de son processus de renaissance. Toutefois, tu as raison : vous avez besoin de temps supplémentaire. Il existe un moyen de vous en procurer, mais je ne vous l'aurais jamais suggéré si l'enjeu n'avait pas été aussi important.

Notre mère est intervenue :

– C'est dangereux. Trop, à mon avis.

– J'imagine que vous parlez de moi ? a fait une voix dans mon dos.

En me retournant, j'ai découvert un type, les mains posées sur le dossier de ma chaise. Soit il s'était approché si discrètement que je ne l'avais pas entendu, soit il avait surgi du néant.

Il paraissait avoir dans les vingt ans, était grand, mince et plutôt beau gosse. Un visage humain, des iris argentés, le crâne rasé, à l'exception d'une longue natte lustrée sur le côté, à la mode des jeunes Égyptiens de l'Antiquité. Il portait un costume gris de style italien – qu'est-ce que tu crois ? J'ai appris quelques trucs avec mon père et mon oncle – dont l'étoffe chatoyante évoquait un bizarre mélange de soie et de papier d'aluminium, avec une chemise noire sans col et au moins une tonne de chaînes en platine autour du cou. La plus bling-bling était terminée par une amulette en forme de croissant. Quand ses doigts pianotaient sur ma chaise, ses bagues et sa Rolex lançaient des reflets. Dans le monde mortel, il aurait pu passer pour un jeune Amérindien ayant fait fortune dans les casinos. Mais ici, dans la Douât, son amulette trahissait son identité.

– Gâteau de lune ! s'est exclamé Rê d'un air ravi.

– Tu es Khonsou, ai-je supposé. Le dieu de la lune.

Le nouveau venu m'a adressé un sourire carnassier.

– À ton service, a-t-il dit. Une petite partie ?

– Je rêve, a grondé Bès. Pas toi !

Khonsou a ouvert les bras dans un simulacre d'accolade.

– Bès, quelle bonne surprise ! Ça roule, cousin ?

– Je suis pas ton « cousin », sale arnaqueur.

– Là, tu me fais de la peine.

S'étant assis à ma droite, Khonsou s'est penché vers moi avec des airs de conspirateur.

– Ce pauvre Bès a joué contre moi il y a longtemps, m'a-t-il glissé à l'oreille. Il voulait passer plus de temps avec Bastet. Il a misé quelques centimètres de sa taille, et malheureusement, il a perdu...

– Mensonges ! a rugi le nain.

Papa a pris son ton le plus sévère pour ramener le calme :

– Messieurs, vous êtes tous les deux mes invités, et je ne tolérerai aucune dispute à ma table.

Khonsou lui a adressé un sourire radieux.

– Tu as mille fois raison, Osiris. C'est pour moi un grand honneur que de me trouver ici. Et voici nos deux jeunes héros, je suppose. Parfait ! Vous êtes prêts, les enfants ?

– Julius, a protesté notre mère, on ne peut pas les laisser faire ça. Ils ignorent ce qu'ils risquent.

– Une minute ! s'est écriée Sadie. Vous ne pouvez pas nous laisser faire quoi ?

Khonsou a claqué des doigts. Les plats et les assiettes ont cédé la place à un plateau de senet en argent.

– Isis ne t'a pas parlé de moi, Sadie ? Ou Nout ? Ça, c'était une joueuse ! J'ai dû lui céder cinq journées entières. Un gain astronomique ! J'imagine que c'est normal, pour la déesse du ciel...

Il a été le seul à rire de sa plaisanterie, mais ça n'a pas eu l'air de le gêner.

– Je me souviens de cette histoire, ai-je dit. En jouant contre toi, Nout a gagné assez de lumière pour créer les jours des démons et déjouer l'interdiction que lui avait faite Rê de donner naissance à ses enfants durant n'importe quel jour de l'année.

– Vilaine Nout, a marmonné le vieillard.

Khonsou a haussé les sourcils.

– Rê n'est pas brillant, si j'ose m'exprimer ainsi. Tu as raison, Carter. Je suis le dieu de la lune, mais j'ai également quelque influence sur le temps. Je peux allonger ou raccourcir l'existence des mortels. Mon pouvoir affecte même les dieux. La lune est changeante, vois-tu. Elle croît et décroît tour à tour. Le temps en fait autant entre mes mains. Vous avez besoin de quoi, trois heures ? Si ta sœur et toi acceptez de jouer avec moi, je peux m'arranger pour que vous trouviez les portes de la huitième maison encore ouvertes.

J'ignorais comment il pouvait faire ça – renverser le cours du temps, rajouter trois heures à la nuit – mais pour la première fois depuis notre départ des Arpents du Soleil, j'entrevoyais une lueur d'espoir.

– Si tu as le pouvoir de nous aider, ai-je dit, pourquoi ne pas nous faire cadeau de ce temps supplémentaire ? Le sort du monde est en jeu.

Khonsou a éclaté de rire.

– Elle est bonne, celle-là ! Sérieusement, si je me mettais à dilapider une denrée aussi précieuse que le temps, Maât n'y survivrait pas. En plus, on n'a pas le droit de jouer au senet sans miser. Ça, Bès pourrait te le dire.

Le nain a recraché une patte de sauterelle chocolatée avant de me supplier :

– Fais pas ça, Carter. Tu sais ce qu'on racontait sur Khonsou autrefois ? On trouve un poème sur lui, gravé dans la pierre de certaines pyramides. Son titre, c'est « L'Hymne cannibale ». Il raconte comment Khonsou aidait le pharaon à se débarrasser des dieux qui l'embêtaient contre une récompense. Il dévorait leur âme pour s'approprier leur force !

Le dieu-lune a levé les yeux au plafond.

– Tout ça, c'est de l'histoire ancienne. Je n'ai pas dévoré d'âme depuis... En quel mois est-on ? En mars ? En tout cas, je me suis parfaitement adapté au monde moderne. Vous verriez mon penthouse du Luxor Las Vegas... Merci l'Amérique ! Quelle grande civilisation, quand même...

Il m'a adressé un nouveau sourire de squale.

– Alors, qu'est-ce que vous en dites ? Carter ? Sadie ? Trois jetons pour vous, trois pour moi. Pour chaque jeton capturé par votre équipe, je vous accorderai une heure. Si vous remportez la partie, ça vous en fera trois – juste ce dont vous avez besoin pour passer les portes de la huitième maison.

– Et si on perd ? ai-je demandé.

Khonsou a agité la main comme s'il s'agissait d'un détail technique sans importance.

– Eh bien, pour chaque pion que vous perdrez, je prendrai le ren de l'un de vous.

Sadie a sursauté :

– Quoi ? Tu nous obligeras à partager notre nom secret avec toi ?

– « Partager » ?

Khonsou a caressé sa tresse d'un air songeur – peut-être s'interrogeait-il sur la signification de ce mot.

– Non, je dévorerai votre ren.

– En effaçant nos souvenirs et notre identité, a poursuivi Sadie.

Le dieu-lune a haussé les épaules avec désinvolture.

– Bah ! Voyez les choses du bon côté. Au moins, vous ne mourrez pas. Simplement, vous serez...

– Transformés en légumes, a achevé Sadie. Comme Rê.

– Légumes, pas bons ! a ronchonné le vieillard divin.

Il a tenté de manger la chemise de Bès, mais le nain l'a repoussé.

– Trois heures contre trois âmes, ai-je résumé.

Notre mère est intervenue :

– Vous n'êtes pas obligés d'accepter. Ni votre père ni moi n'attendons de vous que vous preniez un tel risque.

Je l'avais vue de nombreuses fois en photo, ou dans mes souvenirs, mais jusqu'à cet instant, je n'avais pas réalisé à quel point elle ressemblait à Sadie – ou plutôt, à quel point Sadie commençait à lui ressembler. On lisait la même détermination dans leur regard, elles relevaient toutes les deux le menton quand elles savaient qu'elles allaient devoir se battre, et ni l'une ni l'autre ne savait dissimuler ses sentiments.

J'ai échangé un regard avec ma sœur, et elle et moi, on a conclu un accord tacite.

– Ça ira, maman, ai-je dit ensuite. Tu as donné ta vie pour sceller la prison d'Apophis. Alors, pas question de reculer.

Khonsou s'est frotté les mains.

– Ah oui ! La prison d'Apophis... En ce moment même, votre ami Menchikov s'applique à libérer le serpent. Les paris vont bon train : parviendrez-vous à l'en empêcher ? À cent contre un que vous allez ramener Rê et vaincre Menchikov !

En désespoir de cause, maman s'est tournée vers notre père :

– Julius, dis-leur que c'est trop dangereux.

Papa tenait toujours à la main une assiette avec une part de gâteau entamée. Il a regardé la crème glacée à moitié fondue comme si c'était la chose la plus triste qu'il avait jamais vue.

Enfin, il a pris la parole :

– Carter, Sadie, si j'ai fait venir Khonsou, c'était pour vous laisser le choix. Mais quoi que vous décidiez, sachez que je suis fier de vous deux. Rien ne pourra changer cela, pas même la fin du monde.

Au même moment, j'ai lu sur son visage combien il redoutait de nous perdre. Quelques mois plus tôt, au British Museum, il s'était sacrifié pour libérer Osiris et restaurer l'équilibre au sein de la Douât. Je lui en avais voulu alors de nous avoir laissés seuls, ma sœur et moi. À présent, je comprenais qu'il avait renoncé à tout, même à la vie, pour accomplir un dessein supérieur.

– Je sais, papa, ai-je dit. Mais ce n'est pas le genre des Kane d'hésiter face à une décision difficile.

Il a acquiescé gravement, et son regard étincelait de fierté.

Sadie a ramené son grain de sel :

– Carter a raison, pour une fois. C'est d'accord, Khonsou.

– Excellent ! Mais vous n'êtes que deux, et vous devez gagner trois heures pour pouvoir franchir les portes à temps. Il va vous falloir un partenaire. Pas Rê, j'en ai peur. Il n'a plus toute sa tête. Votre mère est déjà morte, et en tant que président du tribunal divin, votre père ne peut pas miser son âme...

– Je joue avec eux, a déclaré Bès, l'air sombre mais résolu.

– Cousin ! s'est exclamé Khonsou. Tu m'en vois heureux.

– Mets-la en sourdine, tu veux ? C'est pas que ça m'enchante, mais...

– Bès, non ! ai-je protesté. On te doit déjà beaucoup. Bastet ne voudrait pas que...

– Je le fais pas pour elle, mais pour vous ! Ça faisait une éternité que je m'étais pas senti aussi... important, et c'est grâce à vous deux. J'en ai ma claque de jouer les utilités. Si les choses tournent mal pour moi, dites à Taouret que... que j'ai essayé de remonter le temps, a-t-il achevé avec un regard entendu en direction de Sadie.

– Oh ! Bès...

Ma sœur a fait le tour de la table pour venir plaquer un baiser sur la joue du nain.

– Ça va, a bougonné celui-ci. Pas la peine de me baver dessus. Bon, on la fait, cette partie ?

– Le temps, c'est de l'argent, a approuvé Khonsou.

Nos parents se sont levés.

– Nous ne pouvons pas rester, a expliqué papa. Mais...

Il s'est tu, apparemment à court de mots. « Bonne chance » aurait sans doute été un peu faible pour exprimer ce qu'il ressentait. L'inquiétude et le remords transparaissaient dans ses yeux, même s'il s'efforçait de le cacher. *Un bon général*, aurait dit Horus.

Notre mère a achevé à sa place :

– Nous vous aimons. Vous allez gagner, j'en suis certaine.

Sur ces paroles, nos parents se sont évaporés. L'obscurité a englouti le paysage à l'extérieur du pavillon, comme au cinéma avant que le film ne commence, faisant ressortir l'éclat du plateau de senet.

Rê s'est extasié :

– Beauuuuu !

– Trois pièces pour chaque camp, a résumé Khonsou. Bleues pour vous, argent pour moi. Alors, qui veut tenter sa chance le premier ?

La partie a plutôt bien commencé. Sadie lançait les osselets avec une habileté redoutable, et Bès nous faisait profiter de son expérience millénaire du jeu. Mon rôle consistait à déplacer les pièces sur le plateau et à m'assurer que Rê ne les mangeait pas.

Au début, nul n'aurait su dire qui avait l'avantage. À nous voir jeter les osselets et avancer nos pions, qui aurait pu deviner qu'on jouait nos âmes, nos ren, ou quel que soit le nom que tu leur donnes ?

On a renvoyé une des pièces de Khonsou à la case départ, ce qui n'a pas eu l'air de l'affecter. En réalité, tout paraissait le réjouir.

À un moment, je lui ai demandé :

– Ça ne te gêne pas, de dévorer des âmes innocentes ?

– Pas du tout, a-t-il répondu en caressant son amulette en forme de croissant. Pourquoi, ça devrait ?

Sadie a pris part à la conversation :

– On essaie de sauver Maât, les dieux, toute la création. Si le monde sombrait dans le chaos, ça te serait égal ?

– Oh ! ce ne serait pas si mal. Le changement survient de manière cyclique : Maât et le chaos, le chaos et Maât... En tant que dieu lunaire, j'apprécie l'alternance. Prenez Rê, le pauvre vieux : obligé de répéter chaque nuit le même schéma, de refaire le même parcours. Quoi de plus prévisible et ennuyeux ? Se retirer a été la chose la plus intéressante qu'il ait faite de toute son existence. Si Apophis l'emporte et avale le soleil, eh bien, je suppose que la lune sera toujours là.

– T'es cinglé, a lâché Sadie.

– Je te parie cinq minutes de lumière en plus que je suis parfaitement sain d'esprit.

– Laisse tomber. À toi de jouer.

Khonsou a jeté les osselets et obtenu un cinq – pas bon pour nous, ça. Heureusement, une de ses pièces est tombée sur la Maison des Trois Vérités, dont on ne peut s'échapper qu'en faisant un trois.

Bès scrutait le jeu avec attention, et il n'avait pas l'air d'aimer ce qu'il voyait. Un de nos pions était retourné à la case départ, et les deux autres se trouvaient sur la dernière ligne du plateau.

– C'est ici que ça se corse, a commenté Khonsou.

Sadie a lancé les osselets, obtenant un quatre. Ça nous laissait deux possibilités : faire sortir notre pion le mieux placé ou chasser celui de Khonsou de la Maison des Trois Vérités et le renvoyer à la case départ.

– On l'éjecte ? ai-je proposé.

Bès a secoué la tête.

– Si on fait ça, c'est nous qui allons nous retrouver coincés dans la Maison des Trois Vérités. Il a peu de chance d'obtenir un trois. Sortons plutôt notre pion de tête, ça vous assurera au moins une heure.

– Une heure ne suffira pas, a objecté Sadie.

Khonsou semblait prendre beaucoup de plaisir à nous voir hésiter. Il souriait en sirotant son vin dans un gobelet en argent. Pendant ce temps, Rê tentait d'arracher les pointes de son fléau pour s'occuper.

La sueur perlait sur mon front. C'était bien la première fois que je transpirais autant pour un jeu !

J'ai demandé à Bès :

– T'es sûr ?

– En tant que nain, il est plus souvent « sous » que « sur », a plaisanté Khonsou.

Je me suis retenu de lui faire bouffer son amulette et j'ai dégagé la pièce du plateau.

– Félicitations, a dit Khonsou. Je vous dois une heure. À moi, maintenant.

Les osselets ont cliqueté sur la table. J'ai eu la sensation qu'un câble d'ascenseur se rompait dans ma poitrine et que mon cœur tombait au fond d'un précipice : le dieu-lune avait obtenu un trois.

Rê a poussé un cri de joie et lâché son fléau :

– Youpi !

– Quel dommage ! a soupiré Khonsou, dégageant son pion. Alors, lequel de vous va me donner son ren ?

– S'il te plaît, non ! s'est récriée Sadie. Reprends plutôt l'heure que tu nous as cédée.

– Ce serait contraire aux règles, a objecté Khonsou.

Mon regard est tombé sur l'encoche que j'avais faite dans la table à l'âge de huit ans. Ce souvenir allait bientôt s'effacer, comme tous les autres. Sadie devait pouvoir lire la dernière partie du *Livre de Rê*. Avant ça, elle aurait besoin de la protection et des conseils de Bès. Si l'un de nous devait disparaître, c'était moi.

J'ai pris une profonde inspiration avant de parler :

– Je...

Bès m'a interrompu :

– C'est moi qui ai insisté pour jouer ce coup. Prends mon ren.

Un cri horrifié a jailli de la gorge de Sadie :

– Bès, non !

Le nain s'est levé. Bien campé sur ses jambes, il a serré les poings, comme s'il s'apprêtait à lâcher un « BOUH ! » J'espérais qu'il allait terrifier Khonsou et nous en débarrasser, mais il nous a lancé d'un air résigné :

– Ça faisait partie du plan, les enfants.

J'ai sursauté.

– Quoi ? Tu l'avais prévu ?

Il a ôté sa chemise et l'a pliée avec soin avant de la poser sur la table.

– Pour gagner, vous deviez pas perdre plus d'une pièce, et c'était le seul moyen d'y parvenir. Parfois, il faut savoir sacrifier un pion pour remporter la partie.

– Bien dit, a acquiescé Khonsou. Un ren divin... Quel régal ! Prêt ?

– Ne fais pas ça, Bès, ai-je supplié. C'est trop injuste...

Le nain m'a fusillé du regard :

– T'étais bien prêt à le faire, toi ! T'insinues que j'aurais moins de courage qu'un blanc-bec dans ton genre ? En plus, je suis un dieu. Qui sait ? Il se pourrait que je revienne. Maintenant, vous allez me faire le plaisir de gagner cette fichue partie et de filer d'ici. Ah ! Tant que vous y serez, bottez donc les fesses de Menchikov pour moi.

Je cherchais quoi dire pour empêcher ce qui allait suivre quand Bès a déclaré :

– Je suis prêt.

Khonsou a fermé les yeux et pris une profonde inspiration, comme s'il inhalait l'air pur de la montagne. La forme de Bès a trembloté avant de se dissoudre dans une suite d'images en accéléré : une troupe de nains dansant devant un temple à la lueur d'un feu ; une foule d'Égyptiens en liesse portant Bès et Bastet sur leurs épaules ; Bès et Taouret en toge, riant et mordant dans des grappes de raisin, étendus côte à côte sur une banquette dans une villa romaine ; Bès déguisé en George Washington, avec un costume en soie et une perruque poudrée, faisant la roue devant des soldats anglais ; Bès en treillis de l'armée américaine, chassant un démon en uniforme nazi...

Des images plus récentes ont défilé tandis que sa silhouette s'amenuisait : Bès en chauffeur, portant une pancarte sur laquelle on lisait KANE ; Bès nous sortant de notre limousine engloutie dans la Méditerranée ; Bès tentant désespérément de me guérir de mon empoisonnement, à Alexandrie ; Bès et moi partageant de la viande de chèvre et de l'eau qui avait un goût de vaseline à l'arrière du camion des bédouins, et enfin, son tout dernier souvenir : Sadie et moi le regardant avec un mélange d'affection et d'angoisse. Quand cette dernière image s'est effacée, Bès avait disparu. Même sa chemise hawaïenne s'était évanouie.

– Tu l'as pris tout entier ! ai-je hurlé. Son corps, tout ! C'est pas ce qui était convenu !

Khonsou a rouvert les yeux et soupiré :

– Délicieux !

Puis il nous a souri, comme s'il ne s'était rien passé.

– À vous de jouer.

Devant l'éclat glacé de ses yeux d'argent, j'ai eu l'intuition que je ne pourrais plus jamais regarder la lune de ma vie.

Je ne sais pas si c'était dû à la colère, à la ruse de Bès ou simplement à la chance, mais après ça, on a laminé Khonsou. Il ne nous a pas fallu cinq minutes pour remporter la partie.

Le dieu de la lune a écarté les bras.

– Bien joué. Les trois heures sont à vous. En vous dépêchant, vous pouvez encore franchir les portes de la huitième maison.

– Je te déteste, a déclaré Sadie – c'étaient les premiers mots qu'elle prononçait depuis la disparition de Bès. Tu es calculateur, insensible, cruel...

– Mais vous aviez besoin de moi.

Khonsou a détaché sa Rolex de son poignet et l'a retardée d'une, deux, trois heures. Autour de nous, les statues ont tremblé comme si on les avait brutalement renvoyées dans le passé.

Khonsou a poursuivi :

– Vous comptez passer ce temps chèrement acquis à vous lamenter ou à tenter de sauver ce pauvre vieux fou ?

– Zinnia ? a murmuré Rê d'un ton plein d'espoir.

388

J'ai demandé :

– Où sont nos parents ? On voudrait au moins leur dire au revoir...

Khonsou a secoué la tête.

– Le temps est précieux, Carter Kane. Je pensais que tu aurais compris la leçon. Vous feriez mieux de poursuivre votre route sans tarder. Mais si l'envie de jouer contre moi vous reprend un jour – pour quelques secondes, une heure ou même un jour –, n'hésitez pas. Ça a été un plaisir pour moi.

C'était plus que je ne pouvais en supporter. J'ai décoché à Khonsou un coup de poing qui a manqué sa cible. Le dieu de la lune s'était évaporé. Le pavillon en a fait autant, et on s'est retrouvés, ma sœur et moi, sur le pont de la barque solaire. L'équipage magique s'activait autour de nous, maniant les rames, réglant la voile. Assis sur son trône de feu, Rê jouait avec sa crosse et son fléau comme s'il s'agissait de marionnettes.

Un porche monumental a brusquement surgi de l'obscurité à la proue du bateau. Huit énormes serpents sculptés dans la pierre – quatre de chaque côté – encadraient les portes. Notre barque s'est faufilée entre celles-ci juste avant qu'elles ne se referment. On avait réussi !

Je te rassure, la maison des Épreuves n'était pas si terrible que ça. D'accord, il a fallu combattre des démons, des serpents géants, et des bateaux fantômes ont tenté de nous éperonner, mais on ne leur a laissé aucune chance. Dans ma colère et ma douleur d'avoir perdu Bès, je croyais voir Khonsou dans chaque adversaire.

Sadie, quant à elle, semblait avoir étendu son répertoire de sorts. Je l'ai vue congeler des démons, laissant dans notre sillage des icebergs dont la froideur reflétait probablement ses sentiments à cet instant, transformer une bande de pirates fantômes en pantins à l'effigie de Khonsou avant de les pulvériser au moyen d'une mini-explosion atomique. Cependant, Rê s'amusait avec ses jouets, et notre équipage magique décrivait des cercles affolés autour du bateau, apparemment conscient que nous venions d'aborder une étape critique de notre voyage. Les neuvième, dixième et onzième maisons ont défilé à toute allure. De temps en temps, un clapotis s'élevait derrière nous, mais quand je me retournais, m'attendant à apercevoir Menchikov à bord d'un bateau à rames, il n'y avait rien. Si « on » nous suivait, « on » s'arrangeait pour demeurer invisible.

Enfin, j'ai entendu un grondement qui annonçait l'approche d'une chute d'eau ou d'une succession de rapides. Les boules de feu se sont empressées de descendre la voile, mais nous avons continué à prendre de la vitesse.

On a passé un porche voûté représentant Nout. La déesse du ciel écartait ses bras sculptés d'étoiles dans un geste de protection, et elle adressait un sourire de bienvenue aux visiteurs de la douzième maison, la dernière qu'ils devaient traverser avant d'émerger dans la clarté d'un jour neuf.

Si on m'avait laissé approcher, j'aurais peut-être aperçu la fameuse lumière au bout du tunnel. Celui-ci se prolongeait loin devant nous, dessinant une légère courbe jusqu'à la sortie de la Douât – malgré la distance, un souffle d'air frais nous parvenait de l'extérieur –, mais un marécage s'étendait au-delà du gouffre vers lequel nous entraînait le courant. On aurait dit qu'un astéroïde avait creusé un cratère dans lequel la rivière se déversait en bouillonnant.

– On pourrait sauter, a suggéré Sadie, et abandonner le bateau...

Mais sans nous consulter, on était parvenus à la même conclusion : on avait besoin de la barque solaire, et de Rê. On n'avait d'autre choix que de suivre le cours de la rivière, où qu'il nous mène.

– C'est un piège, a ajouté Sadie. L'œuvre d'Apophis.

J'ai acquiescé :

– Je sais. Eh bien, on va lui dire ce qu'on pense de son œuvre.

On s'est cramponnés au mât juste avant que le bateau ne plonge dans le maelström.

Notre chute m'a paru durer une éternité. Quand tu plonges au fond d'un étang profond, tu as l'impression que ton nez et tes oreilles vont éclater, que tes yeux vont jaillir de ta tête, pas vrai ? Eh bien, imagine la même sensation, cent fois plus intense. On s'est enfoncés dans la Douât plus loin qu'aucun mortel n'avait jamais été. Mon corps vibrait si fort que j'ai craint que mes molécules ne se dispersent.

On ne s'est pas écrasés, on n'a même pas touché le fond. Notre bateau a opéré un mouvement de bascule pour se retrouver à l'horizontale et piqué vers une caverne dont l'intérieur émettait une clarté rouge et crue. Mes oreilles bourdonnaient à cause de la pression, et la nausée me brouillait les idées. Néanmoins, j'ai reconnu le rivage qui s'étendait devant nous : une plage constituée de millions de scarabées morts, qui se soulevait sous la poussée d'une forme massive. Des dizaines de démons armés de pelles lui creusaient un passage à travers les carapaces vides. Et debout sur la berge, éclairé par la lumière verte de son bâton, Vlad Menchikov nous attendait.

– Soyez les bienvenus, chers enfants, nous a-t-il crié de loin. Venez, rejoignez-moi pour assister à la fin du monde.

☥ CARTER

22. Un secours inespéré

Menchikov donnait l'impression d'avoir traversé le lac de feu à la nage et sans bouclier magique. Ses boucles grises avaient roussi, son costume était en lambeaux, son visage tellement brûlé que ses cicatrices passaient presque inaperçues. Bref, en matière de laideur, il aurait pu en remontrer à Bès.

Le souvenir de notre ami a attisé ma colère. Les épreuves qu'on avait traversées, les pertes qu'on avait subies, tout était la faute du Russe.

Notre barque s'est échouée sur les carapaces de scarabées dans un crissement assourdissant.

S'étant levé de son trône, Rê s'est mis à pourchasser une sphère bleue autour du pont comme s'il s'agissait d'un papillon rare.

Les démons ont lâché leurs pelles pour se rassembler sur la berge. Je les ai vus échanger des regards perplexes. Sans doute croyaient-ils à une ruse de notre part : ce vieillard qui tenait à peine sur ses jambes ne pouvait être le dieu-soleil.

Menchikov a repris :

–Vous avez amené Rê, à ce que je vois. Parfait.

Il m'a fallu quelques secondes pour me rendre compte de ce qui avait changé chez lui : son souffle rocailleux s'était transformé en une voix de baryton, suave et profonde.

– Je commençais à m'inquiéter, a-t-il enchaîné. Vous êtes restés si longtemps dans la quatrième maison que j'ai cru que vous alliez y passer la nuit. Bien sûr, nous aurions pu libérer le seigneur Apophis sans vous, mais il aurait encore fallu vous pourchasser ensuite. C'est plus commode ainsi. Apophis aura faim à son réveil. Il appréciera que vous lui ayez apporté un en-cas.

– En-cas, en-cas, a gloussé Rê, tentant d'abattre le serviteur magique avec son fléau.

Les démons ont éclaté de rire, et Menchikov les a regardés avec indulgence.

– C'est drôle, en effet. Un jour, mon grand-père a diverti le tsar Pierre le Grand en organisant un mariage de nains. Je ferai mieux : je divertirai le seigneur du chaos en lui présentant un dieu du soleil sénile !

La voix d'Horus a retenti dans mon esprit :

Reprends les armes du pharaon. C'est ta seule chance !

Au fond de moi, je savais que ce n'était pas une bonne idée. Si je m'attribuais la crosse et le fléau maintenant, je ne les rendrais jamais, et leur pouvoir ne suffirait pas à vaincre Apophis. Pourtant, c'était tentant. Avec quel plaisir j'aurais dépouillé ce vieux fou et fracassé le crâne de Menchikov !

Une lueur cruelle a brillé dans les yeux morts du Russe.

– Tu veux ta revanche, Carter Kane ? Volontiers. Je remarque que tu es venu sans ton baby-sitter nain, cette fois. Voyons de quoi tu es capable seul.

Un voile rouge a envahi ma vision, et la lumière qui baignait la caverne n'y était pour rien. J'ai débarqué sur la plage et invoqué mon avatar de guerrier faucon. C'était la première fois que je le faisais à une telle profondeur dans la Douât. Le résultat a dépassé mes espérances : au lieu de me retrouver inclus dans un hologramme, je me suis senti grandir et devenir plus fort. Mes sens se sont aiguisés.

Ma sœur a couiné tandis que Rê s'écriait : « Gros oiseau ! »

J'étais à présent un authentique géant de cinq mètres, vêtu de l'armure de combat d'Horus. J'ai porté une énorme main à ma tête et ai senti des plumes à la place de mes cheveux. Ma bouche s'était transformée en un bec acéré. J'ai voulu pousser un hourra mais c'est un cri strident qui a jailli de ma gorge et résonné dans l'espace. Les démons ont reculé. J'ai baissé les yeux vers Menchikov, aussi minuscule qu'une souris, et m'apprêtais à le pulvériser quand il a pointé son bâton vers moi.

Je ne sais pas ce qu'il avait en tête, mais Sadie l'a pris de vitesse en lançant son propre bâton, qui s'est changé en un milan – tu sais, son oiseau de proie fétiche – de la taille d'un ptérodactyle.

C'est toujours la même chose : dès que je fais un truc cool – me métamorphoser en faucon géant, par exemple –, ma sœur se débrouille pour me voler la vedette. Brassant l'air de ses ailes immenses, son milan a piqué vers Menchikov et ses démons.

Le dieu-soleil a applaudi :

– Deux gros oiseaux !

– Carter, couvre-moi ! m'a lancé Sadie, ouvrant *Le Livre de Rê*. Je dois entamer l'incantation.

Le milan me semblait offrir une couverture suffisante, toutefois je me suis avancé, prêt à me battre.

– Je t'en prie, Sadie Kane, a dit Menchikov. Lis ta pitoyable petite incantation. Tu n'as donc rien compris ? Cette prison est faite de l'essence de Khépri. Rê a renoncé à une partie de son âme, à sa capacité à renaître, pour garder Apophis enchaîné !

Sadie a chancelé comme s'il l'avait giflée.

– Le dernier scarabée...

– Exact. Tous ces scarabées sont issus de Khépri. Celui-ci est un des seuls à avoir survécu. À force de creuser, mes démons finiront par le trouver, et quand nous l'aurons écrasé, Apophis sera libre. Même si tu parvenais à réunifier Rê et Khépri, ça ne changerait rien. Le vieux fou n'a plus la force de combattre. Apophis n'en fera qu'une bouchée, et le chaos détruira Maât une fois pour toutes, comme il est écrit dans les anciennes prophéties. Vous ne pouvez pas gagner.

– Vous êtes fou, ai-je tonné. Vous n'y survivrez pas non plus.

Mon regard a alors plongé dans celui du Russe, et ce que j'ai vu m'a profondément ébranlé. Menchikov ne souhaitait pas plus que nous ce qui allait arriver. Apophis s'était nourri de sa souffrance jusqu'à déchirer son âme et l'emprisonner dans sa propre haine. En surface, il donnait l'impression de triompher, mais à l'intérieur, il n'était que terreur et désespoir. Pour un peu, je l'aurais plaint.

– Nous sommes déjà morts, Carter Kane, m'a-t-il rétorqué. Cet endroit n'est pas fait pour les hommes. Sens-tu la puissance du chaos s'insinuer en toi et flétrir ton âme ? Mais j'ai d'autres projets. Un hôte divin, même malade ou infirme, peut vivre éternellement. Déjà, Apophis m'a rendu ma voix. Bientôt, il aura effacé mes cicatrices, et je serai immortel !

De saisissement, j'ai failli perdre le contrôle de mon nouveau corps.

– Devenir un hôte... ? Vous n'êtes pas sérieux ! Menchikov, renoncez à cette folie avant qu'il ne soit trop tard.

– Si je renonce, je mourrai, a-t-il répliqué.

– Il y a pire que la mort, Vladimir, a fait une voix derrière moi.

M'étant retourné, j'ai vu un nouveau bateau s'approcher de la grève – un simple canot gris, avec un aviron qui se manœuvrait lui-même et un Œil d'Horus peint sur la coque. L'unique passager était Michel Desjardins. Les cheveux et la barbe du chef lecteur étaient entièrement blancs à présent. Les hiéro-glyphes scintillants qui s'échappaient de ses vêtements for-maient une traînée de mots divins dans son sillage.

– Tu joues avec des forces bien pires que la mort, mon vieil ami, a-t-il ajouté en prenant pied sur le rivage. Prie pour que je te tue avant que tu n'accomplisses ton dessein.

J'avais été de surprise en surprise au cours de cette nuit, mais la plus grande de toutes était assurément de voir Desjar-dins prendre notre parti.

Il a dépassé mon guerrier géant et le mégamilan de Sadie sans manifester la moindre émotion et planté son bâton parmi les carapaces.

– Rends-toi, Vladimir.

Menchikov a éclaté de rire.

– Vous vous êtes regardé récemment dans un miroir, « maître » ? Cela fait des mois que je sape vos forces, et vous ne vous êtes aperçu de rien ! Maintenant que vous êtes presque mort, c'est moi le magicien le plus puissant du monde !

En effet, Desjardins n'avait pas bonne mine. Son visage était presque aussi émacié et ridé que celui du dieu-soleil. Pourtant, le nuage de hiéroglyphes qui l'enveloppait n'avait jamais été aussi dense, et son regard avait la même intensité que lorsqu'il nous avait pourchassés à travers la ville de Las Cruces, au Nouveau-Mexique, quelques mois plus tôt. Quand il s'est avancé, les démons ont reculé. Sans doute avaient-ils reconnu la cape en léopard qui drapait ses épaules.

– J'ai commis bien des erreurs, a-t-il admis, mais je ne te laisserai pas détruire la Maison de vie.

– Mais ça fait des siècles qu'elle est morte ! a rétorqué Men-chikov d'une voix suraiguë. Il aurait fallu la démanteler à la chute de l'Empire égyptien. Elle abrite à peu près autant de vie que ces carapaces vides, a-t-il ajouté en dispersant les scarabées morts d'un coup de pied. Ouvrez les yeux, Michel ! L'Égypte appartient au passé. Il est temps de détruire ce vieux monde pour en construire un nouveau. Le chaos finit toujours par l'emporter.

– Non, pas toujours.

Desjardins s'est tourné vers Sadie :

– Lis la formule, pendant que je m'occupe de ce misérable traître.

Le sol s'est soulevé, tremblant sous les efforts d'Apophis pour se libérer.

Menchikov s'est adressé à nous :

– Réfléchissez bien, les enfants. Quoi que vous fassiez, le monde est perdu. Aucun mortel ne peut quitter cette caverne vivant. Mais fusionnez de nouveau avec Horus et Isis, prêtez allégeance à Apophis, et vous survivrez peut-être à cette nuit. Desjardins a toujours été votre ennemi. Tuez-le, et offrez son corps à Apophis ! Je vous garantis une position prépondérante dans un monde gouverné par le chaos – un monde exempt de règles et de contraintes. Je peux même vous dire comment guérir Walt Stone !

Il a souri devant l'expression stupéfaite de Sadie.

– Eh oui, je suis au courant ! Les prêtres d'Amon-Rê se transmettent le remède de génération en génération. Tue Desjardins, rejoins Apophis, et le garçon que tu aimes sera sauvé !

Pour parler franchement, ses arguments étaient plutôt convaincants. Je m'imaginais bien vivre dans un monde où tout serait possible et où aucune loi ne s'appliquerait.

Le chaos est impatient, aveugle, et surtout égoïste. Rien ne peut rassasier sa faim de destruction. Mais il peut aussi séduire, en tentant de te convaincre que seuls importent tes désirs. La nouvelle voix de Menchikov exprimait une assurance sans bornes, comme celle d'Amos quand il utilisait la magie pour plier des mortels à sa volonté.

C'était bien là le problème : les promesses de Menchikov n'étaient qu'une ruse. Ses yeux bougeaient comme s'il lisait sur un prompteur les paroles que lui soufflait Apophis, mais quand ils se sont fixés sur moi, j'y ai lu une souffrance et une prière qu'il aurait certainement hurlée s'il avait pu se contrôler : *Je t'en prie... Achève-moi !*

– Je suis désolé, lui ai-je dit – et je le pensais sincèrement. Ce monde aurait besoin d'un bon coup de balai, mais il mérite d'être préservé. Nous ne laisserons pas le chaos l'emporter.

Après ça, il est arrivé plein de trucs à la fois. Sadie a commencé à lire. Menchikov a lancé un ordre aux démons, qui se sont rués sur nous. Le milan géant a déployé ses ailes, détournant un éclair vert qui aurait probablement réduit ma sœur en cendres. Tandis que je me précipitais pour la protéger, Desjardins a fait apparaître une tornade qui l'a transporté jusqu'à Menchikov.

J'ai empoigné un démon à tête de rasoir par les pieds et l'ai fait tournoyer autour de moi, lacérant ses copains et les transformant en tas de sable. Le milan géant en a attrapé deux dans ses serres et les a lâchés au-dessus de la rivière.

Cependant, Menchikov et Desjardins tourbillonnaient dans les airs, se bombardant d'éclairs, s'aspergeant mutuellement de venin et d'acide. Les démons qui avaient le malheur d'approcher fondaient immédiatement.

Et au milieu de toute cette agitation, Sadie continuait à lire. J'ignore comment elle parvenait à rester concentrée, mais elle parlait d'une voix forte et claire, invoquant l'aube et le lever d'un nouveau jour. Une brume dorée a commencé à se répandre autour de ses pieds, s'insinuant entre les carapaces comme si elle cherchait une trace de vie. Un frémissement s'est propagé à toute la grève, et dans les profondeurs du sol, Apophis a poussé un rugissement furieux.

Soudain, Rê a crié.

Je me suis retourné. Un démon avait pris pied sur le pont du bateau, serrant un poignard dans chacune de ses quatre mains. Le dieu-soleil lui a tiré la langue avant de courir se cacher derrière son trône.

Après avoir jeté Tête de Rasoir parmi ses amis, j'ai arraché son harpon à un de ceux-ci et l'ai lancé en direction de la barque.

Heureusement, ce n'était pas vraiment moi : maladroit comme je suis, j'aurais probablement embroché le dieu-soleil, et on aurait eu l'air malins. Mais sous ma forme de faucon géant, je visais aussi bien qu'Horus. Le harpon s'est planté dans le dos du démon à quatre bras, qui a lâché ses poignards avant de basculer dans la rivière de la Nuit.

Appuyé au plat-bord, Rê lui a tiré une dernière fois la langue.

Desjardins était toujours aux prises avec Menchikov. Je n'aurais su dire lequel des deux avait le dessus. Le milan de Sadie faisait de son mieux pour la protéger, transperçant les démons avec son bec et les broyant entre ses serres. Le brouillard doré qui entourait ma sœur recouvrait à présent toute la plage.

Les démons survivants ont reculé quand Sadie a prononcé les derniers mots de l'incantation :

– « Khépri, le scarabée qui se lève d'entre les morts, annonçant la renaissance de Rê ! »

Le papyrus a disparu dans un éclair. Le sol a tremblé, et surgissant de la masse de ses frères morts, un scarabée doré s'est élevé dans les airs pour venir se poser dans la main de Sadie.

Celle-ci a eu un sourire triomphant. Moi-même, je sentais poindre un espoir quand un rire sifflant a empli la caverne. Desjardins a eu une seconde de distraction. Éjecté du tourbillon qu'il avait invoqué, il s'est écrasé contre la barque solaire, si brutalement que le garde-fou s'est brisé sous le choc.

Tandis que son adversaire gisait sur le pont, inerte, Menchikov a atterri sur les genoux. Tout autour de lui, les scarabées morts se sont transformés en sable écarlate.

– Magnifique, Sadie Kane ! s'est-il exclamé.

Puis il s'est relevé, et toute la magie contenue dans la caverne a paru affluer vers lui. Brouillard doré, lumière rouge, hiéroglyphes scintillants, son corps a tout absorbé comme l'aurait fait un trou noir.

Ses brûlures et ses cicatrices se sont effacées, son visage a rajeuni, est devenu beau. Son costume blanc s'est réparé tout seul avant de virer au bordeaux. Quand sa peau s'est parée de reflets irisés, j'ai pris conscience avec un frisson qu'il lui poussait des écailles.

– Oh non ! a gémi Rê. Veux zinnia.

La plage entière s'est couverte de sable rouge.

Menchikov a tendu une main vers ma sœur.

– Donne-moi le scarabée, Sadie, et je me montrerai magnanime. Ton frère et toi aurez la vie sauve, de même que Walt.

Sadie a refermé le poing sur le scarabée tandis que je me préparais à charger. Malgré ma taille, je sentais que le chaos gagnait en puissance et sapait mes forces. Menchikov nous avait avertis qu'aucun mortel ne pouvait survivre à cette caverne, et je le croyais volontiers. Il nous restait peu de temps, et nous devions l'employer à arrêter Apophis. Au fond de moi, je m'étais résigné à mourir. Tout ce qui m'importait à présent, c'étaient nos amis, notre famille et notre monde.

– Tu veux le scarabée, Apophis ? a lancé Sadie d'un ton plein de haine. Alors, viens le chercher, espèce de sale...

Elle a alors traité le serpent d'un tas de noms tellement orduriers que notre grand-mère lui aurait savonné la bouche durant une année entière si elle l'avait entendue. (Non, Sadie. Je ne les répéterai pas devant le micro.)

Menchikov a fait un pas dans sa direction. J'ai empoigné une des pelles que les démons avaient abandonnées dans leur fuite tandis que le milan piquait vers lui, prêt à le saisir dans ses serres. Menchikov a fait le geste de le chasser, et l'oiseau géant s'est évanoui dans un nuage de plumes.

– Tu me prends pour un dieu ordinaire ? a grondé Menchikov.

J'ai profité de ce qu'il se concentrait sur Sadie pour me glisser derrière lui et tenter de l'approcher discrètement – pas évident, pour un faucon de cinq mètres.

– Je suis le chaos incarné ! a-t-il rugi. Je déboîterai tes os et pulvériserai ton âme avant de te renvoyer au limon primordial dont tu es issue. Donne-moi ce scarabée !

– Je dois dire que je suis tentée, a prétendu Sadie. T'en penses quoi, Carter ?

Menchikov a flairé le piège trop tard. Je lui ai filé un grand coup de pelle sur la tête, et il est tombé comme une masse. Je me suis alors jeté sur lui et l'ai piétiné afin de l'enfouir dans le sable. Puis Sadie a prononcé le mot égyptien qui désignait le feu, l'index pointé vers lui. Le sable a fondu et formé un bloc de verre de la taille d'un sarcophage.

J'aurais bien craché dessus, mais je n'étais pas sûr de pouvoir le faire avec mon bec.

Les démons survivants ont écouté la voix de la raison et battu en retraite. Dans leur affolement, quelques-uns ont sauté dans la rivière où ils se sont dissous, nous épargnant la peine de les détruire.

– Ce n'était pas si difficile, finalement, a déclaré Sadie.

Pourtant, le chaos commençait à l'épuiser, elle aussi. Je ne lui avais jamais vu une aussi mauvaise mine, même quand elle avait attrapé une pneumonie à cinq ans.

– Apporte le scarabée à Rê, lui ai-je glissé. Vite !

L'adrénaline retombant, mon corps de faucon géant me semblait peser une tonne.

Sadie a acquiescé. Elle avait parcouru la moitié de la distance qui la séparait de la barque solaire quand le sarcophage a volé en éclats.

Jusque-là, les plus belles explosions magiques auxquelles j'avais assisté étaient dues à Sadie, mais celle-ci était cinquante fois plus puissante.

Un véritable tsunami de sable et de débris de verre m'a renversé et a déchiqueté mon avatar. Réduit à ma taille normale, aveugle et tenaillé par la douleur, j'ai rampé le plus loin possible du rire d'Apophis.

– Où es-tu, Sadie Kane ? a tonné celui-ci. Méchante, qu'as-tu fait de mon scarabée ?

J'ai cligné plusieurs fois des paupières pour chasser le sable de mes yeux. À une dizaine de mètres à peine, Vlad Menchikov – ou plutôt, Apophis, même s'il avait toujours l'apparence du Russe – inspectait le cratère qu'il avait creusé. Soit il ne me voyait pas, soit il me croyait mort. Il cherchait Sadie, mais l'explosion avait dû l'ensevelir sous le sable, ou pire, car elle était invisible.

Ma gorge s'est nouée. J'aurais voulu me lever, mais mon corps refusait de m'obéir, et ma magie n'opérait plus. Le chaos drainait ma force vitale. La proximité d'Apophis détruisait lentement mes synapses, mon ADN, tout ce qui faisait de moi ce que j'étais.

– Tant pis, a repris Apophis. Je te déterrerai plus tard. En attendant, je vais régler son compte au vieux fou.

Pendant une seconde, j'ai cru qu'il parlait de Desjardins, toujours inconscient sur le pont du bateau. Mais Apophis, ayant sauté à bord, a ignoré le chef lecteur pour se diriger vers le trône de feu.

– Bonjour Rê, a-t-il dit d'un ton faussement amical. Ça faisait longtemps.

Une voix chevrotante s'est échappée de derrière le trône :

– Veux pas jouer. Va-t'en.

– Allons, l'a grondé Apophis. Toi et moi, on s'amusait bien ensemble. Chaque nuit, on jouait à qui tuerait l'autre, tu te rappelles ? Tu veux une friandise ?

La tête chauve de Rê a surgi au-dessus du dossier.

– Friandise ?

– Une datte fourrée, ça te dit ?

Une datte est apparue dans la main d'Apophis, qui a repris :

– Tu adorais ça, autrefois. Pour l'avoir, tu n'as qu'à approcher et me laisser te dévo... te l'offrir.

– Veux un cracker, a répliqué Rê. Un cracker au wombat.

Crois-le ou non, mais cette demande incongrue a probablement sauvé l'univers.

Le maître du chaos a eu une seconde d'hésitation, visiblement déconcerté, et Michel Desjardins en a profité pour attaquer.

Le chef lecteur s'est subitement jeté sur Apophis, le renversant sur le trône de feu.

Un cri rauque a jailli de la gorge de Menchikov. De la fumée s'est élevée du trône avec un grésillement écœurant. La robe de Desjardins a pris feu. Cependant, Rê agitait sa crosse dans l'espoir d'éloigner les méchants hommes qui l'embêtaient.

Je me suis relevé avec peine. Il me semblait que mes membres étaient en plomb. Menchikov et Desjardins luttaient au corps à corps devant le trône, comme sur le mur de la salle des temps, dans ma vision. Une nouvelle ère s'ouvrait.

J'aurais dû prêter main-forte au chef lecteur, mais j'ai plutôt tenté de repérer le dernier endroit où j'avais aperçu Sadie, sur la plage. L'ayant trouvé, je suis tombé à genoux et j'ai creusé.

Derrière moi, Desjardins et Menchikov s'affrontaient à présent à coups de mots magiques. Un tourbillon de hiéroglyphes et de lumière rouge les entourait, le chef lecteur invoquant Maât, et Apophis lui opposant le pouvoir du chaos. Quant au tout-puissant dieu-soleil, il s'était réfugié à l'arrière du bateau, sous la barre du gouvernail.

J'ai continué à creuser, murmurant :

– Sadie, où es-tu ? Montre-toi...

Puis j'ai fermé les yeux et repensé à ma sœur, à tout ce qu'on avait vécu ensemble depuis Noël. Après toutes ces années de séparation, elle m'était devenue plus proche que quiconque. Si elle avait pu découvrir mon nom secret pendant que j'étais inconscient, il n'y avait pas de raison que je ne la retrouve pas.

Je me suis déplacé de quelques pas sur la gauche et j'ai recommencé à creuser. Presque aussitôt, ma main a rencontré le nez de Sadie. Elle a poussé un gémissement – donc, elle était toujours en vie. J'ai dégagé sa tête du sable. Elle a toussé et levé les bras, me permettant de la tirer hors du trou. Dans mon soulagement, j'ai failli éclater en sanglots, mais en bon macho, je me suis retenu.

(La ferme, Sadie. C'est moi qui raconte.)

Apophis et Desjardins luttaient toujours sur le pont. À un moment, le chef lecteur a crié : « *Heh-sieh* ! », et un hiéroglyphe est apparu entre eux :

Apophis a été éjecté de la barque. Comme s'il avait été happé par un train lancé à pleine vitesse, il nous a survolés pour s'écraser sur le sable dix mètres plus loin.

– Joli coup, a apprécié Sadie. C'est le mot égyptien qui signifie « arrière ».

Desjardins est descendu de la barque en titubant. Ses vêtements fumaient toujours, mais il a tiré de sa manche une statuette gravée de hiéroglyphes représentant un serpent rouge.

Sadie a poussé un cri étranglé.

– Un ouchebti d'Apophis ? Sa fabrication est punie de mort !

Une peine sévère, mais compréhensible : les images recèlent une grande puissance. Entre de mauvaises mains, elles peuvent renforcer ou même faire apparaître l'entité qu'elles représentent. Par conséquent, une statue d'Apophis était beaucoup trop dangereuse pour qu'on joue avec. En même temps, elle était indispensable à certains sorts...

– Une exécration ! me suis-je exclamé. Il va tenter d'effacer Apophis !

– Impossible ! a protesté Sadie. Ça le détruirait !

Desjardins a entamé une incantation, et les hiéroglyphes se sont rassemblés pour former un cône protecteur autour de lui. Sadie a essayé de se lever, mais elle n'était pas en meilleure forme que moi.

Apophis a dressé la tête. Les brûlures avaient transformé son visage en masque de cauchemar. Il ressemblait à un steak tartare qu'on aurait laissé tomber dans le sable. (Sadie trouve cette comparaison « dégueu ». Désolé, mais je n'en ai pas trouvé de plus éloquente.)

La vue de la statuette lui a arraché un rugissement furieux.

– Tu es fou ? Tu ne peux pas m'exécrer !

Desjardins a continué à psalmodier :

– Je te nomme Seigneur du chaos, Serpent des ténèbres, Terreur des douze maisons, Objet de haine sans...

– Stop ! a hurlé Apophis. Nul ne peut me vaincre !

Il a décoché un éclair de feu, mais celui-ci s'est fondu dans le nuage d'énergie qui entourait le chef lecteur, traçant dans le vide le symbole du mot « chaleur ». Desjardins a chancelé. Il paraissait vieillir à vue d'œil, mais sa voix restait ferme.

– Je parle au nom des dieux et de la Maison de vie, a-t-il poursuivi. En tant que serviteur de Maât, je t'exile sous terre.

Puis il a jeté la statuette sur le sol. Apophis est retombé sur le côté avant de réagir et lancer ses dernières forces dans la bataille : glace, venin, éclairs, cailloux, le bouclier protecteur de Desjardins absorbait tout et transmuait le chaos en ordre par le pouvoir du langage divin.

Desjardins a ensuite brisé la statuette d'un coup de talon. Après un ultime sursaut, l'enveloppe humaine d'Apophis est tombée en morceaux, telle une coquille d'œuf, donnant naissance à un serpent rouge à l'aspect visqueux, au regard flamboyant.

Le monstre s'est mis à grandir en accéléré, et sa voix a retenti dans mon esprit :

Nul ne peut me vaincre !

Mais alors qu'il tentait de se dresser, un portail s'est ouvert juste sous lui.

Desjardins a repris :

– J'efface ton nom et ton souvenir de la mémoire de l'Égypte.

Apophis a rugi. Le sol s'est affaissé autour de lui, l'aspirant à l'intérieur d'un vortex.

J'ai agrippé la main de Sadie et couru vers le bateau. Desjardins, épuisé, était tombé à genoux, mais j'ai réussi à le traîner sur la grève et à le hisser à bord avec l'aide de ma sœur. Rê a fini par émerger de sa cachette. L'équipage magique a actionné les rames, et nous avons quitté le rivage juste avant que la plage entière ne sombre dans les eaux noires de la rivière, répandant des vagues de lumière rouge sous la surface.

Desjardins était en train de mourir.

Les hiéroglyphes qui l'environnaient avaient disparu. Il avait le front brûlant, la peau sèche, et sa voix n'était plus qu'un murmure rauque.

– L'exécration..., a-t-il dit dans un souffle. Ça ne durera pas. J'ai juste gagné du temps.

Je lui ai pris la main comme s'il était un vieil ami, et non un ex-ennemi. Notre partie de senet contre le dieu de la lune m'avait appris combien il en coûtait de vouloir gagner du temps.

– Pourquoi avez-vous fait ça ? lui ai-je demandé. Vous avez usé vos dernières forces à bannir le serpent.

Desjardins a esquissé un sourire.

– Je ne vous aime pas beaucoup, mais... vous aviez raison. La tradition... Notre seule chance de salut. Amos... Racontez-lui ce qui est arrivé.

Ses doigts serraient faiblement sa cape en léopard. En le voyant tirer dessus, j'ai compris qu'il souhaitait la retirer. Je l'ai aidé, et il l'a pressée dans mes mains.

– Montre ceci... aux autres. Et dis à Amos...

Ses yeux se sont révulsés, et le chef lecteur nous a quittés. Son corps s'est désintégré en un nuage de hiéroglyphes déroulant l'histoire de sa vie, trop nombreux pour qu'on puisse tous les déchiffrer, qui se sont ensuite éloignés au fil de la rivière de la Nuit.

Rê a murmuré :

– Bye-bye. Wombat malade.

J'avais presque oublié le vieillard. Avachi sur son trône, le menton appuyé sur sa crosse, il agitait distraitement son fléau en direction des serviteurs de feu.

– Desjardins nous a sauvés, a déclaré Sadie d'une voix tremblante. Je ne l'aimais pas non plus, mais...

– Je sais. Mais il faut qu'on termine ce qu'on a commencé. Tu as toujours le scarabée ?

Elle a sorti de sa poche le scarabée doré qui remuait les pattes, et on s'est approchés de Rê.

– Prenez, ai-je dit au dieu-soleil.

Le vieillard a grimacé, creusant les rides qui plissaient son visage.

– Veux pas bestiole.

– C'est ton âme, a répliqué Sadie. Alors tu vas le prendre, que ça te plaise ou non !

Avec une expression apeurée, le vieillard a saisi le scarabée et l'a fourré dans sa bouche.

Sadie a poussé un cri horrifié :

– Non !

Trop tard : Rê avait avalé Khépri.

– Je rêve ! a gémi ma sœur. Il était censé faire ça ? Peut-être que oui, après tout.

– Bestiole pas bonne, a marmonné Rê.

On s'attendait à le voir se transformer en un jeune roi plein de vigueur, mais il est resté vieux, bizarre et dégoûtant.

Hébétés, on a regagné la proue du bateau. On avait fait tout ce qu'on pouvait, pourtant j'avais l'impression d'un échec complet. Plus on avançait, plus l'emprise de la magie paraissait se relâcher. La rivière s'écoulait paisiblement, même si on s'élevait à travers la Douât. Malgré ça, il me semblait que mes organes internes étaient en vrac, et Sadie avait l'air aussi mal fichue que moi.

Les paroles de Menchikov me sont revenues à l'esprit : « Aucun mortel ne peut quitter cette caverne vivant. »

– Le mal du chaos, a diagnostiqué Sadie. On va pas s'en sortir, hein ?

– Il faut qu'on tienne le coup, au moins jusqu'à l'aube.

– Tout ça pour ça... On ramène un dieu sénile, on a perdu Bès et le chef lecteur, et on va mourir.

J'ai saisi la main de ma sœur.

– Peut-être pas. Regarde !

Devant nous, le tunnel s'éclairait. Puis les parois de la caverne se sont évanouies, le lit de la rivière s'est élargi, et deux colonnes ont surgi de l'eau – deux statues monumentales de scarabées dorés. Au-delà, les gratte-ciel de Manhattan étincelaient dans la lumière du petit jour. La rivière de la Nuit se jetait dans le port de New York.

– « Chaque nouvelle aube est un monde nouveau », ai-je dit, citant notre père. On va peut-être guérir, après tout.

– Rê aussi ?

Je n'avais pas la réponse à sa question, mais je me sentais déjà mieux, comme après une bonne nuit de repos. Pendant qu'on dépassait les scarabées géants, j'ai jeté un coup d'œil à droite. Un nuage de fumée planait au-dessus de Brooklyn, sillonné d'éclairs multicolores qui indiquaient un combat entre des créatures ailées.

– Nos amis sont toujours en vie ! s'est écriée Sadie. Ils ont besoin d'aide !

La barque solaire a mis le cap vers notre maison et plongé au cœur de la bataille.

SADIE

23. Une teuf d'enfer à Brooklyn

(Quelle erreur, Carter ! Me filer le micro au moment crucial ? Ne compte pas le récupérer. La fin de l'histoire est à moi, ha, ha, ha !)

Qu'est-ce que t'en penses ? Je ferais un super maître du monde, non ?

Mais assez digressé...

Tu as certainement entendu parler du double lever de soleil sur Brooklyn, le 21 mars dernier ? On a avancé plusieurs explications à ce phénomène mystérieux : brouillard de pollution, chute brutale de la température dans les basses couches de l'atmosphère, visiteurs extraterrestres, ou hallucinations collectives dues à une nouvelle remontée de gaz d'égout. C'est fou ce qu'on aime les gaz d'égout dans cette ville !

En tout cas, je te confirme que pendant un court instant, il y a bien eu *deux* soleils dans le ciel. Comment je le sais ? Eh bien, je me trouvais à bord de l'un d'eux. Le soleil normal est apparu au-dessus de l'horizon comme il le fait chaque jour. Au même moment, la barque de Rê a surgi de la Douât en plein port de New York et s'est élevée vers le ciel, brillant de tous ses feux.

Les observateurs ont rapporté que ce second soleil s'était fondu dans le premier. En réalité, la barque a perdu de son éclat en amorçant sa descente vers le manoir Kane, puis elle est entrée dans le champ du système de camouflage de celui-ci et a disparu au regard des mortels.

Le système en question avait fort à faire pour dissimuler la bataille rangée qui opposait le griffon Crack aux uræi, les serpents ailés.

(Je sais, c'est pas facile à prononcer – *uræi* – mais Carter prétend que c'est le pluriel d'*uræus*. Tu le connais, il n'en démordra pas. Alors, inutile de le contrarier.)

Crack a poussé son cri – *Kraaak* ! – et englouti un uræus, mais ses adversaires étaient trop nombreux. Sa fourrure était roussie, et ses ailes paraissaient endommagées car il tournait en rond comme un hélico accidenté.

Les flammes dévoraient l'abri que Carter lui avait construit. Notre sphinx portail était brisé, et la cheminée présentait une immense tache en forme d'étoile à l'endroit où quelque chose ou quelqu'un s'était écrasé. Embusqués derrière l'unité de climatisation, un groupe de démons et magiciens ennemis échangeaient des tirs de projectiles divers – éclairs, ouchebtis, hiéroglyphes explosifs – avec Walt et Zia, qui gardaient l'entrée de l'escalier, à travers le no man's land du toit.

Pendant que la barque piquait vers l'ennemi, le vieux Rê, penché par-dessus bord, agitait sa crosse en braillant : « Coucooouuu ! »

Les deux camps ont interrompu le combat et ont levé des regards stupéfaits vers nous. Un démon s'est exclamé : « Rê ! », et ses compagnons ont répété comme en écho : « Rê ? » « Rê ! » « Rê ! » Bref, c'était la panique parmi les choristes.

Les uræi ont cessé de cracher du feu, au grand étonnement de Crack, pour nous faire une sorte de haie d'honneur. Desjardins avait dit qu'à l'origine, ces créatures appartenaient à Rê. Apparemment, elles avaient reconnu leur ancien – très ancien – maître.

La plupart des ennemis ont pris la fuite, mais un démon particulièrement lent a relevé la tête et articulé : « Rê ? » juste avant que la barque ne s'écrase sur lui avec un bruit d'os broyés très agréable à l'oreille.

En dépit de tout ce que j'avais subi, je me sentais en pleine forme. Mon mal du chaos s'était dissipé à la seconde où on avait émergé de la Douât. J'étais en pleine possession de mes pouvoirs magiques, et j'avais un moral d'acier. Avec une douche, des vêtements propres et une tasse de thé digne de ce nom, ç'aurait été le paradis. (Quoique maintenant que j'ai vu le paradis, je le trouve très surestimé. Tout compte fait, je préfère ma chambre.)

J'ai transformé un démon en tigre et l'ai lâché sur ses frères tandis que Carter invoquait son avatar – le guerrier étincelant, heureusement : l'oiseau de cinq mètres était un peu trop flippant à mon goût – et se ruait vers nos ennemis terrifiés. D'un geste du bras, il en a expédié tout un lot dans l'East River. Zia et Walt nous ont aidés à venir à bout de ceux qui restaient. À la fin, un grand sourire illuminait leurs visages. Quel bonheur de les revoir couverts d'éraflures et d'ecchymoses, mais bien vivants !

– KRAAAK !

Le griffon s'est posé près de Carter et a filé un coup de tête à son avatar, sans doute en signe d'affection.

Mon frère lui a gratouillé le crâne, évitant soigneusement ses ailes aussi tranchantes que des lames de scie.

– Salut, mon vieux. Qu'est-ce qui s'est passé, ici ?

– On a essayé de discuter, a expliqué Zia, mais ça n'a pas marché.

– Les ennemis ont tenté d'entrer pendant toute la nuit, a ajouté Walt. Amos et Bastet ont réussi à les tenir à distance, mais...

Il a jeté un coup d'œil vers le bateau, et sa voix s'est brisée.

– Ce ne serait pas...

Rê s'avançait vers nous en titubant.

– Zinnia ! a-t-il crié avec un sourire édenté.

Il s'est dirigé vers Zia, a sorti de sa bouche le scarabée doré, trempé de salive mais indemne, et l'a tendu à notre amie, qui a eu un mouvement de recul.

– C'est... c'est bien Rê, le seigneur du soleil ? Pourquoi me donne-t-il ça ?

– Il a bien dit « zinnia » ? a demandé Walt.

Rê s'est tourné vers lui et a déclaré, la mine grave :

– Wombat, malade.

Soudain j'ai été pris de vertige, comme si le mal du chaos revenait. Une idée se formait dans mon esprit : « zinnia » = Zia. « Wombat » = Walt...

Au même moment, une explosion a secoué le bâtiment, et une pluie d'éclats de pierre s'est abattue sur le terrain vague au pied du manoir.

– Ils ont percé une brèche dans le mur ! s'est écrié Walt. Venez vite !

Tu me connais : j'ai l'esprit vif. Pourtant, la suite du combat s'est déroulée tellement vite que même moi, je n'ai pas tout suivi. Rê refusant obstinément d'être séparé de Zinnia et Wombat – pardon, Zia et Walt –, on l'a laissé sous leur garde pendant que Crack nous transportait jusqu'à la terrasse du manoir et nous lâchait au-dessus de la grande table.

Bastet virevoltait en tous sens, lacérant les démons avec ses couteaux, expédiant les magiciens dans la piscine où notre crocodile albinos, Philippe de Macédoine, était trop content de s'occuper d'eux.

Elle a poussé un cri de soulagement en nous voyant :

– Sadie !

413

(C'est vrai, Carter. Elle a dit mon nom, pas le tien. Mais elle me connaît depuis plus longtemps, je te rappelle.)

Elle avait l'air de bien s'amuser, toutefois elle a ajouté d'un ton pressant :

– Ils ont percé le mur est. Allez-y vite !

On s'est précipités vers la porte-fenêtre donnant sur la grande salle. Évitant de justesse un koala qui est passé au ras de nos têtes – sans doute un sort qui avait mal tourné –, on a plongé en plein chaos.

– Par Horus ! s'est exclamé Carter.

En réalité, il n'y avait pas trace d'Horus dans la grande salle, mais à part ça, on y trouvait à peu près tout ce qu'on pouvait imaginer. Khéops, notre intrépide babouin, juché sur les épaules d'un vieux magicien, lui cognait la tête contre un mur tout en lui enfonçant sa propre baguette dans la gorge. Felix avait lâché tout un troupeau de manchots sur une autre qui, réfugiée à l'intérieur d'un cercle protecteur, répétait, visiblement traumatisée : « Non ! Pas l'Antarctique ! Tout mais pas ça ! » Alyssa utilisait le pouvoir de Geb afin de colmater l'énorme brèche que l'ennemi avait ouverte dans le mur. Julian avait invoqué son premier avatar de combat et transperçait les démons avec une épée flamboyante. Même la sage Cléo courait en tous sens, lançant à tout-va les mots magiques qu'elle déchiffrait sur des morceaux de papyrus : « Cécité ! », « Culbute ! », ou « Flatulences ! » (Entre parenthèses, ce dernier est drôlement efficace pour neutraliser un adversaire.) De quelque côté qu'on se tournât, on ne pouvait qu'être fiers de nos apprentis. À les voir se battre, on aurait juré qu'ils avaient attendu toute la nuit de pouvoir passer à l'action. Jaz aussi était là – oui, Jaz, et en parfaite santé ! Je l'ai vue projeter un ouchebti dans la cheminée, où il s'est brisé en mille morceaux.

Ce spectacle m'emplissait d'orgueil et de stupeur. Dire que je m'étais tellement inquiétée pour nos élèves, alors qu'ils étaient en train d'humilier une escouade de magiciens chevronnés !

Toutefois, le plus impressionnant était Amos. Je l'avais déjà vu pratiquer la magie, mais pas à ce niveau. Debout au pied de la statue de Thot, il faisait tournoyer son bâton, déchaînant la foudre sur ses adversaires, les repoussant au moyen de mini-nuages d'orage. Une magicienne s'est ruée sur lui, brandissant son bâton enflammé. Amos a frappé les dalles de marbre, et la femme s'est enfoncée dans le sol jusqu'au cou.

Carter et moi, on a échangé un sourire avant de se jeter dans la bataille.

Celle-ci a rapidement tourné à la déroute pour le camp ennemi. Bientôt, tous les démons ont été transformés en tas de sable, et les magiciens restants ont battu en retraite. Sans doute s'attendaient-ils à affronter une bande de gamins inexpérimentés, et non le clan Kane au grand complet.

Une femme a réussi à ouvrir un portail dans un mur de la grande salle.

La voix d'Isis a retenti dans ma tête – après un aussi long silence, ça m'a causé un choc : *Arrête-les ! Ils doivent entendre la vérité.*

J'ignore d'où m'est venue cette idée, mais j'ai levé les bras, et il m'est poussé deux ailes irisées – celles de la déesse.

Une rafale de vent et de lumière multicolore a renversé les magiciens de Menchikov telles des quilles, sans causer le moindre mal à nos amis.

– Écoutez !

Un silence de mort s'est abattu sur la salle. En temps normal, on dit déjà que j'ai une voix autoritaire, mais là, elle était dix fois plus puissante qu'au naturel. J'imagine que les ailes me rendaient encore plus impressionnante.

J'ai poursuivi :

– Nous ne sommes pas vos ennemis. Je me fiche que vous nous aimiez ou non, mais vous devez savoir que le monde a changé.

Mes ailes magiques se sont peu à peu effacées tandis que je leur racontais notre périple à travers la Douât, la renaissance de Rê, la trahison de Menchikov et le sacrifice de Desjardins afin de bannir le serpent.

– Mensonges ! s'est écrié un Asiatique à la robe bleue noircie par les flammes.

D'après le récit que Carter m'avait fait de sa vision, j'ai supposé qu'il s'agissait de Kwai.

– Elle dit la vérité, a affirmé Carter.

Son avatar avait disparu, il avait retrouvé les vêtements qu'on lui avait achetés au Caire, mais même ainsi, il en imposait. Quand il a levé la cape en léopard du chef lecteur, un murmure stupéfait a parcouru l'assistance.

– Desjardins s'est battu à nos côtés, a repris Carter. Il a vaincu Menchikov, exécré Apophis, mais celui-ci reviendra. Le chef lecteur s'est sacrifié pour nous laisser le temps de nous y préparer. Juste avant de mourir, il m'a demandé de vous montrer cette cape et de vous rapporter ce qui était arrivé. Particulièrement à toi, Amos. Il a dit... qu'il fallait réhabiliter la voie des dieux, et il voulait que tu le saches.

Le portail dans le mur était toujours actif, mais personne ne l'avait encore franchi.

La femme qui l'avait invoqué – vêtue d'une robe blanche, les cheveux taillés en brosse – a craché par terre, puis elle a crié à ses compagnons :

– Qu'est-ce que vous attendez ? Ils ont la cape du chef lecteur et nous ont servi une histoire à dormir debout. Ce sont des Kane, des traîtres ! Je parie que c'est eux qui ont tué Desjardins et Menchikov !

La voix d'Amos a retenti à travers l'immense salle :

– Tu es bien placée pour savoir que c'est faux, Sarah Jacobi ! Toi qui as consacré ta vie à l'étude du chaos, tu dois sentir qu'Apophis a retrouvé la liberté, et que Rê est de retour.

Disant cela, il désignait la porte-fenêtre donnant sur la terrasse. J'ignore comment il l'avait su alors qu'il lui tournait le dos, mais la barque solaire était en train de descendre du ciel. Elle s'est posée à la surface de la piscine avec une précision impressionnante. De part et d'autre du trône de feu, Zia et Walt soutenaient Rê de telle manière qu'il avait un air presque royal avec sa crosse et son fléau, même s'il souriait toujours comme un crétin.

Bastet, qui avait assisté à leur amerrissage, pétrifiée de surprise, est tombée à genoux.

– Mon roi !

– Bonzooouuur, a bêtifié Rê. Bye-byyyeee !

Bastet s'est brusquement relevée.

– Il va entamer son ascension, a-t-elle dit. Zia, Walt, descendez vite !

Nos amis ont sauté à terre, juste à temps. La barque s'est mise à briller d'un éclat éblouissant.

Bastet s'est tournée vers moi et m'a lancé :

– Je vais l'escorter auprès des autres dieux ! Ne t'inquiète pas. À bientôt !

Elle a bondi sur le pont, et la barque s'est élevée vers le ciel, se transformant peu à peu en une boule de feu qui a fini par se confondre avec le soleil avant de disparaître.

– S'il vous fallait une preuve, la voici, a déclaré Amos. Les dieux et la Maison de vie doivent coopérer. Sadie et Carter ont raison. Le serpent ne restera pas longtemps en exil, à présent qu'il a brisé ses chaînes. Qui veut nous rejoindre ?

Plusieurs magiciens ont jeté leurs armes, mais Sarah Jacobi a affirmé :

– Jamais les autres nomes ne reconnaîtront ton autorité, Kane. Seth t'a infecté ! Nous répandrons la nouvelle que vous avez tué Desjardins, et ils refuseront de se soumettre !

Sur ces paroles, elle a sauté à travers le portail. Kwai nous a jeté un regard lourd de mépris avant de l'imiter. Trois autres magiciens les ont suivis, et on n'a rien fait pour les arrêter.

Avec d'infinies précautions, Amos a pris la cape des mains de Carter.

– Pauvre Michel, a-t-il soupiré.

On s'est tous rapprochés de la statue de Thot. J'ai alors pris conscience des dégâts subis par la grande salle : murs lézardés, vitres brisées, reliques fracassées, instruments de musique à moitié fondus... C'était la deuxième fois en trois mois qu'on manquait de détruire notre maison – un record ! Pourtant, j'avais envie d'embrasser toutes les personnes qui se trouvaient dans la pièce.

– Vous avez été géniaux, leur ai-je dit. Il ne vous a fallu que quelques secondes pour détruire vos ennemis. Vous êtes tellement forts que je me demande comment ils ont pu vous tenir tête jusqu'au matin...

– C'est nous qui avions du mal à leur tenir tête ! a dit Felix, visiblement déconcerté par son propre succès. À la fin de la nuit, je n'avais plus aucune énergie.

Les autres ont tous acquiescé.

– Quant à moi, a fait une voix familière, j'étais dans le coma.

Jaz s'est avancée vers nous et nous a serrés dans ses bras, Carter et moi. C'était si bon de la retrouver... Comment avais-je pu être jalouse d'elle et de Walt ?

Je l'ai prise par les épaules et ai scruté son visage, y cherchant le moindre signe de maladie, mais elle semblait pleine de vitalité.

– Tu te sens comment ? ai-je demandé.

– Très bien ! Je me suis réveillée à l'aube, guérie. Je ne sais pas ce qui s'est passé, mais on dirait que ça a un rapport avec votre apparition.

– Ou celle de Rê, a rectifié Amos. Il nous a rendu notre énergie et a raffermi notre courage. Sans lui, nous aurions été vaincus.

Je me suis tournée vers Walt, n'osant le questionner. Se pouvait-il que... Mais l'expression de son regard m'a appris que cette prière-là n'avait pas été exaucée. Sans doute ressentait-il la douleur du combat dans tout son corps.

« Wombat, malade », n'avait cessé de répéter Rê. J'ignore pourquoi la santé de Walt lui tenait tellement à cœur, mais apparemment, il n'était pas en son pouvoir de le guérir.

Carter a interrompu mes réflexions en s'adressant à Amos :

– Jacobi a dit que les autres nomes ne reconnaîtraient jamais ton autorité. De quoi parlait-elle ?

J'ai soupiré et levé les yeux au ciel. Mon frère est vraiment trop bête, parfois.

– Carter, ai-je dit, tu te rappelles notre conversation sur les magiciens les plus puissants du monde ? Desjardins était le premier, Menchikov le troisième, et tu te demandais qui pouvait bien être le deuxième.

– C'est vrai. Mais...

– À la mort de Desjardins, le numéro deux est devenu numéro un. Il s'agit de qui, à ton avis ?

Un déclic a paru se faire dans son esprit – comme quoi, un miracle est toujours possible –, et il s'est tourné vers Amos, qui a acquiescé d'un air solennel.

– Il va falloir vous y faire, a dit notre oncle en se drapant dans la cape en léopard. C'est une lourde responsabilité qui m'incombe, mais je suis le nouveau chef lecteur.

SADIE

24. Une promesse impossible

J'ai horreur des adieux. Pourtant, je vais devoir en relater une flopée.

(Non, Carter. C'était pas une invitation à reprendre le micro. Dégage !)

À la fin de la journée, notre repaire de Brooklyn avait retrouvé son aspect habituel. Alyssa avait assuré les travaux de maçonnerie presque seule, grâce au pouvoir du dieu de la terre, tandis que les autres initiés réparaient le mobilier à grand renfort de *hi-nehm*. Khéops s'était montré aussi habile avec une éponge et du détachant qu'avec un ballon de basket, et tu n'imagines pas à quel point le fait d'attacher une guirlande de chiffons aux ailes d'un griffon facilite le ménage.

Pendant ce temps, Philippe de Macédoine montait la garde dans sa piscine, et nos ouchebtis patrouillaient sans relâche autour du bâtiment, mais ni les forces d'Apophis ni la Maison de vie ne nous ont attaqués. Je me représentais l'onde de choc que la révélation de la mort de Desjardins, des retours d'Apophis et de Rê, de l'avènement d'Amos Kane comme chef lecteur avait dû propager à travers les trois cent soixante nomes. Si j'ignorais laquelle de ces nouvelles les inquiétait le plus, je supposais que leurs responsables nous laisseraient un peu de répit, le temps d'analyser la situation et de parvenir à une décision.

Juste avant le coucher du soleil, Carter et moi avons assisté au départ de Zia et Amos pour Le Caire, du toit du manoir.

Avec sa coupe de cheveux rafraîchie et sa robe beige neuve, Zia ne paraissait pas avoir changé depuis les premières paroles qu'on avait échangées, au Metropolitan Museum – quoique ce n'était pas vraiment elle qu'on avait rencontrée au musée, mais son ouchebti.

(Je sais, ça demande un effort pour suivre. Tu devrais apprendre la formule pour faire apparaître de l'aspirine, ça marche du tonnerre.)

Quand le portail s'est ouvert, elle nous a annoncé :

– J'accompagne Amos – je voulais dire, le chef lecteur – au Premier Nome, pour m'assurer que la Maison le reconnaît bien comme son chef.

– Soyez prudents, ai-je dit. Attendez-vous à rencontrer des résistances.

Amos a souri.

– Ne t'en fais pas, tout ira bien.

Comme à son habitude, il était très élégant dans un costume doré assorti à sa cape en léopard, à son chapeau et aux perles piquées dans ses tresses. Un sac marin en cuir et un étui de saxophone étaient posés à ses pieds. Je l'imaginais bien jouer un thème de John Coltrane, assis au pied du trône du pharaon, dans la lumière violette d'un nouvel âge. Un flot de hiéroglyphes scintillants s'échapperait de son instrument au rythme de la musique.

– Je vous donnerai des nouvelles, a-t-il promis. Et puis, vous avez la situation bien en main, ici, au manoir. Vous n'avez plus besoin d'un mentor.

Je m'efforçais de le cacher, mais son départ me sapait le moral. D'accord, je venais d'avoir treize ans, mais ce n'est pas pour autant que j'aspirais à jouer les adultes. Je n'avais aucune envie de diriger le Nome Vingt et un, ni de mener une armée au combat. Mais j'imagine que face à des responsabilités pareilles, personne ne se sent prêt à les assumer.

Zia a posé une main sur le bras de Carter, qui a sursauté comme s'il avait reçu une décharge électrique.

– Il faudra qu'on parle, lui a-t-elle dit, une fois que tout ceci sera réglé. Mais je te remercie.

Mon frère a acquiescé, l'air dépité. On savait tous que la situation ne se réglerait pas de sitôt. On n'était même pas assurés de vivre assez longtemps pour revoir Zia.

– Fais attention à toi, lui a répondu Carter. Tu as un rôle important à jouer dans cette histoire.

Notre amie s'est alors tournée vers moi, et j'ai lu une appréhension secrète dans son regard. Je crois qu'elle commençait à entrevoir quel serait ce rôle. Si je ne pouvais en dire autant, je partageais son inquiétude. Dès l'instant où il avait ouvert les yeux, Rê n'avait cessé de nous bassiner avec « Zinnia ».

– Si tu as besoin d'aide pour botter les fesses des magiciens du Premier Nome, n'hésite surtout pas à m'appeler, lui ai-je dit.

Amos a déposé un baiser sur mon front, puis il a pressé l'épaule de Carter.

– Je suis très fier de vous deux, a-t-il déclaré. Grâce à vous, j'ai repris espoir, pour la première fois depuis bien des années.

J'aurais aimé les retenir encore un peu, mais si j'avais appris quelque chose de Khonsou, c'était qu'il ne fallait pas se montrer trop exigeant avec le temps. La sagesse consistait à apprécier ce qu'il vous offrait sans chercher à obtenir davantage.

Amos et Zia se sont avancés, et le portail les a avalés.

Le soleil était à peine couché que Bastet s'est matérialisée dans la grande salle, visiblement épuisée. Au lieu de sa combinaison habituelle, elle portait une robe traditionnelle égyptienne et de lourds bijoux qui paraissaient l'encombrer.

– J'avais oublié combien c'était fatigant de voyager à bord de la barque de Rê, a-t-elle dit, s'essuyant le front. En plus, il y fait une de ces chaleurs ! La prochaine fois, j'emporterai une soucoupe et un thermos de lait frais.

J'ai demandé :

– Rê... Comment va-t-il ?

La déesse-chatte a fait la moue.

– Toujours pareil. C'est moi qui ai piloté la barque jusqu'à la salle du trône. Les autres dieux ont formé un équipage pour le voyage de cette nuit. Vous devriez venir lui dire au revoir avant son départ.

– Quoi ? s'est exclamé Carter. Il va de nouveau traverser la Douât ? Mais il vient à peine d'arriver !

– Qu'est-ce que tu t'imaginais ? Vous avez rétabli le cycle quotidien. À présent, Rê passera ses journées dans le ciel et ses nuits à naviguer sur la rivière. Et les dieux veilleront sur lui comme autrefois. Venez, il ne vous reste que quelques minutes pour le voir.

Je m'apprêtais à lui demander comment elle comptait nous emmener auprès de Rê – à plusieurs reprises, elle avait invoqué son incapacité à ouvrir un portail – quand un rectangle de pures ténèbres s'est découpé dans l'espace. Anubis est apparu, atrocement sexy dans un jean noir et une veste en cuir. Son tee-shirt en coton blanc mettait si bien ses pectoraux en valeur que je l'ai soupçonné de le porter uniquement pour frimer. Mais bien sûr, il n'a pas besoin de ça. Je suppose que même au saut du lit, il est parfait.

En tout cas, ce spectacle ne m'a pas aidée à me concentrer.

– Salut, Sadie, a-t-il dit.

(Oui, Carter. Lui aussi, il s'est d'abord adressé à moi. Je suis devenue une sommité, il va falloir t'y faire.)

J'ai joué la colère :

– Toi ! T'étais où, pendant qu'on jouait nos âmes contre Khonsou ?

– Je me réjouis de voir que tu as survécu, a-t-il répliqué. J'aurais eu du mal à rédiger ton éloge funèbre.

– Très spirituel. Mais tu n'as pas répondu à ma question...

Ses beaux yeux se sont encore assombris.

– Disons que je travaillais... sur un projet personnel. Mais on ferait bien de se dépêcher.

Il indiquait du geste la porte ouverte sur la nuit. Je l'ai franchie sans hésiter, pour lui prouver que je n'avais pas peur.

Je me suis retrouvée face à une assemblée de divinités. Le palais paraissait encore plus somptueux que lors de notre précédente visite. Les colonnes étaient plus imposantes, leurs décorations plus élaborées. Des constellations tourbillonnaient sur le sol en marbre poli, donnant l'illusion de marcher en plein ciel. Le trône d'Horus avait été repoussé sur le côté de la salle. Au centre de celle-ci reposait la barque solaire. Son équipage magique s'affairait autour, nettoyant la coque, vérifiant le gréement. Des uræi décrivaient des cercles au-dessus de Rê, assis sur son trône en costume de pharaon. Le menton appuyé sur la poitrine, le dieu-soleil poussait des ronflements sonores, la crosse et le fléau posés sur ses genoux.

Un jeune type en armure de cuir s'est avancé vers nous. Il avait le crâne rasé et des yeux de couleurs différentes – l'un doré, l'autre argenté. J'ai immédiatement reconnu Horus.

– Bienvenue à vous, Sadie et Carter, nous a-t-il dit. C'est un honneur de vous recevoir.

La froideur de son ton contredisait ses paroles. Les autres dieux se sont inclinés, mais derrière cette façade respectueuse couvait une sourde hostilité. Ils s'étaient tous faits beaux pour l'occasion. Sobek, le dieu-crocodile – pas mon préféré – portait une cotte de mailles étincelante et un torrent s'écoulait en permanence de sa massue. Nekhbet, aussi coquette que peut l'être

424

un vautour, avait nettoyé et lustré son plumage noir. Si elle courbait la tête, je pouvais lire dans son regard qu'elle m'aurait volontiers taillée en pièces. Baba le babouin s'était brossé les dents et avait démêlé sa fourrure. Il avait un ballon de rugby coincé sous le bras, à croire que papy lui avait transmis son obsession.

Khonsou, le dieu de la lune, lançait une pièce de monnaie en l'air. J'ai eu du mal à me retenir de lui casser la figure, mais il m'a saluée de la tête comme si on était de vieux amis. Même Seth était là, vêtu d'un costume rouge dans le style disco. Adossé à une colonne, au dernier rang de l'assistance, il serrait son bâton en fer dans ses mains. Il m'est brusquement revenu qu'il avait promis de ne pas me tuer avant qu'on n'ait ramené Rê, mais pour le moment, il ne manifestait aucune intention malveillante à notre égard. Quand il a soulevé son chapeau et m'a souri, j'ai eu la nette impression qu'il savourait ma gêne.

Le dieu de la connaissance, Thot, avait gardé son jean et sa blouse de labo couverte de gribouillis. Ses yeux kaléidoscopiques étaient fixés sur moi, et j'ai eu la sensation qu'il était le seul dans cette assemblée à éprouver de la compassion pour moi.

Isis s'est approchée à son tour, drapée dans une robe arachnéenne, ses longues tresses noires pendant entre ses ailes chatoyantes. Elle s'est inclinée cérémonieusement, mais il émanait d'elle une froideur polaire.

Puis Horus s'est retourné vers la foule des dieux. J'ai alors remarqué qu'il ne portait plus la couronne des pharaons.

– Voici Carter et Sadie Kane, a-t-il dit. Ce sont eux qui ont réveillé notre roi. Plus aucun doute n'est permis : Apophis, notre ennemi, est libre. Nous devons nous unir derrière Rê.

– Cracker, wombat, a marmonné celui-ci avant de recommencer à ronfler.

Horus a repris :

– J'ai prêté allégeance à notre roi, et j'escompte que vous en ferez autant. Je l'accompagnerai cette nuit dans son voyage à travers la Douât. Chacun de vous assumera cette tâche à son tour, et ce jusqu'à... Jusqu'à ce que Rê soit complètement rétabli.

Il n'avait pas l'air convaincu que ça arriverait un jour.

– Nous trouverons un moyen de vaincre Apophis, a-t-il ajouté. Mais pour le moment, nous allons fêter le retour de Rê, et je vais donner une accolade fraternelle à Carter Kane.

Une musique a retenti à travers l'immense salle. Tiré de son sommeil, Rê s'est mis à battre des mains tandis que les dieux tournoyaient autour de lui. Certains avaient gardé leur apparence humaine, d'autres s'étaient dissous en volutes de vapeur, de flammes ou de lumière.

Isis a serré mes mains dans les siennes.

– J'espère que tu sais ce que tu fais, m'a-t-elle dit d'un ton glacial. Notre pire ennemi est de retour, et toi tu chasses mon fils du trône pour y placer un vieillard sénile !

– Laissez-lui une chance, ai-je plaidé, les jambes en coton.

Horus a pris mon frère par les épaules avant de prononcer des paroles aussi peu amicales que celles de la déesse :

– Je suis ton allié, Carter. Je te prêterai ma force chaque fois que tu en auras besoin. Tu enseigneras ma magie à la Maison de vie, et nous combattrons le serpent côte à côte. Mais tu n'as pas intérêt à commettre la moindre erreur. J'ai déjà perdu mon trône par ta faute. Si tes choix devaient nous coûter la victoire, je fais le serment de t'écraser comme un moustique juste avant qu'Apophis ne m'avale. Et si jamais nous gagnons cette guerre sans l'aide de Rê, s'il s'avère que tu m'as destitué pour rien, je jure que la mort de Cléopâtre et la malédiction d'Akhénaton te paraîtront douces auprès des fléaux que je déchaînerai sur toi et ta famille, jusqu'à la fin des temps. Compris ?

Je dois dire au crédit de Carter qu'il a soutenu sans broncher le regard du dieu de la guerre.

– Contente-toi de faire ta part du travail, lui a-t-il rétorqué.

Horus s'est tourné vers les autres en riant aux éclats, comme si mon frère et lui plaisantaient, puis il a repris :

– Va, à présent, et vois le prix de ta victoire. Espérons que tes alliés ne connaîtront pas tous un sort semblable.

Sur ces paroles, Horus nous a plantés là pour se joindre aux réjouissances. Après un dernier sourire crispé, Isis s'est muée en un arc-en-ciel chatoyant.

Bastet avait tenu sa langue jusque-là, mais on devinait à son expression qu'elle brûlait d'envie d'aiguiser ses griffes sur Horus.

– Désolé, m'a soufflé Anubis d'un air gêné. Les dieux sont parfois...

– Ingrats ? ai-je proposé. Exaspérants ?

Il a rougi violemment. Sans doute croyait-il que je parlais de lui.

– Nous sommes parfois longs à comprendre ce qui est important, a-t-il enfin repris. Il nous faut du temps pour apprécier la nouveauté... et admettre qu'elle puisse nous changer en mieux.

En disant cela, il me fixait de ses yeux veloutés, et une fois de plus, j'ai cru me liquéfier.

Bastet a rompu le charme en annonçant :

– On ferait bien d'y aller. Il nous reste une visite à faire, si vous vous sentez prêts.

– Le prix de notre victoire, a cité Carter. Il s'agit de Bès, pas vrai ? Il est vivant ?

– Difficile à dire, a soupiré Bastet. Venez.

Les Arpents du Soleil étaient le dernier endroit de l'univers que je souhaitais revoir, et pourtant...

Rien n'avait changé depuis notre passage. La renaissance du soleil n'avait pas amélioré l'état des divinités séniles qui continuaient à déambuler en poussant leurs potences à perfusion, à se cogner aux murs, à chanter des hymnes anciens en cherchant vainement des temples qui n'existaient plus.

Un nouveau patient les avait rejoints. Assis dans un fauteuil en rotin, Bès contemplait le lac de feu à travers une baie vitrée.

Agenouillée près de lui, ses minuscules yeux rougis par les larmes, Taouret tentait de le faire boire, mais le contenu du gobelet coulait sur le menton du malade. Celui-ci fixait d'un regard absent la cascade ardente qui baignait son visage de reflets rougeâtres. Ses cheveux bouclés avaient été peignés, et il portait des vêtements propres – chemise hawaïenne et bermuda bleus –, mais il plissait le front et serrait les accoudoirs du fauteuil comme s'il faisait de gros efforts pour se rappeler quelque chose.

– Ce n'est pas grave, a dit Taouret en lui tamponnant les lèvres avec une serviette. Tu vas y arriver.

C'est alors qu'elle nous a aperçus. Son expression s'est subitement durcie. Pour une déesse protectrice, elle pouvait se montrer sacrément effrayante.

– Je reviens tout de suite, mon chéri, a-t-elle repris en pressant le genou de Bès.

S'étant relevée – un exploit, compte tenu de son ventre –, elle nous a entraînés à l'écart.

– Tu ne manques pas de culot d'être venue, a-t-elle grondé. Tu ne crois pas que tu lui as déjà fait assez de mal ?

J'étais à deux doigts d'éclater en sanglots et de me confondre en excuses quand j'ai réalisé que ces reproches ne s'adressaient pas à moi, mais à Bastet.

Celle-ci a tenté de se défendre :

– Je t'assure que je n'ai pas voulu ça... Bès était mon ami !

– Mensonges ! Tu n'as fait que jouer avec lui comme avec une souris !

Taouret criait tellement fort que plusieurs patients ont fondu en larmes.

– Tu es aussi égoïste que tous ceux de ton espèce, a-t-elle ajouté. Tu t'es servie de lui avant de le rejeter. Tu savais qu'il t'aimait, et tu en as joué.

– Tu es injuste, a protesté Bastet.

Pourtant, ses cheveux se hérissaient. Je ne pouvais la blâmer d'avoir peur : je ne connais presque rien d'aussi terrifiant qu'un hippopotame en furie.

Taouret a tapé du pied si violemment que son talon s'est brisé.

– Bès méritait mieux que ça – mieux que toi ! Il avait un cœur en or. Je... je ne l'ai jamais oublié, moi !

Je ne saurais dire si j'ai agi pour éviter à Bastet de se faire massacrer, pour épargner les patients déjà traumatisés ou pour apaiser mes propres remords, mais je me suis interposée.

– On va tout arranger, ai-je laissé échapper. On trouvera un moyen de guérir Bès, je le jure sur ma vie.

Taouret m'a regardée, et la pitié a remplacé la colère dans ses yeux.

– Chère enfant, je sais que tes intentions sont bonnes, mais de grâce, ne me donne pas de faux espoirs. J'ai trop longtemps espéré en vain. Approchez-vous, si vous le souhaitez, et voyez ce qui est arrivé au meilleur nain au monde. Ensuite, laissez-nous. Et surtout, ne faites pas de promesses que vous ne puissiez tenir.

Elle s'est dirigée vers la réception en boitillant. Bastet courbait la tête, et son visage exprimait un sentiment très inhabituel pour une chatte : la honte.

– Je vous attends ici, a-t-elle annoncé.

Voyant que rien ne la ferait changer d'avis, Carter et moi nous sommes avancés vers le fauteuil de Bès.

Notre ami n'avait pas bougé. La bouche entrouverte, il regardait toujours fixement le lac.

J'ai posé une main sur son bras.

– Bès... Tu m'entends ?

Il n'a pas répondu, bien sûr. Il portait au poignet un bracelet joliment décoré – par Taouret elle-même, j'imagine – avec son nom écrit en hiéroglyphes.

– Je suis désolée, lui ai-je dit. On va te rendre ton ren. On trouvera le moyen de te guérir. Pas vrai, Carter ?

Mon frère a toussé, et je t'assure qu'il n'avait plus rien d'un macho à cet instant.

– Hum… Ouais. Je te le promets, Bès. Même si…

Il allait sans doute dire quelque chose du genre « Même si c'est la dernière chose qu'on doit faire dans cette vie », mais il a eu la bonne idée de se taire. Avec la guerre imminente contre Apophis, mieux valait oublier que nos existences risquaient de s'achever prématurément.

Tandis que je me penchais pour embrasser Bès sur le front, j'ai repensé à notre rencontre, devant la gare de Waterloo, à la terreur qu'il avait inspirée à Nekhbet et Baba dans son slip ridicule ; je me suis rappelé la tête de Lénine en chocolat qu'il m'avait offerte à Saint-Pétersbourg, et la manière dont il nous avait évité, à Walt et moi, d'être engloutis par un portail au village des sables rouges. Ce nain était tout sauf petit. Il avait une personnalité énorme, extravagante, exceptionnelle… Comment croire qu'elle était à jamais effacée ? Pourtant, il avait sacrifié son âme immortelle pour nous permettre de gagner une heure.

C'en était trop pour moi. J'ai éclaté en sanglots, et Carter a dû m'éloigner de Bès. J'ai oublié comment on est rentrés chez nous. Tout ce dont je me souviens, c'est d'avoir eu la sensation de tomber au lieu de m'élever, comme si le monde mortel était un gouffre sans fond, infiniment plus triste que n'importe quel endroit de la Douât.

Ce soir-là, je suis restée longtemps assise sur mon lit face à la fenêtre ouverte. Cette première nuit de printemps était étonnamment douce et agréable. Des lumières scintillaient le long de la rivière. La fabrique de bagels toute proche diffusait une délicieuse odeur de pain chaud dans le voisinage. J'écoutais ma playlist spéciale déprime, songeant à tout ce qui était arrivé depuis mon anniversaire, trois jours plus tôt.

Le monde s'était transformé. Le dieu-soleil était revenu. Apophis avait échappé à sa prison, et même si Desjardins l'avait exilé dans quelque abîme profond, il ne tarderait pas à réapparaître. La guerre approchait, et il nous restait beaucoup à faire pour nous y préparer. Tandis que je me faisais ces réflexions, je contemplais mon affiche d'Anubis et me sentais ridicule de penser à quelque chose d'aussi futile et exaspérant que... Bravo, tu as deviné : les garçons.

On a frappé à la porte.

– Entre, ai-je lancé sans enthousiasme, pensant qu'il s'agissait de Carter.

Lui et moi avions l'habitude de faire un rapide débriefing en fin de journée. Mais c'était Walt. Soudain j'ai eu honte de me montrer à lui en pantalon de pyjama et tee-shirt miteux. En plus, mes cheveux devaient ressembler au plumage de Nekhbet. Ça ne me gênait pas que Carter me voie ainsi, mais Walt... La loose !

– Qu'est-ce que tu viens faire ici ? ai-je demandé d'un ton un peu trop véhément.

Il s'est figé, visiblement décontenancé.

– Pardon, je te laisse...

Je me suis récriée :

– Non ! Tu m'as surprise, c'est tout. Et puis, je ne crois pas que le règlement intérieur autorise un garçon à se rendre dans la chambre d'une fille sans supervision.

Une excuse bidon, bien dans le style prétentieux d'un Carter, mais j'étais troublée, d'accord ?

Walt a croisé les bras – de très beaux bras. En short et maillot de basket, avec son habituelle collection d'amulettes autour du cou, il semblait athlétique et plein de vie. Qui aurait pu croire qu'il était en train de succomber à une malédiction antique ?

– En tant qu'instructrice, tu n'as qu'à me « superviser », a-t-il suggéré.

Je suis devenue aussi rouge qu'une tomate.

– Laisse la porte entrouverte, tu veux ? Euh... Qu'est-ce qui t'amène ?

Walt s'est appuyé contre une des portes de la penderie. J'ai alors réalisé avec horreur que la seconde bâillait et laissait voir l'affiche d'Anubis.

– Tu as déjà tellement de soucis, a-t-il dit. Je ne veux pas qu'en plus tu t'inquiètes pour moi.

– Trop tard.

– La journée qu'on a passée tous les deux dans le désert... Si je te disais que c'était la plus belle de ma vie, tu me prendrais pour un fou ?

Mon cœur battait à tout rompre, mais j'ai feint l'impassibilité.

– Au contraire, ai-je répondu. On peut dire qu'on a été vernis : les transports publics égyptiens, des bandits de grands chemins, deux dromadaires puants, des momies romaines psychotiques, un fermier possédé...

– Et toi, a ajouté Walt.

– En effet, je suppose que j'ai ma place dans cette liste de catastrophes.

– Ce n'est pas ce que je voulais dire.

Comme instructrice, j'étais nulle : nerveuse, confuse, et pleine de pensées pas très professorales. En plus, je n'arrivais pas à détacher mon regard de la porte de la penderie. Walt a fini par le remarquer.

– Tu veux que je la ferme ? a-t-il demandé, indiquant Anubis.

– Oui. Non. Peu importe. Enfin, si, ça a de l'importance, mais...

Walt a éclaté de rire.

– Sadie, je tenais juste à te dire que quoi qu'il arrive, je suis heureux de t'avoir rencontrée et d'être venu ici, à Brooklyn. Jaz tente de mettre au point un remède pour moi, mais même si ça ne marche pas... Je ne regretterai rien.

– Moi si !

Je crois que ma réaction m'a étonnée encore plus que Walt. J'ai repris :

– T'es en train de mourir à cause d'une fichue malédiction, Menchikov allait me dire comment te guérir, et... je t'ai trahi, tout comme j'ai trahi Bès. J'ai tout raté, même le réveil de Rê !

Je m'en voulais de pleurer, mais c'était plus fort que moi. Walt est venu s'asseoir à côté de moi, sans toutefois me toucher. Tant mieux. J'étais déjà assez troublée comme ça.

– Tu ne m'as pas trahi, a-t-il dit. Ni moi ni personne. Tu as agi pour le mieux, mais ça demande des sacrifices.

– Je ne veux pas que tu meures, ai-je sangloté. Pas toi.

Son sourire me donnait la sensation que nous étions seuls au monde.

– Si le retour de Rê ne m'a pas guéri, a-t-il dit, il m'a redonné espoir. Tu es incroyable, Sadie. On y arrivera, ne t'inquiète pas. Je ne te laisserai pas tomber.

C'était beau, ça réchauffait le cœur, mais c'était faux.

– Comment tu peux promettre une chose pareille ?

Il a détaché les yeux du portrait d'Anubis pour les poser sur moi.

– Essaie juste de ne pas t'en faire pour moi. On doit se concentrer sur le moyen de vaincre Apophis.

– Si tu as des idées, je prends.

433

Il a fait un geste en direction de ma commode sur laquelle trônait le vieux magnétophone à cassettes offert des siècles plus tôt par mes grands-parents.

– Raconte aux gens ce qui est arrivé, a-t-il dit. Ne laisse pas Jacobi et ses complices répandre des mensonges sur ta famille. Si je suis ici, c'est parce que j'ai trouvé votre premier enregistrement ainsi que le djed. Carter et toi, vous demandiez de l'aide, et on est venus. Il est temps de relancer un appel.

– Vous êtes combien à avoir répondu au premier – une vingtaine ?

– On ne s'est pas mal débrouillés la nuit dernière, non ?

Il a plongé son regard dans le mien. J'ai cru qu'il allait m'embrasser, mais quelque chose nous faisait hésiter tous les deux – la crainte de rendre la situation encore plus fragile et incertaine.

Il a repris :

– Fais un nouvel enregistrement, Sadie. Dis la vérité. Quand tu parles...

Il a haussé les épaules et s'est levé avant d'achever :

– ... c'est difficile de t'ignorer.

Il venait à peine de sortir que Carter est entré, un livre sous le bras. Il m'a trouvée en train d'écouter une chanson triste et de contempler le magnétophone.

– Walt était ici ? a-t-il demandé. Qu'est-ce qu'il voulait ?

D'instinct, il avait adopté un ton protecteur.

– Rien. C'est juste...

Mon regard est tombé sur le livre – plutôt un manuel scolaire, vieux et écorné. Je me suis demandé s'il avait l'intention de me confier des devoirs, avant de me faire la réflexion que la couverture avait quelque chose de familier.

– Qu'est-ce que tu m'apportes ?

Carter s'est assis près de moi et m'a tendu le livre d'un geste emprunté.

– C'est pas un collier, ni même un couteau magique, mais je t'avais promis un cadeau d'anniversaire. Eh bien, le voici.

J'ai effleuré le titre en relief du bout des doigts – *Abrégé d'histoire des sciences. Premier cycle universitaire. Douzième édition* – avant de soulever la couverture. Il y avait un nom écrit à la main à l'intérieur : *Ruby Kane.*

Le livre que maman nous lisait le soir pour nous endormir... Pas une copie : son exemplaire personnel.

J'ai battu des paupières, refoulant mes larmes.

– Comment tu as...

– Les ouchebtis de la bibliothèque. Ils peuvent rapporter n'importe quel livre. Je sais, c'est nul, comme cadeau. Ça ne m'a rien coûté, je ne l'ai pas fabriqué, mais...

J'ai jeté mes bras autour de son cou.

– Espèce d'idiot ! C'est le plus merveilleux des cadeaux... Et tu es le plus merveilleux des frères.

(Je sais, Carter. C'est enregistré une fois pour toutes. Mais pas de quoi prendre la grosse tête : j'ai dit ça dans un moment d'égarement.)

On a tourné les pages ensemble, souriant devant la moustache que Carter avait dessinée à Isaac Newton et les schémas du système solaire à présent dépassés. Certaines pages portaient des traces suspectes, sans doute de la compote de pommes – petite, j'en raffolais. On a suivi du doigt les annotations que notre mère avait inscrites dans les marges de sa belle écriture régulière.

Le seul fait de tenir ce livre me rendait maman plus proche, et cette attention de Carter me touchait autant qu'elle me stupéfiait. Depuis que j'avais découvert son nom secret, je croyais tout savoir de lui. Pourtant, il avait réussi à me surprendre.

Soudain il a demandé :

– De quoi vous avez parlé, avec Walt ?

J'ai refermé l'*Abrégé d'histoire des sciences* à contrecœur et l'ai déposé sur la table de nuit – c'était bien la première fois que je répugnais à me séparer d'un manuel scolaire. Puis je suis allée chercher le magnétophone.

– On a du boulot, ai-je dit à Carter, lui lançant le micro.

À présent, tu sais ce qui est réellement arrivé le jour de l'équinoxe, et dans quelles circonstances Amos a succédé à Desjardins. Celui-ci s'est sacrifié pour nous laisser le temps de nous préparer à affronter Apophis quand il resurgira de l'abîme, d'ici quelques semaines – si on a de la chance – ou quelques jours.

Amos va sans doute avoir du mal à asseoir son autorité comme chef lecteur. D'ores et déjà, certains nomes se sont soulevés, et beaucoup de magiciens nous soupçonnent d'avoir pris le pouvoir de force.

Cet enregistrement vise à rétablir la vérité.

Beaucoup de questions demeurent en suspens, tels l'endroit et le moment où Apophis frappera. Nous ignorons comment guérir Rê, Bès ou Walt. Nous ne savons pas non plus quel rôle Zia est appelée à jouer dans cette histoire, ou si nous pouvons compter sur le soutien des dieux. Plus important encore, je suis écartelée entre deux garçons également merveilleux, l'un mourant, l'autre qui est le dieu de la mort. Tu parles d'un choix !

(Pardon. Je m'égare encore.)

Bref, où que tu te trouves, quelle que soit ton expérience de la magie, on a besoin de toi. À moins de nous unir et d'apprendre la voie des dieux en accéléré, on n'a aucune chance.

J'espère que Walt a raison, et que tu n'ignoreras pas mon appel, parce que le temps nous est compté. N'oublie pas : une chambre t'attend à Brooklyn, au manoir Kane.

Note de l'auteur

Avant de publier un récit aussi alarmant, j'ai jugé bon de procéder à quelques vérifications. J'aurais aimé pouvoir vous dire qu'il est le fruit de l'imagination de Carter et Sadie Kane. Malheureusement, une grande partie des événements ici rapportés reposent sur des faits réels.

Les endroits et les vestiges antiques mentionnés dans ces pages existent bien, que ce soit aux États-Unis, en Angleterre, en Russie ou en Égypte. Il en est de même du palais du prince Menchikov, à Saint-Pétersbourg, et du mariage de nains organisé en l'honneur du tsar. En revanche, je n'ai rien trouvé qui atteste qu'un des nains en question était un dieu égyptien, ni que le prince avait un petit-fils prénommé Vladimir.

Tous les monstres et les dieux égyptiens que Carter et Sadie prétendent avoir rencontrés figurent dans des documents anciens. Différentes versions du voyage quotidien de Rê à travers la Douât ont subsisté jusqu'à nous. En dépit des variantes, le récit qu'en font les deux jeunes narrateurs est parfaitement fidèle au mythe.

Pour résumer, on peut raisonnablement affirmer qu'ils disent la vérité, et que leur appel à l'aide est authentique. Si d'autres enregistrements me parvenaient, je ne manquerais pas de les porter à la connaissance du public. Toutefois, pour le salut de ce monde, j'espère me tromper.

Lexique

Sorts

A'max : « brûler »

Ha-di : « détruire »

Ha-tep : « paix »

Heh-sieh : « arrière »

Heqat : faire apparaître un bâton

Hi-nehm : « réparer », « lier »

I'mun : « cacher »

N'dah : « protéger »

Sahad : « ouvrir »

Sa-per : « raté »

Autres termes égyptiens

Aaru : au-delà, paradis
Aton : le soleil, en tant qu'objet physique
Bâ : âme, esprit
Bau : esprit maléfique

Douât : royaume magique

Hiéroglyphes : caractères de l'écriture des anciens Égyptiens, représentant des concepts, des objets ou des sons

Khépesh : épée à lame recourbée

Maât : l'équilibre de l'univers

Menhed : palette du scribe

Netjery : couteau destiné au rituel de l'ouverture de la bouche

Ouchebti : figurine magique en cire ou en argile

Pharaon : souverain de l'Égypte ancienne

Ren : nom, identité

Sarcophage : cercueil de pierre, souvent décoré de sculptures et d'inscriptions

Sau : fabricant de charmes et d'amulettes

Shen : cercle symbolisant l'éternité

Souk : vaste marché des pays musulmans

Stèle : monument funéraire

Tjesu heru : serpent possédant une tête à chaque extrémité et des pattes de dragon

Was : symbole du pouvoir

Divinités égyptiennes

Anubis : dieu de la mort et des enterrements

Apophis : dieu du chaos

Baba : dieu-babouin

Bastet : déesse-chatte

Bès : dieu nain

Geb : dieu de la terre

Heket : déesse-grenouille

Horus : dieu de la guerre, fils d'Isis et Osiris

Isis : déesse de la magie, épouse d'Osiris et mère d'Horus

Khépri : scarabée divin, représente le soleil à son lever

Khnoum : dieu à tête de bélier, représente le soleil à son coucher

Khonsou : dieu de la lune

Menhit : déesse mineure à tête de lionne, épouse d'Onuris
Nekhbet : déesse-vautour
Nephtys : déesse des rivières
Nout : déesse du ciel
Osiris : dieu du monde souterrain, époux d'Isis et père d'Horus
Ptah : dieu des artisans
Rê : dieu du soleil. Également appelé Amon-Rê
Sekhmet : déesse-lionne
Seth : dieu du mal
Shou : dieu de l'air
Sobek : dieu-crocodile
Taouret : déesse-hippopotame
Thot : dieu de la connaissance

DU MÊME AUTEUR

DÉCOUVREZ LA SÉRIE
PERCY JACKSON

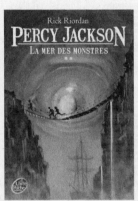

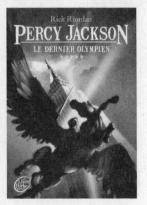

« Pour l'éditeur, le principe est d'utiliser des papiers composés de fibres naturelles, renouvelables, recyclables et fabriquées à partir de bois issus de forêts qui adoptent un système d'aménagement durable. En outre, l'éditeur attend de ses fournisseurs de papier qu'ils s'inscrivent dans une démarche de certification environnementale reconnue. »

Édité par la Librairie Générale Française - LPJ
(43 quai de Grenelle, 75905 Paris Cedex 15)

Composition Nord Compo
Achevé d'imprimer en Espagne par BLACK PRINT CPI IBERICA
Dépôt légal 1ʳᵉ publication février 2014
32.3965.4/01 - ISBN : 978-2-01-323965-3
Loi n° 49-956 du 16 juillet 1949 sur les publications destinées à la jeunesse
Dépôt légal : février 2014

*"I PATTERNED MY LOOK
AFTER CINDERELLA,
MOTHER GOOSE,
AND THE LOCAL HOOKER."*
—Dolly Parton

Who was the first cowboy movie actor to sing on the screen? What was the first country song to win a Grammy? Who sang the first million-seller record in country history? What was the first recording session in Nashville?

FABULOUS FACTS AND FAMOUS WORDS
FROM THE STARS . . . IT'S ALL IN

THE GREAT
COUNTRY
MUSIC BOOK

Guess the stars behind the names:
1). Marion Try Slaughter
2). Len Slye
3). Julius Frank Anthony Kuczynski
4). Harold Jenkins
5). Donald Lytle

ANSWERS

1). Vernon Dalhart; 2). Roy Rogers; 3). Pee Wee King; 4). Conway Twitty; 5). Johnny Paycheck

---

"IT IS ABSOLUTELY BREATHTAKING WHAT CHET HAS INCLUDED IN THIS ENCYCLOPEDIA . . . ANYBODY INTERESTED OR HAVING ANYTHING TO DO WITH COUNTRY MUSIC SHOULD HAVE THESE WONDERFUL BITS OF INFORMATION AT THEIR FINGERTIPS."
—Tennessee Ernie Ford

THE GREAT
COUNTRY
MUSIC BOOK

CHET HAGAN

PUBLISHED BY POCKET BOOKS NEW YORK

Distributed in Canada by PaperJacks Ltd., a Licensee
of the trademarks of Simon & Schuster, Inc.

Another *Original* publication of POCKET BOOKS

POCKET BOOKS, a division of Simon & Schuster, Inc.
1230 Avenue of the Americas, New York, N.Y. 10020
In Canada distributed by PaperJacks Ltd.,
330 Steelcase Road, Markham, Ontario

ISBN: 0-671-46995-9

First Pocket Books printing October, 1983

10 9 8 7 6 5 4 3 2 1

Printed in Canada

CONTENTS

THE GREAT
COUNTRY
MUSIC BOOK

1

First Things First

First use of the term *hillbilly* in reference to country music came during a recording session in the Okeh studios in New York City. The time was January of 1925. AL HOPKINS, leader of a band recording for producer RALPH PEER, told Peer: "Call the band anything you want. We're nothing but a bunch of hillbillies from North Carolina and Virginia anyway."

ECK ROBERTSON, a champion old-time fiddler from Amarillo, Texas, is generally regarded as having been the first country music performer to record. It happened in June of 1922 at the Victor studios in New York City. His tunes: "Sally Goodin'" and "Arkansas Traveler."

Fourteen-year-old ROBA STANLEY is believed to have been the first female country music singer to record. According to country music researcher Dr. Charles Wolfe of Middle Tennessee State University, Miss Stanley recorded in an Atlanta, Georgia, studio in 1923, Her initial song: "Devilish Mary." In all, she recorded twelve songs. Her father, ROBERT STANLEY, played fiddle.

First million-seller record in country music history was VERNON DALHART's "The Prisoner's Song," backed with "Wreck of the Old 97." It was recorded for Victor in July of 1924.

PATSY MONTANA was the first female artist to have a million-seller record: "I Want to Be a Cowboy's Sweetheart." It was released in 1936.

KITTY WELLS was the first female artist to have a number one record on the country music charts, with "It Wasn't God Who Made Honky Tonk Angels" in 1952.

"Tennessee Waltz," as sung by PATTI PAGE, in 1950 became the first country music song to "cross over" to a number one position on the popular music charts.

First country song to win the prestigious GRAMMY AWARD from the National Academy of Recording Arts and Sciences was "Tom Dooley," sung by the KINGSTON TRIO. That was in 1958.

DOTTIE WEST, in 1965, became the first country music female artist to win a GRAMMY AWARD with her song "Here Comes My Baby." The song was also recorded by PERRY COMO, DEAN MARTIN, and fifty other singers.

KEN MAYNARD was the first cowboy movie actor to sing on the screen, in the 1930 films *Song of the Saddle* and *The Wagon Master*. Among his songs: "The Lone Star Trail" and "Cowboy's Lament."

RED RIVER DAVE McENERY was the first country music performer to appear on television, during the 1939 experimental telecasting from the New York World's Fair.

ERNEST TUBB, in 1947, was the first country music star to headline a show at Carnegie Hall in New York City. His troupe included MINNIE PEARL, GEORGE D. HAY, ROSALIE ALLEN, RADIO DOT and SMOKEY SWANN, and the SHORT BROTHERS, JIMMIE and LEON.

ROY ACUFF and KITTY WELLS headlined the first country music show to play the famous Palace theater in New York's Times Square in November of 1955. Acuff got top billing over a movie starring RONALD REAGAN, the future President of the United States.

SLIM WHITMAN was the first country music performer to play the Palladium, in London, England.

GEORGE HAMILTON IV was the first American country music singer to perform in Russia and Czechoslovakia, the first American country music artist to have his own British television series, and the first to have his own TV series in South Africa.

LITTLE JIMMY DICKENS was the first country music artist to completely circle the globe on a single tour. The year was 1964. It began in Nebraska, then went to California, Hawaii, a twelve-week tour in the Far East, England, Canada, and finally ended with an engagement in Minneapolis.

First commercial gramophones (record players) were manufactured by a toy factory in Germany in 1889.

The year 1891 marked the first use of phonographs as an entertainment medium: nickle-in-the-slot cylinder players featuring recordings by famous opera singers of the day.

Victor Records first marketed its famous Victrolas in 1906.

In 1925, Victor and Columbia issued the first commercial *electrical* recordings.

Victor Records' 1928 recordings of GRAND OLE OPRY string bands on portable field equipment marked the first recording session in Nashville.

First country music star to actually have a formal recording session in Nashville was RED FOLEY. He recorded for Decca Records in Studio B at radio station WSM in March or April of 1945. The producer was PAUL COHEN.

First professional recording studio in Nashville was the Castle Recording Laboratory, headquartered in the Tulane Hotel at Eighth and Church streets. It was begun in the mid-forties by three WSM radio station engineers: GEORGE REYNOLDS, AARON SHELTON, and CARL JENKINS.

Nashville's first syndicated country music radio show was "Sunday Down South," produced in the mid-forties by Brown Radio Productions (CHARLES and BILL BROWN), and starring FRANCIS CRAIG, BEASLEY SMITH, SNOOKY LANSON and KAY ARMEN.

OWEN BRADLEY, with his brother HAROLD, built the first commercial recording studio on Nashville's "Music Row" in the late fifties. A war-surplus Quonset hut was used. Bradley sold the studio to Columbia Records in 1962.

It may be that the first guitar in Nashville was bought in 1819 by ANDREW JACKSON's daughter-in-law. That guitar can still be seen by tourists at THE HERMITAGE, Jackson's estate just outside of Nashville.

First MARTIN GUITAR, which set the standards for all guitars in country music, was manufactured in 1833. C. F. Martin & Co. has been manufacturing guitars continuously ever since at its plant in Nazareth, Pennsylvania.

MERLE TRAVIS, a pioneer in the electric guitar field, is believed to have been the first artist to play a solid-body guitar in public, a Bigsby electric he designed himself.

In 1954, WEBB PIERCE's recording of "Slowly" featured the pedal steel guitar for the first time. It was played by BUD ISAACS.

CLAYTON "PAPPY" McMICHEN was the first to use a trumpet player in a country music band. That was back in the mid-twenties. McMichen, himself, was a fiddle player.

PEE WEE KING, as leader of the Golden West Cowboys, was the first to utilize a trumpet in a performance on the Grand Ole Opry. Country music writer Lana Ellis has reported: "[The] barrier was broken the day President Roosevelt died. When the Opry musicians tried to find a way to express their grief, King suggested a solo of taps played on the trumpet. The forbidden instrument was heard that night and the public reaction was favorable. The trumpet stayed." That was in April of 1945. The trumpet player was BUDDY HEROLD.

In 1945 or 1946, the first drums heard on the Grand Ole Opry were used by BOB WILLS AND THE TEXAS PLAYBOYS. There was so much controversy about their use that the myth grew up about the drums being hidden behind a curtain. But that didn't happen. SMOKEY DACUS of that band is considered to have been the first country music drummer.

WBAP, Fort Worth, started the first radio "barn dance" program in 1923. It was quickly followed by similar country music programs on WLS, Chicago, and WSM, Nashville.

UNCLE JIMMY THOMPSON was the first featured performer on the Grand Ole Opry, which began on November 8, 1925, as the "WSM Barn Dance." He boasted that he knew a thousand fiddle tunes and could fiddle "taters off the vine." On his first broadcast on the Nashville station he played for a solid hour.

WSM's Studio B was the first "home" of the Grand Ole Opry. It later moved to a gospel tabernacle on Fatherland Street, then to the Hillsboro Theater, to the War Memorial Auditorium, to the Ryman Auditorium (where it stayed for twenty-five years), and then, in 1974, to the newly built Grand Ole Opryhouse in the Opryland amusement park.

GEORGE D. HAY, the man who first used the phrase "Grand Ole Opry," was named the nation's most popular announcer in the first such popularity poll ever conducted. He received approximately 150,000 votes in a 1924 poll undertaken by *Radio Digest* magazine.

The Dixieliners—SAM and KIRK McGEE, and fiddler-singer ARTHUR SMITH—was the first act booked by WSM Radio in Nashville for personal appearances. Their first such booking was in the small mining town of Clintwood, Virginia.

EDDY ARNOLD, in 1967, was the first artist to be named Entertainer of the Year by the Country Music Association.

In 1972, LORETTA LYNN was the first woman artist to win the CMA's Entertainer of the Year award. BARBARA MANDRELL was the first performer—male or female—to be named Entertainer of the Year more than once, in 1980 and 1981.

ROY ROGERS AND DALE EVANS were the hosts of the first televised Country Music Awards in 1968. At that time the CMA awards were telecast as part of the "Kraft Music Hall" series on NBC-TV.

JIMMIE RODGERS, FRED ROSE, and HANK WILLIAMS were the first inductees into the Country Music Hall of Fame in 1961. A year later, ROY ACUFF was the first living performer so honored.

PATSY CLINE was the first female solo artist to be

elected to the Hall of Fame. That was in 1973. In 1970, SARA AND MAYBELLE CARTER had been elected as members of the Original Carter Family.

ACUFF-ROSE PUBLICATIONS, INC., was the first music publishing company established exclusively for country music songwriters. It was begun in October of 1942 by singing star ROY ACUFF and songwriter FRED ROSE. Today it is the world's largest.

HANK WILLIAMS, the first songwriter to be signed to an exclusive contract with Acuff-Rose, had his first number one record on the country music charts in 1948: "Love Sick Blues." But he didn't write it. The composers were Irving Mills and Cliff Friend, known as "Tin Pan Alley" songwriters.

CONNIE B. GAY was the first to start a country music radio program in a major metropolitan area. That was in Washington, D.C., in November 1946, on radio station WARL. The show was called "Town and Country Time." Gay was also the first president of the Country Music Association.

BILL HALEY, in the early fifties, was the first country music performer to anticipate the impact of rock 'n' roll on American musical tastes. His Comets band, growing out of earlier country bands he headed (the Saddlemen and the Range Drifters among others), recorded the popular "Rock Around The Clock," in 1954 to lead the way.

2

Can You Believe?

That JERRY LEE LEWIS played the demanding role of Iago in a 1968 rock musical version of Shakespeare's *Othello?* The Los Angeles production, retitled *Catch My Soul*, ran for six weeks. "That Iago," said Jerry Lee, "was a real mean dude."

That DON GIBSON wrote the country music classics "I Can't Stop Loving You" and "Oh, Lonesome Me" on the same afternoon in 1958? Both reached number one on the country music charts in the same year, KITTY WELLS singing "I Can't Stop Loving You" (Decca) and Gibson, himself, performing "Oh, Lonesome Me" (RCA).

That CHET ATKINS, when he was six years old, found an old ukulele and strung it with wire from a screen door?

That BOBBY BARE made his first guitar from an old coffee can, a stick, and some string?

That MERLE TRAVIS's first guitar was manufactured by his brother, Taylor, from odds and ends of wood he found around the house?

That BILLY EDD WHEELER got into music as a hobby and had written more than fifty songs before he thought of getting any of them published? His first hit was the KINGSTON TRIO's recording of "The Reverend Mister Black."

That STONEWALL JACKSON's very first professional job was on the Grand Ole Opry? Discharged from the Navy in 1954, Jackson came to Nashville to try to sell some of his early songs. He met music publisher Wesley Rose, who introduced him to George D. Hay, the majordomo of the Opry. Hay auditioned him and hired him immediately.

15

That DAVID HOUSTON's godfather was "pop" singing star GENE AUSTIN? Austin, a recording pioneer, sold eighty-eight million records, topped by the highly popular "My Blue Heaven."

That JAN HOWARD got a recording contract the first time a record producer heard her sing? A friend asked her to sing a demo recording of a Buck Owens song (intended for KITTY WELLS). West Coast record producer Joe Johnson heard her and signed her to a contract with Challenge Records.

That the STATLER BROTHERS got their name from a box of facial tissues? Originally known as the Four Stars, and then the Kingsmen, a name that conflicted with another gospel group, they had to look for a new name. The search came to an end when one of the singers spotted a box of Statler Tissues (a regional brand name in Virginia) backstage at a concert.

That back in 1953, when JIM ED BROWN and his sister, MAXINE, cut one of their own songs, "Looking Back to See," for Fabor Records, the session musicians included JIM REEVES on rhythm guitar and FLOYD CRAMER on piano?

That SUSIE ALLANSON sang with the national road companies of *Hair* and *Jesus Christ, Superstar* before turning to country music?

That superstar TAMMY WYNETTE was turned down by five record labels before she was signed by Epic Records?

That WILLIE NELSON sold his first song, "Family Bible"—written about his family in Abbott, Texas—for a paltry fifty dollars?

That CHARLIE DANIELS's first band, formed in the late sixties, was called the Jaguars?

That singer-songwriter BILLY SWAN, concerned about the need to preserve our environment, named his two daughters PLANET and SIERRA?

That ZELLA LEHR, while performing with her family's troupe in Saudi Arabia, had an offer to join an Arab prince's harem? "The prince came into the club one night," Zella recalls, "and offered to buy me from my father. For his harem. My father tried to explain that he couldn't sell me. I think he was mostly concerned about who would ride the unicycle in the next week's show. The prince wanted the unicycle, too—but my dad wouldn't sell a prop."

That BARBARA MANDRELL has been named to the Tennessee *Sports* Hall of Fame? The honor came because she sponsors a softball team that annually plays for the benefit of the Sumner County Humane Association, and because she sponsors a golf tournament that benefits the Alabama Sheriffs' Boys and Girls Ranches for abused and neglected children.

That "Hee Haw" comedian GRADY NUTT was licensed to the ministry at the age of thirteen?

That DON WILLIAMS got his professional start in 1963 as a member of a folk-singing group in Corpus Christi, Texas, called the Pozo Seco Singers? *Pozo Seco* translates to "dry hole."

That SLIM WHITMAN was named International Artist of the Year for an unprecedented third time at the Wembley Country Music Festival in England?

That KITTY WELLS was voted the number one country music female artist by *Billboard* magazine for the entire period of 1954 through 1965?

That TENNESSEE ERNIE FORD's recording of "Sixteen Tons" in September of 1955 sold one million copies in the first three weeks? Six weeks later, it had sold two million. Total sales were well over four million.

That BILL MONROE's first money-earning job was cleaning barrels at the Sinclair Oil refinery at Whiting, Indiana.

That the RYMAN AUDITORIUM, before it became the long-time home of the Grand Ole Opry, was used as a recording studio? Among the artists who recorded there were RED FOLEY, REX ALLEN, the FOUR ACES, and the big swing bands of RAY ANTHONY and WOODY HERMAN. Trumpeter Anthony recorded "Bunny Hop" and "Marshmallow World" at the Ryman.

That JIM FOGELSONG, chief country music executive for MCA Records, is a graduate of the Eastman School of Music in Rochester, New York? He was a singer with FRED WARING'S PENNSYLVA-

NIANS, the RAY CHARLES SINGERS, and the famous ROBERT SHAW CHORALE.

That the late ERNEST "POP" STONEMAN's recording career spanned the recording technology from Edison cylinders to stereo?

That SONNY JAMES, "The Country Gentleman," had eighteen consecutive record releases reach the number one position on the country music charts? They were "You're the Only World I Know" (1964), "Behind the Tear" (1965), "I'll Keep Holding On" (1965), "Room in Your Heart" (1966), "Take Good Care of Her" (1966), "True Love's a Blessing" (1966), "I'll Never Find Another You" (1967), "It's the Little Things" (1967), "Need You" (1967), "Born to Be with You" (1968), "Heaven Says Hello" (1968), "A World of Our Own" (1968), "Only the Lonely" (1969), "Running Bear (1969), "Since I Met You, Baby" (1969), "It's Just a Matter of Time" (1970), "My Love" (1970), "Don't Keep Me Hanging On" (1970), "Endlessly" (1970), and "Empty Arms" (1971). All were for Capitol Records.

That the 1908 Sears Roebuck catalog advertised Columbia cylinder records at eighteen cents each, or $2.15 a dozen?

That CARSON J. ROBISON, one of the greatest of the country songwriters, also wrote the "pop" hit "Barnacle Bill, The Sailor"?

That LORETTA LYNN has had more nominations in the Country Music Association Awards than any other performer? Through 1982 she had thirty-six nominations. She won eight CMA awards, tying her in that category with the STATLER BROTHERS.

That the song "Rocky Top," written by BOUDLEAUX and FELICE BRYANT, has been recorded by more than one hundred different artists?

That ELVIS PRESLEY's first band, in 1954, was called the Blue Moon Boys? The personnel included BILL BLACK, SCOTTY MOORE, and ELVIS.

That BOBBY WRIGHT, the singing son of KITTY WELLS and JOHNNY WRIGHT, was a featured performer for the full four-year run of the TV sitcom

"McHale's Navy"? It starred, of course, Ernest Borgnine.

That boxing champion SUGAR RAY LEONARD was named for singing star RAY CHARLES? His full name is RAY CHARLES LEONARD. His mother, Getha, greatly admired the blind musician.

That singer-songwriter BILL ANDERSON is a semiregular on the television soap opera, "One Life To Live"?

That ARCHIE CAMPBELL majored in art in college, and is a gifted painter in oil, watercolor, and acrylic?

That EDDIE RABBITT, on his first night in Nashville in 1968, wrote a song in his hotel room that ROY DRUSKY was to record within a week? It was titled "Working My Way Up from the Bottom." Eddie earned eighteen dollars in royalties for that song.

That Hall of Famers JIM REEVES and PATSY CLINE, who never sang together in life, combined in the duet hit "Have You Ever Been Lonely?" in 1982, nearly two decades afer they died in separate plane crashes? Using the latest in rerecording techniques, producer OWEN BRADLEY spent five months on the project.

That FRED ROSE, one of the best of the country songwriters, wrote "Red Hot Mama" as a theme song for twenties cabaret singing star Sophie Tucker?

That ROY and VAUGHN HORTON, one of country music's most famous brother teams, started as coal miners in their native Pennsylvania? Their HORTON BROTHERS act first gained national prominence on the popular Rudy Vallee network radio program.

That DANNY DAVIS, the trumpet player who gained so much fame with his "Nashville Brass" sound, really stems from the big band swing era? He played with the orchestras of GENE KRUPA, BOB CROSBY, and SAMMY KAYE.

That ELVIS PRESLEY presented his close friend, T. G. SHEPPARD, with the gift of a completely outfitted customized touring bus? "I'll always keep the bus," says Sheppard. "One guy wanted to put it up on blocks next to Webb Pierce's swimming pool across from the Hall of Fame on Music Row and make a hot dog stand out of it. Everybody wants to make a dollar off the man. . . ."

That RCA singing star SYLVIA started in Nashville as a receptionist in the office of record producer Tom Collins? She took over the job vacated by JANIE FRICKE.

That DOTTIE WEST's "Country Sunshine" commercial for Coca-Cola won the 1972 CLEO award? That award is the television commercial equivalent of the Oscar, the Emmy, or the Grammy.

That WILMA LEE COOPER began her career as a child singing with the famous LEARY FAMILY gospel group in West Virginia? She met her future husband, STONEY COOPER, when her father hired him as a fiddler in the Leary troupe.

That WAYLON JENNINGS cheated death when, during a 1959 BUDDY HOLLY tour, he gave up his plane seat to J. P. RICHARDSON, "The Big Bopper"? The plane crashed near Clear Lake, Iowa, killing Holly, Richardson, and RICHIE VALENS.

Well, friends and neighbors, believe it. It's all true!

3

They Had to Start Somewhere

KRIS KRISTOFFERSON, singer, songwriter, movie star—not to mention a Rhodes scholar and a helicopter pilot—began his career in Nashville as a janitor at Columbia Records. He took the job just vacated by BILLY SWAN.

Hall of Famer PATSY CLINE started her climb to stardom by winning the Arthur Godfrey Talent Scouts competition on network television in 1957. She sang "Walkin' after Midnight," later to become her first hit record.

ROY ACUFF and GENE AUTRY both started as performers with traveling medicine shows: Acuff with Dr. Hauer's Medicine Show in Tennessee and Virginia, and Autry with the Fields Brothers Marvellous Medicine Show in the Midwest.

WEBB PIERCE's band, the Wandering Boys, was the starting point for the likes of FARON YOUNG, the WILBURN BROTHERS, BILL PHILLIPS, and FLOYD CRAMER.

JACK GREENE started as a drummer/singer in ERNEST TUBB's band, the Texas Troubadours. CAL SMITH also used the Tubb band as a jumping-off point.

DEBORAH ALLEN's professional career started in the *Showboat* revue in the Opryland amusement park in Nashville. She was a member of the Opryland troupe that toured Russia, and her performance on the TV special about that tour earned her a spot on Jim Stafford's summer network television series.

TEDDY GENTRY of the group Alabama was employed as a carpet layer in Anniston, Alabama, as the group was being organized. His younger cousin, RANDY OWEN, now Alabama's lead singer, was his helper at carpet laying.

JOHN CONLEE was a licensed funeral director in Kentucky before getting into show business as a disc jockey. He retains his license to this day.

EDDY ARNOLD, while working small clubs in Memphis early in his career, was employed by a funeral director as a part-time ambulance driver and pallbearer.

RITA COOLIDGE studied lithography at Florida State College before she went on to a singing career.

LACY J. DALTON was an art student at Brigham Young University, intending to be a painter, before she dropped out of school to sing with a rock band in California.

Grand Ole Opry star LITTLE JIMMY DICKENS got his start in show business on radio station WOLS, Beckley, West Virginia, by opening the station every morning "crowing like a rooster."

LEON EVERETTE began as a performer by winning a Navy-sponsored talent contest when he was a crewman aboard a U.S. aircraft carrier.

TENNESSEE ERNIE FORD was first hired as a staff announcer on radio station WOPI, Bristol, Tennessee, in 1937. His salary was ten dollars a week.

MERLE HAGGARD, born in a converted railroad refrigerator car, held numerous odd jobs as a youngster, including working on a doughnut production line. His first important job as a musician came in 1962 when he went to Las Vegas to play guitar in the WYNN STEWART band.

EDDIE RABBITT's start came at a Boy Scout summer camp in New Jersey. "During the camp they had a talent contest," he said. "So I played the two chords I knew on the guitar, sang "Rock-A-Baby," and won. For winning I got a basket-weaving kit, a big leather belt, ten Clark bars, and the satisfaction of knowing *I had arrived!*"

JERRY LEE LEWIS, MICKEY GILLEY, and JIMMY SWAGGART, cousins, grew up together in Ferriday, Louisiana. They performed together as youngsters at the local Assembly of God church. SWAGGART went on to become an evangelist, GILLEY to run a big club in Pasadena, Texas, and JERRY LEE . . . well, he enrolled at Texas Bible Institute after graduating from high school. He was kicked out for playing a boogie-woogie version of "God Is Real."

BILL ANDERSON had early dreams of being a newspaperman. As a matter of fact, he graduated from the University of Georgia with a degree in journalism. But the lure of the music business was too great.

Grand Ole Opry star JEAN SHEPARD, at the age of fourteen, formed an all-girl western swing band. She played string bass and sang with what was known as the Melody Ranch Girls.

ZELLA LEHR started in show business as a six-year-old unicyclist in a family troupe. Her father, who came from Cumberland Gap, Tennessee, had been a booker of fair and circus acts. The Lehr family played all over the world—Europe, the Far East, the Middle East.

DANNY DAVIS began his career in Boston in the forties, playing dates wherever they were available—but with a firm determination of his worth. Composer-arranger-conductor DON COSTA recalled: "In those days we were literally working one-dollar-per-musician gigs. On one of them we needed a trumpet player, and there was a good local one, but he wanted TWO dollars a night. So the rest of us chipped in a piece of our dollar to hire him. His name was Danny Davis."

ED BRUCE, costar with Jim Garner in the "Bret Maverick" television series, got his first real recognition in Nashville when he appeared as "The Tennessean"—with a deerskin outfit, a Daniel Boone hat, and a flintlock rifle—in a series of commercials promoting the state.

JIM STAFFORD, who hails from Eloise, Florida ("You have to have a sense of humor to be from Eloise"), was a bit uncertain about what his role in life would be. As a teenager, he thought he'd be a commercial artist. Then, at age fourteen, he discovered the guitar and rock 'n' roll music. Later, he thought perhaps he was cut out to be a preacher. "But I wasn't really interested in religion," he said. "It was the personal appearances I liked!" So in the final analysis, the guitar won out.

MCA record star LEE GREENWOOD began his career by playing in a Dixieland band at Disneyland, and at the same time studying musical theory. His first country job was as a saxophone player with DEL REEVES's band.

Comedian JERRY CLOWER began by telling his stories as a fertilizer salesman in Mississippi, using the amusing tales as a sales pitch.

MAC DAVIS was once a clerk in the city probation office in Atlanta, Georgia, while moonlighting by playing "high school sock hops and fraternity pukeouts with a rock and roll band."

ROY CLARK's first public performance was with his father's bluegrass band at a military service club at the age of fifteen. His first job in "organized music" was with JIMMY DEAN's band, but Dean fired him for not showing up on time.

ROSANNE CASH, obviously having the advantage of being JOHNNY CASH's daughter, first wanted to be in dramatics. She studied drama and creative writing at Vanderbilt University for a year, and then enrolled in the Lee Strasberg Theatre Institute in Hollywood. "That was the best thing I ever did," she said. "The self-awareness was incredible. It was like being introduced to someone I didn't know: myself."

RONNIE MILSAP's first public performing experience was with a rock 'n' roll group called the Apparitions, a band he had formed with three other blind musicians. At the Governor Morehead School for the Blind in Raleigh, North Carolina, Ronnie had learned to play piano, violin, guitar, and woodwinds.

It was during the Vietnam War that RONNIE McDOWELL made his performing debut. He had organized a talent show, in which he appeared himself, for his three thousand shipmates on the USS *Hancock*.

REBA McINTIRE is a third-generation rodeo brat who gave up barrel racing to become a singer. She lives on a cattle ranch at Chockie, Oklahoma, and is married to rodeo cowboy Charlie Battles.

Country music singer CHRIS LeDOUX also started on the rodeo circuit. He was the world champion bareback rider in 1976.

GEORGE JONES's first paid job in music was on the "Eddie and Pearl Show" on radio station KRIC, Beaumont, Texas. He got $17.50 a week, and room and board (he lived with Eddie and Pearl in their house trailer).

Singer-songwriter ROB PARSONS from Travers City, Michigan, says: "My claim to fame is having worked more odd jobs than Billy Joe Shaver: roofer, fruit picker, floor sweeper, truck loader, machinist, shipping clerk, carpenter's helper."

EDDY RAVEN, a native of Lafayette, Louisiana, appeared first on a radio station in Baxley, Georgia, with his own band, the Rocking Cajuns.

It was a policeman friend in Atlanta, Georgia, who got JERRY REED started on his substantial career by introducing Jerry to Atlanta publisher Bill Lowery. Reed was only sixteen then. Lowery got the teenager a recording contract. Reed says: "I was too young to be making records then. I didn't know what to do."

CHARLEY PRIDE quit school at seventeen to play professional baseball as a pitcher with the all-black Memphis Red Sox. He got a salary of $100 a month, and $2.00 a day meal money.

PORTER WAGONER got his professional start (at age fourteen) because he was a clerk in a market in West Plains, Missouri. During dull periods in his job he'd entertain the customers, playing the guitar and singing. The owner of the market liked what he heard and sponsored a daily fifteen-minute radio show starring the young teenager.

There's a saying in show business that "if it was easy, everybody would do it." A case in point is the story of JACKY WARD. In his words: "I was living in Houston for a year or more—I swear this is true—I sold portable construction site toilets until eleven o'clock. Then I rushed to the radio station where I worked for a big $78 a week. I would leave there and go sell cars for a man who owed money to the other man I sold toilets for. I also sold radio ads in what spare time I could find. During all this I continued to sing regularly at a nightclub. Truthfully, the guy I sold toilets for was having a big catfish fry at his house and another guy there asked if he knew anybody looking for a job in radio. He pointed to me, and that afternoon they put me on the air."

If it was easy . . .

4

Pure Gold

In March of 1958, the Recording Industry Association of America, Inc. (RIAA), undertook a plan to officially certify the best-selling records. Using modern accounting techniques, the RIAA determines which singles and albums actually qualify for "gold record" status. The first such record thus designated, on March 14, 1958, was Perry Como's "Catch a Falling Star."

Since that time, the RIAA accounting system has become more sophisticated, and both "gold" and "platinum" designations are made: Platinum began in 1976. Today, to qualify for a gold single the record must sell one million copies. Gold album awards are made for a minimum sale of 500,000 units and a manufacturer's dollar volume of at least $1 million. Platinum singles must sell at least two million copies. Platinum album designations are made for minimum sales of two million units, with a manufacturer's dollar volume of at least $2 million.

Quite obviously, there were million-sellers prior to 1958. A full list of those is difficult to determine with complete accuracy. But, using various industry sources, the following were believed to be million-seller singles in country music prior to official RIAA certification (listed alphabetically by artist):

ROY ACUFF—
   "Great Speckled Bird"
   "Wabash Cannonball"
BILL ANDERSON—
   "Still"
EDDY ARNOLD—
   "Bouquet of Roses"
   "Anytime"

GENE AUTRY—
  "Silver Haired Daddy of Mine"
  "Be Honest with Me"
  "Here Comes Santa Claus"
  "Frosty the Snowman"
  "Peter Cottontail"
  "Rudolph the Red-Nosed Reindeer"
JOHNNY BOND—
  "Ten Little Bottles"
ELTON BRITT—
  "There's a Star-Spangled Banner Waving
    Somewhere"
THE BROWNS—
  "The Three Bells"
FIDDLIN' JOHN CARSON—
  "You'll Never Miss Your Mother till She's
    Gone"
CARTER FAMILY—
  "Old Joe Clark"
  "Wildwood Flower"
JOHNNY CASH—
  "I Walk the Line"
  "Don't Take Your Guns to Town"
COWBOY COPAS—
  "Alabam'"
  "Signed, Sealed and Delivered"
FLOYD CRAMER—
  "Last Date"
VERNON DALHART—
  "The Prisoner's Song"
JIMMIE DAVIS—
  "You Are My Sunshine"
SKEETER DAVIS—
  "I Forgot More"
  "End of the World"
AL DEXTER—
  "Pistol Packin' Mama"
EVERLY BROTHERS—
  "Bye Bye Love"
  "Wake Up Little Susie"
  "All I Have to Do Is Dream"
  "Till I Kissed You"

"Bird Dog"
"Cathy's Clown"
"Devoted to You"
RED FOLEY—
"Chattanooga Shoe Shine Boy"
"Peace in the Valley"
"Just a Closer Walk with Thee"
"Steal Away"
TENNESSEE ERNIE FORD—
"Sixteen Tons"
ERNIE FORD/KAY STARR—
"I'll Never Be Free"
"Nobody's Business"
LEFTY FRIZZELL—
"If You've Got the Money, I've Got the
   Time"
DON GIBSON—
"Oh, Lonesome Me"
GEORGE HAMILTON IV—
"A Rose and a Baby Ruth"
BILL HAYES—
"Davy Crockett"
HORACE HEIDT—
"Deep In the Heart of Texas"
BOBBY HELMS—
"My Special Angel"
FERLIN HUSKY—
"Gone"
STONEWALL JACKSON—
"Waterloo"
SONNY JAMES—
"Young Love"
GORDON JENKINS/THE WEAVERS—
"Goodnight, Irene"
CLAUDE KING—
"Wolverton Mountain"
PEE WEE KING—
"Slow Poke"
BRENDA LEE—
"That's All You Gotta Do"
"I'm Sorry"

JERRY LEE LEWIS—
  "Breathless"
  "Great Balls of Fire"
  "Whole Lotta Shakin' Goin' On"
WINK MARTINDALE—
  "A Deck of Cards"
NED MILLER—
  "From a Jack to a King"
GUY MITCHELL—
  "Singing the Blues"
  "Heartaches by the Number"
PATSY MONTANA—
  "I Want to Be a Cowboy's Sweetheart"
MOON MULLICAN—
  "I'll Sail My Ship Alone"
  "New Jole Blon"
ROY ORBISON—
  "Crying"
  "Candy Man"
  "Only the Lonely"
PATTI PAGE—
  "Tennessee Waltz"
CARL PERKINS—
  "Blue Suede Shoes"
WEBB PIERCE—
  "Wondering"
  "Back Street Affair"
  "There Stands the Glass"
  "Slowly"
RAY PRICE—
  "Crazy Arms"
  "City Lights"
MARVIN RAINWATER—
  "Gonna Find Me a Bluebird"
JIM REEVES—
  "He'll Have to Go"
  "Four Walls"
  "Mexican Joe"
  "Bimbo"
MARTY ROBBINS—
  "A White Sport Coat"
  "El Paso"

JIMMIE RODGERS—
  "T for Texas"
HANK SNOW—
  "I'm Movin' On"
HANK THOMPSON—
  "Wild Side of Life"
ERNEST TUBB—
  "I'm Walkin' the Floor over You"
CONWAY TWITTY—
  "It's Only Make Believe"
  "Lone Blue Boy"
JIMMY WAKELY/MARGARET WHITING—
  "The Tree in the Meadow"
  "Slippin' Around"
  "One Has My Name, the Other Has My
    Heart"
THE WEAVERS—
  "On Top of Old Smokey"
KITTY WELLS—
  "It Wasn't God Who Made Honky Tonk
    Angels"
SLIM WHITMAN—
  "Secret Love"
  "Indian Love Call"
  "Rose Marie"
HANK WILLIAMS, SR.—
  "Love Sick Blues"
  "Jambalaya"
  "Cold, Cold Heart"
  "Your Cheatin' Heart"
  "My Bucket's Got a Hole in It"
  "Long Gone Lonesome Blues"
  "Moanin' the Blues"
  "Hey, Good Lookin'"
  "Ramblin' Man"
  "Honky Tonk Blues"
  "I'll Never Get out of This World Alive"
TEX WILLIAMS—
  "Smoke, Smoke, Smoke That Cigarette"
BOB WILLS—
  "San Antonio Rose"

RIAA-Certified Gold

What follows are the *officially certified* gold and platinum records in the broad country music field, starting in 1958. The listing is by years, with the artist's name first, followed by the title, date of certification, and the record company.

1958
(Gold Single)
ELVIS PRESLEY, "Hard Headed Woman" (Aug. 11), RCA.

1959
(Gold Single)
KINGSTON TRIO, "Tom Dooley" (Jan. 21), Capitol.
(Gold Album)
TENNESSEE ERNIE FORD, *Hymns* (Feb. 20), Capitol.

1960
(Gold Albums)
ELVIS PRESLEY, *Elvis* (Feb. 17), RCA.
KINGSTON TRIO, *Kingston Trio at Large* (Apr. 18), Capitol.
KINGSTON TRIO, *Kingston Trio* (Apr. 18), Capitol.
KINGSTON TRIO, *Here We Go Again* (Oct. 24), Capitol.
KINGSTON TRIO, *From The hungry i* (Oct. 24), Capitol.

1961
(Gold Single)
JIMMY DEAN, "Big Bad John" (Dec. 14), Columbia.
(Gold Albums)
KINGSTON TRIO, *Sold Out* (June 22), Capitol.
TENNESSEE ERNIE FORD, *Spirituals* (Oct. 10), Capitol.

ELVIS PRESLEY, *Elvis' Golden Records* (Oct. 17), RCA.
ELVIS PRESLEY, *Blue Hawaii* (Dec. 21), RCA.

1962
(Gold Singles)
ELVIS PRESLEY, "Can't Help Falling in Love" (Mar. 30), RCA.
RAY CHARLES, "I Can't Stop Loving You" (July 19), ABC-Paramount.
(Gold Albums)
TENNESSEE ERNIE FORD, *Star Carol* (Mar. 12), Capitol.
TENNESSEE ERNIE FORD, *Nearer the Cross* (Mar. 22), Capitol.
KINGSTON TRIO, *String Along* (June 27), Capitol.
RAY CHARLES, *Modern Sounds in Country & Western Music* (July 19), ABC-Paramount.

1963
(Gold Single)
JIM GILMER AND THE FIREBALLS, "Sugar Shack" (Nov. 29), Dot.
(Gold Albums)
ELVIS PRESLEY, *G.I. Blues* (Mar. 12), RCA.
ELVIS PRESLEY, *Elvis' Christmas Album* (Aug. 13), RCA.
ELVIS PRESLEY, *Girls, Girls, Girls* (Aug. 13), RCA.

1964
(Gold Single)
ROY ORBISON, "Oh, Pretty Woman" (Oct. 30), Monument.
(Gold Albums)
KINGSTON TRIO, *The Best of the Kingston Trio* (Sept. 4), Capitol.
JOHNNY HORTON, *Johnny Horton's Greatest Hits* (Nov. 2), Columbia.

1965
(Gold Single)
ROGER MILLER, "King Of The Road" (May
19), Smash.
(Gold Albums)
JOHNNY CASH, *Ring Of Fire* (Feb. 11), Co-
lumbia.
ROGER MILLER, *Return Of Roger Miller*
(Sept. 1), Smash.
MARTY ROBBINS, *Gunfire Ballads & Trail
Songs* (Sept. 21), Columbia.

1966
(Gold Single)
JOHNNY HORTON, "Battle Of New Orleans"
(Dec. 20), Columbia.
(Gold Albums)
ROGER MILLER, *Golden Hits* (Feb. 11),
Smash.
ROY ORBISON, *Roy Orbison's Greatest Hits*
(Mar. 24), Monument.
EDDY ARNOLD, *My World* (May 12), RCA.
JIM REEVES, *The Best of Jim Reeves* (July
20), RCA.
ROGER MILLER, *Dang Me* (Aug. 4), Smash.
ELVIS PRESLEY, *Elvis Presley* (Nov. 1),
RCA.
ELVIS PRESLEY, *Elvis' Gold Records*, Vol. 2
(Nov. 1), RCA.
ELVIS PRESLEY, *Elvis' Golden Records*, Vol.
3 (Nov. 1), RCA.

1967
(Gold Single)
BOBBIE GENTRY, "Ode to Billie Joe" (Sept.
11), Capitol.
(Gold Albums)
BOOTS RANDOLPH, *Yakety Sax* (Feb. 7),
Monument.
JOHNNY CASH, *I Walk The Line* (July 14),
Columbia.

BOBBIE GENTRY, *Ode to Billie Joe* (Oct. 9), Capitol.

ENGELBERT HUMPERDINCK, *Release Me* (Dec. 6), Parrot.

1968

(Gold Singles)

BOBBY GOLDSBORO, "Honey" (Apr. 4), United Artists.

JEANNIE C. RILEY, "Harper Valley P.T.A." (Aug. 26), Plantation.

O. C. SMITH, "Little Green Apples" (Nov. 1), Columbia.

(Gold Albums)

ELVIS PRESLEY, *How Great Thou Art* (Feb. 16), RCA.

JIM REEVES, *Distant Drums* (Feb. 26), RCA.

BUCK OWENS, *Best of Buck Owens* (Mar. 6), Capitol.

EDDY ARNOLD, *The Best of Eddy Arnold* (Mar. 28), RCA.

RAY CHARLES, *Modern Sounds in Country & Western Music,* Vol. 2 (Apr. 6), ABC.

ELVIS PRESLEY, *Loving You* (Apr. 9), RCA.

GLEN CAMPBELL, *By the Time I Get to Phoenix* (Oct. 17), Capitol.

GLEN CAMPBELL, *Gentle on My Mind* (Oct. 17), Capitol.

JOHNNY CASH, *Johnny Cash at Folsom Prison* (Oct. 30), Columbia.

GLEN CAMPBELL, *Wichita Lineman* (Nov. 18), Capitol.

BOBBY GOLDSBORO, *Honey* (Nov. 27), United Artists.

JEANNIE C. RILEY, *Harper Valley P.T.A.* (Dec. 20), Plantation.

1969

(Gold Singles)

GLEN CAMPBELL, "Wichita Lineman" (Jan. 22), Capitol.

RAY STEVENS, "Gitarzan" (June 16), Monument.

JOHNNY CASH, "A Boy Named Sue" (Aug. 14), Columbia.

GLEN CAMPBELL, "Galveston" (Oct. 14), Capitol.

ELVIS PRESLEY, "Suspicious Minds" (Oct. 28), RCA.

GENE AUTRY, "Rudolph the Red-Nosed Reindeer" (Nov. 10), Columbia.

Note: This record was also considered to be a million-seller several years before RIAA certification began in 1958.

(Gold Albums)

GLEN CAMPBELL, *Hey Little One* (Jan. 10), Capitol.

BOBBIE GENTRY/GLEN CAMPBELL, *Gentry/Campbell* (Jan. 29), Capitol.

BOOTS RANDOLPH *Boots with Strings* (Feb. 18), Monument.

ELVIS PRESLEY, *His Hand in Mine* (Apr. 9), RCA.

GLEN CAMPBELL, *Galveston* (Apr. 16), Capitol.

BOB DYLAN, *Nashville Skyline* (May 7), Columbia.

HANK WILLIAMS, *Hank Williams' Greatest Hits* (June 11), MGM.

HANK WILLIAMS, *Your Cheatin' Heart* (June 11), MGM.

ELVIS PRESLEY, *Elvis' TV Special* (July 22), RCA.

JOHNNY CASH, *Johnny Cash's Greatest Hits* (July 24), Columbia.

JOHNNY CASH, *Johnny Cash at San Quentin* (Aug. 12), Columbia.

GLEN CAMPBELL, *Glen Campbell "Live"* (Sept. 19), Capitol.

ELVIS PRESLEY, From *Vegas to Memphis* (Dec. 12), RCA.

BUDDY HOLLY AND THE CRICKETS, *Buddy Holly Story* (Dec. 24), Decca.

BUDDY HOLLY AND THE CRICKETS, *That'll Be the Day* (Dec. 30), Coral.

1970
(Gold Singles)
ELVIS PRESLEY, "Don't Cry Daddy" (Jan. 21), RCA.
RAY STEVENS, "Everything Is Beautiful" (June 26), Barnaby.
ELVIS PRESLEY, "The Wonder of You" (Aug. 14), RCA.
ANNE MURRAY, "Snowbird" (Nov. 16), Capitol.
TONY ORLANDO AND DAWN, "Knock Three Times" (Dec. 16), Bell.
(Gold Albums)
CHARLEY PRIDE, *The Best of Charley Pride* (Jan. 19), RCA.
ELVIS PRESLEY, *From Elvis in Memphis* (Jan. 28), RCA.
JOHNNY CASH, *Hello, I'm Johnny Cash* (Jan. 29), Columbia.
GLEN CAMPBELL, *Try a Little Kindness* (Feb. 19), Capitol.
LORETTA LYNN, *Don't Come Home A-Drinkin'* (Apr. 13), Decca.
TAMMY WYNETTE, *Tammy's Greatest Hits* (Apr. 16), Epic.
MERLE HAGGARD AND THE STRANGERS, *Okie from Muskogee* (Oct. 2), Capitol.

1971
(Gold Singles)
LYNN ANDERSON, "Rose Garden" (Feb. 3), Columbia.
JERRY REED, "Amos Moses" (Mar. 29), RCA.
SAMMI SMITH, "Help Me Make It Through the Night" (Apr. 26), Mega.
JOHN DENVER, "Take Me Home, Country Roads" (Aug. 18), RCA.
JOAN BAEZ, "The Night They Drove Old Dixie Down" (Oct. 22), Vanguard.
FREDDIE HART, "Easy Lovin'" (Nov. 29), Capitol.

(Gold Albums)

CHARLEY PRIDE, *Charley Pride's 10th Album* (Feb. 23), RCA.

CHARLEY PRIDE, *Just Plain Charley* (Feb. 23), RCA.

CHARLEY PRIDE, *Charley Pride In Person* (Feb. 23), RCA.

ELVIS PRESLEY, *On Stage February 1970* (Feb. 23), RCA.

RAY PRICE, *For the Good Times* (Mar. 3), Columbia.

MERLE HAGGARD AND THE STRANGERS, *The Fightin' Side of Me* (Mar. 11), Capitol.

LYNN ANDERSON, *Rose Garden* (Mar. 25), Columbia.

JOHN DENVER, *Poems, Prayers and Promises* (Sept. 15), RCA.

JOHNNY CASH, *The World of Johnny Cash* (Dec. 23), Columbia.

1972
(Gold Singles)

DON McLEAN, "American Pie" (Jan. 3), United Artists.

CHARLEY PRIDE, "Kiss an Angel Good Mornin'" (Mar. 8), RCA.

DONNA FARGO, "The Happiest Girl in the Whole U.S.A." (Aug. 23), Dot.

MAC DAVIS, "Baby Don't Get Hooked on Me" (Sept. 20), Columbia.

ELVIS PRESLEY, "Burning Love" (Oct. 27), RCA.

(Gold Albums)

DON McLEAN, *American Pie* (Jan. 3), United Artists.

JOHN DENVER, *Aerie* (Jan. 5), RCA.

LORETTA LYNN, *Loretta Lynn's Greatest Hits* (Jan. 18), Decca.

LEON RUSSELL, *Leon Russell and the Shelter People* (Feb. 3), Shelter.

CHARLEY PRIDE, *Charley Pride Sings Heart Songs* (Feb. 15), RCA.

GLEN CAMPBELL, *Glen Campbell's Greatest Hits* (May 15), Capitol.

CONWAY TWITTY, *Hello Darlin'* (May 15), Decca.

ELVIS PRESLEY, *Elvis As Recorded at Madison Square Garden* (August. 4), RCA.

LEON RUSSELL, *Carney* (Sept. 19), Shelter.

CHARLEY PRIDE, *The Best of Charley Pride* (Oct. 19), RCA.

FREDDIE HART, *Easy Lovin'* (Oct. 23), Capitol.

MERLE HAGGARD, *The Best of Merle Haggard* (Nov. 2), Capitol.

JOHN DENVER, *Rocky Mountain High* (Dec. 30), RCA.

1973

(Gold Singles)

DONNA FARGO, "Funny Face" (Jan. 4), Dot.

ERIC WEISSBERG, "Dueling Banjos" (Mar. 7), Warner Bros.

VICKI LAWRENCE, "The Night the Lights Went Out in Georgia" (Apr. 2), Bell.

TONY ORLANDO AND DAWN, Tie A Yellow Ribbon Round The Old Oak Tree (Apr. 2), Bell.

CHARLIE RICH, "Behind Closed Doors" (Sept. 4), Epic.

TONY ORLANDO AND DAWN, "Say, Has Anybody Here Seen My Sweet Gypsy Rose?" (Oct. 9), Bell.

KRIS KRISTOFFERSON, "Why Me, Lord?" (Nov. 8), Monument.

CHARLIE RICH, "The Most Beautiful Girl" (Dec. 10), Epic.

(Gold Albums)

DONNA FARGO, *The Happiest Girl in the Whole U.S.A.* (Jan. 29), Dot.

ELVIS PRESLEY, *World Wide 50 Gold Award Hits*, Vol. 1 (Feb. 13), RCA.

ELVIS PRESLEY, *Elvis: Aloha from Hawaii via Satellite* (Feb. 13), RCA.

ERIC WEISSBERG/STEVE MANDEL, *Dueling Banjos,* Soundtrack from *Deliverance* (Mar. 7), Warner Bros.

MAC DAVIS, *Baby Don't Get Hooked on Me* (Mar. 7), Columbia.

KENNY ROGERS AND THE FIRST EDITION, *Kenny Rogers & the First Edition's Greatest Hits* (Mar. 27), Warner/Reprise.

THE NITTY GRITTY DIRT BAND, *William E. McEuen Presents "Will The Circle Be Unbroken"* (May 25), United Artists.

CHARLEY PRIDE, *The Sensational Charley Pride* (June 14), RCA.

CHARLEY PRIDE, *From Me to You* (June 14), RCA.

CHARLEY PRIDE, *The Country Way* (June 14), RCA.

LEON RUSSELL, *Leon Live* (June 26), Shelter.

ELVIS PRESLEY, *Elvis: That's the Way It Is* (June 28), RCA.

KRIS KRISTOFFERSON, *The Silver-Tongued Devil and I* (Nov. 9), Monument.

CHARLIE RICH, *Behind Closed Doors* (Nov. 29), Epic.

KRIS KRISTOFFERSON, *Jesus Was a Capricorn* (Nov. 29), Monument.

JOHN DENVER, *John Denver's Greatest Hits* (Dec. 11), RCA.

ANNE MURRAY, *Snowbird* (Dec. 21), Capitol.

1974
(Gold Singles)
OLIVIA NEWTON-JOHN, "Let Me Be There" (Feb. 8), MCA.

JIM STAFFORD, "Spiders and Snakes" (Mar. 6), MGM.

JOHN DENVER, "Sunshine on My Shoulder" (Mar. 28), RCA.

BOBBY WOMACK, "Lookin' For a Love" (Apr. 8), United Artists.

RAY STEVENS, "The Streak" (Apr. 24), Barnaby.

CHET ATKINS, "The Entertainer," Original Motion Picture Soundtrack from *The Sting* (June 7), MCA.

JOHN DENVER, "Annie's Song" (July 26), RCA.

OLIVIA NEWTON-JOHN, "If You Love Me (Let Me Know)" (July 26), MCA.

OLIVIA NEWTON-JOHN, "I Honestly Love You" (Oct. 9), MCA.

BILLY SWAN, "I Can Help" (Dec. 2), Monument.

(Gold Albums)

CHARLIE RICH, *Very Special Love Songs* (Apr. 22), Epic.

MERLE HAGGARD, *The Best of the Best of Merle Haggard* (Apr. 30), Capitol.

JOHN DENVER, *Back Home Again* (June 24), RCA.

OLIVIA NEWTON-JOHN, *If You Love Me, Let Me Know* (Sept. 9), MCA.

MACK DAVIS, *Stop and Smell the Roses* (Sept. 23), Columbia.

OLIVIA NEWTON-JOHN, *Let Me Be There* (Oct. 14), MCA.

CHARLIE RICH, *There Won't Be Anymore* (Oct. 23), RCA.

KRIS KRISTOFFERSON, *Me and Bobby McGee* (Dec. 18), Monument.

1975

(Gold Singles)

JOHN DENVER, "Back Home Again" (Jan. 3), RCA.

OLIVIA NEWTON-JOHN, "Have You Never Been Mellow" (Mar. 5), MCA.

FREDDY FENDER, "Before the Next Teardrop Falls" (May 22), ABC/Dot.

B. J. THOMAS, "(Hey, Won't You Play) Another Somebody Done Somebody Wrong Song" (May 23), ABC.

JOHN DENVER, "Thank God I'm a Country Boy" (June 26), RCA.

GLEN CAMPBELL, "Rhinestone Cowboy" (Sept. 5), Capitol.

OLIVIA NEWTON-JOHN, "Please Mister Please" (Sept. 16), MCA.

FREDDY FENDER, "Wasted Days and Wasted Nights" (Sept. 18), ABC/Dot.

JOHN DENVER, "I'm Sorry" (Nov. 18), RCA.

C. W. McCall, "Convoy" (Dec. 19), MGM.

(Gold Albums)

ELVIS PRESLEY, *Elvis: A Legendary Performer,* Vol. 1 (Jan. 8), RCA.

CHARLEY PRIDE, *Did You Think to Pray?* (Jan. 9), RCA.

CHARLEY PRIDE, *Country Charley Pride* (Jan. 9), RCA.

JOHN DENVER, *An Evening with John Denver* (Feb. 19), RCA.

OLIVIA NEWTON-JOHN, *Have You Never Been Mellow* (Feb. 26), MCA.

THE CHARLIE DANIELS BAND, *Fire on the Mountain* (July 30), Kama Sutra.

THE MARSHALL TUCKER BAND, *The Marshall Tucker Band* (Aug. 14), Capricorn.

FREDDY FENDER, *Before the Next Teardrop Falls* (Aug. 29), ABC/Dot.

KRIS KRISTOFFERSON/RITA COOLIDGE, *Kris & Rita Full Moon* (Oct. 20), A&M.

JOHN DENVER, *Rocky Mountain Christmas* (Oct. 23), RCA.

THE MARSHALL TUCKER BAND, *Where We All Belong* (Nov. 7), Capricorn.

GLEN CAMPBELL, *Rhinestone Cowboy* (Dec. 31), Capitol.

1976

(Gold Singles)

CREEDENCE CLEARWATER REVIVAL, "Proud Mary" (Jan. 28), Fantasy.

SWEET, "Fox on the Run" (Feb. 23), Capitol.

JIMMY DEAN, "I.O.U." (May 20), GRT/
   Casino.
RED SOVINE, "Teddy Bear" (Nov. 16),
   Gusto/Starday.
(Gold Albums)
C. W. McCALL, *Black Bear Road* (Jan. 29),
   MGM.
THE MARSHALL TUCKER BAND,
   Searchin' for a Rainbow (Feb. 4), Capricorn.
LEON RUSSELL, *Will o' the Wisp* (Mar. 9),
   Shelter.
WILLIE NELSON, *Red Headed Stranger*
   (Mar. 11), Columbia.
WAYLON JENNINGS/WILLIE NELSON/
   JESSI COLTER/TOMPALL GLASER, *The
   Outlaws* (Mar. 30), RCA.
OLIVIA NEWTON-JOHN, *Come On Over*
   (Apr. 27), MCA.
CONWAY TWITTY, *You've Never Been This
   Far Before/Baby's Gone* (Apr. 29), MCA.
MAC DAVIS, *All the Love in the World*
   (May 21), Columbia.
LINDA RONSTADT, *Hasten Down the Wind*
   (Aug. 30), Asylum.
LINDA RONSTADT, *Greatest Hits* (Dec. 8),
   Asylum.
OLIVIA NEWTON-JOHN, *Don't Stop Believ-
   ing* (Dec. 8), MCA.
GLEN CAMPBELL, *That Christmas Feeling*
   (Dec. 10), Capitol.
KRIS KRISTOFFERSON/BARBRA
   STREISAND, *A Star Is Born* (Dec. 23), Co-
   lumbia.
LEON RUSSELL, *The Best of Leon Russell*
   (Dec. 29), Shelter.
(Platinum Albums)
JOHN DENVER, *Spirit* (Oct. 6), RCA.
LINDA RONSTADT, *Hasten Down the Wind*
   (Oct. 28), Asylum.
WAYLON JENNINGS/WILLIE NELSON/
   JESSI COLTER/TOMPALL GLASER, *The
   Outlaws* (Nov. 24), RCA.

1977

(Gold Singles)

GLEN CAMPBELL, "Southern Nights" (Apr. 20), Capitol.

KENNY ROGERS, "Lucille" (June 22), United Artists.

RITA COOLIDGE, "(Your Love Lifted Me) High and Higher" (Aug. 30), A&M

RONNIE McDOWELL, "The King Is Gone" (Sept. 8), GRT.

ELVIS PRESLEY, "Way Down" (Sept. 12), RCA.

DEBBY BOONE, "You Light Up My Life" (Oct. 19), Warner Bros.

CRYSTAL GAYLE, "Don't It Make My Brown Eyes Blue" (Nov. 14), United Artists.

(Gold Albums)

HANK WILLIAMS, *24 Greatest Hits* (Mar. 1), Polydor/MGM.

THE STATLER BROTHERS, *The Best of the Statler Brothers* (Mar. 10), Phonogram/Mercury.

WAYLON JENNINGS, *Dreaming My Dreams* (Mar. 24), RCA.

JOHN DENVER, *John Denver's Greatest Hits,* Vol. II (Mar. 30), RCA.

MARSHALL TUCKER BAND, *Carolina Dreams* (June 2), Warner/Reprise.

WAYLON JENNINGS, *Ol' Waylon* (June 14), RCA.

JIMMY BUFFETT, *Changes in Latitudes, Changes in Attitudes* (June 20), ABC.

WAYLON JENNINGS, *Are You Ready for the Country* (Aug. 1), RCA.

KENNY ROGERS, *Kenny Rogers* (Aug. 10), United Artists.

MARSHALL TUCKER BAND, *A New Life* (Aug. 16), Warner Bros.

RITA COOLIDGE, *Anytime . . . Anywhere* (Aug. 18), A&M.

ELVIS PRESLEY, *Pure Gold* (Sept. 12), RCA.

LINDA RONSTADT, *Simple Dreams* (Sept. 19), Elektra/Asylum.

ELVIS PRESLEY, *Welcome to My World* (Sept. 30), RCA.

GLEN CAMPBELL, *Southern Nights* (Oct. 5), Capitol.

ELVIS PRESLEY, *From Elvis Presley Boulevard, Memphis, Tennessee* (Oct. 7), RCA.

OLIVIA NEWTON-JOHN, *Greatest Hits* (Oct. 21), MCA.

ELVIS PRESLEY, *Elvis: A Legendary Performer,* Vol. II (Oct. 25), RCA.

JOHNNY CASH, *The Johnny Cash Portrait/ His Greatest Hits,* Vol. II (Oct. 25), Columbia.

DEBBY BOONE, *You Light Up My Life* (Oct. 25), Warner Bros.

ELVIS PRESLEY, *Elvis Sings the Wonderful World of Christmas* (Nov. 4), RCA.

CRYSTAL GAYLE, *We Must Believe in Magic* (Nov. 14), United Artists.

JOHN DENVER, *I Want to Live* (Dec. 1), RCA.

ELVIS PRESLEY, *His Hand in Mine* (Dec. 1), RCA.

ELVIS PRESLEY, *Elvis Country* (Dec. 1), RCA.

KENNY ROGERS, *Daytime Friends* (Dec. 15), United Artists.

JERRY JEFF WALKER, *Viva Terlungua* (Dec. 16), MCA.

DOLLY PARTON, *Here You Come Again* (Dec. 27), RCA.

(Platinum Single)

DEBBY BOONE, *You Light Up My Life* (Nov. 22), Warner Bros.

(Platinum Albums)

LINDA RONSTADT, *Greatest Hits* (Jan. 19), Elektra/Asylum.

KRIS KRISTOFFERSON/BARBRA

STREISAND, *A Star Is Born* (Jan. 21), Columbia.
WAYLON JENNINGS, *Ol' Waylon* (Oct. 7), RCA.
LINDA RONSTADT, *Simple Dreams* (Oct. 12), Elektra/Asylum.
ELVIS PRESLEY, *In Concert* (Oct. 14), RCA.
RITA COOLIDGE, *Anytime . . . Anywhere* (Oct. 19), A&M.
ELVIS PRESLEY, *Elvis Sings the Wonderful World of Christmas* (Dec. 11), RCA.
DEBBY BOONE, *You Light Up My Life* (Dec. 13), Warner Bros.
JIMMY BUFFETT, *Changes in Latitudes, Changes in Attitudes* (Dec. 14), ABC.
OLIVIA NEWTON-JOHN, *Greatest Hits* (Dec. 15), MCA.

1978

(Gold Singles)
RITA COOLIDGE, "We're All Alone" (Feb. 2), A&M.
ANNE MURRAY, "You Needed Me" (Oct. 26), Capitol.
DOLLY PARTON, "Here You Come Again" (Feb. 1), RCA.
ELVIS PRESLEY, "My Way" (Jan. 13), RCA.
LINDA RONSTADT, "Blue Bayou" (Jan. 23), Asylum.

(Gold Albums)
JIMMY BUFFETT, *Son of a Son of a Sailor* (Apr. 5), ABC.
JIMMY BUFFETT, *You Had to Be There* (Nov. 10), ABC.
RITA COOLIDGE, *Love Me Again* (June 21), A&M.
CRYSTAL GAYLE, *When I Dream* (Sept. 15), United Artists.
EMMYLOU HARRIS, *Elite Hotel* (July 27), Warner Bros./Reprise.
WAYLON JENNINGS, *Waylon Live* (Jan. 13), RCA.

WAYLON JENNINGS, *I've Always Been Crazy* (Sept. 26), RCA.
WAYLON JENNINGS/WILLIE NELSON, *Waylon & Willie* (Feb. 3), RCA.
KRIS KRISTOFFERSON, *Songs of Kristofferson* (Nov. 9), Columbia.
RONNIE MILSAP, *It Was Almost Like a Song* (Feb. 10), RCA.
RONNIE MILSAP, *Only One Love in My Life* (Oct. 13), RCA.
WILLIE NELSON, *The Sound in Your Mind* (May 5), Columbia.
WILLIE NELSON, *Stardust* (July 20), Columbia.
DOLLY PARTON, *The Best of Dolly Parton* (June 12), RCA.
DOLLY PARTON, *Heartbreaker* (Aug. 16), RCA.
JOHNNY PAYCHECK, *Take This Job and Shove It* (Dec. 18), CBS/Epic.
ELVIS PRESLEY, *A Legendary Performer—Elvis,* Vol. III (Dec. 18), RCA.
KENNY ROGERS, *Ten Years of Gold* (Feb. 15), United Artists.
KENNY ROGERS, *Love or Something Like It* (Sept. 15), United Artists.
KENNY ROGERS, *The Gambler* (Nov. 30), United Artists.
LINDA RONSTADT, *Living in the USA* (Sept. 22), Asylum.
LINDA RONSTADT, *A Retrospective* (Nov. 13), Capitol.
THE STATLER BROTHERS, *Entertainers . . . On and off the Record* (Dec. 19), Mercury.
MARSHALL TUCKER BAND, *Together Forever* (May 2), Capricorn.
MARSHALL TUCKER BAND, *Marshall Tucker Band's Greatest Hits* (Oct. 30), Capricorn.
TANYA TUCKER, *Tanya Tucker's Greatest Hits* (Dec. 14), Columbia.

(Platinum Albums)

JIMMY BUFFETT, *Son of a Son of a Sailor* (May 10), ABC.

JOHN DENVER, *I Want to Live* (May 12), RCA.

CRYSTAL GAYLE, *We Must Believe in Magic* (Feb. 15), United Artists.

WAYLON JENNINGS/WILLIE NELSON, *Waylon & Willie* (Apr. 11), RCA.

ANNE MURRAY, *Let's Keep It That Way* (Dec. 19), Capitol.

WILLIE NELSON, *Stardust* (Dec. 26), Columbia.

DOLLY PARTON, *Here You Come Again* (Apr. 28), RCA.

KENNY ROGERS, *Ten Years of Gold* (July 20), United Artists.

LINDA RONSTADT, *Living in the USA* (Sept. 22), Asylum.

MARSHALL TUCKER BAND, *Carolina Dreams* (May 23), Capricorn.

1979

(Gold Singles)

CHARLIE DANIELS BAND, "The Devil Went Down to Georgia" (Aug. 20), Epic.

OLIVIA NEWTON-JOHN, "A Little More Love" (Feb. 12), MCA.

KENNY ROGERS, "She Believes in Me" (Aug. 6), United Artists.

(Gold Albums)

JIMMY BUFFETT, *Volcano* (Dec. 27), MCA.

JOHN DENVER, *John Denver* (Jan. 19), RCA.

CHARLIE DANIELS BAND, *Million Mile Reflection* (June 28), Epic.

BOB DYLAN, *Slow Train Coming* (Dec. 26), RCA.

WAYLON JENNINGS, *Greatest Hits* (May 16), RCA.

ANNE MURRAY, *New Kind of Feeling* (Feb. 5), Capitol.

RONNIE MILSAP, *Ronnie Milsap Live* (Oct. 16), RCA.

WILLIE NELSON, *Willie & Family Live* (Feb. 13), Columbia.

WILLIE NELSON/LEON RUSSELL, *One for the Road* (Aug. 2), Columbia.

DOLLY PARTON, *Great Balls of Fire* (Nov. 13), RCA.

KENNY ROGERS/DOTTIE WEST, *Classics* (July 2), United Artists.

TANYA TUCKER, *TNT* (Feb. 23), MCA.

(Platinum Albums)

CHARLIE DANIELS BAND, *Million Mile Reflection* (Aug. 16), Epic.

WAYLON JENNINGS, *Greatest Hits* (Sept. 7), RCA.

KENNY ROGERS, *The Gambler* (Feb. 27), United Artists.

1980

(Gold Singles)

WAYLON JENNINGS, "Theme from 'The Dukes of Hazzard'" (Dec. 9), RCA.

JOHNNY LEE, "Lookin' for Love" (Nov. 18), Asylum.

KENNY ROGERS, "Coward of the County" (Mar. 7), United Artists.

KENNY ROGERS, "Lady" (Nov. 25), Liberty.

(Gold Albums)

CHARLIE DANIELS BAND, *Full Moon* (Sept. 29), Epic.

JOHN DENVER AND THE MUPPETS, *A Christmas Together* (Feb. 1), RCA.

VARIOUS ARTISTS, *Electric Horseman,* Original Motion Picture Soundtrack (July 3), Columbia.

LARRY GATLIN AND THE GATLIN BROTHERS BAND, *Straight Ahead* (June 6), Columbia.

CRYSTAL GAYLE, *Miss the Mississippi* (Jan. 10), Columbia.

CRYSTAL GAYLE, *Classic Crystal* (Mar. 7), United Artists.

WILLIE NELSON AND FAMILY, *Honeysuckle Rose, Music from the Original Soundtrack of* (Oct. 15), Columbia.

WAYLON JENNINGS, *What Goes Around* (Mar. 3), RCA.

WAYLON JENNINGS, *Music Man* (Aug. 22), RCA.

ANNE MURRAY, *I'll Always Love You* (Feb. 7), Capitol.

ANNE MURRAY, *Greatest Hits* (Nov. 10), Capitol.

WILLIE NELSON, *Willie Nelson Sings Kristofferson* (Mar. 6), Columbia.

OAK RIDGE BOYS, *Y'all Come Back Saloon* (Mar. 21), MCA.

OAK RIDGE BOYS, *The Oak Ridge Boys Have Arrived* (Aug. 29), MCA.

OAK RIDGE BOYS, *Together* (Oct. 10), MCA.

EDDIE RABBITT, *Horizon* (Oct. 24), Elektra.

EDDIE RABBITT, *The Best of Eddie Rabbitt* (Oct. 24), Elektra.

KENNY ROGERS, *Kenny* (Jan. 16), Capitol.

KENNY ROGERS, *Gideon* (May 28), United Artists.

KENNY ROGERS, *Greatest Hits* (Dec. 2), Liberty.

LINDA RONSTADT, *Mad Love* (May 12), Asylum.

LINDA RONSTADT, *Greatest Hits,* Vol. II (Dec. 5), Asylum.

VARIOUS ARTISTS, *Urban Cowboy,* Original Motion Picture Soundtrack (July 14), Asylum.

DON WILLIAMS, *Best of Don Williams,* Vol. II (Oct. 7), MCA.

DON WILLIAMS, *I Believe in You* (Dec. 2), MCA.

(Platinum Albums)

CHARLIE DANIELS BAND, *Full Moon* (Nov. 7), Epic.

JOHN DENVER AND THE MUPPETS, *A Christmas Together* (Feb. 1), RCA.

WILLIE NELSON AND FAMILY, *Honeysuckle Rose, Music from the Original Soundtrack of,* (Nov. 12), Columbia.

ANNE MURRAY, *Greatest Hits* (Nov. 26), Capitol.

WILLIE NELSON, *Willie Nelson & Family Live* (Mar. 6), Columbia.

KENNY ROGERS, *Kenny* (Jan. 16), Capitol.

KENNY ROGERS, *Gideon* (May 28), United Artists.

KENNY ROGERS, *Greatest Hits* (Dec. 2), Liberty.

LINDA RONSTADT, *Mad Love* (May 12), Asylum.

VARIOUS ARTISTS, *Urban Cowboy*, Original Motion Picture Soundtrack (July 24), Asylum.

1981
(Gold Singles)
JUICE NEWTON, "Angel of the Morning" (July 1), Capitol.

JUICE NEWTON, "Queen of Hearts" (Sept. 2), Capitol.

OAK RIDGE BOYS, "Elvira" (June 16), MCA.

DOLLY PARTON, "9 to 5" (Feb. 19), MCA.

EDDIE RABBITT, "I Love a Rainy Night" (Mar. 10), Elektra.

EDDIE RABBITT, "Drivin' My Life Away" (Mar. 25), Elektra.

(Gold Albums)
ALABAMA, *Feel So Right* (May 27), RCA.

ALABAMA, *My Home's in Alabama* (July 14), RCA.

CHARLIE DANIELS BAND, *Saddle Tramp* (Sept. 4), Epic

MAC DAVIS, *It's Hard to Be Humble* (Mar. 4), Casablanca/Polygram

JOHN DENVER, *Some Days Are Diamonds* (Dec. 30), RCA.

LARRY GATLIN AND THE GATLIN BROTHERS BAND, *Greatest Hits* (Sept. 9), Columbia.

EMMYLOU HARRIS, *Luxury Liner* (Feb. 11), Warner Bros.

EMMYLOU HARRIS, *Blue Kentucky Girl* (Feb. 18), Warner Bros.

EMMYLOU HARRIS, *Profile: Best of Emmylou Harris* (Feb. 18), Warner Bros.

EMMYLOU HARRIS, *Roses in the Snow* (Apr. 1), Warner Bros.

EMMYLOU HARRIS, *Evangeline* (Oct. 9), Warner Bros.

WAYLON JENNINGS/JESSIE COLTER, *Leather & Lace* (Sept. 15), RCA.

GEORGE JONES, *I Am What I Am* (Sept. 18), Epic.

LORETTA LYNN, *Greatest Hits,* Vol. II (Oct. 29), MCA.

LYNYRD SKYNYRD, *Gimme Back My Bullets* (Jan. 20), MCA.

BARBARA MANDRELL, *The Best of Barbara Mandrell* (Jan. 26), ABC.

RONNIE MILSAP, *There's No Gettin' over Me* (Dec. 8), RCA.

RONNIE MILSAP, *Greatest Hits* (Feb. 12), RCA.

ANNE MURRAY, *Where Do You Go When You Dream?* (June 29), Capitol.

WILLIE NELSON, *Somewhere over the Rainbow* (May 5), Columbia.

WILLIE NELSON, *Willie Nelson's Greatest Hits & Some That Will Be* (Nov. 3), Columbia.

JUICE NEWTON, *Juice* (Aug. 13), Capitol.

OAK RIDGE BOYS, *Oak Ridge Boys: Greatest Hits* (Feb. 4), MCA.

OAK RIDGE BOYS, *Fancy Free* (July 23), MCA.

THE OUTLAWS, *Ghost Riders* (July 20), MCA.

DOLLY PARTON, *9 to 5 and Odd Jobs* (Mar. 6), RCA.

EDDIE RABBITT, *Step by Step* (Oct. 5), Elektra.

KENNY ROGERS, *Share Your Love* (Aug. 28), Liberty.

THE STATLER BROTHERS, *The Best of the Statler Brothers Rides Again,* Vol. II (Feb. 25), Mercury/Polygram.

THE STATLER BROTHERS, *The Originals* (June 26), Mercury/Polygram.

CONWAY TWITTY, *Greatest Hits,* Vol. I (Oct. 29), Decca.

CONWAY TWITTY/LORETTA LYNN, *Lead Me On* (Oct. 29), Decca.

HANK WILLIAMS, JR., *Whiskey Bent & Hell Bound* (Nov. 2), Curb.

(Platinum Albums)

ALABAMA, *Feel So Right* (Sept. 15), RCA.

JOHN DENVER, *John Denver's Greatest Hits,* Vol. II (June 5), RCA.

RONNIE MILSAP, *Greatest Hits* (July 14), RCA.

WILLIE NELSON, *Somewhere over the Rainbow* (Aug. 13), Columbia.

OAK RIDGE BOYS, *Fancy Free* (July 29), MCA.

EDDIE RABBITT, *Horizon* (Feb. 23), Elektra.

KENNY ROGERS, *Share Your Love* (Aug. 28), Liberty.

1982

(Gold Albums)

ALABAMA, *Mountain Music* (April 29), RCA.

CHARLIE DANIELS BAND, *Windows* (Nov. 19), Epic.

THE KENDALLS, *Heaven's Just a Sin Away* (Nov. 30), Churchill.

JOHNNY LEE, *Lookin' for Love* (May 12), Elektra/Asylum.

BARBARA MANDRELL, *Live* (Feb. 22), MCA.

Motion Picture Soundtrack, *Coal Miner's Daughter* (Jan. 11), MCA.

ANNE MURRAY, *Christmas Wishes* (Oct. 25), Capitol.

WILLIE NELSON, *Always on My Mind* (April 30), Columbia.

WILLIE NELSON, *Pretty Paper* (Nov. 22), Columbia.

JUICE NEWTON, *Quiet Lies* (July 16), Capitol.

OAK RIDGE BOYS, *Bobbie Sue* (April 6), MCA.

OAK RIDGE BOYS, *Christmas* (Dec. 27), MCA.

RAY PRICE, *All Time Greatest Hits* (Dec. 28), Columbia.

MARTY ROBBINS, *All Time Greatest Hits* (Dec. 28), Columbia.

KENNY ROGERS, *Christmas* (Jan. 5), Liberty.

KENNY ROGERS, *Love Will Turn You Around* (Aug. 30), Liberty.

STATLER BROTHERS, *Christmas Card* (Oct. 20), Mercury/Polygram.

HANK WILLIAMS, JR., *The Pressure Is On* (April 13), Elektra/Asylum.

(Platinum Singles)

OAK RIDGE BOYS, "Elvira" (Mar. 8), MCA.

(Platinum Albums)

ALABAMA, *Mountain Music* (April 29), RCA.

ALABAMA, *My Home's in Alabama* (June 30), RCA.

CRYSTAL GAYLE, *When I Dream* (May 11), Liberty.

WILLIE NELSON, *Always on My Mind* (June 15), Columbia.

WILLIE NELSON, *Willie Nelson's Greatest Hits (& Some That Will Be)* (June 15), Columbia.

JUICE NEWTON, *Juice* (Jan. 5), Capitol.

OAK RIDGE BOYS, *Oak Ridge Boys' Greatest Hits* (April 16), MCA.

KENNY ROGERS, *Christmas* (Jan. 5), Liberty.

The year 1982 was a traumatic one in the record business, beset with a declining economy and an apparent vast increase in home audio tape dubbing. The country artists who also crossed over into the pop field rose to the top like cream in a milk pail. ALABAMA was awarded a simultaneous gold and platinum award for their third album, *Mountain Music*. WILLIE NELSON received two gold albums, making a total of nine, and two platinum albums, bringing that total to five. THE OAK RIDGE BOYS netted one gold album (their sixth) and one platinum album (their second), and the platinum single for "Elvira" was one of only four platinum singles designated in 1982. KENNY ROGERS cemented his superstar status with two gold albums, bringing his total to eleven, and one platinum album, his seventh.

1983
(Gold Singles)
ELVIS PRESLEY, *I Got Stung* (April 15), RCA.

ELVIS PRESLEY, *Are You Lonesome Tonight?* (April 15), RCA.

ELVIS PRESLEY, *Don't* (April 15), RCA.

ELVIS PRESLEY, *Return to Sender* (April 15), RCA.

ELVIS PRESLEY, *It's Now or Never* (April 15), RCA.

(Gold Albums)
ROSANNE CASH, *Seven Year Ache* (Jan. 6), Columbia.

SYLVIA, *Just Sylvia* (Feb. 15), RCA.

RICKY SKAGGS, *Waitin' for the Sun to Shine* (Mar. 7), Epic.

WAYLON JENNINGS/WILLIE NELSON, *WW II* (Mar. 21), RCA.

OAK RIDGE BOYS, *American Made* (April 4), MCA.

OAK RIDGE BOYS, *Room Service* (April 13), MCA.

KENNY ROGERS, *We've Got Tonight* (April 14), Liberty/EMI—America.

ALABAMA, *The Closer You Get* (May 3), RCA.

(Platinum Albums)

ELVIS PRESLEY, *Welcome to My World* (Jan. 14), RCA.

ALABAMA, *The Closer You Get* (May 3), RCA.

5

"Baby" of the Family

ESSAY

It may not constitute a scientific evaluation, but there is enough coincidence involved to suggest that country music stardom may, in some cases, be tied directly to the fact that the future star was the *youngest child in the family.*

Item: GEORGE JONES was the youngest child in a family of eight children.

Item: BILL MONROE was also the youngest in a family of eight.

Item: TEX RITTER—youngest of six children.

Item: ERNEST TUBB—youngest of five.

Item: EDDY ARNOLD—youngest of four.

Item: MINNIE PEARL—youngest of five

Item: MERLE TRAVIS—youngest of four.

Item: GRANDPA JONES—youngest of ten.

Item: JIMMY DICKENS—youngest of twelve children in his West Virginia family.

Item: STONEWALL JACKSON—youngest of three.

It's interesting to note that of the ten "test cases" listed above, *seven* are members of the Country Music Hall of Fame.

Some questions can be raised:

Were these future artists, because they were younger children, relieved of much of the family responsibilities because older brothers and sisters did the most difficult chores?

Were parents less demanding of the youngest child, while pushing the older children toward careers as doctors, lawyers, and so on?

Were the youngest children spoiled, not only by indulgent parents but by equally indulgent older siblings?

In the vernacular, were the youngest children in the family permitted to "goof off," spending their childhood moments playing and singing . . . and dreaming?

Some answers are suggested by what we know. For example, TEX RITTER's cousin, J. Rex Ritter, has written: "Because he was the baby he naturally became a tag-along nuisance to his brother, Booty, and me, who were about the same age. We fell heir to looking after him, so I thought of him as my kid brother. We hunted and fished together and shared work on our adjoining farms. He never showed any great enthusiasm in becoming a farmer and got away with being lazy since he was the baby."

MERLE TRAVIS, in writing about his growing-up days in Kentucky, pointed out that he was the youngest child in the family by a good many years. "Just before the turn of the century, William Robert Travis married a black-eyed, black-haired girl whose name was Laura Etta Latham. A year and a half later my oldest brother, Taylor, was born. Two years from then my only sister, Vada, was born. Thirteen years passed and my brother John Melvin appeared on the scene, and I cropped up a couple of years after that.

"My sister took care of me while my mother worked as a field hand, alongside Dad in the tobacco patch. Vada watched over me as if I were her own child instead of her baby brother. She actually taught me to read, write and spell before I started to school."

Travis's oldest brother also indulged the baby of the family in a most meaningful way, considering the career Merle would pursue. "When I' was about twelve," Merle recalled, "Taylor, who can bind books, overhaul any kind of engine, repair watches, build radios, draw, cook, play the trombone by note, or anything else he's ever tried, decided to build a guitar. He built one, and it was, as I remember, an excellent instrument. His wife, May, played it and my hair stood on end. She played the thumb-and-finger style, and every note was perfectly clean. She played a few tunes that I'm still trying to learn. She'd never do more than smile and brush off lightly the praise I'd throw to her. She still does.

"When Taylor left the mines and went to Evansville to work in a factory he wrote home and at the end of the letter mentioned that I could have the guitar. So you see, my very first guitar was 'Taylor made.'"

Some years later, it was Travis's brother, Taylor, who was responsible for getting Merle his first job on an Evansville, Indiana, radio station. That was in 1935. "Good ol' Taylor," Merle wrote later. "He didn't know what he was kickin' off for me."

But one suspects that Taylor did know, that the older brother felt a strong responsibility toward the youngest child in the family.

There was a similar situation with LOUIS MARSHALL JONES (later to be known as "Grandpa" Jones). He was ten years old, and one of the workers who came to the Jones place to cut wood played a guitar. "He camped in a tent and was afraid that the dampness would hurt the git-tar," Jones told an interviewer. "So he left it up at the house. We was always pickin' on it, you know. That was the first time I ever got acquainted with a git-tar."

The young boy's fascination with the instrument did not go unnoticed in the large family. It was almost a year later when a brother came home one night and told him to go out and look in the truck.

"And I went out there," he recalled, "and I like to went wild, seein' that git-tar there, 'cause I'd been wantin' one for so long. He got it at some old junkyard called Cheap John's. Paid seventy-five cents for it."

It was yet another example of the youngest child being indulged by the older siblings, even in a very poor family.

In BILL MONROE's family, he was much younger than the other seven children. His father was fifty-four when Bill was born; his mother was forty-one. The brothers closest to him in age, Charlie and Birch, were eight and ten years older than he was. Then, too, he lived in kind of a protective circumstance because of very poor eyesight that prevented him from playing with the other children in the neighborhood.

His mother died when he was only ten years old. When his father also died, young Bill was taken in by his mother's brother, Uncle Pen Vandiver, a well-known musician in the area. Uncle Pen became his teacher, his surrogate father.

When he was eighteen he faced a decision. "I could've stayed in Kentucky," he said, "and been a farmer. But my people went and talked me into leaving Kentucky." His people were brothers Charlie and Birch, who were working at an oil refinery at Whiting, Indiana. They got him a job there and, most important, they started a band with their younger brother—a band that worked on a Gary radio station.

BILL MONROE, under the guidance of those older brothers, had begun his career.

TRAVIS . . . JONES . . . MONROE. All the youngest children in poor families, who somehow didn't have to face the full brunt of that poverty because their older siblings looked out for their welfare.

In somewhat different circumstances was SARAH OPHELIA COLLEY (later Minnie Pearl), the fifth daughter in a well-fixed family in Centerville, Tennessee. Her father, Tom, a prominent lumberman, favored his youngest daughter. He made a tomboy of her, teaching her to whistle and how to recognize birds and trees.

And when young Sarah expressed interest in the stage, her mother gave her "expression" lessons. As the baby in the family she may have had the best advantages.

There seems little doubt that JIMMY DICKENS, as the twelfth child in a family of West Virginia coal miners, had no real pressure on him to join his family members in the mines. When he decided to leave home to become an entertainer, the rest of the family encouraged him. The Dickens family didn't need yet another coal miner.

And to complete this speculative treatise, there might be another example in the Country Music Hall of Fame roster. Broadcasting entrepreneur CONNIE B. GAY was the youngest of ten children in a very poor farm family in Lizard Lick, North Carolina.

When it came time for young Connie to make his way in the world, he could leave the family farm and go to college. As the youngest he had a real choice. He could say, as he did, that there was nothing that prevented him from turning his back on a life of "walking behind a stinking mule."

Is there really a correlation between being the youngest child in a large family and fame and fortune in the country music business?

The question may not have an answer.

But isn't it possible?

6

So They Said

GEORGE JONES
"I've lived my songs too strongly."

JOHNNY PAYCHECK
"Hell, I've been everywhere and done everything—twice. I've been up and down like a window shade. Let's face it, anybody who says everything he does is good is a liar."

WAYLON JENNINGS
"People always go into all that macho crap when they write about me. They make it sound like my main interest in life is tearing things apart. They forget I'm a musician. That's what I've always been."

HANK WILLIAMS
"You got to have smelt a lot of mule manure before you can sing like a hillbilly."

CHARLEY PRIDE
"Country music appealed to my ears. I wasn't going to deny myself the enjoyment of it just because of my environment; because people might ask, 'Why are you singing THEIR songs?' After all, I didn't make society, I was born into it."

TOM T. HALL
"I don't intend to be bullied around by critics, by record companies, and by businessmen. Businessmen have nothing to do with my music. They can count all they want to, but they are not gonna put me in the numbers business. Let people get to

where they don't want to listen. I'll entertain what's left."

ANNE MURRAY
"When 'Snowbird' became a hit I was labeled a country singer, which was very nice except I wasn't a country singer. Then I started touring with Glen Campbell—we even did an album together—and the label stuck."

CHARLIE DANIELS
"My daddy told me once that when I go to work I should do somethin' that I'm gonna enjoy, because, like everybody else, I was gonna end up workin' more than not. I have fun makin' music and I want people to have just as much fun listenin' to it."

DOLLY PARTON
"The thing I love to do the most in this whole world is to write songs and record them, just to hear them come to life. I feel that everybody is capable of doing many things, as long as you keep yourself together. I'm not gonna ever give up my writing and my music, 'cause my music opens the door to all these other things."

T. G. SHEPPARD
"There's something that happens on stage when the crowd's with you and the lights are just right and the sound is good. There's a magic that just seems to unfold and, until someone has experienced it themselves, you can't explain it. It's like telling somebody what oysters taste like."

REX ALLEN, JR.
"I'm one of the fortunate people who always knew what I wanted to be. I always wanted to be an entertainer. The word has great meaning for me. The word does not mean *singer*. I'd rather be an entertainer first and a singer second."

GARY STEWART
"I like playin' in honky-tonks. It's more like goin' out on the town. I feed off the people—I come out to have a good time, too."

B. J. THOMAS
"There was a time when music was my God. But, since then, I've found a much better one."

LORETTA LYNN
"Love never grows old. It's people that grow old. Their love don't."

RAY STEVENS
"To laugh at something is the biggest and best way to bring whatever it is that's bothering you down to size and deal with it."

GEORGE "GOOBER" LINDSEY
"I hope they put on my tombstone: HE WAS A FUNNY MAN. My name above the title, of course. Get the good billing."

TEX RITTER
"They say that Virginia is the mother of Texas. We never knew who the father was, but we kinda suspected Tennessee."

JIM STAFFORD
"I'm a Frisbeetarian. We worship Frisbees. We believe when you die your soul goes up on the roof and you can't get it down."

MERLE HAGGARD
"Sometimes this business gets to closing in on you. I have a bad case of claustrophobia, and I have my bus, this private coach. It doesn't have any phones in it, and when I get all I can pack, I just climb aboard and get the hell out."

TAMMY WYNETTE
"On the road it gets awfully boring sometimes with riding and riding and riding. All you see is white and yellow lines for hours and it gets to you. I don't know where the glamour is. I haven't found it yet, unless it's the dresses you wear. . . . But, I want to work till I'm older than Acuff."

ROY ACUFF
"I don't deserve the title of being called 'The King.'

I don't deserve the title of being called anything but 'Roy Acuff.'"

ERNEST TUBB

"There are those who cross over the bridge and mix their music, but I personally have no desire to do this. Country music is good. It is humble and simple and honest and relaxed. It is a way of life. I like it, the people like it, and I'll stick to it."

DANNY DAVIS

"I remember when they used to tell me 'Country people don't like horns, and pop people don't like country music.' But I knew I had a good idea with the Nashville Brass."

LACY J. DALTON

"I sing in different textures. I try to sound clearer on a ballad than on a blues number, and twangier on a country song. It's not a calculated thing, but the way you feel a song. If you were an artist, you'd use watercolors for some things and oil or charcoal for others."

RAZZY BAILEY

"When 'Ain't Got No Business' first made it as a hit single, we'd go and play these places and people who'd heard the record would come up to us and say, 'We thought you was black.' Even Charley Pride said to me once, 'You can get away with singin' like a black. I can't.'"

EDDIE RABBITT

"You need four things to even have a chance in this music business. To start with you need the dream, the desire to burn bright. You need the talent to back up that dream and the guts to be true to yourself about it. And you need persistence. Persistence to stay and stay. To stick it through. But the fourth and most important thing is that you need to be blind, deaf and dumb."

MEL McDANIEL

"The hardest thing about this music business is to have to sit at home and wait for the phone to ring. I sat there for three years, just barely getting by, going nuts. I wasn't involved in anything but *waiting!*"

BOBBY BARE

"Making records is kind of like an adventure. I control the product all the way through. If it comes out crummy, it's my fault. I can't say that some bastard over in the corner talked me into it. I have enough confidence in what I like. Over a period of years if I really liked something, it's pretty close to what the people liked."

THE KENDALLS

Jeannie: "I think there are lots of people makin' a million dollars who don't really have a great voice. And I don't think we've got great voices. But I think you've got to take whatever you've got and make the best of it."

Royce: "Whatever you've got, make it shine."

UNCLE DAVE MACON

"It ain't what you got, it's what you put out; and, boys, I can deliver."

CONNIE SMITH

"I'm too inhibited to be much of an entertainer on stage. If they don't like my singing I'm shot. It's a gift, and I don't have it. Now Barbara Mandrell, she's an entertainer—she's a singer, too, but she's an entertainer."

BARBARA MANDRELL

"There are purists who say that country music has changed from its old traditions . . . but they say the same thing about jazz and pop music. It's like saying that Barry Manilow doesn't sound like Frank Sinatra, so therefore he isn't a pop singer. I'm not looking to make profound statements. . . . I'm trying to entertain."

CHET ATKINS

"Technically, there is no such thing as the 'Nashville Sound.' It's the musicians. Southern people have a relaxed way of life, a relaxed way of playing."

BILL MONROE
"If a man listening will let it, bluegrass will transmit right into your heart. If that fiddle's cutting good and they're playing pretty harmonies, it will make cold chills run over me, and I've heard it many times. If you really love bluegrass music it'll dig in a long ways."

RED FOLEY
"I was born and raised on folk music, the kind that is sincere and comes straight from the heart . . . simple songs that tell a story. They are the easiest of all to sing, too, because you actually feel them."

DON WILLIAMS
"Family and music make up my life. I love music because it lets me really express myself. I could never walk up to all those people in the audience and say what I can say in song."

ROY ORBISON
"My show is no-patter, no-dancing. If I scuttled all over the stage and went crazy, they'd say, 'What's THAT all about?'"

TENNESSEE GOVERNOR LAMAR ALEXANDER
"I just play a little better piano than governors are supposed to play. I like all beautiful melodies. I like to demonstrate that Chopin and Hank Williams wrote similar melodies."

MINNIE PEARL
"The folks come to see me because we share a mutual affection. We like to enjoy human frailties."

JERRY CLOWER
"I'm like the apostle Paul. Whatever state I'm in, I'm content. I live one day at a time and am a very simple fella. I don't go through life biting my fingernails. I'm the happiest fella in the world!"

MEL TILLIS

"One reason I'm here t-t-tonight is to d-d-dispel those r-r-rumors going around that M-M-Mel T-T-Tillis has quit st-st-stuttering. That's not t-t-true. I'm still st-st-stuttering, and I'm m-m-making a pretty good l-l-living at it, t-t-too."

RONNIE MILSAP

"Lots of people have difficulty dealing with blind persons. Luckily, I've had the talent to overcome that prejudice."

TERRI GIBBS

"I think my blindness has represented more or less of a challenge to me, to get out and show people what I could do. But I've always been terribly independent with anything I did. I hated for anybody to tell me that I couldn't do this or I couldn't do that. That just made me want to do it all the more."

EDDY RAVEN

"I pretty much have an idea of what I want to do and where I want to go with my career. But mostly I want to be remembered as a person who didn't hurt anybody on the way up."

CHARLY McCLAIN

"I want to be successful based on talent. I haven't screwed around to make it where I am and I won't do it now."

EDDY ARNOLD

"I'm an ambitious person. I'm an egotist. There's nothing wrong with ego. I think we all want to feel like we're productive. This is a business; it's no lark. I've got a good accountant, a good lawyer, a good manager, and a good minister, and I listen to them."

JIM ED BROWN

"When I was a small child of nine or ten, I would have crawled on my hands and knees just to see the Grand Ole Opry. It's a thrill for me to be a member. I want to remain a member of the Opry as long as I can sing—and I hope that's forever."

GENE AUTRY
"I was the first of the singing cowboys. Maybe not the best, but that doesn't matter if you're first."

CRYSTAL GAYLE
"It seems like when you really gear toward something and want it to happen it never works out in the end. I like to just let things happen."

JERRY REED
"I've got to go fishing more. I don't get to wet a line enough."

RITA COOLIDGE
"I never said I had any aspirations to be a songwriter. I always thought of myself as a stylist or interpreter. But since I've started writing I feel like I've given birth to a new part of myself. Maybe that's not the best analogy, since I was in labor with Casey [her daughter] for seventeen hours."

DICK FELLER
"I wanted to be a poet, but I didn't know you could still write poetry. I thought all the great poets were dead. I thought *'Evangeline'* was the last great poem ever written. So I just sort of made up songs . . . I got songs cut and stuff. I got songs cut before I knew how to do it!"

BIG AL DOWNING
"I think I was the only one in my high school that got an A-plus in public speaking and poetry! I took it all four years because I loved writing poems and reading Shakespeare. I used to really love Kipling's poems."

DEAN DILLON
"Women are the best things in the world to write about. They got it all—so what better subject than women . . . oh, and whiskey?"

LEON EVERETTE
"I figured out at an early age that the things I got going in this life were the things I did myself."

MICKEY GILLEY

"The constant comparing me with Jerry Lee—that was the biggest drawback to my career, I think. . . . Mainly, it's because we grew up together, you know. I mean, when I do one of Jerry's tunes, I intentionally try to do it like he does. But when I turn around and do something he's never done, people would say, 'Aaw, he sounds like Jerry Lee.' And that really hurt."

ROY DRUSKY

"I have never tried to be a superstar. I've never wanted to be a superstar because I'm not willing to lose my family and my home. I'd rather do my own thing, do what I can do and stay on my own level where I'm comfortable—making a living and being at home."

WILF CARTER

"I can't do enough for my fans. I will sit and sign autographs until the last dog is hung, because you never know if the guy you refuse once bought one of your records way back when."

HANK SNOW

"I'm a loner, that is so right. They have got tired of sending me invitations in this city, because they know better. I'm not conceited, I'm not stuck up. I'm just reserved and actually a loner. I've been on my own since I was twelve."

PHIL EVERLY

"There's never been logic to music being forgotten, for, if a song is good, it should be good all the time. You never throw away a book that's good. And music should be treated as well."

JOHNNY DUNCAN

"We used to have these country dances in Dublin, Texas. They'd ice a No. 3 washtub full of beer, and they'd honk all night—my mother playing guitar, and my Uncle Ben Moroney on the fiddle."

KENNY ROGERS

"I'm basically success-oriented, because that's what

this society is based on. I've always gone into it from the standpoint that as long as I enjoy what I'm doing and make enough money to get by on, it's alright. Money is a way of gauging success. If I make more money, I'm doing more things right. If I make less, then I'm not doing as many things right."

JEANNIE C. RILEY
"I believe God has a purpose for me in country music. I think that what He has in store in the future is going to be more rewarding and more important than anything I've done in the past, that maybe my music will be used to touch other lives for Him."

SKEETER DAVIS
On reaching the age of fifty in 1982: "It wasn't all that difficult. It just takes time."

FARON YOUNG
"Some acts feel like the world owes them a living. But me, I owe them, and when a fan buys a ticket to my show, he owns me for two hours. I've got a million bosses."

LOUISE MANDRELL
"R.C. (Bannon) and I are together twenty-four hours a day, and we get along better that way. We save our jokes and teasing for the stage. R.C. is a very romantic husband. People couldn't stand being around us twenty-four hours a day because we get mushy!"

BOB WILLS
"It doesn't make much difference what you got in your band—it's the way you hand it to the people."

SYLVIA
"I led a pretty sheltered life when I came to Nashville in 1976. I wore no makeup and kind of just faded into the woodwork. I never even got asked out. It kind of hurt. Music was my escape. I would practice performing in front of a mirror, using a deodorant bottle for a microphone."

BILLY WALKER
"I have absolutely no idea what I would've done if I

weren't an entertainer. I promise, I've never even considered doing anything else, or wondered what other roads I might have gone down."

CRISTY LANE
"The most important lesson I've learned is patience. There has been a lot of waiting. You can't push things. You can't expect things too fast. Building a career takes time."

DOTTIE WEST
"All of us girls think about our age. I think more about my mileage than I do my age. But I really would like to live to be 120, if I could sing that long."

ROSANNE CASH
"I like my privacy. I saw that taken away from my father on a lot of levels and that scares me. But, then, if I ever do have any fame to deal with, I've had some good lessons on how to do it. He's kept his integrity and his soul through a lot of it."

7

And the Winner Is . . .

Country Music Association Awards

The Country Music Association, headquartered in Nashville, began its annual awards ceremonies in 1967; they were first televised nationally in 1968. The structure of these awards has been remarkably consistent. In 1981, for the first time in a decade, a new award was added. Called the Horizon Award, it is designed to honor the "newcomer" stars in country music.

An interesting sidelight of these awards is that every year the awards have been televised (first NBC, then CBS) the national sponsor has been Kraft Foods.

And the winners were . . .

Entertainer of the Year

1967—Eddy Arnold
1968—Glen Campbell
1969—Johnny Cash
1970—Merle Haggard
1971—Charley Pride
1972—Loretta Lynn
1973—Roy Clark
1974—Charlie Rich
1975—John Denver
1976—Mel Tillis
1977—Ronnie Milsap
1978—Dolly Parton
1979—Willie Nelson
1980—Barbara Mandrell
1981—Barbara Mandrell
1982—Alabama

Single of the Year

1967—"There Goes My Everything," JACK GREENE (Decca)
1968—"Harper Valley P.T.A.," JEANNIE C. RILEY (Plantation)
1969—"A Boy Named Sue," JOHNNY CASH (Columbia)
1970—"Okie from Muskogee," MERLE HAGGARD (Capitol)
1971—"Help Me Make It through the Night," SAMMI SMITH (Mega)
1972—"The Happiest Girl in the Whole U.S.A.," DONNA FARGO (Dot)
1973—"Behind Closed Doors," CHARLIE RICH (Epic)
1974—"Country Bumpkin," CAL SMITH (MCA)

1975—"Before the Next Teardrop Falls," FREDDY
FENDER (ABC/Dot)
1976—"Good Hearted Woman," WAYLON JEN-
NINGS/WILLIE NELSON (RCA)
1977—"Lucille," KENNY ROGERS (United Artists)
1978—"Heaven's Just a Sin Away," THE KEN-
DALLS (Ovation)
1979—"The Devil Went Down to Georgia," CHAR-
LIE DANIELS BAND (Epic)
1980—"He Stopped Loving Her Today," GEORGE
JONES (Epic)
1981—"Elvira," OAK RIDGE BOYS (MCA)
1982—"Always on My Mind," WILLIE NELSON
(Columbia)

Album of the Year

1967—*There Goes My Everything*, JACK GREENE
(Decca)
1968—*Johnny Cash at Folsom Prison*, JOHNNY
CASH (Columbia)
1969—*Johnny Cash at San Quentin Prison*, JOHNNY
CASH (Columbia)
1970—*Okie from Muskogee*, MERLE HAGGARD
(Capitol)
1971—*I Won't Mention it Again*, RAY PRICE (Columbia)
1972—*Let Me Tell You about a Song*, MERLE HAG-
GARD (Capitol)
1973—*Behind Closed Doors*, CHARLIE RICH (Epic)
1974—*A Very Special Love Song*, CHARLIE RICH
(Epic)
1975—*A Legend in My Time*, RONNIE MILSAP
(RCA)
1976—*Wanted—The Outlaws*, WAYLON JEN-
NINGS, WILLIE NELSON, TOMPALL
GLASER, JESSI COLTER (RCA)
1977—*Ronnie Milsap Live*, RONNIE MILSAP (RCA)
1978—*It Was Almost Like a Song*, RONNIE MILSAP
(RCA)
1979—*The Gambler*, KENNY ROGERS (United Artists)

1980—*Coal Miner's Daughter*, Original Motion Picture Soundtrack (MCA)
1981—*I Believe in You*, DON WILLIAMS (MCA)
1982—*Always on My Mind*, WILLIE NELSON (Columbia)

Song of the Year (award to songwriter)

1967—"There Goes My Everything," DALLAS FRAZIER.
1968—"Honey," BOBBY RUSSELL.
1969—"Carroll County Accident," BOB FERGUSON
1970—"Sunday Morning Coming Down," KRIS KRISTOFFERSON.
1971—"Easy Loving," FREDDIE HART.
1972—"Easy Loving," FREDDIE HART.
1973—"Behind Closed Doors," KENNY O'DELL.
1974—"Country Bumpkin," DON WAYNE.
1975—"Back Home Again," JOHN DENVER.
1976—"Rhinestone Cowboy," LARRY WEISS.
1977—"Lucille," ROGER BOWLING/HAL BYNUM.
1978—"Don't It Make My Brown Eyes Blue," RICHARD LEIGH.
1979—"The Gambler," DON SCHLITZ.
1980—"He Stopped Loving Her Today," BOBBY BRADDOCK/CURLY PUTNAM.
1981—"He Stopped Loving Her Today," BOBBY BRADDOCK/CURLY PUTNAM.
1982—"Always on My Mind," JOHN CHRISTOPHER / WAYNE THOMPSON / MARK JAMES

Female Vocalist of the Year

1967—LORETTA LYNN
1968—TAMMY WYNETTE
1969—TAMMY WYNETTE
1970—TAMMY WYNETTE
1971—LYNN ANDERSON
1972—LORETTA LYNN
1973—LORETTA LYNN

1974—OLIVIA NEWTON-JOHN
1975—DOLLY PARTON
1976—DOLLY PARTON
1977—CRYSTAL GAYLE
1978—CRYSTAL GAYLE
1979—BARBARA MANDRELL
1980—EMMYLOU HARRIS
1981—BARBARA MANDRELL
1982—JANIE FRICKE

Male Vocalist of the Year

1967—JACK GREENE
1968—GLEN CAMPBELL
1969—JOHNNY CASH
1970—MERLE HAGGARD
1971—CHARLEY PRIDE
1972—CHARLEY PRIDE
1973—CHARLIE RICH
1974—RONNIE MILSAP
1975—WAYLON JENNINGS
1976—RONNIE MILSAP
1977—RONNIE MILSAP
1978—DON WILLIAMS
1979—KENNY ROGERS
1980—GEORGE JONES
1981—GEORGE JONES
1982—RICKY SKAGGS

Vocal Group of the Year

1967—The Stoneman Family
1968—Porter Wagoner AND Dolly Parton
1969—Johnny Cash AND June Carter
1970—The Glaser Brothers
1971—The Osborne Brothers
1972—The Statler Brothers
1973—The Statler Brothers
1974—The Statler Brothers
1975—The Statler Brothers
1976—The Statler Brothers

1977—The Statler Brothers
1978—The Oak Ridge Boys
1979—The Statler Brothers
1980—The Statler Brothers
1981—Alabama
1982—Alabama

Vocal Duo of the Year (originated in 1970)

1970—Porter Wagoner AND Dolly Parton
1971—Porter Wagoner AND Dolly Parton
1972—Conway Twitty AND Loretta Lynn
1973—Conway Twitty AND Loretta Lynn
1974—Conway Twitty AND Loretta Lynn
1975—Conway Twitty AND Loretta Lynn
1976—Waylon Jennings AND Willie Nelson
1977—Jim Ed Brown AND Helen Cornelius
1978—Kenny Rogers AND Dottie West
1979—Kenny Rogers AND Dottie West
1980—Moe Bandy AND Joe Stampley
1981—David Frizzell AND Shelly West
1982—David Frizzell AND Shelly West

Instrumental Group of the Year

1967—The Buckaroos
1968—The Buckaroos
1969—Danny Davis AND THE Nashville Brass
1970—Danny Davis AND THE Nashville Brass
1971—Danny Davis AND THE Nashville Brass
1972—Danny Davis AND THE Nashville Brass
1973—Danny Davis AND THE Nashville Brass
1974—Danny Davis AND THE Nashville Brass
1975—Roy Clark AND Buck Trent
1976—Roy Clark AND Buck Trent
1977—The Original Texas Playboys
1978—The Oak Ridge Boys Band
1979—The Charlie Daniels Band
1980—The Charlie Daniels Band
1981—Alabama
1982—Alabama

Instrumentalist of the Year

1967—Chet Atkins
1968—Chet Atkins
1969—Chet Atkins
1970—Jerry Reed
1971—Jerry Reed
1972—Charlie McCoy
1973—Charlie McCoy
1974—Don Rich
1975—Johnny Gimble
1976—Hargus "Pig" Robbins
1977—Roy Clark
1978—Roy Clark
1979—Charlie Daniels
1980—Roy Clark
1981—Chet Atkins
1982—Chet Atkins

Horizon Award (introduced in 1981)

1981—Terri Gibbs
1982—Ricky Skaggs

Comedian of the Year (discontinued in 1971)

1967—Don Bowman
1968—Ben Colder (Sheb Wooley)
1969—Archie Campbell
1970—Roy Clark

Music City News Cover Awards

In the same year that the Country Music Association began its awards, *Music City News,* a monthly publication, started giving its subscribing country music fans an opportunity to make their own selections.

Male Artist of the Year

1967—Merle Haggard
1968—Merle Haggard
1969—Charley Pride
1970—Charley Pride
1971—Charley Pride
1972—Charley Pride
1973—Charley Pride
1974—Conway Twitty
1975—Conway Twitty
1976—Conway Twitty
1977—Conway Twitty
1978—Larry Gatlin
1979—Kenny Rogers
1980—Marty Robbins
1981—Marty Robbins
1982—Marty Robbins
1983—Marty Robbins

Female Artist of the Year

1967—Loretta Lynn
1968—Loretta Lynn
1969—Loretta Lynn
1970—Loretta Lynn
1971—Loretta Lynn
1972—Loretta Lynn
1973—Loretta Lynn
1974—Loretta Lynn
1975—Loretta Lynn
1976—Loretta Lynn
1977—Loretta Lynn
1978—Loretta Lynn
1979—Barbara Mandrell
1980—Loretta Lynn
1981—Barbara Mandrell
1982—Barbara Mandrell
1983—Janie Fricke

Most Promising Male Artist

1967—TOM T. HALL
1968—CAL SMITH
1969—JOHNNY BUSH
1970—TOMMY CASH
1971—TOMMY OVERSTREET
1972—BILLY "CRASH" CRADDOCK
1973—JOHNNY RODRIGUEZ
1974—JOHNNY RODRIGUEZ
1975—RONNIE MILSAP
1976—MICKEY GILLEY
1977—LARRY GATLIN
1978—DON WILLIAMS
1979—REX ALLEN, JR.
1980—HANK WILLIAMS, JR.
1981—BOXCAR WILLIE
1982—T. G. SHEPPARD

Most Promising Female Artist

1967—TAMMY WYNETTE
1968—DOLLY PARTON
1969—PEGGY SUE
1970—SUSAN RAYE
1971—SUSAN RAYE
1972—DONNA FARGO
1973—TANYA TUCKER
1974—OLIVIA NEWTON-JOHN
1975—CRYSTAL GAYLE
1976—BARBARA MANDRELL
1977—HELEN CORNELIUS
1978—DEBBY BOONE
1979—JANIE FRICKE
1980—CHARLY MCCLAIN
1981—LOUISE MANDRELL
1982—SHELLY WEST

Star of Tomorrow
(begun in 1983)

1983—RICKY SKAGGS

Song of the Year (award to songwriter)

1967—"There Goes My Everything," DALLAS
 FRAZIER

1968—No voting in category this year.

1969—"All I Have to Offer You Is Me," DALLAS
 FRAZIER/DOODLE OWENS

1970—"Hello Darlin'," CONWAY TWITTY

1971—"Help Me Make It Though the Night," KRIS
 KRISTOFFERSON

1972—"Kiss an Angel Good Mornin'," BEN PETERS

1973—"Why Me, Lord?" KRIS KRISTOFFERSON

1974—"You've Never Been This Far Before," CON-
 WAY TWITTY

1975—"Country Bumpkin," DON WAYNE

1976—"Blue Eyes Crying in the Rain," FRED ROSE

1977—"I Don't Want to Have to Marry You," FRED
 IMUS/PHIL SWEET

(*Note:* Category discontinued in favor of Single of the
Year)

Single of the Year

1978—"Heaven's Just a Sin Away" (THE KEN-
 DALLS, artists; JERRY GILLESPIE, writer)

1979—"The Gambler" (KENNY ROGERS, artist;
 DON SCHLITZ, writer)

1980—"Coward of the County" (KENNY ROGERS,
 artist; ROGER BOWLING/BILLY EDD
 WHEELER, writers)

1981—"He Stopped Loving Her Today" (GEORGE
 JONES, artist; BOBBY BRADDOCK/
 CURLY PUTNAM, writers)

1982—"Elvira" (THE OAK RIDGE BOYS, artists;
 DALLAS FRAZIER, writer)

1983—"Some Memories Just Won't Die" (MARTY
 ROBBINS, artist; RICK SPRINGFIELD,
 writer)

Songwriter of the Year

1967—BILL ANDERSON
1968—BILL ANDERSON

1969—BILL ANDERSON
1970—MERLE HAGGARD
1971—KRIS KRISTOFFERSON
1972—KRIS KRISTOFFERSON
1973—KRIS KRISTOFFERSON
1974—BILL ANDERSON
1975—BILL ANDERSON
1976—BILL ANDERSON
1977—LARRY GATLIN
1978—LARRY GATLIN
1979—EDDIE RABBITT
1980—MARTY ROBBINS
(*Note:* Discontinued after 1980 and melded with Single of the Year)

Album of the Year

1976—*When the Tingle Becomes a Chill*, LORETTA LYNN
1977—*I Don't Want to Have to Marry You*, JIM ED BROWN AND HELEN CORNELIUS
1978—*Moody Blues*, ELVIS PRESLEY
1979—*Entertainers on and off the Road*, STATLER BROTHERS
1980—*The Originals*, STATLER BROTHERS
1981—*Tenth Anniversary*, STATLER BROTHERS
1982—*Feels So Right*, ALABAMA*
1983—*Come Back to Me*, MARTY ROBBINS

Vocal Group of the Year

1967—TOMPALL AND THE GLASERS
1968—TOMPALL AND THE GLASERS
1969—TOMPALL AND THE GLASERS
1970—TOMPALL AND THE GLASERS
1971—STATLER BROTHERS
1972—STATLER BROTHERS
1973—STATLER BROTHERS

---

*This award was wrongly given for an album by the Statler Brothers during the June 7, 1982, national telecast. A "lapse in communication within the offices of *Music City News*" was blamed for the mixup.

1974—STATLER BROTHERS
1975—STATLER BROTHERS
1976—STATLER BROTHERS
1977—STATLER BROTHERS
1978—STATLER BROTHERS
1979—STATLER BROTHERS
1980—STATLER BROTHERS
1981—STATLER BROTHERS
1982—STATLER BROTHERS
1983—ALABAMA

Duet of the Year

1967—THE WILBURN BROTHERS
1968—DOLLY PARTON/PORTER WAGONER
1969—DOLLY PARTON/PORTER WAGONER
1970—DOLLY PARTON/PORTER WAGONER
1971—LORETTA LYNN/CONWAY TWITTY
1972—LORETTA LYNN/CONWAY TWITTY
1973—LORETTA LYNN/CONWAY TWITTY
1974—LORETTA LYNN/CONWAY TWITTY
1975—LORETTA LYNN/CONWAY TWITTY
1976—LORETTA LYNN/CONWAY TWITTY
1977—LORETTA LYNN/CONWAY TWITTY
1978—LORETTA LYNN/CONWAY TWITTY
1979—KENNY ROGERS/DOTTIE WEST
1980—LORETTA LYNN/CONWAY TWITTY
1981—LORETTA LYNN/CONWAY TWITTY
1982—DAVID FRIZZELL/SHELLY WEST
1983—DAVID FRIZZELL/SHELLY WEST

Band of the Year

1967—THE BUCKAROOS
1968—THE BUCKAROOS
1969—THE BUCKAROOS
1970—THE BUCKAROOS
1971—THE STRANGERS
1972—THE STRANGERS
1973—THE PO' BOYS
1974—THE BUCKAROOS
1975—THE COALMINERS

1976—THE COALMINERS
1977—THE COALMINERS
1978—LARRY GATLIN, FAMILY AND FRIENDS
1979—OAK RIDGE BOYS' BAND
1980—CHARLIE DANIELS BAND
1981—MARTY ROBBINS BAND
1982—ALABAMA
1983—ALABAMA

Instrumentalist of the Year

1969—ROY CLARK
1970—ROY CLARK
1971—ROY CLARK
1972—ROY CLARK
1973—CHARLIE MCCOY
1974—ROY CLARK
1975—BUCK TRENT
1976—BUCK TRENT
1977—JOHNNY GIMBLE
1978—ROY CLARK

Instrumental Entertainer of the Year

1974—CHARLIE MCCOY
1975—ROY CLARK
1976—ROY CLARK
1977—ROY CLARK

Musician of the Year

1979—ROY CLARK
1980—ROY CLARK
1981—BARBARA MANDRELL
1982—BARBARA MANDRELL

Country Music TV Program of the Year

1969—Tie: "Hee Haw" & "Johnny Cash Show"
1970 through 1977—"Hee Haw"
1978—"Fifty Years of Country Music"

1979—"PBS Live from the Grand Ole Opry"
1980—"PBS Live From the Grand Ole Opry"
1981—"Barbara Mandrell and the Mandrell Sisters"
1982—"Barbara Mandrell and the Mandrell Sisters"
1983—Special: "Conway Twitty on the Mississippi";
     Series: "Hee Haw"

Comedy Act of the Year

1971—MEL TILLIS
1972—ARCHIE CAMPBELL
1973—MEL TILLIS
1974—MEL TILLIS
1975—MEL TILLIS
1976—MEL TILLIS
1977—MEL TILLIS
1978—MEL TILLIS
1979—JERRY CLOWER
1980—STATLER BROTHERS
1981—MANDRELL SISTERS
1982—STATLER BROTHERS*
1983—STATLER BROTHERS

Bluegrass Group of the Year

1971—THE OSBORNE BROTHERS
1972—THE OSBORNE BROTHERS
1973—THE OSBORNE BROTHERS
1974—THE OSBORNE BROTHERS
1975—THE OSBORNE BROTHERS
1976—THE OSBORNE BROTHERS
1977—THE OSBORNE BROTHERS
1978—THE OSBORNE BROTHERS
1979—THE OSBORNE BROTHERS

---

*This award was wrongly presented to the Mandrell Sisters during
the June 7, 1982, national telecast. Rhea T. Eskew, president of
Multimedia Newspaper Co., said: "Multimedia caused an investigation of all awards in previous years to be made and through such
investigation satisfied itself that no errors were made in previous
years. In behalf of Multimedia and the staff of *Music City News*, I
apologize to . . . the entire country music industry and fans."

1980—BILL MONROE
1981—BILL MONROE
1982—RICKY SKAGGS
1983—RICKY SKAGGS

Touring Road Show (one year only)

1974—LORETTA LYNN / THE COALMINERS /KENNY STARR

Gospel Act of the Year

1979—CONNIE SMITH
1980—THE CARTER FAMILY
1981—HEE HAW GOSPEL QUARTET
1982—HEE HAW GOSPEL QUARTET
1983—HEE HAW GOSPEL QUARTET

Living Legend (begun in 1983)

1983—ROY ACUFF

The Grammy Awards

In 1958, the National Academy of Recording Arts and Sciences distributed its first Grammy awards for artistic and/or technical excellence in the recording industry. *Grammy* is a contraction of the word *gramophone*. What follows is a compilation of all of the country music Grammy winners, regardless of the changing designations for the music over the years. This list reflects the rapid growth of the popularity of country music.

1958
Best Country & Western Performance
  "Tom Dooley," THE KINGSTON TRIO (Capitol)

1959
Song of the Year
  "The Battle of New Orleans," Composer, JIMMY DRIFTWOOD

Best Country & Western Performance
"The Battle of New Orleans," JOHNNY HORTON (Columbia)
Best Comedy Performance, Musical
"The Battle of Kookamonga," HOMER AND JETHRO (RCA)
Best Performance, Folk
"The Kingston Trio at Large," THE KINGSTON TRIO (Capitol)

1960
Best Country & Western Performance
"El Paso," MARTY ROBBINS (Columbia)
Best Performance, Folk
"Swing Dat Hammer, HARRY BELAFONTE (RCA)

1961
Best Country & Western Recording
"Big Bad John," JIMMY DEAN (Columbia)
Best Folk Recording
"Belafonte Folk Singers at Home and Abroad," HARRY BELAFONTE FOLK SINGERS (RCA)

1962
Best Country & Western Recording
"Funny Way of Laughin'," BURL IVES (Decca)
Best Rhythm & Blues Recording
"I Can't Stop Loving You," RAY CHARLES (ABC)
Best Folk Recording
"If I Had a Hammer," PETER, PAUL AND MARY (Warner Bros.)

1963
Best Country & Western Recording
"Detroit City," BOBBY BARE (RCA)
Best Rhythm & Blues Recording
"Busted," RAY CHARLES (ABC/Paramount)
Best Folk Recording
"Blowin' in the Wind," PETER, PAUL AND MARY (Warner Bros.)

Best Instrumental Arrangement
"I Can't Stop Loving You," COUNT BASIE OR-
    CHESTRA; arranger, QUINCY JONES (Re-
    prise)

1964

Best Country & Western Single
"Dang Me," ROGER MILLER (Smash)
Best Country & Western Album
"Dang Me/Chug-A-Lug," ROGER MILLER
    (Smash)
Best Country & Western Song
"Dang Me," Composer, ROGER MILLER
Best Country & Western Artist of 1964
    ROGER MILLER (Smash)
Best Country & Western Vocal Performance, Male
"Dang Me" (single), ROGER MILLER (Smash)
Best Country & Western Vocal Performance, Female
    Here Comes My Baby" (single), DOTTIE WEST
    (RCA)
Best Gospel or Other Religious Recording, Musical
"Great Gospel Song," TENNESSEE ERNIE
    FORD (Capitol)
Best Folk Recording
"We'll Sing in the Sunshine," GALE GARNETT
    (RCA)

1965

Best Country & Western Single
"King of the Road," ROGER MILLER (Smash)
Best Country & Western Album
"The Return of Roger Miller," ROGER MILLER
    (Smash)
Best Country & Western Song
"King of the Road," Songwriter, ROGER MILLER
Best Country & Western Vocal Performance, Male
"King of the Road," ROGER MILLER (Smash)
Best Country & Western Vocal Performance, Female
"Queen of the House," JODY MILLER (Capitol)
Best New Country & Western Artist
    THE STATLER BROTHERS (Columbia)

Best Contemporary Performance Group, Vocal or Instrumental
   "Flowers on the Wall" (single), THE STATLER BROTHERS (Columbia)
Best Contemporary Single
   "King of the Road," ROGER MILLER (Smash)
Best Contemporary Vocal Performance, Male
   "King of the Road," ROGER MILLER (Smash)
Best Folk Recording
   "An Evening with Belafonte/Makeba," HARRY BELAFONTE/MIRIAM MAKEBA (RCA)

1966
Best Country & Western Recording
   "Almost Persuaded," DAVID HOUSTON (Epic)
Best Country & Western Song
   "Almost Persuaded," Songwriters, BILLY SHERRILL, GLENN SUTTON
Best Country & Western Vocal Performance, Male
   "Almost Persuaded" (single), DAVID HOUSTON (Epic)
Best Country & Western Vocal Performance, Female
   "Don't Touch Me" (single), JEANNIE SEELY (Monument)
Best Sacred Recording, Musical
   "Grand Ole Gospel," PORTER WAGONER AND THE BLACKWOOD BROTHERS (RCA)
Best Folk Recording
   "Blues in the Street," CORTELIA CLARK (RCA)
Best Rhythm & Blues Recording
   "Crying Time," RAY CHARLES (ABC/Paramount)
Best Rhythm & Blues Solo Vocal Performance, Male or Female
   "Crying Time," RAY CHARLES (ABC/Paramount)
Best Album Cover, Photography
   "Confessions of a Broken Man," PORTER WAGONER; art director, ROBERT JONES; photographer, LES LEVERETT (RCA)

1967

Best Vocal Performance, Male
  "By the Time I Get to Phoenix" (single), GLEN
    CAMPBELL (Capitol)
Best Vocal Performance, Female
  "Ode to Billie Joe" (single), BOBBIE GENTRY
    (Capitol)
Best New Artist
  BOBBIE GENTRY (Capitol)
Best Instrumental Performance
  "Chet Atkins Picks the Best," CHET ATKINS,
    (RCA)
Best Country & Western Song
  "Gentle on my Mind," Songwriter, JOHN HART-
    FORD
Best Country & Western Recording
  "Gentle on My Mind," GLEN CAMPBELL
    (Capitol)
Best Country & Western Solo Vocal Performance,
Male
  "Gentle on My Mind," GLEN CAMPBELL
    (Capitol)
Best Country & Western Solo Vocal Performance, Fe-
male
  "I Don't Wanna Play House," TAMMY WY-
    NETTE (Epic)
Best Country & Western Performance, Duet, Trio or
Group
  "Jackson," JOHNNY CASH, JUNE CARTER (Co-
    lumbia)
Best Folk Performance
  "Gentle on My Mind," JOHN HARTFORD (RCA)
Best Gospel Performance
  "More Grand Ole Opry," PORTER WAGONER
    AND THE BLACKWOOD BROTHERS (RCA)
Best Contemporary Female Solo Vocal Performance
  "Ode to Billie Joe," BOBBIE GENTRY (Capitol)
Best Contemporary Male Solo Vocal Performance
  "By the Time I Get to Phoenix," GLEN CAMP-
    BELL (Capitol)

Best Arrangement Accompanying Vocalist
  "Ode to Billie Joe," BOBBIE GENTRY; arranger,
    JIMMIE HASKELL (Capitol)
Best Album Notes
  "Suburban Attitudes in Country Verse," JOHN D.
    LOUDERMILK (RCA)

1968
Album of the Year
  "By the Time I Get to Phoenix," GLEN CAMP-
    BELL (Capitol)
Song of the Year
  "Little Green Apples," Songwriter, BOBBY RUS-
    SELL
Best Country Song
  "Little Green Apples," Songwriter, BOBBY RUS-
    SELL
Best Country Vocal Performance, Female
  "Harper Valley P.T.A." (single), JEANNIE C.
    RILEY (Plantation)
Best Country Vocal Performance, Male
  "Folsom Prison Blues" (single), JOHNNY CASH
    (Columbia)
Best Country Performance, Duo or Group, Vocal or
Instrumental
  "Foggy Mountain Breakdown," FLATT &
    SCRUGGS (Columbia)
Best Album Notes
  "Johnny Cash at Folsom Prison," Annotator,
    JOHNNY CASH (Columbia)
Best Engineered Recording
  "Wichita Lineman," GLEN CAMPBELL; engi-
    neers, JOE POLITO, HUGH DAVIES (Capitol)
Best Folk Performance
  "Both Sides Now," JUDY COLLINS (Elektra)

1969
Best Country Song
  "A Boy Named Sue," Songwriter, SHEL SIL-
    VERSTEIN

Best Country Performance, Male
  "A Boy Named Sue" (single), JOHNNY CASH (Co-
    lumbia)
Best Country Performance, Female
  "Stand by Your Man" (album), TAMMY WY-
    NETTE (Epic)
Best Country Performance by a Duo or Group
  "MacArthur Park," WAYLON JENNINGS AND
    THE KIMBERLEYS (RCA)
Best Country Instrumental Performance
  "The Nashville Brass, Featuring Danny Davis, Play
    More Nashville Sounds," DANNY DAVIS AND
    THE NASHVILLE BRASS (RCA)
Best Gospel Performance
  "In Gospel Country," PORTER WAGONER AND
    THE BLACKWOOD BROTHERS (RCA)
Best Folk Performance
  "Clouds," JONI MITCHELL (Warner Bros.)
Best Album Notes
  "Nashville Skyline," BOB DYLAN; annotator,
    JOHNNY CASH (Columbia)
Song of the Year
  "Games People Play," Songwriter, JOE SOUTH
Best Contemporary Song
  "Games People Play," Songwriter, JOE SOUTH

1970
Best Country Song
  "My Woman, My Woman, My Wife," Songwriter,
    MARTY ROBBINS
Best Country Vocal Performance, Female
  "Rose Garden" (single), LYNN ANDERSON (Co-
    lumbia)
Best Country Vocal Performance, Male
  "For the Good Times" (single), RAY PRICE (Co-
    lumbia)
Best Country Performance by a Duo or Group
  "If I Were a Carpenter," JOHNNY CASH, JUNE
    CARTER (Columbia)
Best Country Instrumental Performance
  "Me & Jerry," CHET ATKINS, JERRY REED
    (RCA)

Best Contemporary Vocal Performance, Male
   "Everything Is Beautiful" (single), RAY STEVENS
      (Barnaby)
Best Gospel Performance (Other Than Soul Gospel)
   "Talk about the Good Times," OAK RIDGE BOYS
      (Heartwarming)

1971
Best Country Song
   "Help Me Make It through the Night," Songwriter,
      KRIS KRISTOFFERSON
Best Country Vocal Performance, Female
   "Help Me Make It through the Night" (single),
      SAMMI SMITH (Mega)
Best Country Vocal Performance, Male
   "When You're Hot, You're Hot" (single), JERRY
      REED (RCA)
Best Country Vocal Performance by a Group
   "After the Fire Is Gone" (single), CONWAY
      TWITTY, LORETTA LYNN (Decca)
Best Country Instrumental Performance
   "Snowbird" (single), CHET ATKINS (RCA)
Best Sacred Performance
   "Did You Think to Pray," CHARLEY PRIDE
      (RCA)
Best Gospel Performance (Other Than Soul Gospel)
   "Let Me Live," CHARLEY PRIDE (RCA)

1972
Best Country Song
   "Kiss an Angel Good Mornin'," songwriter, BEN
      PETERS
Best Country Vocal Performance, Female
   "Happiest Girl in the Whole U.S.A." (single),
      DONNA FARGO (Dot)
Best Country Vocal Performance, Male
   "Charley Pride Sings Heart Songs" (album), CHAR-
      LEY PRIDE (RCA)
Best Country Vocal Performance by a Duo or Group
   "Class of '57" (single), THE STATLER
      BROTHERS (Mercury)

Best Country Instrumental Performance
   "Charley McCoy/The Real McCoy" (album),
   CHARLIE McCOY (Monument)
Best Album Notes
   "Tom T. Hall's Greatest Hits," annotator, TOM T.
   HALL (Mercury)

1973

Best Country Song
   "Behind Closed Doors," songwriter, KENNY
   O'DELL
Best Country Vocal Performance, Male
   "Behind Closed Doors" (single), CHARLIE RICH
   (Epic/Columbia)
Best Country Vocal Performance, Female
   "Let Me Be There" (single), OLIVIA NEWTON-
   JOHN (MCA)
Best Country Vocal Performance by a Duo or Group
   "From the Bottle to the Bottom" (track), KRIS
   KRISTOFFERSON, RITA COOLIDGE (A&M)
Best Country Instrumental Performance
   "Dueling Banjos" (track), ERIC WEISSBERG,
   STEVE MANDEL (Warner Bros.)
Best Ethnic or Traditional Recording
   "Then and Now" (album), DOC WATSON (United
   Artists)

1974

Best Country Song
   "A Very Special Love Song," songwriters, NORRIS
   WILSON, BILLY SHERRILL
Best Country Vocal Performance, Female
   "Love Song" (album), ANNE MURRAY (Capitol)
Best Country Vocal Performance, Male
   "Please Don't Tell Me How the Story Ends" (sin-
   gle), RONNIE MILSAP (RCA)
Best Country Vocal Performance by a Duo or Group
   "Fairytale" (track), THE POINTER SISTERS
   (Blue Thumb)
Best Country Instrumental Performance
   "The Atkins-Travis Traveling Show" (album),
   CHET ATKINS, MERLE TRAVIS (RCA)

Best Album Notes
"For the Last Time," BOB WILLS AND HIS
TEXAS PLAYBOYS; annotator, CHARLES R.
TOWNSEND (United Artists)
Best Gospel Performance
"The Baptism of Jesse Taylor" (single), OAK
RIDGE BOYS (Columbia)
Best Ethnic or Traditional Recording
"Two Days in November" (album), DOC WAT-
SON, MERLE WATSON (United Artists)

1975
Best Country Song
"(Hey, Won't You Play) Another Somebody Done
Somebody Wrong Song," songwriters, CHIPS
MOMAN, LARRY BUTLER
Best Country Vocal Performance, Female
"I Can't Help It If I'm Still in Love with You" (sin-
gle), LINDA RONSTADT (Capitol)
Best Country Vocal Performance, Male
"Blue Eyes Crying in the Rain" (single), WILLIE
NELSON (Columbia)
Best Country Vocal Performance by a Duo or Group
"Lover Please" (single), KRIS KRISTOFFERSON,
RITA COOLIDGE (Monument)
Best Country Instrumental Performance
"The Entertainer" (track), CHET ATKINS (RCA)
Best Arrangement Accompanying Vocalist
"Misty," RAY STEVENS; arranger, RAY
STEVENS (Barnaby)

1976
Best Country Song
"Broken Lady," songwriter, LARRY GATLIN
Best Country Vocal Performance, Female
"Elite Hotel" (album), EMMYLOU HARRIS
(Reprise/Warner Bros.)
Best Country Vocal Performance, Male
"(I'm a) Stand by My Woman Man" (single), RON-
NIE MILSAP (RCA)

Best Country Vocal Performance by a Duo or Group
   "The End Is Not In Sight" (The Cowboy Tune) (album), AMAZING RHYTHM ACES (ABC)
Best Country Instrumental Performance
   "Chester & Lester" (album), CHET ATKINS, LES PAUL (RCA)
Best Gospel Performance
   "Where the Soul Never Dies" (single), OAK RIDGE BOYS (Columbia)
Best Ethnic or Traditional Recording
   "Mark Twang" (album), JOHN HARTFORD (Flying Fish)
Best Pop Vocal Performance, Female
   "Hasten Down the Wind" (album), LINDA RONSTADT (Asylum)

1977
Best Country Song
   "Don't It Make My Brown Eyes Blue," songwriter, RICHARD LEIGH
Best Country Vocal Performance, Female
   "Don't It Make My Brown Eyes Blue" (single), CRYSTAL GAYLE (United Artists)
Best Country Vocal Performance, Male
   "Lucille" (single), KENNY ROGERS (United Artists)
Best Country Vocal Performance by a Duo or Group
   "Heaven's Just a Sin Away" (single), THE KENDALLS (Ovation)
Best Country Instrumental Performance
   "Country Instrumentalist of the Year" (album), HARGUS "PIG" ROBBINS (Elektra)
Best Gospel Performance, Traditional
   "Just a Little Talk with Jesus" (track), OAK RIDGE BOYS (Rockland Road)
Best Inspirational Performance
   "Home Where I Belong" (album), B. J. THOMAS (Myrrh/Word)
Best New Artist of the Year
   DEBBY BOONE (Warner Bros./Curb)

1978

Best Country Song
  "The Gambler," songwriter, DON SCHLITZ
Best Country Vocal Performance, Female
  "Here You Come Again" (album), DOLLY PAR-
    TON (RCA)
Best Pop Vocal Performance, Female
  "You Needed Me" (single), ANNE MURRAY
    (Capitol)
Best Country Vocal Performance, Male
  "Georgia on My Mind" (single), WILLIE NELSON
    (Columbia)
Best Country Performance by a Duo or Group
  "Mamas, Don't Let Your Babies Grow Up to Be
    Cowboys" (single), WAYLON JENNINGS,
    WILLIE NELSON (RCA)
Best Country Instrumental Performance
  "One O'clock Jump" (track), ASLEEP AT THE
    WHEEL (Capitol)
Best Inspirational Performance
  "Happy Man" (album), B. J. THOMAS (Myrrh)

1979

Best Country Song
  "You Decorated My Life," songwriters: DEBBIE
    HUPP, BOB MORRISON
Best Country Vocal Performance, Female
  "Blue Kentucky Girl" (album), EMMYLOU HAR-
    RIS (Warner Bros.)
Best Country Vocal Performance, Male
  "The Gambler" (single), KENNY ROGERS (United
    Artists)
Best Country Vocal Performance by a Duo or Group
  "The Devil Went Down to Georgia" (single),
    CHARLIE DANIELS BAND (Epic)
Best Country Instrumental Performance
  "Big Sandy/Leather Britches" (track), DOC &
    MERLE WATSON (United Artists)
Best Inspirational Performance
  "You Gave Me Love, When Nobody Gave Me a
    Prayer" (album), B. J. THOMAS (Myrrh)
Producer of the Year (Non-Classical)
  LARRY BUTLER, Nashville

1980

Best Country Song
"On the Road Again," songwriter, WILLIE NELSON

Best Country Vocal Performance, Female
"Could I Have This Dance" (single), ANNE MURRAY (Capitol)

Best Country Vocal Performance, Male
"He Stopped Loving Her Today" (single), GEORGE JONES (Epic)

Best Country Vocal Performance by a Duo or Group
"That Lovin' You Feelin' Again" (single), ROY ORBISON, EMMYLOU HARRIS (Warner Bros.)

Best Country Instrumental Performance
"Orange Blossom Special/Hoedown" (track), GILLEY'S "URBAN COWBOY" BAND (Full Moon/Asylum)

Best Inspirational Performance
"With My Song I Will Praise Him" (album), DEBBY BOONE (Lamb & Lion)

1981

Best Country Song
"9 to 5," songwriter, DOLLY PARTON

Best Country Vocal Performance, Female
"9 to 5" (single), DOLLY PARTON (RCA)

Best Country Vocal Performance, Male
"(There's) No Gettin' over Me" (single), RONNIE MILSAP (RCA)

Best Country Vocal Performance by a Duo or Group
"Elvira" (single), OAK RIDGE BOYS (MCA)

Best Country Instrumental Performance
"Country—After All These Years" (album), CHET ATKINS (RCA)

1982

Song of the Year
"Always on My Mind," songwriters: JOHNNY CHRISTOPHER, MARK JAMES, WAYNE THOMPSON.

Best Country Vocal Performance, Female
"Break It to Me Gently," JUICE NEWTON (Capitol)

Best Country Vocal Performance, Male
"Always on My Mind," WILLIE NELSON (Columbia)

Best Country Vocal Performance, Duo or Group
"Mountain Music," ALABAMA (RCA)

Best Country Instrumental Performance
"Alabama Jubilee," ROY CLARK (Churchill)

Best Country Song
"Always on My Mind," songwriters: JOHNNY CHRISTOPHER, MARK JAMES, WAYNE THOMPSON.

Best Gospel Performance, Contemporary
"Age to Age," AMY GRANT (Myrrh/Word)

Best Gospel Performance, Traditional
"I'm Following You," BLACKWOOD BROTHERS (Voice Box)

Best Soul Gospel Performance, Contemporary
"Higher Plane," AL GREEN (Myrrh/Word)

Best Soul Gospel Performance, Traditional
"Precious Lord," AL GREEN (Myrrh/Word)

Best Inspiration Performance
"He Set My Life to Music," BARBARA MANDRELL (MCA/Songbird)

Academy of Country Music Awards

The Academy of Country Music is, in a sense, the West Coast equivalent of the Country Music Association. Headquartered in Hollywood, its awards reflect the western orientation of the organization. Originally chartered as the Academy of Country and Western Music (the name was changed in September of 1973), its trophies are cowboy hats on a pedestal; quite obviously they are called "The Hat" awards. Winners have been:

Country Music Man of the Year

1965—ROGER MILLER

1966—DEAN MARTIN
1967—JOEY BISHOP
1968—TOM SMOTHERS
1969—JOHN AYLESWORTH/FRANK PEPPIATT
1970—HUGH CHERRY
1971—WALTER KNOTT
1972—LAWRENCE WELK

Entertainer of the Year

1970—MERLE HAGGARD
1971—FREDDIE HART
1972—ROY CLARK
1973—ROY CLARK
1974—MAC DAVIS
1975—LORETTA LYNN
1976—MICKEY GILLEY
1977—DOLLY PARTON
1978—KENNY ROGERS
1979—WILLIE NELSON
1980—BARBARA MANDRELL
1981—ALABAMA
1982—ALABAMA

Male Vocalist of the Year

1965—BUCK OWENS
1966—MERLE HAGGARD
1967—GLEN CAMPBELL
1968—GLEN CAMPBELL
1969—MERLE HAGGARD
1970—MERLE HAGGARD
1971—FREDDIE HART
1972—MERLE HAGGARD
1973—CHARLIE RICH
1974—MERLE HAGGARD
1975—CONWAY TWITTY
1976—MICKEY GILLEY
1977—KENNY ROGERS
1978—KENNY ROGERS
1979—LARRY GATLIN
1980—GEORGE JONES

1981—MERLE HAGGARD
1982—RONNIE MILSAP

Female Vocalist of the Year

1965—BONNIE OWENS
1966—BONNIE GUITAR
1967—LYNN ANDERSON
1968—CATHIE TAYLOR
1969—TAMMY WYNETTE
1970—LYNN ANDERSON
1971—LORETTA LYNN
1972—DONNA FARGO
1973—LORETTA LYNN
1974—LORETTA LYNN
1975—LORETTA LYNN
1976—CRYSTAL GAYLE
1977—CRYSTAL GAYLE
1978—BARBARA MANDRELL
1979—CRYSTAL GAYLE
1980—DOLLY PARTON
1981—BARBARA MANDRELL
1982—SYLVIA

Most Promising Male Vocalist

1965—MERLE HAGGARD
1966—BILLY MIZE
1967—JERRY INMAN
1968—RAY SANDERS
1969—FREDDY WELLER
1970—BUDDY ALAN
1971—TONY BOOTH
1972—JOHNNY RODRIGUEZ
1973—DORSEY BURNETTE
1974—MICKEY GILLEY
1975—FREDDY FENDER
1976—MOE BANDY
1977—EDDIE RABBITT
1978—JOHN CONLEE
1979—R. C. BANNON
1980—JOHNNY LEE

1981—RICKY SKAGGS
1982—MICHAEL MURPHEY

Most Promising Female Vocalist

1965—KAYE ADAMS
1966—CATHIE TAYLOR
1967—BOBBIE GENTRY
1968—CHERYL POOLE
1969—DONNA FARGO
1970—SAMMI SMITH
1971—BARBARA MANDRELL
1972—TANYA TUCKER
1973—OLIVIA NEWTON-JOHN
1974—LINDA RONSTADT
1975—CRYSTAL GAYLE
1976—BILLIE JO SPEARS
1977—DEBBY BOONE
1978—CRISTY LANE
1979—LACY J. DALTON
1980—TERRI GIBBS
1981—JUICE NEWTON
1982—KAREN BROOKS

Best Vocal Group

1965—BONNIE OWENS/MERLE HAGGARD
1966—BONNIE OWENS/MERLE HAGGARD
1967—SONS OF THE PIONEERS
1968—JOHNNY & JONIE MOSBY
1969—KIMBERLEYS
1970—KIMBERLEYS
1971—LORETTA LYNN/CONWAY TWITTY
1972—STATLER BROTHERS
1973—BRUSH ARBOR
1974—LORETTA LYNN/CONWAY TWITTY
1975—LORETTA LYNN/CONWAY TWITTY
1976—LORETTA LYNN/CONWAY TWITTY
1977—STATLER BROTHERS
1978—OAK RIDGE BOYS
1979—MOE BANDY/JOE STAMPLEY
1980—ALABAMA

1981—ALABAMA
1982—ALABAMA

Best Vocal Duet

1967—BONNIE OWENS/MERLE HAGGARD
1980—MOE BANDY/JOE STAMPLEY
1981—DAVID FRIZZELL/SHELLY WEST
1982—DAVID FRIZZELL/SHELLY WEST

Best Songwriter

1965—ROGER MILLER

Song of the Year

1966—"Apartment Number Nine"
1967—"It's Such a Pretty World Today"
1968—"Wichita Lineman"
1969—"Okie from Muskogee"
1970—"For the Good Times"
1971—"Easy Loving"
1972—"The Happiest Girl in the Whole U.S.A."
1973—"Behind Closed Doors"
1974—"Country Bumpkin"
1975—"Rhinestone Cowboy"
1976—"Don't the Girls Get Prettier at Closing Time?"
1977—"Lucille"
1978—"You Needed Me"
1979—"It's a Cheatin' Situation"
1980—"He Stopped Loving Her Today"
1981—"You're the Reason God Made Oklahoma"
1982—"Are the Good Times Really Over?"

Single Record of the Year

1968—"Little Green Apples," ROGER MILLER
1969—"Okie from Muskogee," MERLE HAGGARD
1970—"For the Good Times," RAY PRICE
1971—"Easy Loving," FREDDIE HART
1972—"The Happiest Girl in the Whole U.S.A.,"
   DONNA FARGO

1973—"Behind Closed Doors," CHARLIE RICH
1974—"Country Bumpkin," CAL SMITH
1975—"Rhinestone Cowboy," GLEN CAMPBELL
1976—"Bring It On Home," MICKEY GILLEY
1977—"Lucille," KENNY ROGERS
1978—"Tulsa Time," DON WILLIAMS
1979—"All the Gold in California," LARRY GATLIN
1980— "He Stopped Loving Her Today," GEORGE
     JONES
1981—"Elvira," OAK RIDGE BOYS
1982—"Always On My Mind," WILLIE NELSON

Album of the Year

1967—*Gentle on My Mind,* GLEN CAMPBELL
1968—*Glen Campbell & Bobbie Gentry*
1969—*Okie from Muskogee,* MERLE HAGGARD
1970—*For the Good Times,* RAY PRICE
1971—*Easy Loving,* FREDDIE HART
1972—*The Happiest Girl in the Whole U.S.A.,*
     DONNA FARGO
1973—*Behind Closed Doors,* CHARLIE RICH
1974—*Back Home Again,* JOHN DENVER
1975—*Feelings,* LORETTA LYNN/CONWAY
     TWITTY
1976—*Gilley's Smoking,* MICKEY GILLEY
1977—*Kenny Rogers*
1978—*Ya'll Come Back Saloon,* OAK RIDGE BOYS
1979—*Straight Ahead* LARRY GATLIN AND THE
     GATLIN BROTHERS
1980—*Urban Cowboy* (Motion Picture Soundtrack)
1981—*Feel's So Right,* ALABAMA

Band of the Year

1965—BUCK OWENS' BUCKAROOS
1966—BUCK OWENS' BUCKAROOS
1967—BUCK OWENS' BUCKAROOS
1968—(Club) BILLY MIZE'S TENNESSEANS
     (Touring) BUCKAROOS
1969—MERLE HAGGARD'S STRANGERS

1970—(Non-touring) TONY BOOTH BAND
(Touring) THE STRANGERS
1971—(Non-touring) TONY BOOTH BAND
(Touring) THE STRANGERS
1972—(Non-touring) TONY BOOTH BAND
(Touring) THE STRANGERS
1973—(Non-touring) SOUND COMPANY/RONNIE
TRUHETT
(Touring) BRUSH ARBOR
1974—(Non-touring) PALOMINO RIDERS
(Touring) THE STRANGERS
1975—(Non-touring) PALOMINO RIDERS/JERRY
INMAN
(Touring) THE STRANGERS
1976—(Non-touring) POSSUM HOLLER
(Touring) Red Rose Express
1977—(Non-touring) PALOMINO RIDERS
(Touring) ASLEEP AT THE WHEEL/SONS OF
THE PIONEERS
1978—(Non-touring) Rebel Playboys
(Touring) ORIGINAL TEXAS PLAYBOYS
1979—(Non-touring) MIDNIGHT RIDERS
(Touring) CHARLIE DANIELS BAND
1980—(Non-touring) PALOMINO RIDERS
(Touring) CHARLIE DANIELS BAND
1981—(Non-touring) DESPERADOS (Johnny and
Jonie Mosby)
(Touring) MERLE HAGGARD'S STRAN-
GERS
1982—(Non-touring) DESPERADOS (Johnny and
Jonie Mosby)
(Touring) RICKY SKAGGS BAND

Best Radio Personality

1965—BIFF COLLIE
1966—BIFF COLLIE/BOB KINGSLEY
1967—BOB KINGSLEY
1968—(Regional) TEX WILLIAMS
(Los Angeles) LARRY SCOTT

Country Disc Jockey of the Year

1969—DICK HAYNES
1970—CORKY MAYBERRY
1971—LARRY SCOTT
1972—LARRY SCOTT
1973—CRAIG SCOTT
1974—LARRY SCOTT
1975—BILLY PARKER
1976—CHARLIE DOUGLAS
1977—BILLY PARKER
1978—BILLY PARKER
1979—KING EDWARD IV
1980—SAMMY JACKSON
1981—ARCH YANCEY
1982—LEE ARNOLD

Best Television Personality

1965—BILLY MIZE
1966—BILLY MIZE
1967—BILLY MIZE
1968—GLEN CAMPBELL
1969—JOHNNY CASH
1970—JOHNNY CASH
1971—GLEN CAMPBELL
1972—ROY CLARK

Country Radio Station of the Year

1970 through 1976—KLAC, Los Angeles, California
1977—KGBS, Los Angeles, California
1978—KVOO, Tulsa, Oklahoma
1979—KFDI, Wichita, Kansas
1980—KLAC, Los Angeles, California
1981—KPLO, Atlanta, Georgia
1982—KIKK, Houston, Texas

Best Country Music Nightclub

The Palomino Club in North Hollywood, California,
has dominated this award, winning it outright in 1965,

1966, 1967, and 1970 through 1978. In 1968, the Palomino shared the award with the Golden Nugget; in 1969 and 1980 with Gilley's Club. The other winners were:
1979—Gilley's Club, Pasadena, Texas
1981—Billy Bob's, Fort Worth, Texas
1982—Gilley's Club, Pasadena, Texas

Best Producer/A&R Man

1965—KEN NELSON
1966—KEN NELSON
1967—AL DELORY

Best Talent Management

1965—JACK MCFADDEN
1966—JACK MCFADDEN

Best Music Publisher

1965—Central Songs
1966—Central Songs
1967—Freeway Music

Best Music Publication

1965—*Billboard*
1966—*Billboard*

Most Promising Vocal Group

1966—BOB MORRIS/FAYE HARDIN

Jim Reeves Memorial Award

This award was begun in 1968 (initially called the Directors' Special Award), designed to honor those who have made significant contributions to the growth of country music. In 1968, it went to NUDIE, Hollywood costume designer of outfits for country music entertainers. The award was renamed to honor Jim Reeves in its second year.

1969—JOE ALLISON
1970—BILL BOYD
1971—ROY ROGERS
1972—THURSTON MOORE
1973—SAM LOUVULLO
1974—MERV GRIFFIN
1975—DINAH SHORE
1976—ROY CLARK
1977—JIM HALSEY
1978—JOE CATES
1979—BILL WARD
1980—KEN KRAGEN
1981—AL GALLICO
1982—JO WALKER-MEADOR

Pioneer Award

1968—"UNCLE ART" SATHERLEY
1969—BOB WILLS
1970—TEX RITTER/PATSY MONTANA
1971—BOB NOLAN/STUART HAMBLEN/TEX WILLIAMS
1972—CLIFFIE STONE/GENE AUTRY
1973—HANK WILLIAMS
1974—MERLE TRAVIS / TENNESSEE ERNIE FORD/JOHNNY BOND
1975—ROY ROGERS
1976—OWEN BRADLEY
1977—SONS OF THE PIONEERS
1978—EDDIE DEAN
1979—PATTI PAGE
1980—ERNEST TUBB
1981—LEO FENDER
1982—CHET ATKINS

Special Achievement Award

1977—JOHNNY PAYCHECK
1980—GEORGE BURNS

Comedy Act of the Year

1969, 1970, 1971—ROY CLARK

Tex Ritter Award

(for country music motion pictures)
1979—*Electric Horseman*
1980—*Coal Miner's Daughter*
1981—*Any Which Way You Can*
1982—*The Best Little Whorehouse in Texas*

Academy of Country Music Artist of the Decade

1969—MARTY ROBBINS
1979—LORETTA LYNN

The Academy of Country Music pays special attention to individual musicians with a series of "sidemen" awards each year.

Steel Guitar

1965—RED RHODES
1966—TOM BRUMLEY/RALPH MOONEY
1967—RED RHODES
1968—RED RHODES
1969—BUDDY EMMONS
1970—J. D. MANESS
1971—J. D. MANESS
1972—BUDDY EMMONS
1973—RED RHODES
1974—J. D. MANESS
1975—J. D. MANESS
1976—J. D. MANESS
1977—BUDDY EMMONS
1978—BUDDY EMMONS
1979—BUDDY EMMONS
1980—BUDDY EMMONS/J. D. MANESS
1981—BUDDY EMMONS
1982—J. D. MANESS

Fiddle

1965 through 1977—BILLY ARMSTRONG
1978 through 1982—JOHNNY GIMBLE

Lead Guitar

1965—PHIL BAUGH
1966—JIMMY BRYANT
1967—JIMMY BRYANT
1968—JIMMY BRYANT
1969—AL BRUNO
1970—AL BRUNO
1971—AL BRUNO
1972—AL BRUNO
1973—AL BRUNO
1974—AL BRUNO
1975—RUSS HANSEN
1976—DANNY MICHAELS
1977—ROY CLARK
1978—JAMES BURTON
1979—AL BRUNO
1980—AL BRUNO
1981—JAMES BURTON
1982—AL BRUNO

Rhythm Guitar

1969, 1975, 1976—JERRY INMAN

Bass

1965—BOB MORRIS
1966—BOB MORRIS
1967—RED WOOTEN
1968—RED WOOTEN
1969—BILLY GRAHAM
1970—BILLY GRAHAM/DOYLE HOLLY
1971—LARRY BOOTH
1972—LARRY BOOTH
1973—LARRY BOOTH
1974—BILLY GRAHAM

1975—BILLY GRAHAM
1976—CURTIS STONE
1977—LARRY BOOTH
1978—ROD CULPEPPER
1979—BILLY GRAHAM
1980—CURTIS STONE
1981—JOE OSBORN/CURTIS STONE
1982—RED WOOTEN

Piano/Keyboard

1965—BILLY LIEBERT
1966—BILLY LIEBERT
1967—EARL BALL
1968—EARL BALL
1969—FLOYD CRAMER
1970—FLOYD CRAMER
1971—FLOYD CRAMER
1972—FLOYD CRAMER
1973—FLOYD CRAMER
1974—FLOYD CRAMER
1975—JERRY LEE LEWIS
1976—HARGUS "PIG" ROBBINS
1977—HARGUS "PIG" ROBBINS
1978—JIMMY PRUETT
1979—HARGUS "PIG" ROBBINS
1980—HARGUS "PIG" ROBBINS
1981—HARGUS "PIG" ROBBINS
1982—HARGUS "PIG" ROBBINS

Drums

1965—MUDDY BERRY
1966—JERRY WIGGINS
1967—PEE WEE ADAMS
1968—JERRY WIGGINS
1969—JERRY WIGGINS
1970—ARCHIE FRANCIS
1971—JERRY WIGGINS
1972—JERRY WIGGINS
1973—JERRY WIGGINS
1974—JERRY WIGGINS

1975—ARCHIE FRANCIS
1976—ARCHIE FRANCIS
1977—ARCHIE FRANCIS/GEORGE MANZ
1978—ARCHIE FRANCIS
1979—ARCHIE FRANCIS
1980—ARCHIE FRANCIS
1981—BUDDY HARMON
1982—ARCHIE FRANCIS

Speciality Instrument

1969—JOHN HARTFORD (banjo)
1977 through 1981—CHARLIE MCCOY (harmonica)
1982—JAMES BURTON (dobrow)

Gospel Music Association Awards

The Gospel Music Association, headquartered in Nashville, began its awards ceremonies in 1969. In 1971 there were some questions raised about voting procedures and the awards were not given that year; with that exception, the awards have been distributed annually. Several categories have changed over the years, and those changes are reflected in the following lists.

Gospel Song of the Year

1969—"Jesus Is Coming Soon," by R. E. WINSETT (R. E. Winsett Music Co., SESAC)
1970—"The Night before Easter," by DON SUMNER AND DWAYNE FRIEND (Gospel Quartet Music Co., SESAC)
1972—"The Lighthouse," by RON HINSON (Journey Music Co., BMI)
1973—"Why Me, Lord?" by KRIS KRISTOFFERSON (Resaca Music, BMI)
1974—"Because He Lives," by BILL GAITHER (Gaither Music Co., ASCAP)
1975—"One Day at a Time," by MARIJOHN WILKIN AND KRIS KRISTOFFERSON (Buckhorn Music, BMI)

1976—"Statue of Liberty," by NEIL ENLOE (Enloe Music, BMI)
1977—"Learning to Lean," by JOHN STALLINGS (Heartwarming Music, BMI)
1978—"Rise Again," by DALLAS HOLM (Dimension Music, SESAC)
1979—"He's Alive," by DON FRANCISCO (New Pax Music, BMI)
1980—"Praise the Lord," by BROWN BANNISTER AND MIKE HUDSON (Home Sweet Home Music, BMI; Bug & Bear Music, ASCAP)
1981—"We Shall Behold Him," by DOTTIE RAMBO (John T. Benson Publishing, ASCAP)
1982—"El Shaddai," by MICHAEL CARD AND JOHN THOMPSON (Whole Armor Publishing, ASCAP)

Gospel Male Vocalist of the Year

1969—JAMES BLACKWOOD
1970—JAMES BLACKWOOD
1972—JAMES BLACKWOOD
1973—JAMES BLACKWOOD
1974—JAMES BLACKWOOD
1975—JAMES BLACKWOOD
1976—JOHNNY COOK
1977—JAMES BLACKWOOD
1978—DALLAS HOLM
1979—DALLAS HOLM
1980—RUSSELL TAFF
1981—RUSSELL TAFF
1982—LARNELLE HARRIS

Gospel Female Vocalist of the Year

1969—VESTAL GOODMAN
1970—ANN DOWNING
1972—SUE CHENAULT
1973—SUE CHENAULT
1974—SUE CHENAULT DODGE
1975—JEANNE JOHNSON

1976—JOY MCGUIRE
1977—EVIE TORNQUIST
1978—EVIE TORNQUIST
1979—CYNTHIA CLAWSON
1980—CYNTHIA CLAWSON
1981—SANDI PATTI
1982—AMY GRANT

Male Gospel Quartet of the Year

1969—IMPERIALS
1970—OAK RIDGE BOYS
1972—OAK RIDGE BOYS
1973—BLACKWOOD BROTHERS
1974—BLACKWOOD BROTHERS
1975—IMPERIALS
1976—IMPERIALS
1977—CATHEDRAL QUARTET
1978—IMPERIALS
1979—IMPERIALS

Mixed Gospel Group of the Year

1969—SPEER FAMILY
1970—SPEER FAMILY
1972—SPEER FAMILY
1973—SPEER FAMILY
1974—SPEER FAMILY
1975—SPEER FAMILY
1976—SPEER FAMILY
1977—SPEER FAMILY
1978—DALLAS HOLM AND PRAISE
1979—BILL GAITHER TRIO

Gospel Group of the Year

1980—IMPERIALS
1981—IMPERIALS
1982—IMPERIALS

Gospel Artist of the Year

1980—IMPERIALS
1981—SANDI PATTI
1982—AMY GRANT

Gospel Songwriter of the Year

1969—BILL GAITHER
1970—BILL GAITHER
1972—BILL GAITHER
1973—BILL GAITHER
1974—BILL GAITHER
1975—BILL GAITHER
1976—BILL GAITHER
1977—BILL GAITHER
1978—DALLAS HOLM
1979—DON FRANCISCO
1980—GARY CHAPMAN
1981—DOTTIE RAMBO
1982—MICHAEL CARD

Gospel Instrumentalist of the Year

1969—DWAYNE FRIEND
1970—DWAYNE FRIEND
1972—TONY BROWN
1973—HENRY SLAUGHTER
1974—HENRY SLAUGHTER
1975—HENRY SLAUGHTER
1976—HENRY SLAUGHTER
1977—HENRY SLAUGHTER
1978—DINO KARTSONAKIS
1979—DINO KARTSONAKIS
1980—DINO KARTSONAKIS
1981—DINO KARTSONAKIS
1982—DINO KARTSONAKIS

Gospel Record Album of the Year

(Title/Artist/Label/Producer)

1969—*It's Happening*, OAK RIDGE BOYS (Heartwarming, Bob MacKenzie)

1970—*Fill My Cup Lord*, BLACKWOOD BROTHERS (RCA, Darol Rice)

1972—*Light*, OAK RIDGE BOYS (Heartwarming, Bob MacKenzie)

1973—*Street Gospel*, OAK RIDGE BOYS (Heartwarming, Bob MacKenzie)

1974—*Big and Live*, KINGSMEN QUARTET (Canaan, Marvin Norcross)

1975—*I Just Feel Like Something Good Is about to Happen*, SPEER FAMILY AND DOUG OLDHAM (Heartwarming, Bob MacKenzie)

(*Note:* Starting in 1976, the Gospel Record Album of the Year award was categorized to better reflect the diversity of gospel music.)

1976—Traditional: *Between the Cross and Heaven*, SPEER FAMILY (Heartwarming, Joe Huffman)

Contemporary: *No Shortage*, IMPERIALS (Impact, Bob MacKenzie/Gary Paxton)

Inspirational: *Jesus We Just Want to Thank You*, BILL GAITHER TRIO (Heartwarming, Bob MacKenzie)

By a Non-Gospel Artist: *Sunday Morning with Charley Pride*, CHARLEY PRIDE (RCA, Jerry Bradley)

1977—Traditional: *Then . . . and Now*, CATHEDRAL QUARTET (Canaan, Ken Harding)

Contemporary: *Reba-Lady*, REBA RAMBO GARDNER (Greentree, Phil Johnson)

Inspirational: *Ovation*, COURIERS (Tempo, Jesse Peterson)

By a Non-Gospel Artist: *Home Where I Belong*, B. J. THOMAS (Myrrh)

Soul: *This Is Another Day*, ANDRAÉ CROUCH AND THE DISCIPLES (Light, Bill Maxwell/Andraé Crouch)

1978—Traditional: *Kingsmen Live In Chattanooga*, KINGSMEN (Heartwarming, Joe Huffman & Eldridge Fox)

Contemporary: *Transformation*, CRUSE FAMILY (Canaan, Ken Harding)

Inspirational: *Pilgrim's Progress*, BILL GAITHER TRIO (Impact, Bob MacKenzie & John W. Thompson)

By a Non-Gospel Artist: *First Class*, THE BOONES (Lamb & Lion, Chris Christian)

Soul: *Live in London*, ANDRAÉ CROUCH AND THE DISCIPLES (Light, Bill Maxwell & Andraé Crouch)

1979—Traditional: *Kingsmen from out of the Past*, KINGSMEN (Heartwarming, Joe Huffman & Eldridge Fox)

Contemporary: *All That Matters*, DALLAS HOLM AND PRAISE (Greentree, Phil Johnson)

Inspirational: *Special Delivery*, DOUG OLD-HAM (Impact, Joe Huffman)

By a Secular Artist: *Slow Train Coming*, BOB DYLAN (Columbia, Jerry Wexler & Barry Beckett)

Black Gospel: *Love Alive II*, WALTER HAWKINS AND THE LOVE CENTER CHOIR (Light, Walter Hawkins)

1980—Contemporary: *One More Song for You*, IMPE-RIALS (Day Spring, Michael Omartian)

Inspirational: *You're Welcome Here*, CYNTHIA CLAWSON (Triangle, JEN Productions)

Traditional: *Workin'*, HEMPHILLS (Heartwarming, Jerry Crutchfield)

Contemporary Black Gospel: *Give Me More Love in My Heart*, LARNELLE HARRIS (Benson, Howard McCrary & Paul Johnson)

Inspirational Black Gospel: *Rejoice*, SHIRLEY CAESAR (Myrrh, Tony Brown & Ken Harding)

Traditional Black Gospel: *Incredible*, TEDDY

HUFFMAN AND THE GEMS (Canaan, Ken Harding)

Childrens' Music: *Very Best of the Very Best for Kids*, BILL GAITHER TRIO (Word, Robert MacKenzie)

Worship Music: *The Lord's Prayer*, VARIOUS ARTISTS (Light, Dony McGuire)

Musicals: *The Messiah*, (Sparrow Records, Billy Ray Hearn, executive producer; Irving Martin, producer)

By a Secular Artist: *With My Song*, DEBBIE BOONE (Lamb & Lion, Brown Bannister)

1981—Contemporary: *Priority*, THE IMPERIALS (Dayspring Records, Michael Omartian)

Contemporary Black Gospel: *Walter Hawkins and Family Live*, WALTER HAWKINS AND FAMILY (Light Records, Walter Hawkins)

Inspirational: *Joni's Song*, JONI EARECKSON (Word Records, Kurt Kaiser)

Inspirational Black Gospel: *Edwin Hawkins Live with the Oakland Symphony*, EDWIN HAWKINS (Myrrh Records, Gil Askey and Edwin Hawkins)

Traditional: *One Step Closer*, REX NELON SINGERS (Canaan Records, Ken Harding)

Traditional Black Gospel: *Go*, SHIRLEY CAESAR (Myrrh Records, Tony Brown, Shirley Caesar)

Childrens': *Kids under Construction* (Paragon Records, Bob MacKenzie, Ron Huff)

Worship: *Exaltation* (Paragon Records, Ron Huff)

Musicals: *The Love Story* (New Dawn Records, Phil Brower, Don Wyrtzen)

By a Secular Artist: *Amazing Grace*, B. J. THOMAS (Myrrh Records, Pete Drake)

1982—Contemporary: *Age to Age*, AMY GRANT (Myrrh Records, Brown Bannister)

Contemporary Black Gospel: *I'll Never Stop Loving You*, LEON PATILLO (Myrrh Records, Skip Konte)

Inspirational: *Lift Up the Lord,* SANDI PATTI (Impact Records, Greg Nelson)
Inspirational Black Gospel: *Touch Me Lord,* LARNELLE HARRIS (Impact Records, Greg Nelson)
Traditional: *Feeling at Home,* REX NELON SINGERS (Canaan Records, Ken Harding)
Traditional Black Gospel: *Precious Lord,* AL GREEN (Myrrh Records, Al Green)
Childrens': *Lullabies and Nursery Rhymes,* Vol. I (Birdwing Records, Tony Salerno/Fletch Wiley)
Worship: *Light Eternal,* JOHN MICHAEL TALBOT (Birdwing Records, B. R. Hearn)
Musicals: *The Day He Wore My Crown* (Impact Records, David T. Clydesdale)
By a Secular Artist: *He Set My Life to Music,* BARBARA MANDRELL (MCA Records, Tom Collins)

Associate Member Award

1975—(Group) BLACKWOOD BROTHERS
1976—(Song) "Statue of Liberty," by NEIL ENLOE (Neil Enloe Music, BMI)
1977—(Group) BLACKWOOD BROTHERS
1978—(Group) BLACKWOOD BROTHERS
1979—(Song) "Rise Again," by DALLAS HOLM (Dimension Music, SESAC)

Gospel Television Program of the Year

1969—"Gospel Jubille," FLORIDA BOYS, hosts.
1970—"Gospel Jubilee," FLORIDA BOYS, hosts.
1972—"Gospel Jubilee," FLORIDA BOYS, hosts.
1973—"Gospel Jubilee," FLORIDA BOYS, hosts.
1974—"Gospel Jubilee," FLORIDA BOYS, hosts.
1975—"Gospel Jubilee," FLORIDA BOYS, hosts.
1976—"Gospel Jubilee," FLORIDA BOYS, hosts.
1977—"PTL Club," JIM BAKKAR, host.

1978—"Gospel Singing Jubilee," FLORIDA BOYS, hosts.
1979—"Hemphill Family Time," HEMPHILLS, hosts.

Backliner Notes of a Gospel Record Album

(Annotator / Album Title / Artist)
1970—Mrs. Jake Hess, *Ain't That Beautiful Singing?* (JAKE HESS)
1972—Johnny Cash, *Light* (OAK RIDGE BOYS)
1973—Eddie Miller, *Release Me* (BLACKWOOD BROTHERS)
1974—Don Butler, *On Stage* (BLACKWOOD BROTHERS)
1975—Wendy Bagwell, *Bust Out Laffin'* (WENDY BAGWELL AND THE SUNLITERS)
1976—Sylvia Mays, *Just a Little Talk with Jesus* (CLEAVANT DERRICKS FAMILY)
1977—Joe Huffman, *Cornerstone* (SPEER FAMILY)
1978—Joe and Nancy Cruse, *Transformation* (CRUSE FAMILY)
1979—Merlin Littlefield, *Breakout* (MERCY RIVER BOYS)

Graphic Layout and Design, Gospel Record Album

(Graphic Artist / Album Title / Artist)
1970—Jerry Goff, *Thrasher Brothers at Fantastic Caverns* (THRASHER BROTHERS)
1972—Act Lehman, *L-O-V-E Love* (BLACKWOOD BROTHERS)
1973—Bob McConnell, *Street Gospel* (OAK RIDGE BOYS)
1974—Charles Hooper, *On Stage* (BLACKWOOD BROTHERS)
1975—Bob McConnell, *Praise Him . . . Live* (DOWN-INGS)
1976—Bob McConnell, *No Shortage* (IMPERIALS)

1977—Dennis Hill, *Then . . . and Now* (CATHEDRAL QUARTET)
1978—Bob McConnell, *Grand Opening* (ANDRUS, BLACKWOOD & CO.)
1979—Bob McConnell, *Special Delivery* (DOUG OLDHAM)

Gospel Record Album Cover Photo or Cover Art

(Photographer / Album Title / Artist)
1970—Bill Grine, *This Is My Valley* (RAMBOS)
1972—Bill Grine, *Light* (OAK RIDGE BOYS)
1973—Bill Grine, *Street Gospel* (OAK RIDGE BOYS)
1974—Hope Powell, *On Stage* (BLACKWOOD BROTHERS)
1975—Spears Photo, *There He Goes* (BLACKWOOD BROTHERS)
1976—Bill Barnes, *Old Fashioned, Down Home, Hand Clappin', Foot Stompin', Southern Style, Gospel Quartet Music* (OAK RIDGE BOYS)
1977—Ray Tremble, *Then . . . and Now* (CATHEDRAL QUARTET)
1978—Robert August, *Live in London* (ANDREAÉ CROUCH AND THE DISCIPLES)
1979—Mike Borum, *You Make It Rain for Me* (RUSTY GOODMAN)

Gospel Record Album Cover of the Year

(Album Title / Artist / Label / Photography-Graphics)
1980—*You're Welcome Here,* CYNTHIA CLAWSON (Triangle) BILL BARNES, photography; CLARK THOMAS, artwork
1981—*Finest Hour,* CYNTHIA CLAWSON (Triangle) BILL, MATT, AND PAT BARNES, design and photography
1982—*Age to Age,* AMY GRANT (Myrrh) MICHAEL BORUM, photography; DENNIS HILL, design

8

What's Age Got to Do with It?

"Outlaw" star WAYLON JENNINGS had his own disc jockey show on a radio station in Littlefield, Texas, at the age of twelve. He later became a member of the Crickets, BUDDY HOLLY's famous band.

UNCLE DAVE MACON, the first real star of the Grand Ole Opry, did not begin his professional show business career until he was forty-eight years old. Prior to that he operated the Macon Midway Mule and Wagon Transportation Company, hauling freight between Woodbury and Murfreesboro, Tennessee.

Banjo virtuoso EARL SCRUGGS first started to play that instrument at the age of five in Flint Hill, North Carolina.

Grand Ole Opry star BILLY WALKER started singing when he was ten as a member of his family's gospel quartet. By the time he was fifteen, he had his own radio show in Texas.

SPADE COOLEY, once known as the West Coast King of Western Swing, played his first paid performance at the age of eight.

Outstanding songwriter MICKEY NEWBURY wrote his first song at the age of sixteen. He was working on the shrimp boats in Galveston Bay when the Acuff-Rose Publishing Company brought him to Nashville.

JACK GREENE was only fourteen when he began to play at a little radio station in his East Tennessee hometown of Maryville. He played bass guitar and sang with a group known as Clyde Grubbs and the Tennessee Valley Boys.

DAVID HOUSTON made his first professional appearance at the age of twelve on the "Louisiana Hayride" radio show in Shreveport, Louisiana.

R. C. BANNON began singing at the age of four in his father's Pentacostal church in Dallas, Texas.

RAZZY BAILEY cut his first record when he was only ten for B&K Records, a small label run by an Alabama five-and-dime store owner. It didn't sell.

At the age of fifty, BOXCAR WILLIE was named the Most Promising Newcomer in a poll conducted by *Music City News* in 1981. And that was after he had already been a performer, on and off, for forty years!

The ultimate child star in country music was BRENDA LEE. "I started at five years old," she told an interviewer. "I don't remember any feelings—I loved doing shows. I enjoyed singing and it was fun for me. I was getting to meet people; it was, you know, pretty much of an adventure for a girl, and it stayed that way until I was a teenager." Her young stardom, however, cost her her childhood. She didn't see her first circus until after she was married.

On Christmas Eve in 1938, five youngsters came from Hardy, Arkansas, to entertain in the town square of Thayer, Missouri. That was the debut of the Singing Wilburn Children. At the time, TEDDY WILBURN was only six; DOYLE WILBURN was seven.

BOB WILLS took up the fiddle at the age of nine on a bet. He was listening to a thirty-five-year-old cousin try to play a fiddle tune and wagered he could play it better. He did. He went on to be a barber, cotton picker, carpenter, zinc smelter worker, telephone line surveyor, insurance man, rooming house manager, car salesman, hobo, and lay preacher before becoming known as the King of Western Swing.

RICKY SKAGGS, who grew up along Brushy Creek in Cordell, Kentucky, started taking mandolin lessons from his father at the age of five. He was a child prodigy on the instrument, and at seven he appeared on the FLATT AND SCRUGGS television show in Nashville. By fifteen his professional career had started with the STANLEY BROTHERS.

BARBARA MANDRELL has been in show business since her earliest recollections. And so have her sisters, LOUISE and IRLENE. Barbara, taught by her mother, Mary, played the accordion at the age of five. Her father, Irby, remembers: "She could read music before she could read words." She also learned to play the banjo, saxophone and steel guitar. At the age of eleven, Barbara was playing with Joe Maphis in Las Vegas. LOUISE, also at an early age, played electric bass and fiddle in the Mandrell family group: IRLENE played drums for several years in Barbara's road band.

LARRY GATLIN, born in Seminole, Texas, in 1948 as the oldest of three brothers, was already singing with STEVE and RUDY when he was only seven and the brothers were even younger, of course. Their venues were churches in the area.

Born blind in 1954, TERRI GIBBS first began playing the piano at the age of three.

JOHN ANDERSON began playing the guitar at seven in Apopka, Florida, formed a rock 'n' roll band in high school, and invaded Nashville at the age of seventeen.

SUE POWELL, only thirteen, had her own radio show on WMPI, Scottsburg, Indiana: "The Little Sue Powell Show." It was a collection of kiddie skits and songs written by her mother. Her father was the director. Sue first gained national attention as a singer with DAVE AND SUGAR.

KIPPI BRANNON, the Brooke Shields look-alike, was signed to an MCA recording contract at age fifteen. She had been "discovered" three years earlier by independent record producer Chuck Howard while she was singing at a charity event in a Nashville area shopping mall.

ANITA KERR, who practically invented the art of backup singing, was already studying classical piano at the age of four. By ten she was writing arrangements for the choir in her Memphis church. At fourteen she organized a family singing group called the Grilli Sisters. Grilli was the family name.

By the age of ten, CHARLY McCLAIN was working in a small Memphis band with her older brother and two other boys. She played bass guitar and sang.

The OAK RIDGE BOYS as youngsters? DUANE ALLEN was only four when he started singing with a family group in church. WILLIAM LEE GOLDEN played guitar and sang with his sister on WEBJ, Brewton, Alabama, at the age of seven. RICHARD STERBAN was also seven when he performed a soprano (!) solo in sunday school. And JOE BONSALL made his debut at six on the "Horn and Hardart Childrens' Hour" on Philadelphia TV.

JOHN WESLEY RYLES was a small boy when he began with the Ryles Family Singers in Bastrop, Louisiana. At thirteen he was playing the Dallas club circuit. At sixteen he arrived in Nashville and soon thereafter recorded a major hit, "Kay," for Columbia Records.

TANYA TUCKER was only thirteen when she had her explosive hit record, "Delta Dawn."

9

Dolly Parton: The First Super Superstar!

ESSAY

No one has better credentials as a genuine country music star than does Dolly Parton. She comes from the hills of East Tennessee, her songs speak of the glories of country living and its trials, and she has an unaffected personality as a performer.

One writer has said that Dolly is "as commercial as water and every bit as fresh."

As the fourth of twelve children growing up near Seiverville, little Dolly was a dreamer. She lived in a world of make-believe. She saw herself in fancy clothes, wearing jewels, the center of attention. She knew deep down that one day she'd be a star!

It is part of country music lore that Dolly left home the day after she graduated from high school, and assaulted Nashville. Her outgoing personality and her obvious talent quickly made her an important part of the country music scene. She teamed with Porter Wagoner, toured with him, recorded with him, and appeared on his widely distributed television show. She was flashy, no question of that: a buxom figure that elicited awe, plus an eye-catching wardrobe.

But the key to it all was that Dolly had real talent. Her distinctive little-girl singing voice and her superb songs made her something special. She made herself something special. And that was matched with ambition—she wanted it all! She may be getting very close to achieving that ambition.

When she came back to Nashville for the debut of her first major motion picture, *9 to 5*, in which she costarred with Jane Fonda and Lily Tomlin, Dolly met with reporters and charmed them, as she charms everyone she meets. And that meeting with the newsmen was no different from any other interview session; she was totally frank.

Thus, she is perhaps best explained in her own words. One reporter has called them *Dollyisms*.

On her general appearance: "I patterned my look after Cinderella, Mother Goose, and the local hooker."

About her ample bosom: "No silicone injections. There ain't that much plastic in the world. . . . People will always talk and make jokes about my boobs. When somebody says that this doctor claims he did it, I always say that plastic surgeons are all alike, they're always making mountains out of molehills. . . . Even before I had a figure, I liked my clothes snug and tight. People would always kid me in school about my little butt and my little blue jeans or whatever."

Dolly as a trendsetter: "Can you imagine anybody wanting to look like this for *real?* When people first get to know me, they say, 'Why do you wear all of this?' Then, after a week of knowing me, they totally understand. They know it's just a bunch of baloney. But why not? Life's boring enough; it makes you try to spice it up. I guess I just thrown on a little too much spice."

On sex: "I learned about the facts of life in the *barn*. We had uncles and cousins that were maybe two or three years older than us that knew a lot of stuff. . . . As soon as we got a chance, we'd try it."

On her marriage: "Carl [Dean] has wonderful relationships with other women, and by that I don't mean takin' them to bed. But even if he did—well, I'd feel bad, but the truth is it really don't matter. I think a lot of people run around who are happily married. You can't own the other person's emotions, and when you think you can, you have screwed up royally."

About her voice: "I don't have a great voice. I have a *different* voice and I can do things with it that a lot of people can't. But it's so delicate in other ways, there's no way I can do some of the things other singers do. I just love to sing. It is joyful . . . it is a release for me."

On performing: "I just get *real* excited on stage, because I love to sing and perform. It takes me about three hours to come down. Your openin' tune is usually the one you get off on if you're goin' to get off. Sometimes I get so excited over a certain moment on stage, I could just swear that it's the same thing as sex."

On Hollywood: "This town does not own me. You don't have to sell your soul to be successful. If you know who you are and you know what you can do, you can't be sucked in. . . . I'm a happier person than most out here. I can make my own rules. If it gets to the point where I feel burdened or troubled or used in any way, Hollywood can kiss my ass."

It may be that Dolly is most proud of her songwriting. She's a prolific writer who has written *thousands* of songs, most of them not published or recorded. But those that have been make up an impressive catalog for any songwriter: "Jolene," "Coat of Many Colors," "All I Can Do," "Apple-Jack," "My Tennessee Mountain Home," "Daddy's Moonshine Still," "In the Good Ole Days (When Times Were Bad)," "My Blue Ridge Mountain Boy," "Run That by Me One More Time," "Daddy Was an Old Time Preacher Man," "Joshua," "9 to 5" . . . and so many more.

And other performers are appreciative of Dolly's songwriting talents. Emmylou Harris, for example, recorded Dolly's "To Daddy." "To me it's like an O. Henry short story," Emmylou said. "Dolly sets it up and then whammo . . . she turns it all around. When I first heard it my lips were trembling . . . and I was afraid I was gonna make a scene."

Dolly likes to talk about her songwriting: "It's just a natural gift. I like to write and I write all the time. . . . I've written more than most writers do. It's just so easy. . . . I write on torn paper, Kleenex boxes, napkins. I wrote "Coat of Many Colors" on the bus. . . . I was with Porter (Wagoner) and he had some clothes cleaned and I took the tickets off his cleanin' bags and wrote the song on them. After the song became a hit, he had the tickets framed."

She's very defensive about country music. "Sayin' somethin' [bad] about country music," she told a *Playboy* interviewer, "is like sayin' somethin' about a brother or sister or my momma and daddy. Because it has made me a livin', it is somethin' I love and appreciate. I know what it stands for, I know what it is. It is a music to be respected. . . . To me, it's the greatest music because it does deal with life, with people, and it deals with simple sounds. If it is done right, it's the best music there is."

Dolly has been criticized about moving away from country music, about "going Hollywood." But she denies that. To her she has simply proven that her talents are not limited to music. She has expanded. She has allowed her ambitious nature to persist.

So, she went beyond her early success in the *9 to 5* movie with Jane Fonda and Lily Tomlin, and made a second big-budget picture with Burt Reynolds. It was a Hollywood version of the Broadway hit play, *The*

Best Little Whorehouse in Texas, and Dolly wrote some of the music for the film.

She approached the movie with her usual enthusiasm: "I play Miss Mona, the madam who runs the famous Chicken Ranch whorehouse, and I think the role fits me real good, because I can be funny, silly, lovin', carin', and warmhearted. I can also get done up with diamond rings and fancy dresses, big wild hairdos, and, best of all, I get to sing and romance with Burt Reynolds. The Broadway version was all talk between the two principals, no touchin' or grapplin'. I fixed that. I'm not gonna miss a chance with ol' Burt."

Dolly Parton loves the life she leads. And she knows there's still a lot ahead of her. The dreams she dreamed in Sevierville are not ended.

"I'm so glad I grew up poor and had to struggle for everything I achieved," she has said. "Why, my life is so blessed and beautiful that if it all ended in the next two minutes, I'd still be one of the fortunate people of our time.

"Everybody wants to be successful at whatever their inner dream is. I'm not near through with what I want to do, with what I want to accomplish. When I feel like I have accomplished the things that I want to accomplish, then maybe I will personally think of myself as a superstar. . . . A star shines, of course, but I want to be radiant."

Radiant! That's Dolly Rebecca Parton, country music's first SUPER superstar.

10

What's in a Name?

Hall of Famer VERNON DALHART, whose real name was MARION TRY SLAUGHTER, recorded under at least 110 pseudonyms! His basic show business name was concocted from the names of two towns in his native Texas, Vernon and Dalhart.

But, because he recorded for dozens of early record labels (often recording the same song over and over again), he was lavish in the use of adopted names. These are just some examples: Al Craver . . . Mack Allen . . . Tom Watson . . . Tobe Little . . . Hugh Latimer . . . Sid Turner . . . Warren Mitchell . . . Harry Britt . . . Dick Morse . . . Walter Clark . . . Walter Hyde . . . Jeff Calhoun . . . George Morbid . . . Val Veteran . . . Gwyrick O'Hara . . . Carlos B. McAfee . . . Joe Kincaid . . . Josephus Smith . . . Vernon Dell . . . Frank Dalbert . . . James Ahern . . . Lou Hays . . . Bob Massey . . . Paul Adams . . . Will Terry . . . Bob White . . . Cliff Stewart . . . Charlie West . . . David Harris . . . Ed Clifford . . . Frank Evans . . . Fred King . . . Harry Blake . . . Harry Raymond . . . James Clemmons . . . Jimmy Cannon.

Even as Fern Holmes and Mr. X!

HANK SNOW's correct first name is CLARENCE.

The late RED SOVINE was baptized as WOODROW WILSON SOVINE.

KITTY WELLS is MURIEL ELLEN DEASON WRIGHT. Her husband, JOHNNY WRIGHT, gave her the stage name based on the old mountain folk ballad, "Sweet Kitty Wells."

ROY ROGERS came out of Ohio as LEN SLYE. His partner in the original Sons of the Pioneers, BOB

NOLAN, was really named ROBERT CLARENCE NOBLES.

JEAN CAROLYN STEPHENSON, when she left Anson, Texas, for Nashville, became JEANNIE C. RILEY.

THE CACKLE SISTERS, a widely known yodeling act on both the "National Barn Dance" and the Grand Ole Opry in the thirties, were really CAROLINE and MARY DEZURIK.

Perhaps the best-known pseudonym in country music is that of MINNIE PEARL. She's really SARA OPHELIA COLLEY CANNON.

PEE WEE KING was born in Milwaukee, Wisconsin, as JULIUS FRANK ANTHONY KUCZYNSKI.

CONWAY TWITTY, a one-time rock 'n' roller, was HAROLD JENKINS when he left Arkansas.

STRINGBEAN, the late comic of Grand Ole Opry and "Hee Haw" fame, was really DAVID AKEMAN.

GENE AUTRY's proper first name is ORVON.

For the record, the names of the STATLER BROTHERS are HAROLD and DON REID, JIMMY FORTUNE, and PHIL BALSLEY.

The OAK RIDGE BOYS are DUANE ALLEN, BILL GOLDEN, JOE BONSALL, and RICHARD STERBAN.

ALABAMA consists of RANDY OWENS, JEFF COOK, and TEDDY GENTRY, all cousins, and a nonrelated drummer, MARK HERNDON.

BASHFUL BROTHER OSWALD, of the Roy Acuff band, is really BEECHER "PETE" KIRBY.

SKEETER DAVIS was born MARY FRANCES PENICK. Her duet partner in the Davis Sisters was BETTY JACK DAVIS, who was killed in an auto accident in 1953. They were *not* sisters.

FREDDY FENDER, the Mexican-American singing star, is BALDEMAR G. HUERTA. Yes, his stage name was taken from the famous guitar.

TAMMY WYNETTE was VIRGINIA WYNETTE PUGH. Her record producer, Billy Sherrill, selected her new first name, telling her: "You look like a Tammy to me."

MARION WORTH was born MARY ANN WARD in Birmingham, Alabama.

Grand Ole Opry piano star DEL WOOD is actually ADELAIDE HAZELWOOD.

SLIM WHITMAN started as OTIS DEWEY WHITMAN. He got his nickname when RCA released his first record under the name of "Yodelin' Slim" without consulting him.

Comedy team of LONZO AND OSCAR are DAVE HOOTEN (Lonzo) and ROLLIN SULLIVAN (Oscar). Rollin has always been Oscar, but the first Lonzo was KEN MARVIN, who was replaced by JOHNNY SULLIVAN, Rollin's brother. When Johnny died of a heart attack, Dave Hooten became Lonzo.

STONEWALL JACKSON is his real name. He's a descendent of the famous Confederate general, Thomas J. "Stonewall" Jackson.

FERLIN HUSKY is another real name in country music, although Ferlin started his recording career on the West Coast after World War II as TERRY PRESTON.

RAZZY BAILEY, born on Valentine's Day, was christened RASIE after his father's first name, ERASTUS. At one time, Razzy ran his own record label—unhappily, not successfully—and called it Erastus Records.

Texan LECIL T. MARTIN is known around the world as BOXCAR WILLIE.

The young Latin-American country singer, VALENTINO, is ENRIQUE HERNANDEZ.

SYLVIA *does* have more than one name. They are SYLVIA KIRBY ALLEN.

Ditto DOTTSY. She's MRS. ROBIN DWYER.

The "R" in JOHN R. CASH doesn't stand for anything.

Singing star T. G. SHEPPARD started life as BILL BROWDER in Humbolt, Tennessee. The initials in his coined stage name stand for "The Good." Get it?

Country Music Hall of Famer FRED ROSE also wrote songs under the pseudonym of FLOYD JENKINS, including the major hit "Pins and Needles (In My Heart)."

KARL and HARTY, an outstanding country duo in the thirties, were actually KARL DAVIS and HARTFORD CONNECTICUT TAYLOR. Obviously, Harty didn't come from the South.

The "A. P." in A. P. CARTER's name translated to ALVIN PLEASANT.

RED FOLEY was CLYDE JULIAN FOLEY back home in Kentucky.

"HAWKSHAW" HAWKINS was HAROLD, and "COWBOY" COPAS was LLOYD.

MOLLY O'DAY, a female singing star during Hank Williams's time, was really LAVERNE WILLIAMSON from Pike County, Kentucky.

WAYLON JENNINGS once recorded and wrote under the name of JACKSON KING.

PATSY MONTANA's real handle was RUBYE BLEVINS ROSE.

Speaking of names, DON WILLIAMS has named his first touring bus AMANDA, and his second GYPSY LADY.

MARGO SMITH was born BETTY LOU MILLER. *Smith* and *Miller*—two of the most common family names in the nation.

ORION, the masked Elvis Presley sound-alike, is the happy creation of one of Nashville's most flamboyant promoters, Shelby Singleton. The singer once told *Chicago Tribune* columnist Bob Greene that his full name is ORION ECKLEY DARNELL, and that he comes from Ribbonsville, Tennessee, just south of Nashville. The fact that there isn't any Ribbonsville is part of the hype. But does it matter? Not really—it's just good, clean, *profitable* fun!

The BELLAMY BROTHERS really are—brothers, that is. Their names are DAVID and HOWARD. And they hail from Florida: "Our father was a country dobro and fiddle player."

The BURRITO BROTHERS ain't—brothers, that is. They're GIB GUILBEAU and JOHN BELAND.

LEON EVERETTE was born the son of Albert and Eula Baughman in Aiken, South Carolina. EVERETTE is his middle name.

KIPPI BRANNON's first name really is KIPPI. But the family name is BINKLEY.

BOB DYLAN's family name is ZIMMERMAN.

The "Charly" in CHARLY McCLAIN is short for Charlotte.

THE JORDANAIRES, who sang backup for Elvis Presley for fifteen years (and who have backed dozens of country stars on records), are: GORDON STOKER, first tenor and leader; NEAL MATTHEWS, second tenor; HOYT HAWKINS, baritone; and RAY WALKER, bass.

TEX RITTER was born in Murvaul, Texas, as WOODWARD MAURICE RITTER. He wasn't called "Tex" until he migrated to New York City to begin his career.

Another Texan, RAY PRICE was baptized as NOBLE RAY PRICE. And from Lubbock came CHARLES HARDIN HOLLY, better known as BUDDY HOLLY to rock fans.

GEORGE JONES also had a brief tenure as a rock 'n' roll singer, recording "Rock It" and "Heartbreak Hotel" for Starday Records. But he did it under the name of THUMPER JONES.

In the same vein, the name of rocker CORKY JONES once hid the true identity of BUCK OWENS.

Tough-singing LACY J. DALTON left her native Bloomsburg, Pennsylvania, as JILL BYREM. Her stage name comes from a unique amalgam. "Lacy" was borrowed from the ex-wife of one of her band's guitarists; the "J" stands for her real name, Jill; "Dalton" was selected to honor another singer she admired deeply, Karen Dalton.

When JOHNNY PAYCHECK ran away from his Greenfield, Ohio, home at the age of fourteen, he did so under his real name—DONALD LYTLE. Later, when he was playing with the bands of George Jones, Faron Young, and Ray Price, he was using the name DONNIE YOUNG. Now he has even formalized his Paycheck handle—he's JOHN AUSTIN PAYCHECK. (The *real* Johnny Paycheck was an old Chicago prizefighter whom heavyweight champion Joe Louis knocked out in two rounds back in 1940.)

11

The Halls of Fame

Country Music Hall of Fame

The Country Music Association established its Hall of Fame in 1961, but it wasn't until the fall of 1967 that the physical building was opened. It's located at the intersection of Division Street and Music Square East (formerly 16th Avenue South), at the head of what is known as "Music Row." More than a half-million country music fans visit the Hall of Fame and Museum every year. Members of the Country Music Hall of Fame are chosen by a select committee of electors made up of veteran country music people.

The Country Music Hall of Fame members include:

JIMMIE RODGERS
(elected 1961)

"The Singing Brakeman," Rodgers was responsible for the national popularization of country music through his unique records. A blue yodeler, he sold millions of records during a tragically short lifetime. He is also called "The Father of Country Music."

FRED ROSE
(elected 1961)

A versatile songwriter, Rose was a founding partner of the very first music publishing house established for country songwriters. He was a guiding factor in the career of Hank Williams, and many other artists and songwriters.

HANK WILLIAMS
(elected 1961)

Even though he died at the age of twenty-nine, Williams remains the most dominant figure in country music. His brilliant catalog of songs may never be surpassed. He maintained a common bond with all of his fans.

ROY ACUFF
(elected 1962)

Called "The King of Country Music" Acuff has become the glue that has held together the long-running "Grand Ole Opry" radio show. Movie actor, songwriter, singer, he was also the "money" in the partnership of Acuff-Rose Publishing.

TEX RITTER
(elected 1964)

The first "western" music representative elected to the Country Music Hall of Fame, Ritter actually got his show business start in Broadway shows. He was a veteran "singing cowboy" in Hollywood and a beloved leader of the country music community.

ERNEST TUBB
(elected 1965)

"The Texas Troubadour," Tubb is a follower of Jimmie Rodgers; Rodgers was his hero, but he never met him. Ernest has probably toured more than any other country entertainer. His "Walkin' the Floor over You" has become a country music classic.

EDDY ARNOLD
(elected 1966)

With his smooth, crooning style he moved country music into nightclubs, Las Vegas, and the big-city auditoriums. He set the pattern for the modernization of country music and has been widely emulated by a whole generation of country singers.

JAMES R. DENNY
(elected 1966)

The first behind-the-scenes man to be elected to the Country Music Hall of Fame. A longtime manager of the Grand Ole Opry, Denny was also an outstanding music publisher and the operator of what was once country music's largest talent agency.

GEORGE D. HAY
(elected 1966)

The originator of the Grand Ole Opry in 1925, Hay was a former newspaper reporter who switched to radio in its infancy. He appeared as master of ceremonies on the Opry for nearly thirty years. He called himself "The Solemn Old Judge."

UNCLE DAVE MACON
(elected 1966)

The first real star of the Grand Ole Opry, Macon was a banjo-playing entertainer of the first order. He didn't begin his professional show business career until he was forty-eight years old. Known affectionately as "The Dixie Dewdrop."

RED FOLEY
(elected 1967)

One of the most versatile performers known to country music, he starred on the "National Barn Dance," the Grand Ole Opry, and the "Ozark Jubilee." His best-known songs were "Chattanooga Shoe Shine Boy" and "Peace in the Valley."

J. L. (JOE) FRANK
(elected 1967)

A trend-setting promoter of country music shows, Frank was instrumental in the careers of Roy Acuff, Gene Autry, Eddy Arnold, Minnie Pearl, Ernest Tubb, and Pee Wee King. But he helped hundreds of other performers as well. Known as a "soft touch."

JIM REEVES
(elected 1967)

An internationally known star with a velvet singing voice, Reeves was killed in an airplane crash at the peak of his career. His recordings, however, are still major sellers several decades after his untimely death.

STEPHEN H. SHOLES
(elected 1967)

A pioneer record company executive, Sholes was the first to commit a major record company (RCA) to Nashville. Credited with enhancing the careers of Eddy Arnold, Chet Atkins and Jim Reeves.

BOB WILLS
(elected 1968)

The originator of a style of country music known as "western swing," Wills developed numerous outstanding bands during his colorful career. He composed and first recorded the country music classic "San Antonio Rose."

GENE AUTRY
(elected 1969)

The first "singing cowboy" of the motion pictures, he set box office records around the world. Autry was also an early star of network radio. His judicious investments made him one of the richest men in country music.

ORIGINAL CARTER FAMILY
(elected 1970)

A. P. Carter, his wife, Sara, and his sister-in-law Maybelle comprised a country music act whose style is still widely copied today. Among their best songs are "Will the Circle Be Unbroken," "Wildwood Flower," and "Keep on the Sunny Side."

BILL MONROE
(elected 1970)

Born in Kentucky, Monroe developed a musical style that is known far and wide as "bluegrass." A unique musician, he has been the leader of some of the best-known acoustical bands in country music. Composer of the classic "Blue Moon of Kentucky."

ARTHUR E. SATHERLEY
(elected 1971)

A pioneer recording technician and producer, Satherley apprenticed under the inventor of the phonograph, Thomas A. Edison. He produced records for such artists as Gene Autry, Bob Wills, and Roy Acuff. "Uncle Art" was born in Bristol, England.

JIMMIE H. DAVIS
(elected 1972)

Twice elected governor of Louisiana, Davis has had a varied show business career in radio, movies, and television. He wrote the evergreen "You Are My Sunshine." Davis is also known as one of the nation's leading gospel singers.

CHET ATKINS
(elected 1973)

A guitar virtuoso, Atkins headed the big RCA Records operation in Nashville for many years, both as an executive and a producer. He has had a hand in the careers of many of today's outstanding stars. Atkins is known as "Mr. Nashville."

PATSY CLINE
(elected 1973)

The first woman solo performer to be elected to the County Music Hall of Fame. Her career was cut short when she was killed in an airplane crash, along with Cowboy Copas and Hawkshaw Hawkins. Her biggest hit, "I Fall to Pieces," is a country classic.

OWEN BRADLEY
(elected 1974)

Bradley is generally credited with being the architect of Nashville's "Music Row," having built the first recording studio there in a converted Quonset hut. As the longtime producer for Decca Records, he produced the sessions of Ernest Tubb, Red Foley, Patsy Cline, Brenda Lee, Loretta Lynn, and others.

FRANK "PEE WEE" KING
(elected 1974)
An innovator in country music, King is credited with giving Eddy Arnold his first real break in country music. A widely heard radio and TV personality, Pee Wee was also an outstanding composer. He is best known for "Tennessee Waltz," cowritten with Redd Stewart.

MINNIE PEARL
(elected 1975)
A product of an exclusive finishing school, Minnie Pearl (a.k.a. Sarah Ophelia Colley Cannon) is the best-known comedy personality in country music. Her trademark introduction is: "How-dee! I'm jest so proud to be here!"

PAUL COHEN
(elected 1976)
A veteran recording talent scout, Cohen worked with Decca Records from the first day of the company. The disc careers of Patsy Cline, Red Foley, Webb Pierce, Red Sovine, Ernest Tubb and Kitty Wells were in his hands. He conducted the first formal recording session in Nashville.

KITTY WELLS
(elected 1976)
Known as "The Queen of Country Music," Kitty has never had a record released that didn't make the country music charts. Her real name is Muriel Deason Wright. And her biggest hit has been "It Wasn't God Who Made Honky Tonk Angels."

MERLE TRAVIS
(elected 1977)
His versatility has made him a songwriter, a cartoonist, a movie actor, and an outstanding pioneer in the electric guitar field. Merle is regarded—in country

music and out of it—as one of the most influential guitarists in the nation. Writer of "Sixteen Tons."

GRANDPA JONES
(elected 1978)

Known as "Grandpa" since he was twenty-two years old, Jones is a staunch devotee of old-time country music. A superb banjo player, he is also a consummate comedian and is a star of the long-running "Hee Haw" television star.

HANK SNOW
(elected 1979)

Born in Canada, Snow overcame a tragic childhood to become a star of the first rank. His "I'm Movin' On" was number one on the *Billboard* charts for forty-nine consecutive weeks. He is the founder of the Hank Snow Child Abuse Foundation.

HUBERT LONG
(elected 1979)

A veteran talent manager and booker, Long was instrumental in taking country music into the international arena. He was a founding member of both the Country Music Association and the Country Music Foundation, which operates the Hall of Fame and Museum.

JOHNNY CASH
(elected 1980)

A product of the Memphis "rockabilly" musical trends, Cash has become an internationally famous performer. Star of radio, TV, movies, and the concert stage, he is the composer of "Folsom Prison Blues," "I Walk the Line," "Don't Take Your Guns to Town," and dozens of other hits. Known as "The Man in Black."

CONNIE B. GAY
(elected 1980)

A broadcasting entrepreneur, Gay is credited with having taken country music to the nation's major metropolitan areas through his innovative "Town and Country" programming format. He was the founding president of the Country Music Association.

SONS OF THE PIONEERS
(elected 1980)

Producers of one of the smoothest harmony sounds in any music, the Sons of the Pioneers were featured in hundreds of movies. Honored in the Hall of Fame are Roy Rogers, Bob Nolan, Tim Spencer, Hugh and Karl Farr, and Lloyd Perryman. Their best-known songs, "Cool Water" and "Tumbling Tumbleweeds," were written by Nolan.

VERNON DALHART
(elected 1981)

The singer of country music's first million-seller song, "The Prisoner's Song." Born in Texas as Marion Try Slaughter, he recorded under at least 110 pseudonyms. Credited with opening up the commercial era of country music.

GRANT TURNER
(elected 1981)

The Dean of Grand Ole Opry announcers, Turner started in the radio business in Texas at the age of eighteen. He joined the Opry in 1945 as the protégé of the program's originator, George D. Hay.

LEFTY FRIZZELL
(elected 1982)

William Orville Frizzell was an innovator in the country music field, coming out of Corsicana, Texas, with a honky-tonk style of singing that has been widely copied. He gained considerable fame as a songwriter. Among his hits are "Always Late," "If You've Got the Money, Honey (I've Got the Time)," "I Love You a Thousand Ways." He died at the early age of forty-seven.

ROY HORTON
(elected 1982)

A Pennsylvania coal miner as a young man, Roy Horton performed with his brother, Vaughn, on the Rudy Vallee network radio show before becoming a leading executive with the big Peer-Southern publishing company. A tireless promoter of country music, Horton was largely responsible for the establishment of the Country Music Hall of Fame and Museum.

MARTY ROBBINS
(elected 1982)

One of the most enduring stars of the Grand Ole Opry, Robbins was an auto race driver, a movie actor, and a consistent producer of country music hits: "El Paso," "White Sport Coat," "Devil Woman," "My Woman, My Woman, My Wife," "That's All Right," "Singing the Blues," "The Story of My Life." Just two months after his induction into the Country Music Hall of Fame, Marty, who earlier had had open heart surgery, died of a heart attack on December 8, 1982.

Gospel Music Hall of Fame

The Gospel Music Association, headquartered in Nashville, began its Hall of Fame designations in 1971. Plans call for the erection of a Gospel Hall of Fame and Museum building in Nashville. Each year the GMA's special electors' board selects members of the Hall of Fame in two categories: living and deceased.

Living Category

JAMES PARKS WAITES
(elected 1971)

The dean of gospel bass singers, Waites was known around the world as "Big Jim." His rich bass voice has been heard by millions via radio, television, recordings, and personal appearances. He worked with the Morros-Henson Quartet, the Electrical Workers Quartet, the Vaughan Radio Quartet, the Stamps Quartet,

141

the John Daniel Quartet, the LeFevres, the Homeland Harmony Quartet, and the Rebels Quartet. Now deceased.

ALBERT E. BRUMLEY
(elected 1972)

Brumley was known as one of the greatest gospel songwriters of all time, having written such standards as "I'll Fly Away," "I'll Meet You in the Morning," "Jesus Hold My Hand," "There's a Little Pine Log Cabin," and "If We Never Meet Again." His catalog includes hundreds of songs. He was a friend and associate of such gospel greats as V. O. and Frank Stamps, E. M. Bartlett, and J. R. Baxter, Jr. Now deceased.

LEE ROY ABERNATHY
(elected 1973)

Possessing a creative ability unsurpassed in gospel music, Abernathy is credited with numerous "firsts." He taught thousands to play the piano by mail. He was the first to publish gospel music shaped notes in sheet music. He has been a writer, teacher, performer, producer and promoter. He sang and played piano with the Rangers, Homeland Harmony, Miracle Men, and the Happy Two with Shorty Bradford. He wrote "Everybody's Going to Have a Wonderful Time up There," and "He's a Personal Saviour."

JAMES BLACKWOOD, SR.
(elected 1974)

Blackwood has been singing gospel music for more than forty-five years, and the Blackwood Brothers recorded and sold more gospel albums than any other group. He helped to guide the National Quartet Convention to becoming one of the biggest productions of gospel music. He was jointly responsible for the Stamps-Blackwood School of Music. He has served as chairman of the Board of Directors of the Gospel Music Association and as president of the Gospel Music Hall of Fame.

JACK BROCK SPEER
(elected 1975)

Brock is the oldest son of Tom and Lena Speer, and has been a member of the Singing Speer Family ever since he was old enough to stand up. He has been a leader in the development of gospel music. As a record producer for Skylite, he directed most of the major groups in their recordings. He is an ordained elder in the Church of the Nazarene. He graduated from Treveca College and Vanderbilt Divinity School.

MOSIE LISTER
(elected 1976)

A graduate of Middle Georgia College, where he studied harmony, counterpoint, and arranging for piano and organ, Lister began writing seriously for gospel groups in Atlanta in the late forties. He joined the Statesmen in 1948. In 1953 he founded Mosie Lister Publications, merging with Lillenas Publishing Co. in 1969. Mosie was honored as Layman of the Year by the Tampa Baptist Laymen in 1971. He composed such songs as "How Long Has It Been?," "Then I Met the Master," and "Til the Storm Passes By."

EVA MAE LeFEVRE
(elected 1977)

In 1934, at the age of seventeen, Eva Mae Whittington married Urias LeFevre and began a long career in gospel music. She is the daughter of a country evangelist and traveled with him (she was playing the piano at the age of four) until she and Urias married. Eva Mae was named Miss Gospel Singer in 1953 and Queen of Gospel Music in the 1974 *Singing News* Fan Awards. The LeFevres were chosen to represent gospel music at the final Ryman Auditorium program of the Grand Old Opry in Nashville, and asked to appear on the first gospel program in the new Grand Ole Opryhouse.

GEORGE BEVERLY SHEA
(elected 1978)

Shea is probably the best-known gospel music singer by people *outside* of the gospel music business. The son of a minister, he has been affiliated with "Songs in the Night" at the Moody Bible Institute, was the host of the national radio show "Hymns from the Chapel," and has been the songleader with the Billy Graham Crusades. He has recorded nearly fifty gospel albums, and has written such tunes as "The Wonder of It All" and "Tenderly He Watches over Me." He is responsible for making "How Great Thou Art" world famous.

CONNOR HALL
(elected 1979)

Hall was born in Brunville, South Carolina, in 1916, the son of Jessie and Irene Hall. At the age of fifteen he began singing in churches, then appeared with the Church of God Quartet for eight years and joined the LeFevres in 1943. He was an original member and manager of the Homeland Harmony Quartet. Today he is the editor of the *Vaughan Family Visitor,* editor of Tennessee Music and Printing Company, and editor of James D. Vaughan Music Company.

JOHN T. BENSON, JR.
(elected 1980)

His father founded John T. Benson Publishing Company in 1902. Upon his father's death, John, Jr., who was born in 1904, took over the management of the music publishing firm in the early thirties. He was also a partner with his brothers in a family printing business. For twenty years prior to his retirement in 1969, he was actively involved in publishing gospel, sacred, and religious music. In the early 1960s two record labels were formed: Heart Warming, and Impact, and he served on the General Board of the Church of the Nazarene for twenty years, board of trustees of Treveca Nazarene College, and minister of music at First Nazarene, Nashville.

IRA F. STANPHILL
(elected 1980)

Born in Bellview, New Mexico. With only one year of piano instruction at an early age, his musical ability made him proficient in piano, organ, ukulele, and accordion. He began composing at the age of seventeen and started his career as a singer. He took his college work at the Coffeyville, Kansas, Junior College. When he was twenty-two he was called to preach; as a singing evangelist, he has preached all over the country and in forty other nations. He has written over four-hundred songs. The most popular have been "Mansion Over the Hilltop," "Suppertime," "Room at the Cross," "I Know Who Holds Tomorrow," and "Follow Me."

THOMAS A. DORSEY
(elected 1981)

Truly one of the great gospel songwriters. His compositions have become standards in country music. Included in that group of songs are "Take My Hand," "Just a Closer Walk with Thee," and the oft-performed "Peace in the Valley." The Reverend Mr. Dorsey also is a member of the Songwriters Hall of Fame.

BILL GAITHER
(elected 1982)

Born in 1936 on a farm in Alexandria, Indiana, Gaither has become one of the most versatile songwriters and performers in gospel music. His "He Touched Me" has become a gospel music classic, and his "Because He Lives" was voted the Gospel Music Song of the Year in 1974. Among his other hits have been: "The King Is Coming," "There Is Just Something about That Name," "Get All Excited" and "The Old Rugged Cross Made the Difference." Gaither has won thirteen awards including an eight-year stretch (1969–1977) as Gospel Music Songwriter of the Year.

Deceased Category

E. M. BARTLETT
(1884–1941)

A gospel singer, composer, teacher, editor, and publisher. He was head of the Hartford Music Company from 1918 to 1935. His best known composition is "Victory in Jesus."

J. R. BAXTER, JR.
(1887–1960)

Musician and music publisher, he was a pioneer in sponsoring gospel quartets on local radio stations. Through the Stamps-Baxter Music School he encouraged thousands of young people to study gospel music. One of his most popular songs is "Try Jesus."

GEORGE BENNARD
(1873–1958)

Converted to Christianity at an early age while attending a meeting of the Salvation Army, he became a Salvation Army brigade leader and later an evangelist for the Methodist Episcopal church. Composer of more than three-hundred gospel songs, his most widely known song is the classic "Old Rugged Cross."

FANNY CROSBY
(1820–1915)

Blinded as a baby, Francis Jane Crosby (Van Alstyne) became one of the most prolific—and successful—composers of hymns. She is credited with writing over six thousand songs, among them "Pass Me Not" and "Blessed Assurance."

DENVER CRUMPLER
(1914–1957)

One of the highest lyric tenors in gospel music, Crumpler performed with some of the finest gospel groups in the field: the Melody Boys in the early thirties, the Rangers Quartet from 1938 until 1953, and then the Statesmen Quartet until his death at the age of forty-three.

JOHN DANIEL
(1906–1961)

A pioneer in gospel quartet singing, his John Daniel Quartet (organized with his brother, Troy) became the first quartet to sing gospel songs full time. It was the first gospel group to appear regularly on WSM's "Grand Old Opry."

ADGER M. PACE
(1882–1959)

A lifetime student of harmony and counterpoint, he was considered one of the foremost harmonists in the South. He traveled several years with the Vaughan Radio Quartet and later was editor of the Vaughan Publishing House. He wrote and contributed to more than thirty-five hundred gospel songs, including "That Glad Reunion Day."

HOMER RODEHEAVER
(1880–1955)

An outstanding publisher and popularizer of gospel music songs. From 1909 until 1931 he was music director of the Billy Sunday Evangelistic Campaigns. He toured the world with evangelist W. R. Biederwolf in 1923–24, and in 1936 toured the African mission field. He was president of the Rodeheaver, Hall-Mack Company, and founder of the Rodeheaver Boys' Ranch in Florida.

A. J. SHOWALTER
(1858–1924)

Author, editor, publisher, and teacher, he had his first book, *Harmony and Composition,* published when he was only twenty-two. Later he went abroad to study the methods of teachers and conductors in England, France, and Germany. He was president of the A. J. Showalter Co., Dalton, Georgia, and the Showalter-Patton Co., Dallas, Texas.

TOM "DAD" SPEER
(1891–1966)

The patriarch of one of the premier family singing groups in gospel music, his earliest musical memory was of his mother singing a gospel song. He wrote songs constantly, sang at every opportunity, and became a respected teacher at music schools throughout the South, most notably the Vaughan Singing School in Lawrenceburg, Tennessee.

LENA BROCK SPEER
(1900–1967)

"Mom" Speer, the daughter of one of the South's leading musicians and teachers, was singing almost before she could talk. In 1920, Lena married Tom Speer, and with their four children—Brock, Rosa Nell, Mary Tom, and Ben—they forged one of the busiest gospel singing groups in the nation. "Mom" and "Dad" Speer are perhaps best remembered for their theme song, "Won't We Be So Happy?"

FRANK STAMPS
(1898–1965)

Frank Stamps and the Stamps Quartet were the first gospel group to be recorded by a major record label, RCA Victor. Two gospel songs by the group, "Give the World a Smile" and "Love Leads the Way," sold one million copies each. Perhaps his most famous song was "I Have My Hand in the Hand of the Lord."

VIRGIL OLIVER STAMPS
(1892–1940)

He began his career in 1914 as a singing-school teacher, and founded the V. O. Stamps Music Company in 1924. A singer, writer, publisher, and pioneer recording artist, his greatest accomplishment was spreading gospel music through the medium of radio, then relatively new. For several years, he had many salaried quartets on national radio stations.

JAMES D. VAUGHAN
(1864–1941)

The rock on which much of today's gospel music was built and promoted, he founded the James D. Vaughan Music Publishing Company, and also founded and developed the Vaughan School of Music, which developed many of the best of the gospel performers. Owned and operated the first radio station in Tennessee, WOAN, Lawrenceburg, started in 1923.

GLENN KIEFFER VAUGHAN
(1893–1969)
Entered the Vaughan Music Company in 1918, and became its president and coowner in 1941. Organizéd and toured with the Original Vaughan Quartet, which became the first gospel group to engage in regular broadcast activity. Active as a teacher of voice in the Vaughan schools, and one-time mayor of Lawrenceburg, Tennessee.

WILLIAM BURTON WALBERT
(1886–1959)
A graduate of Dana's Musical Institute, Warren, Ohio, and of the Vaughan School of Music, he became affiliated with the Vaughan Quartet and traveled to almost every part of the United States and Canada. He was the head of the Vaughan School of Music after the death of James D. Vaughan in 1941.

ROBERT E. WINSETT
(1876–1952)
Music composer and publisher, he was a music teacher for forty-two years, and wrote his first gospel song when he was only seven years old. Winsett published *Pentecostal Power Complete* in 1908, and it sold one million copies. One of his best-known gospel songs was "Jesus Is Coming Soon," named as the Gospel Music Song of the Year in 1969, some seventeen years after his death.

JAMES S. WETHERINGTON
(1922–1973)
"Big Chief" Wetherington (he was of American Indian extraction) was an outstanding bass singer with the Statesmen Quartet for twenty-five years. He was a partner with Hovie Lister and Doy Ott in the Faith and J. M. Henson publishing companies, and sole owner of Lodo Music Company.

MAHALIA JACKSON
(1911–1972)

Perhaps the best-known of the black gospel singers, Mahalia was the daughter of a New Orleans preacher and sang in her father's choir at the age of five. As an adult, she headquartered in Chicago, and from there she took her unique gospel style around the world. She was seen on many network television programs and was a singing spokesman of the civil rights movement in the sixties.

IRA SANKEY
(1840–1908)

Music historian William C. Rice wrote: "The most famous exponent of gospel singing, Ira D. Sankey combined his singing and tune-writing abilities to make America and Europe gospel-music conscious." Born in Edinburgh, Pennsylvania, he served with a Maryland regiment during the Civil War. Discovered by Dwight Moody in 1870, Sankey joined the evangelistic pioneer to make gospel history. Sankey's *Sacred Songs and Solos* sold eighty million copies. Among his most familiar songs are "Hiding In Thee," "I'm Praying for You," "Faith Is the Victory," and "The Ninety and Nine."

MRS. J. R. BAXTER, JR.
(1898–1972)

Clarice Baxter, née Howard, born in DeKalb County, Alabama, studied "shape note" singing and the organ at an early age. When she married J. R. Baxter, Jr., in 1918, she joined the famous Stamps-Baxter Quartet. She worked closely with her husband in his teaching and became an accomplished voice teacher in her own right. After the death of her husband in 1960, she became president of the Stamps-Baxter Music and Printing Company until her own death.

In 1981, the GMA, in an effort to recognize outstanding songwriters of many years ago, put a "Special Slate" of five into the Gospel Music Hall of Fame:

CHARLES GABRIEL, HALDOR LILLENAS, B. B. McKINNEY, LOWELL MASON, and JOHN NEWTON. As one official of the association explained it: "We've taken this action, lest we forget."

In the regular Deceased Category election to the Hall of Fame, the GMA honored JOHN T. BENSON, SR., as the "granddaddy of them all." It was he who founded the John T. Benson Publishing Company in 1902, which evolved into one of the largest of the publishing companies in gospel music, and he also became a force in the recording field with Heart Warming and Impact records.

MARVIN NORCROSS
(1929–1980)

In 1952, Norcross established Word Records as a gospel label in Waco, Texas. In 1964, Canaan Records, a division of Word, was founded by Norcross as a new label established expressly for what has been called "Jesus music." Word, Inc., grew to become the largest publishing and recording concern in gospel music. Norcross served as president of the Gospel Music Association in 1974.

Songwriters Hall of Fame

The Songwriters Hall of Fame was begun in 1970 by the Nashville Songwriters Association, International. Each inductee is presented with THE MANNY, a bronze sculptured hand holding a quill pen (the work of sculptor Bud Mayes). "Manny" is a corruption of the word *manuscript*. Members of the Hall of Fame are as follows:

Elected in 1970

GENE AUTRY

The ultimate "singing cowboy" and a collaborator on many hit songs, including "That Silver Haired Daddy of Mine," "Be Honest with Me," "Tears on My Pillow," "Mail Call Today." It was his collaboration with Fred Rose that was the most productive.

JOHNNY BOND
Western performer, biographer of Gene Autry and Tex Ritter, Bond wrote the cowboy classic, "Cimarron (Roll On)." Also "I Wonder Where You Are Tonight," "Stranger on Boot Hill," "Glad Rags," "Gone and Left Me Blues," "Conversation with a Gun," "The Fool's Paradise."

ALBERT BRUMLEY
One of the greatest of all the gospel songwriters: "I'll Fly Away," "I'll Meet You in the Morning," "If We Never Meet Again," "There's a Little Pine Log Cabin," "Jesus Hold My Hand."

A. P. CARTER
An outstanding collector of old folk melodies, credited as the writer of "I'm Thinking Tonight of My Blue Eyes," "Jealous Hearted Me," "My Clinch Mountain Home," "Keep on the Sunnyside," "Sweet Fern," "Wildwood Flower," "Wabash Cannonball."

TED DAFFAN
One of the most prolific of the country songwriters: "Heading Down the Wrong Highway," "No Letter Today," "Worried Mind," "I'm a Fool to Care," "Bury Me Deep," "I've Got Five Dollars and It's Saturday Night." Recorded versions of his classic "Born to Lose" have sold more than fifteen million copies.

VERNON DALHART
A strange selection for the Songwriters Hall of Fame because he was not considered to be a songwriter. He did, however, lead the way as a recording artist of country songs. At one time he claimed credit as a co-writer on "The Prisoner's Song," but that was widely disputed.

REX GRIFFIN
Griffin, according to noted musicologist Bill C. Malone, "virtually defined *honky-tonk* lyrics when in 1937 he wrote 'The Last Letter,' a lost-love lament of suicidal impulse. . . . [It] was recorded by such 'moun-

tain' singers as the Carter Family and the Blue Sky Boys."

STUART HAMBLEN

A one-time member of the Original Beverly Hillbillies, Hamblen wrote such country songs as "My Brown Eyed Texas Rose," "Golden River," "Just a Little Old Rag Doll," and "My Mary." He also penned "This Old House," which Rosemary Clooney made a pop hit, and the beautiful sacred song, "It Is No Secret (What God Can Do)."

PEE WEE KING

With cowriter REDD STEWART (also elected to the Songwriters Hall of Fame in 1970), he wrote one of the most important country songs of all time—"Tennessee Waltz." That collaboration also produced the jazzy "Bonaparte's Retreat." King's biggest pop hit was "Slow Poke," written with Chilton Price.

VIC McALPIN

A close friend of Hank Williams, McAlpin often fished with him and "swapped songs" while they fished. The writer of "What Is Life Without Love" (with Eddy Arnold and Owen Bradley), "Let's Live a Little," "Almost," "I'm in Love Again."

BOB MILLER

A self-confessed Tin Pan Alley writer (although he came from Memphis), Miller wrote more than seven thousand songs, including "Eleven Cent Cotton and Forty Cent Meat," "When the White Azaleas Start Blooming," and "There's a Star Spangled Banner Waving Somewhere." He was a prolific writer of "event" songs: "The Death of Jimmie Rodgers," "Outlaw John Dillinger," "The Morro Castle Disaster," "The Trial of Bruno Richard Hauptmann," etc.

LEON PAYNE

A performer in the smooth Eddy Arnold style as well as a songwriter. Payne produced some of the most melodic songs in country music: "I Love You Because," "Lost Highway," "They'll Never Take Her Love from Me," "Doorstep to Heaven."

JIMMIE RODGERS

Rodgers wrote as he sang—southern blues songs with a distinct black flavor. His catalog includes "T for Texas," "Any Old Time," "My Loving Gal, Lucille," "Mule Skinner Blues," "When the Cactus Is in Bloom," "I'm Lonely and Blue," "Jimmie Rodgers' Last Blue Yodel," and on and on.

FRED ROSE

Without question, the most versatile of the songwriters in the Hall of Fame. His panoply of hits included " 'Deed I Do," "Red Hot Mama," "Be Honest with Me," "Tears on My Pillow," "Blue Eyes Crying in the Rain," "I Hope You're Satisfied," "Take These Chains from My Heart," "We Live in Two Different Worlds," "Fire Ball Mail," "Pins and Needles (in My Heart)."

FLOYD TILLMAN

He came out of Texas in the early thirties to write such enduring country music hits as "It Makes No Difference Now," "I Love You So Much It Hurts," "Slipping Around," "A Precious Memory," "I'll Keep on Loving You," "Gotta Have My Baby Back," "The Last Straw," "Each Night at Nine," and "They Took the Stars out of Heaven."

MERLE TRAVIS

A guitar virtuoso, Travis was also a very successful commercial songwriter: "Divorce Me C.O.D.," "So Round, So Firm, So Fully Packed," "Smoke, Smoke, Smoke That Cigarette," "Dark As a Dungeon," "Nine Pound Hammer," "Sixteen Tons."

ERNEST TUBB

One of the most durable performers in country music, the songs he has written are also marked by their durability. His "Walkin the Floor over You" has become a country classic. He's also been responsible for "Walk across Texas," "There's a Little Bit of Everything in Texas," "You Nearly Lose Your Mind," "Try Me One More Time," "Let's Say Goodbye Like We Said Hello."

CINDY WALKER
She broke the ground for women songwriters in country music: "Lone Star Trail," "Cherokee Maiden," "Bubbles in My Beer," "I Was Just Walking out the Door," "Hearts Will Be Hearts," "The Warm Red Wine," "China Doll," "Take Me in Your Arms and Hold Me," "You Don't Know Me, Distant Drums."

HANK WILLIAMS
The magical songwriter—his catalog is perhaps the most valuable in country music, although it is comparatively small. Includes "Kaw-Liga," "I Saw the Light," "Cold, Cold Heart," "Hey, Good Lookin'," "I Can't Help It (If I'm Still in Love with You)," "I'm So Lonesome I Could Cry," "Jambalaya," "Long Gone Lonesome Blues," "Move It on Over," "You Win Again," "Your Cheatin' Heart."

BOB WILLS
If he had never written anything other than "San Antonio Rose," Wills would have qualified for the Hall of Fame. But he also wrote "Spanish Two Step," "Take Me Back to Tulsa," "Faded Love," (with his father), "My Shoes Keep Walking Back to You," "Sugar Moon" (with Cindy Walker).

Elected in 1971

SMILEY BURNETTE
Primarily known as a comic side kick to Gene Autry in screen westerns, Smiley was also a solid songwriter: "Momma Don't Allow No Music" (one of country music's great novelty songs), "It's My Lazy Day," "Riding down the Canyon."

JENNY LOU CARSON

One of the many women entertainers who came to the fore in country music after World War II, and a fine songwriter: "Chained to a Memory," "Don't Rob Another Man's Castle," "The Echo of Your Footsteps," "I'd Trade All of My Tomorrows (for Just One Yesterday)," "The Lovebug Itch," "Let Me Go, Lover!"

WILF CARTER

A Canadian known as "Montana Slim," and a prodigious yodeler, Carter was not basically known as a songwriter. What he did write, however, was always in the cowboy vein. For example, his very first song, in 1928, was titled "Swayback Pinto Pete."

ZEKE CLEMENTS

A veteran of the earliest days in commercial country music, a comedian and a "cowboy" crooner, Clements was also a songwriter of note: "Why Should I Cry?," "There's Poison in Your Heart," "Somebody's Been Beatin' My Time," "Just a Little Lovin' (Will Go a Long Way)," this last cowritten with the singer who made it a hit, Eddy Arnold.

JIMMIE DAVIS

One of the most lucrative song copyrights in country music is Davis's "You Are My Sunshine," written with Charles Mitchell. The two-time governor of Louisiana also wrote "Grievin' My Heart Out for You," "I Just Dropped in to Say Goodbye," "Where the Old Red River Flows," "Shackles and Chains," and he collaborated on "I Wish I Had Never Seen Sunshine," "There's a New Moon over My Shoulder," and "(I Heard That) Lonesome Whistle," the latter with Hank Williams.

ALTON/RABON DELMORE

The brothers Delmore were pioneer recording artists in the thirties, and their black-style guitar picking influenced many other country music bands in that era. Alton was the more prolific songwriter of the duo, but Delmore Brothers songs included "Southern Moon," "When It's Time for the Whippoorwill to Sing," and a major hit, "Brown's Ferry Blues."

AL DEXTER
One of the performers responsible for the honky-tonk style of country music, Albert Poindexter recorded one of the first songs to carry that phrase in its title: "Honky Tonk Blues." But he's best remembered for his wartime hit, "Pistol Packin' Mama," the biggest song of 1943 and a pop hit when Bing Crosby and the Andrews Sisters recorded it.

VAUGHN HORTON
A highly professional songsmith, Horton started as an entertainer with his brother, Roy. As a songwriter, he has had more than his share of hits in all styles: "Mockin' Bird Hill," "Rock All the Babies to Sleep," "Teardrops in My Heart," "Charlie Was a Boxer," "Homesick Blues," "It's Written in the Stars," "As Long As I'm Dreaming," "Bar Room Polka," "Let's Be Sweethearts Again," "Jolly Old Saint Nicholas."

BRADLEY KINCAID
An early star of the WLS National Barn Dance in Chicago, Kincaid was a collector and preserver of the mountain ballads of his native Kentucky. He wrote a lot of them down in numerous song books that he sold. Among them (to mention only a very few) were "Lightning Express," "Liza Up in the 'Simmon Tree" (he said he first sang this song when he was three years old), "Four Thousand Years Ago," "Innocent Prisoner," "Oh I Wish I Had Someone to Love Me."

BILL MONROE
The undisputed "Father of Bluegrass," but also a topnotch songwriter in his genre: "Blue Moon of Kentucky," "Kentucky Waltz," "Uncle Pen," "Rocky Road Blues," "Ten-Brooks and Molly (The Race Horse Song)," and many more.

BOB NOLAN

An original member of the famous Sons of the Pioneers, and the "Poet Laureate of the West." His songs are classics in the field: "Cool Water," "Tumbling Tumbleweeds," "At the Rainbow's End," "Happy Cowboy," "I Still Do," "Love Song of the Waterfall," "Ne-Hah-Nee (Clear Water)," "Ridin' Home," "The Touch of God's Hand," "Way Out There," "When Pay Day Rolls Around."

TEX OWENS

"Cattle Call," which Eddy Arnold adopted as his constantly used theme song, is Owens's best-known song among many he wrote in the western vein. Also wrote "Give Me a Home on the Lone Prairie."

TEX RITTER

One of the top "singing cowboys" of the movies, but a versatile performer who got his start on the Broadway stage. As a songwriter he produced "Rye Whiskey," "If Jesus Came to Your House," "Boss Jack," "Here Was a Man" (written with Johnny Bond, with whom he was partnered in a song publishing company).

CARSON J. ROBISON

The value of his contributions to country songwriting is incalculable; too often it is either understated or even ignored. But his vast repertoire includes "Life Gets Tee-jus, Don't It?," "Take Me Back to My Boots and Saddle," "My Blue Ridge Mountain Home," "Carry Me Back to the Lone Prairie," "Way Out West in Kansas," "Left My Gal in the Mountains," "The Wreck of the Shenandoah," "The John T. Scopes Trial," and even "Barnacle Bill, the Sailor."

TIM SPENCER

One of the original members of the Sons of the Pioneers, he contributed a host of songs to their greatness: "Cowboy Camp Meetin'," "The Everlasting Hills of Oklahoma," and "Blue Prairie" (written with Bob Nolan). He also wrote "Careless Kisses" and the novelty hit "Cigareetes, Whusky and Wild, Wild Women."

WILEY WALKER/GENE SULLIVAN
Longtime collaborators on such country hits as "When My Blue Moon Turns to Gold Again," "Bothered by the Blues," "Forgive Me," "I Wish to Live and Love," "Make Room in Your Heart for a Friend," "Live and Let Live."

JIMMY WAKELY
A "singing cowboy" in the era of Autry/Ritter/Rogers, he is known primarily as a performer. His duets with Margaret Whiting ("One Has My Name" and "Slippin' Around") were major pop hits in the forties. As a songwriter he was responsible for "Those Gone and Left Me Blues," "Too Late," and "You Can't Break the Chains of Love."

SCOTTY WISEMAN
As one-half of the famous duo of Lulu Belle and Scotty, Wiseman wrote the classic country song "Have I Told You Lately That I Love You?"

Elected in 1972

BOUDLEAUX/FELICE BRYANT
The premier husband-and-wife collaborative team in country songwriting. Together they wrote "Rocky Top," "Bye, Bye Love," "Bird Dog," "Wake Up Little Suzie," "I Love to Dance with Annie." Boudleaux's credits also include "Back Up Buddy," "I've Been Thinking," "The Richest Man," "Blue Boy," and "All I Have to Do Is Dream."

LEFTY FRIZZELL
One of the legendary "characters" in country music, Lefty wrote "If You Got the Money (I've Got the Time)," "I Want to Be with You Always," "I Love You a Thousand Ways"—all with cowriter Jim Beck. Plus "Always Late (with Your Kisses)," "Mom and Dad's Waltz," "Don't Stay Away," "Give Me More,

More, More of Your Kisses," the latter with Ray Price.

JACK RHODES
He has numerous major hits to his credit, including the sensational "Satisfied Mind." Also wrote "Conscience, I'm Guilty," and "Beautiful Lies."

DON ROBERTSON
A contemporary writer with a constant string of hits: "Please Help Me, I'm Falling," "I Really Don't Want to Know," "I Don't Hurt Anymore," "Does Your Ring Hurt My Finger."

Elected in 1973

JACK CLEMENT
"Cowboy Jack," one of Nashville's unrelenting entrepreneurs, began in the music business during the glory days at Sun Records in Memphis. His top songs: "Ballad of a Teenage Queen," "Guess Things Happen That Way," "Miller's Cave," "The One on the Right Is on the Left," "Not What I Had in Mind," "I Know One."

DON GIBSON
When better country ballads are written, Don Gibson will write them. The composer of "I Can't Stop Loving You," "Oh, Lonesome Me," "Sweet Dreams (of You)," "(I'll Be) A Legend in My Time," "Lonesome Number One," "Give Myself a Party," "Blue, Blue Day."

HARLAN HOWARD
He built one of the largest—and best—song catalogs in country music: "Heartaches by the Number," "Pick Me Up on Your Way Down," "The Blizzard," "Odds and Ends (Bit and Pieces)," "The Hurtin's Over," "Second Hand Rose (Second Hand Heart)," "Don't Call Me from a Honky Tonk," "Heartbreak U.S.A.," "I Don't Believe I'll Fall in Love Today," "Foolin'

Around" (With Buck Owens), "It's All Over" (written with his wife, Jan Howard).

ROGER MILLER

Humor, pathos, genius: "King of the Road," "You Can't Rollerskate in a Buffalo Herd," "England Swings," "Husbands and Wives," "I've Been a Long Time Leaving," "The Last Word in Lonesome Is Me," "Chug-A-Lug," "Engine, Engine Number Nine," "Dang Me," "When Two Worlds Collide," a collaboration with Bill Anderson.

ED NELSON, JR./STEVE NELSON

A frequently collaborating team, often with performers for whom they fine-tuned songs. Numerous Eddy Arnold hits came out of the Nelson collaboration, including "I'm Throwing Rice (at the Girl I Love)" and the holiday special, "Will Santy Come to Shanty Town?" Steve Nelson, with cowriter Bob Hilliard, produced one of Arnold's greatest hits—"Bouquet of Roses."

WILLIE NELSON

A superb songwriter who proved, as a performer, that he could sing other writers' work as effectively as his own. His "Crazy" was Patsy Cline's biggest seller. "Funny How Time Slips Away" was a major hit for Ray Price. Nelson has always stayed current with the changing musical scene; witness his eighties hit, "On the Road Again."

Elected in 1974

HANK COCHRAN

A "good ole boy" songwriter who is a great favorite in the Nashville music community, he was the only songwriter elected to the Hall of Fame in '74. His best work has included "Make the World Go Away," "A Little Bitty Tear," "I Fall to Pieces" (written with Harlan Howard), "Don't Touch Me," "I Want to Go with You."

Elected in 1975

MARTY ROBBINS

Outstanding performer with equally outstanding songwriting ability: "El Paso," "Devil Woman," "A White Sport Coat (and a Pink Carnation)," "Since You've Gone," "Last Night about This Time," "Big Iron," "Saddle Tramp," "San Angelo," "Begging to You," "Cowboy in the Continental Suit," "Don't Worry," "My Woman, My Woman, My Wife."

WAYNE WALKER

A busy collaborator, Walker scored with "Burning Memories" (with Mel Tillis), "Leavin' on Your Mind" (with Webb Pierce), "Unloved, Unwanted" (with Irene Stanton), "Sweet Lips" (with Glenn Tubb and Pierce), "Fallen Angel" (with Marijohn Wilkin and Pierce), "Memory No. 1" (with Max Powell), "Hello Out There" (with Kent Westberry).

BILL ANDERSON

He might well be called a "songwriter's songwriter." His large catalog includes "Po' Folks," "City Lights," "Still," "The Tip of My Fingers," "Once a Day," "Then and Only Then," "Five Little Fingers," "Peel Me a Nanner," "I Don't Love You Anymore," "Walk out Backwards," "Happy Birthday to Me," "Mama Sang a Song."

DANNY DILL

With Mel Tillis, he wrote one of the greatest of all country songs: "Detroit City." He also collaborated with Marijohn Wilkin on "The Long Black Veil." On his own he had "The Comeback" and "Partners."

EDDIE MILLER

Sometimes a song is so dominant that it overshadows anything else that might be done in a career. Eddie Miller had more than his share of fine songs, but his collaboration with W. S. Stevenson on "Release Me" was a career-maker.

MARIJOHN WILKIN

She has collaborated with some of the biggest names in country songwriting, and those collaborations have been responsible for some of the biggest hits: With Kris Kristofferson on the gospel classic "One Day at a Time"; with Fred Burch, "P.T. 109"; with John D. Loudermilk, "Waterloo" and "Grin and Bear It"; with Mel Tillis, "Take Time"; and much more.

Elected in 1976

CARL BELEW

Another collaborator of note: "Stop the World (I Want to Get Off)," with W. S. Stevenson; "Am I That Easy to Forget," with Stevenson and Shelby Singleton; the Eddy Arnold hit, "What's He Doin' in My World," a "gang" collaboration.

DALLAS FRAZIER

The possessor of one of the largest song catalogs in the business, his hits have included "Elvira" (a platinum record for the Oak Ridge Boys), "There She Goes," "Hickory Hollow's Tramp," "So Afraid of Losing You Again," "All I Have to Offer You Is Me," "Johnny One Time," "What's Your Mama's Name, Child?" "Ain't Had No Lovin'," "Beneath Still Waters," "The Baptism of Jesse Taylor," "No One Makes Love at Home Anymore," "Did We Have to Come This Far to Say Goodbye."

JOHN D. LOUDERMILK

Versatility is the hallmark of Loudermilk's songwriting: "A Rose and a Baby Ruth," "Sitting in the Balcony," "Waterloo," "Amigo's Guitar," "Tobacco Road," "Ebony Eyes," "Sad Movies (Make Me Cry)," "Darling Jane," "Abilene," "No Playing in the Snow Today," "Indian Reservation," "The Language of Love," "Then You Can Tell Me Goodbye."

MOON MULLICAN

A veteran boogie-woogie piano player, Mullican (his real first name was Aubrey) wrote "I'll Sail My Ship

Alone," "You Don't Have to Be a Baby to Cry," and "New Jole Blonde."

CURLEY PUTNAM

His "Green, Green Grass of Home" is a million-performance song and one of country music's classics. Also to his credit are "My Elusive Dreams" (written with Billy Sherrill), "The Older the Violin the Sweeter the Music," "Blood Red and Going Down," and a number of excellent collaborations with Bobby Braddock: "D-I-V-O-R-C-E," the Tammy Wynette hit; and "He Stopped Loving Her Today," the George Jones million-seller, which was voted the Country Music Association's Song of the Year for both 1980 and 1981.

MEL TILLIS

Before he was a star as an entertainer, Tillis was known as a top-notch songwriter. Songwriting was his introduction to Nashville: "Ruby Don't Take Your Love to Town"; "Detroit City" with Danny Dill; "All the Time" and "Burning Memories" with Wayne Walker; "I Ain't Never" and "Crazy Wild Desire" with Webb Pierce; "Heart over Mind," "No Love Have I," "One More Time."

STEPHEN FOSTER

As a special award in 1976, the Nashville Songwriters Association saluted Stephen Collins Foster, the great American composer who might be considered to be a "country" writer. His imperishable folk songs include "Uncle Ned" (1848), "Nelly Bly" (1849), "Swanee River" or "The Old Folks at Home" (1851), "Massa's in the Cold, Cold Ground" (1852), "My Old Kentucky Home" (1853), "Old Dog Tray" (1853), and "Old Black Joe" (1860).

Elected in 1977

WOODY GUTHRIE

Obviously not a songwriter of the standard country music mold, Guthrie nevertheless warranted inclusion in the Hall of Fame. He had said: "I hate a song that makes you think that you were born to lose . . . No good for nothing. Because you are either too old or too young or too fat or too slim or too ugly or too this or too that. Songs that run you down or songs that poke fun at you on account of your bad luck or your hard traveling." Guthrie wrote a thousand songs, many of them folk classics, but he summed up his philosophy in one great song: "This Land Is Your Land."

MERLE HAGGARD

A unique star as a performer, Haggard has also been a unique songwriter. His songs tell of life as he knows it and sees it: "Okie from Muskogee," "The Fightin' Side of Me," "Daddy Frank (the Guitar Man)," "Grandma Harp," "Mama Tried," "I Take a Lot of Pride in What I Am," "I Wonder If They Ever Think of Me," "If We Make It Through December," "I Can't Be Myself."

JOHNNY CASH

A "living legend" in country music today, a true superstar, and a top-notch songwriter: "Folsom Prison Blues," "Big River," "Don't Take Your Guns to Town," "Get Rhythm," "I Got Stripes," "I Walk the Line," "Flesh and Blood," "The Man in Black," "So Doggone Lonesome," "Understand Your Man," "Five Feet High and Risin'." And in the gospel vein: "Come to the Wailing Wall," "God Is Not Dead," "Good Morning Friend," "He Turned the Water into Wine."

KRIS KRISTOFFERSON

A Rhodes scholar, Kristofferson rode his success as a songwriter to stardom on the concert stage and in motion pictures. In essence, he led the "new wave" of songwriters in country music: "For the Good Times," "Help Me Make It through the Night," "Me and Bobby McGee," "Sunday Morning Comin' Down," "Please Don't Tell Me How the Story Ends," "Lovin' Her Was Easier (Than Anything I'll Ever Do Again)," "Why Me, Lord?"

Elected in 1978

JOE ALLISON

An active veteran of the country music scene, Allison wrote the classic "He'll Have to Go" (with Audrey Allison). Others in his long career included "It's a Great Life" (written with Audrey and Faron Young), and "Live Fast, Love Hard, Die Young." Plus a lot more.

TOM T. HALL

He came out of Kentucky to gain fame as country music's premier "storyteller": "Harper Valley P.T.A.," "Ravishing Ruby," "Old Dogs, Children and Watermelon Wine," "The Year That Clayton Delaney Died," "Country Is," "I Love," "Margie's at the Lincoln Park Inn," "That Song Is Driving Me Crazy," "I Like Beer," "Mad," "The King of Country Music" (in special tribute to Roy Acuff).

HANK SNOW

A veteran performer in the mold of Jimmie Rodgers, Snow was the writer of his most famous song, "I'm Movin' On." Others in his songbag are "Bluebird Island," "The Boogie Woogie Flying Cloud," "The Golden Rocket," "My Filipino Rose," and "The Rhumba Boogie."

DON WAYNE

A solid songwriter with a varied catalog: "The Belles of Southern Bell," "Country Bumpkin," a gold-record song for Cal Smith; and "Saginaw, Michigan," a poignant "story" song written with Bill Anderson, to mention only a few.

Elected in 1979

REV. THOMAS A. DORSEY

A gospel songwriter whose works have become standards for a number of country music artists: "Take My Hand," "Just a Closer Walk with Thee," and "Peace in the Valley." Red Foley's recording of the latter was the first gospel million-seller.

CHARLES/IRA LOUVIN

A veteran brother act on the Grand Ole Opry responsible for a number of country music hits prior to Ira's untimely death: "Are You Teasing Me?," "Cash on the Barrelhead," "I Take the Chance," "When I Stop Dreaming."

ELSIE McWILLIAMS

Sister-in-law of Jimmie Rodgers who played a large role in bringing him to stardom. She not only went into the studio with him during his recording sessions, but she also was the cowriter on many of his songs: "Daddy and Home," "Everybody Does It in Hawaii," "I'm Lonely and Blue," "Lullaby Yodel," "My Rough and Rowdy Ways," "Never No Mo' Blues," "Nobody Knows But Me," "Yodeling Cowboy," "You and My Old Guitar."

JOE SOUTH

A unique talent responsible for some of the biggest hit songs in country "crossover" music: "(I Never Promised You a) Rose Garden," "Fool Me," "How Can I Unlove You?," "Games People Play."

Elected in 1980

HUDDIE LEDBETTER

This black, self-proclaimed "king" of the twelve-string guitar (widely known as "Leadbelly") was a tragic figure. But he was perhaps the greatest collector of American folk songs—field hollers, work songs, ballads, spirituals, blues—ever known. He is credited with preserving hundreds of songs that might have disappeared from the American scene. "Leadbelly" was a devotee of the great blues singer Blind Lemon Jefferson.

BEN PETERS

A highly respected songwriter on Nashville's "Music Row," Peters has produced: "Kiss an Angel Good Mornin'," "Turn the World Around the Other Way," "Before the Next Teardrop Falls" (with cowriter Vivian Keith), "Don't Give Up on Me," "I Can't Believe That It's All Over," "It's Gonna Take a Little Bit Longer," "A Perfect Match" (with Glen Sutton), "That's a No No."

MICKEY NEWBURY

Born in Texas, Mickey maintains two homes—in Oregon and Nashville. And he writes songs anywhere. His material, while country oriented, is performed by singers in all musical fields. The catalog is impressive: "An American Trilogy," "San Francisco Mabel Joy," "Makes Me Wonder If I Ever Said Goodbye," "She Even Woke Me Up to Say Goodbye," "Sunshine," "I Don't Think about Her No More," "Sweet Memories," "Just Dropped In (to See What Condition My Condition Was In)," "Funny, Familiar, Forgotten Feelings."

RAY STEVENS

Perhaps the most versatile music man in the country field. He's an outstanding musician, a superb arranger, a top-notch record producer, and a comedian of impeccable taste. His songs reflect that versatility: "All My Trials," "Gitarzan," "It's Been So Long," "Ahab the Arab," "Nashville," "The Streak," "The Shriners' Convention," and the haunting million-performance song "Everything Is Beautiful."

Elected in 1981

BOBBY BRADDOCK

Collaborator with Curly Putnam on the 1980 and 1981 Song of the Year, "He Stopped Loving Her Today," Braddock has a vast repertoire as a solo writer: "I Believe the South Is Gonna Rise Again," "Did You Ever?," "Nothing Ever Hurt Me (Half As Bad As Losing You)," "We're Not the Jet Set," "Her Name Is," "Thinking of a Rendezvous," "Womanhood," "Peanuts and Diamonds," "Head to Toe," "Hard Times," "Something to Brag About," "I Feel Like Loving Her Again."

RAY WHITLEY

Long associated with the "singing cowboy" era of motion pictures, Whitley's songs reflect that association. He wrote numerous songs in collaboration with Gene Autry, and is the author of Autry's familiar theme song, "Back in the Saddle Again."

Elected in 1982

BILLY HILL

A big-city easterner with a classical music background, Billy Hill went west and was captivated by the saga of the American cowboy. What came out of that was a host of highly popular "cowboy" hit songs: "The Last Round-Up," "Empty Saddles," "Wagon Wheels" (with Peter DeRose), and others.

CHUCK BERRY

A black rock-a-billy, Berry broke a lot of ground for the rock 'n' roll era. And his songs became hits for a host of rock 'n' roll stars: "Roll Over Beethoven" and "Rock and Roll Music" (the Beatles), "Come On" and "Carol" (the Rolling Stones), "Johnny B. Goode" (Elvis Presley), "Memphis" and "The Promised Land" (Johnny Rivers), "Sweet Little Sixteen" (the Beach Boys). As a performer, his first record release was of a song he wrote, "Maybelline."

12

A Family Affair

From the beginning, family has been almost as important to country music as the fiddle and the guitar. Many of the early performers lived in remote rural areas in isolated family units, so if they were going to play and sing, it had to be with brothers and sisters and uncles and aunts and cousins.

JUMPIN' BILL CARLISLE, patriarch of the Grand Ole Opry's Carlisle Family, explained it this way: "When I was growin' up, our family'd get together for a good old-fashioned sing-along every Sunday. We had quite a chorus with Mom, Dad, my four brothers, two sisters and me. Those were great days back in Wakefield, Kentucky, and I'm sure they had a lot to do with my becoming a professional musician and entertainer."

The family designation was important for an act; it had a commercial value at the box office. So much so that there were acts passing as family that weren't family at all.

But from among the real family units there emerged the CARTER FAMILY, which made it from the hills of Virginia to the Country Music Hall of Fame; the JENKINS FAMILY, headed by the Rev. Andrew Jenkins, believed to be the first country music group to make records; the PICKARD FAMILY, which broadcast over the Mexican border stations in the thirties; the gospel-singing LEWIS FAMILY; the large and talented STONEMAN FAMILY; and many, many others.

Brother acts were everywhere: the MONROE BROTHERS (Bill, Birch and Charlie); the STANLEY BROTHERS (Ralph and Carter); the McREY-

170

NOLDS BROTHERS (Jim and Jesse); the BAILES BROTHERS (Homer, Johnny and Walter); the LOUVIN BROTHERS (Ira and Charlie), the WEAVER BROTHERS AND ELVIRY (Frank, Leon and June Weaver), which was a top vaudeville act in the twenties and thirties; the WILBURN BROTHERS (Teddy and Doyle); the EVERLY BROTHERS (Phil and Don); the CALLAHAN BROTHERS (Homer and Walter, but known as Bill and Joe), the OSBORNE BROTHERS (Bobby and Sonny); the DIXON BROTHERS (Howard and Dorsey); the DELMORE BROTHERS (Rabon and Alton); the MAINER BROTHERS (J.E. and Wade); and on and on.

"Family" and "country music" are synonymous.

ALABAMA, the Country Music Association's Entertainers of the Year for 1982, is three-quarters family. Randy Owen, Jeff Cook and Teddy Gentry are cousins from the Fort Payne, Alabama, area. The fourth member of ALABAMA, drummer Mark Herndon, is unrelated.

Los Angeles Times writer Dennis Hunt asked Owen, the lead singer of the group, whether there were special pressures inherent among performers from the same family. Owen was candid in his reply, "It's better when you're not related. It's harder to stay together in our situation. Your mother knows his mother and they start to gossip about this and that. In a regular band they can keep their business private. In a family band, the rest of the family gets involved in some things and soon things are much more complicated than they should be.

"If we wanted to split up or fire somebody it would be hard because this is family. How can you throw out a member of your family? Other members of the family would interfere and make it tougher. And if you get rid of a guy and he's still in your family, you still have to deal with him. That's real awkward."

Hunt told Owen that his answer suggested ALABAMA had already experienced some family turmoil.

"Not so far," Owen replied. "It's something I hate to even think about."

Husbands and wives have always played a prominent role in country music. ROY ROGERS and DALE EVANS, from the western side of the fence, are strong examples. It's difficult to say one name without thinking of the other.

GEORGE JONES and TAMMY WYNETTE recorded some of the finest country music duets ever performed. But their marriage was a stormy one. So stormy that it was made into a movie for television. Yet their work as a vocal duo continues, married or not.

R. C. BANNON and LOUISE MANDRELL are husband and wife, and their best album together was titled "Me and My R.C." Louise knows what family means in country music; she began her career with the Mandrell family band and gained her first real national exposure on the television series "Barbara Mandrell and the Mandrell Sisters."

ED BRUCE and his wife, PATSY, are not known as a singing act, but they are one of Nashville's most successful husband-and-wife teams. Patsy operates a well-known talent agency and manages Ed's career. As songwriters they have collaborated on a number of hit songs, including "Mammas Don't Let Your Babies Grow Up to Be Cowboys."

Husband-and-wife collaborations come in other packages, as well, including the managing careers of husbands of well-known female singers. Some examples: STAN SILVER and DONNA FARGO, BILL GATZIMOS and CRYSTAL GAYLE, JEFF WALKER and TERRI HOLLOWELL, LEE STOLLER and CRISTY LANE, GEORGE RICHIE and TAMMY WYNETTE.

And the other way around: LOUISE SCRUGGS managing the career of her banjo-virtuoso husband, EARL SCRUGGS.

Down through the years, husband-and-wife teams have proliferated: KITTY WELLS and JOHNNY WRIGHT, WILMA LEE and STONEY COOPER,

JOE and ROSE LEE MAPHIS, LULU BELLE and SCOTTY (Myrtle Eleanor and Scott Wiseman), GRANDPA JONES and RAMONA, JOHNNY CASH and JUNE CARTER CASH. More on that later.

In Locust Ridge "Holler" in the Smoky Mountains of Sevier County, Tennessee, another husband-and-wife collaboration—AVIE LEE PARTON and LEE PARTON—produced twelve children. Avie Lee sang the mountain folk songs her grandmother taught her; Lee picked the banjo. And, of their dozen offspring, seven went to become professional musicians.

Their number four child was named Dolly Rebecca, the same DOLLY PARTON who has become—as a singer, songwriter, movie actress—an internationally known star of such consequence that when you say "Dolly" it can mean only one person.

The 1982 Artist/Label/Agent/Manager list compiled by the Country Music Association lists *four* Partons. There is Dolly, of course, on the RCA label and represented by the Katz-Gallin-Morey agency of Los Angeles. There is RANDY PARTON, also on the RCA label and booked by the Farris International Agency. And there is STELLA PARTON on the Townhouse label and represented by the big William Morris Agency.

And . . . oh, yes . . . there is AVIE LEE PARTON, the mother, who is booked as a folk-singing act by the Atlas Artist Bureau of Goodlettsville, Tennessee.

But that's not all. RACHEL PARTON DENNISON, a Dolly look-alike, starred in the network television series "Nine to Five," based on Dolly's first movie. And Dolly's older sister, WILLADEENE, is a published poet.

Obviously, the larger-than-life image of Dolly dominates the Parton family scene, and at times it's not easy for the others.

Brother Randy, the number eight Parton child, commented: "Hell, there's a lot of talented brothers and sisters! Look at Crystal Gayle. Nobody calls her Loretta Lynn's little sister anymore. One member of a family doesn't necessarily have *all* the talent."

Sister Stella, number six in the Parton baby parade, is used to people making comparisons between herself and her famous sister. "I work hard," Stella said, "and I don't want anyone to be able to say, 'Stella's album is just like so-and-so's,' or 'The arrangements are just like so-and-so's.' I just want to be the best Stella I can be."

It was Stella who gave the ultimate answer on the matter of family comparisons. When Jimmy Carter was in the White House, a reporter asked Billy Carter if he had an inferiority complex about his brother.

"Yeah," Billy admitted, "but Stella Parton, Dolly Parton's sister, has a worse inferiority complex than I do. I have an inferiority complex because my brother's the President of the United States, but Stella's flat-chested."

Stella's rejoinder? "At least my situation can be remedied, but who ever heard of silicone for the brain?"

It can't always be easy for sons of famous country music fathers to make it on their own. But a good many have. REX ALLEN, JR., for example, the son of singing cowboy REX ALLEN, SR. And JUSTIN TUBB, the songwriter and singing son of Hall of Famer ERNEST TUBB. And JOHN RITTER, the acting-star son of cowboy TEX RITTER, also a Hall of Fame member.

Then, too, there are CONWAY TWITTY's son, MICHAEL, who at one time was billed as Conway Twitty, Jr.; RONNIE ROBBINS, son of the late MARTY ROBBINS; BYRON WHITMAN, son of the unique SLIM WHITMAN, and HANK WILLIAMS, JR., son of a legend of country music.

And *that* can be difficult.

As was noted in the book *County Music Legends in the Hall of Fame:* "Only four years old at the time of his father's death, 'Bocephus' knew the elder Williams only as a legend, as the man in the countless stories, many of them cruel, that survived him. It is the mark of Hank, Jr., that he was able to overcome the pressures of the Hank Williams legend and carve out his own substantial career."

There's a theory in country music that the best harmony singing is done by siblings. As it is with any theory, this one has its supporters and its detractors. But the best support of the theory comes from listening to the GATLIN BROTHERS—LARRY, STEVE, and RUDY.

Their tight harmony is the envy of a host of singing acts. It comes from a lot of practice, starting in the fifties in Texas when the Gatlin Brothers were ages seven (Larry), five (Steve), and three (Rudy), and when they captivated audiences at church socials.

Larry, the songwriter of the group, braved the music world first, while Steve and Rudy were still in college. But once their educations were completed, LARRY GATLIN AND THE GATLIN BROTHERS BAND became one of the hottest acts in country and pop music.

Brother Larry explained it succinctly: "To some extent, the attention of the group is still focused on me, but the music we make is really as much a matter of Steve's and Rudy's interpretations as it is mine. . . . We're all an integral part of it. . . . We are basically of one mind, one spirit, and one heart. And we're doing what we were born to do, which is stand up there together and sing."

In the sixties, some of the best harmony in country music came from THE BROWNS—JIM ED BROWN and his sisters, BONNIE and MAXINE. Their records were crossover hits, and before Bonnie and Maxine retired in 1966 to raise families, they had monster hits with "Three Bells" and "The Old Lamplighter."

Harmony singing might, indeed, be in the blood. Take the example of THE KENDALLS—father, ROYCE, and daughter, JEANNIE. Their unique styling accounted for such hits as "Heaven's Just a Sin Away," "It Don't Feel like Sinnin' to Me," "The Pittsburgh Stealers," and others.

Royce first teamed up with his brother, Floyce, as the Austin Brothers (Austin was their stepfather's name), and played for a time on a California country radio show. But that act really didn't succeed, and Royce became a barber in St. Louis, opening a shop with his beautician wife, Melba.

At the age of sixteen, daughter Jeannie began singing with her father, and it sounded good enough to them to give Nashville a try. Someone in Nashville told them, "You'all's as good as the rest of 'em down here." And that was enough encouragement. The Kendalls' special sound caught on.

An interviewer once asked them about father-and-daughter disagreements. "We are dependent upon each other," Jeannie answered. "It's not like someone who is an individual singer or artist. Even though I'm grown and married, it's still probably a different relationship than other people because I'm still the little girl, and he's still basically the boss. I'll yell at him if there's something I don't want to do. But it still is sort of the same role as it always has been. I'm used to him bossing me around."

The "first family" of country music, if tradition is considered, is THE CARTER FAMILY from the Clinch Mountains of Virginia. The Carters were the first *group* to be elected to the Country Music Hall of Fame.

Original members of the group were A. P. "Doc" Carter, his wife, Sara Dougherty Carter Bayes, and his sister-in-law, Maybelle Addington Carter. Their unique sound, first recorded by the Victor Talking Company in 1927, became a staple of country music. "Carter songs" are still being played and sung today: "I'm Thinking Tonight of My Blue Eyes," "Foggy Mountain Top," "Wabash Cannonball," "Keep on the Sunny Side," "Wildwood Flower," "Will the Circle Be Unbroken?," and dozens of others.

And there has never been a year since 1927 that there has not been a Carter Family act in country music. When "Doc" Carter died, and the original group disbanded, Maybelle—to be known as "Mother Maybelle"—continued the family tradition with an act that included her three daughters, June, Anita and Helen.

Then, when Johny Cash married June Carter, a county music dynasty was developed. June's two daughters (by earlier marriages) entered show business: Carlene Carter, who became a noted "soft rock" performer, and Rosey Carter, who signed a contract with Monument Records in 1982.

On the Cash side of the dynasty, there is Rosanne Cash, Johnny's oldest daughter, who has become an established country music star in her own right, with such hits as "Seven Year Ache," "Blue Moon with Heartache," "My Baby Thinks He's a Train," and "Ain't No Money."

Rosanne, level-headed and determined (and married to songwriter Rodney Crowell), understands the peculiar pressures under which she pursues her career: "Nobody likes the kids of famous people. It's particularly hard if you go into the profession where the parent has been very successful. But if that's where your talent lies, it's dumb not to pursue it. Doctors' children become doctors. It shouldn't be all that strange that Johnny Cash's child likes to sing."

Are there any more at home like her? Perhaps. Johnny has three other daughters—Cathy, Cindy and Tara. Then, too, there's the son of Johnny and June, John Carter Cash.

Meanwhile, the CARTER FAMILY act continues into the third generation under the aegis of sisters Anita and Helen, with Anita's daughter, Laurie David Mayes, and Helen's sons, David, Kevin, and Danny Jones.

And in Virginia, at the foot of the Clinch Mountains, the children of "Doc" Carter keep alive the spirit of the "original" Carter Family. Since 1975, Janette and Joe Carter have hosted the annual Carter Memorial Festival and Craft Show at Hiltons, Virginia, centered around Doc's old grocery store, which has been turned into a museum of Carter Family memorabilia.

Anyone familiar with country music knows that LORETTA LYNN and CRYSTAL GAYLE are sisters. But that's not the end of that family story.

A brother, JAY LEE WEBB (Webb is the true family name), has had a career for himself since 1963, although it has sometimes been difficult. "There were times," he admitted, "when I'd think, 'What's the use anyway?' But I love the music business. Otherwise, I would have been back digging ditches a long time ago."

And now the progeny of Loretta are being heard from. Of her six children, BETTY SUE LYNN is a songwriter, ERNEST LYNN plays lead guitar and sings background in his mother's road show, and SISSY LYNN is making the rounds of Music Row offices in Nashville with audition tapes in her hands.

The story—and the beat—goes on.

Some Relative Potpourri

SHELLY WEST, winner of numerous awards for her duets with DAVID FRIZZELL, is the daughter of country music star DOTTIE WEST. David is a brother of Hall of Famer LEFTY FRIZZELL. Shelly is married to another of Lefty's brothers, ALLEN, who is also a singer. Got that straight now?

Country Music Hall of Fame member OWEN BRADLEY and his guitarist brother, HAROLD, built the first recording studio on Nashville's famous Music Row. Owen's son, JERRY BRADLEY, used to run the RCA Records Division in Nashville, and is now in independent production. Jerry's wife, CONNIE BRADLEY, is the executive in charge of the Nashville office of the American Society of Composers, Authors and Publishers (ASCAP). And Jerry's sister (also Owen's daughter, of course), PATSY BRADLEY, is affiliated with the other major music licensing organization, Broadcast Music, Inc. (BMI). What was that you said about keeping it in the family?

One of the most respected brother acts in country music was SAM and KIRK McGEE. In 1927 they formed a band called the Dixieliners: Sam on guitar, Kirk on banjo, and fiddler-singer ARTHUR SMITH. They joined the Grand Ole Opry that same year. When

Smith left the group, the McGee brothers billed themselves as Sam and Kirk McGee, the Boys from Sunny Tennessee. Sam was killed in a farm accident in August, 1975. Kirk continues to perform with the Fruit Jar Drinkers string band every week on the Grand Ole Opry.

Oldest continuous act on the Grand Ole Opry has been the CROOK BROTHERS, which started on the Opry in 1925. The original act featured HERMAN CROOK, a harmonica player, and his brother, MATTHEW. But Matthew left in 1930 to join the Nashville Police Department. He was replaced, in one of those oddities of show business, by a banjo player and singer named LEWIS CROOK, who was no relation whatsoever. But since 1930, Herman and Lewis have been the CROOK BROTHERS. And most people believe them to be just that—brothers.

Family?

The dictionary defines it as "a group of persons of common ancestry; a people or group of peoples regarded as deriving from a common stock; a group of people united by certain convictions . . ."

The family of ERNEST V. and HATTIE STONEMAN of Virginia was certainly of common stock and just as certainly united by a conviction—the love of country music.

Ernest Stoneman, known as "Pop," was born on May 25, 1893, in a log cabin in the storied Blue Ridge Mountains. The cabin was near Monarat in Carroll County. It was a musical family into which he was born, he learned to play harmonica and autoharp, and later banjo and guitar.

As a young man he worked in the mines and he knew he didn't want to do that all his life. It's said that it was sometime in 1924 that he heard an early recording of one Henry Whitter, and wasn't impressed by it. Henry, you see, sang through his nose, and young Stoneman was convinced he could do a lot better. So he wrote to two of the leading record companies of the day, Columbia and OKeh, asking for an audition. He went with OKeh initially because the A&R man, Ralph Peer, offered him more money.

His record output in the years between 1925 and 1929 was prodigious: more than two-hundred recordings for OKeh, Edison, Gennett, Victor, Pathe, Paramount, and Plaza. They were classic "hill" songs of the day—"The Sinking of the Titanic," "Possum Trot School Exhibition," "Going up the Mountain after Liquor," "Mountaineer's Courtship," "The Old Maid and the Burglar," "All Go Hungry Hash House," "Wreck on the C&O," "Round Town Girls."

Stoneman's band for those early recordings consisted of his wife, Hattie, who played fiddle and banjo, and some of his neighbors from Galax, Virginia.

Then the Great Depression hit and Stoneman's recording career went into decline. He kept trying (there was one session in 1934 with his eldest son, Eddie), but people just didn't have the money to buy records. What living he made was as a carpenter.

In the meantime, though, Ernest and Hattie Stoneman had twenty-three children. Repeat: Twenty-three!

In the forties, then, Pop Stoneman was able to front a "family" band. All the kids learned to play one instrument or another. Did Pop and Hattie teach them?

No, not really," daughter Patsy remembered. "We were so poor that the instruments around the house were our toys. And we soon learned that if we got good enough we could go with Pop and play somewhere. So, the Stonemans never thought of competing with other acts. We were competing with ourselves."

By the mid-fifties the STONEMAN FAMILY band had developed into an act which was in demand in Washington, D.C., coffee houses, and they recorded for Folkway Records. That band consisted of Pop and five of the children: Ronnie, Donna, Van, Jim, and Scott. Scott, deceased now, was an outstanding country fiddler.

Musicologist Bill C. Malone said that "Stoneman is most important for being the first musician to record with the autoharp and, furthermore, one who demonstrated that the instrument could be used to play melody, rather than just chords, as its inventor had envisioned."

In June of 1968, Pop Stoneman died. But the Stoneman Family went on. Hattie played with some of the children at college concerts until her death in 1976.

Today the Stoneman Family unit consists of the youngest child, Van, on fiddle and guitar, Jim on bass, Donna on mandolin, Patsy on autoharp and guitar, and two non-Stonemans, Johnny Bellar on dobro, and Chuck Holcomb on banjo.

Patsy explains: "I try to do the things that Pop did. we all do."

And there are Stoneman grandchildren now performing. Van's sons, Van, Jr., and Randy, perform as the Stoneman brothers. Gene Stoneman's daughter, Robin, is a solo artist. And Scott's daugter, Sandy, has had her own bluegrass band in the Washington, D.C., area.

For the record, twelve of Ernest and Hattie's children survive: Eddie, Grace, John, Patsy, Billy, Jack, Gene, Dean, Jimmy, Van, Donna and Ronnie.

And RONNIE STONEMAN, of course appears weekly on the "Hee Haw" television program, both as a comic and as a banjo player.

That's the Stoneman legacy. It should be noted that the career of ERNEST V. "POP" STONEMAN extended from recording on acoustical cylinders and discs to stereo LP's to video tape.

13

Etc., Etc., Etc.

LEONARDO DA VINCI played the guitar. No one really knows how well.

THOMAS JEFFERSON was a fiddle player. Pretty good, too.

HARRY TRUMAN played the piano. Passably. So did RICHARD NIXON. But *he* did it on the stage of the Grand Ole Opry, when the "new house" opened in 1974.

FRANKLIN DELANO ROOSEVELT was a fan of mountain music. And country music first went to the White House during his administration. It was on Thursday, May 12, 1938, that CHESTER ALLEN and a group from Skyline Farms, a government-aided community in Alabama, played on the White House lawn. Allen's repertoire that day included "The Old Hen Cackled" and "Old Rattler." Others in his band were CLIFFORD ANDERSON, dobro; THOMAS HOLT, tenor guitar; JOE SHARPE, mandolin, and H. L. GREEN and REUBEN ROUSSEAU, fiddles. The *Jackson County Sentinal,* Scottsboro, Alabama, reported: "The White House grounds rang with country music, hound dog wails, and the shuffle of dancing feet."

JOHN WAYNE began his career in the movies as a "singing cowboy." He played the role of Singin' Sandy in an early serial. Sandy was an undercover U.S. Secret Service agent. In candor, Wayne wasn't much of a singer.

Remember the classic Walt Disney animated feature, *Snow White and the Seven Dwarfs?* Well, the voice of the dwarf Bashful—perhaps the cutest of the seven—was provided by ZEKE CLEMENTS, one-time Grand Ole Opry star.

How do you know when you've finally arrived at stardom in country music? One measure is when they start to name streets after you. In 1979, for example, the Tennessee Senate passed a bill renaming a section of U.S. Route 411 in Sevier County DOLLY PARTON PARKWAY. In 1982, the City of Nashville renamed a two-block section of Hawkins Street on Music Row as ROY ACUFF PLACE. And the City of Hendersonville, Tennessee—also in 1982—renamed a portion of Gallatin Road as JOHNNY CASH PARKWAY.

In 1958, JERRY LEE LEWIS' twelve-day engagement at the famous New York Paramount Theatre broke all previous attendance records, including those set by Frank Sinatra.

DON WILLIAMS, in 1980, was named the Country Music Artist of the Decade in a poll of British fans conducted by *Country Music People* magazine.

In a poll conducted by the *American Nasal And Facial Surgery Institute* of the most popular facial features requested by patients, more women wanted EYES like CRYSTAL GAYLE's than the eyes of any other celebrity. Honest!

CHET ATKINS was nominated as the Instrumentalist of the Year during *every* year of the first fifteen years of the Country Music Association Awards—from 1967 through 1982. He won it five times: 1967, 1968, 1969, 1981, 1982.

ROGER MILLER has won more Grammy Awards than any other country music artist—five in 1964 and six in 1965.

BUDDY EMMONS, who has been featured on so many country music recordings, was the youngest member to be named to the Steel Guitar Players Hall of Fame. That was in 1981. Other "steel" players thus honored are Noel Boggs, Speedy West, Leon McAuliffe, Alvino Rey, Jerry Byrd, Sol Hoppi, Herb Remington, and Joquin Murphey. Incidently, that Hall of Fame is in St. Louis.

DUANE ALLEN, of the OAK RIDGE BOYS, is the author of a book on the history of American gospel music.

RICHARD STERBAN, the booming bass singer of the "Oaks," is part owner of three minor league baseball teams: Nashville Sounds, Greensboro Hornets, Salem Redbirds.

ROY CLARK is part owner of the Tulsa Drillers, of the Texas League.

And how's this for a hobby? Award-winning songwriter JOHN D. LOUDERMILK collects hurricanes! He rushes to hurricane areas and collects "air from the hurricanes" in Mason jars.

CARL PERKINS has his very own museum in Jackson, Tennessee. One of the features is a brown paper bag on which he wrote the original lyrics of "Blue Suede Shoes. Only he wrote it as "Blue *Swade* Shoes." There's also a birth certificate on which his family name is misspelled as PERKINGS. The date is correct, however, April 9, 1932.

"Overnight stars" are the stuff of fiction. But it does happen now and again. CONNIE SMITH qualifies. BILL ANDERSON heard her sing at a small park near Columbus, Ohio, invited her to Nashville to record several demos, CHET ATKINS heard one of them, immediately signed her to a recording contract, and her very first single release—*Once a Day*—went to number one on the charts.

In 1948, EDDY ARNOLD dominated the number one position on the country music charts like no other artist, before or since. It all started in 1947, when "I'll Hold You in My Arms" went to number one on November 15, and stayed there through March 27, 1948—a period of twenty-one weeks! But, also in 1948, Eddy had number one records with "A Heart Full of Love," "Anytime," "Bouquet of Roses," "Just a Little Lovin' (Will Go a long Way)," and "Texarkana Baby." A blockbuster year!

When CONWAY TWITTY moved his substantial career into 1982 he already had *forty singles* that had been number one on the country music charts.

Million-seller and number one records are nice, but

the mark of a truly *great song* is how often it is performed. Since 1966, Broadcast Music, Inc., (BMI) has been giving the Robert J. Burton Award for the *most performed* country songs. Those songs, and their writers, have been:

1966—"Almost Persuaded" (Glen Sutton/Billy Sherrill)

1967—"Release Me" (Eddie Miller/W. S. Stevenson) .

1968, 1969, 1970—"Gentle on My Mind" (John Hartford)

1971—"(I Never Promised You a) Rose Garden" (Joe South)

1972—"Help Me Make It through the Night" (Kris Kristofferson)

1973—"The Happiest Girl in the Whole U.S.A." (Donna Fargo)

1974—"Let Me Be There" (John Rostill)

1975—"If You Love Me (Let Me Know)" (John Rostill)

1976—"When Will I Be Loved?" (Phil Everly)

1977—"Misty Blue" (Bob Montgomery)

1978—"Here You Come Again" (Barry Mann, Cynthia Weil)

1979—"Talkin' in Your Sleep" (Roger Cook, Bobby Wood)

1980—"Suspicions" (David Malloy, Randy McCormick, Eddie Rabbitt, Even Stevens)

1981—"9 To 5" (Dolly Parton)

1982—"Elvira" (Dallas Frazier)

Cleaning the cuff:

Comedian GEORGE GOBEL was a boy soprano singing star on the "National Barn Dance" in the early thirties, billed as "The Little Cowboy."

GENE AUTRY's "Melody Ranch" program started on the CBS radio network in 1939 and continued for eighteen consecutive years, always sponsored by Wrigley's Gum.

A sure sign of fame (or notoriety) is selection for appearance on the covers of the major news magazines, *Time* and *Newsweek*. MERLE HAGGARD made it to the cover of *Time* in 1974. *Newsweek* covers featured LORETTA LYNN in 1973 and WILLIE NELSON in 1978.

They began using magnetic recording tape in 1947.

You're-from-the-Country-If Dept.: BOB FERGUSON, one of country music's best record producers and the writer of "Wings of a Dove" and "Carroll County accident" (to mention only two of his hits), says he used to live so far back in the Ozarks that when he and his brothers heard of World War II starting in Europe they decided "it just had to be somewhere on the other side of Thayer, Missouri."

And finally . . .

That the State of Tennessee is proud of its musical heritage is proven by the fact that it has not one, but FIVE, *official* songs:

"My Homeland, Tennessee," written by NELL GRAYSON TAYLOR and ROY LAMONT SMITH.

"My Tennessee," written by FRANCIS HANNA TRANUM.

"When It's Iris Time in Tennessee," written by WILLA MAE WAID.

"The Tennessee Waltz," written by PEE WEE KING and REDD STEWART.

And "Rocky Top," written by BOUDLEAUX AND FELICE BRYANT.

14

The Man Behind the Ryman

ESSAY

There is no dispute about it.

The single most important shrine of country music is the Ryman Auditorium in downtown Nashville. The red brick building, once the Union Gospel Tabernacle, is known around the world as "The Mother Church of Country Music." From the early forties until the spring of 1974 it was the storied home of the Grand Ole Opry. Even today, although the Opry has moved into a new home, the Ryman is still a mecca for tourists visiting Nashville.

Perhaps one of the best-known stories of country music legend is how the Ryman Auditorium came to be. All country music fans know how Captain Tom Ryman, the operator of a fleet of pleasure boats on the Cumberland River—boats dedicated to dancing, gambling, and drinking—went with members of his rowdy crew to a tent revival by evangelist Sam Jones. Their intent was to disrupt the services, to make sport of Sam Jones.

Reverend Jones, however, was a preacher of considerable power. In the course of that evening's revival services, and during a Jones peroration on the subject of motherhood, the tough Tom Ryman was brought to his knees, converted to follow Christ. It is said that Ryman led his crewmen back to the boats and threw the gaming tables and teakwood bars overboard. Whatever the truth of that may be, Ryman did vow to

187

build for Jones a tabernacle so "that Sam Jones will never have to preach in a tent again."

And he did. The Union Gospel Tabernacle was completed in 1892.

Thus, Captain Tom Ryman's name became an integral part of country music lore. But what of Reverend Jones? Who was he?

He was born Samuel Porter Jones in Alabama and was raised in the hill country of northern Georgia. His father was a successful and respected lawyer who served as a captain in Robert E. Lee's Army of Northern Virginia. Indeed, young Sam was due to follow his father into the practice of law. But Sam Jones had a problem. He became addicted to the bottle. He was a common drunk.

In 1872, his life was turned around when he made a deathbed promise to his father that he would stop drinking. That promise made, and kept, Sam decided to pursue the ministry instead of becoming a lawyer. For eight years he was a Methodist circuit rider in the poorest counties of northern Georgia. He would write later that he began as a minister with "a wife and one child, a bobtail pony and eight dollars of cash."

Reverend Jones's reputation as a preacher of great ability soon spread beyond Georgia, and in 1885, the Methodist churches of Nashville invited him to conduct a revival meeting in their city. It was Sam Jones's first revival meeting, but it was so successful that he gave up pastoral work for full-time evangelism.

He had a square, handsome face, with dark deep-set eyes that one historian has said "flashed with indignation at one moment and twinkled with amusement the next." He wore a full moustache in keeping with the style of the day. And while he was not in good health—he suffered from almost constant stomach troubles and frequently had spells of exhaustion—he kept up a man-killing schedule. He was, without question, the most popular revivalist in the South.

Sam Jones had the common touch.

"God projected this world on a root-hog-or-die-poor principle," he would tell his audiences. "If the hog, or man either, don't root, let him die."

He ridiculed those who practiced church attendance on only Christmas and Easter, writing a parody of the old hymn "Shall Jesus Bear the Cross Alone?" He told the part-time Christians that the way they sang it was,

> Shall Jesus bear the cross alone,
> And all the world go free?
> No, there's a cross for everyone,
> And an Easter bonnet for me.

He was a happy man: "Fun is the next best thing to religion. When I get up to preach, I just knock out the bung and let nature cut her capers."

And Jones was an innovator. He was probably the first evangelist to turn revival meetings into civic reform crusades in the cities in which he preached. He was also the first evangelist "to make revival meetings as entertaining and applause-conscious as the theater."

It is fitting, then, that the house built for the Reverend Samuel P. Jones eventually became the home of the premier country music show—the "common" music of the people to whom he ministered.